NORA BENDZKO

# DIE GÖTTER MÜSSEN STERBEN

Roman

Besuchen Sie uns im Internet:
www.knaur.de
Facebook: https://www.facebook.com/KnaurFantasy/
Instagram: @KnaurFantasy

Aus Verantwortung für die Umwelt hat sich die Verlagsgruppe Droemer Knaur zu einer nachhaltigen Buchproduktion verpflichtet. Der bewusste Umgang mit unseren Ressourcen, der Schutz unseres Klimas und der Natur gehören zu unseren obersten Unternehmenszielen. Gemeinsam mit unseren Partnern und Lieferanten setzen wir uns für eine klimaneutrale Buchproduktion ein, die den Erwerb von Klimazertifikaten zur Kompensation des $CO_2$-Ausstoßes einschließt. Weitere Informationen finden Sie unter: www.klimaneutralerverlag.de

Originalausgabe Juni 2021
Knaur Taschenbuch
© 2021 Knaur Verlag
Ein Imprint der Verlagsgruppe
Droemer Knaur GmbH & Co. KG, München
Alle Rechte vorbehalten. Das Werk darf – auch teilweise – nur mit Genehmigung des Verlags wiedergegeben werden.
Das griechische Zitat am Beginn des Buches stammt von Aischylos. Aeschylus, with an English translation by Herbert Weir Smyth, Ph. D. in two volumes. 1. Suppliant Women. Cambridge. Cambridge, Mass., Harvard University Press; London, William Heinemann, Ltd. 1926; übertragen von der Perseus Digital Library: http://data.perseus.org/texts/urn:cts:greekLit:tlg0085.tlg001.perseus-grc1. Die deutsche Übersetzung ist angelehnt an die Übersetzung von Johann Gustav Droysen, auffindbar bei Projekt Gutenberg unter: https://www.projekt-gutenberg.org/aischylo/schutzfl/schutzfl.html
Das Buchprojekt wurde von der Kulturabteilung der
Stadt Wien mit einem Stipendium unterstützt.
Redaktion: Jennifer Jäger
Covergestaltung: Guter Punkt, München / Christl Glatz
Coverabbildung: © Christl Glatz unter Verwendung
von Motiven von Shutterstock und Getty Images
Satz: Adobe InDesign im Verlag
Druck und Bindung: GGP Media GmbH, Pößneck
ISBN 978-3-426-52611-8

2 4 5 3 1

*für die Kriegerin
in dir*

# EINE VORREDE DER GÖTTIN

Die Geschichte meiner Amazonen kann nicht würdig erzählt werden, ohne auch die Gräuel des Krieges zu betrachten. Viele heroische Momente sind auf Gewalt, blutig wie sexuell, gebaut, und nicht nur Frauen und Kinder werden davon Opfer, sondern alle Geschlechter. Überdies werden Suizidalität und depressive Stimmungen in den folgenden Gesängen besprochen. Sei standhaft und gib auf dich acht, auf dass du nie vergisst: Die Sonne wird auch nach der finstersten Nacht wieder für dich aufgehen.

Sollten dir weitere Fragen auf der Reise kommen, so wartet am Ende ein Nachwort auf dich, mit Quellen und Erklärungen zu einigen Darstellungen in diesem Buch.

καὶ τὰς ἀνάνδρους κρεοβόρους τ' Ἀμαζόνας,
εἰ τοξοτευχεῖς ἦτε, κάρτ' ἂν ἤκασα
ὑμᾶς. διδαχθεὶς δ' ἂν τόδ' εἰδείην πλέον,
ὅπως γένεθλον σπέρμα τ' Ἀργεῖον τὸ σόν.

Für mannsentwöhnte, fleischeshungrige Amazonen
würd ich, wärt ihr Bogenschützinnen, ehr euch
halten. Wissen möcht ich drum genau belehrt,
wie nach Argos dein Geschlecht und Stamm gehört.

– König Pelasgos, aus Aischylos:
Ἱκέτιδες – Die Schutzflehenden
Vers 287–290

# ERSTER GESANG, VOM STURM AUF ATHEN

In ihren kühnsten Träumen sah Areto sich selbst, wie sie als Amazone mit dem Tod ritt. Fort von allen Zwängen, in einem Regen aus Blut und Knochensplittern, ungeheuerlich frei.

Aber dies waren eben nur Träume. Nicht mehr.

Sie diente Theseus, dem König von Athen, und als seine Verwalterin bekam sie allenfalls Blut zu sehen, wenn eine Ziege für ein Fest geschlachtet wurde. Sie führte sein Haus anstelle der Frau, die er einmal ehelichen würde – eine denkbar friedliche Arbeit. Und doch pochte ihr Herz vor Aufregung, als Theseus von seiner Reise heimkam. Mit einem Mal hatten ihre Träume Gestalt angenommen. Es hatte Gerüchte gegeben, dass er nicht alleine zurückkäme, und es stimmte. Eine Amazone war bei ihm.

»Er ist zurück«, sagte Areto. Sie war froh, dass ihr Herr und damit die Ordnung in der Stadt wiederkehrte.

Mit mehreren Knechten und Sklaven drängte sie sich an eines der Palastfenster. Allesamt verrenkten sie sich die Hälse, um einen Blick auf Theseus zu erhaschen. Jeder hatte insgeheim geglaubt, dass seine Reise ins Land der Amazonen nicht glücken konnte. Es gab zweifellos große Helden und Kämpfer aufseiten der Griechen, von denen auch Theseus einer war. Doch Amazonen waren mehr als das, sie stammten vom Kriegsgott Ares ab und bekamen den Blutdurst mit der Muttermilch eingeflößt. Die Griechen nannten sie *kreoboros:* die mit Fleisch Vollgeschlungenen.

Areto konnte sich kaum vorstellen, wie man solche Unfrauen bekämpfen, geschweige denn fangen sollte. Doch Theseus hatte beides getan. Sie hörte die Diener raunen.

»Eine leibhaftige Amazone zu rauben ...«
»Unser Herr ist unglaublich.«
»Ein wahrer Held!«

Alle waren fasziniert, bis auf eine Alte, die den Kopf schüttelte. »Held? Ich frage mich, ob er dem Wahnsinn anheimgefallen ist. Diese Fremde ist keine Beute, nicht wie andere Frauen. Sie ist gefährlich.«

Areto wusste, was sie meinte. Die Tochter eines Gottes als Kriegsbeute zu beanspruchen, konnte heiligen Zorn bedeuten. Wie Areto auf Athen hinuntersah, kam es ihr vor, als teilten nicht viele den Pessimismus der Greisin. Die verwinkelten Pflasterstraßen waren voll mit Menschen, die jubelnd ihren König begrüßten. Das Dröhnen von Trommeln, Gesang und Flötenspiel lagen in der Luft.

Sie konnte vom Palast aus erkennen, wie Theseus seinen Soldaten vorausging und der Menge winkte. Anders als seine Männer, deren Köpfe gesenkt waren, wirkte er kein bisschen erschöpft von der Reise. Er strahlte, als wäre er der Sohn des Sonnentitans Helios.

Aber Areto entging nicht, dass er seine Gefangene nicht an einem Seil hinter sich herführte. Eine eigene Abteilung von Fußsoldaten eskortierte die Amazone. Trotz ihrer Fesseln hielt sie den Kopf erhoben. Sie ging ruhig voran, während ihr offenes schwarzes Haar im Wind wehte. Ihre Wächter hatten die Speere gezückt, stets in Bereitschaft. Als würden sie keinen Menschen bewachen, sondern ein wildes Tier.

»Gafft weniger und geht an die Arbeit«, hörte Areto eine vertraute tiefe Stimme. »Ihr wollt doch euren König gebührend empfangen und ihn nicht über eure nutzlosen Beine stolpern lassen? Fort mit euch!«

Sie drehte sich um und sah ihrem Mann Miron ins Gesicht. Er hatte sein diplomatischstes Lächeln aufgesetzt, die Zähne hoben sich gelb gegen seinen dichten Graubart ab. Sie sah, dass er sein bestes Himation mit den Silberstickereien angelegt hatte. Anscheinend nahm er Theseus' Rückkehr zum Anlass, sich als dessen Berater zu schmücken.

Die Knechte und Sklaven duckten sich. Sie fürchteten Miron, obwohl er ein kleiner, nicht gerade angsteinflößender Mann war. Doch er war ein hervorragender Rhetoriker. Ein leichter Wechsel seiner Tonlage, und er wirkte wie ein menschenfressender Kyklop.

»Lass sie, Miron«, sagte Areto und zwang sich zu einem Lächeln. Es ärgerte sie, wie er mit dem Gesinde umsprang. Das Haus zu führen, war Frauengeschäft und oblag nicht ihm. »Sie sind eben neugierig. Du etwa nicht? Außerdem –«

Er unterbrach sie, eine schlimme Angewohnheit, während die Diener davonschlichen. »Neugierig? Wenn es nur das wäre, Weib.« Mit schweren Schritten trat er zu ihr ans Fenster. »Wir Politiker sind in Aufruhr. Eine Amazonenprinzessin? Theseus scheint sie auch noch zur Frau und nicht als Konkubine nehmen zu wollen. Wir beten, dass er mit ihr keinen Krieg bringt.«

Ihr Herz klopfte heftiger. Eine Prinzessin also. Theseus wollte eine wirklich gefährliche Frau zur Königin von Athen machen.

Miron legte die Hand auf ihren Bauch, wovon sie erschauerte. »Aber sollte Krieg kommen, wird unser Kind sich darin hervortun.« Er lachte dröhnend. »Das Orakel hat mir gesagt, du wirst einen starken Sohn empfangen, einen noch größeren Mann als mich.«

Sie hob mechanisch die Lippen. »Das ist wunder–«

»Oh ja, das ist es.«

Sie hielt ihre Mundwinkel oben. Seit Monaten lebte sie mit Miron unter einem Dach, sie wusste, wie man Fassaden baute. Dasselbe Lächeln, perfektioniert, würde sie zeigen, wenn sie einmal sein Kind unter dem Herzen tragen müsste. Trotz ihres Ekels vor dem, was ihrer Schwangerschaft unweigerlich vorausgehen würde. Sie war schon nicht in der Lage, sich an seine einfachen Berührungen zu gewöhnen. Seine Hände, die viel rauer vom Alter waren als ihre, fühlten sich falsch an. Wie sollte sie das Bett mit ihm überstehen, immer und immer wieder?

»Um einen großen Mann zu gebären, bedarf es großer Kraft.« Er ließ ihren Zopf durch seine Hand gleiten, wovon sie noch mehr versteifte. »Versprich mir, dass du dich heute Nacht gut ausruhst. Bestimmt wird Theseus oft nach dir verlangen in den nächsten Tagen. Schone dich.«

Sie konnte nicht antworten, so schlecht fühlte sie sich. Miron war doch gut zu ihr. Warum war dann diese Enge in ihrer Brust? Wieso konnte sie sich nicht besser mit ihrer Ehe abfinden? Sie schämte sich, dass sie erst freier atmen konnte, als er fort war.

\* \* \*

Areto fand keine Ruhe, noch zu später Stunde lag sie auf ihrer fellbelegten Schlafstatt ausgestreckt. Die anhaltenden Trommeln und Gesänge hielten sie wach. Und da war etwas Weiteres in den Tiefen des Palastes, ein Schreien, wie sie es nie vernommen hatte.

Es klang verwundet, doch nicht besiegt, ein Wesen, das nach seinesgleichen und brutaler Vergeltung schrie. Die Amazone, in Ketten zur Schlachtbank ihrer Ehe geführt.

Je länger Areto hinhörte, desto dichter und vertrauter wurde die Finsternis. Sie sah Erinnerungen im Dunkel. Kurz war sie wieder ein Mädchen und mit ihrem Vater auf dem Weg zum Zeus-Tempel.

Das Land wurde von Stürmen geplagt, sie wollten den Gottvater um mildes Wetter für eine bessere Ernte bitten. Auf dem Weg sahen sie eine Wölfin, ein stolzes, kraftvolles Tier mit rostrotem Fell und glühenden Augen. Sie erschien so plötzlich zwischen den Waldbäumen, als sei sie eine göttliche Erscheinung.

Areto konnte nicht aufhören, sie anzuschauen. Später, bei der Zeremonie im Tempel, sah sie die Wölfin wieder. Ein Jäger, der ebenfalls zum Beten gekommen war, hatte das Tier erlegt und brachte den Kopf als Opfer dar. Es tat Areto so weh, das Feuer der Wolfsaugen erloschen zu sehen, sie weinte, als hätte es keinen Sinn mehr zu leben. Ihr Vater schalt sie: »*Sei doch nicht so dumm, wegen einer Opferung zu weinen. Sie war zu schön, um nicht getötet zu werden.*«

Das war so lange her. Warum dachte sie ausgerechnet jetzt daran?

Das Geschrei im Palast weckte noch viel tiefer liegende Erinnerungen. Sie glaubte, den Duft von Hyazinthen zu riechen.

Mit aufsteigender Panik versuchte sie, zu verdrängen. Sie wollte sich nicht erinnern, nicht daran. Aber die Schatten ließen nicht los. Sie würgten Areto, dass ihr die Tränen kamen.

*\*\*\**

Kaum dass der Morgen graute, wurde sie in Theseus' Gemächer gerufen. Sie war froh, dem König gegenüberzutreten, solange er trunken von seinem erfolgreichen Feldzug war. Er war oft streng zu seinen Dienern, an schlechten Tagen sogar aufbrausend. Auch Areto als Hüterin seines Hauses bildete keine Ausnahme, sie war kein Mann, was Theseus sie spüren ließ.

Sie rechnete damit, den Sieger des Vortags anzuschauen, hoffte auf dessen Gunst. Umso mehr erschreckte sie sein Anblick. Der strahlende Held war fort, verloren gegangen zwischen goldenen Bergen an Kriegsbeute. Theseus streifte in seinen Zimmern umher, vorbei an verschüttetem Wein und herabgerissenen Seidenvorhängen, nur einen Mantel um die breiten Schultern.

Areto schluckte. »Mein König?«

Sie fürchtete kurz, dass er Opfer des Götterwahns geworden war, jener Krankheit, die alle Helden heimzusuchen drohte. Es war der Fluch von Halbgöttern wie Gottmenschen.

Hoffnungslose Gier nach einem Platz im Olymp, ob derer man den Verstand verlieren musste.

Schon wollte sie hinaus und einen Heiler holen. Da hörte Theseus auf, sich die Haare zu raufen und vor sich hin zu flüstern. Er sah sie überrascht an, als hätte er sie die ganze Zeit nicht bemerkt.

»Ah.« Sein Blick klärte sich, und er richtete sich zu seiner übermenschlich wirkenden Größe auf. »Du bist es.« Die Art, wie er es sagte – voller Verdruss –, ließ sie aufhorchen. »Ich fürchte, ich brauche dein Feingefühl, Areto.«

Er klang, als würde er ihre Hilfe mehr erbeten denn befehlen. So sprach ein König nicht mit einer Dienerin, und schon gar nicht Theseus. Mit angehaltenem Atem wartete Areto ab, was er sagen würde. Er sah zu der Tür, hinter der sein Schlafgemach lag. Sie ahnte, wer dahinter wartete.

»Es geht um die Amazone«, sagte Theseus. »Auf dem Weg nach Athen hat sie kaum gegessen. Sie lässt sich nicht von mir und meinen Männern anfassen. Ich dachte, vielleicht ist es bei einer Frau anders. Du bist doch der luwischen Sprache mächtig? Sie ist der des Amazonenvolkes verwandt.«

Aretos Vater, der ein Schreiber gewesen war, hatte sie von klein auf mit verschiedenen Texten und Sprachen vertraut gemacht. Er hatte sie gelehrt, damit sie ihm, der keine Söhne hatte, im Beruf helfen konnte. Inzwischen hatte jenes Wissen sie zur Verwalterin des Königshauses gemacht. Und bei den Göttern, sie würde es gut einsetzen.

»Ich tue, was ich kann«, versprach Areto.

Theseus trat für sie beiseite, wobei sein Mantel aufwehte. Ihr Blick blieb an seinem Hals hängen. Blutige Striemen, die zu frisch waren, um vom Schlachtfeld zu sein, zogen sich darüber.

»Antiope«, sagte er. »Das ist ihr Name.«

Ihr Herz schlug schneller, als sie über die Türschwelle trat. All die grausamen Geschichten, die sie über die Amazonen gehört hatte, schwirrten ihr durch den Kopf. Sie erwartete, einem Ungeheuer zu begegnen. Etwas, das den Zustand von Theseus und seinen Gemächern erklärte. Doch das, was sie erblickte, war nur eine Frau wie sie.

Antiope saß auf der Schlafliege, den Blick zum Fenster gewandt. Sie hatte die Beine angezogen, lediglich ein Unterkleid am Leib. Ihr wallendes Haar umgab sie wie ein dunkler Schleier. Es war unnatürlich schwarz, nachtfarben wie die Fluten des Styx.

»Ich grüße Euch, Prinzessin Antiope.«

Die Amazone hatte sie nicht beachtet. Jetzt, wo Areto sie in einer vertrauten Sprache anredete, neigte sie den Kopf und beobachtete sie schmaläugig.

»Mein Name ist Areto. Ich bin hier, um mich um Euch zu kümmern.«

Ihr Blick fiel auf eine Schale mit Trauben, die unweit von Antiope auf einem Sockel stand. Areto ging langsam darauf zu. Antiope ließ sie nicht aus den Augen. Sie war vollkommen angespannt, wie eine Raubkatze kurz vor dem Sprung.

»Ihr müsst halb verhungert sein von Eurer Reise«, sagte Areto, während sie die Schale aufhob. »Gelüstet es Euch nach etwas Bestimmtem? Ich kann Euch alles bringen.«

Ihr Lächeln verging, als sie vor Antiope trat. Sie ließ vor Schreck beinahe die Schale fallen.

Blut. So viel Blut. Wie hatte Areto es vorher nicht bemerken können? Eine ganze Pfütze sammelte sich am Boden, wo es von der Liege herunterrann. Dann begriff sie, dass das Blut nicht von Verletzungen kam. Antiope hatte ihren Monatsfluss.

»Ihr blutet«, brachte Areto hervor.

Antiope sah an sich hinab, als würde sie erst jetzt dessen gewahr. »Ja, seit Tagen schon.« Ihre Stimme war rauer, als Areto es von anderen Frauen kannte, doch wohlklingend. So sanft und kriegerisch, wie sich ein Horn spielen lässt. »Bis kurz vor der Stadt säuberten mich einige der Huren, welche das Heer begleiteten. Dann wurden sie nicht mehr zu mir gelassen.«

Areto dankte im Stillen den Frauen, die Antiope gepflegt und so vor sicherer Krankheit bewahrt hatten. »Wartet. Ich hole Wasser und Tücher. Esst derweil.«

Sie stellte die Traubenschale auf der Liege ab. Dabei bemerkte sie, dass Antiope mit einer Fußfessel daran festgebunden war.

Areto begann schaudernd, die nötigen Dinge zusammenzusuchen. Es war ein unvorstellbarer Gräuel für sie, dass Theseus und seine Männer Antiope in ihrem Blut hatten waten lassen, als wäre sie Vieh. Wie hatte die Amazone beim Einzug in die Stadt so aufrecht gehen können?

Als sie Antiopes Haut säuberte, fiel ihr noch mehr auf: alte Narben, Druckstellen von Ketten an den Handgelenken, frische Blutergüsse und

Würgemale am Hals. Deutlich hatten sie sich in die braune Haut gezeichnet.

Antiope begann zu essen. Lange war nur das Knacken der Trauben, die in ihrem Mund zerplatzten, zu hören. »Du bist so jung«, sagte Antiope schließlich. »Und doch hast du die Ruhe einer müden Alten.« Areto sah verwundert auf. »Ihr sagt das, als wärt Ihr viel älter als ich.« »Dem ist nicht so. Allerdings werden wir Amazonen früher zu Frauen als ihr Athenerinnen. Kaum dass ich den Speer halten konnte, tötete ich meinen ersten Mann.« Sie spuckte einen Traubenkern aus. »Aber ich vermute, du weißt das bereits. Ich hörte, die Griechen erzählen, wir wären männerhassende Mörderinnen?«

Areto wusste nicht, was sie antworten sollte, ohne Antiope zu beleidigen. »So würde ich es nicht sagen.«

»Oh, wären schöngeredete Worte besser? Ich denke nicht. Über eure Männer wird ebenfalls kaum Gutes erzählt. Die Hellenen gelten als frauenverachtende Schlachter. Für viele ist der Anblick ihrer schwarzen Segel furchteinflößend.«

Antiope sagte es, als wüsste sie es aus eigener Erfahrung. Hatte sie Furcht verspürt, als die Griechen an der Küste ihrer Heimat gelandet waren?

»Ich habe viele beängstigende Geschichten über Amazonen gehört«, sagte Areto vorsichtig, während sie Antiopes Unterleib verband. »Sollen sie nicht stimmen?«

»Ich sage nur, dass meine Schwestern und ich sie anders erzählen würden.« Plötzlich brach die Wut aus Antiope, strömte ihr nur so über die Lippen. »Wahrscheinlich sagen deine Leute, Theseus und Herakles hätten ruhmvoll in meinem Land gekämpft. Pah! Es war die Zeit der Heiligen Jagd, und meine Schwester, Königin Orithyia, war mit unseren besten Kriegerinnen fort. Theseus und Herakles hatten darauf gewartet, wissend, dass unsere Verteidigung geschwächt war. Sie kamen im Mantel der Nacht, mit neun Kriegsschiffen. Gnadenlos griffen sie an, verbrannten und schändeten und töteten meine Volksleute. Im Nachhinein erfuhr ich, dass sie hinter dem Gürtel meiner Schwester her waren.«

Der Schmerz, der in Antiopes Blick flackerte, ließ Areto sicher sein, dass es mehr als eine Geschichte war. Antiope war dort gewesen, hatte die schwarzen Segel gesehen, und wie ihr Land in Flammen unterging.

Es war tatsächlich eine andere Variante der Erzählung, die Areto kannte. Herakles hatte im Götterwahn Frau und Kinder getötet, und das Orakel von Delphi hatte prophezeit, dass die Götter diese Sünde nur vergeben würden, wenn er mehrere Aufgaben bewältigte. Eine jener Aufgaben war, den magischen Gürtel der Amazonenprinzessin Hippolyte zu holen. König Theseus stand Herakles als sein Vetter bei. Bis eben dachte Areto, sie seien friedlich ins Land der Amazonen gezogen und Antiope sei, beeindruckt von ihrem Mut, freiwillig mit ihnen gegangen.

»Eure Helden sind feige«, fauchte Antiope. »Sie kämpften unehrlich, diese Diebe und Meuchler, die Angst hatten, vor unsere Königin und ihre größten Kriegerinnen zu treten. Nicht nur, dass sie mitten in der Nacht angriffen, nein. Als euer verehrter Halbgott Herakles gegen Hippolyte antrat, um ihr den Gürtel vom Leib zu reißen, trug er die magische Haut des Nemeischen Löwen, sodass er unverwundbar war. Doch eine mächtige Kriegerin wie sie konnte er selbst mit Hinterlist nicht bezwingen. Also brachte er mich und unsere Schwester Melanippe in seine Gewalt.«

Areto traute sich kaum, zu fragen: »Was ist dann geschehen?«

»Das siehst du doch. Herakles vereinbarte, Melanippe und mich gegen den Gürtel zu tauschen, den er sich nicht mit Gewalt hatte holen können. Meine Schwester Hippolyte stimmte zu. Wir waren ihr mehr wert, als der Gürtel es je sein könnte. Aber Theseus wollte mich haben. Darum gab Herakles nur eine Schwester zurück. Dass ausgerechnet Theseus glaubt, er hätte ein Recht auf mich als Kriegsbeute … Er, der Feigste von allen. Er war nicht einmal derjenige, der gegen Hippolyte kämpfte und mich gefangen nahm. Es war widerwärtig, wie er Herakles um mich anbettelte. Ein Kind, das nach süßem Honig schreit.«

Ihre starke Hülle bröckelte, als sie scharf einatmete und ihr Gesicht mit den Händen bedeckte. Dabei verrutschte ihr Kleid, sodass Areto einen Blick auf ihren Oberkörper erhaschte. Die rechte Brust war kaum vorhanden, von einem roten Mal gezeichnet. Der verheilten Narbe nach zu urteilen, war es Antiope schon als Mädchen eingebrannt worden. Areto wusste, dass es ein Opfer war, das Amazonenkriegerinnen der Göttin Artemis darbrachten. Männliche Blicke für tödliche Schüsse eingetauscht.

Schweigen breitete sich zwischen ihnen aus. Der Lärm der Stadt drang durchs Fenster, Marktrufe und Kinderlachen und Möwengeschrei. Geräusche der Freiheit, die der Amazone genommen worden war. Es machte Areto traurig, die gebeugte Antiope anzuschauen. Sie spürte das seltsame Bedürfnis, sie wiederaufzurichten, eine Verbundenheit, die weit über ihr Pflichtgefühl für Theseus hinausging.

»Es tut mir leid, was Ihr durchgemacht habt«, sagte Areto. »Was immer auch geschieht, ich werde für Euch da sein. Für all Eure Nöte und Verletzungen will ich Sorge tragen.«

Antiopes Gesicht verzerrte sich. Vor Trauer?

»Ich habe einige unheilbare Wunden und weiß, dass noch mehr folgen werden«, sagte sie. »Eine andere Frau würde deine ausgestreckte Hand nicht fortschlagen, nicht in einem fremden Land, wo sie sonst alleine unter Feinden wäre. Aber ich weiß es besser, Areto. Zum Würgen und Schlagen bedarf es beider Hände. Es ist grausam, doch ehrlich. Wer dich dagegen füttert, braucht nur eine Hand und kann die andere hinter dem Rücken verbergen. Ich kann dir nicht trauen. Und du solltest es mir gleichtun.«

\* \* \*

Es verging kein Tag in den folgenden Mondzyklen, an dem Areto nicht an Antiopes Seite war. Sie sorgte für deren leibliches Wohl und hörte ihre Geschichten, damit die Amazone nicht vereinsamte. Antiope erzählte viel: von Themiskyra, der Hauptstadt ihres Stammes, fernen Landen voll wunderlicher Kreaturen und Frauen, die im Gefolge der Jagdgöttin Artemis durch die Wälder ritten.

Antiope lächelte nie, auch nicht bei ihren schönsten Erinnerungen. Aber als ihre Hochzeit kam, ging sie gestärkt voran. Die Male ihrer Gefangenschaft waren blasser geworden, ihre braune Haut leuchtete, und ihr Bauch begann sich von Theseus' Kind zu wölben.

»Sie wirkt so zahm«, meinte Miron, als er Antiope in ihrer ehelichen Gewandung erblickte. »Gar nicht mehr wie eine Wilde.«

Areto wusste, dass der Eindruck täuschte. Ein Teil von ihr wartete darauf, dass die schwarzen Haare aus den engen Bändern entwischten und Schlangen gleich die Gäste erdrosselten. Aus allen Teilen von Hellas waren die Adeligen gekommen. Der Palastsaal war ein Wogen an bunten Gewändern und goldenen Wahrzeichen. Über allem hing ein unaufhörliches Flüstern.

»Habt ihr gehört? Die Amazone soll unsterblich in den König verliebt sein.« – »Nicht nur der Gürtel der Hippolyte wurde geraubt, auch das

Herz von Antiope.«– »So gut kämpften Herakles und Theseus gegen die Amazonen!«

Areto hörte zu, einen bitteren Geschmack im Mund. Der Tratsch am Hof war so anders als Antiopes Geschichte. Es hieß unter den Griechen, die Amazonen hätten den Kampf provoziert, anders als Herakles und Theseus, die zunächst diplomatisch um den Gürtel baten. Viele wilde Kriegerinnen hätten sie zum Selbstschutz erschlagen, um anschließend Hippolytes Gürtel und Antiope zu erobern. Die Götter schenken den Siegreichen, was sie unterwerfen – mit diesen Worten hatte Aretos Vater ihr den Krieg und die Sklaverei erklärt.

Sie setzte sich auf eine Holzbank, um zu verschnaufen. Bei einem derart wichtigen Fest hatte sie Unmengen zu tun. Sie kam sich fast wie eine Heerführerin vor, so gnadenlos, wie sie die Dienerschaft umherscheuchte. Daneben behielt sie Antiope im Auge. Heute wollte sie mehr denn je für ihre zukünftige Königin da sein.

Miron trat neben sie, sah gut in seiner teuren Kleidung aus, aber auch kritisch drein. »Wie hast du sie nur bändigen können, Areto?«

»Ich weiß nicht, wovon du sprichst. Gepflegt habe ich sie und ihr gedient. Sonst nichts.«

Er nahm einen Schluck aus seinem Weinkelch. »Den Männern vor dir hat sie allesamt die Augen auskratzen und Stücke aus dem Fleisch beißen wollen. Sogar Theseus, habe ich gehört.«

»Ich bin auch kein Mann, wie dir wohl klar sein –«

»Gewiss«, unterbrach er sie einmal mehr. »Aber seit du dich um sie kümmerst, weiß sie sich plötzlich Männern gegenüber zu benehmen.« Er winkte ab, als sie aus einem Impuls heraus den Mund öffnete, um die Königin zu verteidigen. »Sieh mich nicht so an. Du hättest dir zum Zeitpunkt ihrer Ankunft doch auch nicht vorstellen können, dass sie einmal bei einer Feier sein und sich dort beherrschen könnte.«

Nein, wahrlich nicht. Areto schluckte den Gram wegen seiner Herablassung hinunter. Sie schob den Gedanken weg, dass sie ihm ebenfalls die Augen auskratzen könnte, und sah zu, wie Antiope durch den Raum schritt. Mit Blumen geschmückte und in Weiß gekleidete Jungfern begleiteten die Amazone. Die Gäste machten der Prozession Platz.

Nur einer wich nicht von der Stelle. Theseus stand inmitten des Wirbels von Farben und Musik, seine Frau erwartend. Auch er war in Weiß gewandet und sah in seiner Stattlichkeit wie ein Gott aus.

Antiope trat aus den Reihen der Jungfern vor ihn hin. Dann geschah das Unfassbare. Sie lächelte. Als Theseus ihre Hand nahm, ließ sie es zu. In diesem Moment entsprachen sie ganz dem Bild, das die Erzählungen der Klatschweiber von ihnen zeichneten: tragische Verliebte, die sich im Krieg getroffen und trotz aller Widrigkeiten gefunden hatten.

Antiope musste zu Theseus aufsehen, der so viel größer war. Sie sprach zu ihm, laut, doch in ihrer Zunge und somit nicht für alle verständlich.

Diejenigen, die verstanden, wurden ganz still. Mit einem Mal hing eine drückende Stimmung über allen Köpfen. Dabei lächelte und lächelte Antiope, während die Schlangen, auf die Areto gewartet hatte, aus ihrem Mund krochen.

Miron riss die Augen auf und ließ seinen Weinkelch sinken. Er selbst beherrschte kein Luwisch, aber hörte wohl die Dunkelheit in Antiopes Stimme, als er fragte:»Was hat sie gesagt, Areto?«

Sie konnte nicht antworten. In ihrem Kopf wüteten die Bilder, die Antiope mit ihren Worten gezeichnet hatte.

\* \* \*

Es heißt, dass ich dich aus Liebe heirate und dafür meinen Stamm hinter mir lasse. Ein Glück. Denn wenn es nicht Liebe wäre, müssten meine Schwestern kommen.

Sie würden die Tore Athens einreißen, um mich zurückzuholen. Eure Eltern würden sie schlachten, Hof und Vieh anzünden und die Köpfe eurer Kinder eintreten – alles in ihrer Wut zerschlagen.

Was immer du mir an Schändung antätest, du würdest es zurückerhalten. Zu spüren bekommen würde es dein Reich und Fleisch.

Du weißt, dass du mich nicht vergewaltigen könntest, nicht wie andere, dir zurechtgebrochene Frauen. Im Gegenzug würde ich *dich* vergewaltigen. Immerfort, bis meinesgleichen kommen, um dein Land mit Rache zu geißeln.

Aber es heißt ja, dass es Liebe sei. Schwelge also in deinem Triumph, mein Gatte, in den Geschichten über dich, und wie dir die Amazone Antiope verfiel.

\* \* \*

Es waren keine leeren Worte. An dem Tag, an dem die ersten Flammen am Horizont erschienen, wurde Antiopes Drohung wahr. Zunächst munkelte man im Palast nur von einigen Kriegerinnen und deren Raubzügen. Dann wurden die Stimmen ängstlich, weil immer mehr Feuer von den Fenstern aus zu sehen waren. Der Wind trug Schreie heran.

Es kam der Tag, an dem Areto hinausschaute und das Heer der Amazonen vor der Akropolis lagerte. Sie hatten ihre Zelte auf dem großen Versammlungsfelsen aufgeschlagen. Von dort aus sandten sie Stürme an Pfeilen, wenn sich athenische Soldaten näherten, und rasten axtschwingend auf ihren Pferden voran. Allesamt waren sie beritten, nicht nur ein paar Anführerinnen wie bei den griechischen Helden. Sie kämpften auf ihren Tieren, als wären sie mit diesen geboren worden. Dabei brüllten sie, wie Areto es nie von Menschenfrauen gehört hatte, tief dröhnend und kreischend zugleich.

Areto erblickte auch Herakles im Kampfgeschehen. Er wirkte in dem unverwundbar machenden Löwenfell selbst wie ein dämonisches Raubtier – Schlächter der Hydra und so vieler anderer Ungeheuer. Mit seiner Keule zerfetzte er die Köpfe Dutzender Amazonen. Seine Pfeile flogen ebenso schnell wie tödlich. Dabei umgab ihn der Nebel eines Hasses, der Areto schreckte. Er war nicht wütend wie die Amazonen, sondern vom unkontrollierbaren Jähzorn der Gottwahnsinnigen gequält, die alles um sich vernichteten.

Sie weinte nicht wie die anderen im Palast. Und sie sah nicht weg, im Gegenteil. Wenn zu später Stunde die würgenden Schatten kamen, suchte sie gezielt das Fenster auf. Sie hätte schwören können, draußen den Kriegsgott Ares zu sehen.

Seine Schwingen verdeckten die Sterne, als er sie schützend über seine Töchter breitete. Die Reihen der Amazonen waren sein Schild, ihre Angriffe bildeten seinen Speer. Er drang immer weiter in die Stadt vor, und wohin er trat, blieb nichts als verbrannte Erde unter seinen Füßen zurück. Er war gekommen, um sein Kind zurückzuholen.

*\*\**

»Ich werde meinen Sohn nicht wiedersehen, nicht wahr?« Dies waren die ersten Worte, die Antiope sprach, als Areto sie nach der Geburt besuchte.

Die Amazone lag wund von den Wehen auf ihrer Liege. Sie hatte nicht die Stärke, wie sonst aus dem Fenster zu sehen. Das Kind war viel zu früh gekommen, als hätte es Übermengen von Theseus' Kraft geerbt und gewaltsam hinausgewollt.

Areto sah besorgt auf Antiope, die furchtbar in den letzten Tagen gelitten hatte. »Sagt das nicht. Bestimmt könnt Ihr ihn –«

»Nein. Theseus hat ihn nicht ohne Grund sofort von meiner Brust gerissen. Es würde mich nicht wundern, wenn er glaubt, dass meine Milch unser Kind vergiften könnte.« Ihre Augen funkelten, als Areto sich neben sie setzte und ihr das wirre Haar zurechtzupfte. »Willst du wissen, wie mein Sohn heißt?«

Areto nickte.

»Hippolytos habe ich ihn genannt. Nach meiner Schwester Hippolyte.« Ihr grelles Lachen war Furcht einflößend. »Er kann mir meinen Sohn wegnehmen, doch dessen Herkunft kann er nicht leugnen. Hippolytos hat das Blut und den Namen einer Amazone. Dadurch wird er nie der Erbe sein, den Theseus will. Oh, ich wünschte, ich könnte Hippolytos mehr als seinen Namen geben. Ich wünschte, ich könnte ihm meinen Schmerz schenken. Dass er Theseus für mich tötet!«

Da sah Areto, warum sie nach all der Zeit weiterhin Theseus' Haus führte und nicht Antiope, die rechtmäßige Herrin. Die Amazone kämpfte immer noch gegen ihr Schicksal, setzte die Scherben ihres Selbst zusammen und nutzte sie als Waffe. Wie sollte jemand, der Tag für Tag alle Kraft im Kampf brauchte, die Last des Herrschens tragen?

Mit schwerem Herzen verließ sie Antiope. Im Gang angekommen, lehnte Areto sich gegen die Wand und atmete durch. Sie wollte die Schutzgöttin Athene um Stärke bitten, für Antiope und sich selbst. Stattdessen erwischte sie sich dabei, wie sie an Artemis, die rebellische Tochter des Zeus, dachte. Kein anderes seiner Kinder war so rigoros wie sie. Artemis, die sich Männern entsagte und deren Herrschaft infrage stellte, indem sie nur Frauen in ihrem Jagdgefolge reiten ließ. Zweifellos waren die Amazonen, die sie als Höchste verehrten, Kinder ihres Geistes.

Warum dachte Areto an sie? Für was sollte sie Artemis anrufen? Macht? Die Pfeile der Göttin, die Frauen und Kinder schützte, sollten nie verfehlen.

Sie sah auf ihre Hände. Ihre Finger bebten. Sie verabscheute sich dafür, dass sie ihrer Königin nicht besser helfen konnte. Es war ein erschreckend starkes Gefühl. Ihr kamen Mirons Worte in den Sinn.

»*Vielleicht solltest du nicht so oft zur Königin gehen.*« Anders als Theseus glaubte er, dass Antiope nicht nur mit Muttermilch, sondern auch mit Worten andere vergiftete. »*Ich kann mir vorstellen, dass so viel Hass nicht gut für ein wachsendes Kind ist.*«

Sie schlang die Arme um ihren größer gewordenen Bauch. Am Ende war sie selbst längst vergiftet, denn Antiopes Hass schreckte sie nicht, hatte sie nie geschreckt, weil sie etwas für die Amazone fühlte, was diese nie gewollt hätte: Mitleid.

Areto wollte den Hass verstehen, der ihre Königin am Leben hielt. Ein winziger, dunkelster Teil von ihr wollte ihn gar selbst besitzen. Sie wollte den Schmerz und die Wut, die man ihr als Frau nicht zu fühlen beigebracht hatte. Sie suchte danach in Antiopes Worten, in Gedanken an Artemis und im Anblick der rasenden Amazonen. Sie suchte nach einer Macht, welche die Schatten, die sie nachts töten wollten, zerschmettern konnte.

\*\*\*

Die Kriegsräte, die Theseus mit seinen Politikern abhielt, wurden immer hitziger. Areto hörte verstohlen zu, als sie den Männern Wein einschenkte. Sie saßen mit sorgenzerfurchten Gesichtern am Tisch, in einer der Palasthallen, die so karg war wie Athens Hoffnung.

»Es kann so nicht weitergehen. Wie lange sollen wir noch diese Bestien vor unseren Toren aushalten? Seit Wochen belagern sie die Stadt!«

Theseus erhob sich abrupt. Areto sah von dem Krug auf, aus dem sie Wein goss, und zu ihrem Herrn. Er wirkte erschöpft. Die Müdigkeit überdeckte seine königliche Schönheit wie Staub.

»Solange Helden wie Herakles für uns streiten, wird Athen nicht fallen«, sagte er bestimmt.

»Die Verbündeten der Amazonen sind mächtiger«, warf einer der grauhaarigen Priester ein. »Sie haben nicht nur Ares als ihren Stammvater auf ihrer Seite. Zwei weitere Götter favorisieren sie. Artemis, ihre Kultmutter, und deren Zwilling Apollon ... Drei Olympioi sind gegen uns!«

Theseus ballte die Hand zur Faust. »Deren Groll lässt sich mit den richtigen Opfern besänftigen. Es wird Verstärkung aus anderen Teilen von Hellas kommen, und die Amazonen können nicht ewig gegen unsere Mauern anrennen. Wir werden sie schon zermürben.«

Areto wollte gerade hinausgehen, als Miron das Wort ergriff. Sie blieb in der Tür stehen, um ihn zu hören.

»Mit Verlaub, mein Herrscher, wir haben nicht die Mittel für eine längere Belagerung. Unsere Tempel sind voll von Sterbenden und Verletzten. Die Getreidevorräte gehen zur Neige, und die Trauersänge der Witwen hören nicht auf. Wenn die Dinge sich nicht zum Besseren wenden, werden nicht mehr die Amazonen Euer größter Feind sein, sondern Eure eigenen Landsleute. Athen droht ins Chaos zu stürzen.«

Die Versammelten murmelten aufgebracht.

Theseus ließ sich mit grimmigem Ausdruck auf seinen Stuhl sinken. Er hob die Hand, woraufhin die Männer verstummten, und fragte: »Was schlägst du vor, Miron?«

Areto wartete gespannt. Alle Blicke ruhten auf ihrem Mann, der sich räusperte. »Die Amazonen sind nicht hier, um die Stadt zu erobern, sondern wegen Antiope. Sie ist der Grund unseres Unglücks. Also tötet sie, Theseus, sodass ihr Volk keinen Grund zum Weiterkämpfen hat. Opfert sie im Tempel des Ares, damit er ihre Seele für die Unterwelt empfangen kann und unsere Lande verlässt.«

Areto hätte vor Entsetzen beinahe den Krug fallen gelassen. Sie musste sich verhört haben. Wie konnte Miron etwas derart Kaltblütiges sagen?

Die Männer riefen durcheinander. Theseus gelang es nicht mehr, sie zu beruhigen. Er schrie über sie hinweg: »Hast du den Verstand verloren?« In seinen Augen glomm dieselbe Dunkelheit, die Areto bei Herakles gesehen hatte. Es war der Götterwahn. Er troff aus Theseus' Blick und von seiner Zunge, als sich seine Stimme überschlug. »Sie ist meine Königin, und als solche werde ich sie niemals hergeben. Raus!«

Ohne ein Wort zu erwidern, verneigte Miron sich und ging.

Areto folgte ihm auf den Gang hinaus. »Wie konntest du das sagen, Miron?«

Er würdigte sie keines Blickes, als er antwortete: »Es waren die Worte, die gesagt werden mussten. Noch mag Theseus meine Idee vermessen erscheinen. Bald wird sie es nicht mehr, wenn er begreift, dass sein Reich am Abgrund steht. Seine Eigensucht hat Athen Verderben gebracht. Nun wird sich zeigen, was er mehr liebt: seine Herrschaft oder die Bestie in seinem Gemach.«

»Du redest von Antiope, als wäre sie ein Opfertier, das man einfach für die Götter schlachten kann. Sie ist ein Mensch! Deine Königin! Du –«

»Nein, das ist sie nicht.« Jetzt warf er ihr doch einen erbosten Blick wegen ihrer Unverschämtheit zu. »Auf dem Thron sitzt sie nur zum Schein, weil Theseus es will. Mach dir nichts vor, Areto. Selbst du Niedriggeborene, die sein Haus leitet, bist mehr Königin als sie.«

Damit schien das Gespräch für ihn beendet. Areto ließ ihn nicht gehen. Sie dachte an Antiope, deren Geschichten und vergiftetes Lächeln. »Miron, hör mir zu.« Sie hielt ihn am Arm fest. »Wir können diesen Kampf ohne weiteres Blutvergießen beenden. Antiope will zurück zu ihrem Volk. Lassen wir sie gehen!«

Er versuchte, sie abzuschütteln. »Das ist nicht möglich. So sehr es mir missfällt, sie ist jetzt Griechin und keine Amazone mehr. Und das Volk glaubt, dass sie Theseus aus Liebe gefolgt sei. Was soll es denken, wenn Antiope zu ihresgleichen zurückkehrt? Alles Elend wäre Theseus' Verschulden und nicht das der Belagernden. Das Volk ist schon jetzt am Verzweifeln, ja, irre vor Furcht, so sehr ängstigt es sich vor diesen abscheulichen Frauen. Wenn es endgültig den Glauben an Theseus und seinen Sieg verliert, wird es Bürgerkrieg geben.«

Areto hielt sich hartnäckig fest. »Wir können uns eine Täuschung überlegen, damit es nicht dazu kommt.« Er wollte ihr ins Wort fallen, verstummte ungläubig, als sie über ihn hinwegredete. »Ich kann mit Antiope darüber sprechen. Sie wird mir zuhören. Als Frau könnte ich sogar vor die Amazonen treten. Bitte, du musst das dem Rat sagen. Ich kann mit Königin Orithyia Frieden verhandeln –«

»Genug jetzt!« Er riss sich dermaßen gereizt von ihr los, dass sie zurückwich. »Hörst du dir selbst zu, Frau? Du fantasierst! Bleib bei deinen häuslichen Pflichten und maße dir nie wieder etwas anderes an. Das Kriegsgeschäft obliegt den Männern!«

Mit Tränen in den Augen sah sie ihn an. Sie rechnete damit, dass er sie schlagen würde. Schon einmal hatte sie sich einen Schlag von ihrem Vater verdient, weil sie ihren Platz nicht gekannt hatte.

Aber es kam nichts. Im Gegenteil, Miron schien seine Härte zu bereuen, denn seine Stimme wurde weicher. »Ach, Areto.«

Er streckte die Hand nach ihr aus. Sie spürte den Impuls, sie wegzuschlagen, ihn anzuschreien, bis er zur Vernunft käme. Bevor er sie berühren und sie diesen irren Gedanken verfolgen konnte, drang ein Rufen zu ihnen.

»Sie sind hier!« Es war eine Sklavin. Sie stürzte an ihnen vorbei und schrie, als wäre ein Rudel Wölfe hinter ihr her. »Die Barbarinnen sind im Palast!«

Miron erbleichte und ließ die Hand sinken.

Areto glaubte, ihr Herz würde stehen bleiben. *Sie sind hier.* Aus den alten Geschichten waren sie gestiegen und nach Athen gekommen, blutgebadet, Tod verheißend. Es hatte keine Mauern und Helden mehr gegeben, um sie weiter aufzuhalten. *Sie sind hier.*

Die Stimme der Sklavin drang schrill durch die Wände, mit ansteckender Panik. Als auch noch Soldaten erschienen, ergriffen die Leute schreiend die Flucht.

Miron packte Areto an den Schultern. »Du musst von hier fort.«

Sie zitterte unter ihm. »Aber ...«

»Kein Widerspruch. Nicht jetzt.« Miron legte die Hand auf ihren Bauchansatz. Er sah sie auf eine Art an, wie sie es nicht von ihm kannte. Flehend. »Rette euch beide. Ich muss den Männern helfen, den Palast und den König zu schützen. Und wenn ich die Amazone eigens opfern muss.«

\* \* \*

Sie hatte das Gefühl, durch einen dunklen Traum zu laufen. Die Gesichter der vorbeirennenden Ratsmitglieder, Bediensteten und Soldaten verschwammen vor ihren Augen. Als Strom der Angst fluteten sie dahin, entfesselt von dem Ruf: »Zeus schütze uns! Sie sind hier!«

Während Areto zu einem versteckt liegenden Dienstbotengang eilte, versuchte sie zu begreifen, was geschah. Das ganze Heer der Amazonen konnte nicht durchgebrochen sein. Davon hätten sie früher vernommen. War es nur eine kleine Truppe, die in den Palast vorgestoßen war? Aber schon ein paar Kriegerinnen hinter den Mauern könnten schlimmste Verwüstungen anrichten.

Sie trat keuchend in den Gang. Zu ihren Füßen fielen Stufen hinab, die in einen Tunnel zum Tempel der Athene führten. In Sicherheit.

Dann kam ihr Antiope in den Sinn, und welches Schicksal Miron ihr zugedacht hatte. Ihr Herz zog sich zusammen. Sie sagte sich, dass sie fortmusste. Dass sie es dem Kind in ihr schuldig war.

Aber Areto konnte nicht gehen. Nicht, wenn Antiope sterben könnte.

Sie lief die Treppe hinauf, fort von den Tunneln, zu denen alle strebten. Stattdessen wollte sie zu Theseus' Gemächern. Einige Diener stürzten an ihr vorbei, doch niemand hielt sie auf.

Endlich gelangte sie zum Ausgang. Sie wühlte sich durch die Vorhänge zu dem Zimmer, in dem Antiope immer gelegen hatte – um niemanden vorzufinden. Die Liege war leer. Auf dem Boden waren die Scherben einer Tonvase verstreut. Eine davon, blutig verschmiert, lehnte an einem Bein der Liege. Dort, wo die Kette befestigt gewesen war, gab es nur noch eine Kerbe im Holz.

*Antiope hat sich losgeschnitten!* Areto musste nicht lange überlegen, wo die Amazone hingegangen sein könnte. Antiope hatte einen Sohn, den sie nicht bei Theseus zurücklassen würde. Sie war bei Hippolytos. Um ihn ein letztes Mal zu sehen, zu töten, mit sich zu nehmen – wer wusste das schon.

Sie wollte gerade in die Gemächer des Prinzen vordringen, als sie eine Stimme hörte. »Was tust du hier?« Ein Soldat trat in den Raum, die Augen unter seinem Helm argwöhnisch zusammengekniffen. »Hast du nicht gehört? Der Palast wird angegriffen. Du solltest auf der Flucht –«

Weiter kam er nicht. Ein Schatten huschte durchs Fenster, rasend schnell. Dann spaltete eine Streitaxt sein Gesicht.

Areto schrie auf. Sie starrte den Soldaten mit dem eingeschlagenen Helm an, Axtblatt und durchgebogene Bronze bohrten sich in sein Fleisch. Die Schneide hatte eines seiner Augen zerschlitzt, zog sich in einem blutigen Brei über Nase und Wange. Er röchelte ungläubig, kam ins Wanken.

Ehe er schreien oder irgendwie reagieren konnte, wurde er zu Boden geschleudert. Ein Fuß in einer Ledersandale krachte auf seinen Kehlkopf. Ein zweiter trat auf die Axt, dass sie sich tiefer in seinen Kopf bohrte und ihn endgültig zum Schweigen brachte.

Eine junge Frau, fast noch ein Mädchen, stand über den Toten gebeugt. Helle, dick geflochtene Locken quollen aus ihrem Helm. Ihr Blick war so wild wie ihre ganze Erscheinung. Der muskulöse Körper steckte in einem Waffenrock aus Leder, bronzene Arm- und Beinschienen schlossen die Gliedmaßen ein. Auf ihrem schmalen Rücken trug sie einen Köcher sowie einen Kurzbogen, der an einer eigenen Halterung festgemacht war. Ein Waffengürtel mit einem Schwert hing um ihre Hüften. Dort, wo die rechte Brust hätte sein sollen, war nur flache Lederrüstung.

Erst als die Amazone ihre Waffe aus dem Kopf des Soldaten riss, erwachte Areto aus ihrer Starre. Sie hätte vielleicht um ihr Leben und das ihres ungeborenen Kindes flehen sollen. Aber das Einzige, was sie sagte, war: »Ich kann dich zu Antiope führen. Bitte, bring sie fort!«

Sie hatte kaum zu Ende gesprochen, da schwang die Axt schon vor ihre Nase. Der Blick der Kriegerin bohrte sich in ihren. Sie fletschte die Zähne und spannte die Muskeln an, als müsse sie sich mit Gewalt davon abhalten, Areto anzugreifen. Ihre Augen waren beängstigend schön, wie die eines Raubtieres.

Areto sah atemlos, wie weitere leicht gerüstete Amazonen durchs Fenster kletterten. Eine von ihnen war breitschultrig und massiv wie ein Bär. Eine andere, rank und sehnig, schien ein Mensch gewordener Pfeil.

Bei den letzten beiden Hochgewachsenen musste Areto nur die nachtgetränkten Haare sehen, um zu wissen, dass sie Antiopes Schwestern waren. Die eine wirkte sogar jünger als die Kriegerin, die Areto bedrohte. Unter ihren Haarfransen lagen Augen, in denen das Feuer der Jugend flackerte.

Dagegen war die ältere Schwester ein Ausbund an Härte. Die hochgebundenen Haare, die raue Haut, der steinharte Blick, alles an ihr war Disziplin. Areto glaubte sie aus Antiopes Erzählungen zu erkennen. Das musste Hippolyte sein.

»Clete, was tust du?« Hippolyte hatte einen scharfen, kaum verstehbaren Akzent. »Kein Zögern, wir müssen unbemerkt bleiben. Töte sie!«

Die junge Kriegerin – Clete – behielt Areto im Blick. »Prinzessin, sie spricht die luwische Zunge. Und sie hat gesagt, sie kann uns zu Antiope führen.«

Die jüngere Prinzessin stürzte vor, ihren Speer gepackt. »Wo ist meine Schwester? Wo?«

Hippolyte hielt sie an der Schulter zurück. »Bleib ruhig, Penthesilea.« Grimmig sah sie Areto an. »Wer bist du? Warum sollen wir glauben, dass du Antiope helfen willst?«

»Mein Name ist Areto. Ich ...« Sie rang nach den richtigen Worten.

»Ich bin ihre Leibdienerin. Die einzige Verbündete, die sie in Athen hat. Ich will, dass Antiope lebt, in Freiheit!«

Mehr schien Hippolyte nicht wissen zu müssen.

»Lacomache«, sagte sie zur Bärin. »Du übernimmst die Vorhut.« Sie wandte sich an die Sehnige. »Molpadia, du deckst unsere Rücken mit Pfeilen. Und Clete: Wenn sie auch nur die kleinsten Anstalten macht, uns an die Griechen zu verraten, schlitzt du ihr die Kehle durch. Verstanden?«

Clete nickte und kam in einer geschmeidigen Bewegung hinter Areto.

»Du hast es gehört. Bring uns zu Antiope.«

Von den Amazonen flankiert, ging Areto voran. Sie bemühte sich, die Gruppe in Stille und Seitengängen möglichst zu verbergen, doch das Zusammentreffen mit Soldaten ließ sich nicht vermeiden.

Die Amazonen schlugen gnadenlos zu. Mit Faust und Axt zerschmetterte die Bärenkriegerin Lacomache alle, die ihr in den Weg kamen. Molpadia schoss Männer nieder, noch ehe die anderen sie bemerkten. Speere flogen, wann immer Antiopes Schwestern vorstießen. Dabei waren die Amazonen wie im Blutrausch. Ihre Augen glühten auf, wenn sie jemanden erschlugen. Sie verloren jedoch nie die Kontrolle über sich selbst, kämpften als Einheit, ohne sich absprechen zu müssen.

Areto zwang sich, nach vorne zu schauen. Sie musste es tun, um nicht die Gesichter derer zu sehen, die von den Amazonen totgeschlagen wurden. Bekannte, Freunde, Vertraute. Sie unterdrückte ein Schluchzen, betete für die Fallenden und bat um Vergebung, weil sie nicht ihre Leben, sondern das von Antiope gewählt hatte.

Schließlich hörte sie ein Kind schreien – Hippolytos.

»Das Zimmer dort«, rief Areto. »Schnell!«

Kaum dass sie über die Schwelle trat, erzitterte sie vor Grauen. Sie kamen zu spät.

Blutige Schlieren überzogen den Boden. Sie vermischten sich mit dem Haar von Antiope. Sie lag auf dem Rücken, Theseus über ihr. Die losgehackte Fessel schlackerte an ihrem Fuß. Neben ihnen, aus Antiopes Armen gerollt, lag Hippolytos. Die Königin war zittrig, geschwächt von mehreren Stichwunden. Sie stemmte sich mit verbliebener Kraft gegen Theseus' Hände. Er wollte ihr sein Kurzschwert in den Hals rammen, Mirons Vorschlag umsetzen, um sich und seine Stadt vor dem Zorn der Götter zu retten.

Die Amazonen schrien auf. Molpadia stürzte vor, entgegen Hippolytes Befehl.
Theseus bemerkte die Pfeilschnelle gerade noch rechtzeitig. Er sprang von Antiope weg, hob Hippolytos auf und wehrte Molpadias Schwert mit seinem ab. Dabei traf sein Blick den von Areto. Er sprach kein Wort, musste es nicht, weil seine Seele schrie: Verräterin!
Während Molpadia ihn mit dem Schwert zurückdrängte, lief Areto auf Antiope zu. Die machte Anstalten, aufzustehen, rutschte auf ihrem eigenen Blut aus.
»Rühr dich nicht«, sagte Areto. »Alles wird gut. Deine Schwestern sind hier, siehst du? Du wirst heimgehen.«
Antiope sah sie an, mit Augen, die überströmten vor Dankbarkeit. Areto kniete sich neben sie und riss das Gewand auf, um die Verletzungen zu besehen.
Molpadia schlug Theseus das Kurzschwert aus der Hand. Es fiel mit einem Klirren zu Boden. Er kam anscheinend zu dem Schluss, dass das Leben seines Erben wichtiger war als alles andere, denn er floh aus dem Raum.
»Ehrloser Bastard!«, schrie Penthesilea.
Sie lief ihm nach, gefolgt von den Kriegerinnen Clete und Lacomache. Molpadia blieb, um sich neben Antiope zu knien, wie auch Hippolyte.
»Nein«, flüsterte Areto. »Oh, bitte, Götter.«
Sie riss Stofffetzen für Stofffetzen ab, um die Wunden zu verbinden. Hippolyte half ihr, während Molpadia den Kopf von Antiope stützte und dafür sorgte, dass die Verletzte ruhig atmen konnte. Doch das Leben floss zu schnell aus ihr. Es ließ sich nicht mehr auffangen.
»Schon gut«, sagte Antiope, als Tränen in Molpadias Augen glänzten. »Ich bin froh, euch noch einmal sehen zu können.«
Areto weigerte sich, aufzugeben, riss einen weiteren Streifen ab. Da berührte jemand ihre zitternden Finger – Hippolyte. Sie drückte mit sanfter Gewalt Aretos Hände weg.
Die anderen Amazonen kehrten zurück.
»Er ist uns entkommen«, keuchte Penthesilea. »Der Feigling lief zu seinen Soldaten, ehe wir ihn stellen konnten. Sie sind auf dem Weg hierher. Wir haben die Tür zu den Gemächern verbarrikadiert. Aber sie wird nicht lange durch–« Sie verstummte, als sie die schwer atmende Antiope erblickte.

Es brauchte keine Erklärungen. Ein trauriger Blick von Hippolyte genügte, damit die anderen verstanden. Penthesilea lief auf Antiope zu. Sie umschlang den Hals ihrer Schwester, wobei sie ein Schluchzen nicht unterdrücken konnte. Auch die trauergebeugte Hippolyte umarmte Antiope. Die anderen Kriegerinnen knieten, mit andächtig gesenkten Köpfen.

Areto rührte sich nicht. Sie wusste, dies war nicht ihr Moment, sie durfte nicht stören. So viele Gefühle stritten in ihr. Woher kam dieser grässliche Schmerz? Durch die Schatten, in denen die Welt versank, hörte sie Hippolyte fragen: »Hast du einen letzten Wunsch?«

Antiope zögerte nicht mit ihrer Antwort. »Ich will als Kriegerin sterben. Mit meiner Heimat Themiskyra im Herzen.«

Hippolyte nickte. Sie ließ Antiope aus ihren Armen gleiten und sagte: »Molpadia, bleib bei ihr. Bis zum Ende.«

Die Pfeilkriegerin erwiderte: »Natürlich, Prinzessin. Das habe ich geschworen.«

Molpadia trat neben Antiope, von der die Prinzessinnen Abstand nahmen.

»Du bist gekommen.« Antiope lächelte so offen und verletzlich, sie sah zum ersten Mal wie ein Mädchen aus. »Ich habe jeden Tag an dich gedacht. Sonst hätte ich es nicht geschafft, zu – «

Molpadia brachte sie mit einem Kuss zum Verstummen. Antiope schloss die Augen und gab sich ihm hin.

Bei diesem Anblick wurde der Schmerz in Areto unerträglich. Die Schatten waren plötzlich überall, quetschten von innen gegen ihre Haut, wollten aus ihrem Mund brechen und sie in die Tiefe ziehen. Der Geruch von Hyazinthen verklebte ihre Nase.

»He!«, hörte sie Clete rufen. »Was ist mit dir?«

Areto konnte nicht antworten. Würgend schlug sie die Hände vor den Mund. Sie riss ihren Blick von Antiope und Molpadia los, die sich immer noch verzweifelt küssten.

»Lass sie, Clete«, sagte Hippolyte. »Wir müssen fort, solange wir noch können.«

»Aber Antiope – «, setzte Penthesilea an.

»Wir lassen sie hier. Sie will es so.«

Das Tappen von Sandalen ließ Areto wissen, dass die Amazonen flohen. Sie versuchte, die Schatten hinunterzuschlucken und fortzukriechen. Wenn sie sich nicht zusammenriss, würde sie in ihre abgründigsten Erinnerungen schauen müssen, und das durfte nicht geschehen.

»Ich weiß. Den Tod zu sehen, kann überwältigend sein«, drang Cletes Stimme zu ihr durch. »Aber auch du musst fliehen, wenn du überleben willst.«

Areto spürte, wie die Amazone ihre Hände nahm und etwas in diese drückte. Es fühlte sich kalt und schwer an.

»Danke für alles«, sagte Clete. Dann war auch sie fort. Areto versuchte, sich zu beruhigen. Atmete gleichmäßig ein und aus. Berührte ihren Bauch dort, wo ihr Kind wuchs. Dachte an die Nachmittage, an denen Antiopes Geschichten sie gefesselt hatten.

Die Schatten zogen sich zurück. Sie lauerten flackernd im Hintergrund, aber Areto konnte wieder sehen. Sie erkannte, dass Clete ihr Theseus' Kurzschwert gegeben hatte. Um den Griff rankten sich Goldschnitzerei von Blitzen. Wahrzeichen des Gottvaters Zeus, der Athen im Stich gelassen hatte. Das Blut von Antiope haftete an der Klinge.

Sie unterdrückte ein weiteres Würgen. Als sie sich aufstützte, bemerkte sie, dass sie ein Stück von der Prinzessin weggerutscht war. Molpadia stand inzwischen neben Areto. Die Amazone spannte ihren Bogen, hielt einen Moment lang inne. Dann biss sie die Zähne zusammen und schoss. Der Pfeil flog perfekt. Antiope hörte sofort zu atmen auf, und Molpadia brach zusammen, als ob sie selbst erschossen worden wäre.

Da begriff Areto, was die Prinzessin gemeint hatte. »*Ich will als Kriegerin sterben. Mit meiner Heimat Themiskyra im Herzen.*« Ihr Wunsch war erfüllt. Auf dem Schlachtfeld, das Theseus' Haus für sie gewesen war, lag sie tot, ihr Herz von einem Amazonenpfeil durchbohrt.

Areto konnte sich nicht vorstellen, was Molpadia in diesem Augenblick fühlte. Sie hätte der Kriegerin so gerne gesagt, dass es gut war, weil sie alles ihr Mögliche getan und Antiope nicht alleingelassen hatte. Aber Areto kam nicht dazu.

Brüllend liefen Soldaten in die Kammer. Molpadia ließ ihren Bogen fallen und nahm ihren Speer zur Hand. Sie stach rasend schnell zu. Die Speerschneide fand verwundbare Stellen zwischen Rüstungsteilen, riss Männer von den Füßen, wenn nicht gleich in den Tod.

Areto erschrak so heftig, dass ihre Kräfte zurückkehrten. Sie versteckte sich hinter der nächstbesten Kleidertruhe. Abwechselnd sah sie dahinter hervor und auf die Waffe in ihrer Hand. Was sollte sie tun?

»König von Athen«, schrie Molpadia in Griechisch. »Pfeift eure Soldatenhunde zurück und kämpft wie eine Frau gegen mich!«

Ihre Worte wurden erhört. Es kamen keine weiteren Soldaten. Stattdessen erklang die wütende Stimme von Theseus. »Bleibt zurück, Männer. Diese Amazone gehört mir!«

Er stürmte mit schwingender Keule herein. Molpadia wich gerade rechtzeitig vor ihm zurück, sodass sie seiner Waffe entging. Krachend schlug der tödliche Klumpen in den Boden. Sie bewegte sich unkontrolliert, schnellte in gefährlichen Manövern mit ihrem Speer vor. Offensichtlich war sie wund vor Trauer. Die Rohheit ihrer Hiebe zeugte davon, dass sie Theseus töten oder hier mit Antiope sterben wollte.

Da traf die Keule Molpadias Schulter. Sie schrie auf, wurde von dem Schlag herumgeschleudert. Knochen knackten. Nutzlos hing ihr Arm vom zertrümmerten Gelenk herab.

Theseus gab ihr nicht die Zeit, sich neu zu wappnen. Er warf sich gegen sie, brachte sie zu Boden und trat ihr auf den Bauch. Mit aller Gewalt ließ er die Keule auf ihren Kopf herabsausen. Er zerplatzte wie eine reife Frucht und verteilte sich spritzend auf Wand und Boden.

Areto biss sich auf die Zunge, um nicht aufzuheulen. Ein letztes Zucken von Molpadia, dann war es vorbei.

»Ihr Tod war mein«, knurrte Theseus. »Und du schießt ihr ins verrottete Herz, ehe ich es ihr herausreißen kann. Jetzt könnt ihr beide in den Tiefen der Unterwelt verfaulen, wo eure Art hingehört!«

Wieder und wieder ließ er die Keule niedergehen. Er hackte in solch blinder Wut auf die Tote ein, dass er Areto nicht sah, als sie zum Dienstbotengang kroch. Sie betete, dass er sie nicht bemerkte. Wenn er es tat, würde sie für ihren Verrat sterben.

Während sie die Treppen hinunterstolperte, hörte sie ihn rufen: »Durchsucht den Palast nach weiteren Amazonen. Lasst keine einzige am Leben!«

Um keinen Soldaten in die Arme zu laufen, nahm sie mehrere Abzweigungen und eilte zum Palastgarten. Sie umklammerte den Griff des Kurzschwerts, von dem sie nicht wusste, ob sie es einsetzen könnte. Was, wenn ihr jemand begegnete, ehe sie es fortschaffte? Und wo sollte sie hin?

Sie lief in den Garten und wusste immer noch nicht, was sie tun sollte, da trat jemand aus dem Schatten eines Baumes. Areto blieb stehen. Heftig atmend hielt sie die Klinge von sich. Im dämmernden Abendlicht konnte sie nicht mehr als den Schemen eines Mannes ausmachen. Sie erbebte, als er sprach, denn sie kannte seine Stimme.

»Was hast du getan?«

Ihre Augen gewöhnten sich an das Zwielicht, sodass sie das Gesicht erkennen konnte. Es war Miron. Seine Mimik war reglos wie eine still daliegende See, unter deren Oberfläche die dunkelste Tiefe lauerte. Er sah auf das blutige Schwert in ihren Händen. Ob er bewaffnet war, konnte sie nicht sagen. Aber allein die Kälte, mit der er sprach, war gefährlich.

»Was hast du nur getan?«

Als sie diese Worte hörte, verschlangen die Schatten sie von Kopf bis Fuß. Genau dasselbe hatte ihr Vater gefragt. Was hast du getan, Areto?

\* \* \*

Die Schwärze nahm die Gestalt von Bildern vergangener Tage an. Es war Sommer, er drückte heiß auf die blumengeschmückten Dächer Athens. Hier, über der Stadt, tanzten und lachten Frauen miteinander. Adelige, Huren, Sklavinnen und Konkubinen, sie alle waren Freundinnen zur Zeit des Adonia-Festes, ihre Stände bedeutungslos.

Areto, die zwischen ihnen umherschlenderte, kam aus dem Staunen nicht heraus. Lauten erklangen, mit Zimt gewürzter Wein floss, und der Duft von Gebäck stieg ihr in die Nase. Süßes Brot, das wie Geschlechtsteile geformt und anders als das menschliche Fleisch nicht schambehaftet war. Sie hatte die Stimme ihres Vaters im Ohr – »sei nicht zu zügellos beim alljährlichen Ritus weiblicher Hemmungslosigkeit« – und musste grinsen.

Heute Nacht stand alles im Zeichen von Körpern und deren Fruchtbarkeit. Heute Nacht gehörte die Welt den Frauen, und Areto war frei.

Sie sang aus vollem Hals mit, scherzte und aß und trank und glaubte, noch nie so sehr gelebt zu haben ... bis sie Eudokia traf.

Es war, als wäre ein bunter Stern aufgegangen. Sie stach selbst unter all den lebensfreudigen Frauen heraus. Ihr helles, fast goldenes Haar floss wie Honig an der viel dunkleren Haut entlang. Steinbesetzte Ringe klirrten an ihren Ohren und Armen, Geschenke, die sie als Hetäre von ihren Gönnern erhalten hatte. Ihr Gewand war so farbenfroh wie ihre ganze Art. Doch am besten stand ihr die Kette aus Hyazinthen um den Hals.

Areto war wie gebannt von ihrem Anblick. Sie hätte schwören können, die Liebesgöttin Aphrodite anzuschauen.

Der Eindruck verflog auch nicht, als sie Eudokia ansprach. Oder als sie gemeinsam tanzten und Gebäck verzehrten. Die Finger, die Areto streiften, waren geschickt vom Weben und seidig vom Lieben. Areto sollte sie in jener Nacht noch viel öfter zu spüren bekommen.

Es brauchte nur ein paar Schlucke Wein. Als sie Eudokia in ihr Bett zog, war Areto so berauscht von ihr, sie wollte nichts mehr, als in ihrer Haut verloren gehen. Sie lachte, weinte, schrie vor Lust. Eudokia seufzte an ihren Lippen, und Areto war glücklich.

Umso schlimmer war das Erwachen. Sie wurde von Eudokias Schrei geweckt. Ihr Vater entriss ihr die Geliebte. Er sah Areto mit einem Grauen an, das sie seiner stoischen Art nie zugetraut hätte. In diesem Moment wirkte er so knittrig wie der Papyrus, mit dem er arbeitete.

»Was hast du getan, Areto?«

Sie sollte diesen Satz nicht nur von ihm, sondern auch bei der öffentlichen Anklage hören. Ihr wurde vorgeworfen, die Götter beleidigt zu haben. Sie und Eudokia hätten die Ausschweifungen der Adonia genutzt, um sich wider alle Sittlichkeit zu penetrieren.

Areto beteuerte unter Tränen, dass es keine Phalloi zwischen ihnen gegeben hatte, nur törichte Trunkenheit und die daraus entstandenen Berührungen. Niemand glaubte ihr. Auch nicht ihr Vater, der ihre Nacktheit attestierte und sagte, dass daraus nur ein Schluss zu ziehen war. Sie hatten entblößt, Scham an Scham zusammengelegen. Zeichen für Begehren, und dies war nur durch Penetration möglich. Es *mussten* Phalloi im Spiel gewesen sein, und derlei durfte Frau an Frau nicht nutzen – durfte sich nicht anmaßen, ein Mann zu sein.

»Es tut mir leid«, sagte er mit gebrochener Stimme. »Ich habe dich nicht rechtens aufgezogen. Es ist meine Schuld. Ich hätte eine neue Frau heiraten müssen, als deine Mutter uns verließ. Stattdessen habe ich dich an meiner Arbeit teilhaben lassen und dich mit blutigen Geschichten genährt, als wärest du ein Junge. Ich sehe das jetzt.«

Es war entschieden worden, dass er als ihr Vormund über ihre Strafe entscheiden sollte, und er beschloss, sie an ihrem Körper auszutragen. Nackt, wie er sie am Morgen der Schande gefunden hatte. Bis zu diesem Tag hatte ihr Vater sie nie geschlagen.

»Ich liebe dich, Areto«, sagte er über sie gebeugt, während er sie an den Handgelenken niederdrückte. »Aber ich muss auch deinen Leib, den ich ruiniert habe, berichtigen.«

Sie war zu entsetzt, um sich körperlich zu wehren, heulte, bis sie heiser war, flehte um Gnade und bat um Verzeihung, versprach, eine gute Bürgerin und Ehefrau zu sein und ihm nie wieder mit Sittenwidrigkeit Schande zu bereiten. Da brachte er es nicht über sich.

Sie erfuhr am nächsten Tag, dass sie heiraten würde. Die Tränen darüber weinte sie im Stillen, wissend, dass sie ihren Vater nicht erweichen würden. Sie weinte, weil seine erste Wahl gewesen war, ihr selbst Gewalt anzutun. Und nun ließ er es einen anderen Mann übernehmen, als ob das besser wäre. Die Jahre, in denen er geduldet hatte, dass sie ehelos blieb und ihm bei der Arbeit half, waren vorbei. Ihr Gatte sollte Miron sein. Ein hochrangiger Mann mit großem Ansehen, vor Kurzem verwitwet. Die beste Partie, auf die jemand wie Areto hoffen konnte.

Eudokia hatte nicht so viel Glück. Sie wurde von den Männern, die sie hofiert und im Bett angebetet hatten, öffentlich ausgepeitscht.

Areto war zugegen, gemeinsam mit ihrem Vater, der sie festhielt und verhinderte, dass sie in die vordersten Reihen lief. Eudokia kreischte vor Schmerz. Die Peitschenhaken spalteten gnadenlos ihren Rücken, den Areto so ausgiebig erkundet hatte. Mit ihrem Fleisch wurde ihre Ehre fortgeschlagen. Wenn es endlich endete, würde sie keine angesehene Hetäre mehr sein, sondern zu den niedrigsten Huren gehören und aus Athen verbannt werden.

Areto sah hilflos zu. Sie wollte Eudokias Blick finden, sie nicht alleine in ihrer Folter lassen. Doch nicht einmal das war möglich. Sie ging unter in der Menge von Zuschauern, die Eudokia begafften.

Da entstand ein Schatten unter den Füßen der Menschen. Er wand sich an Areto hoch und kroch in ihr Ohr. »Hätte sie dich doch nie getroffen«, flüsterte der Schatten. »Weine nicht. Gottloser Abschaum wie du hat es nicht verdient, zu weinen. Sie leidet deinetwegen, aber mach dir keine Sorgen. Ich bin jetzt da, um dich an deine Schuld zu erinnern. Für immer.«

\*\*\*

Areto rang nach Luft. Das Schwert drohte ihr zu entgleiten, als Miron auf sie zuging. Sie wusste, er würde sie nicht anhören, nur unterbrechen, wie immer. »Was hast du getan?« Die sinnlose Frage eines Rhetorikers.

Sie würde sterben, erdrosselt von den Schatten ihrer Vergangenheit. Vielleicht würde man sie noch bis zur Geburt des Kindes leben lassen, aber Gnade blieb ihr verwehrt, wie so vielen Griechinnen. Areto versteifte sich in dem Wissen, dass man sie hinrichten würde, nicht nur für ihren Verrat, sondern weil Frauen wie sie ohnehin nichts wert waren. Sie könnte es angsterstarrt hinnehmen … oder sie könnte wütend sein.

Wütend auf diese Welt, die ihre Mutter gezwungen hatte, sie als Säugling zurückzulassen und woanders ein besseres Leben zu suchen. Auf die Männer, die ihr und Eudokia so viel Leid zugefügt hatten. Auf ihren Vater, der bereit gewesen wäre, seine eigene Tochter zu vergewaltigen, nur um ihrer beider Ehre zu schützen. Auf Theseus und die anderen griechischen Helden für ihre zerstörerische Selbstsucht. Und auf Miron, der sie erworben hatte wie einen hübschen Gegenstand und eine Frau wie Antiope wiederum für wertlos hielt.

Areto war so wütend, dass die Schatten vor ihr zurückwichen. Sie erlebte die Gnade der Wut, atmete freier, packte den Griff der Klinge, dachte an Artemis. Aus dunkler Urtiefe stieg die Kraft der Amazonen in ihr auf.

Sie glaubte, Antiope zu hören: »Göttin, leih uns Macht!«

Schreiend schlug Areto zu.

*  *  *

Sie wusste nicht, wie sie es aus dem Palastgarten schaffte. Die Welt schien in Feuer und roten Schlieren versunken, doch sie machte einen Schritt nach dem anderen, ging einfach weiter. Dabei schlang sie die Arme um ihre Brust, drückte an sich, was sie mit zitternden Händen hielt.

»Du …?«, hörte sie irgendwann eine Stimme. »Was machst du noch hier? Du hättest besser aus der Stadt fliehen sollen.«

Sie sah verschwommen eine bekannte Gestalt vor sich. Einmal mehr hielt eine Amazone ihr den Speer an den Hals. Es war die junge Kriegerin mit dem Namen Clete.

»Ich brauche deine Hilfe«, brachte Areto hervor. »Bring mich zu eurer Königin. Ich muss mit ihr sprechen.«

Zunächst sah es aus, als wolle Clete sie mit dem Speer durchbohren, dann ließ sie jedoch die Waffe sinken. »Du wolltest das Leben meiner

Prinzessin schonen, also schone ich dich. Bleib bei mir. Ich gebe dir sicheres Geleit.«

Areto nahm kaum wahr, wie Clete sie übers Schlachtfeld führte, ihr Blick blieb auf den Boden geheftet, um den Schwindel zu bekämpfen. Ihr Hals und ihre Augen brannten, Letztere konnte sie kaum offen halten. Der Ballast in ihren Armen zehrte an ihrer Kraft. Schließlich blieb Clete stehen. Areto sah von ihren Füßen auf.

Sie hatte es geschafft. Vor ihr standen die Amazonen, die Speere wie zur Abwehr auf Areto gerichtet. Sie erkannte Königin Orithyia sofort an der prächtigen goldbeschlagenen Rüstung, noch eindeutiger an ihrer hoheitlichen Haltung. Selbst schmerzgebeugt war sie eine Riesin und überragte die meisten Amazonen um zwei Köpfe. Anders als die aufgebrachten Kriegerinnen um sie herum hielt sie keine Waffe, sondern saß auf einem gepanzerten Rappen, ihre nachtschwarzen Haare flogen frei. Sie war schwer verletzt. Ihr Blut besudelte Rüstung und Pferd gleichermaßen, und in ihrem Blick brannte ein Feuer des Zorns, wie Areto ihn noch nie bei einer Frau gesehen hatte.

»Seid gegrüßt, Königin.« Areto fiel auf die Knie. Sie hielt in die Höhe, was sie die ganze Zeit in ihren Armen behalten und an sich gedrückt hatte: Mirons Kopf. Sie hatte ihn von seiner Leiche geschnitten. Ihr war nicht klar, wie sie das nur mit einem Kurzschwert bewerkstelligt hatte. Die Waffe steckte in seiner Stirn, geronnenes Blut quoll ihm aus dem Mund und den fassungslos aufgerissenen Augen.

»Dies ist der Kopf des Mannes, der Theseus zu dem Mord an Antiope anstiftete. Ich bringe ihn der Göttin Artemis und Euch als Blutopfer. Zudem gebe ich Euch das Schwert des Theseus, mit dem ich diesen Mann köpfte. Bitte akzeptiert diese Gaben als Zeichen meiner Treue und nehmt mich bei Euch auf.«

Sie hatte so laut gesprochen, das darauffolgende Schweigen wog umso schwerer. Schon glaubte sie, Orithyia würde sich von ihr abwenden.

Da sagte die Königin: »Du marschierst mit großer Dramatik in unser Lager und sprichst noch größere Worte, Griechin. Was bist du? Todessehnsüchtig?«

»Im Gegenteil, Hoheit. Ich mag als Athenerin geboren worden sein, doch mein Herz ist das einer Amazone. Dieser getötete Mann war mein Gatte und ist der Vater des Kindes, das ich im Leibe trage. Ich tötete ihn Antiope zu Ehren und um Euch zu zeigen, dass ich Eures Volkes würdig bin.« Angestrengt schöpfte sie Atem. »Ich wollte, dass Antiope lebt. Nun will ich für sie leben.«

»Wie ist dein Name?« Orithyia stieg ab, wobei sich Blut unter ihr verteilte.

»Areto.«

»Areto? Bist du die Dienerin, von der mir meine Kriegerinnen und Schwestern erzählten?«

»Ja, ich führte sie zu Antiope. Doch wir kamen zu spät.«

Orithyia nickte schwerfällig. »Erzähl mir, wie meine Schwester fiel.«

Areto hätte berichten können, dass Antiope trotz der Fessel an ihrem Fuß als Kriegerin von dieser Welt gegangen war. Doch sie entschied sich für die Worte: »Sie starb mit der Frau, die sie liebte. Molpadia fiel neben ihr, durch Theseus' Hand.«

Orithyia schloss kurz die Augen. »Oh, Göttin.« Dann sagte sie barsch: »Steh auf.«

Areto kam wankend auf die Füße.

»Dein eines Geschenk will ich annehmen«, sagte Orithyia. »Das andere behalte selbst.« Sie zog das Schwert aus Mirons Stirn und ließ es zu Boden fallen. »Diese Klinge soll dich an den heutigen Tag erinnern. Halte deinen Kopf erhoben und sieh nie zurück. Du bist jetzt eine Tochter der Artemis.«

Sie nahm Mirons Kopf, um ihn achtlos hinzuwerfen und ihren Fuß auf ihn niedergehen zu lassen. Die bronzebeschlagene Sandale brach durch den Nasenknochen.

»Gebt ihr Molpadias Pferd«, befahl Orithyia und trat die Schädelreste von sich. »Wir ziehen ab.«

»Aber meine Königin«, rief Clete. »Wollen wir Antiope nicht rächen?«

Orithyia sah sie betrübt an. »Nein. Die Helden der Griechen haben zu viele von uns getötet.« Sie sprach nicht aus, was Areto dachte: dass die Königin selbst nicht mehr lange durchhalten konnte. »Bald würden wir mehr zu rächen haben, als wir an Kriegerinnen besitzen. Wir können nicht bleiben.« Damit wandte Orithyia sich ab.

Aretos Beine gaben nach, als hätte ihre Kraft nur gereicht, um bis zu diesem Moment durchzuhalten. Während sie stürzte, kam ihr in den Sinn, dass sie ihren Bauch schützen sollte. Wegen des Kindes.

Ehe sie aufschlagen konnte, fing Clete sie mit starken Armen auf. »Du hast gut gekämpft, Areto.« Das traurige Lächeln der Amazone sprach von der Niederlage und den Waffenschwestern, die sie verloren hatte. »Du hast unsere Königin gehört. Lass uns nach Hause gehen.« Areto waren schon vorher Cletes Raubtieraugen aufgefallen. Nun fand sie die Kriegerin und die blassen Narben, die ihren Körper überzogen, atemberaubend schön.

Clete half ihr, aufs Pferd zu kommen. Sie ritt an Aretos Seite, als das Heer der Amazonen loszog. Mirons Kopf flog wie ein Spielball zwischen den Hufen umher und wurde endgültig zermalmt.

# ZWEITER GESANG, VON HEILIGER JAGD

# I. EIN ZWEITES LEBEN

## Areto

An manchen Tagen ließen Aretos Träume sie in dem falschen Glauben, sie wäre in Athen gestorben. Dann erwachte sie in ihrem eigenen Schweiß und schaffte es nicht sofort aus dem Bett, fühlte sich gelähmt, so wie heute. Sie starrte an die mit Holz verkleidete Decke, begriff nicht gleich, wo sie war. Das tat sie erst, als Phileas seinen Lockenschopf in ihr Sichtfeld schob.

»Guten Morgen, Mutter. Bereit für die Heilige Jagd? Ich hoffe, du hast dich für die Göttinnen schöngeschlafen.«

Als Areto nicht gleich reagierte, runzelte er die Stirn und setzte nach. »Alles in Ordnung? Ist es wieder der Schatten?«

Der Verstand, der aus seinen Augen leuchtete, war so scharf wie seine Wangenknochen. Bis auf die hohe Denkerstirn hatte er nichts Äußerliches von Miron, sondern nur von Areto geerbt. Wie immer erdete sie seine Nähe.

Sie musste ihm gar nicht antworten. Er kannte ihre Anfälle gut und hatte mittlerweile gelernt, mit ihnen umzugehen. Sogleich zog er die Felle vor den Fenstern weg, um Licht hereinzulassen, brachte ihr Wasser und legte ein feuchtes Tuch auf ihre Stirn.

»Alles ist gut«, sagte er. »Ich bin da.«

Sie atmeten gemeinsam gegen den Schatten an, der ihren Hals zudrückte und sie in todtraurige Tiefe ziehen wollte. Er ließ sich nicht vertreiben, kam und ging, wie es ihm beliebte. Aber wenn Phileas da war, half es ihr immer ein wenig. So war es schon gewesen, als er nur in ihrem Bauch getreten hatte.

*Er hat recht,* sprach sie sich in Gedanken zu. *Alles ist gut. Du bist in deinem Haus in Themiskyra. Eudokia, dein Vater, Miron, der Tod von Antiope ... All das ist Jahre her. Weder deinem Jungen noch dir kann die Vergangenheit etwas anhaben.*

Schließlich, als die Dunkelheit losließ und zum Fenster hinauskroch, sagte Areto: »Danke, mein Stern.« Sie schien heute Glück zu haben, fühlte die Schwere nicht wie sonst, das Funktionieren fiel ihr leichter.

Phileas gab ihr lächelnd einen Holzbecher mit Wasser in die Hände.

»Nichts zu danken.« Während sie in kleinen Schlucken trank, fragte er: »Du hast mir nie gesagt, was der Schatten genau ist. Ein Dämon?«

»Nein, er ist nichts Jenseitiges. Zumindest nicht, wie es Priesterinnen oder Magiekundige kennen. Ich weiß nicht, was er ist.« Sie beäugte ihn über den Rand ihres Bechers hinweg. »Warum fragst du?«

Er zuckte mit den Schultern. »Es kam mir einfach in den Sinn. Man denkt nie wirklich über Dinge nach, die man sein ganzes Leben lang kennt. Und dann, wenn die Manneskraft heranreift und man sich tausend Fragen zur Bedeutung des eigenen Phallos stellt, kommen einem eben weitere Fragen. Nachvollziehbar, oder?« Er beugte sich verschwörerisch vor und flüsterte: »In diesem Fall heißt man einfach nur: ich.«

Areto konnte nicht anders, sie spuckte vor Lachen ihren letzten Schluck aus. Die Philosophenmanier, mit der Phileas über sein Glied sprach, war einfach zu komisch. Er fiel in ihr Lachen mit ein.

»So, so«, sagte sie mit gespieltem Ernst. »Der junge Herr sinnt über die Bedeutung seines Phallos nach?«

»Ja, und wie.« Er zwinkerte ihr schelmisch zu. »Ich will ihn bei den Feierlichkeiten gut einsetzen. Nächstes Jahr bin ich immerhin im heiratsfähigen Alter. Ich kann nicht früh genug anfangen, Herzen zu brechen.«

Areto kam in den Sinn, dass in Athen nur Mädchen über Heirat nachdenken mussten, sobald sie gebärfähig und somit für reiche Männer interessant waren. Das Volk der Amazonen hielt nichts davon. Bei ihnen konnten junge Erwachsene unabhängig vom Geschlecht werben und umworben werden, so wie das Herz sie führte.

Sie schälte sich aus ihrer Felldecke. Mit den Fingern kämmte sie ihre Locken, die nach dem Schlafen ein fürchterliches Durcheinander waren. Anschließend legte sie ihren Chiton an. Die Amazonen trugen ihn wie griechische Männer, indem sie ihn um die linke Seite der Brust schlangen und die rechte freiließen.

Es hatte lange gedauert, bis Areto sich daran gewöhnt hatte. In Athen schickte es sich nicht für Frauen, die Brust offen zu zeigen. Inzwischen genoss sie die Freiheit, nackt wie Männer sein zu können, ohne dass diese sie mit Blicken unterwarfen.

Sie stieg aus dem Bett und trat fast auf einen Papyrus. Im ganzen Raum waren Schriftrollen und Utensilien verteilt, die sie als Schreiberin brauchte. Eigentlich hatte sie einen Arbeitsplatz dafür eingerichtet. Aber ihre Finger wurden manchmal erst mitten in der Nacht warm, sodass sie ihr Werkzeug mit ins Bett nahm, und sie war noch nie die Ordentlichste gewesen.

Ihr Haus stand mitten in der Stadt und bestand aus drei Zimmern zu ebener Erde: der Wohnraum samt Küche, einer Schreibstube und die Schlafstatt. Areto kam es manchmal einsam vor, nur mit Phileas zu wohnen und nicht Teil vom Gesinde eines großen Haushalts wie bei Theseus zu sein. Aber Einsamkeit war gut, um Chroniken und Zahlen festzuschreiben.

Und sie hatten es schön. Überall lagen Tücher, die Phileas fertigte. Schüsseln voll Farben, mit denen er sie verschönerte, standen herum. Seine Laute lag in einer Ecke. Von draußen trug der Wind den Geruch der Blumen und Kräuter heran, die um das Haus wuchsen.

Als Areto in die Küche trat, sah sie, dass dort bereits ein Frühstück wartete. Zwei Schalen mit Gerstenbrei dampften auf dem Holztisch vor sich hin. Phileas' Aufregung musste riesig sein, wenn er so früh aufgewacht war, dass er sogar Essen zubereitet hatte.

Kaum dass sie sich gesetzt, ein Dankgebet gesprochen und zu essen begonnen hatten, fragte er: »Was denkst du? Wer wird morgen den Wettstreit gewinnen?«

Areto musste lächeln. Die Jüngeren fieberten dem Wettstreit immer entgegen. Sie selbst hatte einmal teilgenommen. Aber der Schatten hatte verhindert, dass sie sich in die oberen Ränge kämpfen konnte.

Ja, sie hatte gelernt, Waffen zu führen, wie alle Amazonen. Doch eine wahre Kriegerin war mehr als das. Wer nicht in die Linie derer geboren war, die von Ares abstammten, musste sich ihrer mit Wut und Blutgier als würdig beweisen. Areto hatte all das einmal und dann nie wieder gespürt. Seit Jahren verstaubte Theseus' Kurzschwert an der Wand, und wenn sie es berührte, verdichtete sich nur die Dunkelheit in ihr. Es störte sie nicht. Einige waren für den Kampf geschaffen, und andere unterstützten ihn anderweitig.

»Schwer zu sagen«, meinte sie. »Viele Kriegerinnen hätten den Sieg verdient. Gerade unter den jungen sind einige vielversprechende dabei.«

»Oh ja.« Er rührte gedankenverloren in seinem Brei. »Wo wir vom Kämpfen sprechen: Ich hatte einen Traum.«

Sie sah von ihrem Essen auf. »Einen Traum?«

»Ja. Ein junges und ein altes Pferd haben gegen eine riesige Schlange gekämpft.« Während er erzählte, schwang er betonend den Löffel. »Die Schlange war trächtig. In ihrem Leib verfaulten Eier, sodass sie wahnsinnig vom Schmerz war. Sie wollte die Pferde erwürgen. Das junge Tier versuchte, sie totzutreten. Dabei verletzte es versehentlich das andere Pferd.«

»Das klingt aber grausig.«

»Nicht wahr? Ich habe mich gefragt, ob es etwas bedeutet. Vielleicht stehen die Pferde für die junge und alte Generation der Amazonen?«

»Da musst du Sehende wie Priesterin Melanippe fragen. Sie wird dir wohl sagen, dass es nur ein Traum war und nichts Prophetisches. Es ist nicht ungewöhnlich, vor einem großen Tag lebhaft zu schlafen.«

Er ließ enttäuscht die Schultern sinken. »Mag sein. Ich will es als Zeichen nehmen, dass eine meiner Favoritinnen gewinnt.«

Damit begann er wieder von seinen Lieblingskriegerinnen zu schwärmen. Seit Neuestem hatte es ihm Lacomache angetan, kein Wunder, war sie doch nicht nur prachtvoll, sondern auch mit zwei Ehemännern gesegnet. Phileas plapperte noch munter weiter, als sie längst aufgegessen hatten und zur Körperpflege übergegangen waren. Die stärksten, mutigsten, schönsten Amazonen … Nichts ließ er aus. Sogar über einige Jungen in seinem Alter konnte er Lieder singen.

Areto musste sich ein Lachen verbeißen. Phileas war wirklich nicht zu bremsen. Er vermalte sich fast vor Abgelenktheit, als er seine Augen schminkte. Sie hörte geduldig zu, während sie ihre sonnengebräunte Haut mit Olivenöl einrieb und er ihre Haare flocht.

»Jedenfalls gibt es viele Menschen, auf die ich mich freue«, sagte er. »Mir würde es schon reichen, beim Wettstreit zuzuschauen und bis in die Morgenstunden zu feiern. Ein Tanz mit einer Amazone oder einem tollen Mann würde es nur perfekt machen.«

»Warum nicht beide zum Tanz verführen, o Herzensbrecher?«

»*Das* ist eine noch viel bessere Idee.« Er band sachte ihren Zopf fest. »Wie steht es mit dir? Hast du Wünsche für die Feiertage?« Er senkte die Stimme zu einem Wispern herab. »Vielleicht mit einer gewissen Clete?«

Areto schwieg. Diese Wünsche hatte sie in der Tat. Aber sie waren so geheim, sie würde Phileas nicht davon erzählen. »Ich wünsche mir, dass mein Sohn die Nacht seines Lebens verbringt.«

Phileas schlang die Arme um ihren Hals. »Wie großherzig. Du bist die beste Mutter, die man sich wünschen kann.« Er ließ sie los, als es an der Tür klopfte. »Das ist wohl Callistus. Ich mache ihm auf.«

Während er zur Haustür lief, fiel Aretos Blick auf ihren Arbeitstisch. Zwischen Papyrusstapeln und Tintenflecken lag das Schmuckstück, an dem sie seit Monden arbeitete. Ein Kettenanhänger. Sie hob ihn auf. Die silberne Fassung lag kühl in ihrer Hand. Sie schloss einen violetten Stein ein, dessen Farbe Hyazinthen nachempfunden war. Seit jener einen Nacht in Athen verband Areto die Blumen, nach denen ihre Geliebte geduftet hatte, mit Schlechtem. Dieser Anhänger war ein Versuch, schmerzhafte Erinnerungen zu etwas Schönem zu machen. Areto war mehrmals kurz davor gewesen, aufzuhören, so nah ging ihr die Arbeit daran. Aber nun war sie fertig. Und sie plante, den Schmuck während der Feierlichkeiten zu verschenken, an die Frau ihres Herzens.

Eilig zog sie den Anhänger auf ein Garn und legte ihn sich um. Als Phileas mit Callistus hereinkam, war die Kette bereits unter ihrem Gewand versteckt.

»Du siehst herrlich aus«, begrüßte sie ihren Freund.

Callistus hatte eine Chlamys um seinen Oberkörper geschlungen, die seine arbeitsgestärkten Schenkel und den rechten Arm freiließ. Die helle Farbe des Mantels brachte seine graublauen Augen und die braune Haut zur Geltung. Haar und Bart hatte er gefärbt, sodass sie dunkel leuchteten.

»Ich habe keine Wahl«, sagte er und seufzte. »Du weißt ja, heute kommt meine Herrin mit den Kriegerinnen zurück. Wenn ich nicht Opfer ihres unlöschbaren Blutdursts werden will, sollte ich dafür sorgen, dass sie Wohlgefallen an mir findet.«

Ihr Blick ging zu dem Sklavenzeichen an seinem Arm: ein gebrochener Knochen. So sehr sich auch Griechen und Amazonen in ihren Ansichten unterschieden, die Sklaverei war ähnlich. Teil des Kriegerinnenlebens. Unfreie waren mehr Eigentum als Menschen. Zwar konnten sie am sozialen Leben teilhaben, doch sie gehörten körperlich ihren Eignenden und waren damit deren Willen unterworfen.

Callistus, der seit seiner Geburt Sklave war, hatte es nicht gut mit seiner neuen Besitzerin getroffen. Antianeira galt als schreckliche Frau. Ihr Beiname »Herrin der Krüppel« kam nicht von ungefähr. Er war selbst gewählt und von Sehenden abgesegnet worden, denn sie war nicht nur im Kampf grausam, sondern auch zu ihrer Dienerschaft, wenn diese nicht spurte. Viele ihrer Untergebenen hatte sie entstellt – weniger, um sie zu strafen, als dass sie selbst Gefallen daran empfand, hieß es. Es war Areto ein Rätsel, wie Callistus so lange ihrer Hand hatte entgehen können.

»Du hast aber auch viel Arbeit in dein Äußeres gesteckt«, lenkte er von sich ab.

Areto zupfte an ihrem Zopf. »Fällt das auf? Dabei gefalle ich kaum mir selbst. Beim Kämmen habe ich ein graues Haar entdeckt. Wenn ich mich nicht vorsehe, bin ich bald alt und hässlich.«

»Grübelst du so viel beim Schreiben, dass du jetzt vorzeitig ergraust? Aber solche Silberfäden würden dir gut stehen. Bestimmt ist es Weisheit, mit der Athene dein Haar durchwirkt.«

Sie mochte Callistus gerne, weil er in allem etwas Gutes sehen konnte. So hatte sie ihn kennengelernt, als sie erstmals vor ihrem Haus stand. Ein altes, löchriges Ding, das niemand mehr wollte. Für Areto, die schwanger und ohne irgendeinen Besitz in die Stadt gekommen war, gab es nichts Besseres. Sie war darüber schon am Verzweifeln, da sprach Callistus sie an. Das Haus von Antianeira, in dem er lebte, lag in derselben Straße. Wann immer seine Herrin ihn nicht brauchte, kam er, um Areto bei den Reparaturen zu helfen. »*Löcher sind nichts Schlechtes*«, hatte er gesagt. »*Sie sind Platz, den du frei nach deinen Wünschen gestalten kannst. Wenn wir erst einmal alles geflickt haben, wird das hier wahrhaftig dein Zuhause sein.*«

Sie wurde jäh aus ihrer Erinnerung gerissen, als Phileas mit verkniffenem Ausdruck vor sie trat. »Ich will euch alte Menschen ja nicht stören, aber ich würde jetzt wirklich gerne losgehen.«

Areto hob die Hand. »Deine Mutter ist noch nicht zu alt, um dir die Ohren lang zu ziehen, wenn du zu frech wirst!«

Phileas flitzte derart schnell hinaus, dass Callistus in Gelächter ausbrach. »Ich sehe, deine Brut ist immer schwerer zu bändigen.«

Sie hakte sich bei ihm unter. »Warst du nicht auch so? Er wird von Jahr zu Jahr wilder, wenn die Heilige Jagd kommt.«

Arm in Arm folgten sie Phileas hinaus.

»Wild? Das würde ich nicht sagen«, meinte Callistus. »Dahin gehend war ich nicht wie die meisten Jungen und wäre es auch nicht gewesen, hätte ich in Freiheit gelebt. Ich wollte nur Abenteuer erleben, die anderen wurden irgendwann liebestoll. Bis heute komme ich mir deswegen bei

Festen fehl am Platz vor. Es fühlt sich manchmal an, als hätte die ganze Welt nur im Kopf, andere zu beschlafen, und ich kann nicht mitreden.«

»Du hast doch mich. Keine Sorge, ich achte schon darauf, dass du von Verehrerinnen und sexuellen Anekdoten verschont bleibst.«

»Immerhin eine, die mich verstehen will. Du bist eine wahre Freundin.«

Areto atmete tief die Morgenluft ein, als sie auf die Straße traten. Der Duft von frisch gebackenem Brot mischte sich mit Pferdedung und Gewürzen. Sie kannte diese Gerüche aus Athen, aber hier waren sie anders – intensiver. Die Sonne brannte stärker, die Farben leuchteten mehr, und der Wind sang von Heimat.

Sie sah auf die Stadt, deren voll befahrene Straßen sich vor ihr schlängelten. Eselskarren, Menschen auf dem Weg zur Arbeit und spielende Kinder zogen an den Häusern vorbei. Die einfachen Gebäude waren aus Lehm und Holz gebaut, die prächtigeren aus Stein. Alle paar Schritte ragten Säulen und Olivenbäume auf. Die Ufer des Thermodon-Flusses, der alles durchschnitt, waren besonders fruchtbar. Im felsigen Land Anatoliens war sein Lebensreichtum ein Geschenk der Göttinnen.

Am Horizont ragten die Tempel auf. Ob die Naturmutter Demeter oder die Hexenkönigin Hekate, alle Göttinnen wurden verehrt. Der größte Tempel gehörte Artemis. Er war mit dem Palast der Königinnen verbunden, den Tempel ihres Zwillings Apollon und des Kriegsgotts Ares flankierten. Dies war Themiskyra, die Hauptstadt des Mondstammes. Areto hatte hier ihr zweites Leben begonnen und ihren Sohn aufgezogen.

»Auf, auf.« Phileas lief ihnen voraus, seine Laute im Arm. »Die Letzten beißen die Hunde der Königin!«

Areto betrachtete ihn nachdenklich. Anfangs hatte sie Angst um Phileas gehabt. In den Geschichten hieß es, dass Amazonen ohne Männer lebten und ihre Jungen umbrachten. Aber dies war Übertreibung von Erzählern, die ein Reich fürchteten, in dem Frauen regierten. Männer lebten in den Landen der Amazonen, sie zogen Kinder auf und verehrten die Göttinnen ebenso wie ihre Ehefrauen.

Nur die Kriegerinnen wahrten die Tradition, ausschließlich Töchter für ihr Erbe anzuerkennen. Ihren Söhnen war es nur möglich, fern von ihrer Heimat Größe zu erlangen. In Themiskyra konnten sie keine Krieger, Priester oder anderweitig Hochrangige werden, wohl aber bei den benachbarten Stämmen der Skythen, Gargarier und Sauromaten. Wegen ihrer Herkunft wurden sie hochgeachtet. Den Söhnen der Königinnen war dieses Glück nicht beschieden. Bis heute brachten ihre Mütter sie als Opfer dar, von eigener Hand ermordet. So verlangte es der Kriegsgott Ares.

»Ist alles in Ordnung?«, fragte Callistus. »Du siehst traurig aus.«

Sie drückte seinen Arm und log: »Ich bin noch müde.«

Ja, es war gut, dass sie keine Kriegerin geworden war. Sie liebte dieses Land und sein stolzes Volk. Doch dafür könnte sie niemals ihren Sohn wegschicken, sollte einmal ein größeres Schicksal nach ihm rufen. Phileas war das Beste, was ihr aus Athen geblieben war, trotz Miron und allem. Kein Schatten dieser Welt würde das je ändern.

## II. SCHILDHAUT

### Clete

Seit Tagen schlich Clete durchs Dickicht, eins mit dem Gebirgswald. Sie ging auf allen vieren, um sich besser in ihre Beute versetzen zu können.

Das, was sie jagte, war äußerst scheu. Vorsichtig hatte sie sich genähert, um es nicht zu verschrecken, von Kopf bis Fuß mit Schlamm eingeschmiert und ohne Waffen. Sie wollte ohnehin nicht töten, denn während der Heiligen Jagd wurden diejenigen, welche die prächtigsten Tiere lebend fingen, am meisten geachtet. Das war freilich schwierig, und genau darum hatte Clete sich dafür entschieden. Der Rausch der Herausforderung brachte sie zum Grinsen.

»Promethea!«, flüsterte sie.

Weil das Wesen flammend rot war, hatte sie es nach dem Feuerbringer Prometheus benannt. Sie hatte nichts von ihm gesehen bis auf ein windschnelles Blitzen. Ihre Stimme war nicht zu laut, noch eins mit dem Wispern des Waldes. So sollte das Tier sich an sie gewöhnen. Sie hatte sich ihm in den letzten Tagen vorgestellt und vertraut gemacht, nur über ihre Stimme – so, wie Amazonen ihre Pferde schulten und auf Kriegsrufe trimmten.

»Promethea! Promethea!«

Die dicht stehenden Tannen schauten zu, wie sie über Wurzeln und Buschwerk stieg. Sie folgte Spuren, die sie nicht einschätzen konnte. Die Abdrücke waren kaum vorhanden, als hätte etwas so gut wie Schwereloses sie hinterlassen. Sie schob sich an einer Zeder vorbei und stand plötzlich auf einer Lichtung, Promethea gegenüber.

Die Stute sah Clete aus Augen, die dunkler waren als das Jenseits, entgegen. Eine sternförmige Blesse zog sich über ihre Stirn. Der schlanke, kraftvolle Leib wirkte unnatürlich grazil, wie Clete es keiner ihr bekannten Pferdeart zuordnen konnte. Das Tier sah eher aus wie ein Hippokamp, mit einem Körper aus Feuer statt eines Fischleibs. Ihr Fell leuchtete golden im Licht der Flamme.

»Sei mir gegrüßt«, sagte Clete. »Ich freue mich, dass du nicht mehr vor mir davonlaufen willst.«

Mit einem tiefen Atemzug ging sie voran. Sie blieb geduckt, um Promethea keinen Grund zu geben, sich bedroht zu fühlen. Die Stute neigte den Kopf und beobachtete, wie Clete sich näherte.

Nur noch ein paar Schritte, dann wäre Clete in Reichweite. Sie würde zunächst nichts tun, sich einfach nur hinsetzen und betrachten lassen. Später, zum richtigen Zeitpunkt, würde sie ihre Hand ausstrecken, damit Promethea ihren Geruch kennenlernen konnte. Vielleicht würde das Tier bleiben, vielleicht würde es verschwinden und Clete wieder auf die Suche schicken. Die Heilige Jagd war erst nach Sonnenaufgang vorbei. Sie hatten noch Zeit.

Das dachte Clete zumindest, bis ein Pfeil Prometheas Flanke traf. Die Stute bäumte sich wiehernd auf. Ein Schrei erklang, der durchdringende Schrei einer Amazone, mit der das Tier verwirrt werden sollte.

Clete sprang fluchend auf. Nicht nur, weil Promethea in Gefahr war. Sie kannte diese kratzige Stimme. »Verflucht, Bremusa. Du machst mir nicht alles zunichte!«

Sie stürzte auf die Lichtung. Promethea verschwand in den Wald. Sie war trotz ihrer Wunde so schnell, dass keine Pfeile sie mehr treffen konnten.

Kaum dass Clete die Lichtung betreten hatte, brach Bremusa mit mordlustigem Grinsen aus dem Dickicht. Sie war durch die Jagd dreckig und verschwitzt, sodass ihr rotes Haar wilder abstand als sonst. Ihr Zweitname war »die Rasende«, weil sie sich wie kaum eine andere in

Rage versetzen konnte. So auch jetzt: Ihr war anzusehen, dass sie es nicht abwarten konnte, mit ihrer Axt loszuhacken. Aber nicht mit Clete! Sie warf sich Bremusa in den Weg.

Die kam ins Stolpern und riss die Augen auf. »Uah! Bei den Göttinnen, was ist das?«

Wäre Clete nicht so geistesgegenwärtig gewesen, sich zu ducken, Bremusa hätte ihr mit der Axt den Kopf gespalten. Die Waffe flog über sie hinweg und blieb mit einem *Rumms* im nächstbesten Stamm stecken.

»Ich bin's, du Eselin«, zeterte Clete. »Wirfst einfach deine Axt nach mir. Willst du mich umbringen?«

»Scheiß mich ein Satyr an. Clete, bist du's?«

»Wer soll ich sonst sein?«

»Was weiß ich. Warum siehst du auch wie ein schlammiges Ungeheuer aus?« Bremusa machte Anstalten, auf ihre Axt zuzulaufen.

»Oh nein.« Clete baute sich vor ihr auf. »Das ist meine Beute. Such dir ein anderes Tier.«

»Selbst schuld, wenn du es noch nicht erlegt hast.«

»Warum sollte ich etwas so Schönes erlegen wollen?«

»Um den Wettstreit zu gewinnen? Die Jagd lief für mich nicht gut. Ich muss die Gelegenheit beim Schopf packen.«

»Der Wettstreit lässt sich auch gewinnen, ohne allem sofort ins Gesicht zu schlagen. Aber das sage ich dir wohl vergebens.«

Bremusa entblößte lächelnd ihre spitzen Zähne. »Das löst meine Probleme immer noch am schnellsten«, sagte sie und ließ die Fingerknöchel knacken. »Lass uns weniger reden und mehr machen.«

Clete sah die Faust rechtzeitig kommen. Sie wich vor dem Schlag zurück, setzte selbst nach. Bremusa blockte sie problemlos mit dem Armrücken ab. Sie kannten sich zu gut als Vertraute von Königin Penthesilea und durch ihre ständigen Zweikämpfe.

»Na los!« Bremusa drosch auf sie ein. »Schütze deine Beute, wenn du kannst, Schildhaut!«

Einer der Schläge traf Clete in die Seite. Ihr blieb kurz die Luft weg. Schmerz durchfuhr sie. Noch ein Schlag kam, traf ihren Bauch, bevor sie selbst mit der Faust landete. Ihr Amazonenblut – das Blut des Kriegsgottes Ares – begann zu kochen. Sie spürte, wie ihre Mundwinkel nach oben zuckten und der Rausch kam, nach dem Bremusa so süchtig war. Schildhaut. Das war Cletes zweiter Name.

Jede Kriegerin besaß einen, hatte ihn sich mit der eigenen Ehre erkämpft. Er war eine Auszeichnung, die für den eigenen Charakter stand und von Sehenden vergeben wurde. Clete war im Tempel der Artemis mit dem Namen Schildhaut neugeboren worden, weil sie andere wie ein Schild mit ihrem Körper schützte. Wenn jemand von ihrem Volk in Gefahr war, trat sie fraglos dazwischen. Ihre Haut war schon jetzt narbenübersät, obwohl sie in der Blüte ihres Lebens stand.

Bremusa war das genaue Gegenteil. Sie schlug immer erst zu und stellte danach Fragen. Was das anging, waren sie wie Feuer und Wasser – oder eher Feuer und Öl. Es schien, als würden sie nicht zusammenpassen. Doch wenn sie im Kampf entflammten, ob gegen- oder miteinander, fühlte Clete sich lebendig.

Die Hitze des Schlagabtauschs drohte ihr zu Kopf zu steigen. Sie spürte, dass ihre Instinkte übernehmen wollten. Aber das konnte sie nicht zulassen. Dann wäre sie nur auf den Kampf konzentriert und könnte Promethea verlieren.

»Schütze du dich lieber selbst, Rasende!«

Den nächsten Schlag ließ Clete absichtlich kommen. Er traf sie an der Brust. Sie fuhr japsend zusammen, doch schaffte es, aufrecht stehen zu bleiben.

Es war riskant gewesen, den Schlag zu nehmen. Dafür hatte sie Bremusa nun direkt vor sich. Ihre Gegnerin mochte schlagkräftiger sein, aber Clete war die wendigere. Sie ließ Bremusa keine Zeit, zu reagieren, als sie deren Arm packte. Mit Schwung zog Clete sie zu sich und verpasste ihr einen Kopfstoß gegen die Nase.

Ein Knacken ertönte. Bremusas Körper wurde schlaff, als würde alle Luft aus ihr entweichen. Dann brach sie auf dem Waldboden zusammen.

»Vergib mir, Waffenschwester«, sagte Clete. »Ich bin gleich zurück.«

Sie ließ Bremusa im Staub liegen und lief in den Wald. Ihre Freundin war hart im Nehmen, sie würde schon einen Kopfstoß überleben. Promethea dagegen konnte für immer entschwinden und bereits an einem Pfeil zugrunde gehen. Sie rief nach der Stute. Je weiter sie rannte, desto mehr verschluckten die verschlungenen Bäume ihre Stimme.

»Promethea!«

Erleichtert atmete sie auf, als sie die Spuren der Stute fand. Sie hatten sich tiefer in die Erde gegraben, schwer vom Schmerz. Blut besprenkelte das Laub.

Schließlich fand sie Promethea. Die Stute hatte in einem Hain angehalten. Dort entsprang eine Quelle. Promethea lag in dem murmelnden Wasser. Es war ein seltsam anmutender Ort. Die Bäume, die ihre knorrigen Äste ins Wasser streckten, erinnerten an Menschenleiber. Ihre Blätter waren dunkel, und die Adern darauf schienen zu pulsieren. Nur dumpf drangen die Geräusche des Waldes an Cletes Ohren. Es hätte sie nicht gewundert, wenn hier Nymphen wohnten.

»Ruhig«, sagte sie, weil Promethea sie aus aufgerissenen Augen ansah. »Lass mich dir helfen.«

Sie sah auf den Pfeil, der tief in der Flanke steckte. Dann ging sie mit erhobenen Händen auf Promethea zu. Die Stute ruckte mit dem Kopf und schnaubte. Doch sie ließ zu, dass Clete sich näherte. Auch, als sie eine Hand auf die Flanke und eine auf den Pfeil legte, wurde Promethea nicht wild. Sie zerrte mit einer raschen Bewegung das Geschoss heraus. Promethea wieherte schmerzerfüllt, blieb aber kontrolliert.

»Gut gemacht, Mädchen.«

Clete überlegte gerade, wie sie Promethea behandeln sollte, als etwas Unfassbares geschah. Die Wunde schloss sich unter ihren Fingern. Das Blut gerann, der Schlitz im Fleisch wuchs zu, Fell wucherte darüber.

Clete zog ihre Hände weg. *Magie,* dachte sie atemlos. Nein, die Macht der Göttinnen. Sie wusste von deren Kraft, seit sie ein kleines Mädchen war, und es versetzte sie in Ehrfurcht, ihnen so nahe zu sein.

Promethea schien sie dankbar anzusehen. Als wäre sie nie verletzt worden, lief die Stute leichtfüßig in den Wald, in Tiefen, die Clete sich nicht ohne Waffen zu betreten traute. Sie konnte nur hoffen, dass Promethea wieder auf ihre Stimme hören würde.

Clete lief durch das Reich der Waldnymphen zurück, zu Bremusa, um nach ihr zu sehen. Die Rasende lag immer noch reglos da. Aber sie war nicht mehr alleine. Zwei wohlbekannte Kriegerinnen beugten sich über sie.

Die eine war »Bronzefaust« Lacomache, eine Vertraute von Königin Hippolyte. Clete kannte die Bärin seit dem Feldzug nach Athen. Lacomache war mit den Jahren noch zotteliger geworden, ihr Haar durchzogen weiße Strähnen. Die wettergegerbte, hellbraune Haut war so hart wie die Felsen des Kaukasus, wo sie als Angehörige des Sternstammes aufgewachsen war. Sie sah sich mit argwöhnisch zusammengekniffenen Augen um, ihre Labrys-Doppelaxt in den Pranken.

Neben ihr kniete Iphito, »das tanzende Schwert«, jüngst zur Kriegerin ernannt – wobei *Kriegerin* nur ein Titel war. Iphito war vielselig und dadurch weder Frau noch Mann. Anders als Männer konnten Vielselige den Platz einer Kriegerin einnehmen, wenn sie sich im Kampf bewiesen. Ihresgleichen hatten viele Arten, sich zu bezeichnen. Iphito bevorzugte es, geschlechtliche Benennungen zu verschmelzen. Sier gehörte zu den Jüngsten, die Hippolyte unterstanden, und mit Lacomache zu den Besten des Sternstammes.

»Wer könnte das getan haben?«, fragte Lacomache.

»Eine Kriegerin?«, meinte Iphito. »Ich glaube nicht, dass jemand Fremdes in den Wald eingedrungen ist. Das hätten wir Jagenden bemerkt.«

»So dachte auch Königin Orithyia, ehe Herakles und Theseus hier einfielen.«

»Sei nicht so schwarzmalerisch. Wenn sie ein Grieche oder ein anderer Eindringling angegriffen hätte, wäre Bremusa tot, oder?« Iphito patschte Bremusas Wangen. »Aufstehen! Reiß dich zusammen.«

Clete trat auf einen Ast.

»Still!« Lacomache packte den Griff ihrer Waffe fester. »Ich habe etwas gehört.«

Iphito sprang auf die Füße. Dabei flogen die hellen Zöpfe, dass die blau und purpurn gefärbten Strähnen aufleuchteten. Sier spannte den mit Muttermalen überzogenen Leib an.

»Wo?«, fragte Iphito und zückte den Kurzbogen. »Glaubst du, es ist, was Bremusa niedergeschlagen hat?«

»Vielleicht. Bleib achtsam.«

Clete rollte mit den Augen. »Bevor ihr mich auch töten wollt: Ich bin es.«

Die beiden ließen überrascht die Waffen sinken, als sie mit erhobenen Händen auf die Lichtung trat.

»Clete?«, fragte Lacomache.

»Du siehst ja zum Fürchten aus«, bemerkte Iphito.

»Ich weiß, ich weiß.« Clete stemmte die Hände in die Hüften. »Das mit Bremusa ist mein Verdienst. Sie wollte mir meine Beute streitig machen. Also habe ich sie unschädlich gemacht.«

Die anderen stellten gar nicht erst Fragen. Auch sie kannten Bremusa gut.

»Verstehe«, sagte Lacomache. »Wollte sie wieder betrügen?«

Iphito sah auf Bremusa hinab. »Betrügen wäre zu viel gesagt. Da tust du ihr unrecht. Mit Prügel eine Abkürzung nehmen trifft es eher.«

In dem Moment erwachte Bremusa.

»Oh, mein Kopf.« Sie fasste sich stöhnend an die Nase. »Wo bin ich?«

Iphito wies auf die ersten Sonnenstrahlen, die durch die Baumkronen drangen. »Am Ende bist du. Die Heilige Jagd ist bald vorbei. Du erlegst heute nichts Großes mehr.«

Bremusa kam auf die Füße und ruckte knackend ihre Nase zurecht.

»Verflucht.« Sie nickte Clete zu. »Guter Angriff. Der war neu.« Dann fragte sie die anderen: »Wie lief die Jagd für euch?«

»Gut«, sagte Lacomache, wobei ihr sonst gefühlskaltes Gesicht leuchtete. »Ich habe einen prächtigen Keiler erlegt, der mir viel Anerkennung bringen dürfte.«

Iphito dehnte sieren Nacken. »Ich setze auf kleineres, doch umso schmackhafteres Getier. Schlangen, Vögel, Echsen ... Ich konnte eine ganze Sammlung erjagen. Wenn ich den Wettstreit nicht gewinnen sollte, kann ich mir immerhin den Bauch mit Spezialitäten vollschlagen.«

»Nicht schlecht«, sagte Bremusa. »Da wäre ich dabei.«

Lacomache fragte: »Und wie erging es euch?«

Während Bremusa sich verlegen am Kopf kratzte, antwortete Clete: »Schwer zu sagen. Ich wollte ein besonders schönes Tier fangen. Aber ich weiß nicht, ob mir das gelungen ist.«

Iphito lachte auf, dass siere tiefe Stimme vibrierte. »Was ist das denn für eine Antwort? Damit beeindruckst du deine Furienmutter aber nicht.«

Clete blinzelte irritiert. »Furienmutter?«

»Du weißt schon. Stratega Antandre. Sie hat dich doch aufgezogen? Ich mag mir gar nicht vorstellen, wie es ist, mit so einem hartherzigen Miststück – «

»He!« Lacomache brachte Iphito mit einem Schlag gegen die Schulter zum Verstummen. »Hüte deine Zunge. Das ist immer noch die Heerführerin des Mondstammes, über die du sprichst. Wir alle sind Kriegerinnen vor ihr, sonst nichts.«

»Aber – «

Bremusa sprang heran und legte ihr die Hand auf den Mund. »Du bist noch nicht lange unsere Waffenschwester, daher weißt du es nicht.

Antandre ist nicht Cletes Mutter. Oder besser gesagt, wir reden nicht darüber.« Auf Iphitos fragenden Blick fügte sie hinzu: »Kein Wort mehr.«

Iphito nickte, und Bremusa nahm ihre Hand herunter. Damit war das Thema gestorben. Doch nicht für Clete. Sie hatte zuvor nur die Jagd genossen und keinen Gedanken an Antandre verschwendet. Nun glaubte sie deren verurteilenden Blick zu spüren. Den Blick, der sich bereits in sie gebohrt hatte, als sie ein kleines Mädchen und noch hungrig nach Antandres Liebe gewesen war. Aber Liebe hatte ihre Muhme nie offen gezeigt. Sie war ihr nie wirklich Familie und schon gar nicht Ersatz für die Mutter gewesen, die Clete verloren hatte. Stratega und Kriegerin, mehr waren sie nicht. Clete fragte sich manchmal, ob Antandre überhaupt Liebe empfinden konnte.

Ob Promethea ihren hohen Ansprüchen genügen würde? Könnte Clete sie mit so einer Beute stolz machen, nur für einen Moment?

Sie schüttelte ihren törichten Gedanken ab. Darum ging es nicht. Sie nahm nicht an der Heiligen Jagd teil, um sich Antandre zu beweisen. Ihr Kampf galt den Göttinnen, und ihre Ehre gehörte ihr selbst.

»Dann reiten wir mal heim«, sagte Bremusa und streckte sich. »Ich werde die Wildnis vermissen. Aber ich weiß schon, wie ich sie verwinden werde. Ein Krug Wein und die Zunge eines willigen Hurenjungen zwischen meinen Beinen, dann geht's mir wieder gut.«

Clete vergaß ihre Stratega und warf einen Arm um Bremusas Schultern. »Ich bin untröstlich. Willst du meine Zunge etwa nicht haben?«

Bremusa grinste sie an. »Du weißt, du kannst jederzeit meine Hure sein und umgekehrt.« Sie wedelte mit der Hand vor ihrer Nase. »Aber erst, nachdem du dich gewaschen hast. Du stinkst wie ein Ziegenafter. Das ist selbst mir zu viel.«

Sie alle lachten, dass es im Wald widerhallte.

»Auf in die Stadt!«, rief Iphito. »Ein Bad, Ruhm und Freudenhäuser warten.«

Lacomache warf ein: »Ich bade mit. Ansonsten reicht mir, was ich an Männern zu Hause habe. Aber lasst ihr jungen Menschen euch nicht aufhalten.«

Bremusa und Iphito jammerten, sie seien doch auf die Führung der Älteren angewiesen. Wie Clete sie so betrachtete, wurde ihr Herz schwer.

Verrückt, dass sie miteinander lachen konnten, wo einst so viele während der Heiligen Jagd gestorben waren. Die Schatten von Herakles und Theseus waren noch da, als Narben auf Körpern und Lücken in Familien. Und doch feierten die Amazonen, immer wieder, jedes Jahr. Sie feierten, weil die Toten nicht besser geehrt werden können als mit dem Leben. Auch Clete würde es tun, leben, vorangehen, triumphieren.

## III. KÖNIGIN DER GRÄBER
### Penthesilea

Die Stille in der Nekropole schmerzte. Von beidem hatte Penthesilea zu viel, seit sie die Königin des Mondstammes war: Stille und Schmerz.

Sie war alleine mit ihren Molossos-Hunden. Die meisten von ihnen dösten zu ihren Füßen. Nur Brecher, ihr Anführer, hatte den Kopf erhoben. Starr, wie er dasaß, glich er den Statuen der Totenstadt, mit eckigem Schädel, fast auf Schulterhöhe mit Penthesilea. Ihr dunkler Wächter. Er schien sie vor ihrer Trauer schützen zu wollen. Der Geruch des Todes, der von den Gräbern aufstieg, schreckte die Hunde nicht, dafür hatten sie zu oft mit ihr gekämpft.

»Ich vermisse dich, große Schwester.« Penthesilea strich über das Relief der Stele, unter der Orithyias Grab lag.

Szenen aus ihrem Leben waren in den weißen Stein geschnitzt, wie sie die drei Amazonenstämme gegen die Griechen vereinte und das Bündnis mit Troja schloss. Dort, wo ihre schwarzen Haare wehten, war das Relief mit Obsidian überzogen. Es gab auch Abbildungen vom Feldzug nach Athen. Hier war Orithyia im Kampf mit Herakles und anderen Helden zu sehen, nicht, wie sie auf der Heimreise an ihren Wunden zugrunde ging.

Ihre Stele war groß, so wie sie selbst zu Lebzeiten gewesen war, mit einer dunkel geflügelten Adlerstatue auf der Spitze. Daneben wirkten die Grabsteine der anderen Königinnen bescheiden. Sie ragten vor Penthesilea auf wie Schwerter, die in die todgeschwärzte Erde des Schlachtfelds gestoßen worden waren.

»Ich vermisse es, mit dir zu reden und mich an dich zu lehnen. Ich weiß, dass du auch den anderen fehlst. Hippolyte spricht nicht darüber, und Melanippe vertraut sich mir schon lange nicht mehr an, aber ich kenne sie. Für mich ist ihr Leid leicht von ihren Gesichtern zu lesen.« Ihr Blick fiel auf die Stele, die neben Orithyias stand. Es war ein kleiner, schmuckloser Pfeiler mit einem leeren Grab darunter. Nur ein Name war in den Stein geschnitzt: Antiope.

»Warum?«, fragte Penthesilea. »Warum mussten wir nicht nur Antiope, sondern auch dich verlieren, Orithyia? Zwei meiner Schwestern, in derselben Schlacht gefallen ... Wird dieser Schmerz jemals aufhören? Ich wünschte, du wärest hier und könntest mir sagen, dass ich deinem Erbe gerecht werden kann. Ich glaube es manchmal nicht. Deine Fußstapfen sind so groß, und du hast mich viel zu früh zurückgelassen.«

Von weit her, wie aus einer anderen Welt, drangen Geräusche in die Nekropole. Musik. Es übte wohl jemand für die Feierlichkeiten.

Sie seufzte. Bald musste sie fort. Ihre Kriegerinnen würden von der Heiligen Jagd zurückkommen, und Penthesilea musste sie als Königin empfangen. Stolz, mächtig und unbeugsam – sie, Orithyias Abbild und Hoffnung von Themiskyra. Ihre Zweifel würde sie hierlassen, bei den Toten, die nichts verrieten.

Sie wollte sich zum Gehen wenden. Da stellte Brecher die Ohren auf. Er knurrte. Die anderen Molossoi rissen die Köpfe in die Höhe.

»Was ist, Brecher?«

Die Hunde fletschten die Zähne und schnappten um sich. Ihre massigen Leiber stießen gegeneinander, als ein Lachen in der Nekropole erklang. Das Lachen eines Mädchens.

Penthesilea griff nach dem Schwert an ihrem Gürtel. Ströme von Blut flossen von den Wänden herab. Sie rannen über die Stelen und Statuen, zu Penthesilea hin.

Und da wuchs das lachende Mädchen aus den Schatten der Nekropole. Die Haut der Kleinen war dunkelstes Rot, wie die Nacht zum Blutmond. Ihre fäulnisdurchsetzten Spuren, die sie hinterließ, waren von derselben Farbe. Ein Kleid aus Mohnblüten hüllte den zarten Körper ein. Auch aus ihren Augenhöhlen wuchsen die Blumen. Ihr Lachen troff vor Gift.

Brecher drehte durch. Er stürzte auf das Mädchen zu, biss Hals und Oberkörper durch. Seine Zähne zermahlten den schmalen Nacken.

Sie erstarrte. Dann lachte sie umso lauter. Die Knospen an ihrem Körper blühten weiter auf. Sie lachte und lachte, während Brecher sich immer mehr in sie verbiss und sie wütend schüttelte.

»Ruft Eure Schwester zurück, Vater«, sagte Penthesilea und nahm die Hand von ihrem Schwert. »Sie macht meine Hunde wild.«

Sie kannte jenes Mädchen und die Spielchen, die es gerne trieb. Es war Eris, die Göttin der Zwietracht.

Eine Stimme, dröhnend wie Kriegstrompeten, ließ die Nekropolis erzittern. Die Blüten und Früchte an Eris' Leib schrumpften zusammen. Sie rutschte aus Brechers Maul. Ihre Haut verwelkte, wobei der zerbissene Hals zusammenwuchs und die Wunden sich schlossen. Sie wurde alt und schrumpelig, bis sie kein Mädchen mehr war, sondern eine verknitterte Greisin.

Das Blut sammelte sich zu ihren Füßen. Es floss in die Höhe und wob sich zu einem Körper zusammen. Sein Besitzer war übermenschlich groß und in voller Kriegsmontur. Waffenrock, Schild und Speer, alle Ausrüstung war golden. Dagegen hob sich seine brandwunde Haut ab, von der das Blut perlte. Die Augen unter dem Helm mit dem roten Federbusch glommen wie Feuer.

»Ich grüße dich, Tochter«, sagte Ares. »Vergib Eris. Sie freut sich, dich zu sehen, und dann wirken ihre Kräfte wie von selbst. Du weißt ja, sie kann nur durch Niedertracht aufblühen.«

Nun, da Eris zahm zu seinen Füßen lag, wurden die Hunde ruhig und kamen an Penthesileas Seite. Klein und unauffällig, wie sie war, schmolz die Göttin in Ares' Schatten. Sie kletterte an dem blutigen Körper hoch und klammerte sich an seinem Rücken fest, genau über den tödlich scharfen Schwingen. Dies war ihr Fluch: Schönheit und Jugend zu erlangen, wann immer sie mit ihrem Bruder Unfrieden säen konnte, und sonst sein Anhängsel zu sein.

»Warum seid Ihr hier?«, fragte Penthesilea. »Der Krieg in Troja ist noch nicht entschieden. Zieht es Euch nicht dorthin?«

Ares ging an ihr vorbei, zu den Gräbern der Königinnen. Er verlor mit jedem Schritt Blut, das unaufhörlich an ihm hinabrann. Seinen Bewegungen wohnte eine gefährliche Anspannung inne, als könne er jeden Moment die Beherrschung verlieren und zuschlagen.

»Brauche ich einen Grund, um nach meinen Kindern zu sehen? Mein Tempel grenzt an die Nekropole, und wo gekämpft wird, kann ich immer auferstehen. Wenn ich es will, bin ich sofort wieder auf dem Schlachtfeld.« Er sah auf die Adlerstatue hinunter. »Meiner unbeugsamen Orithyia hätte dieser Krieg der Kriege gefallen. Nie haben so viele Helden und Götter gestritten wie vor Trojas Mauern. Es würde auch dich mit wilder Freude erfüllen, Penthesilea.«

Daran hatte sie keinen Zweifel. Schon jetzt wurden viele Geschichten über den Krieg erzählt. Eine war, dass er wegen einer törichten Liebe begonnen hätte. Paris, der Prinz von Troja, habe sein Herz an Spartas Königin Helena verloren. Hals über Kopf sei er mit ihr in seine Heimat geflohen. Das hatte ihr Gatte Menelaos natürlich nicht hinnehmen können.

Dass er Troja mit den Spartiaten einnehmen wollte, nur um seine Frau zurückzuholen, konnte Penthesilea nicht glauben. Es ging um viel mehr als Eifersucht und Liebe bei diesem Krieg, in den Kämpfer aus aller Welt zogen. Beute, Macht, Ruhm.

»Ich würde liebend gerne in die Schlacht ziehen«, sagte sie. »Aber es geht nicht nur um mich. Hippolyte ist auch Königin. Sie will als Regentin des Sternstammes nicht kämpfen. Unser Volk ist noch zu geschwächt, sagt sie.«

Da erfolgte der Ausbruch, auf den sie gewartet hatte. Ares wuchs zu monströser Größe heran. Eris fiel von seinem Rücken, als er gegen die Decke der Nekropole stieß, und flüchtete sich hinter eine Stele. Er stampfte brüllend mit dem Speer auf, dass das Blut sich spritzend von seinem Körper auf die Wände verteilte. Flammen schlugen aus seinen Augen.

Penthesilea sprang gerade rechtzeitig mit ihren Hunden weg. Dort, wo der Speer aufschlug, blieb nichts als zertrümmerter Boden zurück.

»Zu geschwächt!«, schrie Ares. »Seit wann zweifeln meine Töchter an ihrer Stärke?« Er bebte von dem Zorn, der unter seiner Haut brodelte. »Denk an all die Männer, die du töten und in Ketten schlagen kannst, Penthesilea. Helden wie Achilles könnten dir zu Füßen liegen. Reiß ihm das Herz heraus, versklave ihn für dich ... Was immer du willst, nimm es dir!«

Eine Erinnerung drohte sie zu überwältigen. Die reißenden Fluten des Kaystros. Der schreiende Säugling zu ihren Füßen. Das Messer in ihrer Hand, mit dem sie ihn töten sollte. Sie atmete scharf ein, um die Bilder zu verdrängen. Selbst nach all den Jahren fühlte sie noch Scham. Auch Wut stieg in ihr auf, die sie unterdrückte, nicht für ihren Vater empfinden durfte.

»Wenn ich könnte, würde ich Achilles niederjagen«, sagte Penthesilea.

»Aber ich kann ihm nicht entgegentreten. Nicht ohne eine Tochter, die meinen Platz einnehmen könnte, sollte ich sterben. Es gibt noch immer keine Thronerbin.«

Ares stand von einem Lidschlag auf den anderen vor ihr, wieder in Mannesgröße. Er hob mit forschem Griff ihr Kinn an, was wieder die Wut in ihr weckte. »Du weißt, wir können das ändern.«

Seine Berührung brannte wie sein Blick. Penthesilea würde lügen, wenn sie sagte, dass sie in diesem Moment nichts außer Groll spürte. Die Luft fühlte sich schwerer an. Ein unsichtbarer Sog zog sie zu Ares hin und in verheißungsvolle Tiefen. So musste sich auch ihre Mutter Otrere gefühlt haben.

»Ja«, sagte sie. »Das weiß ich.«

Ob als Vater oder Gatte, Ares liebte die Amazonenköniginnen mit Leib und Seele. Er war schon deren Vorfahrin Harmonia verfallen gewesen, die er mit der goldenen Aphrodite gezeugt hatte. Harmonia, Göttin der Eintracht. Wer hätte gedacht, dass ihr einmal das wüsteste aller Geschlechter entspringen sollte?

»Unsere Tochter«, sagte Ares und fuhr mit rauen Fingern über ihre Lippen, »würde noch schöner und unbändiger sein als du.«

Sie spürte, wie Hitze Besitz von ihr ergriff. Ein Teil von ihr wollte die Beine für Ares öffnen und die Haut unter seinem Gewand zerkratzen. Dieses Verlangen war schon immer Teil von ihr gewesen. Wenn Penthesilea den Speer schwang, gab sie sich vollkommen dem Krieg hin. Sie dürstete nach ihm, wenn sie nicht kämpfte, und spürte beim Töten dunkle Ekstase. Seine Verkörperung zu lieben, wäre nur ein weiterer Schritt.

Es kostete sie einige Kraft, ihren Kopf aus seiner Hand zu drehen. »Das wäre unsere Tochter gewiss. Aber ihr Blutdurst wäre auch größer.«

Sie sah auf Eris, die wieder auf seinen Rücken kletterte. Die Göttin hatte als Greisin keine Augen. Doch Penthesilea glaubte trotzdem, von ihr beobachtet zu werden.

»Auch wenn ich nicht wie Hippolyte dem Krieg entsagen mag: Ich will keine Königin der Gräber sein.«

Ares warf lachend den Kopf zurück. Die Wände der Nekropole erbebten von seiner Stimme, dass die Molossoi sich duckten.

»Eine Königin der Gräber bist du längst. Die griechischen Helden haben die Amazonen zu oft heimgesucht. Nun verfällt euer Reich.«

Sie blieb standhaft. »Wenn die Amazonen überleben sollen, muss auch ich schwere Entscheidungen treffen. Ich kann Euch nicht lieben. Mein Leib muss eine Tochter hervorbringen, die uns losgekettet von der Vergangenheit in eine neue Welt führt.«

»Du willst dich mir immer noch widersetzen?«, fragte er und umrundete sie. »Und das, obwohl ich dir bereits eine Tochter mit einem anderen verwehrt habe. Möchtest du mich zwingen, dir dies wieder anzutun?«

Sie konnte nicht antworten. Zu groß war die Schmach. Wenn er seine göttliche Macht wieder nutzen würde, um das Kind in ihrem Bauch zu verformen, könnte sie es nicht ertragen.

Sein Körper zerstob mit jedem Schritt, zu einem roten Nebel, der alles ausfüllte. »Ich kenne dich, Penthesilea. Dir ist Größeres bestimmt. So sehr du dich auch zierst, bald wirst du meinem Ruf folgen.«

Sie wurde immer enger umfangen, konnte sich seiner Nähe nicht entziehen. Ihr Haar, dessen Nachtschwärze sie von ihm hatte, verflocht sich mit seinem. Sie widerstand verbissen dem Feuer, das er in ihr entfachte.

»Davor werde ich mein Reich wieder aufbauen«, entgegnete sie. »Unsere Zeit wird kommen.«

Er sah sie aus schmalen Augen an, nachsichtig, wie es nur ein alter Vater tut. »Ich stehe an deiner Seite, mein Kind. Aber mach keinen Fehler. Du kannst als Einzige die Linie der Königinnen fortführen. Hippolytes Leib trägt keine Frucht, und Melanippe würde eher tot zu Boden fallen, als dass sie sich von mir berühren lässt.«

Seine Lippen berührten fast die ihren, als er flüsterte: »Vergiss nicht, was du Orithyia schuldig bist. Ihr und Antiope und all den anderen gefallenen Amazonen. Sind sie gestorben, damit du dich nun zaghaft in Themiskyra zusammenkauern kannst? Weil es besser ist, friedlich dahinzuschwinden, statt ehrenvoll ins Gefecht zu stürmen?«

Sie sagte nichts.

Er wusste, warum. »Du kennst die Antwort.« Sein Mund löste sich lächelnd an ihrem auf, ehe er sie verschlingen konnte. »Erinnere dich an die Toten und feiere für die Lebenden. Vor allem leugne nicht, für was du geboren wurdest. Ich warte auf dich in Troja.«

Dann war er fort, mit Eris an die Front zurückgekehrt. Die Stille, die blieb, war unerträglich laut.

Penthesilea wollte nicht allein bleiben mit den grausamen Wünschen, die der Kriegsgott in ihr geschürt hatte. Als sie sich zum Gehen wandte, erkannte sie, dass sie sich getäuscht hatte. Sie war nicht alleine.

Ihre Schwester Hippolyte trat zwischen den Grabmälern hervor. Penthesilea hatte sie nicht kommen hören, so befangen war sie von Ares' Gegenwart gewesen. Die Hunde liefen freudig bellend auf Hippolyte zu. Sie stemmte sich ihnen entgegen, um nicht umgeworfen zu werden, und rang lachend mit ihnen. Dann verstummte sie, als würde ihr plötzlich bewusst, dass sie sich als Königin zu benehmen hatte. Sie räusperte sich und hob die Hand. Die Hunde wichen von ihr.

»Ich dachte mir schon, dass ich dich hier finde«, sagte Hippolyte und verschränkte die wuchtigen Arme.

Sie trug nur ein Untergewand, wodurch die Muskeln ihres entblößten Oberkörpers umso mehr hervortraten. Schweiß glänzte auf der bronzefarbenen Haut. Es sah aus, als hätte Hippolyte sich gerade körperlich ertüchtigt. Das würde zu ihr passen. Sie könnte niemals während der Heiligen Jagd für ihre Schwestern beten, wie Penthesilea es tat. Stattdessen schlug sie den Schmerz auf dem Übungsplatz hinaus und schnitt ihre Haare zu Stoppeln.

»Genug Trübsal«, sagte Hippolyte und legte ihr eine Hand auf die Schulter. »Die Kriegerinnen kommen bald von der Jagd zurück. Es ist noch einiges vor ihrer Ankunft zu tun.«

Einem inneren Impuls folgend, zog Penthesilea sie in eine Umarmung. Hippolyte sagte nichts. Das musste sie auch nicht, so fest, wie sie sich hielten. Es war tröstlicher als alle Worte, die sie über die Toten hätten verlieren können.

»Danke, dass du hier bist«, sagte Penthesilea. »Du hast mir gefehlt.«

Die restliche Zeit des Jahres sahen sie sich kaum. Zu viele Tagesreisen trennten sie von Hippolyte, die über den Sternstamm und den Kaukasus im Norden regierte.

»Ich fühle mich stärker durch dich, und dem Volk geht es ebenso«, fuhr Penthesilea fort. »Es liebt dich. Du bist alle Hoffnung, die es braucht. Orithyia und Antiope wären stolz auf dich.«

Hippolyte löste sich von ihr. »Du sagst das so, als ob du keinen Anteil hättest. Dabei bist du auch Königin.«

»Aber ich bin nicht so hoheitsvoll wie du. Du gehst viel besser mit Orithyias Erbe um. Wenn es nach mir ginge, würde ich mich nicht um die Belange des Mondstammes kümmern und nur Eroberungszüge führen.«

Sie dachte an die Verwüstung, die sie nun in Troja anrichten könnte. An Ares und seine Versprechen.

»Vater war hier«, sagte Penthesilea.
»In der Nekropole? Was wollte er?«
»Er sprach vom Krieg in Troja. Dass es mir bestimmt sei, dort mitzukämpfen. Und ...« Sie verschwieg, dass er sie hatte verführen wollen. Hippolyte ahnte es trotzdem. »Verstehe. Er kommt zu dir und lässt mich außen vor. Ich habe wohl keinen Wert mehr für ihn.«
»Sag das nicht.« Penthesilea streckte die Hand nach ihr aus, doch Hippolyte schüttelte sie ab. »Warum soll ich nicht die Wahrheit sagen? Ich kann ihm keine Tochter schenken und verweigere mich dem Krieg. Kein Wunder, dass er sich abwendet.«

Sie klang verbittert. Penthesilea verstand, warum. Hippolyte konnte ja nichts für ihre Unfruchtbarkeit. Es war einfach passiert. Die vielen Entbehrungen auf der Rückreise von Athen hatten ihren Tribut gefordert, und Hippolytes Körper war verdorrt. Keine Göttin konnte ihn mehr segnen, weil dies der Preis für ihr Überleben gewesen war.

»Er wird sich dir schon wieder zuwenden«, sagte Penthesilea. »Spätestens, wenn wir unsere gefallenen Schwestern rächen.«

Hippolyte schnaubte. »Wir können nicht in den Krieg ziehen.«

»Aber –«

»Kein aber. Wir haben das bereits besprochen.«

»Haben wir das? Soweit ich mich erinnere, hast du den Boten, den Priamos schickte, ohne Unterredung abgeschmettert.«

»Zu Recht. Was bildet er sich ein, uns Amazonen um Hilfe zu bitten, nachdem er Orithyia derart hintergangen hat?«

Penthesilea erinnerte sich kaum an Priamos. Als der König von Troja ins Reich der Amazonen gekommen war, war sie noch ein kleines Mädchen gewesen. Er war in der Blüte seines Lebens, kein Jüngling mehr, doch von größer werdender Weisheit. Im Gegensatz zu anderen Königen wollte er sich nicht mit den Amazonen bekriegen, sondern Frieden mit ihnen schließen.

In Begleitung seiner besten Männer kam er, die Hand ausgestreckt und sein Herz offen für die ihm fremde Kultur. Er beeindruckte die Amazonen gleichermaßen mit Kampfkunst, Mut und Wortgewandtheit. Aber vor allem beeindruckte er Orithyia.

Sie hatten beiderseits nie jemand Ebenbürtigen getroffen und wollten einander sofort. Aber so sehr sich Priamos auch nach Orithyia verzehrte, er war nicht stark genug gewesen, sie zu lieben. Es hätte bedeutet, die Krone mit ihr zu teilen, als Gleichrangige.

Penthesilea widersprach: »Er hat sie nicht hintergangen. Nachdem das Friedensbündnis geschlossen war, sind Priamos und Orithyia einvernehmlich getrennter Wege gegangen. Das weißt du auch.«

»Einvernehmlich? Aber nur, weil er sie in dem Glauben ließ, dass er zurückkommen würde. Was nie geschah.«

»Vergiss ihn, Hippolyte. Wenn wir in den Krieg ziehen, dann nicht für Priamos. Es geht allein um die Amazonen.«

»Wir können nicht«, beharrte ihre Schwester. Sie ging aus der Nekropole, und Penthesilea folgte ihr mit den Hunden. »Die Amazonen müssen erst wieder erstarken. Ich will sie nicht ins Verderben führen, nur weil uns Ruhm lockt und Blutdurst beseelt.«

Penthesilea atmete schwer aus. Vielleicht hätte sie das Thema nicht ansprechen sollen.

»Du hast ja recht«, lenkte sie ein. »Ich mache mir trotzdem Gedanken. Noch können wir unsere Kriegerinnen mit Jagen und Ähnlichem beschäftigen. Aber das wird ihr Bedürfnis nach Kampf nicht ewig stillen. Ein Teil des Sonnenstamms ist bereits auf dem Weg nach Troja, und Königin Myrina ist bestimmt nicht mit ihren besten Leuten hergekommen, weil sie Sehnsucht nach uns hatte. Sie wird den Krieg besprechen wollen. Es naht vielleicht der Moment, da wir die Stämme vereinen und gegen die verhassten Griechen ziehen können.«

Hippolyte trat aus der Nekropole. Das gleißende Tageslicht bleichte ihr Haar, als sie sagte: »Glaub mir, ich sehne diesen Moment genauso herbei wie du. Nichts würde mich mehr erfreuen, als die Männer zu zerschmettern, die Theseus und Herakles nacheifern. Ich werde bei den richtigen Zeichen nicht zögern.«

Penthesilea blieb vor der Schattenlinie stehen, die sie von Hippolyte und der Welt der Lebenden trennte. Zeichen. Die hatte es lange nicht gegeben, oder vielmehr hatte Melanippe sie nicht lesen können. Die Visionen ihrer Schwester waren in letzter Zeit dunstverhangen, ihre Verbindung zu Artemis gestört.

»Schwörst du es mir?«, fragte Penthesilea.

»Ich schwöre es. Beim Grab unserer Mutter Otrere und all den großen Frauen, die ihr gefolgt sind.« Hippolyte hielt ihr die Hand hin. »Komm, Schwester. Das Volk wartet.«

## IV. DER WETTSTREIT

### Clete

Der Jubel der Menge war ohrenbetäubend. Menschen jeden Alters und Geschlechts hatten sich am Stadtrand versammelt, um die heimkommenden Kriegerinnen in der Mittagshitze zu begrüßen. Clete winkte ihnen und bemühte sich, trotz ihres dreckigen Zustands so gut wie möglich auszusehen.

Einigen Jagenden kamen Getreue und Familienmitglieder entgegen. Iphito wurde von mehreren Vielseligen empfangen. Ein Sklave hielt der hocherfreuten Bremusa einen Weinschlauch hin. Auf Lacomache liefen nicht nur ihre beiden Gatten, sondern auch ihre zwei Töchter und ihr kleiner Sohn zu. Kaum dass sie vom Pferd gestiegen war, klammerten die Kinder sich an sie, und die Männer fielen ihr um den Hals. In den Armen der lachenden Bärin war Platz für sie alle.

Clete lächelte. Selbst bekam sie keine solche Aufmerksamkeit. Sie war die einzige Jägerin, deren Pferd keine Beute an einem Seil mitschleifte. Sogar Bremusa hatte noch etwas Kleinwild erlegen können. Dennoch ritt Clete unbeschwert voran. Es war schön, wieder zu Hause zu sein ... oder das dachte sie zumindest, ehe sie Antandre entdeckte. Am Ende der Straße, die das Volk bildete, stand die Stratega auf einem Felsen und beobachtete das Geschehen. Schon bevor sie zur Heerführerin geworden war, hatte sie sich oft als Erste einen Überblick verschafft. Ihr Zweitname – sie, die Menschen vorausgeht – spielte darauf an.

»Da ist sie schon, die Furienmutter.« Bremusa schlug ihr im Vorbeireiten ermutigend gegen die Schulter. »Viel Glück. Ich bete für dich, dass sie dich nicht mit ihren Gorgonenaugen tötet.«

Clete glaubte, dass das durchaus passieren könnte. Antandres kritische Blicke stachen selbst aus der Ferne wie Messer. Wo sie eben frohen Mutes gewesen war, spürte sie nun überdeutlich den Dreck, der ihre Haut verkrustete. Jetzt störte es sie doch, dass sie mit leeren Händen zurückkam. Ein Wunder, dass Antandres Unzufriedenheit keine Erdspalte aufriss, die Clete in ihrer Minderwertigkeit verschluckte.

»Kriegerinnen!« Antandre stampfte mit ihrem Eichenstab auf. Er war ihre unabdingliche Gehhilfe geworden, seit sie ihren rechten Fuß im Kampf gegen Herakles verloren hatte. »Nehmt Haltung an.«

Clete stieg ab und schnallte die Pelte von ihrem Sattel. Der halbmondförmige, mit Schafhaut überzogene Schild lag ebenso gut wie die Labrys-Doppelaxt in ihrer Hand. Die Jagenden stellten sich in einer Reihe auf, ihre Pferde an der Seite, die Beute vor sich und ihre Waffen erhoben.

»Sagt mir«, schrie Antandre, dass ihre Stimme über alle Köpfe hinwegschallte. »Wer seid ihr, die ihr hier vor die Göttinnen tretet?«

Gleichzeitig mit den anderen schlug Clete den Stab ihrer Labrys gegen die Pelte. Bei dem Donnern der Waffen grölte das Volk. So laut sie konnten, sagten Clete und ihre Stammesleute den Schwur auf, den sie als Töchter des Mondes geleistet hatten. »Dem Throne gelobt mit Knochen und Blut!«

Es blieb nicht bei diesem einen Schwur. Nicht nur Menschen aus Themiskyra waren unter den Jagenden, sondern auch Amazonen anderer Stämme. Die Schwestern der Sonne, die Königin Myrina unterstanden, hatten den ganzen Weg von Libyen auf sich genommen. Sie waren ein imposanter Anblick mit ihrer Haarpracht und der zumeist schwarzbraunen Haut, als sie brüllten: »In tiefster Nacht vom Feuer erbracht!«

Nur eine Handvoll war zugegen, die engsten Vertrauten von Myrina. Der Rest war mit deren Schwester Aegea auf dem Weg nach Troja oder mit der dritten Sonnenkönigin Mytilene in Libyen geblieben, um die Städte dort zu verteidigen.

Wesentlich mehr Menschen waren mit Hippolyte gekommen. Die winterrauen Stimmen von den Müttern der Sterne waren am lautesten. Lacomaches klang besonders durchdringend, und Iphito reckte siern Schwert, als sie riefen: »Gehärtet von Eis und Ewigkeit!«

Die Amazonen aller drei Stämme hämmerten mit den Waffen gegen ihre Schilde. Sie stimmten einen tief dröhnenden Kriegsruf an. Das Volk schrie ekstatisch mit.

Auf ihren Stab gestützt, stieg Antandre vom Felsen und ging an den Kriegerinnen vorbei. Wortkarg, wie sie war, sagte sie nichts. Ihr verhärmter Gesichtsausdruck war aber mehr als aussagekräftig. Wer ein halbwegs anerkennendes Kopfnicken von ihr erntete, konnte froh sein.

Clete fiel einmal mehr auf, wie sehr ihre Muhme in den letzten Jahren gealtert war. Antandre war inzwischen verknöchert, sie ging leicht gebeugt. Ihr graues Haar war spröde wie ihr Optimismus.

Die Stratega stampfte erneut mit dem Stock und rief: »Die Göttinnen haben eure Jagd mit guter Beute belohnt und euch sicher nach Hause gebracht. Nun erwartet das Urteil der Hohepriesterin.«

Sie trat beiseite, um besagter Frau Platz zu machen. Die Hohepriesterin Melanippe rauschte an ihr vorbei. Sie wirkte neben den rauen Kriegerinnen fehl am Platz. Ein schmuckloses Gewand aus grüner Seide umwallte ihre Figur. Anders als bei den meisten Amazonen besaß ihr Chiton lange Ärmel. Ihre hoheitlich schwarzen Haare waren zu einem Zopf gebunden und hochgesteckt, andernfalls wären sie auf dem Boden geschleift.

»Schau sie dir an«, flüsterte Bremusa, die sich zu Clete beugte. »Wie kann sie so perfekt aussehen? Da sitzt kein einziges Haar an der falschen Stelle.«

»Ja«, flüsterte Clete zurück. »Unheimlich.«

Zwei Jungen begleiteten Melanippe, tadellos frisiert und gekleidet. Der eine trug ihre Schleppe. Er achtete penibel darauf, dass der Stoff mit nichts in Berührung kam. Der andere Junge ging vorneweg und trat alles an Steinen, Unrat und weiteren Stolperfallen beiseite.

Das Volk verstummte, als Melanippe vor die Kriegerinnen trat. Alle wollten das Urteil hören. Nun würde Melanippe als Stimme der Göttinnen bestimmen, wer Artemis am meisten bei der Heiligen Jagd geehrt hatte.

»Willkommen zurück, Kriegerinnen«, sagte die Hohepriesterin. Ihr Lächeln und ihre Haut wirkten farblos. Sie hatte schon immer krank ausgesehen, krank vom Leben. »Ihr alle habt ruhmvoll gejagt. Heute lächelt Artemis auf euch herab, und auf eine Amazone besonders.«

Sie schritt die Reihen entlang und beäugte die Beute. Es waren einige schöne Exemplare dabei. Gerade an Rotwild gab es reichlich. Eine der Sonnenschwestern hatte sogar einen Hirsch lebendig gefangen.

Bremusa zuckte entschuldigend mit den Schultern, weil sie nur ein paar Hasen vorweisen konnte. Dann kam Melanippe bei Clete an. Die Hohepriesterin runzelte ihre sonst makellos glatte Stirn. »Bringst du denn gar nichts heim, Schildhaut?«

Sie hielt mehr Abstand als nötig. Ihr Ekel wegen Cletes Äußerem war ihr deutlich anzusehen. Die Jungen begannen, ihr Luft zuzufächeln.

Cletes Blick sank unwillkürlich auf Melanippes Hände. Die Finger, die aus den Ärmeln ragten, waren wund gescheuert. Es gab Gerüchte, dass Melanippe wegen einer Krankheit panisch beim Anblick von Schmutz wurde. Sie glaubte, ihn überall zu sehen, und wusch sich wie besessen.

»Doch, Hohepriesterin. Ich bringe etwas ganz Besonderes.« Sie legte die Hände an den Mund und rief: »Promethea!«

Ihre Stimme verhallte in den Wäldern jenseits der Stadt. Clete wartete mit klopfendem Herzen ab. Die Stille zog sich in die Länge. Melanippe verzog das Gesicht, es sah schon aus, als würde sie weitergehen.

Da rief jemand: »Schaut! Was ist das?«

Fast hätte Clete einen Freudenruf ausgestoßen. Promethea war gekommen. Die Stute erschien auf dem Felsen, auf dem vorher Antandre gestanden hatte. Es war unerklärlich, wie sie dorthin gelangt war, ohne dass es jemand bemerkt hatte. Die Farbe des feuerroten Fells flackerte im Wind.

»Dies«, sagte Clete, »ist das Tier, das ich von der Heiligen Jagd bringe.«

Sowohl die Volksleute als auch die Kriegerinnen machten große Augen. Staunend traten sie beiseite, als Promethea zu Clete lief. Sie ging der Stute entgegen. Dabei kam sie an Melanippe und Antandre vorbei, die vollkommen sprachlos waren.

Clete grinste in sich hinein. Promethea machte noch mehr Eindruck als erwartet. Sie sollte diesen Moment nutzen und ihn so glorreich wie möglich gestalten. Es war vielleicht zu ihrem Vorteil, dass sie so abgehalftert aussah, dadurch leuchtete Promethea noch mehr neben ihr.

Einer Eingebung folgend, streckte sie die Hand nach der Stute aus. »Ich möchte dieses Pferd meiner Königin zum Geschenk –« Sie kam nicht weiter, denn Promethea riss schnaubend den Kopf in die Höhe.

Da erwachte Melanippe aus ihrer Starre. »Ich glaube, dieses Tier lässt sich nicht verschenken. Ohne Zweifel ist es ein heiliges Wesen. Die Göttinnen haben es dir geschickt. Also wird es an deiner Seite bleiben, solange es sein Wille ist.«

Wie um diese Worte zu bekräftigen, kam Promethea näher. Diesmal scheute sie nicht, als Clete ihr die Hand auf die Stirn legte. Im Gegenteil, sie schob sich der Berührung entgegen und drehte ihr den Rücken hin. Clete schlug die Einladung nicht aus. Sie schwang sich auf.

Promethea fühlte sich wie für Clete geschaffen an. Als sie losritt, tobte die Menge vor Begeisterung. In diesem Moment fühlte sie sich unendlich frei. Sie hielt nach Antandre Ausschau. Die zeigte keine Reaktion, und das war ein Kompliment. Sie war sonst nie zu beeindrucken. Clete ritt nicht lange, nur ein paar Runden, um sich und das Volk zu berauschen. Dann stieg sie schwungvoll vor Melanippe ab.

»Unglaublich«, sagte die Hohepriesterin. Sie schien vergessen zu haben, dass Clete ihr eben noch zuwider gewesen war. »Dergleichen habe ich nie gesehen. Ein wahrer Segen. Achte Promethea und halte sie in Ehren.«

So schnell, wie Promethea gekommen war, entschwand sie. Clete sah zu, wie sie davonlief. Dem Wind gleich zerstob die Stute zwischen zwei Wimpernschlägen.

»Nicht schlecht, du Angeberin«, sagte Bremusa, als Clete in die Reihen der Kriegerinnen zurückkehrte. »Ich glaube, die Hohepriesterin muss sich die anderen nicht mehr anschauen.«

Sie sollte recht behalten. Der Jubel wollte nicht aufhören, und Melanippe besah die weitere Beute nur oberflächlich.

»Artemis hat eine eindeutige Favoritin«, verkündete sie. »Der Titel der besten Jägerin gebührt Clete, Schildhaut und Tochter des Mondes.«

Es gab keine größere Anerkennung im Reich der Amazonen. Clete sollte stolz sein. Aber die Bewunderung war plötzlich erdrückend. Als sie in die Menge sah, entdeckte sie keine einzige Bekannte. Ihre Waffenschwestern standen hinter ihr, und irgendwo da draußen waren ein paar ihrer Liebhaber und Gespielinnen. Doch etwas ... fehlte.

Sie widerstand der Versuchung, nach Antandre zu sehen. Es würde sie nur enttäuschen. Dies war ihr Moment, sie sollte ihn nicht zerstören, indem sie einem Anfall von Einsamkeit nachgab. Sie hob die Faust in die Höhe. So gut sie konnte, ertränkte sie ihre Gedanken im Beifall des Volkes.

\* \* \*

Clete sah erleichtert zu, wie der Dreck sich von ihrer Haut löste. Die Arme auf den Beckenrand gestützt, saß sie nackt im warmen Wasser. Nach ihrer Ernennung zur besten Jägerin hatte sie sich kaum vor Aufmerksamkeit retten können. Es hatte ewig gedauert, ihr Pferd wegzubringen und hierherzukommen.

Das öffentliche Bad war für die Heimgekehrten reserviert worden, sodass sie sich vor dem weiteren Wettstreit ausruhen konnten. Nur ein paar Dienerinnen streiften mit Tüchern und Honigkuchen umher. Manchmal kicherte eine verstohlen, wenn sie an Clete vorbeikam.

Sie legte den Kopf in den Nacken und betrachtete die Darstellungen an der Decke. Greifen, Magierinnen und streitende Göttinnen aus Stein. In der Mitte stand Ares und breitete seine nachtschwarzen Schwingen aus. Es sollte wohl ein mutmachendes Bild sein, doch es weckte ein unangenehmes Gefühl in Clete, wann immer sie es ansah. Sie wollte nicht daran erinnert werden, dass sie das Blut jenes Gottes in sich trug. Es war zwar ein Quell der Macht, aber brachte auch unendlichen Hunger mit sich.

»Wer will schon die Heilige Jagd gewinnen«, sagte Bremusa und seufzte zufrieden. Sie saß Clete im Wasser gegenüber, die Hände hinter dem Kopf verschränkt und mit schamlos breiten Beinen. »Das hier ist das einzig Wahre.«

Iphito ließ sich siere Schultern von Lacomache massieren und hob eine Augenbraue. »Irre ich mich, oder klingst du trotzdem neidisch?«

Zur Antwort schlug Bremusa ihrm vor die flache Brust.

»Für Neid gibt es keinen Grund«, meinte Lacomache, die dazu überging, sich die Achselhaare zu waschen. »Clete mag die Heilige Jagd für sich entschieden haben. Doch beim Wettstreit gibt es noch genug Ruhm für uns alle zu holen.« Sie ließ die Hände ins Wasser gleiten und ihre Schultern kreisen. »Wie steht es, Bremusa? Willst du wetten, wer von uns den Faustkampf gewinnt?«

Bremusa grinste überheblich. »Das muss ich gar nicht. Dein Schlag mag Berge spalten, Bronzefaust. Aber einer alten Frau wie dir kann ich allemal ausweichen.«

»Das werden wir ja sehen.«

Clete mischte sich ein. »Bitte lass sie an einem Stück, Lacomache. Ich mag meine liebste Gespielin nicht verlieren.«

Bremusa schürzte die Lippen. »Ich sollte beleidigt sein, dass du so wenig Vertrauen in meine Fähigkeiten hast. Aber oh, hast du gerade zugegeben, dass ich deine Lieblingshure bin? Ich Glückliche.«

Iphito lachte. »Wenn das keine Ehre ist.«

Clete scherzte eine ganze Weile mit den Kriegerinnen, bis es an der Zeit war, das Bad zu verlassen. Nachdem sie aus dem Wasser gestiegen war, halfen ihr mehrere Dienerinnen, sich anzukleiden. Sie wollte zur Feier ihren Seidenmantel mit dem Rock aus Wildleder tragen.

»Den kenne ich noch nicht«, bemerkte Bremusa, die gemütlich im Chiton mit Waffengürtel blieb. »Ist er neu?«

»Ja. Ein Geschenk von meinem Bruder.« Clete löste die Bänder in ihrem Haar, damit es frei fliegen konnte. »Das Leder ist nach der Art seines Stammes bearbeitet. Ich hatte bisher keine Gelegenheit, es anzuziehen.«

»Es sieht fantastisch aus. Aber du könntest auch Lumpen tragen und würdest alle verrückt machen.« Bremusa zwinkerte ihr zu, ließ sich von Clete am Arm nehmen und ging mit ihr hinaus.

Ihnen folgte Iphito, nicht weniger gut gekleidet, während Lacomache heim zu ihrer Familie ging. Bis auf die Bärin würden sich alle heute Nacht während der Feierlichkeiten entspannen.

Wie geplant gingen sie ins beste Freudenhaus der Stadt, ein großes Gebäude direkt am Thermodon. Dort konnte man sich im üppigen Garten von noch üppiger ausgestatteter Dienerschaft verwöhnen lassen, ob mit Wein, Essen oder Liebesdiensten. Clete genoss den guten Tropfen und den Ausblick vor ihr, während sie sich auf mehreren Kissen zurücklehnte. Freudenjungen, einer schöner als der andere, schenkten ihnen ein und tanzten. Die öligen Leiber glänzten im Fackellicht, kaum verhüllt, doch reich geschmückt.

Iphito tanzte selig grinsend mit mehreren Männern, Haut an Haut. Bremusa hatte sich bereits einen hell gelockten Jüngling auserkoren, der in ihren Armen lag und sie wohl gleich im Bett beglücken durfte. Clete überlegte, ob sie sich ebenfalls mit jemandem zurückziehen sollte, als sie jemand ansprach.

»Hier bist du, Schildhaut. Ich wollte dich zu deinem Sieg beglückwünschen.«

Clete kannte diese wohlklingende Stimme. Sie sah auf und Antianeira ins Gesicht. Sogleich ärgerte sie sich über ihren Gedanken, wie gut die Herrin der Krüppel aussah.

Antianeira trug ihre Narben regelrecht zur Schau. Ihr fehlte das linke Auge. Von Stichwunden gebliebene Fleischwülste überzogen ihre Wangen. Anstatt sich davon entstellen zu lassen, umgab sie die Male mit Schminke und Schmucksteinen. Dadurch sah ihr Gesicht wie ein dämonisches Kunstwerk aus. Es war bewundernswert schön. Das war das

Schlimme an ihr: Sie war zu grausam für Cletes Geschmack, aber formvollendet dabei.

»Danke.« Mehr sagte Clete nicht.

Zu ihrem Missfallen nahm Antianeira das nicht als Anlass, zu gehen, sondern setzte sich neben sie. Viel zu nah. Sie legte einen Arm um Cletes Schultern und flüsterte ihr ins Ohr: »Wer hätte gedacht, dass das Häuflein Elend, dem sich Antandre einmal erbarmt hat, die größte Jägerin sein würde?«

Die Härchen auf Cletes Oberarmen stellten sich auf. Sie hasste es, diese Stimme derart intim zu hören. Antianeira wusste nicht nur gut damit zu singen, einmal hatte sie Clete auch die Ohren vollgestöhnt. Aber das war lange her und eine Nacht, an die sie sich nicht gerne erinnerte. Damals hatte Clete vor jugendlicher Kraft geleuchtet, und dies zog die Herrin der Krüppel an, die jenes Leuchten an ihr Bett fesseln wollte, mit giftigen Worten und Ketten aus Schmerz – ohne Liebe.

Wenn es nur darum gegangen wäre, dass Clete litt, hätte sie es vielleicht ertragen. Doch sie konnte Antianeira nicht wehtun, wie diese es sich wünschte. Nicht sie, die sich dem Schutz anderer verschrieben hatte. Abgesehen davon mochte sie keine Kriegerinnen, die nur ihresgleichen und nicht den Rest des Amazonenvolkes achteten.

»Ja, wer hätte das gedacht?« Es bereitete ihr Genugtuung, dass sie inzwischen höhergewachsen war als Antianeira und auf diese hinabblicken konnte. »Ich bin wohl doch nicht so elendig, wie du dachtest. Such dir ein anderes Opfer.«

Antianeira lächelte falsch. »Warum so abweisend? Meine Glückwünsche kommen von Herzen.«

Ihre linke, unverstümmelte Brust drückte durch ihren Chiton gegen Cletes Arm. Es fühlte sich durchaus verlockend an. Aber Antianeiras Reize täuschten. Den einen Moment wiegte sie lustvoll die Hüften, den nächsten thronte sie auf gebrochenen Leibern. Jede noch so sanfte Bewegung konnte zu einem Schlag werden. Clete hatte das am eigenen Leib zu spüren bekommen.

»Genieße deinen Triumph«, sagte Antianeira, wobei der Hohn von ihren roten Lippen troff. »Er ist vergänglich. Gewöhn dich nicht an die Liebe des Volkes. Heute magst du umjubelt werden, den nächsten Wettkampf könnte schon jemand anderes gewinnen.«

Es war offensichtlich, dass Antianeira sich selbst als mögliche Siegerin meinte. Sie ging immer wieder als beste Sängerin hervor. Clete schob sie bestimmt von sich. »Danke für den unerbetenen Rat. Würdest du mir jetzt nicht mehr die schöne Aussicht versperren?«

Antianeira lächelte immer noch so schneidend, als wolle sie sich in Cletes Herz verbeißen. »Gern geschehen. Wir sind doch Waffenschwestern. Du kannst stets zu mir kommen, wenn du meinen Rat willst ... oder auch mehr.«

Damit entfernte sie sich wiegenden Schrittes. Bremusa und Iphito, die das Geschehen scheel beäugt hatten, sahen ihr nach. Antianeira badete in ihrer Abscheu und würde es noch viel mehr beim Wettstreit der Dichtkünste tun.

»Schwätzerin«, grummelte Clete.

Sie leerte ihren Weinkelch in einem Zug. Die Lust war ihr gehörig vergangen. Vielleicht sollte sie einfach nach Hause gehen und schlafen.

\* \* \*

Nach einer ereignislosen, aber umso erholsameren Nacht bereitete Clete sich für den Wettstreit vor. So gut es ging, band sie ihre voluminösen Locken zurück. Sie rieb ihren Körper mit Öl ein, der bis auf Rock und Sandalen nackt blieb. Die Kriegerinnen sollten im Wettkampf antreten, wie die Göttinnen sie geschaffen hatten, und die rituellen Brandmale auf ihren Oberkörpern offen zeigen.

Als sie auf die Straße trat, kamen ihr Trommelmusik und Essensdüfte entgegen. Von ihrem Haus aus war es nicht weit bis zum Tempel der Artemis und dem daneben liegenden Stadion. Der Großteil des Volkes feierte dort bereits und wartete auf die Ankunft der Kriegerinnen. Doch auch in den Straßen regierte Feststimmung. Überall hingen Blumen und bunte Tücher von den Fenstern. Männer und Kinder winkten ihr zu.

Beim Stadion waren die Feierlichkeiten in vollem Gange. Tänzer wogten um die reich gedeckten Tische, die um die Laufbahn aufgestellt worden waren. Trompeten kündigten die Ankunft der Kriegerinnen an, in deren Reihen sich Clete stellte. Das Volk begrüßte sie lärmend, und sie spürte, wie Aufregung sie durchrauschte.

»Die Heilige Jagd«, hallte die Stimme von Penthesilea durchs Stadion, »ist vorbei!«

Die Königinnen saßen auf einer Tribüne, jede auf ihrem eigenen Thron. Penthesilea war in ihrer Mitte, im schwarzen Chiton und ihre Molossoi um sich. Sie wirkte mächtig, wie die natürliche Anführerin der Meute – das hatte Clete schon immer beeindruckend gefunden. Neben Penthesilea hob sich Hippolyte in silberner Zierrüstung ab.

Schließlich war da Myrina, Königin des Sonnenstammes. Goldener Schmuck lag an ihren muskulösen Gliedmaßen. Ihr gelbes Gewand leuchtete gegen die ebenholzschwarze Haut. Sie stützte sich auf ihren legendären, mit Schlangenhaut überzogenen Schild, der ihr im Kampf gegen Gorgonen geholfen hatte.

Hinter ihr, im Schatten des Thrones versteckt, stand jemand. Clete konnte kaum etwas von der leicht gekrümmten Gestalt erkennen. Sie vermutete, dass es der ägyptische Magier war, den Myrina als Teil ihres Gefolges aus Libyen mitgebracht hatte. Seit der Ankunft des Sonnenstammes gab es allerlei Getuschel über ihn. Die Leute liebten eben Klatsch, und den gab er gut her mit seiner mysteriösen Aura, zumal er eine Liebschaft mit der Königin haben sollte.

»Die größte Jägerin wurde erwählt«, fuhr Penthesilea fort. »Nun sollen weitere Kriegerinnen Artemis mit ihren Taten ehren.«

Clete kniete sich mit den anderen hin. Der Lärm der Menge verebbte. Alle wussten, was nun kam, und versanken in Stille, ohne dass die Mondkönigin es erwirken musste. Penthesilea setzte sich.

Hippolyte trat vor und ergriff das Wort. »Einmal mehr ehren wir auch diejenigen, die fielen, als die Griechen während der Heiligen Jagd angriffen.« Selbst nach all der Zeit war ihre Stimme rau vom Schmerz, waren es doch fast ausschließlich Kriegerinnen ihrer ehemaligen Garde, die sie aufzählte. »Molpadia, Schattenschützin. Asteria, Tod von den Sternen. Deianeira, Sprecherin der Nymphen. Prothoe, die niemals Brechende. Eurybia, mit den vielen Gesichtern ...«

Alle Kriegerinnen, die Herakles und seinesgleichen getötet hatten, nannte sie. Clete schloss die Augen und versuchte, sich die Gesichter ihrer toten Waffenschwestern vorzustellen. Manche waren nicht mehr als verwischte Flecken in ihrer Erinnerung. Sie wusste noch genau, wie sie sich gefühlt hatte, als die Griechen im Land eingefallen waren. Mit jeder Amazone, die umgebracht, vergewaltigt oder zur Sklaverei verurteilt wurde, glaubte sie selbst ein Stück zu sterben.

»Diese mutigen Kriegerinnen opferten sich, um die Griechen aus unserem Land zu vertreiben«, sagte Hippolyte. »Auch die stolze Prinzessin Antiope musste ihr Leben lassen, durch ihren Entführer Theseus, König von Athen. Unsere geliebte Königin Orithyia starb bei dem Versuch, sie zu retten.« Allein Orithyias Namen zu hören, riss alte Wunden bei Clete auf. Sie sah sich wieder an Orithyias Totenbett stehen, eine eilig errichtete Statt im wüsten Nirgendwo, weit weg von Themiskyra.

»*Warum weinst du, Schildhaut? Eines Tages wirst du begreifen, dass Hades unsere Leben einfordert, wie es ihm beliebt. Er bringt Kriegerinnen und Königinnen nicht mehr Respekt entgegen als einfachen Leuten. Vor ihm sind wir alle gleich. Drum weine nicht. Ich will versuchen, erhobenen Hauptes zu gehen, und auch du sollst das einmal tun. Schütze mein Volk und die Töchter des Mondes.*«

Clete spürte ihre Narben, die von den Erinnerungen pochten. Wunde um Wunde war sie diejenige geworden, die sie heute war. Eine Verbliebene mit der Pflicht, die Toten zu übertreffen. Sie würde Orithyia, die ihr mehr als eine Königin gewesen war, auch nach deren Tod ehren.

»Die Heroen der Griechen«, Hippolyte spuckte die Worte fast aus, »sind unser Fluch. In diesem Moment sitzt Herakles, der Mörder unserer Waffenschwestern, im Olymp. Zeus und die anderen Götter haben ihn zu sich geholt. Sie adelten seine schändlichen Taten, statt ihn zu strafen für das, was er uns antat. Sein Geist lebt fort, in Männern wie Ajax, dem Wall, dem verschlagenen Odysseus und dem zornigen Achilles. Nun kämpfen sie vor Trojas Mauern.« Sie ballte die Hand zur Faust und schlug damit gegen ihren Brustpanzer. »Er dachte dasselbe wie alle Helden: dass wir Amazonen einfach in die Knie gezwungen werden können. Aber das ist ihm und seinen Mitstreitern nicht gelungen.«

Dies war der Moment, in dem sich die Sonnenkönigin Myrina von ihrem Thron erhob. Bis dahin hatte sie sich zurückgehalten, aus Respekt vor Hippolyte, und um Raum für deren Pein zu lassen. Nun richtete sie sich zu ihrer beeindruckenden Größe auf, um zu sprechen.

»Haltet eure Köpfe stolz erhoben. Trotz allem sind wir Amazonen nicht von dieser Welt verschwunden. Wir haben gekämpft und mit dem Schutz der Göttinnen überlebt. Ihr Kriegerinnen, die ihr euch vor Artemis beweisen wollt, seid der Beweis. Ihr seid unsere Zukunft.«

Die Menge brach ihr andächtiges Schweigen. Als die Kriegerinnen sich mit den Fäusten gegen die gebrandmarkte Brust schlugen, schrie alles wie von Sinnen. Kinder und Alte, einfaches und hohes Volk, sogar die Königinnen brüllten. Sie waren die Furcht einflößende Stimme einer vereinten Nation.

Penthesilea kam neben Hippolyte. Sie nahm die Faust ihrer Schwester, hob sie in die Höhe und rief: »Lasst den Wettstreit beginnen!«

\*\*\*

Während Clete sich für den Faustkampf aufwärmte, beobachtete sie die Mädchen und Vielseligen, die vor die Throne traten. Es waren etwa ein Dutzend Kinder. Sie waren nicht in die Kaste der Kriegerinnen geboren worden, hatten sich dieser aber in Kampfübungen als würdig erwiesen. Nun wurden sie aufgenommen.

Für die Königinnen! Für die Göttinnen! Für die Ehre!

Artemis, leih uns Macht – diese Worte sprachen die Kinder, die Fäuste reckend.

Frei von Kleidern, die ihren Charakter verzerren könnten, standen sie vor den Königinnen und der Hohepriesterin. Melanippe malte ihnen rituelle Male auf Stirn und Körper, mit Blut, das ihr Nachkommen von Ares gelassen hatten. Wenn die Kinder die rechte Seite ihrer Brust der Brandzange geopfert hatten, würden sie jenes Blut trinken, um sich den Hunger nach Krieg einzuverleiben. So konnten sie im Nachhinein Teil von Ares' Sippe werden.

Clete kam in den Sinn, dass der Ritus von Iphito gar nicht so lange her war. Erstaunlich, wie schnell einen Ares' Blutgier und ein wenig Zeit in den Garden der Königinnen verändern konnten. Iphito wirkte nicht weniger für die Sternmütter geschaffen als die von Kindesbeinen an ausgebildete Lacomache.

Der Beginn des Kampfes zerstreute ihre Gedanken. Neun Frauen stiegen mit ihr in den Ring. Eine mit Kreide gemalte Linie markierte dessen Grenze. Die Regeln waren einfach: Wer die Linie übertrat, konnte nicht länger mitkämpfen. Alle körperlichen Angriffe, außer auf tödliche Stellen wie das Genick, waren erlaubt. Diejenige, die als Letzte stand, war die Siegerin.

Hippolytes Stimme hallte durchs Stadion. »Der erste Kampf wird mit den Fäusten bestritten. Begrüßt die Kriegerinnen, die ihn begehen wollen!«

Das Publikum lärmte, und Clete sah von einer Kämpferin zur anderen. Unter ihnen waren Bremusa, die ihr ein Grinsen zuwarf, und Lacomache, die herausfordernd die Fäuste gegeneinanderstieß. Clete atmete durch. Sie verlagerte ihr Gewicht zu einem festen Stand und hob die Hände in Verteidigungshaltung.

»Beginnt!«, schrie Hippolyte.

Es dauerte keinen Wimpernschlag, da prallten die Amazonen im Ring aufeinander. Anders als die meisten stürzte Clete nicht sofort los. Sie hielt die Stellung, fing Schläge mit dem Armrücken ab und stemmte sich gegen eine Kriegerin, die sie aus dem Ring stoßen wollte.

Damit war sie gut beraten, denn Lacomache traf gleich zwei Kämpferinnen mit einem Schwinger. Ein ausgeschlagener Zahn flog durch die Luft. Während die Bronzefaust mit weiteren Schlägen nachsetzte, hieb Bremusa wie wild geworden um sich. Die Angriffe der Rasenden waren impulsiv, doch keinesfalls unkontrolliert, während sie andere rammte.

Clete sicherte immer noch ihren Stand, da schleuderte Lacomache die erste Kriegerin aus dem Ring. Die Menge verfiel in Begeisterungsstürme. Einige Kinder schrien besonders laut. Clete sah aus dem Augenwinkel, dass es die von Lacomache waren. So nah wie möglich standen sie am Ring, ihre beiden Väter bei sich, die Lacomache mit leidenschaftlichen Rufen anfeuerten.

Darauf achtend, ihre Verteidigung nicht zu vernachlässigen, durchbrach Clete die der anderen. Sie tauchte unter Schlägen hinweg, trat Gegnerinnen in die Magengrube oder verteilte Kopfnüsse.

Plötzlich flammte Schmerz in ihrer Seite auf. Bremusa hatte sie mit einem Tritt getroffen.

Sie wirbelte herum, stellte sich auf eine Kollision ein, mit der Bremusa sie aus dem Ring befördern könnte. Stattdessen bekam ihre Angreiferin einen Kinnhaken von jemand anderem. Clete positionierte sich neu. Sie wich einem Schlag von der Seite aus, packte den zugehörigen Arm. Den Schwung des fallenden Körpers nutzend, warf sie ihn über ihre Schulter und über die Grenzlinie. Die Menge tobte, noch mehr, als auch Bremusa jemanden aus dem Ring stieß.

Schlag auf Schlag, Kämpferin um Kämpferin ging es. Lacomache walzte eine mit ihrem massigen Körper nieder. Bremusa hieb ebenfalls jemanden bewusstlos. Clete überlegte, wie sie ihre Kräfte für den Rest des Kampfes verteilen sollte.

Da stürzte Bremusa auf sie zu. »Du kriegst noch was von mir!« Clete hob die Arme, um sie abzuwehren. Sie wich vor Bremusas Angriffen zurück, ein Auge auf die weiße Linie – und sah Lacomache viel zu spät kommen. Erst als der Schatten der Bärin auf sie fiel, nahm sie diese wahr. Dann bekam Clete auch schon die Bronzefaust zu spüren. Sie riss die Arme in die Höhe, um den Schlag einigermaßen abzufangen. Er war trotzdem so heftig, dass er ihre Ohren zum Klingeln brachte. Ein reißender Schmerz ging durch ihren Kopf. Sie spürte kurz keinen Boden mehr unter den Füßen. Ehe sie wusste, wie ihr geschah, warf Bremusa sich gegen sie. Clete überschlug sich, um hart auf dem Boden aufzukommen. Sie blieb keuchend auf der Seite liegen.

Jubel und die Stimme von Königin Hippolyte drangen an ihre Ohren. »Schildhaut ist aus dem Ring!«

Sie hob den Kopf und sah, dass ihr Oberkörper außerhalb der Grenzlinie lag. Stöhnend rieb sie sich den Nacken und zog ihre Füße aus dem Kampfbereich. Sie spürte, dass Blut aus ihrer Nase sickerte, und wischte es fort. So sehr auch ihr Schädel dröhnte, sie grinste.

Sie genoss das Brennen ihrer Muskeln und das Rasseln ihres Atems. Der Faustkampf mochte schlecht für sie verlaufen sein – Bremusa und Lacomache waren eben nicht zu schlagen –, aber Clete hatte trotzdem gewonnen. Ein Stück Leben. Bei den Göttinnen, sie würde sich den ganzen Tag zusammenschlagen lassen, wenn sie nur solche Kämpfe bekam.

Die letzten Kriegerinnen wurden aus dem Ring geworfen, bis sich nur noch Lacomache und Bremusa gegenüberstanden. Wie zwei Naturgewalten trafen die beiden aufeinander. Aber es war schnell ersichtlich, wer die Oberhand hatte. Bremusa wich anfangs gut aus, doch ihre Kräfte schwanden zusehends. Sie wurde langsamer. Zudem konnte sie die viel schwerere Lacomache nicht umstoßen. Dagegen griff die Bärin sie mit voller Körperkraft an.

Ein Aufprall, ein Schrei, die durch die Luft wirbelnde Bremusa, und Lacomache blieb als Letzte stehen. Sie hob triumphal die Faust in die Höhe. Die Menge belohnte sie mit tosendem Applaus. Am meisten jubelten ihre Kinder, die sie mit strahlenden Gesichtern umschwärmten.

Clete beobachtete es mit warmem Lächeln. Sie blieb sitzen, während Lacomache sich feiern ließ, und schnaufte durch. Ehe sie sich für die nächste Disziplin aufraffen konnte, bekam sie einen Schlag gegen den

Hinterkopf verpasst. Sie fuhr zusammen. Als sie den Blick hob, sah sie in das verknitterte Gesicht von Antandre.

»Ich erwarte Besseres von dir, Schildhaut«, blaffte die Stratega. »Lass bloß nicht nach, nur weil dir die Ehre der größten Jägerin gehört. Willst du Artemis im Nachhinein beschämen? Konzentriere dich.«

Sie humpelte auf ihrem Stab weiter, ohne Clete Gelegenheit zu geben, sich zu rechtfertigen. Antandre hatte ja recht. Clete hatte einen Ruf als Jägerin zu wahren. Sie kam entschlossen auf die Füße.

Ihr Atem ging beim Bogenschießen wieder gleichmäßig. Mit neu gewonnener Kraft schleuderte sie die Labrys beim Axtwurf und brüllte Kriegsgesänge. Sie hätte Promethea fürs Pferderennen rufen können, entschied sich aber dagegen. Wenn sie gewann, sollte niemand sagen, sie hätte durch göttliche Hilfe gesiegt. Sie wollte sich allein behaupten.

Am Ende des Tages stand sie erneut vor den Königinnen und Melanippe, zusammen mit den vier Kriegerinnen, die sich als Beste im Wettstreit hervorgetan hatten. Lacomache war die Siegerin des Rings, Antianeira die des Sanges. Iphito hatte mit gewandten Bewegungen die Tanzbühne erobert. Priene, die Stratega der Sonnenschwestern, war brillant in allen Waffendisziplinen aufgetreten und ließ sich dafür von ihren Landsleuten bejubeln.

Clete war selbst beim Pferderennen vorne gewesen, damit hatte sie als Einzige zwei Kategorien für sich entschieden. Sie war stolz, nicht zuletzt, weil sie den anderen die restlichen Disziplinen schwer gemacht hatte. Sie hatte alles gegeben.

»Große Kämpfe wurden heute bestritten«, sagte Melanippe. »Ihr seid als die Besten aus ihnen hervorgegangen. Als Günstlinge von Artemis werdet ihr eure Regentinnen begleiten, wenn sie sich auf den Pfad der Königinnen begeben. Die Zeit der Heiligen Jagd soll mit euch enden.«

Alle drei Königinnen erhoben sich, um ihre siegreichen Kriegerinnen mit Kränzen aus Ölbaumzweigen zu krönen. Melanippe reichte allen jeweils ein Siegeszeichen: ein versilberter Armreif für Lacomache; ein Kriegshorn für Antianeira; eine geweihte Harfe für Iphito; ein mit Edelsteinen verzierter Waffengürtel für Priene; und mit Gold beschlagenes Zaumzeug für Clete.

Die Hohepriesterin hatte noch einen weiteren Gegenstand zu vergeben, mit spitzen Fingern hielt sie Clete einen silbernen Pfeil hin. »Dieses Artefakt ist der Beweis, dass du die größte Jägerin bist. Bewahre es bis zur nächsten Jagdzeit.«

Clete nahm den Pfeil entgegen. Nie hatte sie sich so berauscht gefühlt wie in diesem Moment. Als sie wieder in die Menge sah, strömten ihre Glücksgefühle über. Denn diesmal entdeckte sie jemanden.

Dort stand Areto. Sie ging fast im Gedränge unter, stellte sich auf die Zehenspitzen, um einigermaßen zu sehen. Für Clete leuchtete sie jedoch aus der Masse heraus. Sie winkte Areto und nahm sich vor, sie später zu treffen. Vielleicht würde sie sich noch mit anderer Gesellschaft ablenken, wie sie schnell bei so einem Fest zustande kam. Danach gäbe es aber nur Areto für sie. Niemanden sonst.

## V. EIN SCHAUSPIEL

### Areto

Hatte Clete ihr zugewunken? Areto war sich nicht sicher. Bestimmt war es Einbildung. Wie sollte sie Clete denn in der Menge auffallen?

Dennoch schlug ihr Herz schneller. Sie beeilte sich, zum Eingang des Stadions zu kommen, als die Kriegerinnen es verließen. Kaum war sie dort angelangt, trat Clete hinaus. Sie winkte Areto erneut, auf die gleiche Art. Es war kein Zufall gewesen, Clete hatte sie bewusst angesehen. Areto wurde schwindelig vor Aufregung.

*Oh, Göttinnen. Sie sieht umwerfend aus.*

Sie war ganz überwältigt vom Anblick der Kriegerin, die sich den Weg zu ihr bahnte. Clete strahlte förmlich. Ihre Haare hatten sich während des Kampfes aus den Bändern gelöst, sie hielt es anscheinend nicht für nötig, sie im Nachhinein zu binden. Mit den Jahren waren die dicksträhnigen Locken zu einer wallenden Mähne geworden. Der Schweiß ließ ihre Narben glänzen, die ihren nackten Oberkörper wie ein Gespinst überzogen. Sie ähnelte in ihrer Pracht einem jungen Löwen. Eine leise Stimme in Areto fragte, wie es sein konnte, dass sie schon drei Jahre lang die Geliebte dieser unglaublichen Frau war. Ausgerechnet sie, die unscheinbare Schreiberin. Aber sie hörte nicht hin. Sie freute sich zu sehr für die Kriegerin.

»Clete!«, rief sie ihr zu. »Ich habe das Pferd gesehen, das du gebracht hast. Und du hast dich so gut beim Wettstreit geschlagen. Du warst großar–«

Ihr blieben die Worte im Hals stecken, als Clete sie in die Arme zog. Die Kriegerin musste sich dafür hinunterbeugen, war sie doch einen Kopf größer. Ihr Leib war leicht sandig vom Feld.

»Danke, dass du da bist«, sagte Clete.

Areto war nur kurz steif vor Überraschung, ehe sie sich in die Umarmung lehnte. »Natürlich. Ich würde es um nichts auf der Welt verpassen wollen, dich kämpfen zu sehen. Eigentlich habe ich dich schon gestern Abend gesucht. Aber du warst ja nicht bei den Feierlichkeiten.«

»Ich musste schlafen. Die Jagd war anstrengend.«

Clete hielt sie eng umschlungen. Und dann kam sie so nahe, dass ihr Atem Aretos Lippen streifte. Es war nur ein kurzer Kuss, leicht zu übersehen in all dem Trubel. Doch Areto bedeutete er alles.

Clete löste sich von ihr, um ihr ins Ohr zu flüstern. »Du ahnst nicht, wie ich mich freue, dich zu sehen. Eigentlich reicht es mir nicht, dich zu küssen. Ich würde so viel mehr mit dir und meinem Mund anstellen wollen. Wenn ich könnte, würde ich dich hier und jetzt vor dem Stadion beglücken. Aber das würde wohl einige neidisch machen.«

Areto spürte, wie ihr heiß wurde. Cletes Worte gingen ihr direkt ins Herz und zwischen die Beine. Das war ihr wohl anzumerken, denn die Kriegerin lachte und drückte sie wieder an sich.

Areto gewann ihre Sprache zurück. »Das geht natürlich nicht«, sagte sie, bemüht, ihre Stimme nicht zu erregt klingen zu lassen. »Wie wäre es, wenn du mich später beglückst, große Jägerin? Fernab des Publikums, wenn du dich ausgiebig hast feiern lassen?«

»Das würde der Jägerin gefallen. Wo treffen wir uns?«

»In deinem Heim? Dort finde ich dich auf jeden Fall.«

»Gut. Bis später, Areto.«

Clete strich ihr flüchtig über die Wange, ehe sie mit den anderen Kriegerinnen ging.

*Du bist doch verrückt.* Nun, da Clete sie nicht mehr stützte, zitterte Areto leicht. *So lange kennst du sie schon, und du verfällst immer noch in Schwärmerei wie ein kleines Mädchen.*

Sie sah Clete seufzend nach. Bei dem Gedanken, dass deren starker Körper sich später über sie schieben würde, wurde sie ganz schwach.

Da holte Phileas sie aus ihren Träumen. »Mutter, du gaffst. Pass auf, dass dir nicht ein Speichelfaden entfleucht.«

Sie riss den Kopf zu ihm herum. Bis eben hatte sie völlig vergessen, dass er sie begleitet hatte. Er grinste so dreckig, seine Mundwinkel wollten ihm schier zu den Ohren herauskommen.

»Ich? Gaffen?«, empörte Areto sich. »Wo bleibt dein Respekt, junger Mann?«

Er zuckte mit den Schultern. »Ich respektiere doch deinen Geschmack. In eine Kriegerin wie Clete könnte ich mich auch verlieben. Sieh zu, dass du dir ihre Gunst sicherst. Nicht, dass ich schneller bin als du.«

Ehe sie ihn am Ohr packen konnte, war er mit einem Sprung in die Menge abgetaucht. »Du Lümmel! Wag es ja nicht. Bei aller Liebe, Clete gebe ich dir nicht.«

»Sehr gut«, rief er und flüchtete.

Areto schüttelte den Kopf. Ihre Hand wanderte zu ihrem Hals, dorthin, wo der Kettenanhänger lag. Sie schloss ihre Finger darum. Eine bessere Gelegenheit würde sie nicht bekommen. Heute würde sie Clete alles sagen.

*\*\**

Die ganze Stadt schien auf den Beinen zu sein. Nicht nur die Straßen waren zum Bersten voll, auch das Stadion hatte das Volk erobert.

Überall brannten Fackeln. Spieße mit gebratenem Fisch und in Honig getränkte Süßigkeiten wurden gereicht. An jeder Ecke gab es Tanz und Musik, um die Göttinnen zu erfreuen. Sogar die Natur feierte mit. Der Thermodon rauschte in der Nähe, und der gleichnamige Gott, der mit seinen Neireiden-Töchtern darin wohnte, brummte zu so mancher Melodie.

Areto trieb in den Farben und Klängen. Wie ein Blatt wollte sie sich vom Wind forttragen und überraschen lassen, wohin er sie brachte. Er wehte sie zu einem Freund.

Callistus war in der Nähe der Throne, wo die Königinnen und ihre engsten Vertrauten weilten. Er wirkte fahrig, was wohl nicht zuletzt an seiner Herrin lag. Antianeira, die auf mehreren Kissen saß und von ihm bewirtet wurde, ließ ihn nicht aus dem Auge.

»Callistus!«, rief Areto und winkte. Er sah von seiner Tätigkeit auf. Bei ihrem Anblick bekam sein Gesicht wieder mehr Farbe. Er sagte Antianeira etwas, das Areto aus der Ferne nicht verstand. Seine Herrin verzog das Gesicht, entließ ihn aber mit einer ungeduldigen Handbewegung. Er lief erleichtert auf Areto zu. »Du bist meine Rettung. Langsam wären mir Lobpreisungen für die Dichtkunst meiner Herrin ausgegangen.«

»Dann kam ich ja zur rechten Zeit. Warst du ihr denn sonst zum Wohlgefallen?«

»Ich denke schon. Wegen ihres Sieges beim Wettstreit scheint sie heute gütig zu sein.«

Als er sie beim Arm nahm, hob Antianeira die Stimme. »Entführe mir Callistus nicht zu oft«, rief sie, nicht nur für Areto, sondern für alle in näherer Umgebung. »Er gehört immer noch mir. Kauf dir deinen eigenen Sklaven, wenn du schon so viel Freude an ihm hast.«

Einige lachten. Areto wusste, dass es Callistus wehtat, auch wenn er es nicht offen zeigte. Er drückte ihre Hand und ließ sich von ihr mitziehen.

»Hast du ein gutes Fest?«, fragte er, als wäre nichts gewesen. »Mir kam zu Ohren, die große Jägerin hätte dich zu einem Treffen erwählt?«

Sie sah ihn überrascht an. Diese Wortwahl war ungewöhnlich für Callistus, der nichts mit erotischem Verlangen anfangen konnte. »Woher weißt du ...?«

»Ein Vöglein verriet es mir.«

Areto hatte eine gute Idee, wer dieses »Vöglein« war. Sie konnte sich lebhaft vorstellen, wie Phileas den armen Callistus volltratschte, und stöhnte. Hoffentlich machte ihr Sohn sie nicht zum Klatsch der Stadt, nur weil er den Mund nicht halten konnte.

»Ja, wir treffen uns später«, sagte sie.

»Das freut mich für dich. Ihr habt euch in den letzten Wochen kaum gesehen, nicht wahr?«

»Das stimmt. Sie war noch umtriebiger als sonst, um sich für die Jagd vorzubereiten.« Die Kette lag schwer um ihren Hals. »Ich hoffe, ich kann Clete jetzt ein wenig Zeit stehlen, nicht nur im Bett.«

Beim letzten Wort nickte er höflich und legte ihr einen Arm um die Schultern. »Wenn wir schon beim Thema sind: Ich habe mir auch ein Ziel zum Zeitstehlen auserkoren.«

»Wirklich? Wer ist es?«

Er deutete mit dem Finger zu den Thronen. »Siehst du ihn in den Schatten? Das ganze Fest schon drückt sich der Ägypter dort herum. Ich halte es nicht aus, jeden Moment wird er mysteriöser. Wenn ich nicht mehr über ihn in Erfahrung bringe, platze ich vor Neugier.«

Areto musste lachen. Das sah ihm ähnlich, sich irgendwelchen Sonderlingen anzunehmen wie streunenden Katzen. »Viel Glück. Ich glaube nicht, dass die Schale des Magiers leicht zu knacken ist. Zauberkundige sollen nicht so gesellig sein.«

»Kinder fressen sie auch und wickeln sich in Gedärme ein, ehe sie zu den Göttinnen der Hexenkünste beten. O bitte, Areto. Das sind doch Vorurteile.«

»Wahrscheinlich hast du recht.«

Am Ende würde er sich trotz Sprachschwierigkeiten mit dem Magier anfreunden, ehe sie sich versah. Sie wünschte es ihm. Vielleicht war ein Fremder genau die Gesellschaft, die Callistus guttat, wo er sich bei Festen fehl am Platz fühlte.

Sie kauften kandierte Nüsse und gingen zu dem Pulk, der sich in der Nähe der Throne gebildet hatte. Ein paar Kriegerinnen veranstalteten ein Wettessen, bei dem sie scharf gewürzte Schnecken hinunterschlangen. Bremusa lag in Führung. Ein ganzer Berg an leeren Schneckenhäusern stapelte sich vor ihren Füßen. Der von Iphito war wesentlich kleiner, sie schien jeden Bissen auszukosten.

Sie sahen zu, wie die Kriegerinnen den Kampf gegen die Schärfe aufnahmen, und redeten über alles Mögliche. Aretos letzte Aufträge als Schreiberin, den neuesten Klatsch, den Callistus gehört hatte. Er kaute skeptisch auf den Nüssen herum.

»Alle reden davon, dass Königin Myrina und die Schwestern der Sonne hier sind, weil sie in den Krieg ziehen wollen.« Er wies mit einer Kopfbewegung auf Bremusa. Die stopfte sich mit so viel Schnecken voll, dass es ihr aus dem Mund zu rutschen drohte. »Ich denke mir nur: Wollen sie wirklich mit solchen Kindsköpfen kämpfen? Versteh mich nicht falsch, es gibt keine größeren Kriegerinnen als die Töchter des Mondes, aber ... oje.«

Sie warf kichernd eine Nuss in die Luft und fing sie mit dem Mund auf. »Ich weiß, was du meinst. Schnecken schlürfend sieht Bremusa nicht gerade zuverlässig aus.«

Er reckte den Hals. »Schau mal. Da ist Phileas.«

Sie folgte seinem Blick und entdeckte ihren Sohn, der vor die Throne getreten war. Phileas stimmte ein paar Klänge auf seiner Laute an. Mehrere Kinder scharten sich um ihn, darunter die drei Bälger von Lacomache. Die Kleinen waren alle kostümiert, mit Chitonen, die gelb wie das von Königin Myrina waren.

»Was ist das?«, fragte Callistus. »Ein Schauspiel?«

»Sieht so aus. Phileas hat mir nichts davon erzählt. Ich glaube, er spielt spontan für die Kinder, die sich etwas ausgedacht haben.« Sie nahm ihn am Arm. »Lass uns näher rangehen.«

Sie eilten an den Wettessenden vorbei. Phileas spielte eine tragische Melodie auf seiner Laute. Lacomaches Töchter gestikulierten wild vor den Königinnen. Die beiden sahen wie kleine Ausgaben ihrer Mutter aus, dick und stramm. Nur die verschiedenen Schnitte ihrer Kleider unterschieden sie als Zwillinge. Ihr jüngerer Bruder stand unsicher bei ihnen und versteckte sich hinter seinem Vorhang von struppigen Haaren. Weitere Kinder bekämpften sich mit Holzwaffen und fielen dramatisch gurgelnd zu Boden.

Areto sah, wie eine der Zwillinge ein schuppenartig bemaltes Schildgebilde schwang. »Kann es sein, dass sie nachspielen, wie Myrina und die Sonnenschwestern Cerne erobert haben?«

Sie entdeckte Lacomache an einer der Tafeln beim Thron. Skeptisch beobachtete die Bärin das Geschehen. Die Schwestern der Sonne schienen jedoch ihren Spaß zu haben. Sie klatschten im Takt mit Phileas' Lautenspiel und lachten über Antianeira, die sich beim schiefen Gesang der Kinder die Ohren zuhielt. Sogar Königin Myrina beugte sich erwartungsvoll vor.

»Kniet, Volk von Atlantis!«, rief die Bärintochter mit dem Schildgebilde und schwellte so übertrieben die Brust, dass sie fast umfiel. Sie sprach stockend. Die hochgestochenen Worte waren offenbar nicht ihre, sondern auswendig gelernt. »Cerne ist gefallen. Eure Stadt gehört jetzt mir, Königin Myrina. Lange genug haben wir Amazonen die feigen Überfälle eurer Mannen ertragen, und nun seht: Alle sind sie tot!«

Es war anscheinend eine gute Impression der Königin, denn Myrina und ihre Kriegerinnen lachten. Die andere Zwillingsschwester streute rote Blüten aus, während die am Boden liegenden Kinder sangen: »Tot, tot, tot!«

Die Sprecherin drehte sich schwungvoll zu ihrem Bruder. Dabei traf sie ihn versehentlich mit dem Schild. »Au!«, machte er wehleidig. Er sah sie so gekränkt an, dass es wieder zu Gelächter führte.

»Wo ist euer König?«, fragte Myrinas Schauspielerin. »Wenn er nicht will, dass wir all eure Männer töten und das Reich mit Feuer und Nacht überziehen, soll er sich zeigen.« Sie baute sich vor ihrem Bruder auf. »Kämpf gegen mich, König von Atlantis!«

Die Kinder am Boden lallten: »Feuer und Nacht! Feuer und Nacht! Feuer und ...«

Der Junge duckte sich. »Ich will aber nicht kämpfen.«

Seine Schwester fuchtelte mit dem Schild herum. »So haben wir das nicht geübt. Du musst kämpfen und dich dann ergeben, wie in der echten Geschichte.«

»Kann ich nicht eine Kriegerin oder Stratega spielen? Ich mag nicht der König sein.«

»Das kannst du nicht entscheiden. Die Männer sind tot oder Sklaven. Los, kämpfe!«

Die andere Schwester warf Blumen und rief: »Sklave, Sklave! Auf die Knie!«

Areto beobachtete mit Sorge, welche Wendung das Schauspiel nahm. »Die Kinder sind leidenschaftlich, was? Aber ich fürchte, sie übertreiben mit –« Sie stockte, als sie bemerkte, dass ihr Freund nicht mehr da war. »Callistus?«

Sie sah sich nach ihm um. Er hatte sich nicht weit entfernt, war zu einer der Tafeln und einer älteren Frau gegangen, die dort Geschirr einsammelte. Selbst aus der Ferne konnte Areto sehen, dass sie am ganzen Körper bebte. Callistus stützte sie an den Schultern.

Areto wusste, wer diese Sklavin war. Sie diente Antianeira und war bei der Eroberung von Cerne gefangen genommen worden. Einmal hatte sie versucht, zurück in ihre Heimat zu fliehen. Seitdem fehlte ihr die Nase, die Antianeira ihr zur Strafe abgeschnitten hatte.

Plötzlich war das Gelächter erdrückend. Areto schämte sich. Sie schämte sich, gedankenlos zugeschaut und nicht an Callistus gedacht zu haben. Zu sehen, wie er die Sklavin tröstete und gleichzeitig selbst den Kopf gesenkt hielt, versetzte ihr einen Stich.

»Eine gute Freundin bist du«, erklang eine Stimme in ihrem Kopf. Der Schatten. »Du denkst dir: Es sind doch nur Kinder. Sie meinen es nicht so. Aber die Erwachsenen, deren Worte sie übernehmen, meinen es. Hör, wie sie lachen. Sie lachen über Versklavte und Menschen wie dich, die denken, frau kann mit ihnen befreundet sein. Sie lachen über dein Schweigen, weil du damit nicht besser bist als sie und nur freundlich tust. Inwiefern behandelst du Callistus denn besser als ein Hoftier?«

Inzwischen weinte der Sohn von Lacomache. »Ich will nicht kämpfen, und ein Sklave bin ich auch nicht!«

Die Schwestern sahen unschlüssig auf seine Tränen. Auch die anderen Kinder schauten verwirrt. Die beiden Mädchen fuhren zusammen, als Lacomache vor sie trat. Sie hob den Jungen mit einer Hand auf und drückte ihn an sich. Schluchzend vergrub er sein Gesicht in ihrer Halsbeuge.

»Das reicht«, sagte Lacomache und funkelte ihre Töchter zornig an. »Die Vorstellung ist vorbei.«

Während ihre eine Tochter die Augen niederschlug, schob diejenige, die Myrina gespielt hatte, den Unterkiefer vor. »Oh, schaut! Eine böse, hässliche Gorgone. Sie will uns den Spaß verderben und –«

Sie verstummte, als ihre Mutter sie im Genick packte. Lacomache schüttelte sie wie ein unartiges Kätzchen und wurde lauter. »Ich sagte, es reicht!«

Die Umstehenden begannen zu tuscheln. Myrina redete mit den anderen Königinnen, wobei sie nicht länger amüsiert aussah. Phileas, der immer langsamer und irgendwann gar nicht mehr gespielt hatte, stand unentschieden mit seiner Laute herum.

»Du bist wirklich das Letzte«, knurrte der Schatten.

Areto wollte ihn nicht hören. Sie versuchte, ihn abzuwerfen, stolperte vor. Dann wurde ihr bewusst, dass alle sie anstarrten.

»Ah …« Sie dachte nicht nach und improvisierte, als sie den Schatten überging. »Ihr … ihr habt euch viel Mühe mit eurer Vorstellung gegeben, Kinder. Der Ton hat nur nicht gestimmt.«

Das Mädchen, das die Blüten ausgestreut hatte, sah erstaunt zu Phileas. »Was für ein Ton?«

Er zuckte mit den Schultern.

»Ich meine nicht den Ton der Musik«, erklärte Areto. »Es geht um die Art des Vortrags. Wer eine Geschichte nicht würdig verkörpert, kann nicht alle mitziehen. Soll ich es euch zeigen? Wollt ihr eine Geschichte hören?«

Es war, als hätte sich ein Zauber auf die Kinder gelegt. Sie sprangen wie auf Befehl freudig schreiend auf. Auch der Sohn von Lacomache war nicht mehr traurig. Er löste sich von ihr, trocknete seine Tränen und lief mit seinen Schwestern zu Areto, als hätte es nie Streit gegeben.

»Oh ja, bitte.«

»Erzähl eine Geschichte.«

»Du machst es am besten, Areto.«

Als geschichtenkundige Schreiberin erzählte sie normalerweise nur gegen Entgelt. Das wussten auch die Kleinen. Sie sahen mit leuchtenden Augen zu Areto auf. Die war froh, dass sie es geschafft hatte, weiteren Konflikt abzuwenden.

»Also gut.« Sie setzte sich, sodass sie mit den Kindern auf Augenhöhe war, und kreuzte die Beine übereinander. »Dies ist eine Geschichte, die nicht oft genug erzählt werden kann. Die Geschichte von der Herkunft der Amazonen.«

Sie warf Phileas ein aufforderndes Lächeln zu. Der verstand sofort und begann zu spielen. Lacomache runzelte die Stirn, ließ ihre Kinder aber zuhören. Auch die anderen Anwesenden lauschten. Sie sah aus dem Augenwinkel, wie Callistus die Sklavin wegführte. Niemand hielt sie auf. Alle Aufmerksamkeit galt Areto, sodass die beiden unbehelligt Abstand nehmen konnten.

»Feuer und Nacht.« Sie sah bedeutungsvoll von einem Kind zum anderen. »Daraus formte sich das Geschlecht der Menschen. Es war Feuer, mit dem Prometheus sie aus der Dunkelheit führte und den Göttlichen näherbrachte. So heißt es – doch das stimmt nicht ganz. Ein Volk zähmte auch ohne Feuer die Nacht: die Skythen.«

Sie schwieg kurz, damit ihre Zuhörerschaft die Zeit hatte, sich das Gesagte vorzustellen. Prometheus, der vordenkende Titan. Die Skythen, deren Nachfahren durch die Steppen nahe dem Amazonenreich ritten.

»Manche verneinen die Geschichte, die ich euch erzählen will. Viele der heute lebenden Skythen behaupten, mit Herakles verwandt zu sein und dessen Tötungsdrang zu teilen. Aber das sind Märchen, mit denen Krieger ihre Herkunft erhöhen wollen. Herakles ist noch lange nicht geboren, als die Hufe skythischer Pferde die Nacht zerreißen.« Sie breitete die Arme aus. »Ja, die Reitenden sind so alt wie manche Göttin. Wie unsinnig, dass einige von ihnen sich auf große Ahnen berufen wollen und nicht auf Ahninnen. Denn es sind die Frauen der Skythen, um die sich unsere Geschichte dreht.«

Von ihren Gesten und den Klängen der Laute begleitet, beschwor sie Bilder herauf. Ihre Stimme zeichnete die Welt nach dem urzeitigen Chaos. Sie erzählte von den ersten Menschen.

## VI. FEUERBRINGERIN

### Die ersten Menschen

In anfänglicher Finsternis kauert noch der Großteil der Menschheit, als die Skythen beginnen, durchs Land zu ziehen. Sie sind die Ersten, die reiten. Sie fürchten nicht das Wilde, sondern freunden sich mit ihm an. Auf den Rücken ihrer Pferde sind sie unaufhaltsam.

Wie willst du den Wind abwehren, wenn er schneidend schnell in dein Heim einfällt? So reiten die Skythen heran: rasch wie ein Luftzug, zuschlagend und wieder verschwindend. Sie rauben in einer Welt, die karg vor Lichtlosigkeit ist und sie nicht ernähren kann.

Doch zu siegen macht trunken. Sie beginnen, Freude am Tod zu haben, die Körperteile ihrer Feinde als Trophäen zu nehmen und aus den Schädeln ihrer Opfer zu trinken. Als sie durch Prometheus das Feuer erhalten, nehmen sie es nicht wie andere, um die Nacht zu erhellen. Angsterfüllt verkriecht sich die Welt vor ihnen, denn sie nutzen die Flamme, um zu verbrennen.

Die Männer eines Stammes sind besonders siegessüchtig. Viele ihrer Frauen wurden auf Raubzügen erbeutet. Noch viel mehr Menschen haben sie unterworfen und große Kämpfer besiegt – es ist nicht genug. Sie ziehen weiter.

Immer öfter bleiben die Frauen ungeschützt zurück. Die Reisen der Männer werden länger, sie lassen ihnen nur kalte Bronze da. Gerade genug, dass die Frauen jagen und die Kinder und Alten schützen können. Schließlich kommt der Tag, der alles verändert: Die Männer kehren nicht zurück.

Geblendet von ihrer Gier und ihrer Lust nach Blut sehen sie nicht, dass die Völker, die sie drangsalierten, sich gegen sie vereinigen. Die Massen überwältigen sie, und ihre Leichen werden vom Schnee begraben.

Die Frauen wissen, was sie erwartet. Sie kennen die Gewalt, die ihresgleichen angetan wird. Kriegsbeute, mehr sehen Eroberer nicht in ihnen. Sie wissen es gut ... und darum nehmen sie ihr Schicksal nicht hin.

Als die Mörder ihrer Männer kommen, heben sie die Waffen. In geschlossener Reihe harren sie auf den Angriff. Sie haben keine Taktik, nur ihre Verzweiflung. Doch die Berge, die sie mit ihren Pferden bezwangen, sind ihre Verbündete.

Hera! Artemis! Demeter! Hestia! Athene ... Göttin um Göttin rufen die Skythinnen an. Ihr gabt uns Stärke, um Leben zu gebären. Gebt uns jetzt den Mut, Leben zu nehmen!

Die Fronten prallen aufeinander. Mit aller Kraft halten die Skythinnen die Stellung. Der Kampf ist brutal und fordert Opfer.

Frauen sterben, aber auch Männer. Viel mehr, als die Angreifer es sich in ihren schlimmsten Albträumen ausgemalt hätten. Sie weichen zurück. Voll Grauen schreien sie: Dämoninnen! Dämoninnen!

Als ihre Feinde fliehen, fallen die Skythinnen weinend auf die Knie. Sie danken den Göttinnen, die sie geschützt und ihnen Macht geliehen haben. Sie werden leben, als freie Frauen.

Nach Osten ziehen sie weiter, wie ihre Männer es einst taten. Vereint können sie die harsche Reise überstehen. Sie reiten durch Steppen und über die schneebedeckten Pässe des Kaukasus, in Lande, wo Gold fließt und Greifen fliegen. Auf dem Weg erobern sie Städte und Länder. Es dauert nicht lange, da verbreitet allein ihre Existenz mehr Schrecken, als ihre Männer es je getan haben.

Niemand kann die Skythinnen aufhalten. Sie rücken stetig vor, unterwerfen immer mehr Völker und machen reiche Beute. Schließlich erreichen sie die Küste des Schwarzen Meeres. Sie bauen mit ihren gewonnenen Schätzen eine Stadt: Themiskyra.

Im Schein von Opferfeuern leisten die Skythinnen einen Schwur. Sie schwören sich, nie wieder Gewalt ausgeliefert und vom bösartigen Geschlecht abhängig zu sein. Und sie beweisen ihr Versprechen auf schrecklichste Art: indem sie die letzten Männer des Stammes töten.

Es sind diejenigen, die nicht mit den Kriegern in die Schlacht ziehen konnten, die Jungen, Kranken, Alten. Ihre eigenen Söhne, Brüder und

Väter bringen die Skythinnen um, verbrennen oder erschlagen sie, um aus den Schädeln zu trinken.

Nie wurde ein größeres Opfer erbracht. Es beeindruckt die Göttlichen so sehr, dass sie vom Olymp herabsteigen und in Themiskyra einkehren. Sie wollen diese Skythinnen sehen, die sich über das ihnen angedachte Frausein hinwegsetzen. Drei von ihnen sind besonders fasziniert: die Jagdgöttin Artemis mit ihrem Freigeist, ihr Zwillingsbruder Apollon und der wilde Kriegsgott Ares.

»Ich will euch stark machen«, sagt Artemis, die sich selbst in ihnen erkennt.

»Ich will euch sehen lassen«, sagt Apollon, dem heilig ist, was seiner Schwester gefällt.

»Ich will euch lieben«, sagt Ares, dieser nie da gewesenen weiblichen Grausamkeit verfallen.

Unter ihrem Schutz entsteht ein neues Volk. Die Skythinnen töten den letzten Rest ihrer Vergangenheit, indem sie sich »Amazonen« nennen. In drei Stämme teilen sie sich auf: die Mütter der Sterne im nördlichen Kaukasus, die Töchter des Mondes vom Schwarzen Meer und die Schwestern der Sonne an der libyschen Küste.

Sie nehmen sich Männer aus anderen Völkern, welche die Macht der Amazonen bewundern. Mit ihnen gründen sie neue Familien. Fortan opfern die Kriegerinnen Artemis eine Brust, um ihre weibliche Stärke zu beschwören. Apollon segnet die Hohepriesterinnen mit Hellsicht. Doch das größte Geschenk kommt von Ares. Er gibt den Amazonen das Schönste, was durch ihn entstand: seine Tochter mit Harmonia.

Es ist ein Kind göttlicher Abstammung, in dessen Haaren sich die sündhafte Nacht verfängt. Denn auch Harmonia ist eine Tochter von Ares, gezeugt mit der Liebesgöttin Aphrodite. Harmonias Tochter wird zur ersten Amazonenkönigin, und Ares liebt sie, wie er schon die Mutter liebte. So hält er es mit allen Regentinnen, die seine Gier nach Kampf und Blut erben.

Dies ist, was wir sind: Töchter von Liebe und Krieg. Gehärtet von Eis und Ewigkeit. In tiefster Nacht vom Feuer erbracht. Dem Throne gelobt mit Knochen und Blut. Ganz gleich, wie viele Reiche fallen, wir reiten weiter.

# VII. HERZ UND KAMPF

## Areto

Areto hörte auf zu erzählen. Sie war ganz in der Geschichte aufgegangen, hatte sich selbst reiten und mit ihren Händen Feuer bringen sehen. Erst jetzt bemerkte sie, wie still die Zuhörenden geworden waren. Kinder und Erwachsene machten gleichermaßen große Augen. Die Töchter von Lacomache hielten sich raunend an den Händen. Der Sohn drückte sich an den großen Bauch der Bärin, die sich zu ihrer Familie gesetzt hatte.

Dann und wann hatte es begeistertes Geschrei gegeben, wenn Areto von Kämpfen erzählte. Nun, nach der ersten andächtigen Stille, begannen alle zu toben. Die Kriegerinnen klatschten und stampften mit den Füßen, und die Kinder scharten sich um Areto.

»Das war toll.«

»Erzähl noch was.«

»Bitte, bitte, bitte!«

Areto hielt sie lächelnd ab. »Hat es euch gefallen?«

Die meisten Kinder ließen sich wegschieben, doch eines blieb besonders hartnäckig. »Aber in der Geschichte ging es nur um Frauen und Männer. Was ist mit uns Vielseligen?« Es wickelte nervös eine Strähne um den Finger. Das Haar war bunt gefärbt nach vielseliger Tradition. »Waren wir denn nicht dabei?«

Das war eine wichtige Frage und eine Antwort, die sie nicht vorenthalten sollte. »Es ist gut möglich, dass sich damals nicht nur Frauen, sondern auch Vielselige gegen die Männer erhoben haben. Selbst, wenn es nicht genau überliefert ist.« Sie sah das Kind mutmachend an. »Ihr wart schon immer dabei, seit Anbeginn der Zeit. Aber es gibt Menschen, die Wege finden, die Wesen anderer zu verneinen. Deswegen musste ich aus Athen fliehen, und auch das Amazonenvolk hatte einen Wandel durchzumachen, um sich von jenen falschen Ansichten zu lösen.«

Sie hatte sich erst selbst daran gewöhnen müssen, dass eine ganze Kaste in Themiskyra lebte, deren Mitglieder weder weiblich noch männlich waren. Das kannte Areto so nicht. In Athen und anderen Teilen Griechenlands gehörte es zwar zum allgemeinen Verständnis, dass es mehr gab als Frauen und Männer. So wurde die Geschichte von Hermaphroditos erzählt, jenem Kind der Aphrodite, das zweierlei Geschlechtsteile besaß. Es gab auch ein Bewusstsein dafür, dass manche Frauen mit Glied und einige Männer mit Brüsten geboren wurden. Trotzdem wurden sie ausgestoßen. Sie konnten sich allenfalls in gewissen Kulten ausleben, wie auf der Insel Zypern, wo die Menschen sich kleiden und geben konnten, wie es ihnen beliebte.

Erst hatte Areto geglaubt, dass Vielselige all jene Menschen umfassten. Doch es war komplizierter. Es gab nur wenige, die sich in Hermaphroditos wiedererkannten. Wer mit einem Phallos geboren wurde, aber begriff, eine Frau zu sein, war einfach eine Frau – und nicht vielselig. Letzteres hieß, weder dem einen noch dem anderen zuzugehören, aus welchen Gründen auch immer.

»Nun können Vielselige zu Kriegerinnen werden«, sagte Areto, »und eigene Geschichte schreiben. Einige wie Iphito tun das längst.«

Das brachte das Kind zum Strahlen. »Iphito ist toll! Sier ist so stark und schön und gleichzeitig so nett. Ich liebe das tanzende Schwert.«

Areto freute sich mit, fühlte sich aber auch wehmütig. Der Wandel war noch nicht vorbei. Seit Jahren protestierten die Vielseligen gegen den rituellen Mord, den die Königinnen für Ares vornahmen. Denn Leben oder Tod eines Neugeborenen wurde daran entschieden, was es zwischen den Beinen hatte. Eine Tradition, die nicht nur die meisten Vielseligen als Unrecht empfanden.

Aber Areto wollte, solange es möglich wäre, das Strahlen des Kindes erhalten. Es würde ohnehin viel zu schnell erwachsen werden. »Wenn du möchtest, erzähle ich nächstes Mal etwas zu Iphito und den anderen vielseligen Kriegerinnen.«

Das Kind nickte begierig. »Die Geschichten zu Iphito kenne ich aber schon. Du hast gesagt, du musstest mal aus Athen fliehen. Magst du erst davon erzählen?«

Nun kam auch Phileas herbei. »Komm, Mutter. Gib dem Volk, was es will.« Er schlug in die Saiten. »Erzähl, wie du zur Amazone geworden bist.«

Sie sah ihn entrückt an. »Da gibt es nicht viel zu sagen.«

Anscheinend dachte nur sie so, denn eine der Zwillinge von Lacomache meldete sich zu Wort. »Warst du nicht schwanger und hast trotzdem in Athen gekämpft?«

Ihre Schwester schloss sich an. »Ich hörte, du hast den Kopf deines Mannes abgeschlagen. Hast du auch aus seinem Schädel getrunken?«

Ehe sie sagen konnte, dass dem nicht so gewesen war, mischte sich Lacomache ein. »Nein, es gab keinen Schädeltrunk. Aber Areto war auch so ein schrecklicher Anblick. Ich war dabei, als sie sich den Amazonen anschloss. Wir dachten, eine Tote wäre auferstanden. Ihr hättet sie sehen sollen, blutbespritzt und den Kopf in ihren Händen.«

Ihr Sohn fragte verstört: »Können wir nicht mehr über alte Länder und Greifen hören?«

Phileas überging ihn. »Und all die Zeit war ich in deinem Bauch? Du bist unglaublich, Mutter.«

Ihre Vergangenheit wurde offenbar rühmlicher erzählt, als sie war. Areto unterdrückte die Trauer und Reue, die in ihr aufsteigen wollten: Mörderin, Mörderin ... Sie zwang sich zu einem Lächeln.

»Heute gibt es keine Geschichte mehr von mir. Aber Lacomache erzählt euch bestimmt von Athen, wenn ihr wollt.« Die Worte, die folgten, sagte sie nicht nur den anderen, sondern auch sich selbst. Wie ein gutgläubiges Gebet. »Denkt immer daran: Ganz gleich, wer ihr seid und woher ihr kommt, die Göttinnen schützen euch. Vielselige, Frauen und Männer, Sklaven und Freie, in Themiskyra und außen Geborene ... Uns alle braucht es, damit das Volk der Amazonen besteht. Wir alle sind Kriegerinnen im Herzen.«

\*\*\*

Der Mond stand hoch am Himmel, als Areto sich aufmachte. Die ersten Menschen schliefen bereits, andere wurden erst richtig wach.

Phileas war immer noch bei den Thronen, sang und spielte Laute. Sein Wunsch war in Erfüllung gegangen. Sowohl Frauen als auch Männer umtanzten ihn. Von Schweiß glänzende Körper wiegten sich zur Musik, während er Schönheiten beiderlei Geschlechts komplimentierte und hitzige Blicke austauschte.

Areto glaubte, ihn sich selbst überlassen zu können. Sie verschwand in den Straßen, kam an Betrunkenen und Paaren, die sich in dunklen Gassen küssten, vorbei. Je weiter sie ging, desto flauer wurde ihr vor Aufregung.

*Wir alle sind Kriegerinnen im Herzen ... auch ich.*
Das sagte sie sich immer wieder auf dem Weg. Sie war Cletes Liebe wert. Kein Schatten würde ihr etwas anderes einreden, nicht heute.

Schließlich kam sie an ihrem Ziel an. Es war ein Haus im besseren Teil der Stadt, wo die Gebäude prachtvoll und die Gärten größer waren. Hier wohnte Clete mit mehreren Kriegerinnen. Im Mondschein war das sonst bunte Haus mattfarben.

Areto schlich durch den Garten. Licht brauchte sie keines, denn sie war den Weg schon oft gegangen. Meist nur bis in Cletes Zimmer, aber sie hatten hier auch mehrmals Sterne beobachtet oder anderweitig Zeit verbracht.

Sie klopfte an der Hintertür und erwartete, dass ein Sklave öffnete. Als die Tür aufschwang, verschlug es ihr den Atem. Im Rahmen erschien die hohe Gestalt von Clete.

»Na endlich.« Cletes Lächeln war unsichtbar im Dunkel, doch Areto konnte es hören. »Da bist du ja.«

Sie brachte kein Wort heraus. Die Sehnsucht trieb sie sofort in Cletes Arme, und Areto war so stürmisch, sie warf Clete fast um, als sie diese küsste. Die Kriegerin keuchte überrascht. Sie schaffte es noch, die Tür mit dem Fuß zuzustoßen. Dann ließ sie sich an die Wand drängen und öffnete ihren Mund für Aretos Zunge. Sie lösten sich erst wieder voneinander, als sie Atem schöpfen mussten.

»Da hat mich jemand vermisst«, stellte Clete fröhlich fest.

»Oh, und wie«, flüsterte Areto.

Sie streichelte Clete über den Körper, als sie sich wieder gierig küssten. Die Kriegerin trug wie schon am Nachmittag nichts bis auf einen losen Rock. Aretos Hände fuhren über nackte, zur einen Hälfte von Brandnarben glatte Brust. Sie nahm am Rande wahr, dass Clete herbe nach Schweiß und Sex roch. Anscheinend hatte sie sich heute schon mit anderen vergnügt.

»Hm«, murmelte Clete an ihren Lippen. »Du schmeckst nach Honig.«

Sie leckte und knabberte so genüsslich, dass Areto lachen musste.

»Hilfe, willst du mich fressen?«

Sie spürte an ihrem Mund, wie Clete schmunzelte. »Wenn du schon fragst: ja.« Sie küsste sich Aretos Hals hinab. »Von Kopf bis Fuß.« Mit Lippen und Händen liebkoste sie, tiefer und tiefer, bis ihre Finger zwischen Aretos Beine glitten.»Besonders hier. Ich fresse dich langsam und gefühlvoll, bis du vor Lust schreist.«

Areto bemerkte, dass ihre Stimme dünner wurde. »Ich sehe schon.« Schwer atmend öffnete sie ihre Beine, schob sich Clete entgegen. »Ich bin dir völlig ausgelie–«

Sie stöhnte auf, als Clete ihre freiliegende Brust umfasste und mit Zunge und Zähnen über die hart gewordene Brustwarze fuhr. Offenbar etwas zu laut, denn die Kriegerin hielt inne. »Entschuldige. Habe ich dir wehgetan?«

Sie fragte so ehrlich besorgt, dass es Areto nur mit mehr Zuneigung erfüllte. »Nein, alles gut. Bitte hör nicht auf.« Mit rauchiger Stimme sagte sie: »Bring mich zum Schreien.«

Clete drückte ihr erleichtert einen Kuss auf die Brust und richtete sich auf. »Das mache ich gerne. Aber nicht hier.«

Sie zog Areto in die warme Dunkelheit des Hauses. Dabei küssten sie sich ununterbrochen. Areto wollte gar nicht loslassen, als Clete sie auf die Felle ihrer Schlafstatt fallen ließ und ihr das Chiton über den Kopf zog. Die Luft flirrte vor Hitze. Areto zog ihre Sandalen aus und half Clete, den Rock loszuwerden. Ihre Haut glühte ineinander, während sie sich gegenseitig streichelten.

»Wünschst du dir etwas Bestimmtes, meine Jägerin?«

Clete, die sich rittlings auf sie hatte setzen wolle, verharrte. »Ja.« Sie legte ihre Hand an Aretos Wange. »Ich glaube, ich will dich besser sehen. Lässt du mich kurz Licht holen?«

Areto fing einen von Cletes Fingern mit den Lippen ein, ehe sie ihn freigab und murmelte: »In Ordnung. Aber lass dir nicht zu lange Zeit.«

»Auf keinen Fall.«

Clete ließ von ihr ab und entfernte sich eiligen Schrittes. Areto blieb berauscht zurück. Doch nicht so berauscht, dass sie sich nicht an die Kette erinnerte. Sie nutzte den Moment, um den Anhänger unbemerkt abzunehmen. Als Clete zurückkam, war er längst unter einem Kissen versteckt.

»Ich weiß schon, warum ich mehr Licht wollte.« Clete stellte eine Lampenschale auf dem Boden ab, in der ein mit Fett getränktes Holzstück brannte. »Du bist so ein schöner Anblick.«

Diese Worte brachten Aretos Herz noch mehr zum Flattern. Sie sah, dass Clete auch ein Tongefäß voll Massageöl mitgebracht hatte. »Das ist aber nicht die beste Wahl für dein Vorhaben. Eine essbare Glasur wäre besser gewesen.«

Clete setzte sich neben sie, ein amüsiertes Funkeln in den Augen, und tauchte ihre Finger ins Öl. »Hast du ein Glück. Dann kann ich dich gar nicht vollständig verschlingen.«

Areto verkniff sich die Bemerkung, dass sie das bedauerlich fand. Nun ließ Clete nur noch ihre Hände sprechen. Areto lag auf dem Rücken, schloss die Lider, gab sich ihnen hin. Clete massierte ihr mit zärtlichem Druck Arme und Oberkörper, immer leicht reizend, nie zu viel. Es war ein himmlisches Gefühl.

Areto spürte, wie ihre Muskeln und ihr Atem weicher wurden. Selbst dem Pochen zwischen ihren Beinen wohnte eine seltsame Ruhe inne. Ein Versprechen auf mehr. Sie fühlte alles viel intensiver – Cletes raue Fingerspitzen, wie es Aretos ganzen Körper zu ihnen hinzog, das kühle Öl auf ihrer Haut – und öffnete die Augen.

Sogleich fing sie Cletes Blick auf. Er war verdunkelt vor Begehren. Areto war wie magisch angezogen davon. Sie stützte sich auf, streckte sich nach Cletes Hand aus. Die Kriegerin unterbrach ihre Massage, um ihre ölgetränkten Finger mit Aretos zu verschränken. Dann lehnten sie Körper an Körper. Durch das Öl fühlte es sich an, als würden sie ineinanderfließen. So nah. Areto küsste Clete, und die erwiderte es innig, zog die verflochtenen Hände zwischen ihre Beine. Näher.

Sofort spürte Areto feuchtes Schamhaar an ihren Fingern. Sie begann sachte zu reiben. Clete schloss seufzend die Augen, bewegte sich selbstvergessen an Aretos Hand. Sie war so erregt, es fehlte nicht mehr viel bis zur Ekstase. Areto vertiefte ihre Küsse und Berührungen, legte alles an Wohlwollen für Clete hinein.

Und dann fiel sie über den Rand, in Aretos Arme. Ihre Münder lösten sich voneinander, als Clete ein Stöhnen entfuhr. Sie hielt sich erbebend an Areto fest. Für einen Augenblick waren ihre Körper dermaßen ineinander verschlungen und ihre Herzschläge so getaktet, als wären sie eins.

»Das war schön«, sagte Areto schließlich.

»War?« Trotz Kurzatmigkeit warf Clete sich auf den Rücken und zog Areto auf sich. »Oh nein. Du bist jetzt dran, und du wirst schreien.«

Areto folgte dem Drängen, positionierte sich so, dass Clete mit dem Kopf zwischen ihren Schenkeln war. Kaum dass der Sitz einigermaßen stimmte, folgten den Worten schon Taten. Clete spreizte die Schamlippen vor sich. Sie leckte zwischen diese, und Areto gab ihre wenige Selbstkontrolle ab, als sie sich ihr lustvoll wimmernd aufs Gesicht setzte.

»Oh, Clete ...«

Es fühlte sich mehr als gut an.

Richtig. Wunderschön.

Clete unterstützte mit einer Hand ihre Zunge, die andere ließ sie an sich hinabwandern. Areto berührte sich selbst, massierte ihre Brüste, während sie beide nur noch stoßweise atmeten.

»Mehr«, flehte Areto. »Ich brauche mehr von dir. Bitte!«

Clete ließ ihre Zunge stärker kreisen. Sie erbebte wieder, spannte sich an und begann an ihr zu stöhnen. Da konnte Areto sich nicht mehr zurückhalten. Sie ließ die Arme herabfallen, grub ihre Finger in Cletes Haar und schrie.

\*\*\*

»Inzwischen gefällt es dir sehr, oder?«

Sie sah Clete, die ihr ein Schaffell um die schweißnassen Schultern legte, fragend an. »Was meinst du?«

Clete schlüpfte zu ihr unters Fell und antwortete: »Mit dem Mund geliebt zu werden. Anfangs hattest du Angst davor.«

»Wirklich? Daran erinnere ich mich gar nicht mehr.«

»Oh doch. Du bist fast vor mir davongelaufen, als ich es das erste Mal versuchen wollte.«

Areto schmiegte sich an sie. »Ein Glück, dass ich es doch noch ausprobiert habe.« Sie schwieg kurz nachdenklich. »Es ist verpönt in Athen, weißt du. Deswegen habe ich mich wohl gefürchtet. Mir wurde immer gesagt, dass es etwas Schlimmes und Dreckiges sei, mit dem Mund zu verkehren.«

Clete schnaubte. »Ja, ja, die Griechen. Reden ihren Töchtern ein, was denn nicht alles schmutzig sei, und wollen genau diesen Schmutz dann im Bett haben. Wo kämen wir denn hin, wenn Frauen sich nicht nur schämen müssten, sondern Spaß hätten? Am Ende kommen sie noch auf den Gedanken, dass sie Männer nicht unbedingt für ihre Lust brauchen. Von anderen Dingen im Leben zu schweigen.« Sie knetete das Fleisch an Aretos Hüften. »Was für böse, anmaßende, schmutzige Frauen wir doch sind, hm?«

Areto drückte sie lachend von sich. »Hör auf. Du kitzelst mich.«

Clete vergrub ihr Gesicht in Aretos Halsbeuge und brummte: »Aber du bist so weich.«

Sanft schob sie Clete weg. Die ließ sich widerwillig auf die Seite fallen. Areto fuhr die Narben nach, die sich blass über Cletes Brust zogen. Sie mochte den Kontrast der Farben. Cletes Haut war viel dunkler als ihre. Die Kriegerin hatte sie von Ahninnen geerbt, die im Land des Sonnenstammes geboren worden waren. Auch ihre Löwenmähne kam daher. Vom anatolischen Teil ihrer Familie hatte sie den athletischen Körperbau, eine ungemein schöne Kombination.

»Diese Narbe ist neu«, sagte Areto und strich über einen frischen Kratzer. »Ist sie von der Heiligen Jagd?«

»Ja, aber sie ist nichts Besonderes. Bremusa hat sie mir bei einem Kampf verpasst.«

Areto war fast enttäuscht, dass nicht mehr dahintersteckte. Clete wusste zu jeder ihrer Narben etwas zu erzählen. Sie war wie eine lebende Geschichtensammlung.

Ihr Finger fuhr weiter, über das Brandmal auf der rechten Brust bis zur Tätowierung am Schlüsselbein. Es war der Schwur der Mondtöchter: dem Throne gelobt mit Knochen und Blut. Die dunklen Buchstaben lagen wie eine Kette um Cletes Hals.

Bei diesem Gedanken fiel Areto ihr Vorhaben wieder ein. »Ich habe etwas für dich.«

Clete setzte sich auf. »So? Was denn?«

Kurz sah sie nahbar aus mit der Neugier in ihren Augen und ihrem vom Liebesspiel verwirrten Haar. Es machte Areto Mut.

»Das hier«, sagte sie und zog die Kette unter dem Kissen hervor. »Der Anhänger ist selbst gemacht. Ich hoffe, er gefällt dir.«

Clete nahm das Schmuckstück entgegen. »Du hast das für mich gefertigt?« Sie hielt den Anhänger ins Licht, um ihn besser betrachten zu können. Der Stein glühte im Schein des Feuers violett. »Areto, er ist so schön.«

Sie unterdrückte einen Freudenschrei und fragte: »Findest du wirklich?«

»Und ob. Das muss doch viel Arbeit gewesen sein? Und ist so ein Stein nicht teuer?«

»Mach dir da keine Gedanken. Er war ein guter Tausch, wie alle Materialien. Eine Händlerin hat mich damit ausbezahlt.«

Clete drückte ihr einen überschwänglichen Kuss auf den Mund und sagte: »Ich liebe es. Hab vielen Dank. Ich werde den Anhänger an meiner Waffe festmachen, damit er mir Glück bringt.«

Areto versteifte sich bei diesem Wort. Liebe. Die ganze Welt rückte in weite Ferne. Sie konnte nichts anderes mehr sehen als Clete, die den Anhänger weiterhin betrachtete. *Ich liebe dich.*

Sie wusste nicht, wann es passiert war. Da war immer eine Faszination für die raubtierhafte Kriegerin gewesen, die sie damals gerettet hatte. Wenn Clete ihr nicht Theseus' Schwert gegeben hätte, wäre Areto wohl gestorben, und sie hätten sich nie näher kennengelernt. Anfangs gab es nur ihre gemeinsame Geschichte. Dann reifte Clete von der jungen Kriegerin zur Frau heran. Aus Dankbarkeit war sexuelle Anziehung geworden, und irgendwann viel mehr.

Areto liebte es, wie fürsorglich Clete sein konnte. Sie liebte, wie selbstlos Schildhaut andere verteidigte, ohne Rücksicht auf sich selbst. Für sie war Clete die größte Amazone von allen. Wann immer Areto bei ihr war, hatte sie das Gefühl, angekommen zu sein.

»Clete.« Sie griff mit pochendem Herzen nach der Hand der Kriegerin. »Ich muss dich etwas fragen.«

Clete schien zu spüren, dass es wichtig war. Sie sah Areto abwartend an und hielt ihre Hand.

Lass uns Familie sein. Ich weiß, du hast dich dem Kampf und der Mondgarde von Penthesilea verschrieben. Aber wenn du es auch willst, kannst du immer zu mir heimkommen.

Das wollte Areto sagen, aber sie kam nicht dazu. Polternd wurde die Zimmertür aufgeschlagen. Clete warf sich intuitiv vor Areto und ging in Kampfstellung. Doch die Frau, die zu ihnen hereinstolperte, war nur betrunken und keine Gefahr.

»Clete!«, lallte Bremusa. »Mir ist so schlecht. Hilf mir.«

Areto sah perplex, wie die Kriegerin der Länge nach ins Bett fiel. »Was macht sie denn hier?«

Clete seufzte. »Bremusa übernachtet in letzter Zeit bei mir. Irgendwie kann sie so besser schlafen. Für heute habe ich mir eigentlich ausgebeten, dass sie mich nicht behelligt.«

Ein Stechen setzte in Aretos Brust ein. »Sie ... sie schläft bei dir?«

Clete meinte, als sei es keine große Sache: »Du weißt ja, wie das bei der Mondgarde ist. Alle helfen sich, schlafen miteinander oder beides.«

Areto wusste, was dieses nagende Gefühl war. Eifersucht. Dabei war Bremusa nicht gerade in einem beneidenswerten Zustand, und Clete hatte so viele Liebhaberinnen und Verehrer. Areto sollte das nicht fühlen. Hier war es nicht wie in Athen, die Kriegerinnen lebten und liebten freier. Clete war da keine Ausnahme, und Areto wusste das doch längst. Es war lächerlich.

»He.« Clete stieß Bremusa gegen die Schulter. »Hast du es wieder übertrieben?«

Zur Antwort übergab sich Bremusa geräuschvoll ins Bett.

Areto sprang kreischend auf, sodass das Schaffell von ihren Schultern rutschte. »Oh, bei den Göttinnen!«

Clete schaffte es, ruhig zu bleiben. »Und da geht meine perfekte Nacht dahin.« Sie drehte Bremusa auf den Bauch, damit diese nicht an ihrem Erbrochenen erstickte. »Tut mir leid, dass du das mit ansehen musstest. Ich bringe dich wohl besser hinaus.«

Areto riss angewidert ihren Blick von den teils unverdauten Schnecken los. Sie war wie im Schock, als sie ihr Gewand vom Boden aufhob und Clete ihr half, sich anzuziehen. Was für ein Albtraum. Alles war so gut gewesen, und nun das.

Bei der Hintertür angekommen, schwiegen sie beide betreten. Clete brach schließlich die Stille. »Von wegen, Artemis lächelt auf mich herab. Selbst als größte Jägerin bleibe ich nicht davon verschont, Erbrochenes aufzuwischen. Wie ruhmvoll.«

Areto lachte gezwungen. »Lass doch jemanden vom Gesinde zum Putzen kommen.«

»Wozu? Die Dienerschaft muss auch mal schlafen. Außerdem ist es nicht das erste Mal, dass ich hinter Bremusa aufräume.« Sie strich Aretos gelösten Zopf glatt. »Du ahnst nicht, wie sehr ich mich darüber ärgere. Es war wundervoll mit dir.«

Areto nickte, nicht wissend, was sie sagen sollte.

»Nächstes Mal mache ich es wieder gut und –« Clete stockte. »Was wolltest du mich vorhin eigentlich fragen?«

Areto biss sich auf die Lippe. Sie hatte das Gefühl, nicht mehr um Cletes Hand bitten zu können. Der richtige Moment war vorbei.

»Ich wollte wissen, ob du aufgeregt bist. Weil du morgen auf dem Pfad der Königinnen mitreiten wirst.« Areto hatte Mühe, ihre Stimme nicht brechen zu lassen.

Clete schien es nicht zu bemerken. »Ja, ein wenig. Ich wollte schon immer die heiligen Wälder von Artemis sehen.«

Areto sollte sich mit ihr freuen. Aber es stach nur noch mehr in ihrer Brust. Clete führte ein völlig anderes Leben mit ganz anderen Träumen als sie. Wie hatte Areto jemals glauben können, sie könnten über ein paar Bettgeschichten hinaus zusammen sein?

»Danke nochmals für dein Geschenk«, sagte Clete. »Hab eine gute Nacht. Ich hoffe, du schläfst besser als ich, die ein viel zu großes Kind säubern muss.«

Areto stellte sich auf die Zehenspitzen, hauchte Clete einen Kuss auf die Lippen und sagte: »Gute Nacht.«

Dann stand sie vor der verschlossenen Tür. Eine Zeit lang sah sie frustriert auf das Holz. Sie rieb über ihre Arme, die sich auf einmal verklebt anfühlten vom Öl, und dachte, dass sie wohl heimgehen und alles abwaschen sollte. Seufzend machte sie sich auf den Weg. Die ersten Sonnenstrahlen begleiteten sie. Außer ihr waren nur wenige Menschen unterwegs, die bis zuletzt gefeiert hatten. Ihr Lachen klang wie aus einer anderen, weit entfernten Welt.

Areto wurde mit jedem Schritt schwermütiger. Schließlich war die Dunkelheit so stark in ihr, dass sie nicht weitergehen konnte. Sie setzte sich heftig atmend an die nächstbeste Wand.

»Du dummes Ding.« Der Schatten lachte ihr gehässig ins Ohr. »Was hast du denn gedacht? Am Ende war es gut, dass du zu feige warst, Clete zu fragen. Was hätte sie denn antworten sollen? Ich liebe dich auch? Oh, bitte.«

Sie sagte schwach: »Hör auf.«

Das tat er natürlich nicht und begann sie zu umschlingen. »Clete liegt das halbe Amazonenvolk zu Füßen. Und was bist du? Ein Nichts. Gut genug, um gefickt zu werden und ihr Ego zu befriedigen, nicht mehr. Eine von vielen. Wertloses Fleisch.« Er lachte und lachte, dass es in ihren Ohren wehtat. »Wie feucht du noch bist! Du kleine, armselige Hure. Sie ist ein wenig nett zu dir, und schon nässt du dich ein. Kein Wunder, du musst bekommen, was du kriegen kannst. Wer soll schon eine hinterhältige Mörderin und Volksverräterin wie dich lieben, die anderen nur Unglück bringt? Was hast du denn zu bieten? Vielleicht könntest du hoffen, wenn du nur innerlich verrottet wärest. Aber du bist nicht einmal schön. Ohne all deine Vorbereitungen hätte Clete dich doch niemals so genannt. Du bist hässlich. Ekelerregender, hässlicher Abfall.«

Areto schlang die Arme um ihren Oberkörper und versuchte, gleichmäßig zu atmen. »Hör auf«, schluchzte sie. »Hör auf, hör auf.« Da erreichte sie Callistus' Stimme. »Areto!«

Der Schatten löste sich auf. Sie atmete gierig ein, als der schlimmste Druck von ihrem Hals wich, und sah Callistus entgegen. Er lief auf sie zu, die Arme voll mit Blumen, Vasen und anderem Plunder. Wohl Geschenke, die Antianeira erhalten hatte.

»Du bist noch wach?«, fragte er freudig. »Anscheinend war deine Nacht ganz schön lang. Du musst mir alles erzählen. Also, nicht *alles* –« Er hielt inne. »Stimmt etwas nicht?«

Erst jetzt bemerkte sie, dass sie weinte. Lautlos tropften die Tränen von ihrem Kinn.

Callistus ließ alles stehen und liegen, um sie in die Arme zu nehmen. Sie brach heulend an seiner Brust zusammen. Er streichelte ihr durchs Haar und fragte bedrückt: »Es ist also nicht gut gelaufen?«

Sie schüttelte den Kopf. Er fragte nichts mehr. Solange sie es brauchte, hielt er sie fest. Irgendwann, als es nicht mehr so wehtat, ließ sie ihn los und flüsterte: »Danke.«

»Ich bin doch für dich da.« Er wischte ihr die Tränen aus dem Gesicht und lächelte ermutigend. »Ich bringe dich nach Hause, ja? Schlaf dich aus. Sobald ich freihabe, komme ich vorbei. Wir kochen etwas Köstliches zusammen, und dann ist ein neuer, besserer Tag. Du wirst sehen.«

Sie versuchte ebenfalls zu lächeln. Es war ein schwacher Trost, aber es rührte sie, dass er sie überhaupt trösten wollte.

»Das klingt gut«, sagte sie. Dann dachte sie an etwas völlig Verrücktes. »Eigentlich könnte es immer so sein, oder? Ich komme heim, du bist da ...«

Nein, es war nicht verrückt. Nicht verrückter als ihre Liebe zu Clete. Warum war es ihr nicht eher in den Sinn gekommen? Vielleicht, weil ihr lange die Mittel zu so einem Schritt gefehlt hatten. Nun hatte sie genug Geld und Ansehen, um einen Sklaven freizukaufen.

»Würdest du mein Gatte sein wollen, Callistus?«

Er starrte sie so ungläubig an, als wäre ihr eine Pflanze aus dem Mund gewachsen.

»Phileas mag dich«, fuhr sie fort. »Du wärest bestimmt ein guter Vater für ihn. Und als mein Mann könntest du frei sein. Du –«

»Halt!«, unterbrach er sie. »Ich ... Du ... Ich weiß gar nicht, was ich sagen soll, Areto. Natürlich würde ich dich heiraten! Du bist eine wundervolle Frau. Aber was ist mit dir?« Er zeigte demonstrativ an sich hinab. »Ich meine, du liebst mich nicht. Nicht so, wie ... Du liebst doch keine Männer?«

»Darum geht es nicht. Wir sind ein gutes Gespann und hätten beide Vorteile von einer Partnerschaft. Warum soll ich dir nicht meine Hand geben?«

»Ich weiß nicht. So, wie du es sagst, klingt es furchtbar geschäftlich.« Er atmete schwer aus. »Ich sollte wohl Ja sagen, allein, weil du mir die Freiheit bietest. Aber das ist so ein großes Geschenk. Wie soll ich das jemals zurückgeben? Ich will dich nicht enttäuschen.«

Sie rieb sich über das verweinte Gesicht. »Ich weiß, dass du das nicht wirst. Und sag nicht, dass du etwas wiedergutmachen musst. Du hast schon so viel Gutes für mich getan. Aber vor allem solltest du dich nicht rechtfertigen müssen, frei sein zu wollen.«

Er schien langsam zu begreifen, dass sie es ernst meinte. Seine Augen begannen zu glänzen. In ihnen leuchtete die Hoffnung auf ein Leben, von dem er immer nur hatte träumen können. Er, der in die Sklaverei geboren und schon als Knabe an zig Frauen und Männer weiterverkauft worden war.

»Denk darüber nach«, sagte Areto. »Wenn du Ja sagst und Phileas mir seinen Segen gibt, gehe ich schon morgen zu Antianeira und bitte um dich.«

Er nickte. »In Ordnung.« Mit warmem Blick betrachtete er sie. »Ich bin mir ziemlich sicher, dass ich Ja sagen werde. Aber ich werde darüber nachdenken.«

Er hob das Gut auf, wobei sie ihm einen Teil abnahm. Seite an Seite gingen sie zu ihr nach Hause.

»Wie war deine restliche Nacht?«, fragte Areto beiläufig. »Hast du noch mit dem Magier reden können?«

»Ich habe ihn tatsächlich kurz erwischt. Aber *reden* kann man nicht sagen bei unseren unterschiedlichen Sprachen. Wir haben uns halbwegs mit Gesten verständigt. Er hat sich gefreut, Gesellschaft zu bekommen, glaube ich.«

Callistus zuzuhören, wie der Magier versucht hatte, ihm ägyptische Wörter beizubringen, lenkte Areto ab. Sie ließ sich von dem Klang seiner Stimme beruhigen. Bestimmt hatte er recht. Morgen war ein besserer Tag.

## VIII. DRACHENZEICHEN

### Penthesilea

Am Morgen nach der Heiligen Jagd kam unerwarteter Besuch. Penthesilea ließ sich gerade in ihren Gemächern rüsten, als ein Diener eintrat und meldete: »Königin Myrina möchte Euch sprechen.«

Sie runzelte die Stirn. Myrina hatte sich nicht angekündigt, und die Sonne war eben erst aufgegangen. Vielleicht kam die andere Königin in dringender Angelegenheit.

»Lass sie herein«, sagte Penthesilea.

Sie schickte den Rest der Dienerschaft weg, um allein mit Myrina sein zu können. Dann ließ sie sich schwer auf einen Stuhl sinken. Der Tag hatte kaum begonnen und strengte sie schon jetzt an. Das lag nicht nur an ihrem Schädel, der vom Wein der letzten Nacht brummte. Es schien, als lasteten ihre Pflichten heute besonders auf ihr.

Sie spürte etwas Weiches an ihrer Hand – Brecher. Er drückte seine Schnauze gegen ihre Finger. Sie kraulte die faltige Haut hinter seinen Ohren, während sie den Blick durch den Raum schweifen ließ.

Einmal mehr dachte sie, wie leblos ihre Gemächer aussahen. Der dunkle Steinboden glänzte perfekt. Bis auf die nötigsten Möbel wie Tische und Truhen gab es keine Einrichtung. Sie verbrachte hier einfach zu wenig Zeit. Lieber durchstreifte sie das Reich der Amazonen.

Darum war das Herzstück des Zimmers ein riesiges Fenster, von dem aus sie Themiskyra überblickte. Wenn sie einmal hier war, konnte sie stundenlang betrachten, wie die Farben der Stadt sich mit den Ausläufern des Thermodon mischten. Ihr geliebtes Land. Die Strahlen der aufgehenden Sonne brachte es zum Leuchten, fielen zu Penthesilea herein und auf ihre Hunde.

Die Molossoi trugen bereits Rüstungen, wann immer sie in den Kampf zogen oder Themiskyra verließen, wurden sie ihnen angelegt. Die mit Nadeln bewehrte Bronze schloss Oberkörper, Hals und Teile des Kopfes ein. Die Hunde hatten gerade genug am Leib, dass sie an den wichtigsten Stellen geschützt, doch nicht in ihrer Bewegungsfreiheit eingeschränkt waren.

Alle hoben die Köpfe, als Schritte und eine rauchige Stimme erklangen. »Ich grüße Euch, Penthesilea.«

Sie sah Myrina entgegen, wie sie mit resoluten Schritten und in goldener Zierrüstung hereinkam. Ein gelber Umhang fiel von ihren Schultern um die ausladenden Hüften. Die glänzend dunklen Haare hatte sie zurückgebunden, sodass die linke, kahl geschorene Seite des Kopfes umso mehr auffiel.

»Ganz in Schwarz gewandet?«, fragte sie mit ihrem schweren Akzent. »Ihr seht aus, als wolltet Ihr auf ein Begräbnis und nicht Eurer Zukunft entgegenreiten.«

Sie blieb in einigem Abstand zu den Hunden stehen. So war es schon bei den Feierlichkeiten gewesen, die Tiere schienen ihr suspekt zu sein.

Penthesilea erhob sich. »In gewissem Sinne will ich auch die Vergangenheit begraben.« Sie zischte einen Befehl, woraufhin die Hunde sich zurückzogen. »Aber Ihr seid bestimmt nicht gekommen, um meine Aufmachung zu kommentieren. Weshalb sucht Ihr mich auf?«

Myrina nahm die Hand, die Penthesilea ihr anbot, und ließ sich ans Fenster führen. »Ich habe gehofft, allein mit Euch sprechen zu können. Ohne Königin Hippolyte.«

Penthesilea verstand, denn es gab nur eines, auf das Hippolyte nicht gut zu sprechen war. »Geht es um den Krieg?«

»Ja. Es zieht Euch ebenfalls dorthin, nicht wahr? Letzte Nacht habe ich mir ein gutes Bild von Eurem Volk machen können. Es liebt Euch, und Eure Kriegerinnen sind stark.«

»Das ist großes Lob von Euch, die selbst herausragende Vertraute hat. Eure Stratega Priene war phänomenal im Wettstreit.«

»Wohl wahr. Und ich vergebe nie Komplimente, die ich nicht meine. Zweifellos würden Tausende hinter Euch stehen, wenn Ihr nach Troja zieht.«

Penthesilea hatte das Gefühl, in einen Spiegel zu schauen. Myrina war im selben Alter wie sie und vom gleichen Feuer erfüllt. Deswegen fiel ihre Antwort umso härter aus: »Wollt Ihr andeuten, dass ich ohne Hippolyte mit Euch ziehen soll? Da muss ich Euch enttäuschen. Ich bin gegen die Entscheidung meiner Schwester, sich aus dem Krieg herauszuhalten. Aber ich werde sie nicht zurücklassen.«

»Das habe ich auch nicht erwartet.« Myrina stützte sich am Fensterrahmen ab. »Ich wollte Euch fragen, ob Ihr Hippolyte umstimmt. Mir selbst ist es nicht gelungen, also muss ich meine Hoffnungen auf Euch setzen.«

»Es stimmt also. Ihr seid nach Themiskyra gekommen, um uns als Verbündete zu gewinnen.«

»Könnt Ihr es mir verdenken? In diesem Augenblick ist ein Großteil des Sonnenstammes auf dem Weg nach Troja.« Ihre Schultern sanken. »Meine Schwester, Königin Aegea, ist dem Ruf des Krieges gefolgt und führt dort die Truppen an. Ich bange um sie. Der Sonnenstamm ist nicht mehr so groß, wie er einst beim Feldzug nach Atlantis war. Wer weiß, wie viele wir noch verlieren werden, wenn meine Mission scheitert und Ihr uns nicht stärkt.«

Penthesilea bereute mit einem Mal ihre harschen Worte. Fast war es ihr unangenehm, wie verletzlich sich Myrina zeigte. Als wären sie nur zwei Frauen, nicht mehr. Vielleicht wäre sie in einem anderen Leben mit Myrina, die Ares ebenfalls zum Vater hatte, als Halbschwester aufgewachsen.

»Es schmerzt mich, das zu hören«, sagte Penthesilea. »Aber ich kann Euch kein Bündnis versprechen. Ich habe selbst auf mein Volk zu achten.«

»Das verstehe ich.« Myrina legte ihr mit eindringlichem Blick eine Hand auf die Schulter. »Versprecht mir nur eines: dass Ihr mich und meinen Stamm auf dem Pfad der Königinnen nicht vergesst. Handelt nicht falsch, wenn die Zeichen für den Krieg sprechen.«

»Das werde ich nicht.«

Myrina ließ die Hand sinken. So schnell, wie sie gekommen war, verschwand sie aus den Gemächern. Die Hunde sahen ihr aus den Schatten nach.

Kaum dass Myrina fort war, fiel Penthesilea gegen die Wand. Ihr war heiß, schrecklich heiß. Ihr Blut schien zu sieden. Sie biss sich auf die Zunge, um mit dem Schmerz das Brennen zu verdrängen. *Reiß dich zusammen!*

Es waren nur ein paar Worte gewesen. Aber der Hunger nach Krieg brannte so lichterloh in Myrinas Blick, dass er auf Penthesilea überging.

\*\*\*

Irgendwie schaffte Penthesilea es, ruhig zu bleiben und den Rest ihrer Rüstung anzulegen. Zumindest glaubte sie das, ehe sie den Tempel der Artemis betrat. Myrina und Hippolyte warteten am Eingang auf sie. Beide wirkten seltsam klein vor dem riesigen Tor, die eine in Sternsilber, die andere in Sonnengold gekleidet.

»Geht es dir gut?«, fragte Hippolyte und legte die Stirn in Falten. »Du bist fahl im Gesicht.«

Angesichts der Tatsache, dass Penthesilea wohl nicht die beste Figur machte, ärgerte es sie, wie gut Hippolyte in der silbernen Rüstung aussah. Ein Abbild von Tugend.

»Auch dir einen guten Morgen«, lenkte sie von der Frage ab. »Bereit?«

Zur Antwort wandte Hippolyte sich ab und ging in den Tempel. Myrina nickte Penthesilea zu. Dann drehte sie sich ebenfalls um. Die Hunde, die Penthesilea begleitet hatten, blieben beim Tempeleingang zurück, als sie den beiden folgte.

Der schwere Geruch von Weihrauch schlug ihr entgegen. Statuen von Waldtieren – Wildsäue, Hirschkühe, Bärinnen – füllten die fackelerleuchteten Hallen. Die Wände überzogen Malereien von Frauen, die mit Pfeil und Bogen jagten. Ganz gleich, wie oft sie den Tempel von Artemis betrat, sie würde immer von seiner Schönheit überwältigt sein.

Melanippe wartete im Herzen des Tempels auf sie. Sie stand unter einer mondförmigen Kuppel aus Silber, »das Auge der Artemis« genannt. Mehrere Mädchen, alle in Weiß gekleidet, harrten mit der Hohepriesterin. Es hätte friedvoll gewirkt, wären da nicht die Schreie gewesen. Sie kamen von einer Ziege, die an den Altar in der Mitte des Raumes gefesselt war.

»Willkommen, Königinnen«, sagte Melanippe. Auch sie war ganz in Weiß gekleidet, sodass sie mit ihrem grauen Hautton wie eine Tote wirkte. Sie breitete lächelnd die mit Seide behangenen Arme aus.

Nach all den Jahren kannte Penthesilea den Ritus in- und auswendig.

Normalerweise beging sie ihn allein, außer wenn andere Königinnen in Themiskyra waren – wie jetzt. Sie kniete mit Hippolyte und Myrina. Melanippe rief Artemis an. Die Mädchen begannen zu singen.

Als die Musik und das Geschrei der Ziege ekstatische Höhen erreichten, zog Melanippe ein Schwert. Mit einem schnellen Schnitt durch die Kehle brachte sie das Tier zum Verstummen. Sie setzte die Klinge so geübt, kein einziger Tropfen Blut beschmutzte sie.

Die Kinder sangen, und die Königinnen beteten weiter, während Melanippe das Schwert von sich hielt. Ein Mädchen nahm es ihr ab. Eigentlich war es ihre Aufgabe als Hohepriesterin, der Ziege das Herz herauszuschneiden. Aber Melanippes Ekel vor Blut war zu groß, und so übernahm das Mädchen ihre Rolle. Die junge Helferin schnitt, tiefer und tiefer, bis sie das pochende Herz der Ziege in der Hand hielt.

»Nehmt dieses Opfer für Artemis in euch auf«, sagte Melanippe. »Auf dass die Göttin euch die Zeichen sehen lässt.«

Penthesilea bekam als Erste das Herz überreicht. Blut tropfte von den Händen des Mädchens auf ihr Gesicht. Sie genoss das Gefühl, wie es ihre Wangen hinabrann, streckte sich nach dem Herzen aus und sagte: »Ich will die Zeichen sehen.«

Dann schlug sie die Zähne in das Fleisch. Sie nahm den größtmöglichen Bissen und schluckte. Es brachte sie fast um den Verstand, so gut tat es. Das lag nicht nur am Geschmack des Blutes, sondern auch am Weihrauch und Gesang, die ihre Sinne anregten. Mit dem Herzen nahm sie Artemis in sich auf, deren Macht den Tempel erfüllte.

Sie hielt sich mit Gewalt davon ab, noch ein Stück herauszureißen, und gab das Herz an Myrina weiter. Genüsslich verschmierte sie das Ziegenblut auf ihrem Gesicht, wie Kriegsbemalung.

Myrina tat es ihr gleich und sagte: »Ich will die Zeichen sehen.«

Hippolyte wiederholte es zum dritten Mal.

Damit waren alle Segen vergeben, bis auf einen. Melanippe musste noch die Vision preisgeben, die sie während der Heiligen Jagd erhalten hatte.

Sie begleitete die drei aus dem Tempel hinaus. Die Mädchen blieben zurück. Dieser Moment war nur für die Hohepriesterin und die Königinnen bestimmt. Kaum dass sie alleine waren, ließ Melanippe den Kopf sinken.

»Ich habe immer noch keine Vision empfangen. Statt Bildern von der Zukunft sehe ich nur dunkles Gewölk.«

Penthesilea tauschte einen besorgten Blick mit Hippolyte aus. Das hatten sie beide befürchtet.

»Wirklich gar nichts?«, fragte Myrina erstaunt. »Nicht einmal den kleinsten Hinweis?«

Melanippe schüttelte den Kopf. »Seit Artemis in dem Krieg um Troja mitkämpft, wird unsere Verbindung immer schwächer. Sie hat Schmerzen, große Schmerzen, die meine Sicht vernebeln.«

Sie atmete schwer ein. Es schien sie zu belasten, dass sie nicht von größerer Hilfe war. Das entging auch Myrina nicht, sodass sie diplomatisch fragte: »Braucht Ihr vielleicht einen Moment mit Euren Schwestern?«

Melanippe nickte dankbar, und sowie sich die Sonnenkönigin entfernt hatte, sagte sie: »Ich sehe so gut wie nichts. Aber ich fühle ein paar Dinge.« Sie streckte sich nach ihren Schwestern aus. Ihre Hände blieben unter den seidigen Ärmeln versteckt.

Penthesilea sah es bedrückt. Sie konnte sich nicht daran erinnern, wann Melanippe sie das letzte Mal mit bloßen Fingern berührt hatte. Unter den Ärmeln, wusste sie, war nur wund geriebene Haut. Es war ein Fluch, den ihre Schwester nicht loswurde.

Melanippe war so jung gewesen, als die Griechen kamen. Ein kleines Mädchen mit Zahnlücken und sprühenden Augen. Herakles raubte ihr Strahlen, wie er auch Antiope raubte. Was Melanippe in ihrer kurzen Gefangenschaft erlebte, hatte sie nie erzählt. Doch danach hatte ihr Leiden begonnen. Sie sah überall Blut und Dreck, den sie sich abwaschen musste, und wenn ihre Haut zerriss. Manchmal schrie sie Antiopes Namen dabei.

»Ich spüre Tod«, sagte Melanippe, nahm ihre Schwestern an den Armen und drückte sie durch den Stoff ihres Gewands. »Nicht den Tod von Verbündeten oder Feinden. Es ist größer. Etwas Ordnungserschütterndes.«

Kurz hing drückendes Schweigen zwischen ihnen.

»Gebt auf euch acht«, sagte Melanippe. »Versprecht es mir, liebe Schwestern.«

\*\*\*

Melanippes Worte spukten ihr noch im Kopf herum, als Penthesilea längst die Stadt verlassen hatte. Hippolyte und Myrina ritten an ihrer Seite. Ihnen folgten die fünf besten Kriegerinnen. Sie hielten auf die Wälder von Artemis zu, die Bäume dort waren so alt wie die Zeit. Der Pfad der Königinnen führte mitten ins Herz des Forstes, wo die Macht der Göttin am größten war. An jenem Ort würden sie die Zeichen finden, aus denen sich die Zukunft lesen ließ.

»Verflucht«, knurrte Penthesilea.

Heute hing Nebel über dem Land. Er war so dicht, dass er ganze Teile des Waldes verschluckte, ein ebenso böses Omen wie die getrübten Visionen von Melanippe. Das gefiel Penthesilea nicht, sie musste auf dem Pfad der Königinnen klar sehen.

»Hoffentlich entgeht uns bei diesem Dunst nichts«, sagte Hippolyte. Sie klang angespannt. Das war sie schon die ganze Zeit seit Melanippes Warnung.

Auch Penthesileas Hunde, die sich nicht weit von ihrem Pferd entfernten, waren unruhig. Sie schienen etwas im Nebel zu wittern.

Myrina rief über ihre Schulter: »Kriegerinnen! Bleibt dicht zusammen.«

Soweit Penthesilea es beurteilen konnte, gab es keine Unruhe in der Truppe. Lacomache und Antianeira, die nicht zum ersten Mal mitritten, waren hoch konzentriert. Priene schien fast schon zu steif. Sie hatte sich herausgeputzt, ihre Glatze glänzte von Öl. Dadurch traten die Weißflecken auf ihrer tiefdunklen Haut umso mehr hervor, die ihr den Zweitnamen »die Zeichen Tragende« eingebracht hatten. Die hellen Punkte überzogen Epheliden gleich ihr Gesicht und sammelten sich um die Augenpartie. Ernst, wie sie war, sah es aus, als trüge sie eine weiße Maske. Sie schien den Sonnenstamm bestmöglich vertreten zu wollen. Einzig Iphito war aufgeregt und redete immer wieder mit Clete. Die antwortete einsilbig. Schon als die Kriegerinnen aufmarschiert waren, hatte Penthesilea die dunklen Ringe unter Cletes Augen bemerkt.

»Irgendetwas stimmt nicht«, sagte Hippolyte.

Penthesilea warf ihr einen fragenden Blick zu, unschlüssig, was sie meinte. Dann hörte sie Myrina neben sich raunen: »Es gibt kaum Geräusche.«

Der Wald mit seinen dunklen Stämmen empfing sie still. Es gab kein

Geraschel im Unterholz, kein Vogelzwitschern. Nur der Wind rauschte in den Kronen. *Ich spüre Tod.* Nun begannen die Kriegerinnen doch miteinander zu flüstern. Sie sahen misstrauisch auf den Nebel zwischen den Bäumen, als verberge er etwas.

»Vielleicht ist ein Tier auf Raubzug?«, fragte Penthesilea.

»Ein Tier, vor dem sich alles Wild versteckt?«, entgegnete Myrina skeptisch. »Was soll das für ein Wesen sein?«

Eines, dem Penthesilea nicht begegnen wollte.

»Clete, Iphito«, sagte Hippolyte. »Ihr bildet die Vorhut. Antianeira achtet auf Auffälligkeiten. Lacomache und Priene reiten zuletzt. Bleibt beieinander und immer in Sichtweite.«

Als sie weiterritten, war aller Anspannung mit Händen zu greifen. Mehrmals griffen sie nach ihren Waffen, wenn sie meinten, etwas gesehen zu haben. Doch sie blieben unbehelligt. Da war nichts als Stille und Nebel.

»Meine Königin«, rief Clete. »Wir haben etwas gefunden.«

Penthesilea schloss zur Vorhut auf. Clete war abgestiegen und kniete vor etwas, das Brecher beschnüffelte. Iphito war auf dem Pferd geblieben und sah sich wachsam um.

»Schaut.« Clete deutete vor sich. »Eine Moorlilie.«

Die Pflanze mit den langen gelben Blütenstängeln sollte hier eigentlich nicht wachsen. Sie war für torfigen Grund und nicht für Waldboden gemacht. Aber sie war auch ein Wahrzeichen von Artemis. Wo die Lilie gedieh, wurde die Macht der Göttin stärker, und der Pfad der Königinnen war nicht weit.

»Sucht nach weiteren Blumen«, befahl Penthesilea.

Das taten die Kriegerinnen. Trotz des Nebels wurden sie bald fündig. Erst schien es, als würden die Lilien nur einzeln wachsen. Dann wurden sie immer mehr, bis sie sich zu einer Straße sammelten. Die gelbe Fährte ging in den tiefsten Wald hinein.

»Das ist unser erstes Zeichen«, sagte Hippolyte. »Der Pfad der Königinnen.«

Penthesilea lächelte sie erleichtert an, dann wandte sie sich an die Kriegerinnen. »Hier müsst ihr auf uns warten. Den Pfad dürfen nur wir Königinnen betreten, sonst werden keine Zeichen erscheinen.«

Die Frauen nickten gewissenhaft. Penthesilea gab einen scharfen Befehl, und ihre Hunde liefen los. Sie eilte mit Hippolyte Myrina nach, die

bereits vorausgeritten war. Die Hufe der Pferde wirbelten gelbe Blütenblätter auf. Nach einer Weile begann sich der Nebel zu lichten, als würde Artemis ihn teilen. Penthesilea glaubte, Gesichter in den Stämmen zu erkennen, von Dryaden, die die Bäume beseelten. Sie wirkten verängstigt. Wimmernd versteckten sie sich in den Schatten.
»Unheimlich, nicht wahr?«, fragte Hippolyte. »So war es noch nie auf dem Pfad.«
Penthesilea konnte nicht anders, sie musste schmunzeln. »*Du* findest etwas unheimlich?« Sie lachte fast, weil Hippolyte so pikiert dreinsah.
»Was soll das heißen? Wirke ich auf dich, als hätte ich nie Angst?«
»Ja. Du bist furchtlos. Das dachte ich schon als Kind.« Auf den irritierten Blick ihrer Schwester fügte sie hinzu: »Es ist nichts Schlechtes. Ich finde es bewundernswert.«
Kurz schwieg Hippolyte verblüfft. »Es ehrt mich, dass du das denkst. Aber ich fürchte mich auch. Oft sogar.« Sie versuchte sich an einem Lächeln. »Es tut ein wenig weh, dass du mir das nicht zutraust. Ich mag deine böse große Schwester und steinhart sein. Aber mehr Gefühle als ein Stein habe ich trotzdem.«
Nun lachte Penthesilea doch. Es war befreiend. Hippolyte fiel mit ein. Als Penthesilea das dröhnende Lachen vernahm, fiel ihr auf: Sie war es nicht mehr gewohnt, ihre Schwester so zu hören.
Der Anblick ihrer Hunde, die durch den gelben Blütenregen liefen, versetzte sie in eine andere Zeit. Sie lief wieder mit ihren Geschwistern durch blühende Kornfelder. Orithyia trug die Jüngste – Melanippe, die noch nicht laufen konnte – auf den Schultern. Die Kleine zeigte freudig auf Schmetterlinge, die Hippolyte für sie zu fangen versuchte. Antiope sang ein Lied, während Penthesilea mit dem Wind um die Wette rannte. Wie weit, weit weg dieses Leben war.
»Wann war das letzte Mal, dass wir so zwanglos miteinander geredet haben, Hippolyte?«
»Das kann ich nicht sagen.«
»Ich auch nicht. Wir sollten es öfter tun, glaube ich. Reden und Zeit verbringen. Auch mit Melanippe.«
Jetzt war es Hippolyte, die spöttisch fragte: »*Du* willst Zeit mit deiner Familie verbringen? Ganz friedlich?«
»Ich bin mehr als ein Kriegsgerät.«
»Das weiß ich, Penthesilea. Ich weiß es sogar sehr gut.« Das Funkeln

verschwand aus Hippolytes Augen. »Du hast recht. Wir sollten –« Sie hielt inne. »Schau!«

Penthesilea sah nach vorne. Der Weg aus Moorlilien endete in einem Blumenmeer. Myrina hatte dort ihr Pferd angehalten und war abgestiegen.

»Es scheint, als wären wir an unserem Ziel angekommen«, sagte die Sonnenkönigin. »Dann schauen wir uns mal um.«

Sie führte ihr Pferd am Zügel, als sie in den dunklen Wald jenseits des Lilienfelds trat. Penthesilea stieg ebenfalls ab. Sie wollte ihr Pferd an einem Baum festbinden und sich auf die Suche machen, da hielt Hippolyte sie am Arm zurück.

»Ich übersehe nicht, wie sehr du jedes Mal während der Jagdzeit mit dir kämpfst. Glaub ja nicht, dass du deswegen schwach bist. Ich bin stolz auf die Königin, die aus dir geworden ist. Selbst, wenn du einmal schwächelst, ich liebe dich trotzdem.«

Sanft schob sie Hippolytes Hand weg und sagte: »Ich liebe dich auch.« Und das tat sie wirklich. Nach Orithyias Tod war Hippolyte ihr wichtigster Anker gewesen. Penthesilea hätte diese Worte viel früher gebraucht. Es war jedoch nicht der Zeitpunkt, um das Hippolyte zu sagen.

»Lass uns sehen, was die Zukunft für uns bereithält«, sagte Penthesilea.

Hippolyte nickte, ehe sie ihr Pferd festband und Myrina folgte. Penthesilea schickte ihre Molossoi in die andere Richtung. Noch während sie ihr eigenes Pferd festband, hörte sie Brecher bellen.

»Hast du etwas gefunden?« Sie wollte den Hunden nach. Da begann ihr Pferd am Zügel zu reißen. »He, ruhig!«

Sie legte ihm besänftigend eine Hand auf die Stirn. Es hörte auf zu tänzeln. Penthesilea hatte kein gutes Gefühl, als sie es zurückließ und den Molossoi nachging. Wovor ängstigte es sich? Ihr Pferd, das für den Krieg ausgebildet war, ließ sich nicht leicht aus der Ruhe bringen.

Sie sah schließlich, worum sich Brecher und die restlichen Hunde scharten: ein toter Adler, die Augen verdreht, die Flügel zerrupft. Seltsame Wunden überzogen den Körper. Es sah aus, als hätte ihn etwas gewaltig Großes totgebissen.

»Was zum …?« Sie kniete sich neben dem Kadaver nieder.

Die Hunde beäugten den Vogel scheel. Brecher knurrte ihn an. Es war ihr auf den ersten Blick nicht aufgefallen, aber die dunkle Flüssigkeit, die die Federn des Adlers beschmutzte, war nicht ausschließlich Blut. Sie streckte sich danach aus. Da war eine braune, stinkende Brühe, die warm an ihrer Haut kleben blieb. Angewidert besah sie ihre Fingerspitzen. Sie hätte schwören können, dass winzig kleine, fischartige Eier an der Schlacke hafteten.

»Hippolyte«, rief sie. »Hier ist ein Zeichen.«

Ein Teil von ihr wünschte sich, nichts gefunden zu haben. Hier ging etwas nicht mit rechten Dingen zu. Was hatte den Adler getötet? Warum war er in so einem Zustand? Wie auch immer die Antwort ausfiel, sie glaubte, dass die Angst im Wald damit zusammenhing.

»Hippolyte?«

Ihre Schwester antwortete nicht.

Penthesilea sprang auf. Sie lief zurück, wollte nach ihrem Speer greifen – da erblickte sie Hippolyte. Ihre Schwester stand inmitten der knorrigen Bäume. Ein Licht, das es hier im dichtesten Wald nicht geben dürfte, strahlte sie an. Sie bewegte die Lippen, als rede sie mit jemandem.

Penthesilea stockte der Atem. Sie wagte nicht, sich zu rühren. Ein Teil von ihr wusste, dass Hippolyte mit einem göttlichen Wesen sprach. War ihnen Artemis erschienen?

Sie war so eingenommen, sie bemerkte zu spät, dass auch etwas Dunkles zwischen den Stämmen lauerte. Es brach aus dem Dickicht, brüllend wie nichts von dieser Welt. Gleichzeitig wurde Myrinas Pferd gegen einen Baum geschmettert. Den Rücken gebrochen und mit aufgeschlitztem Bauch fiel es zu Boden.

Die anderen Pferde bäumten sich wiehernd auf. Hippolyte sprang zurück. Eine klauenbewehrte Pranke schlug in den Boden, wo sie eben gestanden hatte.

»Hippolyte!«, schrie Penthesilea. Sie zückte ihren Speer, und die Hunde stürzten an ihr vorbei.

Ihre Schwester ging ebenfalls in Kampfstellung. In ihr Gesicht trat etwas, das Penthesilea noch nie an ihr gesehen hatte: Entsetzen.

Vor ihnen erhob sich, was den Adler getötet und Myrinas Pferd angegriffen hatte. Es war ein Drakon. Grün-weiße Schuppen bedeckten seinen riesigen Schlangenleib. Die Beine waren löwenartige Tatzen, eine Mähne umgab den Kopf. Auch der Schwanz endete in Fell. In dem kantigen Schädel saßen gelbe Augen, die wie eine Mischung von Schlange und Katze aussahen.

Es wäre ein schönes Tier gewesen, zumal es trächtig war. Doch die Eier wölbten den Bauch des Drakon-Männchens nicht auf natürliche Weise. Sie drückten wie ein Geschwür gegen die Schuppenhaut und quollen faulend aus Körperöffnungen hervor. Sogar aus einem Auge quetschten sie sich heraus.

Der Drakon verteilte mit jedem Schritt einen dunkelbraunen Brei aus Blut und Eiern. Er schrie in Qualen. Als er auf Hippolyte losgehen wollte, raste jemand mit wehend gelbem Umhang aus dem Wald. Myrina.

Die Sonnenkönigin wehrte den Hieb des Drakons mit ihrem Schlangenschild ab. Sie wurde von der Wucht des Schlags zurückgestoßen und stolperte neben Hippolyte.

»Was ist das?«, stieß Myrina hervor. »Ich habe viele Ungeheuer bekämpft. Doch so etwas habe ich noch nie gesehen.«

All dies war falsch. Der Drakon sollte nicht hier sein. Dies war das Reich von Artemis, Beschützerin von Frauen, Kindern und Geburten. Wenn, dann sollte das Vatertier friedlich unter den Nymphen leben, mit einem gesunden schwangeren Körper und nicht dieser Verzerrung.

Penthesilea schrie gellend in den Wald, um die Kriegerinnen zu rufen. Währenddessen versuchten die anderen, sich den Drakon mit Streitaxt und Schild vom Leib zu halten. Er zuckte vor den Hieben zurück, halb schlängelnd, halb gehend. Sein schwingender Schwanz donnerte gegen den Schild von Myrina. Sie wurde durch die Luft geschleudert, landete mit einem Aufschrei und schmerzverzerrtem Gesicht.

Die Hunde stürzten sich auf das Ungetüm. Allen voran lief Brecher, der sich in einem Bein verbiss. Der Drakon fauchte, noch lauter, als Hippolyte die Axt nach ihm warf. Die Waffe blieb in seinem Bauch stecken. Er sackte zusammen, stieß dann vor, um nach Hippolyte zu schnappen. Sie wehrte ihn ab, indem sie seinen Kopf mit vollem Körpereinsatz rammte.

Penthesilea erreichte endlich die Kämpfenden. Sie wollte mit ihrem Speer zuschlagen. Doch der Drakon drehte sich, sodass sie den geschuppten Teil des Körpers traf und nicht den bloßen Bauch. Die Klinge glitt ab, ohne großen Schaden anzurichten.

»Pass auf!«, rief Penthesilea.

Sie rannte auf Hippolyte zu und riss sie zu Boden. Der Schwanz des Drakons peitschte über sie hinweg. Er schlug Hippolyte nur den Helm vom Kopf.

»Der Bauch«, keuchte Penthesilea. »Er ist nur dort verwundbar.« Hippolyte kam auf die Füße und zog ihr Schwert. »Dann saß mein Wurf ja richtig. Zu den Pferden! Verletzt und mit deinen Hunden am Hals wird er uns nicht folgen können.«

Das leuchtete Penthesilea ein. Ohne die Pferde hatten sie einen erheblichen Nachteil gegenüber einem so großen Gegner. Im Sattel würden sie nicht nur besser kämpfen, sie könnten sich auch zurückziehen, bis die Kriegerinnen zur Verstärkung kämen.

»Myrina!«, rief Penthesilea. »Seid Ihr verletzt?«

Sie warf einen Blick über die Schulter und sah, wie Myrina sich an die Brust fasste. »Nicht der Rede wert. Höchstens ein paar Rippenbrüche.«

»Dann geht den Kriegerinnen entgegen. Wir schlagen den Drakon als Gruppe!«

Myrina zog sich zwischen den Bäumen zurück, ihren Schild hinter sich herschleifend. Penthesilea und Hippolyte schlugen nach dem Drakon, der ihnen nachwälzen wollte. Waffenschneiden und Hundezähne bohrten sich in seinen Bauch.

Penthesilea landete einen vernichtenden Schlag gegen das Bein. Brecher zermalmte es anschließend. Der Drakon sank noch mehr ein, während sie Seite an Seite mit Hippolyte zurückwich. Es sah schon aus, als würden sie es ungeschoren zu den Pferden schaffen. Da würgte der Drakon. Er brach einen Schwall an Fäulnis und Feuer hervor.

Die Hunde jaulten auf. Penthesilea spürte, wie Hippolyte sie beiseitestieß. Dann war da Hitze, unbändige Hitze, die über sie hinwegschoss und mehrere Bäume in Brand setzte. Aus dem Augenwinkel sah sie, wie die Pferde sich panisch losrissen. Sie schlug auf dem Boden auf.

Benommen stützte sie sich auf die Ellbogen. Sie erblickte einen ihrer Hunde. Er wand sich winselnd und mit geschwärzter Rüstung vor dem Drakon. Das Feuer hatte ihn erwischt. Er konnte nicht ausweichen, als der Drakon zubiss. Die riesigen Zähne bohrten sich zwischen die Rüstungsteile. Als der Drakon auch noch buckelte und Brecher abwarf, ließen die Hunde mit eingeklemmtem Schwanz von ihm ab.

Penthesilea rappelte sich auf, und ihr Blick fiel auf Hippolyte. Ihre

Schwester lag gekrümmt auf dem Waldboden, von flammenden Bäumen umgeben. Selbst aus der Ferne konnte Penthesilea die Brandwunden auf ihrem Gesicht erkennen.

»Nein.« Sie wollte auf ihre Schwester zu.

Der Drakon war schneller. Er schleifte sein kaputtes Bein nach, als er den Schlangenleib durchs Feuer wuchtete.

Hippolyte biss die Zähne zusammen. Sie hob ihr Schwert und rammte es dem Drakon ins Maul. Der ließ sich davon nicht aufhalten. Die Schwertspitze drang aus seiner Wange heraus, als er seine Zähne in Hippolytes Seite bohrte. Sie gab vor Schmerz einen erstickten Laut von sich.

»Nein! Oh, Göttinnen!«

Panik stieg in Penthesilea auf. Sie sah, wie Hippolyte sich gegen den Drakon stemmte und das Schwert tiefer stieß. Doch ihre Schwester konnte nicht lange durchhalten. Immer mehr Knochen und Gedärme von ihr wurden zerquetscht. Die giftige Fäule des Drakons drang in ihr Blut. Bis Penthesilea bei ihr war, könnte es zu spät sein.

Ihr blieb keine Wahl. Sie richtete ihren Speer aus. Ein tödlicher Wurf mitten durchs Auge, das war ihre einzige Möglichkeit. Ehe sie zögern konnte, sah Hippolyte flehend zu ihr herüber: Tu es!

Sie spannte den Arm an und warf. Der Speer flog, und ihre Angst wurde zu Entsetzen. Denn der Drakon tat etwas völlig Unvorhergesehenes: Er warf den Kopf herum und schleuderte Hippolyte in den fliegenden Speer.

Penthesilea schrie. Sie schrie vor Grauen, weil ihre Waffe nicht den Drakon traf, sondern die Brust von Hippolyte durchbohrte. Ihre Schwester riss schockiert die Augen auf. Sie spuckte Blut, als sie auf dem Boden landete, und rang hustend nach Atem.

Der Drakon wandte sich Penthesilea zu. Brüllend offenbarte er die schwärenden Eier und das Schwert in seinem Rachen. Sie war so heiser, sie hatte keine Stimme mehr. Doch in ihr schrie alles weiter. Sie konnte kaum atmen, zitterte. Tränen brannten in ihren Augen.

*Bleib stark.* Sie schaffte es irgendwie, ihr Schwert zu ziehen. *Du darfst jetzt nicht aufgeben. Kämpf weiter!*

Bevor sie sich auf den nächsten Angriff einstellen konnte, flog der Schwanz durch die Luft. Sie taumelte zurück, sodass sie lediglich die Spitze streifte. Es reichte jedoch, dass der Drakon ihr das Schwert aus der

Hand schlug. Er setzte ihr nach, sie konnte die Waffe nicht mehr aufheben. Sie stolperte zurück. Und dann stieß ihr Fuß gegen etwas. Hippolytes Körper.

Ihr Grauen war so groß, es hätte sie beinahe in die Knie gezwungen. Doch sie blieb aufrecht stehen. Ihre Hände fanden wie von allein den Griff der nächstbesten Waffe, zerrten den Speer aus Hippolytes Brust. Es war purer Überlebensinstinkt, der sie wegsehen ließ, als ihre sterbende Schwester erbebte. Stattdessen richtete sie den Speer aus, auf ihren Feind, um ihn zu fällen.

Schwarzer Geifer tropfte aus dem Maul des Drakons. Er zuckte vor. Doch bevor er angreifen konnte, traf ihn ein Pfeil. Das Geschoss bohrte sich ihm ins verformte Auge. Kreischend warf er den Kopf zurück.

Die Kriegerinnen! Sie ritten brüllend heran. Der Drakon wand sich bei dem Lärm und dem anschließenden Pfeilregen. Myrina, die nun auf Prienes Pferd saß, nahm ihn mit Antianeira unter Beschuss. Lacomache und Clete rasten axtwirbelnd vor. Iphito schwang siern Schwert. In waghalsigen Manövern stieß Priene zu, die als Einzige zu Fuß war. Sie verwirrte den Drakon mit schnellen Speerangriffen von verschiedenen Seiten.

Allen war anzusehen, dass sie der Anblick des Wesens entsetzte. Gramerfüllt schrien jene auf, die Hippolyte am Boden entdeckten. Aber sie zögerten nicht, sich dem Drakon zu stellen.

Penthesilea packte den Griff ihres Speers fester. Sie wollte es ihnen gleichtun.

Brecher kam an ihre Seite. Er humpelte leicht. Aber sein Kampfdurst war keineswegs erstickt. Im Gegenteil, er verzerrte wölfisch sein Gesicht. Hinter ihm waren die anderen Hunde versammelt, die er wieder unter seine Kontrolle gebracht hatte.

Penthesilea musste gar nicht den Angriff befehlen. Die Molossoi stürzten geifernd mit ihr los. Menschen, Hunde, Pferde, in diesem Moment waren sie eine einzige Meute, die nur ein Ziel hatte: den Drakon zu zerreißen.

Klingen und Zähne und Pfeilspitzen suchten nach seinem Fleisch. Schuppen brachen ab. Fauliges Blut floss. Sie kreisten den Drakon immer enger ein. Er schnappte um sich, hilflos angesichts so vieler Angriffskraft.

Schließlich stürzte er, als Iphito ihm den Fuß des demolierten Beines abschlug. Der massige Leib ging rumpelnd zu Boden. Die Hunde ließen dem Drakon nicht die Zeit, wieder hochzukommen. Sie warfen sich auf ihn, kratzend und beißend.

Penthesilea nutzte den Moment. Sie stürmte vor und stieß dem Drakon ihre Waffe in den Schlund, wie Hippolyte es versucht hatte. Diesmal saß der Schlag.

Der Drakon bäumte sich röchelnd auf. Der Speer blieb in seinem Kopf stecken. Er riss ihn mit sich. Im Tod erbrach er eine Lache mit größeren Eiern. Kleine Körper schwammen unter der milchigen Oberfläche. Es war ein schrecklicher Anblick: der speergespaltene Kopf des Vaters im dunklen Meer seiner Totgeborenen.

Niemand jubelte. Es war kein Sieg, dieses arme, gequälte Tier getötet zu haben. Und sie hatten einen fürchterlichen Preis dafür bezahlt.

Penthesilea ließ den toten Drakon liegen. Nun, da der Kampf vorbei war, kehrte ihr Schwächegefühl zurück. Sie wankte mit jedem Schritt heftiger. Die Flammen um sie wuchsen. Sie kam an dem toten Hund und Myrina vorbei, die ihrem hoffnungslos verrenkten Pferd die Kehle durchschnitt. Eine Stimme sagte ihr, dass sie vor dem Feuer fliehen mussten, in die Nässe des Nebels. Es blieb nicht viel Zeit für Trauer.

Die Kriegerinnen des Sternstammes hatten sich um Hippolyte versammelt. Iphito hielt sie in den Armen und heulte herzzerreißend. Lacomache riss jammernd an ihren Haaren. Auch die anderen Amazonen gaben Laute des Kummers von sich.

Penthesilea fiel auf die Knie. Sie nahm die schlaffe Hand ihrer Schwester in ihre. Hippolytes Seite war völlig zerbissen. Gedärme quollen aus dem zerfetzten Fleisch. Ihr Gesicht hatte eine graue Farbe angenommen. Grell hob sich das Blut auf ihren Lippen ab, das sich verteilt hatte, als der Speer durch ihren Oberkörper geschlagen war.

Penthesilea konnte nicht mehr. Wimmernd vor Schmerz brach sie zusammen. »Es tut mir leid.« Sie schluchzte so kläglich, sie erkannte ihre eigene Stimme nicht mehr. »Ich wollte das nicht. Es tut mir so leid.«

Sie war in diesem Moment keine Königin, sondern ein kleines, verängstigtes Mädchen, das nicht aufhören konnte zu weinen. Die Kornfelder waren verbrannt. Orithyia und Antiope lagen verblutet darin, nun auch Hippolyte. Schwarze Schmetterlinge saßen auf den Leichen. Melanippe stand daneben, Tränen auf ihrem Gesicht, und versuchte wahnhaft, ihre Hände zu säubern. Penthesilea konnte ihr nicht helfen, denn ihre eigenen Hände waren beschmutzt. Blut klebte an ihnen. Hippolytes Blut, von dem sie sich nie würde reinwaschen können.

# DRITTER GESANG,
# VON KRIEG SEHENDEN

# IX. DIE PROPHEZEIUNG

## Areto

Areto konnte kaum schlafen. Sie flüchtete sich in Schreib- und Hausarbeit, damit der Schatten oder ihre Gedanken an Clete, die nun mit den Königinnen unterwegs war, sie nicht überwältigen konnten.

»Oh, Phileas.« Sie stöhnte mit Blick auf die sinkende Sonne. »Was machst du nur?«

Er kam nicht nach Hause. Unruhig ging sie zwischen der Küche und ihrem Schreibtisch umher, kehrte zum dritten Mal und versucht sich auf alle möglichen Arten zu beschäftigen. Sie war mehr als erleichtert, als Callistus zum Kochen kam wie versprochen.

»Mach dir keine Sorgen«, sagte er, während er Gemüse putzte und sie Gewürze anröstete. »Phileas ist nun ein junger Mann. Es ist nicht ungewöhnlich, wenn er nach einer Feier länger wegbleibt. Er hat bestimmt nur eine gute Zeit.«

Areto hatte keinen Zweifel daran. Eigentlich sorgte sie sich nicht um ihren Sohn, der gut auf sich selbst achten konnte. Sie wollte nur nicht allein sein im Haus.

Als Callistus mit ihr am Tisch saß, lockerten sich ihre verspannten Schultern. Sie aßen reichlich vom Eintopf und scherzten miteinander. Areto fühlte sich mit jedem Lachen befreiter, bis sie wirklich glaubte: Ja, es wurde besser. Sie redete sich so müde mit ihm, dass sie endlich schlafen konnte.

Irgendwann erwachte sie von einem Türknarzen. Das Tappen von Füßen ließ sie wissen, dass Phileas heimgekommen war. Sie ging ihm entgegen, eine brennende Lampenschale in der Hand, und fragte: »Na? Hast du Themiskyra unsicher gemacht?«

Er ließ von den Tiegeln ab, durch die er sich gewühlt hatte, und fuhr sich durchs Haar. »Entschuldige, Mutter. Ich wollte dich nicht wecken. Weißt du, wo wir Wundsalbe haben? Mir tut alles weh.«

Breitbeinig, wie er dastand, konnte sie sich denken, warum.

»Wo genau brennt es denn?«

Er wand sich verlegen. »Ähm, du weißt schon«, sagte er und deutete auf seine untere Körperhälfte. »Alles, alles brennt.« Die Situation war ihm sichtlich peinlich, er grinste aber auch von einem Ohr zum anderen.

»Ich verstehe. Du hast es wirklich ernst gemeint mit der Nacht deines Lebens. Ich hoffe, ihr habt euch alle schön mit Kuhblasen geschützt. Nicht, dass du mir krank wirst oder ein paar Mädchen geschwängert hast.«

Sein Grinsen erstarb. »Mutter!«, rief er und blies die Backen auf, als wollte ihm der Kopf platzen. »Natürlich haben wir das. Wo denkst du hin?«

Sie lächelte verschmitzt. »Dann ist ja alles gut.« Mit dem Finger zeigte sie auf einen der Tiegel. »Die Wundsalbe ist da oben. Ich hole sie herunter, damit du dich nicht quälen musst.«

Er nahm den Tiegel dankbar entgegen. Dann zog er seinen Rock aus und machte sich stöhnend daran, sein Gesäß einzusalben. Areto ließ ihn kurz alleine, um einen weiteren Tiegel zu holen.

»Hier.« Sie stellte ihn neben Phileas auf dem Tisch ab. »Benutz das beim nächsten Mal. Es gleitet nicht nur gut, sondern kühlt auch.«

Sein Blick ging unschlüssig zwischen ihr und dem Tongefäß umher. Die Frage, warum Areto ein solches Mittel brauchte und ob er das überhaupt wissen wollte, stand ihm deutlich ins Gesicht geschrieben. Dann lächelte er jedoch.

»Danke schön.« Er ließ sich von ihr auf dem Weg zur Schlafstatt stützen und fragte: »Wie ist es dir in der Zwischenzeit ergangen?«

Sie schwieg sich zu Clete aus, erzählte aber von Callistus und ihren Plänen. Phileas schien mit vielem gerechnet zu haben, doch nicht damit. Vor lauter Erstaunen wanderten seine Augenbrauen so hoch, sie verschwanden fast in seinen Haaren.

»Du willst Callistus heiraten?«

»Ja. Hast du etwas dagegen?«

»Überhaupt nicht.« Er setzte sich vorsichtig auf sein Bett. »Ich fände es toll, mit ihm zu leben. Aber liebst du nicht Clete?« Wo Callistus taktvoll geschwiegen hatte, konnte Phileas sich nicht zurückhalten. So war ihr Sohn eben.

Areto drückte ihm einen Kuss auf die Stirn. »Mir steht es auch verheiratet frei, Clete zu lieben. Sie muss dazu nicht Teil meiner Familie sein. Manchmal ist es besser, nicht dem eigenen Herzen zu folgen, sondern das Sinnvollste zu tun.«

Phileas sah nicht überzeugt aus, widersprach aber nicht. Als sie ein Fell über ihn zog, sagte er: »Es würde mir wirklich gefallen, Callistus zum Vater zu haben.« Er schwieg einen Moment lang. »Mein Vater war kein guter Mensch, oder? Sonst hättest du ihn nicht getötet.«

Areto hielt inne.

»Ein schlechter Mensch«, fuhr er leise fort, »lässt sich wohl nicht lieben. Tut es weh, ein Kind mit so jemandem zu haben? Ich meine ...« Er traute sich nicht, es auszusprechen.

»So einfach ist es nicht, mein Stern. Dein Vater war weder ein schlechter noch ein guter Mann.« Sie spürte einen Kloß in ihrem Hals. »Aber ja, es tat weh. Mehr, als du dir vorstellen kannst.« Er sah sie bekümmert an, und sie strich ihm über den Kopf. »Du bist nicht dafür verantwortlich. Es ist Vergangenheit.«

»Siehst du ihn manchmal in mir?«

»Nein. Nie. Wenn ich dich anschaue, sehe ich einen jungen Mann, auf den ich stolzer nicht sein könnte.«

Das entlockte ihm wieder ein Lächeln. »Ich bin auch stolz, dass meine Mutter eine solche Kämpferin ist.«

Bei diesen Worten wurde ihr warm ums Herz. Sie taten gut, weil sie sich selbst nicht als Kämpferin sah.

Er drehte sich auf die Seite, schloss die Augen und sagte: »Gute Nacht.«

»Gute Nacht, Phileas.«

Sie wollte sich gerade in ihr eigenes Bett legen, da murmelte er schläfrig: »Ich würde Callistus gerne in der Familie haben. Aber heirate ihn nur, wenn du es willst. Ich möchte, dass du glücklich bist.«

Ehe sie etwas erwidern konnte, schnarchte er vor sich hin. Wie Areto dem gleichmäßigen Atem ihres Sohnes lauschte, wurde sie selbst wieder müde. Sie ließ sich ins traumlose Reich der Schatten gleiten, freundliche Schatten diesmal, die ihr nichts antun wollten.

\* \* \*

Sie wusste nicht, wie lange sie geschlafen hatte, als sie Phileas ächzen hörte. Weit hinten in ihrem Kopf schwirrte der Gedanke, dass ihm wohl sein schmerzender Hintern zu schaffen machte. Dann schrie er auf.

Areto war mit einem Schlag wach. »Phileas?« Sie tastete nach der Lampenschale, hörte ein Rumsen. »Was ist los?«

Es gelang ihr endlich, ein Licht anzuzünden. Phileas war aus seinem Bett zu Boden gefallen. Er lag schwer atmend auf dem Rücken, die Finger in sein Haar gegraben.

»Ah«, krächzte er. »Da war eine Schlange. Eine riesige, tote Schlange, und ...«

Areto tappte auf ihn zu. »Hattest du einen Albtraum?«

Er sprang auf, wich zurück, bis er gegen die Wand stieß. »Nein. Es war kein Traum. Da lagen drei Mädchen im blutigen Kornfeld. Ihre Schwestern standen daneben –«

»Phileas, das war nicht echt. Du bist zu Hause. Es ist alles gut.« Sie wollte sich nach ihm ausstrecken.

»Nein, nein.« Er ließ sich nicht beruhigen, wehrte ihre Hand ab. »Ich glaube, es ist jemand gestorben.«

Langsam bekam sie es mit der Angst zu tun. Sie kannte ihren sonst unbeschwerten Sohn so nicht. »Warum glaubst du das?«

»Ich ... ich weiß es einfach.« Er stolperte an Areto vorbei, die vergeblich versuchte, ihn zurückzuhalten. »Ich kann nicht hierbleiben. Ich muss nachsehen!«

Er rannte aus dem Zimmer. Sie hetzte ihm nach, griff im Lauf nach dem Mantel, der auf ihrer Kleidertruhe lag, und warf ihn sich um die Schultern. Phileas nahm sich nicht für dergleichen die Zeit. Er lief im Nachtrock, mit nackten Füßen auf die Straße.

Sie folgte ihm überstürzt und rief: »Komm zurück!«

Die Strahlen der aufgehenden Sonne tauchten die Stadt in Gold. Der wolkenlose Himmel hätte eigentlich einen schönen Tag versprochen, und darum war der Anblick am Horizont umso erschreckender. Rauchschwaden. Sie zogen in der Ferne auf, wo die heiligen Wälder von Artemis lagen.

»Oh nein«, hauchte Areto.

Da erklangen Trompeten, die zur Volksversammlung riefen. Sie bangte um Clete und alle, die mit ihr ausgezogen waren. War ihnen etwas auf dem Pfad der Königinnen geschehen? Ihr kamen Phileas' Worte in den Sinn, dass jemand gestorben sein könnte, und die Angst um Clete ließ ihr Herz schmerzhaft stolpern.

Während sie ihrem Sohn nachlief, erwachte die Stadt von den Trompetenklängen. Die Leute kamen heraus und strömten zum Stadion, wo vor Kurzem gefeiert worden war. Dort hatte sich bereits eine kleine

Gruppe versammelt. Eine seltsam dunkle Stimmung hing über allem, und die Leute tuschelten.

»Verzeihung, ich muss hier vorbei.« Sie kämpfte sich durch die dichter werdende Menge, bemüht, Phileas nicht aus den Augen zu verlieren. Schließlich, im Stadion angelangt, blieb er stehen. Areto holte ihn keuchend ein, wobei sie den Grund für die Versammlung erblickte. Die Königinnen waren zurück. Sie standen zusammen mit der Hohepriesterin Melanippe erhöht auf einer Tribüne. Selbst aus der Ferne fielen Areto die dunkel verschmutzten Rüstungen und wirren Haare auf. Penthesilea war von ihren Hunden umgeben, die Kriegerinnen, die sie begleitet hatten, waren ebenfalls anwesend. Sie hatten vor der Tribüne Stellung bezogen, zu Pferde, die Köpfe gesenkt. Areto suchte mit ihrem Blick die Reihen nach Clete ab, konnte sie nicht sogleich finden. Sie war dermaßen um die Kriegerin besorgt, sie bemerkte erst im zweiten Moment, dass jemand anderes fehlte.

»Königin Hippolyte«, stieß Phileas hervor. »Wo ist sie?«

Areto hatte keine Antwort, und sie fürchtete sich vor ihr. Phileas nahm sie an der Hand. Seine Finger zitterten.

Sie beobachtete, wie die Hohepriesterin Penthesilea in die Arme nahm. Der Moment, den sich die Schwestern hielten, schien ewig zu dauern. Schließlich ließ Penthesilea los und rief für alle hörbar: »Königin Hippolyte ist tot.«

Die Menschen riefen durcheinander. Die Sonnenkönigin Myrina tat einen Wink. Einige Kriegerinnen ritten daraufhin vor. Ihre Pferde schleiften etwas Massives nach, das sie zuvor in ihren Reihen versteckt hatten.

Areto erkannte zunächst nicht, um was es sich handelte, so verformt und dreckbesudelt war es. Dann begriff sie, dass es ein Kopf war. Ein riesiger, schlangenartiger Kopf, dem Eier aus den Augen faulten.

»Wir wurden auf dem Pfad der Königinnen von diesem Drakon angegriffen«, sagte Penthesilea. »Hippolyte hat den Kampf gegen ihn nicht überlebt.«

Areto starrte sie entsetzt an, wie alle Anwesenden. Der Tod einer Königin. Das schlimmste Zeichen, das der Suchtrupp hatte finden können. Alle Mondstämmigen mussten in diesem Moment dasselbe denken: Die Göttinnen haben unsere Königin verlassen. Penthesilea, die Schwester um Schwester verlor und immer noch keine Erbin geboren hatte.

»Ich wusste es«, flüsterte Phileas. Seine Finger entglitten ihren, als er auf die Knie fiel und das Gesicht in den Händen barg. »Ich wusste, dass Hippolyte stirbt. Ich habe es in meinen Träumen gesehen.«

Areto stützte ihn überfordert an den Schultern.

Nun trat die Hohepriesterin Melanippe vor und sprach mit dem Volk. »Der Tod einer Königin ist stets ein böses Omen.« Ihre Stimme bebte, als sie auf den Drakon deutete. »Es sind aber besonders schlimme Zeichen, die ich hier sehe. Keine Krankheit dieser Welt kann ein altehrwürdiges Wesen wie einen Drakon derart zugrunde richten. Hier war größere Macht im Spiel – göttliche Macht.«

Die Menschen raunten furchtvoll ob der Möglichkeit, dass die Göttinnen ihnen zürnen könnten. Areto suchte wieder mit ihrem Blick die Reihen ab, und da entdeckte sie endlich Clete. Ihre Freundin war leicht zu übersehen gewesen, gebeugt in den hinteren Reihen, mit trauerverzerrtem Gesicht.

Als sie sich anschauten, stieg Clete ab. Es schien, als wolle sie zu Areto laufen. Doch dazu kam es nicht. Zuvor schoss ein Licht vom Himmel herab, heiliges Licht, dessen Anblick Areto den Atem raubte.

Mit einem Mal war es still. Alle starrten die silberhäutige Gestalt an, die plötzlich erschienen war. Sie hatte den Mond zurückgebracht, der nicht mehr im Morgenlicht dahinschwand, sondern wie eine Krone über ihrem Kopf schwebte. Mit der linken Hand hielt sie einen Bogen. Er war mondsichelförmig und aus Silber. Der Streitwagen, den sie fuhr und der von zwei jungen Hirschen gezogen wurde, bestand aus purem Gold. Die Tiere hatten prächtige Geweihe, doch noch größer und beeindruckender war ihr eigenes, das aus ihrem Helm wuchs und sich schwarz über ihrem Kopf verzweigte.

Artemis. Die göttliche Amazone war gekommen. Sie zeigte sich in ihrer Kampfform als *Artemis Kynthia*, die personifizierte Jagd.

Areto fiel neben Phileas auf die Knie. Er war vor Ehrfurcht erstarrt. Auch die anderen Volksleute, die Kriegerinnen und sogar die Königinnen knieten nieder. Gar die Molossoi legten sich hin.

»Artemis«, brachte Penthesilea hervor. »Was führt Euch zu uns, Höchste der Hohen? Der Krieg in Troja ...«

Die Göttin stieg vom Streitwagen. Das Licht des erstarkten Mondes folgte ihr und verfing sich in ihrem Geweih. Ihr mannhaftes Gesicht war verhärtet. Sie ging mit schleppenden Schritten. Trotz ihrer Schwächung strahlte sie Stärke aus, was nicht zuletzt an ihrer prunkvollen Rüstung lag. Von der Mondgöttin Selene hatte sie ihre lunaren Kräfte, die sie wie eine Aura umhüllten. Vor Urzeiten, als Zeus und die anderen Göttlichen die Titanen gestürzt hatten, war Artemis diejenige gewesen, die Selene unterwarf. Seitdem war sie in der Lage, den Wagen des Mondes zu fahren und seine Macht als silbernes Gewand anzulegen.

»Ich konnte nicht in Troja bleiben«, sagte Artemis mit einer Stimme, die leuchtend war wie ihre ganze Erscheinung. »Nicht bei dem furchtbaren Schmerz, der mich dort ereilte. Ich habe den Tod einer weiteren großen Amazone gespürt – den Tod von Hippolyte.«

Die Kriegerinnen wichen auf ihren Pferden zurück, damit sie zu dem Kopf des Drakons schreiten konnte. »Es ist, wie die Hohepriesterin sagt.« Artemis packte den Drakon an der Mähne. Als würde er nichts wiegen, hielt sie ihn in die Höhe. Schwarze Galle tropfte aus dem Maul, das von einem Schwert und einem Speer zerhackt war. »Ihr habt euch göttliche Feinde gemacht, Volk der Amazonen.«

Penthesilea fragte bestürzt: »Was sagt Ihr?«

Zornerfüllt ließ Artemis den Kopf fallen, der ihr vor die Füße klatschte. »Ja, ich bin mir sicher. Jemand hat den Leib des Drakons vergiftet, damit er euch Königinnen in Raserei tötet. Wegen derselben Hinterhältigkeit ist auch Aegea ihrem Unglück erlegen.«

»Welches Unglück?« Die Sonnenkönigin Myrina trat vor, wobei der gelbe Umhang von ihrer hohen Figur wehte. »Was ist meiner Schwester geschehen?«

Die Wut der Göttin verrauchte kurz, als sie bekümmert den Kopf neigte. »Ich bringe euch die Kunde, dass Aegea tot ist. Auf der Fahrt nach Troja ist ihr Schiff im Sturm versunken. Die ganze Besatzung hat es in die Tiefe gerissen.«

Myrina taumelte wie von einem Schlag. Entsetzte Rufe drangen aus der Menge, während die Sonnenschwestern in wehleidiges Geschrei ausbrachen. Areto konnte sich nicht rühren, so groß war das Grauen, mit dem sie zuhörte. Sie erinnerte sich noch an ihre Verwunderung darüber, dass Königin Aegea mit ihrem Heer übers Meer aufgebrochen war.

Die Amazonen besaßen keine Flotte wie die Griechen. Ihre Stärke waren ihre Pferde, mit denen sie übers Land zogen, um zu erobern. Aber von Libyen ging der kürzeste Weg nach Troja übers Meer. Also hatte

Königin Aegea sich mit Piraten zusammengetan. Sie und ihre Kriegerinnen sollten tot sein, ohne Troja erreicht zu haben? Areto wollte es nicht glauben.

»Wer war es?« Myrina zitterte vor Wut. »Wer hat meine Schwester umgebracht?«

»Mein Oheim«, antwortete Artemis. »Es kann nur Poseidon, der Herrscher des Meeres, sein. Niemand sonst vermag den Segen meines Bruders Apollon, der Seefahrende schützt, aufzuheben. Und die beiden sind Feinde im Krieg. Indem Poseidon Aegea und ihre Armee hinterrücks tötete, hat er sich nicht nur gefährlicher Verstärkung entledigt, sondern auch meinen Zwilling beleidigt.«

Myrina brüllte: »Vergeltung!« Sie schlug mit der Faust auf den Boden. »Ich will Vergeltung für meine Familie!«

Die Sonnenschwestern schrien zustimmend.

Nun flackerte auch in Penthesileas Augen Zorn auf. »Wir Amazonen können das nicht hinnehmen. Die Griechen müssen dafür bluten!«

Ihre Hunde begannen zu bellen, während Artemis sprach: »Ja, bringt Blut über die Griechen und ihre Götter.« Sie bleckte die Fangzähne. »Wenn ihr sehen könntet, wie sie Bestien gleich über die Frauen und Kinder der Besiegten herfallen. Es macht mich krank. Ich kann es nicht mehr sehen! Ich kann es nicht mehr spüren! Die halbe Welt schreit in Qualen, weil meinesgleichen sie im Stich lassen. Meuchler und Diebe und Ungeheuer regieren, während alle Ehre stirbt. Es darf so nicht weitergehen.«

Ein dunkler Sog entstand in der Menge, der Areto mitzureißen drohte. Sie stützte Phileas weniger, als dass sie sich an ihm festhielt. Der Geist von Artemis fuhr in jede Frau, auch in sie. Alles um und in ihr wollte Krieg.

Melanippe, die die ganze Zeit regungslos zugehört hatte, mischte sich ein. »Ihr beschwört eine Zukunft herauf, wie sie größer nicht sein könnte, Artemis. Doch ich kann sie nicht sehen. Was, wenn hinter dem Nebel des Ungewissen kein Sieg, sondern unser Verderben wartet?«

Artemis schaute ihr ins zweifelsvolle Gesicht. »Du siehst die Zukunft nicht?« Auf Melanippes Nicken hin sagte sie: »Das habe ich befürchtet. Wenn ich geschwächt bin, müssen auch deine Kräfte schwinden. Verzeih mir, dass ich dich nicht eher aufgesucht habe.« Sie nahm Melanippes Hand, die Finger der Hohepriesterin verschwanden in ihren. »So höre, was ich bei den Moiren gesehen habe. Du magst nicht Bilder von mir empfangen können, doch ich kann dir von ihnen berichten. Sag uns, wie du sie deutest.«

Artemis erzählte, wie sie die Moiren besucht hatte, die das Morgen weben. In dem bunten Schicksalsfaden sah sie allerlei Dinge verflochten.

Ein Mädchen formte sich aus Blitz und Donner. Bei ihrem Erscheinen erschütterte sie die Erde. Der Rand der Welt zerbrach. Ein dreiköpfiges Pferd erhob sich in der zurückbleibenden Finsternis. Mit jedem Schritt entstanden Quellen unter seinen Hufen, flüssiges Gold, das jegliches Land überzog.

Melanippe keuchte. »Es ist wirklich unsere Zukunft. Viele mögliche Enden liegen vor uns. Manche bedeuten Sieg, andere Tod und eine die Gewalt der Amazonen über die gesamte Welt.« Kein Skrupel war mehr in ihrem Blick, nur lodernde Entschlossenheit. »Ein Mädchen aus Blitz und Donner. Ohne Zweifel ist sie eine Erbin von Zeus. Sie wird der Schlüssel zu unserem Sieg sein. Der brechende Weltenrand ist die Mauer von Troja, und das dreiköpfige Pferd steht für die vereinten Amazonenstämme. Die Stadt wird fallen, doch nicht durch die Griechen. Sie wird sich uns Amazonen ergeben. Wenn wir sie einnehmen, wird es der Anfang eines goldenen Zeitalters.«

Als Myrina das hörte, hob sie ihren Schild und rief: »Wir Sonnenschwestern sind bereit, für diese Zukunft zu kämpfen!«

Penthesilea schloss sich ihr an, indem sie ihr Schwert zog und verkündete: »Rache für Aegea, Hippolyte und all unsere Waffenschwestern. Wir werden nicht ruhen, bis es Blut für ihr Blut gegeben hat!«

Ihre Hunde schnappten, während Melanippe die Faust zum Himmel hob.

»So ist es prophezeit«, sagte Artemis. »Nehmt euch die Welt, meine Amazonen. Bezwingt sie, wie ihr Menschen und Götter auf die Knie zwingen werdet!«

Alle brachen in Begeisterungsstürme aus. Das Gedränge wurde so heftig, Areto fürchtete, darin unterzugehen. Sie wollte Phileas wegzerren, aber es gab kein Durchkommen.

»Wäre ich nur nicht verletzt«, fuhr Artemis fort. »Was gäbe ich darum, euren Feldzug zu leiten. Doch meine verbliebenen Kräfte reichen nicht dafür aus. Der Krieg zehrt an ihnen und meinem Verstand. Drum will ich der Stärksten von euch einen Teil meiner Kraft geben. Sie soll euch zum Sieg und in eure Zukunft führen.«

Die Menschen brüllten durcheinander. Es schien, als hätten viele eine gute Vorstellung davon, wer die Stärkste sei. Die Namen aller möglichen Kriegerinnen und der beiden Königinnen fielen. Auch Areto kam jemand in den Sinn: Clete. Es konnte nur Clete, die größte Jägerin, sein.

Sie sah zu ihr hinüber. Clete stand noch immer an derselben Stelle. Sie wirkte seltsam verloren zwischen den Menschen, die sich um sie scharten.

Artemis begann, die Reihen abzuschreiten. Ihr Blick schweifte suchend umher. Sie ließ die Königinnen stehen, ging auf Clete zu ... um dann an ihr vorbeizutreten.

»Du«, sagte Artemis. »Du bist diejenige.«

Die Menge verstummte. Allerorts atmeten die Leute scharf ein. Areto sah sich verwirrt um, begriff nicht, auf wen Artemis zeigte.

Phileas wich erbleichend vor ihr zurück. »Mutter, was ...?«

Da wurde Areto klar, dass sie selbst gemeint war. Artemis wies auf sie. Zunächst bekam sie kein Wort heraus. Erst als die Menge sich vor ihr teilte, um Artemis durchzulassen, gewann sie ihre Sprache zurück.

»Ah ... das ... Nein! Das ist nicht möglich, hohe Göttin.« Artemis ging ungerührt weiter. Je näher sie kam, desto mehr glaubte Areto, von deren Macht erdrückt zu werden. »Ihr ... ihr sagtet doch, ihr würdet die Stärkste suchen. Ich bin keine Kriegerin.« Ihre Stimme überschlug sich. »Haltet ein! Bitte. Ihr müsst Euch irren.«

Artemis betrachtete sie aus schmalen Augen.

»Seht mich doch an. Ich bin niemand. Eine einfache Schreiberin und Mutter.«

Die Göttin hörte nicht hin.

»Ja«, sagte sie. »Du bist es.«

Areto stand starr vor Schreck da, als Artemis die Hand hob. Die silbernen Finger schlossen sich um einen Augapfel. Mit einem Ruck zerrte die Göttin ihn sich aus dem Gesicht. Es war nicht rotes Blut, das aus der leeren Augenhöhle floss, sondern schwarzer Ichor. Jener dunkle Saft, der beim Verzehr von Ambrosia übrig blieb.

»Mit diesem Auge gebe ich dir einen Teil meiner Kräfte. Du wirst damit mehr sehen als jede andere Sterbliche. Außerdem kannst du auf meine Pfeile zurückgreifen, die stets treffen.«

Areto konnte sich nicht rühren. Es war, als erlaube Artemis es ihr nicht. Der Blick des Auges, das die silbernen Finger umschlossen, hielt sie an Ort und Stelle fest. In der hellen Iris leuchteten Gestirne.

Artemis stieß ohne Vorwarnung ihr Auge in das von Areto. Es war nur ein kurzer, scharfer Schmerz. Schlimmer fühlte sich an, was innerlich mit Areto geschah. Ihr rechtes Auge löste sich unter der Macht von Artemis auf. Sie glaubte, dass die Göttin durch den Kopf bis in ihr Herz schmolz und alles in ihr verdrehte. Einen Moment lang wusste sie nicht mehr, wer und wo sie war. Das silberne Auge sah nicht nur nach vorne, sondern auch in sie, in ihre hintersten Gedanken.

Areto schrie. Sie taumelte und kniff ihr Silberauge zu. Unwirklich scharf sah sie mit ihm, dass es wehtat und ihr schlecht davon wurde.

»Nutze deine neuen Kräfte gut«, sagte Artemis. »Die Amazonen brauchen dich.«

Schwer atmend versuchte Areto, ihre Panik zu unterdrücken. Sie sah durch ihr Menschenauge verschwommen, wie die Göttin zum Streitwagen zurückkehrte. Artemis ging ohne ein weiteres Wort. Ein harter Befehl, das Aufbäumen ihrer Hirsche, ein silbernes Leuchten, und sie war fort. Der Mond verschwand mit ihr, sodass nur noch Morgen zurückblieb.

Areto saß reglos im Staub. Sie war allein. Alle hatten Abstand von ihr genommen, sogar Phileas. Die fassungslosen Blicke spürte sie umso mehr. Sie kauerte sich zusammen, die Hand auf das göttliche Auge gepresst, und wagte nicht aufzusehen.

Alles in ihr schrie: Warum ich?

# X. LÖWINNENMUT

## Clete

Das war unmöglich. Warum Areto?

Clete sah entgeistert mit an, wie Artemis verschwand. Zurück blieb ein desorientiertes Volk. Einige Leute bestürmten Areto, die auf dem Boden zusammengesunken war. Sie presste sich die Hand aufs Gesicht, wo Artemis ihr Auge gelassen hatte.

Clete konnte selbst aus der Ferne die Angst in ihrem Blick erkennen. Areto kam auf die Füße, taumelte mehr, als dass sie ging. Die Hände vors Gesicht geschlagen, lief sie davon.

»Areto!«, rief Clete.

Während sie zu ihrem Pferd stürzte, hörte sie Penthesilea rufen: »Lasst diese Frau nicht wegkommen. Bringt sie zu mir, Kriegerinnen!«

Clete zog sich entschlossen in den Sattel. Sie würde nicht zulassen, dass jemand anderes Areto zuerst erreichte. Ehe die anderen Kriegerinnen losrennen oder aufsitzen konnten, sprengte sie die Menge mit ihrem Pferd. Sie ritt Areto nach, die in die Seitengassen von Themiskyra stolperte. Sie war so kopflos, dass sie mehrere Passanten umrannte.

»Warte, Areto!«

Ihre Freundin blieb stehen. Clete glaubte zunächst, dass Areto sich nach ihr umschauen wolle. Dann sah sie, wie deren Knie nachgaben. Noch im Ritt schwang Clete sich vom Pferd. Sie landete auf beiden Füßen und fing Areto auf, bevor diese stürzte.

»Bleib ruhig. Panik hilft dir nicht weiter.«

Die Worte schienen nicht zu Areto durchzudringen. Sie atmete heftig, als würde sie gewürgt.

Clete legte ihr die Hand auf die Stirn. Areto glühte. Der Tempel von Apollon war nicht weit, vielleicht gäbe es dort Linderung für sie. Der Zwilling von Artemis war Gott aller Künste, so auch der Heilung.

»Ich bringe dich in Sicherheit«, versprach Clete.

Areto war noch nicht ganz bewusstlos. Sie klammerte sich instinktiv fest, als Clete sie aufhob und sie beide aufs Pferd hievte.

»So ist es gut. Schön festhalten.«

Clete ignorierte die Gaffenden um sich herum und das nahende Hufgetrappel. Sie gab ihrem Pferd die Schenkel, das sogleich zum Tempel preschte. Zwei, drei Abzweigungen, dann ragte das weiße Dach über den Häusern empor.

Als sie die breiten Stufen hinaufritten, atmete Areto kaum. Clete trieb ihr Pferd zu noch mehr Eile an, raste an kunstvoll bemalten Vasen und Tempeldienern vorbei, die verschreckt zurückwichen.

»Verzeiht. Das ist ein Notfall!«

Wasser floss an den schlangenartig gebauten Tempelgängen entlang. Es wurde vom Thermodon in die Mitte des Gebäudes geleitet. Pflanzen, die in unnatürlicher Perfektion wuchsen, überzogen die Wände. Die Farben ihrer Blüten ordneten sich zu geometrischen Mustern an. Das sanfte Spiel einer Kithara und der Gesang eines Knaben erfüllten die Luft. Diese Laute durften nie im Tempel verstummen. Es musste stets Musik und Gemurmel von Leben spendendem Wasser zu Ehren von Apollon geben.

Fast war es frevelhaft, wie die Pferdehufe auf dem Boden donnerten. Clete ritt auf die Mitte des Tempels zu, wo sich das Wasser in einem Becken sammelte. Darin stand eine Statue des Gottes. Sie zeigte ihn in seiner lichtesten Gestalt als *Phoibos Apollon*.

Ein Kranz aus Lichtstrahlen krönte ihn. Langes Haar wallte um das androgyne Gesicht. Aus seinem Rücken sprossen Schwanenflügel, die sich wie ein Gewand um seinen sonst nackten Körper legten. Er war ein Bild von einem Mann, die Verkörperung griechischer Ideale in Schönheit und Kraft.

Welche Ironie, dass er als Zwilling von Artemis zu den wenigen Gottmännern gehörte, die den Amazonen Schutz gaben. Er stützte sich auf ein Goldschwert, dessen Griff Schlangen umrankten – Gift, das Tod oder Genesung bringen konnte, je nachdem, was sein Wille war.

Clete betete um Letzteres. »Halte durch!«

Sie brachte ihr Pferd zum Stehen, schlang die Arme um Areto und sprang ab. Inzwischen hielt sie nur ein schlaffes Bündel. Die einzige Kraft, die Areto noch besaß, war in ihrer Hand, die sie um ihr rechtes Auge krampfte.

Clete stürzte zum Wasser. Sie watete durch die Wellen, die ihr bis zu den Knien reichten, zur Statue. Das Wasser zu Apollons Füßen leuchtete von den Gifttropfen, die sein Schwert hinabperlten.

»Hier«, sagte Clete und lehnte Areto gegen den Sockel der Statue. »Trink das.«

Sie schöpfte das Wasser mit den Händen, träufelte es der Fiebernden auf die Stirn und versuchte, es ihr einzuflößen. Areto öffnete keuchend die Lippen. Sie schaffte es, mehrere Schlucke zu trinken, atmete danach leichter. Apollon hatte beschlossen, ihre Pein zu lindern.

»Was ...?«, krächzte Areto. Der Griff um ihr Auge wurde noch härter, als Clete versuchte, ihn zu lösen. »Nein! Tu das nicht.«

Clete strich ihr beruhigend übers Gesicht. »Alles gut. Ich will nur dein Auge verbinden.«

Sie ließ Areto ungern los, legte sie ab, sodass ihr Kopf auf dem Beckenrand zu Apollons Füßen ruhte. Dann lief sie in einen der Nebenräume. Sie wusste, dass hier irgendwo Verbandszeug gelagert wurde. Es war immerhin der Tempel des Heilgotts. Eigentlich suchte sie eine seiner Priesterinnen, aber im Herzen des Gebäudes war keine anwesend. Wahrscheinlich waren alle bei der Versammlung. Zum Glück wurde Clete auch ohne Hilfe in der nächstbesten Kammer fündig. Eine Verbandsrolle im Arm, eilte sie zurück.

Diesmal ließ Areto ihre Hand wegnehmen. Sie zitterte leicht, als Clete ihr den Verband ums Auge befestigte. Es war, als würde damit eine riesige Last von ihr abfallen. Der Blick ihres Menschenauges klärte sich.

»Apollon und den Göttinnen sei Dank.« Clete konnte nicht anders, als sie erleichtert zu küssen. »Du hast mir solche Sorgen bereitet.«

Areto lehnte sich in den Kuss. Fast Hilfe suchend drängten ihre Lippen gegen die von Clete. Sie hielten sich eine Weile lang, ohne ein Wort zu sagen.

»Clete«, brachte Areto schließlich heraus. Ihr Blick ging umher. Sie schien sich erstmals bewusst zu werden, dass sie im Apollon-Tempel war. »Was ist passiert?«

»Ich weiß es nicht«, gestand Clete.

»Artemis. Ihre Prophezeiung. Das Auge. Bitte sag mir, dass alles ein böser Traum war.«

Sie schwieg bedrückt.

»Nein.« Areto fasste sich an die provisorische Augenbinde. Als sie diese berührte, verzerrte sich ihr Gesicht. Tränen und Wassertropfen glänzten an ihren Wimpern. »Warum hat Artemis das getan?«

»Das wüsste ich auch gerne. Hast du eine Ahnung, warum sie dich als Stärkste erwählt hat?«

»Nein. Ich kann mir das nicht erklären –«

Sie konnten sich nicht weiter besprechen, denn es erklangen Schritte. Die Hohepriesterin Melanippe trat in den Tempel, gefolgt von Phileas und einer verärgert wirkenden Antandre. Die Stratega musste sich ihnen auf dem Weg angeschlossen haben. Ihr liefen mehrere Kriegerinnen nach.

»Schildhaut!«, blaffte Antandre. »Was glaubst du, was du hier tust?«

Clete nahm Haltung an, wobei sie Areto mit auf die Füße zog. »Sie brauchte Heilung. Also habe ich sie hergeführt.«

»Du hast dich dem Befehl deiner Königin widersetzt. Er lautete, ihr die Frau zu bringen, nicht, nach eigenem Gutdünken zu handeln.«

Clete biss sich auf die Zunge. So gut sie konnte, hielt sie dem Blick der Stratega stand. Sie rechtfertigte sich nicht. Es gab keine Entschuldigung für ihr Verhalten.

Antandre schüttelte den Kopf. »Kaum bin ich ein paar Stunden unpässlich, haben sich meine Kriegerinnen nicht mehr unter Kontrolle.« Sie grollte: »Lass sie los.«

Clete tat widerwillig, wie befohlen.

Areto schaffte es glücklicherweise, sich alleine auf den Beinen zu halten. Sie wand sich unter dem harschen Blick von Antandre und schob eine nasse Haarsträhne hinter ihr Ohr.

Melanippe trat vor. »Ich grüße dich, Areto. Dein Sohn hat mir deinen Namen verraten.«

Cletes Blick fiel auf Phileas, welcher der Hohepriesterin nachschlich. Sie hatte ihn schon mehrmals bei Areto gesehen und als einen aufgeweckten Jungen in Erinnerung. Nun wirkte er verunsichert. Er sah zu Areto hinüber. Es schien, als wolle er ihr etwas sagen, doch traue sich nicht, die Stimme zu heben.

»Lass mich dich ansehen«, sagte Melanippe.

Die Kriegerinnen stellten sich zu einer Reihe auf, während sie Areto umkreiste. Alle warteten schweigend ab, was die Hohepriesterin zu sagen hatte.

Die blieb schließlich stehen. »Es ist unfassbar. Du scheinst mir eine ganz gewöhnliche Frau zu sein. Ich sehe keinerlei Zeichen an dir, die auf Segen oder eine göttliche Herkunft hindeuten. Und bei deinem hellsichtigen Sohn ist es nicht anders. Warum habt ihr nur diese Kräfte erhalten?«

»Hellsichtig?«, fragte Areto.

Da platzte es aus Phileas heraus. »Ich habe Melanippe alles erzählt, Mutter. Von meinen Träumen. Sie sagt, dass ich mit ihnen die Zukunft lesen kann.«

Clete konnte nicht glauben, was sie da hörte. Phileas, ein Sehender? Normalerweise verschenkte Apollon die Gabe der Hellsicht nicht einfach. Er machte nur Menschen sehen, die er favorisierte. Es klang, als wäre Phileas von seinen Kräften überrascht worden, und dem sollte nicht so sein.

»Du kannst nicht sehen«, flüsterte Areto. »Nicht du.«

Furcht lag in ihrer Stimme. Clete wusste, warum: Ein harter Weg war Sehenden bestimmt. Ihre Gabe zerrüttete Körper und Geist gleichermaßen. Von den Fäden des Schicksals gefesselt zu sein und durch die Augen von Göttlichen zu sehen hieß, am Abgrund des Irrsinns zu tanzen.

»Sorg dich nicht«, sagte Melanippe. »Ich werde deinen Sohn den Umgang mit seinen Kräften lehren. Was aber mit dir geschehen soll, weiß ich nicht –« Sie verstummte, als gleißendes Licht den Raum durchflutete.

Clete drehte sich um. Sie sah, dass die Statue von Apollon zum Leben erwacht war. Das Leuchten ging von seiner Haut aus, die nun golden war wie die Sonne. Alles an ihm glänzte, bis auf seine Augen, welche die durchgehende Schwärze eines Raben besaßen. Als er vom Sockel trat, wich Clete zurück. Sie zog instinktiv Areto mit sich.

»Meine Schwester ist grausam«, sagte er mit einer Stimme, die so leuchtend war wie die von Artemis. »Euch in solcher Ungewissheit zurückzulassen.«

Clete starrte ihn atemlos an. Nicht einmal Artemis war ihr so nahe gekommen. Er stand nur wenige Schritte entfernt auf dem Wasser, das ihn trug, als wöge er nichts.

»Hoher Apollon.« Areto suchte Cletes Nähe, wie Halt suchend. »Bitte, helft uns. Ihr müsst Eure Schwester Artemis besser kennen als irgendwer sonst. Warum hat sie mich erwählt und all dies getan?«

Melanippe schloss sich an. »Ja, helft uns. Wir finden keine Erklärungen für Artemis' Verhalten.«

Apollon verengte die schwarzen Augen zu Schlitzen. »Eben dafür bin ich gekommen, um euch zu sagen, was mit meiner Schwester geschieht.

Zumindest, soweit ich es beurteilen kann.« Er ließ die Schultern sinken.

»Sie ist dem Wahnsinn verfallen. Seit wir in Troja kämpfen, wird sie immer empfänglicher für den Schmerz der Frauen und Kinder. Er verzehrt sie.«

»Das spielt keine Rolle«, entgegnete Melanippe. »Wir Amazonen werden es halten, wie wir es immer getan haben, und unsere Feinde zerschmettern.«

Apollon nickte. »Das habe ich mir gedacht.« Ein dunkler Schimmer legte sich auf seine Flügel, als wollten sie sich dunkel färben. »Ich kämpfe mit euch, für meine Schwester und die Rache. Auf dass Poseidon bereut, meinen Schutzsegen gebrochen und Aegeas Amazonen getötet zu haben.«

Er ging mit schwebenden Schritten übers Wasser.

»Du«, sagte er und wies auf Areto, »bist aus irgendeinem Grund von meiner Schwester erwählt worden. Auch ich kann nicht sagen, warum. Dies herauszufinden ist eure Aufgabe.«

Er tat einen Wink mit der Hand. Als hingen daran unsichtbare Fäden, zog es Phileas zu ihm. Apollon umfasste dessen Kinn, eine seltsam besitzergreifende Geste.

»Und du, Phileas«, sagte Apollon, »wurdest von mir auserkoren. Schon länger wollte ich dich mit meiner Kraft segnen. Nun musst du für Melanippe sehen, die nicht mehr durch das schmerzblinde Auge meiner Schwester in die Zukunft blicken kann. Findet gemeinsam das Schicksal von Areto.«

Phileas nickte, wie ein verschrecktes Reh schauend.

Clete bemerkte, dass Areto neben ihr erschauderte. So, wie Apollon Phileas berührte, war es kein Wunder. Fast erwartete sie, die Mutter in Areto würde hervorbrechen und sich auf den Gott stürzen.

Es hieß, dass Apollon nur jenen hellseherische Kräfte lieh, an denen er persönlich Gefallen fand. Dabei machte er keinen Unterschied zwischen Frauen und Männern, Mädchen und Knaben. Einige munkelten, er verdränge so die Liebe zu Artemis, von der er hoffnungslos besessen sei.

»Schließlich«, sagte Apollon und ließ Phileas los, »bist da noch du, große Jägerin.«

Clete stockte der Atem. »Ich, Apollon?«

»Ja. Ich sah bei den Moiren, dass dein Schicksalsfaden mit dem von Areto verknüpft ist. Schütze sie.« Clete verneigte sich stumm. »Dies ist eure Pflicht: zusammen für eure Sache zu streiten. Zieht gen Troja, folgt euren Visionen, findet das Mädchen aus Blitz und Donner.«

Ein neues Gleißen blendete Clete. Als sie wieder sah, war Apollon fort. An seiner statt blieben nur die Statue und die von ihm auferlegte Mission. Areto bebte in ihrem Arm, wie von einer schweren Bürde.

»Dann wissen wir jetzt, was zu tun ist«, sagte Melanippe. »Zum Palast!«

\*\*\*

Der Gang vorm Thronsaal war leer. Niemand hörte Clete, als sie frustriert schreiend die Wand malträtierte. Sie schlug zu, bis ihre Knöchel wund waren und aufzuplatzen drohten.

»Verflucht noch eins.«

Das Bild der furchterfüllten Areto wollte ihr nicht aus dem Kopf gehen. Schnaufend lehnte sie ihre Stirn an die Wand und ließ sich zu Boden sinken. Areto war in eben diesem Moment im Thronsaal, um den Königinnen Rede und Antwort zu stehen. Clete sollte als ihre Leibwache zwar in der Nähe bleiben, ihre Anwesenheit war jedoch nicht erwünscht. Es machte sie rasend, untätig herumzusitzen.

Sie streckte sich fahrig nach ihrer Streitaxt aus, die an der Wand lehnte. Der Anhänger, den Areto ihr geschenkt hatte, baumelte vom Griff. Sein violettes Leuchten hatte etwas Tröstendes, das Clete wie magisch anzog. Ehe sie ihn berühren konnte, hörte sie eine vertraute Stimme: »Hier bist du.«

Sie schaute auf und in die rot verweinten Augen von Iphito. Schrecklich grau sah sier aus, als hätte sie tagelang nicht geschlafen.

»Du bist es, tanzendes Schwert«, sagte Clete. »Was führt dich hierher?«

Iphito setzte sich zu ihr an die Wand, sodass sie Schulter an Schulter waren. »Ich streife umher auf der Suche nach Ablenkung. Mein Herz ist für alles andere zu schwer.«

Clete traute sich kaum, zu fragen: »Wie geht es dir und den anderen vom Sternstamm?«

»Schlecht. Was sonst?« Iphito rieb sich über die geröteten Augen. »Es ist so unwirklich, Schildhaut. Den einen Moment feiern wir die Heilige Jagd, im nächsten ist unsere Königin tot. Einfach so.«

Clete schaute siern mitfühlend an.

»Wir wissen nicht, wie es weitergehen soll. Hippolyte hat keine Thronfolgerin mehr bestimmen können. Also werden die Sternstämmigen jemanden wählen müssen.«

»Habt ihr eine Idee, wer es werden könnte?«

»Nein. Lacomache hat vorläufig das Kommando übernommen, weil wir ohne Stratega hergekommen sind und die meisten sich für sie aussprachen. Aber sie tut es nur widerwillig, und der Verlust von Hippolyte hat sie tief getroffen. Ich habe auf dem Weg hierher gesehen, wie sie ihren Männern weinend in den Armen lag. Kannst du dir das vorstellen? Dass Lacomache, die Bronzefaust, weint?«

Das konnte Clete in der Tat nicht.

»Es ist grausam«, sagte sie, »wie schnell die Welt aus den Fugen geraten kann. Du glaubst, deine Bestimmung als Kriegerin zu kennen, und immer wieder hinterfragt dich der Tod. Er ist nicht immer ehrenvoll. Dann stehst du an den Gräbern von Waffenschwestern, die schmählich gehen mussten, mit dem Gefühl, versagt zu haben.«

Iphito fragte leise: »War es auch damals so? Als Orithyia gestorben ist?«

Clete musste gar nicht darüber nachdenken. Es tat selbst heute noch weh. Sie nickte.

»Ich habe gehört, sie soll eine größere Königin gewesen sein als all ihre Schwestern zusammen«, fuhr Iphito fort. »Wie gerne wäre ich mit ihr und Hippolyte im Gefolge geritten. Meine Königin ... Sie war die mutigste und ehrvollste Frau, die ich kannte. Niemand hat einen Platz in den Sängen mehr verdient.« Ein Zittern überlief sieren Körper. »Ich habe sie geliebt, Clete. Mehr als Mensch und Mensch sich lieben können. Sie war mein Grund, zu sein. Verstehst du?«

Das tat Clete. Sie verstand so gut.

Sie erinnerte sich daran, wie sie als junges Mädchen ihren Körper im Gymnasion gefordert hatte. Orithyia sah aufmerksam zu. Clete trieb sich zu immer besserer Leistung an, gierig nach deren Anerkennung. Sie hatte nichts mehr gewollt, als dieser Frau zu gefallen, die eine Göttin für sie gewesen war.

* * *

»Gib alles«, sagte Antandre. »Zeig Königin Orithyia, dass du ihrer würdig bist.«

Clete sah zu ihrer Muhme – nein, Stratega – auf. Es war wohl besser, wenn sie aufhörte, von ihr als Familie zu denken. Die Hand, die Antandre ihr auf die Schulter gelegt hatte, drückte nicht ermutigend, sondern fordernd zu.

»Ja, Stratega«, sagte Clete.

Sie atmete flach vor Aufregung, als sie sich mit den anderen Mädchen in einer Reihe aufstellte. Die meisten waren in Cletes Alter, manche jünger. Keine hatte mehr Frühlinge erlebt, als sich an zwei Händen abzählen ließ. Alle trugen luftige Gewänder, die Bewegungsfreiheit erlaubten.

Sie waren als Einzige übrig. In den letzten Wochen waren immer mehr Mädchen auf den Übungsplätzen aussortiert worden, bis es nur noch zwanzig gegeben hatte. Und selbst von diesen würde lediglich die Handvoll, bei denen Königin Orithyia das größte Potenzial sah, für die Mondgarde ausgebildet. Nur die Besten kamen dorthin.

Antandre, die sich an den Eingang des Gymnasions gestellt hatte, rief: »Kniet vor der Königin!«

Dann kam Orithyia herein. Es war das erste Mal, dass Clete sie von Nahem sah. Die Königin war größer, als sie es sich je ausgemalt hatte. Wahrscheinlich reichte Clete ihr gerade an die Hüfte. Die Nacht glomm in Orithyias Augen und Haar, das ihre riesenhafte Gestalt umflog.

Clete sah sie atemlos an. Sie konnte nicht wegschauen. Da war etwas an Orithyia, das sie faszinierte, eine Stärke, die sie sich selbst wünschte.

Als sie gegen die anderen Mädchen antrat, fiel der Blick der Königin immer wieder auf sie. Clete fühlte sich von ihm angetrieben. Sie lief schneller, sprang weiter, schlug härter zu. Die Anstrengung schien übermenschlich und kein Ende nehmen zu wollen. Doch am Ende trat sie keuchend und schweißüberströmt vor Orithyia.

»Ich grüße dich, Kriegerin.« Die Königin klang gütiger als erwartet. Sie kniete sich hin, sodass sie mit Clete auf Augenhöhe war, und sagte: »Du hast gut gekämpft.«

Clete schluckte Tränen hinunter. Dass Orithyia sie als Kriegerin ansprach, bedeutete, dass sie es geschafft hatte. Sie hatte sich bewiesen. Eines Tages würde sie in der Garde dienen, Seite an Seite mit den größten Amazonen.

»Antandre hat nicht untertrieben«, sagte Orithyia. »Du hast den Löwinnenmut deiner Mutter. Ich habe sie in dir gesehen.«

Clete wandte fast den Blick ab. Sie wollte nicht mit dieser Frau verglichen werden, die sie nicht mehr als ihre Mutter ansah. Dieser Sippenmörderin.

»Aber anders als sie willst du helfen. Mir ist aufgefallen, dass du die anderen Mädchen getröstet und sie wieder auf die Füße gezogen hast, wenn sie sich verletzt haben. Und das, obwohl sie deine Rivalinnen sind.«

Clete war nicht bewusst gewesen, dass sie das getan hatte. »Ich habe nicht drüber nachgedacht«, gestand sie. »Ich weiß nicht, warum ich geholfen habe. Vielleicht wollte ich nicht nur zuschlagen. Es erschien mir nicht richtig.«

Wahrscheinlich sollte sie das, wenn sie eine Kriegerin sein wollte, nicht sagen. Aber es war die Wahrheit. Clete hasste die Momente, in denen sie der Drang nach Gewalt übermannte, das Blut des Kriegsgottes, mit dem ihre Mutter sie gesäugt hatte. Sie hasste ihre frühesten Erinnerungen, in denen sie ekstatisch mit ihrem Bruder Insekten zerriss. Bevor sie auch Menschen quälte, wollte sie ihre Kraft anders einsetzen. Sie *musste* sie anders einsetzen, und nur jemand wie Orithyia konnte ihr helfen, sich selbst zu kontrollieren.

»Das ist gut«, sagte die Königin, und Clete atmete erleichtert aus. »Aber du musst achtgeben. Wenn du ausschließlich damit beschäftigt bist, andere zu schützen, machst du dich verwundbar. Du musst auch auf dich selbst Rücksicht nehmen.«

Clete versteifte sich. Bedeuteten diese Worte nichts Gutes? Hatte Orithyia Zweifel an ihr? Die Königin wandte sich ab, und ihr Herz wurde schwer.

Aber es schien, als wäre ihre Sorge unbegründet. Als sie das Gymnasion verließen, war Antandre gelassen. Die Augen, um die sich Fältchen kräuselten, glänzten gar. Clete hielt es für den Ansatz eines Lächelns. Antandre hatte noch nie viel gelächelt, seit dem Tod ihrer Schwester tat sie es gar nicht mehr.

Clete hätte es gerne für sie getan, aber Orithyias Worte hallten noch in ihr. Achtete sie nicht auf sich? Machte sie das schwach? Wenn dem so war, dann wollte sie es nicht. Ihre Mutter war schwach gewesen, hatte ihre Kräfte nicht unter Kontrolle gehabt.

»Stratega«, sagte sie leise. »Versprecht Ihr mir, dass ich nicht wie meine Mutter werde?«

Antandre warf ihr einen überraschten Blick über die Schulter zu. Der Abendregen, der sie draußen empfing, verschleierte ihr Gesicht.

»Das kann ich dir nicht versprechen, denn es liegt nicht in meiner Macht. Du allein bist dafür verantwortlich.« Clete wollte schon den Kopf sinken lassen, da fügte Antandre hinzu: »Aber ich befehle es dir als deine Stratega. Sei besser, als deine Mutter es war. In jeder Hinsicht.«

Ihre Worte klangen ungewohnt sanft. Sie gaben Clete den Mut, erhobenen Kopfes weiterzugehen und sich nach Antandre auszustrecken.

»Verstanden, Stratega.«

Sie bemühte sich, hart zu klingen, wie sie es sich bei einer Kriegerin vorstellte. Aber als sie sich am Rockzipfel von Antandre festhielt, war sie schutzbedürftig.

Clete wartete auf Schelte, die nicht kam. Die Stratega ging einfach weiter. Am Ende hatte sie nichts bemerkt. Aber Clete wollte das nicht glauben. Vielleicht hatte Antandre doch ein Herz und erlaubte ihr diesen schwachen Moment. Der gütige Regen schirmte sie von der Welt und den Blicken der Göttinnen ab.

Clete schloss die Augen, ließ sich von Antandre mitziehen und spürte, wie sie bis auf die Haut durchnässt wurde. Fleisch aus dem Fleisch ihrer Mutter. Sie genoss diesen Moment, in dem ihr Körper einfach nur war und sie nicht anfeindete. In den kommenden Jahren würde sie ihn der Mondgarde übergeben. Clete konnte nicht abwarten, ihren Eid in ihn zu schneiden. Dem Thron wollte sie sich geloben und ihm ihr Blut schenken, denn es war Gift und sonst nicht von Wert.

# XI. BLUT FÜR BLUT

## Penthesilea

In ihrem Thron aus Holz und Elfenbein zurückgelehnt, stützte Penthesilea das Kinn in eine Hand. Sie hörte Melanippe zu, die von ihrer Begegnung mit Apollon erzählte. Was der Gott geraten hatte, mit der Auserwählten von Artemis und dem sehenden Phileas zu tun, und dass er um die geistige Versehrtheit seiner Schwester fürchtete.

»Wahnsinn?«, zischte Myrina, die neben Penthesilea stand. »Das wurde auch über unsere Ahninnen gesagt, die zu den Waffen griffen. Artemis ist nicht wahnsinnig, sondern im Recht!«

Penthesilea sagte nichts dazu. Während die andere Königin den Mund verzog, ruhte ihr Blick auf der Frau, die in der Mitte des Thronsaals kniete. Areto.

Die Erwählte von Artemis sah alles anderes als beeindruckend aus. Sie schlang zitternd die Arme um sich. Ihr Chiton war völlig durchnässt. Eine schlecht sitzende Binde verhüllte die rechte Gesichtshälfte. Darunter verbarg sich das Auge von Artemis.

An Aretos Seite war Melanippe, neben der wiederum der junge Sehende – Phileas – stand. Antandre und Priene hatten sich mit mehreren Kriegerinnen im Thronsaal verteilt, die Speere gezückt. Nie zuvor hatte es eine derart dunkle Stimmung in diesen Hallen gegeben. Die Luft war dick vor Anspannung.

»Ich danke für den Bericht, Hohepriesterin.« Penthesilea sah mitleidig auf das frierende Häuflein Elend vor sich. »Bevor wir weitermachen, bringe ihr jemand einen Mantel.« Ein Diener holte das gewünschte Kleidungsstück herbei. Areto nahm es mehr als dankbar entgegen. Während sie sich in den Stoff hüllte, sagte Penthesilea: »Ich hätte nie gedacht, dass wir uns einmal unter kriegerischen Umständen wiedersehen. Du arbeitest als Schreiberin, nicht wahr?«

Areto nickte.

»Ich habe noch vor Augen, wie du Orithyia gegenübergetreten bist, den Kopf deines Mannes in den Händen. Ein Jammer, dass aus dir keine Kriegerin geworden ist.« Penthesilea musterte sie eingehend. »Aber Orithyia lag wohl nicht falsch damit, dich bei den Amazonen aufzunehmen. Sie muss etwas in dir gesehen haben, das ich nicht erkennen kann. Artemis wird dich auch nicht grundlos gewählt haben.«

Areto schwieg weiterhin, und Penthesilea erhob sich von ihrem Thron.

»Sag mir: Wirst du für die Amazonen kämpfen, wie die Göttin es dir bestimmt hat?«

Areto fragte gegen: »Habe ich denn eine Wahl?«

Sie klang hoffnungslos. Nein, von einer Wahl ließ sich nicht sprechen. Es war ja nicht so, als könne sie einfach das Auge zurückgeben und alles wäre wie zuvor.

»Was ist das für eine Frage?«, erboste sich Myrina. »Du sprichst, als wären die Kräfte von Artemis kein Segen. Andere würden dafür töten!«

Areto senkte den Blick. Bei der anschließenden Befragung blieb sie wortkarg. Gleich, ob Myrina mehr über Areto oder Melanippe über deren Träume wissen wollte, es lieferte ihnen keine Erkenntnisse. Dahin gehend blieb es auch erfolglos, Phileas zu befragen.

»Ich sehe schon«, sagte Penthesilea und unterdrückte ein Seufzen. »Kriegerinnen, eskortiert Areto und ihren Sohn sicher nach Hause.«

Myrina starrte sie verdutzt an.

»Warum?«, sprach Melanippe aus, was die Sonnenkönigin denken musste. »Wir können nicht früh genug anfangen, die beiden zu schulen und Strategien mit ihnen zu –«

Penthesilea brachte sie mit einer unwirschen Handbewegung zum Verstummen. »Das mag sein. Davor gibt es jedoch andere Dinge für uns zu tun. Hippolyte muss bestattet und das Heer aufgestellt werden.« Sie sah abwechselnd Areto und Phileas an. »Bis dahin will ich euch die Zeit geben, eure Situation anzunehmen.«

Melanippe sagte nichts. Stumm ging sie mit den Kriegerinnen hinaus, als diese Areto und Phileas wegführten. Ihr Blick sprach jedoch Bände: Tun wir das Richtige? Penthesilea wusste es nicht.

»Artemis macht es uns nicht leicht«, meinte Myrina. »Wenn sie nur nicht diese Frau und stattdessen eine Kriegerin erwählt hätte. Der Junge ist auch zu unbedarft.«

»Sie werden schon mit ihrem Schicksal umgehen. Sie *müssen* es tun.« Müde sah sie Myrina an. »Ich denke, auch Ihr wollt um Eure Schwester Aegea trauern? Nehmt Euch die Zeit bis zum Begräbnis.«

»Trauern? Ich wünschte, ich könnte es. Doch ich fühle nichts als Wut. Es gibt keinen Leichnam, von dem ich Abschied nehmen kann. Nur die

Botschaft von ihrem Tod, eine Lücke in den Liedern.« Myrina schüttelte den Kopf. »Aber zumindest meinen Kriegerinnen sollte ich Trost geben.«

So fühlte auch Penthesilea. Nichts blieb außer Wut und Verständnislosigkeit. Sie waren ihre Begleiterinnen, auch als Myrina längst den Thronsaal verlassen hatte.

\* \* \*

Hippolyte war überall im Palast. Sie wartete in den Zimmerecken, manchmal von Orithyia oder Antiope begleitet, und rief: »*Penthesilea!*« Sie konnte nicht vor ihren Schwestern fliehen. Selbst, wenn sie versuchte zu schlafen, lauerten die drei im Dunkel ihrer Augenwinkel. Sie brachten Erinnerungen an bessere Tage, wie sie im Palast getobt und mit Holzwaffen Übungskämpfe ausgetragen hatten.

»*Komm, Penthesilea!*«

Weil die Stimmen ihr den Schlaf unmöglich machten, verließ sie ihre Gemächer. In den Mantel der Nacht gekleidet, wanderte sie durch die Flure des Palastes. Nur ab und zu erhellte eine Fackel ihren Weg. Sie brauchte kein Licht. Ihre Finger, die über die Wände strichen, ertasteten alles, ob gegenwärtig oder vergangen.

Es war verrückt, doch sie glaubte, Hippolyte spüren zu können. Als wäre deren Seele noch hier. Aber wann immer sie sich nach ihr ausstrecken wollte, bekam sie nichts zu fassen als Erinnerungsfetzen.

»Oh, Hippolyte.«

Sie kam an dem Liliengarten in der Mitte der Palastanlage vorbei. So viel hatte sich an diesem Ort abgespielt. Sie hatte hier beobachtet, wie Hippolyte zum ersten Mal einen Jungen küsste. Jahre später hielt ihre Schwester sie fest, als Penthesilea ihr gestand, dass Ares ihr eine Tochter verwehrt hatte. Dieselbe Umarmung gab sie Hippolyte zurück, als sich herausstellte, dass diese niemals Kinder bekommen würde.

»Ich bin so töricht. Ein Teil von mir hofft immer noch darauf, aufzuwachen. Dass alles nur ein böser Traum ist und du zu mir zurückkehrst ... zu uns.« Sie dachte an Melanippe, und wie diese vor Schmerz geschrien hatte, als Penthesilea mit der toten Hippolyte heimkam. »Doch das wird niemals geschehen. Hat Ares recht? Bin ich eine Königin der Gräber? Verflucht, zuzusehen, wie meine Schwestern dahinsiechen?«

Sie glaubte, dass sich etwas zwischen den Lilien regte. Ein Kopf tauchte daraus auf, der Kopf von Hippolyte. Sie weinte Tränen aus Blut, die sich weitläufig auf den Blüten verteilten. Penthesileas Bürde.

Sie hatte es weder Myrina noch den Kriegerinnen, die sie in die heiligen Wälder von Artemis begleitet hatten, gestanden. Nicht einmal ihrer Schwester Melanippe. Penthesilea behielt für sich, dass ihr eigener Speer Hippolyte durchbohrt hatte. Die Wunde fiel nicht auf unter all jenen, die die Zähne und Pranken des Drakons gerissen hatten.

Niemand sonst durfte es wissen. Sie musste diese Blutschuld tilgen, denn Sippenmord war das schlimmste aller Verbrechen. Ihr Volk war schon jetzt wegen Hippolytes Tod zerrissen. Wie schlimm würde es sein, wenn es die ganze Wahrheit erführe?

Sie sah auf Hippolytes Kopf, wagte nicht, mit ihr zu sprechen. Sie wusste, wenn sie es tat, redete sie sich um den Verstand. Also sah sie zu, wie dem Kopf ein Leib folgte, zerbissen, von einem Speer durchbohrt. Er wälzte sich in den Lilien, so orientierungslos, wie ihre Schwester im Jenseits einkehren würde.

»*Komm*«, sagte Hippolyte mit Lippen, die sich monoton grau bewegten. »*Ich weiß nicht, wohin ich muss. Komm mit mir!*«

*\*\*\**

Penthesilea arrangierte die Bestattung, besprach sich mit ihrer Stratega Antandre, richtete ihre Hunde ab. Die ganze Zeit war sie auf die eine oder andere Art beschäftigt und stand doch dabei neben sich, als wäre sie nicht wirklich anwesend.

Hippolyte kam immer näher. Anfangs hatte sie nur aus dunklen Ecken geäugt. Dann tauchte sie dicht hinter Penthesilea auf, flüsterte ihr unverständliche Worte ins Ohr. Es war Folter.

Sie fühlte sich völlig entkräftet, als sie sich zu dem Lagerhaus nahe der Nekropole aufmachte. Der Weg dorthin war eigentlich schön, führte durch die Gänge des Palastes, einen Teil des Gartens und verwinkelte Gassen. Heute erschien Penthesilea alles farblos, von kaltem Wind totgeschleift.

Sie trat über die Schwelle des Lagerhauses, ein schmuckloses steinernes Gebäude. Im Vorbeigehen nickte sie den Wachen zu, die vor der Tür standen. Das Innere empfing sie mit muffig riechender Düsternis.

»Ich grüße dich, Schwester«, sagte Melanippe, die ihr am Eingang entgegenkam. Ihr Zopf und ihre seidene Aufmachung wirkten noch perfekter als sonst, wohl ein Versuch, ihren Verlustschmerz zu überspielen.
»Du siehst geschafft aus.«
Kein Wunder, alles war verkehrt und nichts rechtens. Aber Penthesilea verbiss sich eine trockene Bemerkung. »Was habt ihr herausfinden können?«
»Es ist, wie ich es sagte: Die Verformungen des Drakons sind nicht natürlich. Weder den Heilerinnen noch den Hexen ist so etwas jemals untergekommen. Wir haben Hekate Opfer gebracht und versucht, ihre Magie an ihm auszuüben. Doch es war nicht möglich. Hier sind enorm große Mächte am Wirken.«
»Und der Ägypter? Was sagt er?«
Eigentlich oblag die Untersuchung Melanippe und ihren Heilerinnen. Aber Myrina hatte sich dafür ausgesprochen, den Magier ebenfalls einen Blick auf das missgestaltete Tier werfen zu lassen. Die Ägypter hatten eine andere kultische Verbindung zu den Toten. Vielleicht konnte er durch die Augen seiner Gottheiten Dinge sehen, für die Amazonen blind waren.
»Er ...« Melanippe zögerte. »Am besten siehst du es dir selbst an.« Sie wies ins Innere des Gebäudes, und Penthesilea ging tiefer hinein.
Die kargen Wände säumten Gefäße mit Salben, Harzen und Ölen zur Einbalsamierung. In den kühlen Nebenräumen wurden Därme und Knochen gelagert, die in Ritualen oder verarbeitet als Heilmittel Verwendung fanden.
Ein steinerner Tisch erhob sich im Zentrum des Lagerhauses. Der Kopf des Drakons lag darauf, Haut und Mähne fein säuberlich vom Schädel geschnitten. Sie lagen neben ihm aufgereiht, wie auch mehrere Schüsseln voll Galle und Eiern. Das Schwert und der Speer, die in seinem Maul gesteckt hatten, waren entfernt. Die Sonnenkönigin Myrina stand an dem Tisch und betrachtete nachdenklich die Überreste, eine Ader trat auf der kahlen Seite ihres Kopfes hervor. Sie hob den Blick, als Penthesilea hinzutrat.
»Da seid Ihr ja«, sagte Myrina und deutete auf den Mann neben sich. »Ihr habt ihn schon gesehen, aber noch nicht näher vorgestellt bekommen. Dies ist Teremun. Er dient als Magier in meinem Heer.«
Sie betrachtete den Ägypter einmal von Kopf bis Fuß. Während der

Feierlichkeiten war er ihr mit seiner scheuen Art kaum aufgefallen. Seine leicht krumme Haltung kannte sie sonst von Leuten, die viel mit Papyrus arbeiteten.

Nun, da sie ihn näher besah, fiel ihr sein gutes Aussehen auf. Sie hatte noch nie dermaßen gepflegte Haut gesehen. Der schwarze Strich um die Augen saß tadellos. Ebenso ausgesucht war seine Kleidung. Er trug ein langärmeliges weißes Gewand aus mehreren Lagen, von bunten Tüchern und Bändern zusammengehalten. Bei jeder seiner Bewegungen klimperten die vom Stoff herabhängenden Perlen.

Ein schönes Gesicht hatte noch nichts zu bedeuten, doch sie sah mehr: Bissmale am Hals und die Abdrücke von Fesseln an seinen Handgelenken. Dann war da die Art, wie er sich in Myrinas Gegenwart bewegte. Devot, doch nicht angstvoll. Die Tatsache, dass er seine Male offen zeigte, ließ Penthesilea glauben, dass sie ihm nicht gegen seinen Willen zugefügt worden waren. Am Ende war er es gewesen, der die eine Nacht so lustvoll in Myrinas Gemach gebettet hatte.

»Ich grüße dich, Teremun«, sagte Penthesilea.

Er neigte den Kopf, und Myrina sagte: »Teremun spricht nur die ägyptische Zunge. Ich weiß, Ihr seid dem kaum mächtig. Also werde ich übersetzen.«

Er begann zu sprechen. Seine Stimme war so kratzig, wie sich Weihrauch im Hals anfühlt. Beim Reden gestikulierte er mit den Händen, dass seine langen Fingernägel durch die Luft schnitten.

»Eine böse Macht hat diese Kreatur gequält«, fing Myrina an zu übertragen. »Ich sprach mit Osiris und Isis, die über das Jenseits herrschen. Auch den schakalköpfigen Anubis befragte ich, der die Totenriten und Mumien bewacht.«

Teremun wies auf ein Fässchen, das neben dem Kopf des Drakons stand. Es war bis zum Rand mit dunkler Flüssigkeit gefüllt.

»Ihnen allen ist jene Macht nicht bekannt. Drum halfen sie mir, eine Essenz aus dem verendeten Tier herzustellen, auf dass ich sie erprobe und Wissen für die Totengötter sammle. Wenn Ihr mir dies im Kampf gegen die Griechen erlaubt, so wollen sie euch Amazonen unterstützen.«

Penthesilea sah auf den Krug. »Ich nehme an, jene Essenz befindet sich darin?« Nachdem Myrina übersetzt und Teremun genickt hatte, sagte sie: »Zeig mir, wie sie wirkt.«

Er goss ein paar Tropfen in eine Schale mit Wasser, die neben dem

Krug bereitstand. Dann zauberte er etwas aus seinem Gewand hervor. Es war ein Palmzweig. Er warf ihn in die Schale.

Zunächst geschah nichts. Dann begann sich die Pflanze dunkel zu färben. Die Auswüchse des Zweiges verschrumpelten und verdrehten sich. Penthesilea beobachtete es fasziniert, während Melanippe scharf einatmete.

»Wir können dies gegen unsere Feinde einsetzen«, sagte Myrina. »Es ist wie ein Gift, das alles Leben tötet. Die Menge, die wir haben, reicht nicht für ein ganzes Heer, aber doch für mehrere Dutzend Menschen.«

Penthesilea runzelte die Stirn. »Ohne Zweifel ist das eine mächtige Waffe. Sie ist jedoch auch ehrlos. Nur Feiglinge und Hochmütige arbeiten mit Totenmagie.«

»Ich verstehe Eure Bedenken. Wir täten wohl gut damit, ein solch bösartiges Mittel zu vernichten. Doch wenn wir gegen Helden und ihre Götter ziehen wollen, brauchen wir etwas gegen sie in der Hand.«

Zu Penthesileas Überraschung stimmte Melanippe zu: »Es ist nicht feige, sich der Magie zu bedienen, wenn sie die eigenen Nachteile im Feld ausgleicht.«

»Ebendies.« Myrina legte eine Hand in Teremuns Nacken. »Der Sieg wird immer noch den Amazonen gehören. Teremun wird nur dafür sorgen, dass wir stärker auftreten. Er wird unsere Pfeile in Gift tauchen und seine Götter uns in Nebel hüllen lassen. Und wenn es an der Zeit ist, findet seine Essenz Verwendung.«

Penthesilea gefiel etwas an der Sache nicht. Es war vielleicht der stechende Blick, mit dem Teremun sie auf einmal musterte.

»Wir besprechen das mit unserer Stratega. Melanippe wird die Essenz verwahren. Bei ihr als Hohepriesterin ist sie sicher vor Missbrauch.«

Sie sah Melanippe an, dass ihr das nicht gefiel. Niemand sonst bemerkte wohl das Zucken der Lippen. Aber Penthesilea kannte ihre Schwester zu gut.

»So sei es«, sagte Myrina und nickte. »Denkt gut darüber nach, wie wir kämpfen wollen.«

Teremun versiegelte sorgfältig das Fässchen. Er gab es in eine kleine, mit Stroh ausgelegte Truhe, die auf dem Tisch bereitstand. Anschließend reichte er sie Melanippe. Die nahm das Behältnis mit ärmelbedeckten Händen an sich. Als sie Penthesilea hinausbegleitete, war mit jedem ihrer Schritte zu hören, wie die Essenz schwappte.

»Meine Dienerschaft darf es nicht für mich verwahren?«, fragte Melanippe.
»Nein. Ich kann nur dir damit trauen.«
»Welche Ehre. Da habe ich so viel Schlaflosigkeit wegen Hippolyte und dem Drakon, und nun darf ich mich auch ob todbringender Magie sorgen.«
»So zynisch kenne ich dich nicht.«
»Verzeih.« Melanippe stellte kurz die Truhe ab, um sich die Schläfen zu reiben. »Ich bin nicht nur schlaflos, sondern auch erschöpft. Zynismus ist das Einzige, was meinen Körper noch arbeiten lässt.«
Bei diesen Worten wurde Penthesilea bewusst, wie müde sie selbst war. Die Schrecken der letzten Tage drohten sie zu überwältigen. Ihre Knie gaben nach. Sie wollte schon Halt an der Wand suchen, als Melanippe sie am Arm festhielt. Ihre Schwester zuckte zusammen, wohl, weil ihre wunden Finger beim Zupacken schmerzten.
»Penthesilea! Alles in Ordnung?«
Mit sanfter Gewalt löste sie Melanippes Hand von ihrem Arm. »Entschuldige, ich wollte dich nicht ängstigen. Ich war nur kurz erschöpft.«
»Du hast kaum gegessen und geschlafen in den letzten Tagen, nicht wahr? Vielleicht solltest du dich bis zum Begräbnis ausruhen. Ich kann bis dahin deine Pflichten übernehmen.«
»Aber du brauchst selbst Ruhe.«
»Ich komme schon zurecht.«
Die Schuldgefühle wogen schwer auf ihr. Sie wollte widersprechen, merkte aber, dass ihr die Kraft dazu fehlte. »Danke«, sagte sie.

\*\*\*

Als sie die Augen schloss, rechnete sie damit, von Hippolyte zu träumen. Aber es war nicht ihre Schwester, die sie im Schlaf wiedersah. Stattdessen begab sich Penthesilea auf Reisen.
Sie verließ Themiskyra, weil sie es dort nach dem Tod von Antiope und Orithyia nicht mehr aushielt. Ruhelos war sie, auf der Suche nach irgendetwas. Nachdem sie das Volk der Amazonen hinter sich ließ, durchquerte sie ganze Lande. Das Heiligtum der Artemis in Ephesus besuchte sie, ging von dort nach Thrakien, wo Tiere und Menschen gleichermaßen frei leben, und zog durchs griechische Reich.

Vielen, denen sie begegnete, war sie nicht geheuer. Eine junge Wanderin, die ihren Namen nicht preisgab. Sie blieb niemals lange an einem Ort, bis sie dann doch ihre Regeln brach. Auf der Insel Skyros traf sie Achilles und Patroklos. Dort hielt sie erstmals inne.

Sie spürte den Wind so deutlich auf ihrer Haut, beinahe vergaß sie, dass sie nur träumte. Die aufgehende Sonne glühte an den Kiefern, die hier alles bewaldeten. Penthesilea saß am Fuß eines Baumes, die Beine überkreuzt. Sie war nur im Unterkleid, weil sie eben erst aufgestanden war, und trug ihren Speer bei sich. Hier, in der Fremde, behielt sie die Waffe stets in der Nähe.

Nachdenklich beobachtete sie Achilles. Er ertüchtigte sich gerade im Feld. Gleich, wie müde gearbeitet oder trunken er war, jeden Morgen lief er durch den Wald, schwang Waffen und hob Gewichte. Schweiß floss sein glattes Gesicht und den muskulösen Körper hinab. Sein dunkles Haar schimmerte im Schein der Sonne rotgolden.

Penthesilea war so eingenommen von seinem Anblick, sie bemerkte Patroklos erst, als er neben sie trat. »Ich grüße dich, Anassa.«

Sie sah verblüfft zu ihm auf. Er hatte sie mit dem Namen angesprochen, den Achilles ihr gegeben hatte, weil sie ihren eigentlichen nicht verriet. Anassa, griechisch für Königin. Seit ihrer ersten gemeinsamen Nacht nannte Achilles sie so.

»Ich grüße dich auch, Patroklos.«

Er setzte sich zu ihr. Seine breiten Schultern sackten herab, als er schwer ausatmete.

Sie betrachtete ihn verstohlen von der Seite. Patroklos war schön, wenn er auch nicht die gottgleiche Schönheit von Achilles besaß. Gut gebaut und gepflegt, ganz dem Idealbild der Griechen entsprechend. Ein Bartschatten zeichnete sich auf seinen Wangen ab, anders als beim etwas jüngeren Achilles.

Schweigend saßen sie nebeneinander. Sie fragte sich, was er wollte. In all ihrer Zeit auf Skyros hatte Patroklos nie ihre Nähe gesucht. Im Gegenteil, er sah immer aus der Ferne zu, wenn sie bei Achilles war und mit ihm in dessen Gemach verschwand.

Schließlich fragte Patroklos: »Willst du bei ihm bleiben?«

Sie hatte vieles erwartet, doch nicht das. Wahrscheinlich sollte sie sich diese Frage endlich selbst beantworten. Sie war schon so lange auf der Insel.

»Fürs Erste, ja«, antwortete sie. »Wenn ich für immer bleiben wollte, würdest du versuchen, mich davon abzuhalten?«

»Warum sollte ich das tun?«

»Weil du mich fürchtest. Wie so viele Griechen.«

»Das stimmt. Wie soll meinesgleichen von einer Wilden wie dir auch nicht verängstigt werden? Wir kennen solche Frauen nicht.« Er lächelte schwach. »Tief in seinem Herzen fürchtet Achilles dich ebenfalls. Genau deswegen fühlt er sich wohl zu dir hingezogen. Nein, ich würde dich nicht davon abhalten, bei ihm zu bleiben. Seit du hier bist, ist er nicht mehr ruhelos. Du tust ihm gut.«

»Und du überraschst mich. Ich kenne die griechischen Helden nicht so überlegt.«

»Ich bin kein Held.« Er deutete mit einem Kopfnicken auf Achilles. »Aber er ist einer. Eines Tages wird sein Wagemut in Liedern besungen werden. Da bin ich mir sicher.«

Sie hatte ebenfalls keinen Zweifel daran. Und genau das bedrückte sie. Heute waren Achilles und sie zwei junge Menschen, die sich fernab vom Rest der Welt gefunden hatten, geeint in Stärke und Respekt. Doch was käme morgen? Wenn er zum Helden heranwuchs und sie zur Amazonenkönigin?

»Wie ironisch«, fuhr Patroklos fort, »dass du mich überlegt nennst. Das bin ich beileibe nicht.« Sein Blick trübte sich. »Als Knabe war ich ähnlich impulsiv wie Achilles. Hast auch du dich einmal um Dinge gebalgt, die dir heute töricht vorkommen? So ging es mir. Aber anders als viele andere musste ich diese Erkenntnis mit Blut kaufen.«

Sie wartete gespannt ab, was er erzählen würde. Vor lauter Selbstvergessenheit hätte sie sich fast an ihn gelehnt.

»Es war nur ein Kinderspiel. Ich erinnere mich nicht einmal mehr, welches. Ein Junge und ich stritten uns deswegen. Wir begannen uns zu schlagen. Und dann lag dieser Stein auf dem Boden. Eines kam zum anderen. Erst landete meine Faust in seinem Gesicht, dann der Stein, und ich schlug viel zu oft zu. Ich dummes, wütendes Kind wusste nicht, was ich tat. Als ich begriff und aufhörte, atmete der Junge nicht mehr.« Er sah auf seine Hände, die er verkrampft hatte. »Mein erster getöteter Mensch. Kein Krieger oder Feind, nur ein Kind. Ich bereue es. Manche sagen mir, ich soll es nicht tun, weil die Wege großer Männer mit Blut beginnen. Aber ich bereue es trotzdem.«

Betroffen sah sie ihn an. Sie konnte den ruhigen Kämpfer vor sich nicht in Verbindung bringen mit jemandem, der dermaßen die Kontrolle verlor. »Ich verstehe. Du willst verhindern, dass Achilles Ähnliches widerfährt.«

»So kann man das sagen. Ich liebe sein Feuer. Niemals würde ich es gelöscht sehen wollen. Nur will ich nicht, dass er sich selbst daran verbrennt.«

Sie konnte nicht anders, als zu lächeln. Patroklos sprach mit einer unüberhörbaren Zuneigung. Diese war ihr längst aufgefallen, wann immer er Achilles ansah und die beiden zusammen waren. Die Leute sagten, sie liebten sich wie Brüder. Doch Penthesilea wusste, dass es mehr war.

»Patroklos«, sagte sie. »Du musst uns nicht aus der Ferne beobachten, als dürftest du nicht auch bei Achilles sein.«

»Was deutest du an, Anassa?«

Sie blieb ihm die Antwort schuldig. Stattdessen beugte sie sich vor und küsste ihn. Seine Lippen waren viel rauer als die von Achilles. Patroklos zuckte nicht zurück. Er starrte sie aus geweiteten Augen an. Sie küsste ihn ein zweites und drittes Mal, damit er es glaubte, und sagte: »Bleib ab der nächsten Nacht bei uns.«

Sie sah aus dem Augenwinkel, wie Achilles in seinen Übungen innehielt.

»He!«, rief er und lief auf sie zu. »Was treibt ihr da?«

Penthesilea lachte über die Eifersucht in seiner Stimme. »Es war nur ein Freundschaftskuss, wie du ihn Patroklos gerne gibst.«

Achilles war so empört, er schaute wie ein Bengel, der bei einer kleinen Schandtat erwischt worden war. Auch Patroklos musste nun lachen. Vielleicht könnte es noch eine Weile so bleiben. Sie drei, fern von der Welt auf Skyros ... So dachte Penthesilea, als Patroklos plötzlich zusammenzuckte. Schmerz trat in seinen Blick.

»Ah.« Er legte die Hände auf seinen Bauch. »Was ...?«

Es war das Letzte, was er sagte. Wie aus dem Nichts bohrte sich ein Speer in seine Gedärme. Die Klinge riss gänzlich durch ihn hindurch.

Penthesilea fuhr entsetzt zurück. Sie hörte Achilles aufschreien. Er stürzte auf Patroklos zu, rief dessen Namen.

Sein Freund brachte nichts als erstickte Laute hervor. Er erbrach einen Schwall an Blut und Eingeweiden. Es war eine ganze Todesflut, die an den Bäumen aufstieg, bis der Wald ein Meer aus rotem Schleim war. Die hochschlagenden Wellen versperrten Penthesilea die Sicht, und sie wurde von den Männern fortgerissen.

Der Sog schleuderte sie wie Treibholz umher. Sie versuchte zu schwimmen. Vergebens.

Irgendwann beruhigte sich der Sturm. Er spuckte Penthesilea aus, die an ein Flussufer gespült wurde. Sie sah in der Ferne die Tempelmauern des Artemision von Ephesus aufragen. Da wusste sie, dass sie am Ufer des Kaystros lag.

»Patroklos!«, schrie Achilles. »Das darf nicht sein. Mein Patroklos!«

Ein unbeschreiblicher Schmerz zerriss ihren Unterleib. Es fühlte sich an, als würde sie aufgeschnitten, um etwas hervorzubringen. Mühsam versuchte sie, sich auf dem glitschigen Boden abzustützen. Alles schien nur noch aus Qual zu bestehen. Sie sah sich nach den Männern um. Doch an ihrer statt erblickte sie etwas anderes.

Mitten zwischen ihren Beinen stand es, als wäre es dem Riss in ihrem Bauch entstiegen. Es war von kleiner Gestalt, die goldene Haut vibrierte. Aus den Poren quoll zerstörerisches Licht. Ein Mädchen aus Blitz und Donner.

Penthesilea erkannte keine Augen in dem grellen Gesicht, und doch glaubte sie, angesehen zu werden. Sie wusste, der Tod schaute sie mit seinem unsichtbaren Blick an. Der Tod von allem.

\* \* \*

Sie verschluckte sich beim Aufwachen, weil sie so heftig um Atem rang. Es weckte ihre Hunde auf. Sie schliefen stets mit ihr in der Kammer. Brecher, der wie immer seinen Kopf neben sie gebettet hatte, leckte ihr beruhigend über die Finger. Alle Hunde scharten sich um sie, um sie mit ihrer Nähe zu trösten.

»Ein Albtraum«, flüsterte sie in die Dunkelheit des Zimmers. »Es war nur ein Albtraum. Nicht mehr.«

Das redete sie sich ein, aber es stimmte nicht. Der Schmerz wollte sie nicht verlassen, und es war auch Schmerz, weil sie Achilles und Patroklos gesehen hatte.

»Hör auf.« Sie wischte sich über die Augen. »Deine Schwester ist tot, und du denkst an diese Männer? Hör auf.«

Der Traum ließ ihr keine Ruhe. Schlaflos, wie sie war, dachte sie die ganze restliche Nacht an ihn. Sie spürte die Wärme der Sonne schwinden, hörte die Männer lachen und kurz darauf schreien, fühlte sich zerrissen. Der Traum verfolgte sie gar noch, als sie sich ankleidete und zum Tempel der Artemis ging. Ein größerer Albtraum musste kommen, damit er endlich seine Klauen vor ihr löste. Das war, als sie vor die tote Hippolyte trat.

Der Leichnam war in einer Sänfte am Eingang des Tempels aufgebahrt. Melanippe stand bei ihm, begleitet von ihren jungen Dienern, die Weihrauchschalen trugen, und einem klagenden Chor. Der Platz vor dem Tempel war zum Bersten voll mit Menschen. Alle waren sie gekommen, um von Hippolyte Abschied zu nehmen.

Penthesilea sah auf ihre tote Schwester hinunter. Hippolyte war in ein weißes Gewand gehüllt, ihr Kopf ragte daraus. Unter dem Stoff, wusste Penthesilea, trug sie Rüstung und Goldschmuck. Gaben und Waffen umrahmten Hippolyte, damit sie diese in die Unterwelt mitnahm. Ihr liebstes Pferd war vor die Sänfte gespannt. Das Tier würde sie zu Grabe tragen und bei der anschließenden Totenfeier geschlachtet werden, damit es Hippolyte ins Jenseits begleitete.

Penthesilea streckte sich aus, um Hippolytes Mund zu öffnen. Die Lippen waren warm von den Händen der Dienerinnen, die die Totenstarre mit ihren Berührungen aufgebrochen hatten. Nun, da jede Brandnarbe übermalt und der Körper mit Essenzen gereinigt war, wirkte Hippolyte unheilvoll lebendig. Bereit zur letzten Reise.

»Fahre wohl, liebe Schwester«, sagte Penthesilea und legte ihr eine Münze unter die Zunge. Bezahlung für Charon, den Fährmann, der die Toten über den Styx in die Ewigkeit bringt.

Sie führte Hippolytes Pferd und ging der Prozession voran, die der Sänfte folgte. In der Nekropole angekommen, sah sie zu, wie Hippolyte und ihre Grabbeigaben der Erde überlassen wurden. Die Wände mit ihrem unbefleckten Weiß konnten nicht darüber hinwegtäuschen, wie verschlingend das Loch im Boden aussah. Als längst alle gegangen waren, stand Penthesilea immer noch dort. Stille und Schmerz, einmal mehr. Sie wartete.

Ein Windhauch, den es hier unten nicht geben sollte, wehte durch die Nekropole. Sie spürte, wie jemand eine Hand auf ihre Schulter legte. Eine warme Flüssigkeit rann von den Fingern und ihr Gewand hinab. Der Geruch von Blut stieg ihr in die Nase.

Sie wandte den Kopf und sah Ares ins Gesicht. Seine Augen sprühten Funken, während er Penthesileas Schulter drückte. Es sah aus, als würde er Feuer um Hippolyte weinen.

»Mein Kind«, sagte er. »Meine schöne, starke, arme Hippolyte. Fort.« Penthesilea ballte die Hand zur Faust. »Fort, doch nicht vergessen. Ich werde ihren Ruhm wiederherstellen, indem ich Blut für sie vergieße.« Sie schlug sich vor die Brust. »Ich bin bereit, Vater. Bereit für Krieg.«

»Auch gegen Helden und Götter?«

»Gegen alle meine Feinde!«

»Ich sehe schon. Du bist entbrannt.« Gierig grinsend bleckte er die Zähne. »Meine Schwester hat etwas für dich.«

Sie sah, wie Eris aus seinem Schatten kroch. Gift tropfte von den zierlichen Füßen des Mädchens und verlöschte mit einem Zischen auf dem Steinboden. Die Göttin lachte, woraufhin der Mohn an ihrem Leib erblühte. Sie zog etwas aus ihrem roten Blumenkleid hervor: eine Streitaxt.

Nie hatte Penthesilea eine derart gut bearbeitete Waffe gesehen. Die Schneide glänzte so scharf, als wäre ihr Material nicht von dieser Welt. Dämonische Pferde mit schwarzen Augen und flammendem Haar rankten sich um den kunstvoll verzierten Griff.

»Ein Geschenk«, sagte Eris und kicherte.

Penthesilea nahm die Streitaxt, die zu schwer für die zarte Göttin hätte sein sollen. Der Griff verschmolz geradezu mit ihrer Hand. Als sei er für sie gemacht.

»Sie wurde von Hephaistos angefertigt«, erklärte Ares und streichelte Eris übers Gesicht. Sie schmiegte sich wie eine Katze an ihn. »Das Werk des Schmiedegotts und der Segen der zwieträchtigen Eris. Damit bist du unaufhaltsam. Jag deine Feinde nieder!«

Sie umklammerte den Griff, dass ihre Finger schmerzten. Es war richtig, am Krieg teilzunehmen. Hippolyte hatte es nicht gewollt, und das hatte sie verwundbar gemacht, zum sinnlosen Tode verurteilt. Penthesilea würde den Fehler ihrer Schwester nicht wiederholen.

Als sie aus der Nekropole trat, empfing das Volk sie mit rasendem Tosen. Krieg! Krieg! Die Blutgier stieg in ihr auf und verformte jegliches Gefühl, bis sie sich wünschte, alles in Stücke zu hauen.

Helden, Götter – Feinde. Alle würden bluten!

# XII. VERBRANNTE

## Areto

Verloren stand Areto in ihrem Haus. Sie hatte sich noch nie so sehr nach Clete und ihrem Halt gesehnt, aber seit sie mit Apollon gesprochen hatten, war keine Zeit für einen trauten Moment gewesen. Dafür hatten die Reisevorbereitungen sie zu sehr in Beschlag genommen. Nun war es so weit: Ihre neue Rüstung aus Bronze wollte sich nicht richtig anfühlen. Die lederne Augenbinde saß zu eng um ihren Kopf. Das Schwert von Theseus, das sie an einem Waffengürtel bei sich trug, wog schwer.

Phileas nahm ihre Hand und sagte: »Sei nicht traurig. Wir werden wiederkommen.«

Areto drückte seine Finger. Dabei war sie sich nicht sicher, ob sie wiederkehren würden, wo sie in den größten Krieg des Zeitalters zogen. Und wenn doch, würden Monate vergangen und sie nicht mehr dieselben sein.

Sie betrachtete Phileas. Sein Haar war zerzaust. Er wirkte dauerhaft übermüdet, seit er bei der Hohepriesterin in die Lehre ging. Sein Optimismus schien jedoch zurückgekehrt zu sein, er streckte den Rücken durch. Wie Areto war er reisefertig, in eine braune Robe gekleidet, unter der sich eine Lederrüstung verbarg. Ein Beutel mit Proviant, Salben und anderen Hilfsmitteln baumelte von seiner Schulter.

»Du kannst deine Geschichten sogar mitnehmen«, sagte er, als sie den Blick über das aufgeräumte Schreibwerkzeug schweifen ließ. »Wenn wir lagern, werden die Menschen sich freuen, sie zu hören.«

Sie strich ihm eine wirre Locke aus der Stirn. »Bestimmt freut es sie noch mehr, wenn du mich musikalisch begleitest. Was sagst du? Für die Moral des Heeres?«

Er kam nicht dazu, ihr zu antworten, weil die Haustür geöffnet wurde. Callistus kam herein. Auch er trug ein langes Reisegewand, ein Anblick, der ihr Herz höherschlagen ließ.

»Ich begleite euch auf den Feldzug«, sagte er strahlend. »Meine Herrin hat im letzten Moment beschlossen, dass ich mitkommen soll.«

Phileas warf jubelnd seinen freien Arm in die Höhe. Areto brachte keinen Ton heraus vor Freude. Sie warf sich ihrem Freund um den Hals, der sie lächelnd auffing.

Ihre Umarmung dauerte länger als nötig, woraufhin Phileas hüstelte.
»Ich sehe mal nach den Pferden.« Er sagte im Vorbeilaufen: »Ein Glück, dass du dabei bist.«

Callistus wartete, bis die Tür hinter Phileas zufiel, und sagte dann: »Du siehst gut aus.«

»Findest du?« Sie löste sich aus seinen Armen, um zu ihm aufzuschauen. »Die Augenbinde, die Rüstung, die Pferde draußen … Ich kann mich nicht daran gewöhnen, dass mir die Königin all diese Aufmerksamkeit zukommen lässt. Es ist so viel geschehen in den letzten Wochen.«

Er nickte. »Kaum zu glauben, dass wir vor Kurzem noch übers Heiraten gesprochen haben.«

Ihr schlechtes Gewissen erdrückte sie geradezu. Sie hatte längst mit ihm darüber reden wollen, aber es hatte keine Gelegenheit gegeben.

»Ich kann immer noch deine Hand erfragen.«

»Lass es gut sein. Wo sollen wir heiraten? Mitten auf dem Schlachtfeld? Außerdem denke ich, dass Antianeira mich nicht hergeben wird. Nicht an dich. Artemis' Wahl hat sie rasend gemacht.« Er fasste sich an den rechten Oberarm, auf dem ein Bluterguss prangte. »Sie wäre vor Wut fast auf ein paar Sklaven losgegangen, hätte ich sie nicht besänftigt.«

Es schmerzte sie, das zu hören. So viele Leben waren durcheinandergebracht worden, nur weil Artemis sie erwählt hatte. Sie fühlte sich schuldig. »Verzeih mir«, flüsterte sie.

»Du kannst nichts dafür. Ich bin nur froh, dass meine Herrin mich nicht zurücklassen will. Nichts würde ich mehr bereuen, als dir jetzt nicht beistehen zu können.«

»Du bist so ein guter Mann. Viel zu gut für diese Welt.«

Er zuckte mit den Schultern, doch ihr entging das Glänzen in seinen Augen nicht. »Hast du alles Nötige bei dir?«

»Ja. Ich bin so weit.«

»Dann lass uns gehen.«

Sie trat durch die Tür, die er ihr aufhielt. Im Hinausgehen warf sie einen letzten Blick zurück. Es sah nicht wie ihr Heim aus, so leer geräumt. Die Feuerstelle war voll Asche von der Schafshaut, die sie Hestia geopfert hatte. Still bat sie die Herdgöttin, das Haus in ihrer Abwesenheit zu schützen, und ging.

\*\*\*

Es schien, als wäre das ganze Volk auf den Straßen, um das Heer losziehen zu sehen. Die Menschen spielten Trommeln und stimmten Kriegsgesänge an. Vielerorts weinten Familien, die jemanden verabschieden mussten, oft mehr aus Stolz denn aus Kummer.

Areto sah schwermütig auf die Menge. Sie entdeckte keine ihr bekannten Gesichter. Aber vielleicht gingen sie auch unter im Gedränge. So viele Menschen riefen ihr zu: »Artemis! Erwählte von Artemis!« Sie ritt erhobenen Hauptes, bemüht, annähernd die Hoffnung zu verkörpern, die das Volk in sie setzte. Dabei fühlte sie sich neben den Kriegerinnen fehl am Platz.

Ihr Blick schweifte weiter, zu jenem Teil des Heeres, wo Phileas mit der Hohepriesterin und deren Heilerinnen ritt. Da sprang ihr jemand Unerwartetes ins Auge. Clete ritt auf ihrem dunkel gescheckten Pferd heran. Sie war voll gerüstet, ihr Haar quoll unter einem Helm hervor. Nahtlos fügte sie sich in die Reihen der Eskorte ein, ohne Aretos Blick zu erwidern.

Wind wehte ihr ins Gesicht. Die Göttinnen segneten ihren Marsch, indem sie eine kühle Brise sandten, um die Kraft der Sommersonne zu dämpfen. Trotzdem spürte Areto ein Brennen in ihrem menschlichen Auge.

Ihr war noch nie so klar gewesen, wie sehr sie Themiskyra liebte. Als Fremde ohne Zukunft war sie in die Stadt gekommen und hatte sie zu ihrer neuen, wahren Heimat gemacht. Hier war ihr Leben. Ihr Herz.

Sie wollte nicht gehen. Aber sie musste.

\*\*\*

Die Amazonen ritten am Ufer des Thermodon entlang, durch Wälder und Berglandschaften. Gleich, wie schwer die Reise war, Areto beschwerte sich nicht. Sie ertrug alles an Wetter und Widrigkeiten, auch wenn ihr Körper von der ungewohnt vielen Zeit im Sattel schmerzte.

Dabei war ihr Gemüt oft verdunkelt. Sie spürte es nach einem langen Ritt, oder wenn Königin Penthesilea mit Melanippe kam, um das Auge von Artemis zu besehen. Wann immer sie versuchte, die Binde abzunehmen, nahmen Schmerz und Düsternis zu. Sie konnte die Kraft der Göttin nicht kontrollieren.

Wenn sie glaubte zu versagen, war der Schatten nicht weit. Er schlängelte sich um ihren Hals und sagte: »Es ist wahr. Du bist nichts als eine Hochstaplerin.«

Schließlich hielt Areto es nicht mehr aus. Sie hatte genug von ihrer Hilflosigkeit. Als das Heer lagerte, ging sie auf den provisorisch erbauten Übungsplatz. Die Kriegerinnen warfen ihr scheele Blicke zu, als sie mit ihnen zusammen an Körperkraft und Waffenumgang arbeiten wollte. Sie ignorierte es – zunächst.

Bald kamen immer mehr Gaffende, um ihr beim Üben zuzuschauen. Wahrscheinlich waren sie neugierig auf die Erwählte von Artemis. Sie wirkten umso enttäuschter darüber, dass sie sich so abmühte.

Areto konnte nicht einmal ansatzweise mit den Kriegerinnen mithalten. Wenn die anderen zu schwitzen anfingen, besaß sie schon gar keine Ausdauer mehr. Sie bewegte sich im Vergleich klobig und unbeholfen. Es war unwürdig.

Einmal mehr hielt sie sich schnaufend die Seite, als Priene am Übungsplatz vorbeikam. Anders als Antandre nahm die Stratega des Sonnenstammes sich Zeit, aller Moral durch ihre Anwesenheit zu stärken. Areto unterdrückte den Drang, sich unter dem prüfenden Blick von Priene zu ducken, und wollte auf die Füße kommen. Aber ihr Seitenstechen war noch zu heftig. Ihr blieb nichts anderes übrig, als kläglich japsend auf dem Boden zu sitzen.

Priene beließ es nicht bei einem abschätzigen Blick, sondern trat auf sie zu. »Warum tust du dir das an, Erwählte?« Sie war gerade noch zu verstehen mit ihrer altersrauen Stimme und dem scharfen Akzent. »Bleib doch bei dem, was dir von Artemis bestimmt wurde, und lasse den Rest. So bietest du nicht gerade einen ermutigenden Anblick.«

Damit wollte Priene sich abwenden. Sie hielt jedoch inne, als Areto nach Luft und Worten rang.

»Das ist es ja. Ich muss Kraft für meine Bestimmung finden. Dafür würde ich alles –«

Priene brachte sie mit einer Handbewegung zum Verstummen. »Was auch immer.« Sie runzelte die dunkle, mit Weißflecken gemusterte Stirn. Ihr Blick wirkte durch die helle maskenartige Partie um ihre Augen umso einschüchternder. »Die meisten behaupten, alles für ihre Ziele geben zu wollen. Aber hübsche Worte sind einerlei. Es sind Taten, auf die es ankommt.«

Areto lächelte gequält. »Großer Taten kann ich mich wirklich nicht

rühmen.« Ihre Seite tat endlich nicht mehr so weh, und sie stand auf.
»Das wird mich jedoch nicht davon abhalten, mich zu bessern.«
Als sie ihre Pelte aufheben wollte, verzog Priene den Mund. »So nicht. Wenn du deine Schultern dermaßen hängen lässt, wirst du dir irgendwann einen Bruch beim Schildheben holen. Gerader Rücken!« Sie sagte es so autoritär, dass Aretos Körper wie von allein den Befehl umsetzte. Doch die Falte in Prienes Stirn wollte nicht verschwinden.
»Du wankst. Dein Gewicht ist nicht gut verteilt. Mehr auf den rechten Fuß.«
Sie machte noch mehr Anmerkungen zu Haltung und Körperspannung. Areto veränderte entsprechend ihre Position. Sie konnte nicht glauben, was nur ein paar kleine Bewegungen ausmachten. Der Schild lag nicht nur besser in ihrer Hand, ihre Muskeln fühlten sich auch nicht mehr wie kurz vor dem Zerreißen an.

Priene nickte befriedigt. »Du kannst nicht nur Befehlen folgen, sondern auch gut lernen. Das ist etwas. Ich denke, mit der richtigen Lehrerin könnte das etwas werden.« Sie musterte Areto von Kopf bis Fuß. »Ab morgen kommst du zu mir. Ich werde dich schulen.«

Areto musste erst begreifen, was sie gehört hatte. Sie starrte Priene ungläubig an.

»Wegen meiner Pflichten als Stratega werde ich nicht viel Zeit für dich erübrigen können. Aber Grundübungen sollten möglich sein.«

Da gewann Areto ihre Sprache zurück. »Es wäre mir eine Ehre, von Euch gelehrt zu werden. Ihr könnt mir zweifellos viel beibringen. Beim Wettstreit konnte Euch niemand das Wasser reichen, was Waffenführung anbelangte. Ich verspreche, Euch nicht zur Last –«

Priene unterbrach sie wieder mit einer Handbewegung. »Bedenke, dass ich nur die Härtesten lehre. Das muss dir absolut bewusst sein.«

Areto hielt dem Blick der Stratega stand. »Gut.«

Mehr sagte sie nicht.

Eine Weile lang starrten sie sich stumm an. Dann hob Priene einen Mundwinkel und sagte ebenfalls: »Gut.«

\* \* \*

Bald bekam Areto eine Ahnung, warum Priene an jenem Abend geschmunzelt hatte. Die Stratega unterzog sie einer gnadenlosen Prüfung.

Wann immer das Heer lagerte, musste Areto Leibes- und Waffenübungen machen, bis sie kaum noch stehen konnte.

»Deine Deckung!«, rief Priene und schlug ihr mit der Handkante in die Rippen. »Du bist völlig offen an der Seite.«

Keuchend sackte sie von dem Schlag zusammen. Auch im Alter war Priene so flink wie treffsicher geblieben. Areto packte den Griff ihres Schwerts fester. Unter dem kritischen Blick der Stratega schwang sie die Waffe. Sie verbiss sich einen Schrei, als Priene sie am Zopf packte.

»Binde dein Haar besser zurück. So ist es Angriffsfläche.« Priene ließ los. »Lass dich nicht ablenken«, sagte sie und meinte die Zuschauenden. »Haltung!« Ein neuer Schlag folgte, diesmal in ihren Rücken. »Du hast keinen festen Stand. Gleichgewicht!«

Der nächste Hieb fegte sie von den Füßen. Areto rutschte der Pelte-Schild aus der Hand. Sie fiel schmerzhaft darauf und biss sich auf die Zunge.

Priene seufzte. »Völlig eingerostet. Die grundsätzlichen Waffenfähigkeiten kennst du wohl. Aber sonst? Das hilft dir allenfalls gegen Räubergesindel.« Sie klopfte auffordernd gegen Aretos Schulter. »Steh auf.«

Areto spuckte einen blutigen Speichelfaden aus, biss die Zähne zusammen und kam auf die Füße – immer und immer wieder. Es war wie ein Fiebertraum. Reiten, Üben, Schlafen. Wenn sie zum Essen kam oder mit Phileas und Callistus sprach, fühlte sie sich wie eine wandelnde Tote.

Manchmal hatte sie noch die Kraft, ihren Sohn zu besuchen, wenn er bei Melanippe war. Er meditierte stundenlang in dem Versuch, seine Hellsicht besser zu beherrschen. Sie setzte sich zu ihm, nahm ihn an den Händen, atmete durch. Ein stiller Moment im niemals endenden Durcheinander. Wenn sie einschlummerte, glaubte sie, durch das andere Auge der Göttin zu sehen, auf Troja.

\*\*\*

Als ich dereinst meinem Zwilling zu Hilfe kam, um Troja zu schützen, glaubten wir, der Krieg wäre bald entschieden. Nun traue ich mich nicht länger, von den Mauern auf das Land zu schauen.

Nebel umfängt mich, der Nebel einer Qual, wie ich sie nie gespürt habe. Ich sah Titanen sterben und hundert Völker untergehen. Doch das, was vor den Mauern Trojas geschieht, ist unaussprechlich. Krieger, Helden, Götter, sie schlachten sich ab und kennen kein Maß mehr. Von Mal zu Mal muss ich mich in Tempelanlagen zurückziehen, da mich meine Kräfte verlassen. Ich warte darauf, dass der Nebel sich lichtet und ich die trojanischen Schützen wieder stärken kann. Wie ich zwischen den Opfergaben kauere und aus ihnen Macht schöpfe, erscheint mein Bruder. Sogleich bemerke ich, dass etwas nicht stimmt. Seine Ausstrahlung ist dunkel geworden. Die Schwärze seiner Augen ist ihm aus dem Blick geflossen und auf seine Flügel getropft, die wie die eines Raben an der vergoldeten Rüstung liegen. *Apollon Smintheus*, der Seuchenbringer. Um seinen Kopf liegen nun schwarz bemäntelte Strahlen wie bei einer Sonnenfinsternis. Aber vor allem pulsiert seine Erscheinung vor Hass.

Ich stütze mich kraftlos auf meinen Bogen und frage: »Was ist geschehen, Bruder?«

Er eilt auf mich zu. Seine sonst schwebenden Schritte sind zornesschwer. »Du solltest die Achaier sehen, Artemis. Wie Insekten kriechen sie vor Trojas Mauern, gierig, kopflos.« Fast spuckt er die Worte aus. »In ihrer Vermessenheit haben sie meinen Tempel vor der Stadt angegriffen. Meine Priester, ihre Frauen und Kinder ... alle umgebracht oder versklavt! Und König Menelaos ist so gottlos, meine Priesterin Chryseis zu zwingen, seine Konkubine zu sein.«

Kurz schließe ich mein verbliebenes Auge. Darum waren meine Schmerzen so groß in den letzten Nächten. Die Achaier, wie sich die vereinten griechischen Völker nennen, kennen keine Grenzen. Kein Wunder, ist ihr Heerführer Agamemnon doch ein überaus hochmütiger Mann. Ich weiß noch, wie er auf dem Weg nach Troja eine meiner heiligen Hirschkühe erlegte und sich im Nachhinein von meinem Zorn überrascht zeigte. Törichtes Männlein.

»Damit nicht genug«, fährt Apollon fort. »Den Angriff auf meinen Tempel leitete niemand anderes als Achilles. Der Mörder meines Sohnes.«

An seinem wunden Blick sehe ich, dass es noch lange dauern wird, bis er den Tod von Tenes überwindet. Achilles hätte ihn nicht töten müssen. Dennoch hat er es auf einem seiner Raubzüge im Götterwahn getan. Ich mag mich Männern entsagt haben und werde deshalb nie begreifen, was es bedeutet, ein Kind zu verlieren. Aber der Verlust meiner Geistestöchter schmerzt mich, und Apollon entstand im selben Leib mit mir. Der Schmerz meines Zwillings ist mein Schmerz.

»Du willst Chryseis und deine Tempeldienerinnen zurück«, stelle ich fest. »Wie gedenkst du, die Achaier zu strafen und zur Herausgabe zu zwingen?«

Wortlos holt er seinen Bogen hervor. Er hat bereits einen Pfeil angelegt, und die Spitze trieft von dem schlimmsten aller Gifte.

»Wenn du dies tust«, sage ich bekümmert, »werden nicht nur die Krieger leiden, sondern auch alle anderen im Lager der Achaier. Selbst Chryseis und deine Vertrauten könnte es treffen.«

»Spielt es eine Rolle, ob meine Priester in Gefangenschaft sterben oder durch meine Hand? Wenn ich ein paar von ihnen töte, aber dafür umso mehr Achaier fallen und die anderen freigelassen werden, will ich es tun.«

Abwartend sieht er mich an. Er harrt meines Urteils. Wenn er seinen grausamen Angriff durchführt, werde auch ich leiden. Ich spüre das Sterben jedweder Frauen und Kinder, egal, auf welcher Seite. Und anders als ich ist Apollon ein Schutzgott der Stadt. So oft, wie das trojanische Volk ihn als *Ijarri* anbetet, kann er nur in größter Macht erstrahlen. Er muss nicht wie ich den Schmerz der Menschheit ertragen.

Stumm bittet er mich um Erlaubnis, es tun zu dürfen. Ich antworte, indem ich meinen eigenen Bogen zücke und meine Hand ausstrecke. Noch stehe ich.

Er nickt mir dankbar zu, gibt mir einen seiner Pfeile und schwört: »Ich werde es dir vergelten, geliebte Schwester.«

Wir verlassen den Tempel, steigen auf die Mauer, beziehen Stellung. Da erscheint Ares. Er fließt in einem Blutstrom vom Schlachtfeld zu uns hinauf, um sich dann zu voller Größe aufzurichten. Sein Grinsen hebt sich gegen die schwarz-rot verbrannte Haut und das Feuer in seinen Augen ab.

»Ist es so weit?«, fragt er begierig. »Wollen wir nicht mehr nur ausgewählte Helden schützen, sondern selbst eingreifen? Das wird die anderen Götter gegen uns aufbringen.«

Apollon spannt mit grimmigem Ausdruck den Bogen. »Lass nur die anderen Olympioi kommen. Sie können uns nicht schlagen.«

Auch ich spanne mit verbleibender Kraft den Bogen und sage: »Nicht, solange wir drei vereint sind.«

Ares macht uns unsichtbar mit seinen Nachtschwingen, die er über uns breitet, und wir schießen. Was mir sonst stets mit Leichtigkeit von der Hand ging, strengt mich nun an. Doch meine Schüsse sind noch unfehlbar, wie die meines Bruders. Unsere Pfeile fliegen übers Schlachtfeld, hinein ins Lager der Achaier. Das Gift an den Spitzen verformt sich. Es wird zur Pest, zu Ratten, die sie verbreiten und sich in Fleisch verbeißen. Ich glaube zu spüren, wie mich ihre Zähne zerfetzen und die Seuche meine Haut schmilzt. Dutzende Tode sterbe ich, um noch mehr Leben zu erleiden. Die schwangere Gattin eines Achaiers erstickt im Schlaf. Ein Sklavenjunge erbricht sein schwarz galliges Blut. Mehreren Priesterinnen fallen Haar und Zähne aus. Ich ersticke, spucke, verwese mit ihnen allen. Der Morgen graut mit den Schreien jener, denen das Fleisch von den Knochen fault.

\* \* \*

Ein Blinzeln, ein tiefer Atemzug, und Areto sah nicht länger Troja. Vor ihr erstreckte sich eine schier endlose Weite. Sie brauchte einen Moment, um zu begreifen, dass sie im Sattel saß. Wie war sie hierhergekommen? War sie etwa eingeschlafen?

Das Heer verließ die Lande der Amazonen, und die blühenden Ufer des Thermodon wichen Steppen. Dies waren Böden wie für Pferde gemacht. Es hieß, die ersten Reitstämme seien hier entstanden. Sie waren im Reich der Skythen angekommen.

»Wie seltsam«, murmelte Phileas, der neben ihr ritt. »Alles wirkt so leblos.«

Sie wusste, was er meinte. Eine düstere Stimmung hing über dem Land, als kauere es sich in Angst zusammen. Nirgendwo waren Lebenszeichen von Menschen zu sehen. Keine Zelte, kein Rauch von Feuern. Nichts.

Nach einer Weile ritt Clete zu ihnen heran. Wie Areto sie so besah, wurde ihr bewusst, dass sie seit ihrer Abreise nicht mehr miteinander gesprochen hatten. Clete war ständig in ihrer Nähe, doch nicht mehr als ein Schatten.

Auch jetzt streifte sie Areto kaum mit dem Blick, als sie sagte: »Du wirst bei den Königinnen gebraucht, Sehender.«

Es lag eine Dringlichkeit in ihrer Stimme, die Areto aufhorchen ließ.
»Kann ich euch begleiten?«
»Natürlich. Ich wüsste nicht, was dagegenspräche.«
Von Clete geführt, ließen sie den Rest des Heeres hinter sich. Die Kriegerin brachte sie zu einem der Spähtrupps. Zu diesem hatten auch die Königinnen mit der Hohepriesterin und dem ägyptischen Magier aufgeschlossen. Alle sahen zu, wie Antianeira die Reste einer Baumgruppe umschritt. Die Stämme waren verbrannt. Ein menschenförmiges, verkohltes Etwas lag zwischen ihnen.

»Sei gegrüßt, Sehender«, sagte Penthesilea. Hoch auf ihrem schwarzen Ross sah sie wie eine dunkle Göttin aus.

»Was ist das?«, fragte Phileas und blickte die Gestalt auf dem Boden an. Auch Areto betrachtete sie mit einem mulmigen Gefühl.

»Wir Spähenden fragen uns das, seit wir es gefunden haben«, antwortete Antianeira. Ihr bunt bemaltes Gesicht war verknittert, so ernst schaute sie drein. »Ich glaube, dass es eine Dryade ist. Nichts deutet auf ein natürliches Feuer hin. Es scheint, als wäre sie von jemandem in Brand gesteckt worden.«

Penthesilea dachte laut: »Wer würde eine Dryade auf so eine Weise töten? Nur jemand, der glaubt, göttlichen Zorn nicht fürchten zu müssen. Vielleicht ist dies der Grund, warum die Skythen uns meiden.«

Sie nickte Melanippe zu, woraufhin die Hohepriesterin sich an Phileas wandte. »Du musst versuchen, zu sehen, welche Gefahren uns bevorstehen.«

Seine Unsicherheit war ihm vom Gesicht abzulesen. Aber wie Areto ihn kannte, würde er sein Bestes geben. Königin Myrina, die die ganze Zeit über zugesehen hatte, bellte nun einen Befehl in Ägyptisch. Ihr Magier – Teremun hieß er, glaubte Areto – schloss die Augen. Er reckte murmelnd die Hand zum Himmel. Es dauerte nicht lange, da erschien ein Falke im wolkenverhangenen Blau. Er landete auf Teremuns Arm, krallte sich im Ärmel fest, ohne ihn zu verletzen.

»Versuch, durch die Augen dieses Falken zu sehen«, sagte Melanippe. »Ich weiß, wir haben das kaum geprobt. Aber vielleicht bist du schon so weit.«

Phileas nickte und ritt zu Teremun hin. Als er die Hand nach dem Falken ausstreckte, fragte Areto sich unwillkürlich, ob ihr Sohn gewachsen war. Er berührte kurz das Gefieder, und der Falke schwang sich von

Teremuns Arm. Phileas sah dem Vogel nach, dessen braune Flügel die Luft zerschnitten. Areto wartete mit den anderen ab, gespannt, was er sagen würde.

»Es funktioniert«, sagte er und konnte ein Lächeln nicht unterdrücken. Sein Blick nahm einen goldenen Schimmer an. »Ich sehe nicht nur Zukunftsbilder, sondern auch durch Falkenaugen.« Er zögerte. Seine Mundwinkel sanken herab. »Noch viel mehr ist verbrannt worden. Ganze Landstriche sind verwüstet.«

Er beschrieb die Zerstörung, die er mit dem Blick des Falken sehen konnte, und mehr. Auch einige Visionen kamen ihm. Er erzählte stockend von gesichtslosen Frauen, deren Körper von Männerhand gepfählt wurden.

Melanippe sah betrübt auf die tote Dryade. »Sie wurde nicht nur umgebracht«, sagte sie, wissend, wie die Visionen zu deuten waren. »Zuvor hat sich ein Mann an ihr vergangen.«

Diese Worte trafen Areto zutiefst. Nun tat es ihr noch mehr weh, den entstellten Körper anzuschauen. Dryaden können nur leben, wenn die Bäume, in denen sie hausen, gesund sind. Die hier musste mit Gewalt aus ihrem Heim getrieben worden sein, um noch schlimmere Gewalt zu erfahren.

»Ein Mann, der Nymphen vergewaltigt und ermordet«, murmelte Myrina. »Solchen Abschaum lassen die Skythen durch ihr Land ziehen?«

Penthesilea schwieg nachdenklich.

»Ich glaube, es ist nicht nur ein Mann«, sagte Phileas. »Die Zukunft fühlt sich nach ... mehr an. Ich höre Gelächter. So viel Gelächter von so vielen Kreaturen.«

Es war, als hätte er diese Worte nicht sagen dürfen. Die Königinnen, Melanippe, die anwesenden Kriegerinnen, alle erstarrten an Ort und Stelle. Am schlimmsten war es bei Antianeira. Ihre Gesichtszüge entgleisten.

»Was sagst du da?«, stieß sie hervor. »Gelächter?«

Areto hatte nicht mit so einer heftigen Reaktion gerechnet. Unschlüssig sah sie zwischen Antianeira und den anderen umher. Die Herrin der Krüppel, die sonst alle fürchteten, schien selbst Angst zu haben.

»Kein Grund, voreilige Schlüsse zu ziehen«, mischte sich Clete ein. »Beruhige dich.«

Das wollte Antianeira nicht tun. »Es würde Sinn ergeben. Misshandelte Nymphen ... Der Hof des Gelächters würde so etwas hinterlassen.«

Areto stockte der Atem. Sie hatte Geschichten über den Hof des Gelächters gehört. So bezeichneten sich die Gefolgsleute des Gottes Dionysos.

»Es muss nicht unbedingt der Hof sein«, sagte Penthesilea. »Ganz gleich, wer er ist: Frauenschänder sind auch unsere Feinde.« Sie wandte sich an Clete. »Du hast Familie bei den Skythen, nicht wahr?«

Clete nickte. »Mein Bruder Gadas und seine Frau Tamura. Er ist seit einiger Zeit die Hand von Häuptling Irbis. Tamura gehört eigentlich zu den Sauromatinnen, wurde aber in Gadas' Stamm aufgenommen.«

»Kannst du ihre Hilfe erbitten? Wir könnten die Führung von hier lebenden Menschen gebrauchen.«

Clete sah sie ratlos an. »Ich würde gerne, aber wie? Sie leben nomadisch, ohne festen Wohnplatz. Wenn, dann müssen sie Kontakt zu uns aufnehmen.«

Penthesilea kniff die Augen zusammen. »Dann bleibt uns wohl nichts anderes übrig, als zu hoffen.« Sie befahl Antianeira: »Stell ein paar Leute ab. Sie sollen die Dryade zwischen den Wurzeln ihres Baums begraben.«

Damit gab sie ihrem Pferd die Schenkel, um an die Spitze des Heeres zurückzukehren. Areto ließ ihr Pferd länger als nötig stehen. Sie ritt erst los, als Phileas sie beim Namen rief. Bis zuletzt ruhte ihr Blick auf der toten Dryade.

***

Den weiteren Ritt über konnte Areto nicht aufhören, über das Gesehene nachzudenken. Es beunruhigte sie, dass Dionysos und sein Gefolge im Land wüten könnten. Es hieß in den Geschichten, dass der Hof des Gelächters ein Hort des Wahnsinns sei. Dionysos wurde von Satyrn begleitet, die halb Mann, halb Pferde oder Ziegen waren, und irren Mänaden, die ihr Blut opferten, um mit den Toten zu sprechen.

Sie war froh, als das Heer lagerte und sie mit Priene üben konnte. So bekam sie wenigstens den Kopf frei.

»Gut«, lobte die Stratega eine Schlagabfolge. »Langsam wirst du besser. Bewahre die Kontrolle im Arm.«

Areto konnte nicht anders, als stolz zu lächeln. Sie atmete so heftig vor

Anstrengung, sie glaubte, ihr Herz ausspucken zu müssen. Aber das war es ihr wert.

»Genug für heute«, sagte Priene. »Ruh dich aus.«

Areto atmete immer noch heftig, als sie im Lager einkehrte. Ihre Gliedmaßen waren bleiern vor Müdigkeit. Ein Brennen pochte in ihrer Hüfte. Nur ein wenig essen, dann würde sie sofort auf ihre Schlafstatt fallen.

Ihr Blick ging suchend über die Zelte hinweg. Mehrere Kriegerinnen saßen an einem Feuer. Sie erkannte eine als Antianeira, die aufgebracht gestikulierte. Wenn die Herrin der Krüppel das einäugige Gesicht mit der dunklen Schminke verzerrte, wirkte sie noch furchteinflößender als sonst. Inzwischen hatten die Gerüchte zum Hof des Gelächters die Runde gemacht. Die Heerleute hörten Antianeira mit düsteren Gesichtern zu.

Areto entdeckte Callistus, der Suppe an die Kriegerinnen verteilte, und wollte ihm zurufen. Doch ihre Stimme blieb ihr im Hals stecken. Plötzlich wurde sie von Schwäche überwältigt. Ein beißender Schmerz ging von ihrer Hüfte aus durch ihren ganzen Körper. Sie stolperte, fiel in ein Zelt, das sie mit lautem Gepolter einriss.

Mehrere Amazonen gaben empörte Rufe von sich, darunter jene, die im Zelt gewesen war und nun mit Areto unter dem Stoff begraben wurde. »Kannst du Eselstochter nicht aufpassen?«

Sie wühlte sich aus der Zeltplane hervor. Der Schmerz in ihrer Hüfte wollte nicht nachlassen, nahm ihr die Luft zum Atmen. Ihr Blick traf auf den von Callistus. Er sah sie erschrocken an, machte Anstalten, auf sie zuzulaufen.

Da sagte Antianeira scharf: »Bleib dieser Frau fern!«

Ihm blieb keine Wahl, als den Blick zu senken, während Areto um Atem rang. Verschwommen sah sie, wie Antianeira auf sie zuging. Sie bekam mehr zu spüren als deren Verachtung, wurde zum Sündenbock gemacht. All der Druck, den die Herrin der Krüppel aufgestaut hatte, entlud sich gegen sie.

»Von wegen, die Stärkste.« Antianeira kam so hart vor ihr zum Stehen, dass ihre Sandale Dreck in Aretos Gesicht wirbelte. »Seht sie euch an, wie sie im Staub kriecht. Erwählte von Artemis? Dass ich nicht lache!«

Areto versuchte mühevoll, sich aufzustützen. »Vergebt mir, Waffenschwester. Ich wollte Euch nicht verär–«

Sie kam nicht weiter, denn Antianeira spuckte sie an. Areto konnte sich vor Schock nicht rühren. Speichel lief ihr Haar hinab.

Mit einem Mal wurde es still im Lager. Callistus sah hilflos zu Boden. Einige sahen ebenfalls weg, während andere umso begieriger schauten. »Nenn mich nie wieder Waffenschwester«, knurrte Antianeira. »Wir sind nicht gleich.« Sie trat Areto auf den Zopf und nagelte sie so fest. »Du bist eine Schmarotzerin, die den Platz in diesem Heer nicht verdient hat. Artemis ist blind!«

Da stieß jemand Antianeira weg. Es war Clete, die sich mit zornsprühenden Augen vor Areto stellte. »Das reicht!«

Antianeira stolperte zurück, wobei sie sich schnell fing. Wütend trat sie vor.

»Fass sie noch einmal an«, drohte Clete, »und ich schneide dir die Farbe aus dem Gesicht!«

Die Menschen im Lager begannen zu raunen. Auch Areto konnte nicht glauben, was sie hörte.

»Sieh mal eine an«, sagte Antianeira. »So ein Verhalten passt nicht zu dir, Schildhaut. Kaum geht es um eine deiner Fotzenleckerinnen, wirst du besitzergreifend?«

»Du musst dir schon Besseres einfallen lassen, um mich aus der Fassung zu bringen.« Die Hand von Antianeira zuckte, als wolle sie zur Waffe greifen. »Tu es nicht. Du weißt, wer die bessere Kämpferin von uns ist.«

Einen Moment lang stierten sie sich finster an. Dann wich die Wut aus Antianeiras Gesicht, um einem siegessicheren Lächeln Platz zu machen.

»Du hast recht. Ich muss nicht gegen dich kämpfen, weil ich längst gewonnen habe.« Sie lachte schal. »So viele Amazonen denken dasselbe wie ich. Selbst du, Clete, kannst mir nicht erzählen, dass dir nicht der Gedanke gekommen wäre, Artemis hätte besser dich erwählt.«

Clete sagte nichts dazu. Ohne die andere Kriegerin weiter zu beachten, beugte sie sich hinab und sagte: »Lass uns gehen, Areto.«

Immer noch tat jeder Atemzug weh. Aufstehen war Areto nicht möglich, geschweige denn laufen. Sie ließ kraftlos zu, dass Clete ihr Haar sauber wischte und sie aufhob.

Als sie wieder klar sehen konnte, erkannte sie, dass sie in ihrem Zelt war. Es wirkte unaufgeräumt, obwohl sie kaum Habseligkeiten mit sich führte. Clete zog sie gerade aus. Als eines der Rüstungsteile über ihre Hüfte schabte, atmete Areto scharf ein vor Schmerz.

»Bist du etwa verletzt?«, fragte Clete, um kurz darauf die Augen aufzureißen. »Bei den Göttinnen.«

Areto sah an sich hinab. Ein dunkel verkrusteter Schnitt zog sich über ihre rechte Hüfte. Sie konnte nicht sagen, wann sie ihn sich zugezogen hatte.

»Es eitert! Warum hast du es nicht behandeln lassen?«

»Ich ... ich weiß nicht.«

»Wie, du weißt nicht?«

»Mir war nicht klar, dass ich diese Wunde habe. Ich ziehe die Rüstung gar nicht mehr aus. Nicht einmal, wenn ich schlafe.«

Clete starrte sie ungläubig an, ehe sie seufzte. »Komm. Ich kümmere mich darum.«

Es war ein seltsames Gefühl, wieder von Clete berührt zu werden. Auch wenn sie nur die Wunde wusch und Salbe auftrug: Sie waren sich so nah wie seit Langem nicht mehr. Areto bemerkte, dass es sie verbitterte.

»Wo warst du?« Sie schüttelte den Kopf über Cletes fragenden Gesichtsausdruck. »Du weißt, was ich meine. Wo warst du in letzter Zeit?«

Clete wich ihrem Blick aus, als sie antwortete: »Auf diesem Feldzug bin ich nur deine Leibwache.«

»Inwiefern hält dich das davon ab, mit mir zu reden?« Das Schweigen der Kriegerin war Antwort genug. »Ich wusste es. Du meidest mich.«

»So würde ich es nicht bezeichnen.«

»Ach ja?« Wut gärte in ihrem Bauch. »Mir ist gleich, wie du es nennst. Die ganze Zeit gehst du mir aus dem Weg. Und jetzt, wo wir einmal beisammen sind, tust du, als wäre nichts gewesen?«

Clete verzog das Gesicht. »Verzeih mir, dass ich dich vor Antianeira gerettet habe.«

Areto wusste, sie tat ihr unrecht. Aber ihr fehlte die Kraft für Vernunft. All der Druck und die Enttäuschung, die ihr so viele entgegenbrachten ... Sie hielt es nicht aus.

»Hat Antianeira recht? Denkst du auch, Artemis hätte dich an meiner Stelle wählen sollen?«

»Nein, das tue ich nicht. Ich will meiner Göttin vertrauen.« Der Schatten eines Zweifels huschte über ihr Gesicht. »Aber es wäre gelogen, zu sagen, ihre Entscheidung würde mich nicht verunsichern.«

Areto schwieg, getroffen, doch nicht überrascht. Sie wusste ja selbst nicht, was sie glauben sollte.

»Es ist nicht leicht für mich, weißt du.«

Was für eine Aussage. Als ob sie selbst es leichter hätte. Areto musste sich zwingen, ihr nicht giftige Worte ins Gesicht zu schleudern.

Das gelang ihr auch, bis Clete fortfuhr. »Dahin gehend kann ich die anderen verstehen. Ich meine, du bist nicht einmal eine gebürtige –«

»Hör auf.« Sie sprach so kalt, dass Clete innehielt. »Sag nichts mehr.«

Die Kriegerin blinzelte irritiert. Dann begriff sie ihre Worte. Sie streckte die Hand aus und sagte: »So habe ich es nicht gemeint –«

Areto wich vor der Berührung zurück. »Doch. So meintest du es. Lüg mich nicht an.«

Keine gebürtige, echte Amazone. Niemand von uns, auch nicht nach all den Jahren. Wir sind nicht gleich.

Cletes Augen glänzten, sie schien ihre Worte aufrichtig zu bereuen. »Es tut mir leid. Wirklich.«

Areto war zu müde, um weiter zu diskutieren.

»Bitte geh einfach«, flüsterte sie.

Clete widersprach nicht. Tief einatmend erhob sie sich und ging aus dem Zelt.

Areto blieb allein zurück. Ihre Wunde pochte, während Schatten ihren Hals verstopften. Sie ließ es zu. Die Arme um ihren Oberkörper geschlungen, rollte sie sich auf dem Boden zusammen. Lautlos schrie sie in sich hinein.

Irgendwann hörte sie es am Zelteingang rascheln. So schnell sie es mit ihrer verletzten Hüfte konnte, setzte sie sich auf und rieb sich übers Gesicht. Zu ihrer Überraschung kam nicht Clete herein, sondern ein Mann.

Er war schmal, doch kräftig, mit der weißen Gewandung eines Heilers gekleidet. An seinem Gürtel hingen allerlei Gefäße, in denen er wohl Kräuter und Mixturen aufbewahrte. Er hatte ein ungewöhnlich blasses, markantes Gesicht und strahlend blaue Augen, wie sie es noch nie an jemandem gesehen hatte. Sein Bart und Haar waren von weißgoldener Farbe. Letzteres hatte er im Nacken zu einem Zopf zusammengebunden.

»Ich kenne dich«, sagte Areto. »Du bist einer der Männer von Lacomache. Sophos, nicht wahr?«

Einer seiner Mundwinkel ging nach oben. »Welche Begrüßung. Ja, ich bin mit Lacomache vermählt, und nein, ich bin nicht Sophos. Der ist ihr anderer Göttergatte. Nenn mich Xenon.«

Jetzt, wo er es sagte, erinnerte sie sich. Dies war nicht sein richtiger Name. Vor Jahren hatte Lacomache ihn, so gut wie ertrunken, an der Küste des Schwarzen Meeres gefunden. Niemand wusste, wer er war und woher er kam. Er schwieg sich dazu aus und hatte begonnen, als »Xenon« unter den Amazonen zu leben. Bei seinem Äußeren war es nicht unwahrscheinlich, dass er aus einem weit entfernten Land stammte. Dagegen war Sophos das Abbild eines Amazonensohnes, dunkeläugig, groß und von väterlicher Stärke.

»Verzeih, dass ich dich nicht erkannt habe. Eigentlich seid ihr beiden nicht zu verwechseln. Was führt dich zu mir?«

»Clete schickt mich. Sie meinte, du brauchst einen Heiler.« Er setzte sich neben sie, ihre Wunde begutachtend. »Außerdem glaubt sie, dass du Redebedarf hast. Ich als Vorzeigefremder soll besonders geeignet sein, weil wir beide nicht im Reich der Amazonen geboren wurden.«

Seine leicht spöttische Art hatte etwas Tröstendes. Areto fühlte sich gleich weniger miserabel. Da war immer noch Gram wegen Clete, doch sie war froh, dass die Kriegerin ihr diesen Mann geschickt hatte.

Er ging mit schnellen, geübten Bewegungen ans Werk, während sie sich unterhielten. Kein Griff oder Wort war zu viel. Er wusste nicht nur mit seinen Händen, sondern auch mit der Stimme zu heilen.

Langsam schwand der Schmerz, derweil er von seiner Familie erzählte. Areto sah sie genau vor sich. Sophos, der ihren Sohn an der Hand hielt. Lacomache, die die beiden umarmte und anschließend ihre Töchter auf die Stirn küsste. Die kleinen Bärinnen sahen traurig aus, aber auch stolz, weil ihre Mutter in den Krieg zog.

Sie hörte die Liebe in Xenons Stimme. Er hätte bei Sophos bleiben können, um auf die Kinder zu achten, bis Lacomache wiederkäme und sie alle gemeinsam ins Land des Sternstammes zurückkönnten. Aber er hatte nicht gezögert, mit ihr zu gehen.

Er wirkte eins mit sich, als wäre sein Platz nun in diesem Heer an der Seite seiner Frau. Es berührte Areto. Sie wünschte sich, ebenfalls solche Verbündete zu haben und ihren Platz zu finden.

\* \* \*

Vorsichtig trat sie aus dem Zelt, bedacht darauf, ihre Hüfte nicht zu sehr zu belasten. Xenon hatte gesagt, sie müsse sich in den nächsten Tagen schonen. Keine Anstrengungen, schon gar nicht Kampfübungen. Es war wohl besser so. Dann könnte sie endlich wieder schlafen.

Gierig atmete sie die kühle Nachtluft ein. Sie genoss das Gefühl, wie das Gras in ihre bloßen Zehen stach. Irgendwo klimperte eine Lyra. Ein paar letzte Feuer brannten, an denen sich Kriegerinnen wärmten. Aber bei Areto war alles dunkel. Sie sah auf den Schatten, der zwischen den Zelten hockte. Er grinste sie an, bereit, sie jederzeit wieder aufs Schlimmste anzufallen. Aber heute wollte sie versuchen, sich nicht vor ihm zu fürchten.

Ehe sie es sich anders überlegen konnte, griff sie nach der Augenbinde. Ein Ruck, und ihr Gesicht war davon befreit. Sie öffnete das Auge von Artemis.

Ein Brennen schnitt durch ihren Kopf, weil sie so scharf sah. Doch diesmal überwältigte es sie nicht. Xenon hatte ihr einen Kräutersud eingeflößt, der die Schmerzen dämpfte, und die letzten Tage hatten sie abgehärtet.

Sie sah mitten in den Schatten hinein. Der Blick von Artemis zerriss das Dunkel vor ihr. Sie konnte jede Faser in der Zeltplane erkennen, jeden Grashalm. Die Sterne strahlten in ihre Seele.

Sie sah sich staunend um. Die Kraft, vor der sie sich so geängstigt hatte, öffnete ihr nunmehr eine neue Welt. Sie sah zwischen den Zelten hindurch, auf Dinge, die menschliche Augen nicht erkennen konnten. Eine Antilope, die im hohen Gras starb, und ein Samen, der dafür aufging. Schlafende Nymphen und göttliche Macht, die in allem wirkte. Es war unfassbar schön.

Areto bemerkte, dass sie zitterte, so ehrfürchtig war sie. Sie lachte leise über sich selbst, bevor sie sich weiter umschaute. Ein Stück vom Lager entfernt entdeckte sie ein Leuchten. Es war die rote Gestalt eines Pferdes, das sie schon einmal gesehen hatte. Promethea.

Clete war bei ihr. Sie hatte ihre Hand auf die Schnauze der Stute gelegt und redete ihr zu. Jetzt, wo Areto sie so sah, fragte sie sich, wie oft Clete fortgeschlichen war, um bei Promethea zu sein.

Sie betrachtete die Kriegerin, die weit weg und doch so gut für sie zu sehen war mit ihrem neuen Blick. Ein und aus atmete sie, gegen den Schmerz in ihrem Kopf, erstaunlich kontrolliert. Es erfüllte sie mit Zuversicht. Sie konnte hiermit umgehen. Sie war stark genug.

Gerade beschloss sie, Clete aufzusuchen und sich mit ihr zu versöhnen, als sich etwas zwischen den Zelten regte. Sie sah es zu spät kommen. Es war nicht der Schatten, sondern eine Gestalt, die sie aus dem Dunkel anfiel. Areto schaffte es nicht mehr, sie abzuwehren. Sie wurde umgeworfen, stürzte keuchend zu Boden. Jemand setzte sich ihr auf die Brust. Dann griffen Finger mit spitzen Nägeln nach ihr. Sie spürte, wie sie sich ihr zwischen die Lider und unter den Augapfel bohrten. Der Schmerz war grässlich. Gleißendes Licht flutete aus ihrem Auge, und sie meinte eine Frau vor sich zu erkennen.

Die Angreiferin war nicht mehr als abgemagertes Fleisch, mit Fellfetzen und einer hölzernen Fuchsmaske bekleidet. Dennoch wohnte ihr eine unerklärliche Kraft inne. Sie saß in ihren Augen, die rot unter der Maske leuchteten. Die hölzerne Fuchsschnauze verzog sich zu einem höhnischen Grinsen, und Areto hörte einen Mann lachen.

»Hol mir das Auge, Polydora!«

Die Frau zog mit einem Ruck ihre Hand zurück. Ein roter Lichtblitz blendete Areto. Sie schrie, als ihr das Auge von Artemis aus dem Kopf gerissen wurde.

# XIII. DIE DIEBIN

## Clete

Das Fell unter ihren Fingern fühlte sich heiß an, als würde Feuer darunter lodern. Abwesend streichelte sie Prometheas Stirn.

Eigentlich war Clete hergekommen, um ihren Kopf beim Reiten zu klären. Sie fühlte sich auf dem Rücken von Promethea am freiesten. Doch anstatt über die Steppe zu fliegen, versank sie in den flammenden Augen.

Inzwischen war einige Zeit vergangen, seit Areto sich mit ihr gestritten und sie fortgeschickt hatte. Bestimmt hatte Xenon sich bereits um sie gekümmert. Ob es ihr besser ging? Sie war so aufgebracht gewesen, am Rande ihrer Kräfte. Es machte Clete Sorgen.

Sie überlegte, ob sie zurückgehen oder ausreiten sollte, als ein Schrei erklang. Ihr Herz drohte stehen zu bleiben. Der Schrei kam von Areto.

»Oh, Artemis!«

Sie schwang sich auf den Rücken von Promethea. Die Stute raste sogleich auf ihren Schenkeldruck los. Während die Nacht an ihnen vorbeischnellte, prasselten Vorwürfe auf Clete ein. Sie hätte nicht weggehen sollen. Areto hatte nicht gewollt, dass sie blieb, doch Clete hätte sich durchsetzen müssen.

Sie gelangte in Windeseile beim Lager an. Das Bild, das sich ihr bot, war schlimmer als ihre Erwartungen. Areto wand sich vor ihrem Zelt auf dem Boden, schmerzgekrümmt. Dort, wo das Auge von Artemis hätte sein sollen, war nichts mehr als ein tränendes Loch.

Mehrere Menschen scharten sich um sie. Darunter war Bremusa, die Areto an den Schultern stützte und die Schaulustigen anblaffte, auf Abstand zu bleiben. Als die Rasende sie erblickte, rief sie: »Clete! Hättest du nicht Areto beschützen sollen?«

Sie brachte Promethea zum Stehen und sagte: »Das Gleiche könnte ich dich fragen. Du warst doch Nachtwache?«

Areto regte sich stöhnend. »Mich hat jemand angegriffen.«

Clete sah ungläubig Bremusa an, die sich verteidigte: »Ich habe die ganze Zeit Wacht gehalten. Frag nicht, wie, aber jemand muss sich an mir und den anderen vorbeigeschlichen haben.«

»Es war eine Frau mit einer Fuchsmaske«, sagte Areto. »Sie hat das Auge von Artemis mitgenommen. Du musst es zurückholen!«

»Wo ist diese Frau hin?«, fragte Clete.

»Dort lang.« Bremusa wies in die Nacht jenseits des Lagers. »Antianeira und ein paar andere sind bereits auf dem Weg. Los!«

Clete gab Promethea die Schenkel, und sie rasten aus dem Lager. Es dauerte nicht lange, da hörte sie Hufgetrappel und das Rufen der Amazonen, die die Diebin verfolgten. Promethea überholte sie ohne Schwierigkeiten.

Sie waren schnell, viel schneller als jedes Pferd. Nur deshalb konnte Clete die Diebin einholen. In dem Meer aus Nacht und Steppengräsern war diese kaum zu erkennen. Doch das silberne Leuchten des Auges, das die Flüchtende in der Hand hielt, verriet sie.

Clete schnitt ihr mit Promethea den Weg ab. »Keinen Schritt weiter!« Die Diebin ließ sich davon nicht aufhalten. Sie zog ein Messer zwischen ihren Lumpen hervor und fiel damit Promethea an. Die Stute wieherte, als sich die Frau mit Klinge und Zähnen an ihrem Bein verhakte.

Fluchend versuchte Clete, das Gleichgewicht zu halten. Die Frau hielt sich mit einer Kraft fest, die ihr schmaler Leib nicht haben sollte. Währenddessen strahlte rotes Licht aus den unmaskierten Augen. Wie durch ein Wunder ging Promethea nicht zu Boden, sondern stolperte weiter. Clete nutzte es, um ihren Speer aus der Halterung an ihrem Rücken zu nehmen. Sie stieß nach der Frau. Die Waffe schleifte über die Fuchsmaske, riss sie der Diebin vom Kopf. Da erlosch das Rot in ihrem Blick. Als würde ihre Kraft mit der Maske zu Boden fallen, erschlaffte ihr ganzer Körper.

Die Diebin fiel von Prometheas Bein, verlor ihr Messer. Im Mondlicht sah Clete große dunkle Augen. Sie erkannte mattes Haar, ein knochiges Gesicht und eine Kette mit Steinen um den Hals. Daran hing ein magerer Körper, der sich wie ein Wurm verkriechen wollte.

Clete lenkte Promethea auf die Diebin zu, traktierte sie mit Hufen und Speer gleichermaßen. Die Frau entwand sich beidem und versuchte, davonzuschlängeln. Sie lief auf eine bergigere Gegend mit Bewaldung zu.

Da schoss ein silberner Strahl vom Mond herab, auf das Auge von Artemis, als würde die Göttin selbst ihn schicken. Wie ein Blitz zerriss er die Nacht. Die Diebin schrie auf, weil sie davon geblendet wurde.

Clete blinzelte gegen das Licht an. Sie folgte den Schreien, schwang sich im Ritt von Promethea. Als sie die Silhouette der Frau erkennen konnte, sprang sie auf diese.

Die Diebin fauchte und schnappte um sich. Clete bekam sie am Haar zu fassen und rang sie nieder. Gerade legte sie ihr den Speer an den Hals, als das Trappeln von Hufen erklang. Die Truppe von Antianeira näherte sich. Eine der drei Amazonen trug eine Fackel.

»Ich habe sie!«, rief Clete ihnen zu.

Just in diesem Moment biss die Frau ihr in die Hand. Clete unterdrückte einen Schrei. Unwillkürlich lockerte sich ihr Griff, sodass ihre Gefangene entschlüpfen konnte. Von den anderen Amazonen eingekesselt, lief die Frau Antianeira entgegen. Die hob ihre Labrys zum Wurf ... um innezuhalten.

Das Fackellicht fiel auf die Diebin. Kurz war sie in all ihrer Armseligkeit zu erkennen, abgemagert, mit kaum mehr als Lumpen am Leib und ihren fischartigen Augen. Dort, wo ihre nackte Haut hervorblitzte, waren überall Schnitte und Narben.

»Worauf wartest du?«, fragte Clete verständnislos. »Sie ist doch vor deiner Nase!«

Antianeira rührte sich nicht. Beinahe wäre die Diebin an ihr vorbei ins Steppengras gehuscht. Clete schaffte es zuvor, die Diebin am Knöchel zu packen.

Da erwachte Antianeira aus ihrer Starre. »Nicht! Wir dürfen diese Frau nicht anrühren.«

»Bist du von Sinnen?«, fuhr Clete sie an, während sie die Frau zu Boden drückte. »Sie hat das Auge von Artemis gestohlen!«

Antianeira ging nicht darauf ein. Sie wandte sich den unsicheren Kriegerinnen zu. »Das ist eine Mänade. Dionysos wird toben, wenn wir sie nicht ziehen lassen. Und ich –« Sie verstummte.

Clete wusste, da war noch mehr. Etwas Gewichtiges musste Antianeira von ihrer Pflicht abhalten. Niemals würde die Herrin der Krüppel jemanden entkommen lassen, weil sie Konsequenzen fürchtete. Aber Clete hatte keine Zeit für Ratespiele. Kurz entschlossen warf sie ihren Speer zur Seite. Sie riss ein Stück des Fetzengewands ab.

»Tu ihr nichts!«, rief Antianeira.

Clete bedeutete ihr mit einem scharfen Blick, dass es keinen Grund für Sorge gab. »Worauf wartet ihr? Helft mir, sie zu fesseln.«

Da rührte sich endlich eine der Kriegerinnen. Sie stieg ab, um ihr mit dem Stoff zu helfen. Clete nahm zuvor das Auge an sich, das die Mänade hartnäckig umklammert hielt. Es war völlig intakt. Als wäre aller Schaden und Schmutz an der silbernen Oberfläche zerstoben. Kalt wie ein Edelstein lag das Auge in ihrer Hand, während sie die Diebin fesselte.

Antianeira schritt zu keinem Zeitpunkt ein. Sie schien nur daran interessiert, dass die Gefangene unverletzt blieb. Auch sie stieg ab, um zum Rand des Lichtkreises zu gehen, den die Fackel zeichnete. Still hob sie die Fuchsmaske auf und schwieg auch, als sie zum Lager zurückkritten.

\*\*\*

Die Mänade hörte irgendwann auf, sich zu wehren. Ihre Ruhe war fast unheimlich. Wie einen Sack hatte Clete sie über den Rücken von Promethea gehängt. Die Wunde der Stute schloss sich bereits, sodass sie problemlos ins Lager reiten konnten. Areto wartete an der Zeltgrenze auf sie, zusammen mit den Wachen und Antandre.

»Clete!« Areto lief auf sie zu. »Hast du es zurückbekommen?« Sie atmete auf, als Clete zur Antwort das Auge in die Höhe hielt. »Den Göttinnen sei Dank.«

Kaum war Clete abgestiegen, da wurde sie schon überrumpelt. Areto war so dankbar, sie warf sich ihr an den Hals und küsste sie. Als hätte es ihren Streit nie gegeben.

»Hier.« Clete hob die Hand mit dem Auge. »Entschuldige, dass ich nicht da war, um den Diebstahl zu verhindern. Noch einmal werde ich es nicht zulassen.«

Areto nickte und nahm das Auge entgegen. Clete wandte sich Antandre zu, auf einen vernichtenden Blick gefasst. Doch die Stratega schien keinesfalls zornig. Anscheinend hatte Clete ihren Fehler behoben.

»Gut gemacht, Schildhaut«, sagte Antandre. »Ich sehe, du hast die Diebin gefangen.« Sie hob befehlerisch die Hand. »Bremusa, bring Areto zu ihrem Zelt. Du weichst heute nicht mehr von ihrer Seite. Clete folgt euch, sobald wir geklärt haben, wie wir mit der Diebin verfahren.« Bremusa brachte Areto fort, und Antandre fragte: »Eine Mänade, nicht wahr? Wer ist sie?«

Clete schielte zu Antianeira hinüber. »Ich glaube, diese Frage kann die Herrin der Krüppel beantworten. Sie zeigte ein ungewöhnlich großes Interesse, die Diebin unversehrt zu lassen.«

Antianeira stierte sie an, als wolle sie Clete an Ort und Stelle umbringen.

»Ist das wahr?« Antandre klang alarmiert. »Was hast du uns zu sagen, Antianeira?«

Die Angesprochene atmete schwer aus. »Diese Mänade war eine Amazone. Eine Kriegerin. Sie ist –« Ihre Stimme verebbte.

Alle schwiegen. Clete warf als Erste ihre Starre ab. Sie riss die Mänade an den Haaren hoch und deren Gewand auf, um unter dem Stoff eine gebrandmarkte Brust zu entdecken. Eine kettenartige Tätowierung lag unter dem Hals: dem Throne gelobt mit Knochen und Blut.

»Unmöglich«, hauchte Clete.

Sie zuckte zurück, weil sie erkannte, dass die Mänade gar keine Kette aus Steinen um den Hals trug. Es waren Augäpfel. Graue, vertrocknete Augäpfel.

»Wer ist diese Frau?«, fragte Antandre mit Nachdruck.

Als Clete aufsah, bemerkte sie, dass Tränen in Antianeiras Auge glänzten. Ein Anblick, den sie niemals erwartet hätte.

»Polydora«, sagte Antianeira. »Sie war eine Vertraute von Orithyia. Und meine Mutter.«

Clete stockte der Atem. Sie erinnerte sich an Polydora. Selbst hatte sie diese nicht kennengelernt, aber von ihr gehört. Es hieß, dass Antianeira als junges Mädchen von ihr verstümmelt worden sei. Polydora war so blutgierig gewesen, dass sie dem Stamm der Amazonen den Rücken gekehrt und sich dem Gefolge von Dionysos angeschlossen hatte.

»Sie ist von Augen besessen. Darum wollte sie das von Artemis stehlen.« Antianeira fasste sich an ihre linke Gesichtshälfte, die voller Narben und augenlos war. »So, wie sie mir einst meines stahl.«

*\*\**

Zu wissen, dass sich eine abtrünnige Amazone unter ihnen befand, war ein seltsam erdrückendes Gefühl. Ein Mahnmal, was aus unkontrollierter Blutgier werden konnte.

Polydora beobachtete reglos, was um sie herum geschah. Sie wehrte sich nicht, als sie in einen eilends gebauten Käfig gesperrt wurde. Ruhig saß sie hinter den Holzstreben, kaute auf ihrer Augenkette herum und zupfte Hautfetzen von ihren Armen. Es war ein Anblick, der Clete einen Schauer über den Rücken jagte. Sie eilte an Polydora vorbei, zu Penthesileas Zelt. Es graute gerade mal der Morgen, und die Königin wollte ihre Berichterstattung.

Penthesilea erwartete sie, im schwarzen Chiton, den matten Glanz von Albträumen in den Augen. Sie hielt in ihren Händen die Fuchsmaske, welche die Mänade getragen hatte. Antianeira musste sie ihr gebracht haben.

»Sag mir alles, was du hierüber weißt, Schildhaut.«

Das tat Clete. Sie erzählte im Detail, wie sie die Mänade verfolgt hatte. Penthesilea hörte mit verhärtetem Gesicht zu.

Nachdem Clete geendet hatte, sagte die Königin: »Ich habe schon einmal so eine Maske gesehen.« Sie strich über das Holz, das von Cletes Speer aufgebrochen war. »Dionysos ist ein Gott des Gestaltwandelns. Er kann in die Körper seiner Leute fahren, wenn sie Masken von seinen Tierformen tragen. Du sagst, dass rotes Licht in Polydoras Augen war?« Clete verschränkte die Hände hinter dem Rücken und nickte.

»Dann hat er sie ohne Zweifel besessen.« Es war ein beunruhigender Gedanke, dass sie Dionysos in die Augen geschaut haben sollte. Aber es erklärte, woher Polydora ihre Kraft genommen hatte.

»Meine Königin«, sagte Clete. »Erlaubt Ihr mir eine Frage?«

»Nur zu.«

»Warum sollte Dionysos wollen, dass wir das Auge von Artemis verlieren?«

»Das wüsste ich auch gerne. Ich wäre nicht verwundert, wenn er am Ende nur Chaos stiften –«

Sie unterbrach sich, als Antandre ins Zelt kam. Die Stratega meldete: »Ein Skythe und eine Sauromatin. Sie reiten gerade ins Lager.« Ihr Blick suchte den von Clete. »Die Spähenden sagen, es sind –«

Clete musste es nicht hören. Die Ahnung trieb sie von allein aus dem Zelt. Kaum trat sie hinaus, sah sie ihr Bauchgefühl bestätigt. Ihr Bruder Gadas war gekommen, zusammen mit seiner Frau Tamura.

Die beiden ritten auf großen Pferden heran, die mit ihren langen Beinen fürs Flachland geschaffen waren. Sie trugen eine Mischung von nomadischem Kriegs- und Festgewand aus Lederhelmen, bunten Kaftans und gemusterten Stoffhosen. Offensichtlich kamen sie in Frieden, doch waren jederzeit bereit, zu kämpfen.

»Gadas! Tamura!«, rief Clete ihnen zu.

Er riss den Kopf zu ihr herum. Seine geflochtenen Haare und Bartzöpfe flogen dabei auf. »Clete!« Er stieg ab und rannte ihr entgegen. »Es geht dir gut, Schwester. Himmel und Erde sei Dank.«

Sie zog ihn in eine Umarmung. »Natürlich geht es mir gut. Was macht dich anderes glauben?«

Er klopfte ihr kräftig auf den Rücken, ein Gefühl, das sie vermisst hatte. »Die Höflinge von Dionysos ziehen durchs Land.«

»Das weiß ich längst.« Sie fügte auf seinen ungläubigen Blick hinzu: »Gestern ist eine Mänade im Lager eingefallen.«

Er schüttelte den Kopf. »Und ich dachte, ich müsse nur mit Amazonen zurechtkommen, wenn ich dich wiedersehen will. Du lebst von Tag zu Tag gefährlicher.«

Sie löste sich von ihm und sah lächelnd zu seiner Gefährtin. »Sei gegrüßt, Tamura. Es ist schön, dich wiederzusehen.«

Nun, da Clete sie näher betrachtete, sah sie auch das Kind, das in einer Trage von Tamuras Brust baumelte. Madas Köpfchen lugte rotflaumig aus dem Stoff. Clete kam nicht umhin, sich bei diesem Anblick für ihren Bruder zu freuen. Seine Zukunft war ungewiss gewesen, als er in jungen Jahren das Amazonenreich verlassen hatte, um Größe als Krieger zu suchen. Die hatte er gefunden und unerwartet so viel mehr erhalten.

Tamura streichelte ihre Tochter und lächelte ebenfalls. Dabei hoben sich ihre dick gewordenen Wangen. Ihr Körper hatte mit der Zeit nach der Geburt an Üppigkeit gewonnen. Es war ein umso schöneres Bild neben dem großen Gadas, an dem kaum Fleisch hing. Bei ihrer letzten Begegnung war ihr Haar kurz geschnitten gewesen, nun fiel es in rotbraunen Wellen auf ihre Schultern.

»Ich freue mich auch, dich zu sehen«, sagte Tamura. »Lieber hätte ich dich unter friedlichen Umständen getroffen. Aber die Winde der Fügung wehen, wie sie wollen.«

»In der Tat«, sagte Clete und wandte sich an ihren Bruder. »Wie kommt es, dass ihr hier seid? Wirst du nicht als Hand des Häuptlings gebraucht?«

Ehe die beiden antworten konnten, hörte Clete ein Rascheln hinter sich. Als sie sich umwandte, sah sie, dass Antandre herankam.

Gadas neigte den Kopf. »Seid gegrüßt, werte Muhme. Lange ist es her.«

Tamura sagte: »Wir sind gekommen, um den Amazonen während ihres Feldzugs beizustehen.«

Antandre nickte grimmig. »Immerhin zwei Verbündete. Besser als gar keine.« Sie wies auf das Zelt hinter sich. »Kommt. Königin Penthesilea erwartet euch.«

\*\*\*

Wenig später wiegte Clete die kleine Mada in den Armen. Sie saß am Rande des Zeltes und hörte zu, wie sich Tamura und Gadas mit der Königin beredeten.

»Die Nachricht, dass die Amazonen in den Krieg ziehen, hat sich schnell verbreitet«, erzählte er.»Unseresgleichen sprechen von nichts anderem mehr.«

Penthesilea runzelte die Stirn.»Warum meiden die Skythen uns? Sollten sie sich den Amazonen nicht anschließen? Wir sind doch Verbündete.«

»Diesbezüglich gibt es Zwist. Mehrere Stammesführer stellen infrage, ob das Bündnis mit den Amazonen unter einem guten Stern steht.«

Auf den fragenden Blick der Königin sagte Tamura:»Mit eurem Entschluss, nach Troja zu ziehen, ist der Hof des Gelächters in unseren Landen eingefallen. Einige glauben, dass ihr uns den Zorn von Dionysos gebracht habt.«

»Auch unsere Stammesleute zweifeln.« Gadas verschränkte die Arme vor der breiten Brust.»Unter Irbis hätten sie es nicht getan. Aber der große Häuptling ist tot, von einer Krankheit dahingerafft. Möge er Frieden haben in den goldenen Landen der Ewigkeit.« Er verzog bekümmert das Gesicht.»Sein Erbe Maiakos ist viel zu jung. Ein heißblütiger Frischling, der nicht die rechten Entscheidungen fällen kann. Er misstraut euch Amazonen und will Abstand halten, bis die Enarees keine dunklen Zeichen mehr sehen. Pah! Wie ein Hund, der den Schwanz einkneift.«

Antandre sah schmaläugig zwischen ihnen umher.»Das klingt, als wäret ihr nicht einverstanden mit dem Willen des neuen Häuptlings.«

»Natürlich nicht«, sagte Tamura zornig.»Wenn unsere Familie in Not ist, stehen wir ihr bei.«

Auch Gadas' Augen funkelten.»So gebietet es die Ehre. Aber das wollte der Sohn von Irbis nicht hören, nicht einmal von mir, der Hand seines Vaters. Er hat mich exiliert für meine angebliche Respektlosigkeit. Jetzt sind wir hier, und anders als er sind wir keine Feiglinge.«

Er sprach so laut, dass Mada aus ihrem Dösen erwachte und zu wimmern anfing. Clete wiegte sie stärker. Das beruhigte die Kleine jedoch nicht.

Sie erhob sich, ging hinaus und hörte, wie Gadas sagte:»Wir bitten darum, mit den Amazonen ziehen zu dürfen. Zum einen, um zu verhandeln, sollte es zu Auseinandersetzungen mit den Stämmen kommen. Zum anderen, um herauszufinden, was Dionysos und sein Gefolge umtreibt.«

Die Zeltplane fiel hinter ihr zu, und sie hörte Penthesileas Antwort nicht mehr. Aber sie hatte keinen Zweifel, dass die Königin zusagen würde.

Sie setzte sich vor das Zelt, ins Licht der höher kletternden Sonne, und genoss die Wärme. Mada dagegen schien das nicht zu gefallen. Sie quäkte noch lauter.

Clete versuchte vergeblich, sie mit einer gesummten Melodie zu beruhigen. Sie wollte schon die Hoffnung aufgeben, als Gadas aus dem Zelt trat. Erleichtert hielt sie ihm seine Tochter hin.

»Quält sie dich?«, fragte er grinsend.

»Und wie.« Kaum dass sie ihm Mada gab, verstummte die Kleine an seiner Brust. »Ich bin nun mal nicht gut mit Kindern. Wie machst du das?«

Er küsste Mada sachte auf den Rotschopf. »Das kann ich dir auch nicht verraten. Ich bin einfach ihr Vater.« Er setzte sich neben Clete. »Ich soll dir von Antandre sagen, dass du entlassen bist. Wir werden uns jetzt alleine besprechen. Es sei denn, du hast noch etwas zu berichten?«

Nach kurzer Überlegung schüttelte Clete den Kopf. Sie hatte alles zu Polydora gesagt, und sie hatten sich bereits wegen Promethea und dem Auge von Artemis ausgetauscht.

»Ich glaubte erst, ich höre nicht recht«, sagte er. »Dass ihr nicht nur Troja wollt, sondern die ganze Welt. Dennoch habt ihr die Gunst eurer Göttinnen.«

»Als ob du mich im Stich lassen könntest, wenn dem nicht so wäre.« Auf sein Brummen hin fügte sie hinzu: »Ich rechne es euch hoch an, dass ihr uns zu Hilfe kommt und sogar den Zorn eures Häuptlings auf euch nehmt. Ihr habt jetzt mit Mada etwas zu verlieren.«

»Bedank dich nicht zu viel. Bei aller Geschwisterliebe, wenn es zu gefährlich wird, zögere ich nicht, mit Frau und Kind zu fliehen.«

Clete lachte. »Verständlich.« Dann wurde sie nachdenklicher. »Unfassbar, wie sehr Mada gewachsen ist. Bei ihrer Geburt war sie nicht mehr als ein Würmchen. Ich weiß noch, wie viel Angst ich hatte, sie zu zerbrechen.«

»Nicht wahr?«, fragte Gadas und zupfte an den winzigen Zehen. »Seitdem ist sie viel schwerer geworden. Ich glaube, sie wird einmal so kräftig wie du.«

Eine kleinere Clete. Diese Vorstellung gefiel ihr. Als hätte Gadas ihre

Gedanken gelesen, fragte er: »Hast du jemals über eine Tochter nachgedacht? Oder willst du nur mit dem Krieg vermählt bleiben?«

Clete schwieg. Natürlich hatte sie schon daran gedacht, dass sie eine Erbin bräuchte. Aber es war auch ihre Bestimmung, ruhmvoll auf dem Schlachtfeld zu sterben, und das hieße, ihr Kind schutzlos zurückzulassen. Das könnte sie niemals tun.

Ehe sie Gadas antworten konnte, rief Antandre barsch nach ihm. »Dieser Ton hat mir nicht gerade gefehlt«, meinte er und erhob sich. »Ich gehe wohl besser, bevor Antandre mir den Kopf abbeißt. Wir sehen uns später.«

\*\*\*

Tatsächlich sollte sie ihren Bruder eine Weile nicht sehen. Die Besprechung zog sich immer mehr in die Länge, ging auch weiter, als die Sonne den Zenit überschritten hatte. Das Heer lagerte einen weiteren Tag.

Clete verbrachte die Zeit damit, ihre Ausrüstung zu prüfen, zu dösen und nach Promethea zu sehen. Sie wartete unruhig auf Befehle, die nicht kamen. Als sie auch am Abend ausblieben, beschloss sie, nach Areto zu schauen, und machte sich auf den Weg.

Ihre Füße entschieden wie von allein, einen Umweg zu nehmen, zu dem Rand des Lagers, wo Polydora in ihrem Holzkäfig lag. Clete blieb wenige Schritte davon entfernt stehen. Sie beobachtete argwöhnisch die Mänade, die von Antianeira bewacht wurde. Bei ihrer Rückkehr ins Lager hatte die Herrin der Krüppel darum gebeten, alleine mit ihr sprechen zu dürfen.

Antianeira wirkte verbittert, während sie Polydora allerlei Dinge an den Kopf warf. »Was ist aus dir geworden, Mutter? Einst warst du viel mehr als die Augensammlerin von Dionysos.«

Clete rechnete nicht damit, dass Polydora antworten würde. Die Mänade schien zu verwahrlost, gefangen in den Wirren ihres Geistes. Es war umso erschreckender, als Polydora sprach.

»Du bist hübsch, Antianeira. So hübsch.« Sie schob lächelnd ihre trockenen Lippen auseinander. Ihre Zähne waren teils verfault. »Ich will dein Gesicht auseinanderschneiden und dein Auge behalten.« Sie hob die Kette, auf der sie eben herumgekaut hatte. »Schau. Dein anderes Auge hat gar keine Farbe mehr. Das, was du noch hast, sieht dagegen so schön saftig aus.«

Antianeiras Gesicht verzerrte sich vor Hass.

»Ich habe gehört, dass die Amazonen dich Herrin der Krüppel nennen?« Polydora kicherte. »Du hast also meinen Rat beherzigt? Verkrüppelst du andere, weil sie sich so besser zähmen und für deine Lust gebrauchen lassen? Ich glaube, du würdest Dionysos gefallen. Besonders ohne Augen. Er liebt es, Verstümmelte zu ficken.«

Da konnte Antianeira sich nicht mehr zurückhalten. Ihre Hand schoss zwischen die Holzstäbe und packte Polydora am Hals. Die Mänade röchelte.

»Wie konnte ich so dumm sein?«, spuckte Antianeira aus. »Ich hätte dich nicht schützen sollen, nur weil wir vom selben Blut sind. Du bist nicht meine Mutter, schon lange nicht mehr. Du bist ein Ungeheuer.«

Clete hatte genug mit angesehen. Sie stürzte auf die beiden zu und rief: »Lass sie los!«

Polydora rang um Atem. »Und du bist auch eines, mein Kind.« Je heftiger sie keuchte, desto breiter grinste sie. »Ein schönes, entsetzliches Ungeheuer.«

Antianeira griff mit der freien Hand nach ihrem Schwert und schrie: »Ich sollte dich töten!«

»Ja. Töte mich. Bitte!« Polydora reckte sich ihr entgegen. »Wate durch mein Blut in den Hof, liebste Tochter!«

Clete stieß Antianeira fort, ehe die Situation endgültig eskalierte. Polydora fiel hustend zu Boden.

»Misch dich nicht ein, Clete!«

»Ich muss es aber tun.« Sie funkelte Antianeira an. »Reiß dich zusammen. Polydora ist die Geisel der Königinnen. Du kannst nicht frei mit ihr verfahren.«

Antianeira knirschte mit den Zähnen. Es bereitete ihr sichtbar Mühe, nicht auf Clete loszugehen.

»Schon gut. Ich verstehe, wie du dich fühlst. Auch ich hatte eine Mutter, die –«

»Nein. Du verstehst mich nicht.« Als Clete die Hand nach ihr ausstrecken wollte, zischte Antianeira: »Fass mich nicht an. Würdest du mich verstehen, wüsstest du, dass es vergebens ist. Ich lasse mir nicht von anderen die Hand geben. Wenn, dann schlage ich sie ihnen ab.«

Clete ließ ihre Hand sinken. Sie sah, dass sich Kriegerinnen näherten, und sagte: »Deine Ablöse kommt. Ruh dich aus.«

Polydora, die wieder frei atmete, krümmte sich auf dem Boden zusammen. Dann begann sie zu lachen. So laut und schallend, dass es ihren mageren Körper schüttelte.

»Du elende Törin«, sagte Antianeira. Sie schlug vergeblich gegen den Käfig, um Polydora zum Schweigen zu bringen. »Wie du mich ansiehst. Du lehnst mich ab, doch willst Mitleid mit mir haben?« Sie stapfte an Clete vorbei. »Bestreite deine eigenen Kämpfe, Schildhaut. Ich wette, du hast selbst genug mit deiner Vergangenheit zu kämpfen.«

\* \* \*

Das Gespräch zwischen Antianeira und Polydora ließ sie nicht los. Clete dachte immer noch darüber nach, als sie das Zelt von Areto aufsuchte.

Bremusa, die davor Wache hielt, fuhr sich gähnend durch das wirre rote Haar. »Alles gut?«, fragte sie und winkte Clete. »Ich konnte sogar von hier aus hören, wie Antianeira ihr Gift verspritzt.«

»Frag besser nicht. Wie geht es Areto?«

»Warum siehst du nicht nach?«

»Ich glaube nicht –«

»Ach komm.« Bremusa wies mit einer ausladenden Geste auf das Zelt. »Du hast sie schon viel zu lange warten lassen. Maul halten und rein mit dir!«

Clete atmete tief durch. Dann nickte sie Bremusa zu, schlug die Zeltplane zurück und fragte: »Kann ich hineinkommen, Areto?«

Sie bekam keine Antwort. Zögernd steckte sie den Kopf ins Zelt. Das Feuer einer Lampenschale tauchte das Innere in dämmriges Licht.

Areto saß auf dem Boden. Sie hielt das Auge von Artemis in der Hand. Unentschlossen betrachtete sie es, ohne Clete zu bemerken. Die Binde saß schief auf ihrem Gesicht, verdeckte gerade so die leere Augenhöhle.

»Areto?«

Ihre Freundin sah überrascht auf. Sie schickte sich zuerst an, das Auge hinter ihrem Rücken zu verbergen. Dann schien ihr klar zu werden, dass Clete sie schon länger beobachtete, und sie ließ es bleiben.

»Ich wollte nach dir sehen. Darf ich hinein?« Areto nickte, und Clete ging zu ihr. »Ist mit dem Auge alles in Ordnung?«

»Ich denke schon. Es scheint nicht beschädigt worden zu sein.

Aber ...« Areto stockte. »Ich schaffe es nicht, es mir wiedereinzusetzen. Seit Stunden sitze ich hier und schaue es an.«

»Wenn du willst, kann ich helfen.«

»Das ist es ja. Ich weiß nicht, ob ich Hilfe will. Ein Teil von mir möchte dieses Auge einfach wegwerfen. Mir ist klar, dass das nicht möglich ist. Aber hätte ich die Wahl ...«

Clete wusste kurz nicht, was sie sagen sollte. »Ich meinte nicht nur Hilfe mit deinem Auge, sondern ... Schwer zu sagen. Vermutlich mit allem.«

Areto verzog den Mund. »Warum der Sinneswandel? Du bist doch nur meine Leibwache.«

»Ich habe es bereits gesagt und sage es gerne wieder: Es tut mir leid.« Sie setzte sich vor Areto, sodass sie auf Augenhöhe waren. »Ich habe dich alleingelassen, als du mich gebraucht hast. Das werde ich nie wieder tun.«

Es wirkte, als wollte Areto weiterhin böse schauen. Aber es gelang ihr nicht. Ihre Mundwinkel zuckten nach oben, und sie schluckte schwer. »Ich nehme dich beim Wort.«

Clete antwortete, indem sie sich nach dem Auge ausstreckte. Areto ließ es zu. Sie strich sich die dunklen Locken aus dem Gesicht, zog die Augenbinde weg und neigte den Kopf voller Vertrauen.

Clete konnte ihr das Auge so leicht einsetzen, als wäre nie etwas gewesen. Das Silber umfing Areto. Ein Blinzeln, ein tiefer Atemzug, und alles war wieder ganz.

Areto schaute sie an, aus dunklem und silbernem Auge. Sie lächelte so breit, dass Clete fragen musste: »Willst du mir etwas sagen?«

»Ich wünschte, du könntest dich mit dem Blick von Artemis sehen. Deine Narben leuchten so schön.« Ihr Lächeln nahm ab. »Darf ich dich um etwas bitten, große Jägerin?«

»Immer, Erwählte von Artemis.«

»Schlaf heute Nacht neben mir.«

Nach erstem verblüfftem Schweigen sagte Clete: »Ja, gerne.«

Areto wirkte ungemein dankbar. Sie lehnte sich an Clete, die bei ihr blieb und ihr ein Fell über den Körper zog. Seltsam. Jetzt, wo sie darüber nachdachte, fiel ihr auf, dass sie das noch nie getan hatten. Sie kamen entweder im Bett zusammen, um sich zu lieben, oder verbrachten anderweitig Zeit. Aber sie hatten nie nur nebeneinander geschlafen.

»Ich habe dich vermisst«, flüsterte Areto.

Sie war eingenickt, bevor Clete etwas erwiderte. Das Feuer in der Lampenschale brannte herunter, und Dunkelheit umfing sie. Clete blieb in ihrer Rüstung sitzen, stets in Bereitschaft. Sie lauschte auf Aretos Atem und schloss die Augen.

Im Halbschlaf träumte sie davon, wieder ein Mädchen zu sein. Sie hielt Gadas an der Hand, der ihr nachstolperte, weil er gerade erst laufen gelernt hatte. In der Ferne sah sie ihre Eltern. Sie waren nicht mehr als verzerrte Schatten vor der aufgehenden Sonne.

Clete war aufgeregt. Sie zog Gadas mit sich, weil sie es nicht abwarten konnte, die Heimat ihres Vaters zu sehen. Ihre Mutter hatte beschlossen, dass sie dort mit ihm leben würden. So voller Vorfreude war Clete, dass sie nicht bemerkte, wie die Sonne sich verdunkelte.

*\*\**

Das Lager war noch am Schlafen, als Clete ein Zucken neben sich spüre. Areto war erwacht.

»Clete? Hörst du mich?«

»Ja?«

Areto atmete schwer. Sie griff in der Dunkelheit nach Clete und hielt sich an ihr fest. »Ich muss mit dir reden.«

Clete fragte beunruhigt: »Hattest du einen Albtraum?«

»So in der Art. Seit ich das Auge trage, träume ich immer wieder von Artemis. Diesmal habe ich aber Hippolyte gesehen. Sie saß auf der Fähre von Charon und flehte mich an, mit ihr über den Styx zu kommen.«

»Ich träume auch oft von den Toten.«

»Das ist es nicht. Ich –« Areto zögerte.

»Glaubst du, sie hat wirklich nach dir gerufen?«

»Ja. Sie sagte, ich müsse etwas wissen, ehe sie in den Fluten des Vergessens untergeht. Etwas über ihren Tod.«

Clete schwieg nachdenklich.

»Ich werde Phileas bitten, den Traum für mich zu deuten. Vielleicht ist er prophetisch.«

»Was, wenn du recht hast und Hippolyte nach dir ruft? Willst du ihr etwa in die Unterwelt folgen?«

»Vielleicht? Wenn die alten Geschichten stimmen, wäre ich nicht die Erste.«

Clete musste grinsen. Seit wann war Areto so wagemutig? »Ich kenne eine Kriegerin, die ein von Göttinnen gesegnetes Pferd besitzt. Bestimmt kann es dich zum nächsten Eingang in die Unterwelt bringen.«
»Würde mich diese Kriegerin auch begleiten?«
»Natürlich«, sagte sie und nahm Aretos Hand. »Was immer auch der Wille der Göttin ist, ich werde dir überallhin folgen.«

## XIV. ALTE FEHDEN

### Penthesilea

Die Ereignisse der letzten Tage bereiteten ihr Kopfzerbrechen. Erst wurden sie von den Skythen gemieden. Dann kam Polydora. Schließlich tauchten Tamura und Gadas auf. Damit nicht genug, stand nun Areto in ihrem Zelt und bat, losgelöst vom Rest des Heeres reisen zu dürfen. Und das nirgendwo anders hin als in die Unterwelt.

Penthesilea massierte sich die schmerzenden Schläfen und sagte: »Auf keinen Fall.«

Sie sah maßregelnd zwischen Areto und Phileas, der sie ins Zelt begleitet hatte, umher. Clete war ebenfalls anwesend.

»Meine Königin«, rief Phileas und trat vor. »Ich hatte auch jenen Traum. Er muss prophetisch sein. Wir dürfen ihn nicht ignorieren.«

Sie verzog das Gesicht. »Ich darf vor allem mein Heer nicht demoralisieren, indem ich die Erwählte von Artemis einfach wegschicke. Wer soll sie überhaupt auf dem Weg beschützen?«

Die Frage war rhetorisch, doch Clete räusperte sich. »Ich, sofern Ihr mich ziehen lasst.« Auf den scharfen Blick von Penthesilea fügte sie hinzu: »Apollon sagt, dass ich Areto schützen soll. Lasst sie mich auf dem Rücken von Promethea in die Unterwelt bringen.«

»Meine größte Jägerin soll auch gehen?«, fragte Penthesilea gereizt. »Wirst du mir jetzt sagen, dass dir das ebenfalls im Traum gekommen ist, Sehender?«

Zu ihrem Gram nickte er auch noch. »Die Bilder, die ich sah, sind deutlich. Hippolyte ruft aus der Unterwelt nach meiner Mutter. Eure

Schwester erschien mir unter einem pechschwarz werdenden Himmel, von einer Taube begleitet und eine Krone mit vierzehn Zacken auf dem Kopf. Der Vogel steht unter dem Schutz der Naturgöttin Demeter. Er wird Areto zum nächsten Eingang in die Unterwelt führen. Vierzehn Mal wird die Sonne auf- und untergehen, ehe sie zu den Amazonen zurückkehrt. Und spätestens wenn sich der Himmel schwärzt, ist es an der Zeit, sie ziehen zu lassen. Sonst könnte ein Unglück geschehen.«

»Dafür, dass Melanippe dich erst seit Kurzem lehrt, weißt du schon viele Interpretationen anzustellen.«

»Ich bemühe mich. Die Hohepriesterin ist eine gute Lehrerin.« Penthesilea stöhnte. Sie hatte gehofft, dass sie anderes besprechen würden. Seit Tagen wartete sie auf Visionen, die mit ihrem Feldzug oder Troja zu tun hatten.

»Bitte, Königin«, sagte Areto. »Ich habe meinem Volk genug Sorgen bereitet. Lasst mich nützlich sein und herausfinden, warum Hippolyte –«

»Nein.« Penthesilea sprach mit einem Ton, der keinerlei Widerspruch duldete. »Raus. Ihr habt mich lange genug mit diesem Unsinn behelligt.«

Es schien, als wolle Areto weiterreden. Sie schloss jedoch den Mund, als Clete ihr verneinend die Hand auf den Arm legte. Die beiden gingen hinaus.

Phileas wirkte niedergeschlagen, als er ihnen folgte. Er blieb noch einmal im Zelteingang stehen. »Bitte behaltet im Hinterkopf, was ich gesagt habe. Lasst sie ziehen, wenn der Himmel sich schwärzt. Sonst wird Unglück über uns kommen.«

\*\*\*

Die Worte von Phileas verfolgten sie noch, als sie selbst hinausging. Sie sah Myrina zwischen den Zelten hereineilen. Der Helm der Sonnenkönigin glänzte im Licht der Morgensonne golden. Er schloss fast den ganzen Kopf ein und wurde von Antilopenhörnern gekrönt. Es war ein Gegenstück zu Penthesileas Helm, dem ein versilbertes Hirschgeweih aufgesetzt war.

»Höre ich recht?«, fragte Myrina. »Die Erwählte von Artemis will uns verlassen für eine Reise in die *Unterwelt*?« Sie zog das letzte Wort betont in die Länge. »Wieso habt Ihr mich nicht sofort holen lassen, um die Sache zu besprechen?«

»Da gab es nichts zu bereden. Ich habe diese verrückte Idee unterbunden.«

»Aber sagte nicht der Sehende, dass es Aretos Schicksal sei? Das Schicksal lässt sich nicht ändern.«

»Der Sehende kann sich irren und –«

Penthesilea stockte, als es plötzlich düster wurde. Sie sah sich um und entdeckte Rauch am Horizont. Tiefdunkle Schwaden erhoben sich in der Richtung, in die das Heer ziehen musste. Nicht nur das, es flog auch ein Schwarm Raben auf. Die pechschwarzen Flügel, die den Himmel überzogen, füllten ihr Sichtfeld aus.

Myrina folgte ihrem Blick. »Heilige Mutter. Das sind keine paar toten Dryaden mehr. Der Hof scheint sich einen Weg zu uns brennen zu wollen.«

»Und ich dachte, wir würden erst in Troja gegen göttliche Gegner kämpfen.«

»Ich auch.«

Penthesilea betrachtete den schwarz gewordenen Himmel. Dies musste das Omen sein, von dem Phileas gesprochen hatte.

»Schickt die Erwählte fort«, sagte Myrina. »Der Sehende hat den Tod von Hippolyte vorhergesehen. Wollt Ihr seine Worte wahr werden und ein ähnliches Unglück über uns kommen lassen?«

Allein der Gedanke, dass so etwas wieder geschehen könnte, ängstigte Penthesilea. Kurz sah sie Melanippe vor sich, und wie sie die wunden, zierlichen Finger nach ihr ausstreckte. Ihre letzte Schwester.

Sie schluckte. »Nein. Aber es gefällt mir trotzdem nicht, die Erwählte von Artemis und meine beste Jägerin gehen zu lassen.«

»Das glaube ich gerne. Doch wenn die Schickung es so will, könnt Ihr es ohnehin nicht verhindern.«

Penthesilea nickte geschlagen. »Ihr habt recht. Es ist wohl besser, ich füge mich meinem Schicksal.« Sie seufzte. »Ich informiere Melanippe, damit sie die beiden berät und für die Reise ausstattet. Sie werden allerlei Mittel brauchen, um durch die Unterwelt zu reisen. Geschenke für das Königspaar, Bezahlung für Charon und Blut für die Toten.«

»Gut. Wie gehen wir mit dem Hof von Dionysos um?«
»Noch hat er uns nicht erreicht. Wir sollten ihm mit einem Angriff zuvorkommen.«
Myrina nickte zustimmend. »Wenn der Sehende mit Teremun und den beiden Nomadischen arbeitet, könnten wir Glück haben. Was ist mit der Mänade? Wollt Ihr versuchen, sie wieder in Eurem Stamm aufzunehmen?«
Bei dem Gedanken an Polydora wurde ihr Herz schwer. Es war zu grausam, was aus der Kriegerin am Hof des Gelächters geworden war.
»Nein. Polydora ist keine Amazone mehr. Wer einmal Ehre und Verstand an Dionysos verkauft hat, bekommt sie nie wieder zurück. Sie bleibt unsere Gefangene, bis wir sie zu unserem Vorteil eintauschen können.«
»Wäre es nicht besser, sie freizulassen? Um Dionysos nicht zu erzürnen?«
Sie bedachte Myrina mit einem müden Blick. »Dionysos zürnt uns doch längst. Er hasst unser Geschlecht. Polydoras Gefangenschaft kann ihn gar nicht wütender machen.«

\*\*\*

Als das Heer sich zum Aufbruch bereit machte, begab sich Penthesilea nicht sogleich an die Spitze. Sie ging stattdessen zum Rand des Lagers, wo es nur noch Morgennebel hinter den letzten Zelten gab.
Bereits aus der Ferne erkannte sie das rote Leuchten von Promethea. Die Stute beobachtete ihre beiden Reiterinnen, die einen tränenreichen Abschied bekamen. Der Sklave von Antianeira war gekommen, um Areto an den Händen zu nehmen. Phileas lag seiner Mutter in den Armen. Clete wurde nicht nur von ihrer Familie verabschiedet, sondern auch von mehreren Kriegerinnen.
Als Penthesilea auf die beiden zutrat, wurde ihr umgehend Platz gemacht. »Mögen die Göttinnen euch auf eurer Reise schützen.« Sie wandte sich an Clete. »Achte gut auf Areto, Schildhaut. Und schwöre mir, dass du rechtzeitig umkehrst, wenn euch Gefahr droht. Unser Volk darf euch nicht verlieren.«
Clete legte ihre Faust an die Brust und sagte: »Ich schwöre es bei meiner Ehre.«

Areto neigte den Kopf. »Habt Dank, dass Ihr uns ziehen lasst. Wir werden Euch nicht enttäuschen.«

Penthesilea sah ihnen noch nach, als sie längst fort waren, aufgelöst im Dunst des Morgens. Sie konnte nur hoffen, dass sie richtig entschieden hatte.

Zumindest die Göttinnen schienen ihr sagen zu wollen, dass dem so sei. Kaum waren die letzten Zelte abgebaut, klarte der Himmel auf. Das unheilvolle Schwarz mit den tausend Flügeln überschattete nicht mehr das Heer – fürs Erste.

\*\*\*

Die Reise verlief zunächst gut. Tamura und Gadas, die das Land wie niemand sonst kannten, halfen bestmöglich, das Heer zu führen.

Doch es musste zum Unausweichlichen kommen: Sie trafen auf die Höflinge. Erst waren es einzelne Vorfälle. Die Wachen berichteten, Gestalten durch die Nacht huschen gesehen zu haben. Tierhaftes Gebrüll und Flötenmusik erklangen in der Ferne. Dann erfolgte der erste Angriff. Er ging gegen einen ihrer Vorratswagen.

Penthesilea sah mit verkniffenem Gesicht auf das brennende Gefährt, während eine Wachfrau ihr berichtete, was geschehen war. Regen durchnässte sie. Teremun hatte ihn mit ein paar Fleischopfern beschworen, um die Flammen zu löschen. Mit etwas Glück könnten sie ein paar der Vorräte retten, aber ein Teil war dem Feuer zum Opfer gefallen.

»Sie kamen wie aus dem Nichts«, sagte die Wache, deren Gesicht eine frische Brandwunde überzog. »Es waren wenige, die umso lauter trommelten und tanzten. Sie haben sich mit Alkohol überschüttet und angezündet, um sich uns lachend entgegenzuwerfen. Es war völlig verrückt. Wir konnten sie vertreiben, aber das Feuer ließ sich nicht mehr aufhalten.«

Penthesilea betrachtete die Spuren in der Nähe des Wagens, die allmählich vom Regen fortgespült wurden. Dutzende von Hufabdrücken. Sie gehörten nicht den Pferden der Amazonen, sondern Ziegenbeinen.

»Sollen wir die Vorratswagen stärker bewachen, Hoheit?«

»Nein. Es wird keinen Angriff dieser Art mehr geben.«

Betrübt sah sie auf die Wagenlenkerin, die das Feuer direkt erwischt hatte. Zwei Kriegerinnen zogen den verkohlten Leib vom Gefährt. Eine weitere beruhigte die vorgespannten Esel, die vor Angst zitterten.

»Das hier ist eine Warnung«, sagte Penthesilea. »Eindeutig sagt sie: Geht weiter, und ihr brennt wie die Dryaden. Wenn sie uns noch einmal angreifen, dann das ganze Heer und mit voller Gewalt.«

Sie wollte sich gerade abwenden, als Bremusa herbeigelaufen kam. Die Rasende wirkte beunruhigt, ihr Blick zuckte fahrig umher. »Meine Königin, der Stoßtrupp ist nicht zurückgekehrt. Sie sind schon viel zu lange fort.«

Die Sorge, die sich in Bremusas Augen spiegelte, ging direkt auf Penthesilea über. Sie fluchte lautlos und befahl: »Stell eine Gruppe mit Elitekriegerinnen zusammen, um nach ihnen zu suchen. Ich begleite euch.«

Irgendetwas drängte sie dazu, mitzureiten und das restliche Heer warten zu lassen. Eine schlimme Ahnung. Sie konnte das Bild der verbrannten Wagenlenkerin nicht aus ihrem Kopf verbannen.

*Bitte, Artemis*, betete sie, als sie mit den Kriegerinnen vorritt. *Lass ihnen nichts passiert sein.* Ihr Gebet wurde nicht erhört.

Der Anblick, der sich ihr bot, war völliger Wahnsinn. Ihre sechs Späherinnen hatten die Kontrolle über sich selbst verloren. Von Blutgier angetrieben, hatten sie ihre Pferde getötet. Sie wühlten sich hungrig durch Fleisch und Eingeweide, sprangen einander mit gefletschten Zähnen an den Hals. Aber am schlimmsten war das Lachen. Allesamt lachten die Späherinnen, während sie über ihresgleichen und die Tiere herfielen.

Penthesilea graute bei diesem Bild. Sie hatte schon einmal erlebt, wie die Macht von Dionysos ihresgleichen infizierte. »Kriegerinnen, nehmt sie gefangen!«

Die Späherinnen waren so irre geworden, sie erkannten ihre Waffenschwestern nicht mehr. Ihr Widerstand war blutig, mit Zähnen und Fingernägeln ausgefochten. Sie lachten die ganze Zeit, ob sie Gewalt antaten oder sie selbst erfuhren. Sogar von den Fesseln, die sie angelegt bekamen, zeigten sie sich erheitert.

Penthesilea sah zähneknirschend zu, wie sie abgeführt wurden. Ein Teil von ihr hoffte, die Späherinnen könnten sich erholen. Aber sie glaubte nicht daran. Wenn sie nicht einen Weg fand, Dionysos zu schwächen und so seinen Wahn zu mildern, würde sie ihre Frauen an ihn verlieren.

*＊＊＊*

Penthesilea musterte die Karten vor sich. Sie bildeten das Land ab, welches die Amazonen durchqueren mussten. Bald würde die Steppe einer Gegend mit mehr Bewaldung weichen. Gut, um zu jagen und Vorräte aufzustocken. Schlecht, weil sich Feinde besser verstecken konnten.

»Ihr denkt, dass es zu einem großen Angriff kommt?«, fragte Penthesilea.

Es war an Tamura und Gadas gerichtet, die neben ihr auf dem Boden saßen. Sie trug ihr Kind auf dem Arm und stillte.

»Mit Sicherheit«, sagte Tamura. »Wenn der Hof angreift, dann nicht in der Steppe. Dort seid ihr mit euren Pferden überlegen.«

Gadas tippte auf mehrere Striche, die den Anfang der Wälder markierten. »Hier droht die Gefahr. Nachdem unsere Feinde gerne mit Feuer arbeiten, könnten sie das Gebiet anzünden.«

Penthesilea sah in die Runde. Sie hatte neben den beiden die Heerführerinnen versammelt, um den weiteren Feldzug zu besprechen. Priene kniete vor den Karten. Ihr weißfleckiges Gesicht wurde von Denkfalten verzerrt, während Antandre nicht weniger grimmig dreinsah und mit dem Eichenstab auf den Boden klopfte. Königin Myrina saß unweit von den beiden, den Kopf in die Hand gestützt.

»Was denkt ihr?«, fragte Penthesilea. »Wie sollen wir dem Hof des Gelächters begegnen?«

Priene sah von einer Karte auf. »Zerschlagen wir sie. Mit Tamura, Gadas und den Sehenden können wir uns immer noch einen Vorteil auf dem Feld verschaffen. Wir kennen die Gegend und die Zukunft.«

Antandre schüttelte den Kopf. »So einfach ist das nicht. Die Höflinge sind nicht wie die Ungeheuer, die ihr Sonnenschwestern erschlagen habt.«

»Was macht sie anders?«

»Sie sind gefährlich. Ihr habt doch gesehen, was mit den Späherinnen passiert ist. Als Gott des Wahns kann Dionysos unsere Blutgier ins Unermessliche steigern. Die Kriegerinnen könnten sich an die Kehle gehen oder – noch schlimmer – zu Mänaden werden.«

Priene funkelte sie von der Seite an. »Aber die Blutgier ist unsere Stärke. Entfesselt sind die Kriegerinnen nützlicher, als wenn sie unruhig aushalten müssen. Sie verstehen nicht, warum wir uns zurückhalten, anstatt den Weg freizuräumen.«

»Keine Sorge, wir werden kämpfen«, sagte Penthesilea. »Aber erst im richtigen Moment.« Sie zeichnete mit ihrem Finger unsichtbare Linien auf eine Karte. »Ich schlage vor, sie mit einem Stoßtrupp aus der Deckung zu locken. Sie werden nicht das Heer mit voller Kraft in der Steppe angreifen. Ein paar Spähende könnten sie aber überheblich machen.«

Myrina nahm dem Kopf aus ihrer Hand und nickte. »Wie wollt Ihr diesen Spähtrupp verstärken?«

»Ich werde sie begleiten. Das sollte den Höflingen noch mehr Anreiz geben, sich zu zeigen.« Sie wandte sich an Gadas. »Du hast erwähnt, dass es Höhlen in dem Gebiet gibt. Können sie mehrere Kriegerinnen verstecken?« Auf sein Nicken hin sagte sie: »Dann sollen sich dort die Leute des Sonnenstammes bereithalten. Teremun kann euch bestimmt mit seiner Magie verbergen, bis ihr die Höhlen erreicht?«

Myrina bleckte lächelnd die Zähne. »Das kann er. Wir lassen die Höflinge also glauben, sie hätten nur den Stoßtrupp zu bekämpfen, und dann verstärke ich euch mit meinen Leuten?« Sie klatschte in die Hände. »Das gefällt mir. Schlagen wir ihnen die Schädel ein.«

Penthesilea erwiderte ihr Lächeln. »So sei es. Ich reite mit dem Stoßtrupp. Tamura, Gadas, könnt ihr die Kriegerinnen des Sonnenstammes führen?«

Er betrachtete sein Kind. »Jemand muss auf Mada achten. Ich werde hierbleiben. Reite du mit ihnen, Tamura.«

Sie sah ihn erstaunt an. »Bist du dir sicher?«

»Ja.« Er grinste zuversichtlich. »Du wirst dich gut in die Reihen der Amazonen einfügen. Da habe ich keinen Zweifel.«

Penthesilea nickte. »Dann wäre das geklärt. Tamura führt die Sonnenschwestern, die Teremun verbergen wird.« Sie sah von einer Stratega zur anderen. »Priene, könnt Ihr beide Truppen verwalten? Ich hätte gerne, dass Antandre zurückbleibt, um die Verteidigung des Haupttheers zu leiten.«

»Es wäre mir eine Ehre«, sagte Priene.

Antandre sah verkniffen drein, sagte aber nichts. Sie war eine, die ihre Befehlsgewalt nicht gerne aus der Hand gab. Doch absolut loyal, wie sie war, würde sie nie den Befehl ihrer Königin hinterfragen.

Als die Versammlung sich auflöste, bat Priene: »Kann ich Euch kurz alleine sprechen, Penthesilea?«

Sie tauschte einen Blick mit Myrina aus. Die Sonnenkönigin sah über-

rascht drein, sagte aber nichts. Anscheinend hatte sie nichts gegen ein Gespräch.
»Natürlich«, sagte Penthesilea, während sie beobachtete, wie die anderen das Zelt verließen. »Worum geht es?«
Priene antwortete nicht sofort. Sie schien darauf zu warten, dass die anderen außer Hörweite waren. »Der Magier«, sagte sie schließlich. »Teremun.«
»Was ist mit ihm?«
»Ihr wollt mehr mit ihm arbeiten.«
»Sollte ich nicht? Er ist von Nutzen.«
Priene spannte den Unterkiefer an. »Und eigennützig. Lasst Euch nicht auch von ihm verblenden.«
Penthesilea hob eine Braue. »Auch?«
»Meine Königin ist ihm vollkommen zugetan. Aber ich kann ihm nicht trauen.« Ihr Blick verdüsterte sich von Erinnerungen. »Einst galt Myrina als die unabhängigste ihrer Schwestern. Nie wäre es denkbar gewesen, dass sie einem Mann verfällt. Sie lachte über jene Idee, versklavte und tötete alle, die sie erobern wollten. Dann kam Teremun, eines Nachts, wie aus dem Nichts. Er stieg geradewegs aus den Schatten.«
»Ist das nicht erzählerische Übertreibung? Teremun muss doch irgendwoher gekommen sein.«
»Ich schwöre, ich sah es mit eigenen Augen. Aber wer weiß, ob Teremun meinen Blick nicht mit Magie getrübt hat. Er ging an den Wachen vorbei, in Myrinas Gemächer. Ich erwartete, dass sie ihn für diesen Frevel töten würde. Er schrie die ganze Nacht. Doch wie Ihr wisst, hat er überlebt. Mehr noch, er steht jetzt an ihrer Seite. Er hat sie verändert.«
»Ich verstehe nicht, wovor Ihr mich warnen wollt. Wen Myrina sich als Liebhaber hält, ist mir einerlei.«
»Ich bin ihre älteste Vertraute. Glaubt Ihr, meine Bedenken wären nicht auf langer Beobachtung begründet?«
»Dann teilt Euch doch Myrina mit.«
»Das habe ich längst. Sie hört mir nicht zu, wenn es Teremun betrifft.«
Penthesilea zupfte ungeduldig an ihrem Gewand. »Nun gut. Wir sollten auf demselben Stand der Dinge sein, wenn Ihr meine Kriegerinnen anführt. Sprecht.«
Priene nickte ihr dankbar zu. »Teremun ist ruchlos. Es gibt kein Op-

fer, das er für seine Magie scheut. Ich sah bei der Eroberung von Cerne, wie er Sklavenmädchen die Herzen aus dem Leib riss, um zu zaubern.«

Kurz verschlug es ihr die Sprache. »Er hat was?«

Opfer zu bringen, gehörte zu den gewöhnlichsten Dingen des Lebens. So wurden Göttinnen geehrt und ihr Schutz erbeten, ob mit Korn oder Fleisch. Doch niemals mit Menschenopfern, von Kindern ganz zu schweigen.

»Ihr habt richtig gehört«, sagte Priene. »Myrina hat ihm solche Opfer verboten, ihn aber auch nie für die Tötung der Mädchen bestraft. Sie sieht darüber hinweg. Ich glaube, es könnte wieder passieren.«

Penthesilea brauchte einen Moment, um das Gehörte zu verarbeiten. »Danke, dass Ihr mir das gesagt habt. Ich werde es im Hinterkopf behalten und entsprechend handeln.«

Priene verneigte sich und ging hinaus. Sie blieb im Zelteingang noch einmal stehen.

»Areto ... sie ist wirklich stark.« Auf den fragenden Blick von Penthesilea erklärte sie: »Ich musste an sie denken, weil wir von übermenschlichen Kräften sprachen. In den letzten Wochen hat sie sich von mir im Kampf schulen lassen.«

»So? Wie hat sie sich geschlagen?«

»Mehr schlecht als recht. Aber sie ist immer aufgestanden und wiedergekommen. Jeden Tag.«

Das machte Penthesilea Hoffnung. Es war immerhin ein kleiner Lichtstrahl im Nebel der Ungewissheit.

\*\*\*

Die Zeit verrann mit zäher Langsamkeit. Penthesilea konnte nicht schlafen. Sie fand keine Ruhe, wissend, dass es bald zur Konfrontation kommen würde. Vielleicht war es besser so. Kein Schlaf bedeutete auch keine Albträume.

»Seid vorsichtig«, sagte Melanippe, als sie sich voneinander verabschiedeten. »Phileas hat keine klaren Visionen. Und auch ich spüre nur Chaos.«

Penthesilea widerstand dem Drang, sie zu umarmen. »Hast du etwas anderes erwartet? Wir haben es mit den Anhängern eines Wahnsinn schürenden Gottes zu tun.« Sie strich Melanippe über den Ärmel. »Sag nicht, ich soll Vorsicht walten lassen. Nicht noch einmal. Das hast du Hippolyte und mir gesagt, ehe sie starb.«

Melanippe lächelte tapfer. »Du hast recht. In dem Fall sei zügellos. Lehre sie das Fürchten.«

Penthesilea spürte den Blick ihrer Schwester im Rücken, als sie aufsaß und davonritt. So war es immer: Melanippe, die nicht kämpfen konnte, musste zurückbleiben und ihr hilflos nachsehen. Diesmal hatte sie immerhin einen Lehrling, der Penthesilea begleitete.

In dem Stoßtrupp, der aus Priene, mehreren Kriegerinnen, dem Heiler Xenon und dem Sklaven Callistus bestand, wirkte Phileas verloren. Er blieb dicht bei Penthesilea, die allen mit ihren Hunden vorausritt. Sein Blick wirkte vernebelt, schaute er damit doch nicht auf den Wald vor ihnen, sondern durch die Augen von Apollon. Manchmal ritt Callistus auf seinem Esel heran, mit dem er einen Karren voll Zweitwaffen und anderen Hilfsmitteln zog, und sprach Phileas zu.

»Siehst du etwas?«, fragte Penthesilea ihn.

»Nicht viel. Aber jemand kommt auf uns zu.«

Mehr musste sie nicht hören. Sie griff nach ihrer Streitaxt und bellte mehrere Befehle.

Die Kriegerinnen verteilten sich, je nachdem, wo ihr Platz in der Formation war. Schilde an der Front, Doppeläxte und Speere in zweiter Reihe, Bogen am Ende. Jede Gruppe wurde von mindestens einer Elitekriegerin angeführt. Lacomache stand zuvorderst mit den Schildtragenden, die breiten Schultern gestrafft. Antianeira war beim Schießtrupp abgestellt. Ihr buntes Gesicht verzerrte sich vor Ungeduld, während sie vorsorglich einen Pfeil auf ihren Bogen legte.

Penthesilea lenkte ihr Pferd neben die Schwerbewaffneten. Hinter ihr blieb Priene mit Xenon und Callistus in der Mitte. Die Männer sollten geschützt bleiben, während die Stratega die Übersicht behielt.

Die Ruhe vor dem Sturm. Sie warteten.

Penthesilea spannte sich an, als ihre Molossoi knurrten und Brecher vorsprang. Jenseits der Waldgrenze regte sich etwas zwischen den Büschen. Es kam hervor – und brachte sie zum Stutzen. Sie hatte nicht diesen Anblick erwartet. Kein Satyr zeigte sich ihnen, auch keine Mänade. Es schien nur eine gewöhnliche Frau zu sein.

Die Fremde wirkte gehetzt, wie auf der Flucht. Das Weiß ihrer aufgerissenen Augen hob sich gegen ihre dunkelbraune Haut ab. Blut verklebte ihr langes, goldgelbes Haar. Ihre Kleider waren aus gutem Material, teils griechisch, teils skythisch bearbeitet. Sie humpelte von Verletzungen.

Die Frau blieb stehen. Ihre Arme um den Bauch geschlungen, sah sie verängstigt zwischen den Amazonen umher. Dann traf ihr Blick den von Penthesilea. Sie schrie: »Bitte! Helft mir!«
Ihre Stimme war schrill vor Verzweiflung. Penthesilea sah ihr unschlüssig entgegen. Wer war diese Frau? Stellten die Höflinge ihnen eine Falle?

Ehe sie begriff, was geschah, stürzte jemand aus den Reihen der Amazonen. Es war Xenon. Der Heiler sprengte ohne Zögern die Formation und ritt der Verletzten entgegen.

»Nicht, Xenon«, rief Lacomache. »Bleib zurück!«

Kaum dass er von seinem Pferd stieg und die Frau sich ihm in die Arme warf, drangen Geräusche aus dem Wald. Tsambouna-Pfeifen dröhnten, begleitet von Gelächter. Das schrille Lachen Dutzender Stimmen.

Der Lärm brach wie eine Flut über sie herein, noch ehe sich die Höflinge zeigten. Er betäubte ihre Ohren, verwirrte ihre Tiere, machte sie orientierungslos. Xenons Pferd scheute. Es stieß die Fremde um, die zu Boden stürzte. Während sie sich die Hände auf die Ohren presste, schaffte Xenon es, auf den Füßen zu bleiben.

Penthesilea schwang brüllend die Labrys. Ihre Stimme drang kaum durch den Krach, aber sie erreichte noch ihre Amazonen. Sie hielten dem Getöse mit eigenen Kriegsrufen stand. Schreiend schlugen sie gegen ihre Schilde.

Die Musik schwoll an, und mit ihr brachen die Höflinge zwischen den Bäumen hervor. Sie strömten geradezu aus dem Wald in die Steppe. Nun drehten alle Pferde von dem Lärm durch. Sie wurden so rasend, Penthesilea blieb nichts anderes übrig, als zu rufen: »Runter von den Tieren!«

Sie sprang ab, orientierte sich neu, wie auch die anderen Amazonen. Alle ließen sie die Pferde frei laufen, die instinktiv vom Schlachtfeld flüchteten. Sie büßten damit einen großen Vorteil ein, was die Höflinge wohl mit ihrer Musik beabsichtigten.

Mänaden krochen heran, in Tierfelle gehüllt und auf allen vieren. Satyrn mit Ziegenhörnern und Bocksbeinen sprangen ihnen entgegen. Sie stanken selbst gegen den Wind nach Wein und Suff. Die meisten waren junge Satyrisken, nackt und mit Schleudern, Keulen und Wurfspießen ausgestattet. Ein alter Silen befand sich unter ihnen, mit Pferdebeinen und Vollbart, einen klobigen Hammer in den Pranken. Die Waffe erhoben, stürmte er auf Xenon und die Fremde zu.

Xenon stieß die Frau beiseite. Es gelang ihm gerade rechtzeitig, sich selbst wegzurollen. Der Hammer donnerte in den Boden, ohne jemanden von ihnen zu verletzen. Xenon kam auf die Füße und zog sein Kurzschwert.

Antianeira und ihr Trupp schickten unterdessen ihre Pfeile los. Die Geschosse rissen mehrere Höflinge um, die sich auf die Amazonen hatten stürzen wollen. Vorne hielten die Kriegerinnen unter Lacomache mit Schilden und Streitäxten stand. Priene schrie Befehle über alle Köpfe hinweg, und Penthesilea lief an den Schildtragenden vorbei. Die Gier auf Blut vernebelte ihre Sinne, während sie die Labrys schwang.

## XV. IN DER NACHT

### Clete

Es kam genauso, wie Phileas es gesagt hatte. Kaum dass Clete und Areto das Lager verließen, erschien eine Taube im Morgengrauen. Sie flog aus dem Nebel, plötzlich, wie ein Sonnenstrahl sich in den eigenen Wimpern verfängt.

»So schön«, flüsterte Clete, um es nicht zu verschrecken. »Hast du jemals eine derart weiße Taube gesehen?«

Areto, die hinter ihr auf dem Pferd saß, schlang die Arme um Cletes Taille. »Dieses Leuchten erinnert mich an Promethea.«

Die Taube betrachtete sie, während sie sich auf einen Felsen setzte. Ihr Gefieder wirkte durch den Schimmer, der es umgab, strahlend weiß. Sie gurrte erwartungsvoll.

»Dann folgen wir dir mal«, sagte Clete.

Sie trat Promethea in die Flanken, und die Stute lief los. Die Taube flatterte auf. Sie leuchtete nicht nur wie Promethea, sondern war ebenso schnell.

Areto klammerte sich an Clete, während die Welt an ihnen vorbeirauschte. Die Steppe verschwamm zu gelbgrünen Flecken. Alles schien aus Licht zu bestehen. Es war, als eilten die Tiere durch ein Reich, das sonst nur Nymphen und Göttinnen betraten. Clete konnte nicht sagen, wie lange sie ritten. Als die Taube langsamer flog, kündigten violette Streifen am Himmel den Nachtfall an.

Sie waren in einem Hain angekommen. Er lag in einer sonst unwirtlichen Berglandschaft. Obwohl Spätsommer war, grünten die Bäume wie im Frühling. Überall sprossen Blumen, die sich um ein Loch im Boden verdichteten. Sie rahmten es wie ein Kranz ein. Die Taube hielt auf den dunklen Schlund zu, der ihr Ziel zu sein schien, und löste sich im Licht der Abendsonne auf.

»Wo sind wir?«, fragte Areto.

Auch Clete sah sich ratlos um. Sie hatte sich den Eingang zur Unterwelt anders vorgestellt. Größer, unheimlicher, mehr als ein Loch im Nirgendwo. »Das muss der Ort sein, von dem die Hohepriesterin erzählt hat. Der Hain von Persephone.«

Ehe sie aufgebrochen waren, hatte Melanippe ihnen gesagt, was sie alles auf ihrer Reise erwartete. Als Tochter der Demeter und Königin der Unterwelt verwaltete Persephone einen Eingang. Ihr Hain war nicht nur ein Ort ewigen Frühlings, er führte auch in die Tiefe hinab.

Von nun an hatten sie sich genau an Melanippes Anweisungen zu halten. Wenn sie unbeschadet durch die Unterwelt reisen wollten, mussten sowohl Göttliche als auch Dämonen gnädig gestimmt werden. Das bedeutete Opfer für Persephone. Außerdem hatte Melanippe sie davor gewarnt, nachts hinabzusteigen. Die Kreaturen, die am Eingang wohnten, würden dann wach sein.

Clete stieg ab. »Heute schaffen wir es nicht mehr hinunter. Lass uns ein Lager aufschlagen.« Sie reichte Areto die Hand. »Kümmerst du dich um ein Feuer? Ich werde zusehen, ob ich uns etwas jagen kann.«

Areto nahm die dargebotene Hand. Als ihre viel kleineren Finger zugriffen, bemerkte Clete, dass sie rauer geworden waren.

»Ein letztes Mal Fleisch, bevor wir in die fleischlose Welt hinabgehen?«, fragte Areto beim Absteigen. »Das hört sich gut an.«

Clete versuchte sich an einem Lächeln. Ihr wurde immer noch mulmig bei dem Gedanken an das, was sie vorhatten. »Nicht wahr? Normalerweise kehrt niemand aus der Unterwelt zurück. Wir sollten heute Nacht leben, so gut wir können.«

\* \* \*

So viele Früchte auch der Hort von Persephone trug, ein guter Jagdgrund war er nicht. Clete konnte immerhin eine kleine Wildziege erlegen. Sie schleifte das Tier, dessen Füße sie gefesselt hatte, an einem Seil nach.

Noch bevor sie Areto erreichte, schlug ihr der Geruch von kochendem Gerstenbrei entgegen. Es hatte etwas merkwürdig Vertrautes, den Duft von zu Hause. Promethea lag neben dem Lagerfeuer und schaute zu, wie Areto in der Tonschale rührte, die über der Hitze hing.

Ihre Freundin wirkte mit den Gedanken woanders. Sie ließ den Holzlöffel los. Mit einer Hand löste sie die Augenbinde, die andere hielt sie von sich. Ein silbernes Licht entstand zwischen ihren ausgestreckten Fingern. Es formte sich zu einem Pfeil.

»Was ist das?«, fragte Clete fasziniert.

Areto schrak zusammen. Der Lichtpfeil fiel aus ihren Händen und verpuffte.

»Du bist es«, sagte sie und atmete auf. »Ich habe dich nicht kommen hören.«

»Verzeih. Ich wollte dich nicht erschrecken.« Clete setzte sich zu ihr ans Feuer. »War das die Macht von Artemis?«

Areto nickte und schob die Augenbinde an ihren Platz. »Ich versuche, ihre Pfeile zu beschwören. Wenn ich mich konzentriere und nach ihnen greifen will, entstehen sie.«

»Seit wann bist du in der Lage, Pfeile zu rufen? Zuletzt hat es dir Schmerzen bereitet, das Auge überhaupt zu nutzen.«

»Noch nicht lange. Genauer gesagt, seit dem Zeitpunkt, als du mir das Auge wiedereingesetzt hast. Irgendwie fällt es mir nun leichter, mit den Kräften von Artemis umzugehen.« Sie sah auf die Wildziege und wechselte das Thema. »Unser Abendessen?«

Ihr war der Hunger anzuhören. Und sie wollte offensichtlich nicht über ihre Kräfte reden.

»Schau nicht so skeptisch«, sagte Clete. »Die Ziege schmeckt bestimmt besser, als sie riecht. Sie lebt immerhin im Heim einer Göttin.«

Zu ihrem Erstaunen ging Areto auf den Spaß ein. »Vielleicht ist dies das göttliche Geheimnis. Nicht Ambrosia macht unsterblich, sondern Ziege.«

Clete musste lachen. Während sie die Ziege an einem nahen Gebirgsbach ausweideten und die Gerste fertig kochten, konnten sie nicht aufhören, sich zu unterhalten. Sie sprachen über die Dinge, die wegen des Feldzugs in den Hintergrund gerückt waren. Ihr Leben und ihre Familien.

»Gadas heißt dein Bruder, nicht wahr?«, fragte Areto, die abwechselnd Gerste und Ziegenfleisch verzehrte. »Man merkt euch die Verwandtschaft an. Er sieht wie ein männliches Abbild von dir aus.«

Clete warf Hörner, Gedärm und Herz der Ziege ins Feuer. Ein Teil ihres Opfers für Persephone. Neben Gerste und Fleisch würden sie noch Gewürzwein zu sich nehmen, um die Königin der Unterwelt im Rausch anzubeten.

Sie sah verwundert auf. »Habe ich dir noch gar nicht von meinem Bruder erzählt?«

»Nein. Ich hörte von anderen, dass du Verwandte außerhalb von Themiskyra hast.« Areto stellte ihre leere Schüssel ins Gras. »Aber du hast nie von ihnen gesprochen, und getroffen habe ich sie auch nicht.«

Clete ging dazu über, sich einen Apfel aufzuschneiden. »Du solltest ihn treffen. Ihr würdet euch mögen. Gadas weiß so einiges zu erzählen. Er gilt als der beste Krieger seines Stammes, als solcher hat er viel erlebt. Ich war die Einzige, die ihn je geschlagen hat.«

»Dermaßen gut?«, fragte Areto ungläubig.

»Ja. Ich weiß nicht, wie es jetzt ist. Vor einiger Zeit hat er mit seiner Gefährtin Tamura eine Tochter bekommen, Mada. Seitdem ist er zurückhaltender, was das Kämpfen anbelangt.« Sie lachte leise. »Schon verrückt. Er sagte immer, dass er niemals eine Familie gründen würde. Aber Tamura hat ihm so den Kopf verdreht, er musste seine Meinung ändern.«

Während sie Promethea ein Apfelstück hinhielt, lehnte Areto sich gegen einen Baum. »Das klingt nach einer wundervollen Familie. Ich würde sie gerne kennenlernen.«

»Wenn wir zu den Amazonen zurückkehren, stelle ich sie dir vor.« Clete zuckte mit den Schultern, als Promethea sich desinteressiert von dem Apfelstück abwandte, und biss selbst hinein. »Wie steht es mit dir? Willst du mir auch bald jemanden vorstellen?«

Areto blinzelte verwundert. »Wovon sprichst du?«

»Na, von diesem Mann, den du ständig triffst. Callistus ist sein Name? Der Sklave von Antianeira?«

»Wir sind kein Paar.«

»Oh. Nicht?« Clete war selten so peinlich berührt gewesen. »Ich dachte ... Als wir das Lager verließen, hast du ihn so innig umarmt. Auf diese Weise hast du dich nur noch von Phileas verabschiedet. Ich hätte schwören können, dass du Callistus liebst.«

»Ich liebe ihn auch. Er ist mein bester Freund.«

Clete nickte. Weil sie in ihrer Verlegenheit nichts Besseres zu tun wusste, beschloss sie, den Weinschlauch zu holen. Sie erhob sich und wühlte in dem Proviantbeutel, der über Prometheas Rücken hing.

Areto schaute zum Sternenhimmel auf und sagte: »Eigentlich sollte die große Jägerin wissen, wen ich bevorzuge.«

Fündig geworden, kehrte Clete zum Lagerfeuer zurück. »Nur, weil du mir hoffnungslos verfallen bist«, sie setzte sich mit einem verruchten Zwinkern, »heißt das nicht, dass es nicht andere geben kann. Schau mich an. Ich habe ständig meine besten Freundinnen im Bett.«

»Er spürt keinen Drang nach körperlicher Liebe, also ...«

»Ein Eunuch? Das macht es natürlich schwer.«

»Nein. Ja. Ach, es ist schwer zu erklären. Ich kann ja nicht in ihn hineinschauen. Aber ich glaube, er ... spürt es einfach nicht wie wir. Nicht so.«

Clete öffnete den Verschluss des Weinschlauchs mit ihren Zähnen. »Ich verstehe.« Sie nahm einen Schluck und reichte den Weinschlauch an Areto weiter. »Menschen wie Callistus habe ich auch schon getroffen. Und oft ist die Kraft, die Menschen zusammenbringt, auf Freundschaft begründet. So heißt es doch in den Liedern.«

Areto nahm den Weinschlauch. »Ich nehme alte Lieder nicht für bare Münze. Die meisten erzählen nur von Frauen, die sich in Männer verlieben. Wenn es danach ginge, wäre ich keine Frau.«

Clete brauchte kurz, um das Gesagte zu begreifen. Ihr war nie in den Sinn gekommen, dass Areto Männern abgeneigt sein könnte. Vielleicht hatte sie es nicht glauben wollen. Die Vorstellung, dass sie gegen ihren Willen geschwängert worden sein könnte, war zu schrecklich.

»Du hast recht«, sagte Clete. »Was für ein Unsinn.«

Still saß Areto da und trank. Clete nahm es zum Anlass, um Persephone anzubeten. Areto tat es ihr gleich. Sie reichten sich den Wein und murmelten Gebete.

Clete spürte, wie ihre Zunge von den Gewürzen schwer wurde. Der Geschmack von Nelken und Zitrusfrüchten regte ihre Sinne an, während der Rausch ihr zu Kopf stieg. Die Flammen knisterten lauter. Nebel legte sich auf ihre Augen, durch den sie Persephone zu sehen glaubte. Die Göttin stieg aus dem Feuer. Sie war in ein Gewand aus Knochen und schwarzen Blumen gekleidet, das die totenweiße Haut zum Leuchten brachte. Eine Krone aus Mohn saß auf ihrem Haupt. Sie nahm die Opfer, die für sie bereitlagen. Ihre Finger mit den spitzen Nägeln schlossen sich darum, und dann war sie mit dem nächsten Blinzeln fort.

Clete glaubte dennoch, mit einer Göttin zurückzubleiben. Sie konnte nicht den Blick von Areto nehmen, die seufzend die Binde in ihrem Gesicht lockerte. Ihr unbedecktes Auge war halb geschlossen. Die langen Wimpern glänzten im Schein des Feuers. Ein paar Strähnen hatten sich aus ihrem Zopf gelöst. Ihr Haar wirkte weich, wie es über die sonnengeküsste Haut fiel. Clete spürte plötzlich das Verlangen, es zu berühren. Wie gerne wollte sie die scharfe Kontur der Wangen nachfahren, bis zu dem Mund, die vollen Lippen mit ihren Fingern öffnen und Areto zum Seufzen bringen. Sie war wunderschön.

Anscheinend spürte Areto ihren Blick, denn sie blinzelte träge und fragte: »Ist etwas?«

Diesmal war Clete nicht verlegen. »Ich dachte daran, wie schön du bist.« Als Areto sich errötend eine Haarsträhne aus der Stirn strich, fügte sie hinzu: »Widersprich nicht. Es ist die Wahrheit.«

Areto lächelte ertappt. »Ich wollte gerade sagen, dass ich nach nichts aussehe in Dreck und Rüstung. Woher wusstest du das?«

Clete lächelte geheimnisvoll zurück. »Wenn du willst, können wir den Dreck loswerden? Im Bach?«

Sie widerstand dem Bedürfnis, nervös ihre Hände zu kneten. Ein Bad war nur vernünftig, wo sie sich auf unbestimmte Zeit durch die Unterwelt bewegen würden. Doch darum ging es Clete nicht. Sie hoffte in ihrer Trunkenheit, Areto nah zu sein, sie nackt zu sehen und zu spüren. Wer wusste schon, wann die nächste Gelegenheit kam. Sie wollte einmal nicht Kriegerin und Schützling sein, sondern mehr. Nur für eine Nacht.

Areto brauchte nicht lange, um zu antworten. »Gerne, meine Jägerin.«

***

Zunächst war Clete sich unsicher, wie weit sie gehen durfte. Es klaffte immer noch die Zeit zwischen ihnen, die sie getrennt im Streit verbracht hatten. Aber Areto nahm ihr schnell die Bedenken. Kaum dass sie den Bach erreichten, machte sie sich schon an Cletes Kleidung zu schaffen.

Das Wasser murmelte vor sich hin. Eine warme Brise wehte mit dem Duft von Blumen durch den Hain. Es war so idyllisch, es passte nicht zu ihren klobigen Bewegungen. Der Wein und die Aufregung machten sie ungeschickt. Sie stießen miteinander zusammen, lachten darüber, während sie sich entkleideten.

Dann verschränkte Areto die Hände in Cletes Nacken. Ihr erster Kuss war noch sachte und zärtlich. Clete löste sich als Erste, um Areto von der Augenbinde zu befreien. Sie küssten sich wieder, inniger. Clete seufzte, als ihre Zungen aufeinandertrafen. Mit jedem Kuss drängte Areto sich mehr gegen sie.

Es dauerte nicht lange, bis sie völlig nackt waren. Areto zog sie ins Wasser. Sie wuschen sich den Reiseschmutz von der Haut. Dabei fassten sie sich die ganze Zeit an, ohne mit dem Küssen aufzuhören.

»Du hast ganz schön Muskeln bekommen«, sagte Clete, als sie mit den Händen über Aretos Rücken fuhr.

»Das machen die Kampfübungen mit Stratega Priene. Sie nimmt mich hart ran.«

»Ein Jammer. Ich mochte deinen weichen Körper.«

»Hm ...«, machte Areto und schien nicht zu bemerken, wie sie sich enger anschmiegte.

Clete atmete schneller. Sie nahm die Hände von Aretos Rücken und begann, ihr über den Oberkörper zu streicheln. Nur zu sehen, wie Areto sich unter ihren Berührungen wand, machte sie verrückt. Ihre Küsse wurden heißer, wie auch das Ziehen zwischen Cletes Beinen. Sie massierte mit den Daumen Aretos Brustwarzen. Dunkel leuchteten sie auf der wasserbenetzten Haut und reckten sich ihr entgegen.

»Warte.« Areto löste sich von ihr, um keuchend nach Luft zu schnappen. »Ich weiß nicht, ob ich kann.«

Clete hielt inne. Sie lehnte ihre Stirn gegen die von Areto und fragte: »Wegen deiner Verletzung?«

»Auch. Aber vor allem ist mein Monatsfluss noch nicht vorbei, und ich bin wund vom Reiten.« Sie schüttelte wehleidig den Kopf. »Xenon hat mir eine Salbe dafür mitgegeben.«

Clete gab ihr einen Nasenstüber. »In dem Fall können wir uns nur küssen und streicheln. Hauptsache, ich kann dich spüren, ohne dir wehzutun.«

»Ja.« Areto nahm ihre Hand und lenkte dann doch ein: »Ich glaube, wenn du außen ganz sanft bist, könnte es gehen. Die Blutung ist nicht mehr so stark, und ich ...«

Es war so süß, wie sie sich verlegen auf die Lippe biss. Ihr Herz schlug verräterisch laut. Offensichtlich war sie erregt und wollte sich nicht von mehr abhalten lassen. Clete beugte sich hinab, um kleine Küsse an Aretos Hals zu verteilen, und flüsterte: »Sanft kann ich.«

Areto erschauerte wohlig unter den Berührungen. »Ich sollte aber die Salbe auftragen. Sie ist bei meinen Sachen.«

Hand in Hand liefen sie aus dem Bach, und Clete zog sie ins Gras. Sie würden sich wohl noch einmal waschen müssen, aber das war in Ordnung. Areto wand sich etwas aus Cletes Armen, um ein Gefäß aus dem Berg ihrer Kleider zu holen. Es fiel ihr fast zu Boden. Sie war immer noch fahrig und hatte es mehr als eilig, den Pfropfen zu öffnen.

Clete musste über die Gier der anderen lächeln. »Komm. Lass mich dir helfen.«

Sie drückte Areto, die sich gerne zurücklehnte, ins Gras. Das hatte Clete schon immer an ihr gemocht: Areto konnte sich so gut vergessen. So war es auch bei ihrem ersten Mal gewesen. Clete musste daran denken, wie sie Areto nass und mit feuchtem Haar daliegen sah, und streichelte ihr übers Gesicht. »Erinnerst du dich noch an unsere erste Nacht?«

»Natürlich. Du warst atemberaubend.«

Seltsam, dass Areto so dachte. Für Clete war es andersrum gewesen. Sie hatte die Nacht zu Hause verbracht, allein. Es gab keine Missionen zu bestreiten, keine Feste zu feiern oder Geliebte zu erfreuen. Nur Einsamkeit. Dann sah sie Areto draußen im Regen, stehen gelassen. Sie holte die Schreiberin herein, damit sie nicht frieren musste, ohne Hintergedanken. Aber Areto wusste, was sie wollte. Sie war so entschlossen, Clete zu verführen, dass es ihr den Boden unter den Füßen wegzog. Diese Nacht hatte Areto gehört, wie einer Eroberin.

»Du siehst gerade aus wie damals«, sagte sie und fuhr den Schwung von Aretos Lippen nach. »Nur mit ein paar Fältchen mehr, einem härteren Leib und natürlich Artemis' Auge.« Sie sah versonnen in die silberne Iris. »Aber ich will dich immer noch genauso sehr.«

Areto antwortete nicht. Ihr Schweigen klang glücklich. Sie atmete tiefer, als Clete ihre Beine auseinanderdrückte und die Salbe auftrug. Mit großer Vorsicht rieb sie das kühle Gemisch ein. Tatsächlich waren die Schamlippen geschwollen. Aber als Clete behutsam zu der Eichel darüber tastete, fand sie nur heile, lustheiße Haut.

Areto spannte sich seufzend an, keineswegs aus Schmerz. Sie glühte unter Cletes reibenden Fingern und begann feucht zu werden. Plötzlich wurde der Drang, sie Haut an Haut zu spüren, unerträglich stark.

Clete beugte sich über sie. Areto streckte sich nach ihr aus. Ihre Körper verschlangen sich wie von allein. Schwer atmend lag Areto unter ihr. Sie schob sich Cletes Hand entgegen, grub ihr die Finger ins Haar. Die Luft schien plötzlich zu heiß zum Atmen.

Clete rieb sich an dem Bein, das gegen ihre Scham drückte. Sie leckte Areto über die Lippen, küsste sich Wange und Hals hinunter, bis zur rechten Brust, deren Spitze sie in den Mund nahm. Während sie mit einer Hand die frei gebliebene Brust knetete, begann sie, mit der anderen stärker zu streicheln.

Areto bäumte sich auf. Clete spürte, wie es unter ihrem Daumen zu pochen begann. Je größer der Druck wurde, desto dünner wurde Aretos Stöhnen. Es war Musik in Cletes Ohren – eine den Verstand raubende, toll machende Musik.

»Areto.« Clete atmete stoßweise, als sie die Brust aus ihrem Mund entließ. »Bitte schau mich an. Ich will dich ansehen, wenn du ...«

Sie stockte, als Areto die Lider öffnete. Das menschliche Auge war dunkel verschleiert vor Lust. Dagegen schien im silbernen der Mond zu leuchten. Ein Stück von Artemis. Aber auch wenn die Göttin alles verändert hatte, gehörten Areto ihr Körper und ihr Verlangen immer noch selbst. Sie hatte sich schon mit Clete verbinden wollen, ehe ihr Schicksal verknüpft worden war.

Areto ließ ihre Arme herabfallen, stemmte sich hoch. »Ich brauche dich.« Ihre Lippen suchten hungrig nach denen von Clete. »Ich brauche dich so sehr.«

Sie spürte, dass Areto kurz davor war, und schob ihr die Zunge für einen letzten selbstvergessenen Kuss in den Mund. Ihr beider Keuchen erfüllte die Luft. Heftig tanzten ihre Zungen umeinander. Dann spürte

Clete ein Pulsieren an ihren Fingern, und wie es warm an ihnen herabrann. Areto erbebte am ganzen Leib. Sie schrie gedämpft an Cletes Mund, während sie sich an ihr festklammerte.

Clete rieb behutsam mit ihrem Daumen weiter, um Areto bis zuletzt Lust zu verschaffen. Dann ließ sie sich auf sie fallen. Einen Moment lang lagen sie nur aneinander und schöpften Atem.

»Auf den Rücken mit dir«, sagte Areto.

Es klang so befehlerisch, dass Clete erschauerte. Ehe sie wusste, wie ihr geschah, wurde sie vor die gebrandmarkte Brust gestoßen. Areto warf sie einfach um und setzte sich zwischen ihre Beine.

»Das wirkt mehr, als wolltest du mich bedrohen und nicht verführen«, bemerkte Clete.

Areto sah auf sie hinab, mit diesem unglaublich begehrlichen Blick. Wie eine Königin. Sie küsste und leckte sich in einer nassen Spur an Cletes Körper entlang.

»Vielleicht tue ich beides«, murmelte Areto im Nachrausch, »und dir droht der beste Höhepunkt deines Lebens.«

Clete verschwieg, dass sie den längst gehabt hatte. Damals, in ihrer ersten gemeinsamen Nacht.

»Da habe ich nichts ge–!« Ihre Worte wurden übergangslos zu einem Stöhnen, als Areto die Streicheleinheiten erwiderte und zusätzlich einen Finger in sie schob.

Es fühlte sich mehr als gut an.

Innig. Wie Ganzwerden.

Nur zu gerne ergab sie sich Areto, öffnete sich weit für die druckvolle Zärtlichkeit ihrer Hände. Ihre Augen rollten sich nach oben, als sie spürte, wie ihr eigener Höhepunkt nahte. Sie warf mit einem tiefen Seufzer den Kopf zurück und grub die Finger ins Gras.

Schicksal, Krieg, Pflicht ...

Kurz vergaß sie alles.

\*\*\*

Die Versuchung, mit Areto in den Armen einzuschlafen, war groß. Aber natürlich hielt Clete Wacht. Während Areto im Fell eingerollt neben ihr schlief, saß sie am Feuer, wieder in Rüstung. Sie schnitzte an einem Stück Holz, um aufmerksam zu bleiben. Das war auch bitter nötig, so, wie ihr Unterleib nachglühte und ihre Gedanken ständig zu Areto schweiften.

Sie beäugte Promethea, die mit ihr in das flackernde Feuer schaute. »Essen willst du nicht, schlafen auch nicht. Du bist wirklich nicht von dieser Welt, was?«

Die Stute schnaubte.

Erste Sonnenstrahlen brachen hinter den Bäumen hervor. Clete sah auf das Holzstück in ihrer Hand. Sie verzog missmutig das Gesicht über ihren Schnitzversuch. Wie hatte Areto so etwas Kunstvolles wie diesen Anhänger fertigen können? Clete bekam nicht einmal ein Holzpferd hin.

Ein Geräusch ließ sie aufmerken. Sie glaubte zunächst, dass nur der Wind heulte. Dann begriff sie, dass es eine Stimme war. Sie warf das Holzstück über ihre Schulter, erhob sich und richtete das Messer aus. »Steh auf, Areto.«

Zu ihrer Überraschung war die andere sofort wach. Areto sprang auf, ohne lange zu überlegen, und griff nach ihrem Schwert. »Ist etwas passiert?«

Die Übungen mit Priene trugen Früchte, fand Clete. »Ich habe etwas Seltsames gehört. Mach dich bereit.«

Eilig zog Areto ihre Rüstung über, wobei sie ihre Waffe in der Nähe behielt. Clete sah sich wachsam um. Es war jetzt vollkommen still im Hain. Außerdem wirkte Promethea nicht beunruhigt. Sie saß nur da und schaute.

Clete packte den Griff ihres Messers fester, als sie es im Gehölz knacken hörte. Aber da kam niemand ... so dachte sie zumindest.

»Bei den Göttinnen«, stieß Areto hervor.

Sie wirkte so verstört, dass Clete fragte: »Was ist?«

»Siehst du das etwa nicht?«

»Nein. Wovon sprichst du?«

»Da ist ein Mann. Er hat fast gar keinen Kopf mehr.« Areto atmete tief ein, ohne Cletes ungläubigen Blick zu erwidern, und sagte: »Warte.« Sie schloss ihr silbernes Auge. »So ist das. Ich kann ihn nur mit dem Auge von Artemis sehen.«

Clete senkte das Messer, wissend, dass es nicht gegen diesen Gegner helfen würde. »Glaubst du, er ist ...?«

Kurz hing Schweigen zwischen ihnen. Clete glaubte zu sehen, wie sich ein dunkler Nebel zwischen den Bäumen verdichtete. Sie sah nichts Genaues wie Areto, konnte aber spüren, dass jemand bei ihnen war.

»Er spricht mit mir«, sagte Areto schließlich. »Er ... fragt mich nach dem Weg.«

Clete warf einen Seitenblick auf Promethea. Die Stute war immer noch gelassen. Offensichtlich fand sie die Gegenwart dieses Mannes nicht beunruhigend.

»Woher kommst du?«, fragte Clete, in der Hoffnung, er möge sie hören. »Und wohin willst du?«

Sie sah erwartungsvoll Areto an, die seine Worte übertrug: »Er sagt, er kommt aus Troja.«

Bilder entstanden vor Cletes innerem Auge. Je mehr Areto erzählte, desto deutlicher konnte sie den Mann vor sich sehen, der nur Dunst zwischen den Bäumen war. Ein Hoplit, der an der vordersten Front kämpfte. Speer und Schild erhoben, wähnte er sich stark in den Reihen der Griechen, von den Helden seines Landes angeführt ... bis er vor Troja stand.

Uneinnehmbar wirkende Mauern. Schützen, deren Pfeile von Apollon und Artemis gesegnet waren. Und ein Anführer, der gottgleich kämpfte, obwohl er nicht der Sohn eines Gottes war: Hektor. Niemand Geringeres als der Prinz von Troja verteidigte mit seinen Mannen die Stadt.

Hilflos sah der Hoplit seinem Tod entgegen. Er zerschellte an den Mauern, von Pfeilen gespickt und von Hektor selbst halb geköpft.

»Er muss irgendwohin«, beendete Areto seine Erzählung. »Aber er weiß nicht, an welchen Ort. Er fragt, ob wir ihm helfen können.«

Clete sah zu dem Loch, das im Hain klaffte. »Ich kann mir vorstellen, wo er hinmuss. Du auch?«

»Ja. Lass ihn uns hinunterbegleiten.«

Sie traten das Feuer aus, packten ihre Sachen zusammen und stiegen auf Promethea. Dabei verband Areto nicht das Auge von Artemis. Sie sah immer wieder zur Seite.

»Clete«, hauchte sie. »Er ist nicht allein. Es kommen noch viel mehr.«

Die Furcht in ihrem Blick machte auch Clete nervös. »Es ist alles gut. Tote können uns nichts tun. Und für das, was uns dort unten erwartet, sind wir vorbereitet.« Sie griff hinter sich, um Areto beruhigend über den Handrücken zu streicheln. »Bist du bereit?«

Areto atmete durch und nickte. Clete straffte die Schultern, um mutig auszusehen und ihr die Angst zu nehmen. In Wirklichkeit fürchtete sie sich vor dem, was kam. Sie würden Mächten begegnen, die nicht mit Schild und Axt bekämpft werden konnten.

Promethea trug sie aus dem grünen Hain, in unbekannte Tiefe. Ihre Hufe klackten auf dem Stein. Das Sonnenlicht schwand, bis es nur noch das rote Leuchten der Stute gab. Ihre Fackel in der Finsternis.

Zwischen Steinen und Wurzeln lagen unförmige Kreaturen und schliefen. Es waren die Dämonen, die am Rand der Unterwelt, aber auch in den Köpfen der Menschen hausen. Limos, der den schlimmsten Hunger verkörpert. Algea, die aus nichts als Schmerz besteht. Penthos, Bringer von tödlicher Trauer ... Clete schauderte bei all den Ungeheuern, von denen sie einen Blick erhaschte. Hier und da war eine mehrköpfige Gestalt zu sehen, oder Flügel ragten aus der Dunkelheit. Es zischte und atmete wie ein einziges Wesen.

»Wir sind zu zweit«, flüsterte Areto, um nichts aufzuwecken. »Das macht die Reise halbwegs erträglich. Wie konnte Orpheus nur allein in die Unterwelt hinabsteigen?«

Das fragte Clete sich auch. Keine Lebende durfte die Unterwelt betreten, die den Toten gehörte. Nur ein einziger Mann – Orpheus – hatte dies jemals getan. Er stieg hinab, um seine geliebte Frau Eurydike ins Leben zurückzuholen. Mit seinem Leierspiel bezwang er alle Dämonen auf dem Weg zu ihr, denn er war der beste Musiker seiner Zeit. Sein Trauergesang hatte gar den Totengott Hades erweicht, der Eurydike gehen ließ.

»Seine Frau muss ihm viel wert gewesen sein«, meinte Clete. »Viele Menschen wünschen sich, ihre Liebsten von den Toten zurückzuholen. Aber längst nicht alle würden dafür durch diesen Albtraum gehen.« Sie klopfte der Stute auf den Hals. »Ein Glück, dass ich dich und Promethea habe.«

Areto umschlang sie fester mit den Armen. Auf einmal musste Clete daran denken, wie die Sage von Orpheus und Eurydike endete.

Er verlor sie. Hades nahm ihm das Versprechen ab, sich nicht nach ihr umzuschauen, wenn sie in die Oberwelt zurückgingen. Orpheus hielt sich nicht daran, weil ihn die Sorge um seine Frau antrieb. Doch seine Beweggründe spielten keine Rolle: Kaum dass er sich nach ihr umdrehte, zog es sie wieder in die Tiefen der Unterwelt – für immer.

Clete strich fahrig über die Hand, die Areto auf ihrem Bauch abgelegt hatte. Sie würde nicht einen solchen Fehler begehen. Was auch geschah, sie würde Areto nicht verlieren.

# XVI. LIED DES IRRSINNS

Penthesilea

Hemmungslos schlug Penthesilea zu. Gemeinsam mit ihren Hunden riss sie Bäuche und Köpfe auf. Ihre Streitaxt zerfetzte Mänaden und Satyrn gleichermaßen. Alles war blutiges Chaos: Hufe und Klingen, Schreie und Gelächter, und Musik – niemals endende, furchtbare Musik.

Sie wusste mit einem Mal ihre Strategie nicht mehr. Warum war sie mit so wenigen Kriegerinnen hier? Was hatte sie mit Myrina besprochen? Es war, als würde die Musik ihr ins Blut gehen und ihre Gedanken töten, bis es nichts mehr gab als Raserei.

Da erklang ein Geräusch, das alle anderen vertrieb. Eine Syrinx-Flöte. Im Vergleich zu dem vorigen Gekreische klang die grelle Melodie lieblich. Sie rief die Höflinge zurück, die von den Amazonen Abstand nahmen.

Nur der Silen wich nicht. Mehrere Pfeile hatten sich in den muskelbepackten Oberkörper gebohrt, ohne ihn aufzuhalten. Mit einem seiner Hufe trat er Xenon das Schwert aus der Hand, als wäre es ein Spielzeug. Der Heiler stellte sich vor die Fremde mit dem honiggelben Haar. Sie lag immer noch auf dem Boden. Ihr Körper verkrampfte, ehe sie sich übergab.

»Wartet«, rief Penthesilea und zog sich hinter die Linie der Schildtragenden zurück. »Nicht schießen!«

Sie musste erst begreifen, was geschehen war. Ihr Kinn brannte von einem Schnitt. An ihrer Labrys hafteten Blut und Gedärm, wie auch an den Rüstungen ihrer Hunde. Die Amazonen hatten gut standgehalten. Ein paar Höflinge lagen tot oder schwer verletzt auf dem Boden.

»Oh, Artemis«, hörte sie Phileas wimmern. Sie warf einen Seitenblick auf ihn. Er stand aschfahl neben ihr. »Bitte schütze uns. Bei allem, was heilig ist!«

Sie fuhr ihn an: »Reiß dich zusammen, Sehender. Du musst meinen Kriegerinnen helfen. Was machst du mit deinem Blick aus?«

Er stammelte etwas Unverständliches. Es erinnerte sie an die Überforderung, die Melanippe gezeigt hatte, als sie erstmals auf dem Schlachtfeld gewesen war, nur ein Mädchen. Penthesilea zischte. Sie wandte sich

Callistus zu, der in der Nähe war. Auch er saß nicht mehr im Sattel. Sein Karren war im Kampfgetümmel auf die Seite gekippt. Der vorgespannte Esel zuckte hilflos herum.

»Gib ihm etwas Wein zur Beruhigung«, wies sie Callistus an. »Los!«

Er durchwühlte eilends die ausgekippte Wagenladung, während sie sich einen Überblick verschaffte. Die Höflinge lauerten zwischen den Bäumen. Der Silen stand bedrohlich über Xenon und die Frau gebeugt. Sie lag würgend in den Armen des Heilers. Der schimpfte: »Ich verfluche euch alle, wenn ich jetzt sterbe, weil ich einmal nicht nachgedacht und nur eine Frau in Not gesehen habe!«

Die Syrinx verstummte, und jemand kam aus den Tiefen des Waldes. Im Vergleich zu den Höflingen war er kindhaft klein. Er besaß Gesicht und Oberkörper eines Jungen. Gleichzeitig trug er einen ziegenhaften Bart. Fell wucherte an seinen Beinen und Hörner aus seinem Kopf, wie für einen Widder typisch. Hervorquellende Ziegenaugen mit geschlitzten Pupillen saßen in dem Schädel.

Ein durchaus halbes Wesen, weder Mann noch Junge, kein Tier, kein Mensch. Ewigkeit in allem Widerspruch.

Penthesilea wusste ohne Zweifel, wer vor ihr stand. So viel hatte sie über ihn gehört. Sie kannte die Flöte mit den sieben Röhren, die seine schwarz bekrallten Finger hielten, die Geschichten darüber, wie er sie aus dem Leib einer Nymphe gefertigt hatte.

Mit den Olympioi hatte er Titanen bekämpft, Artemis ihre Jagdhunde gegeben und Apollon das Geheimnis der Hellsicht verraten. Er war ein Gott des Anfangs, älter als Zeus, den er zum Halbbruder hatte. Sohn von Kronos und der Urziege Amaltheia: der Hirtengott Pan.

»Ich habe Dionysos erwartet«, sagte Penthesilea. »Nicht Euch.«

Er warf ihr ein Lächeln voll riesiger Zähne zu und sagte: »Deine Enttäuschung schmerzt mich, Penthesilea.« Seine Stimme klang viel zu alt für sein jungenhaftes Gesicht. »Dionysos wird nicht kommen. Als er hörte, dass die Amazonen nach Troja ziehen wollen, hat er nur gelacht. Er meinte, ihr hättet wohl nicht genug von eurer kläglichen Niederlage in Athen gehabt.«

Während er sich mit klackenden Hufen näherte, versuchte sie sich unauffällig umzusehen. Jetzt, wo sich ihr Blut abkühlte, fiel ihr der Plan wieder ein. Die Höhlen. Wo blieben Myrina und die Sonnenschwestern?

»Das wiederum schmerzt mich«, sagte Penthesilea. »Warum zeigt Ihr Euch, wenn Dionysos es nicht tun will?«

»Ich war in der Gegend.« Er strich mehreren Mänaden, die er passierte, durchs Haar. »Dionysos hat mich gerne an seinem Hof zu Gast, wie viele andere Götter. Ich habe mich einmal mehr mit seinem Gefolge in den Wäldern vergnügt. Und dann kamt ihr Amazonen, um uns zu stören.«

Welch unerwartete Wendung. Sie hatten es nur mit einem Teil des Hofes und nicht mit dessen Herrn zu tun. Vielleicht war das ihr Glück, vielleicht auch nicht. Pan war unberechenbar. Zudem trat er ihnen zur Mittagszeit gegenüber, während derer seine Macht am stärksten war. Nicht umsonst leitete sich von seinem Namen das Wort »Panik« ab. Sein Geschrei konnte es wie nichts anderes wecken.

»Vergnügt?«, fragte Penthesilea und verzog das Gesicht. »Nennen Männer wie Ihr es so, wenn sie Dryaden in Brand stecken und unschuldige Frauen jagen?«

Pan lachte. »Unschuldig? Bezeichne diese lausige Hure nicht so. Ihr Schritt stinkt nach so vielen Schwänzen, da gibt es keine Unschuld mehr. Wen kümmert es, wenn sie ein paar mehr besorgt bekommt?«

Xenon hob die Stimme. »Ihr dürft sie nicht anrühren. Sie ist schwanger. Es würde die Göttinnen beleidi–«

Weiter kam er nicht. Der Silen packte ihn unvermittelt am Hals und brachte seine Worte zum Ersticken. Xenon röchelte. Er schlug hilflos gegen die wulstigen Finger, die seinen Hals zudrückten und ihn ohne Mühe hochhoben.

»Nein«, rief die Fremde. »Tut ihm nichts!«

Die Kriegerinnen waren schon vorher unruhig gewesen. Jetzt spannten sie sich zum Zerreißen an. Penthesilea sah aus dem Augenwinkel, wie Lacomache zitterte. Die Bärin musste sich sichtlich zurückhalten, nicht loszustürzen und ihren Gatten zu verteidigen.

Pan schüttelte den gehörnten Kopf. »So was. Seit wann habt ihr eure Männer so schlecht unter Kontrolle?«

Penthesileas Stimme war eiskalt, als sie sagte: »Genug. Er ist nur ein Heiler. Lasst ihn gehen.«

Pan hob mit nachsichtigem Lächeln die Hand. Der Silen ließ los. Xenon fiel nach Luft ringend zu Boden. Speichel rann von seinen Lippen, und er traute sich nicht mehr, kühn zu widersprechen.

»Gehen?«, fragte Pan gedehnt. »Wir fangen doch gerade erst an.« Er winkte mit seiner Flöte und befahl: »Bringt ihn zu mir.«

Unter dem hämischen Gelächter der Höflinge kamen zwei Satyrn aus dem Wald. Sie zerrten einen Mann herbei. Penthesilea stockte der Atem, als sie ihn erkannte. Es war Teremun. Die Satyrn schleiften ihn an seinem Haar mit sich und warfen ihn dem Gott hin.

»Sieh an, wer sich da versteckt hat«, sagte Pan und breitete die Arme aus. Er stieg Teremun mit einem Huf auf den Rücken, sodass dieser sich nicht rühren konnte. »Gehen wir doch offen miteinander um. Ich bin ein Fürsprecher von guter Gastfreundschaft.«

Penthesileas Gedanken rasten. Wenn die Höflinge Teremun gefunden hatten, dann vielleicht auch die Kriegerinnen des Sonnenstammes. Aber Myrina und ihre Leute waren nirgendwo zu sehen. Sie fluchte lautlos darüber, dass sie Phileas' Blick nicht benutzen konnte. Der Sehende atmete immer noch schwer.

»Hübsch«, meinte Pan und musterte Teremun. »Das muss man euch lassen. Ihr sucht euch nur die besten Männer aus.« Er grinste frivol. »Oder seht ihr sie überhaupt als Männer an? Ich habe mich schon immer gefragt, ob sie wie Frauen von euch gebraucht werden. Ihr seid immerhin die männergleichen Amazonen.«

Während seiner Ansprache begann er, Teremun anzufassen. Erst waren es nur fahrige Bewegungen über Nacken und Kinn. Dann begann Pan, seine Krallen besitzergreifend in die Haut zu bohren. Teremun blieb ruhig. Er hielt tapfer den Kopf erhoben, selbst, als Pan ihm mit grauer Zunge übers Gesicht leckte.

»Hm. Der hier sieht nicht nur wie ein *kinaidos* aus, er fühlt sich auch wie einer an.« Die Höflinge lachten anzüglich. Mit ihren Stimmen schwollen auch andere Dinge. Nun trat doch die Angst in Teremuns Gesicht. Er keuchte, als Pan sich an ihm rieb. »Ich frage mich, ob er auch wie ein Weib schreien und sich winden kann.«

Angewidert hörte Penthesilea das wollüstige Gelächter. Die Höflinge schienen wirklich von Pans Worten erregt zu werden, und es gab keinerlei Zweifel, was er Teremun in den Rücken drückte.

Kinaidoi. So bezeichneten die Griechen jene Männer, die sie als minderwertig ansahen. Frauengleiche. Eitel, von Gefühl gelenkt und lustgetrieben. Jene durfte ein Mann wie ein Weib benutzen, ohne dass es die vermeintliche Ordnung der Dinge störte.

»Unsere Männer sind die mutigsten, die die Welt sah«, sagte Penthesilea. »Sie fürchten nichts, denn sie fürchten nicht uns. Niemals würden sie sich hinter Drohungen verstecken.« Sie strich mit dem Daumen über die Schneide ihrer Labrys. »Wie steht es, großer Pan? Könnt Ihr auch Mann gegen Frau kämpfen? Oder mit Euren Taten nur die Göttinnen beleidigen? Wählt wohl, ob ihr sie zu Feindinnen haben wollt.«

Sie bemühte sich gar nicht erst, die Wut in ihrer Stimme zu verbergen. Wusste der Himmel, wo Myrina und ihre Leute waren. Penthesilea würde nicht zulassen, dass jemandem aus ihrem Heer Gewalt angetan wurde.

Pan stieß ein meckerndes Lachen aus. »Die Göttinnen, die Göttinnen. Was höre ich nicht viel über sie und ihren Zorn. Wo sind sie?«

Bevor sie antworten konnte, schnappte Phileas nach Luft. »Schaut, Königin. Teremun ...«

Sie folgte seinem Blick. Da bemerkte auch sie, dass das Gras unter Teremun verdorrte. Er lag scheinbar ergeben da, aber wirkte Magie. Anstelle der Pflanzen, die er opferte, ließ er Nebel zwischen den Bäumen entstehen. Pan bemerkte es nicht in seiner Selbstgefälligkeit.

»Ich kann wieder sehen«, raunte Phileas ihr zu. »Myrina und die Verstärkung kommen mit dem Nebel.«

Penthesilea unterdrückte den Drang, aufzuatmen. Jetzt musste sie nur noch Zeit schinden.

»Die Göttinnen, oder vielmehr ihre Kinder, stehen vor Euch«, sagte sie an Pan gewandt. »Als Blut von Ares sind auch wir Amazonen heiliger Abstammung.« Sie überblickte ihre Kriegerinnen. »Von Halbgöttin zu Gott will ich Euch einen Vorschlag unterbreiten.«

»Ich höre, kleine Königin?«

»Die Mänade Polydora ist unsere Gefangene. Gerne lasse ich sie für die Frau, die Ihr verfolgt habt, frei. Als Zeichen meines guten Willens. Gehen wir unserer Wege und vergessen das vergossene Blut.«

Die Kriegerinnen warfen ihr verdutzte Blicke zu.

Auch Pan kratzte sich überrascht am Kinn. »Was ist nur aus den Amazonen geworden? Ich dachte, ihr würdet Männer hassen, nicht mit ihnen verhandeln.« Er wirkte ehrlich enttäuscht. »Mir soll es recht sein. Die Hure ist den Spaß wert, doch keinen Aufwand. Allerdings sind drei Menschen gegen eine Mänade nicht gerade ein guter Tausch.«

»Schlagt Euch das aus dem Kopf. Ich handle mit allem, nur nicht mit Menschen.«

»Wenn du das so sagst, klingt es, als hätte ich unlautere Absichten. Dabei will ich nur ein wenig mit einer Amazone feiern.« Er sah sich übertrieben suchend um. »Wie wäre es mit Antianeira? Die Tochter von Polydora weiß sich bestimmt zu vergnügen.«

Penthesilea sah zu der besagten Kriegerin. Antianeira hörte starr zu. Sie wusste offenbar nicht, was sie von der Situation halten sollte. Penthesilea ging es ähnlich. Ihr gefiel nicht, was sich hier abspielte. Pan war eindeutig zu kooperativ. Was führte er im Schilde?

Mit einem Seitenblick auf den dichter werdenden Nebel nickte sie Antianeira zu. »In Ordnung.«

Trotz des Unverständnisses, das sie in den Gesichtern ihrer Kriegerinnen sah, wurde ihr Befehl nicht infrage gestellt. Alle vertrauten dem Urteil der Königin.

Pan stieg zufrieden von Teremun herunter. »Dann los. Holt ihn ab.«

Antianeira löste sich aus den Reihen der Kriegerinnen. Alle schwiegen gespannt, während sie das Feld zwischen Amazonen und Höflingen überquerte.

Plötzlich hob Pan die Hand und sagte: »Warte.« Antianeira blieb stehen. »Vor deinen Füßen.« Sie sah zu Boden. Vor ihr lag der Kopf eines Satyrs, sauber mit einer Streitaxt vom Rumpf getrennt. »Schau schön hin. Ich will dir etwas zeigen, Mänadentochter.«

Pan tat einen Wink. Eine Mänade löste sich aus den Reihen der Höflinge. Sie kroch kichernd auf Antianeira zu. Die sah aus, als würde sie jeden Moment in Rage verfallen. Ihr Auge war weit aufgerissen.

Die Mänade kam wankend auf die Füße. Sie kicherte weiterhin, als sie ein Messer zur Hand nahm und es sich in den nackten Arm stieß. Beharrlich zog sie die Klinge durch ihr Fleisch. Das Blut floss in Strömen aus dem klaffenden Schnitt. Sie ließ es dem toten Satyr auf die Lippen tropfen – und der Kopf begann zu lachen.

Antianeira wich entsetzt zurück. Sie starrte auf den mit Blut benetzten Mund, der sich nicht bewegte und doch eine Stimme hervorbrachte. Die Höflinge lachten mit.

»Ist es nicht schön?«, schwärmte Pan. »Jede Amazone könnte diese Kraft haben. Auch du, Antianeira! Der Tod ist relativ am Hof des Gelächters. Ein Witz.« Seine Ziegenaugen glühten, als er grinste. »Es ist gleich, dass Polydora eure Gefangene ist. Selbst, wenn ihr sie töten solltet, bleibt sie mit dem Hof verbunden. Findet ihr nicht auch, dass das einen Tausch obsolet macht?«

Er setzte die Syrinx an seinen Mund. Die Melodie, die er spielte, war schlimmer als alles, was Penthesilea je gehört hatte. Sie glaubte, die Töne würden zu einer Klinge, die ihr den Kopf aufschnitt. Die Kriegerinnen um sie herum fuhren davon zusammen. Antianeira fasste sich schreiend an die Stirn und ging in die Knie.

Pan setzte die Flöte ab, um im freundlichsten Ton zu sagen: »Ich habe meine Meinung geändert.«

Er befahl keinen Angriff, ebenso wenig, wie Penthesilea es tun musste. Beide Seiten stürzten von alleine aufeinander los. Tsambouna-Pfeifen gellten. Mänaden kreischten. Satyrn und Amazonen brüllten. Über allem hing das Flötenspiel von Pan, der mit seiner Musik Schmerzen bereitete wie mit einem Schwert. Der Gott tanzte wild umher, ein Mannkind, das sich an Leid und Zerstörung ergötzte.

Penthesilea versuchte verbissen, nicht in dem Sog des Wahns unterzugehen, und schwang ihre Streitaxt. Sie konnte kaum überblicken, was vorging.

Ihre Hunde warfen sich keifend der herankommenden Horde entgegen. Die Kriegerinnen schlugen mit aller Härte zu. Pfeile und Schleudergeschosse sirrten. Fäuste flogen samt Verwünschungen durch die Luft.

Mitten im Gewühl packten einige Höflinge Teremun. Er wehrte sich gegen sie, schrie, als sie ihm das Gewand vom Leib und ihn zu Boden rissen, um seine Beine auseinanderzudrücken. Xenon und die Fremde flohen aus dem Kampfgeschehen. Der Silen verfolgte sie mit schwingendem Hammer. Lacomache schlug sich zu ihnen durch.

Die Dunkelheit nahm ab, als Pan nicht mehr Flöte spielte. Penthesileas Lider flatterten. Sie taumelte am Abgrund des Verstands, den die Musik in ihren Kopf geschlagen hatte.

»Wir werden eure Männer schänden und töten«, rief Pan. Er lachte wie ein aufgeregtes Kind. »Danach werden wir mit euch Spaß haben. Eure Körper und Köpfe werden wir vergewaltigen, bis ihr tot oder Mänaden seid –« Er verstummte, als sich ein Wurfspeer durch seine Stirn bohrte. Die Syrinx fiel ihm aus den Krallen zu Boden.

»Das denke ich nicht!«, rief Myrina.

Penthesilea stieß einen freudigen Schrei bei ihrem Anblick aus. Während die Sonnenkönigin mit wutglühenden Augen und goldgehörntem Helm aus dem Nebel ritt, wirkte sie wie eine Furie. Tamura kam ihr nach. Die Nomadin schoss im Ritt, dicht gefolgt von den Pferden der Sonnenschwestern.

Mit einem Mal verstummte das Lachen. Mänaden und Satyrn, die sich nicht mehr in der absoluten Übermacht sahen, wichen zurück.

Priene ließ ihnen nicht die Möglichkeit, umzukehren. »Alle Einheiten, zum Angriff«, befahl die Stratega. »Für die Göttinnen! Für die Ehre!«

Vereint und mit voller Macht schlugen die Amazonen zu. Vor allem Myrina war unaufhaltsam. Der Anblick von Teremun – verängstigt, entblößt und nach den Höflingen tretend, die ihn besteigen wollten – machte sie rasend.

Sie flog mit der Zerstörungskraft eines Sturms auf ihn zu, alles mit ihrem Schlangenschild erschlagend. Zu den Satyrn und Mänaden, die sich an ihm hatten vergehen wollen, war sie nicht so gnädig. Sie schlitzte ihnen die Bäuche mit ihrer Streitaxt auf, dass sie mit dem Gedärm in ihren Händen verreckten. Teremun kroch vor den im Tode zuckenden Körpern davon.

Penthesilea überlegte, sich um den Silen zu kümmern. Sein Hammer richtete gewaltigen Schaden an. Die Waffe schlug nicht nur die Pferde mehrerer Sonnenschwestern tot, sondern auch Schilde und Rüstungen ein.

Lacomache kam ihr zuvor. Mit Schild und Labrys stellte sie sich dem Pferdemann. Dabei blieb sie schützend bei ihrem Gatten und der Fremden. Wann immer sich Höflinge näherten, schmetterte sie ihnen ihre Pelte ins Gesicht.

Tamura unterstützte den Kampf gegen den Silen, indem sie auf ihn schoss. Mehrere Pfeile blieben nutzlos in der Haut stecken, doch einer fand sein Auge. Er warf brüllend den Kopf zurück.

Mit dem Wissen, dass ihre Kriegerinnen die Situation unter Kontrolle hatten, sah Penthesilea nach Pan. Er zog sich gerade den Speer aus der Stirn, während Antianeira zu ihm rannte, ihre Waffe erhoben. Schwarzer Ichor floss aus dem zurückbleibenden Loch. Pan wirkte mehr verärgert als schmerzerfüllt ob der Wunde. Sie würde sich schließen, weil er unsterblich war ... Es sei denn, Penthesilea fügte sie ihm wieder zu.

Sie hob ihre Streitaxt. Ihre Blicke trafen sich. Er riss ahnungsvoll die Augen auf und begann zu schreien. Es war ähnlich grauenvoll wie seine Musik. Seine Stimme entfachte unerklärliche Angst in ihrem Herzen. Panik. Sie ergriff nicht nur Penthesilea und ihre Kriegerinnen. Auch die Höflinge blieben nicht verschont. Einige flohen Hals über Kopf. Andere verloren endgültig die Kontrolle. Sie schütteten Weinschläuche über sich aus – vermeintlich. Denn sie enthielten entflammbare Flüssigkeiten, mit denen sie sich anzündeten. Bald stolperten mehrere Höflinge umher, die lichterloh in Flammen standen. Lebenden Fackeln gleich steckten sie den Wald und die Steppe in Brand.

Das Blatt wandte sich gegen die Amazonen, als das Feuer und die Angst um sich griffen. Penthesilea drohte von dem roten Wirbel zu erblinden. Aber sie versuchte nicht, die Furcht zu unterdrücken. Stattdessen ließ sie sich in den Abgrund ihres Kopfes fallen, um mit größerer Kraft ihre Streitaxt zu werfen.

Pan verstummte jäh, als die Waffe sich in seinen Brustkorb bohrte. Antianeira nutzte seine Stille, um vorzustürmen. Durch Tod und Flammen hielt sie auf ihn zu. Mehrere Höflinge warfen sich ihr in den Weg. Ehe sie Pan zu Hilfe kommen konnten, rief Penthesilea: »Fass, Brecher!«

Die Höflinge stolperten zurück, als sie den Hund auf sich zurasen sah. Zwei weitere Molossoi schlossen sich Brecher an. Gemeinsam begruben sie die Höflinge unter einem Haufen aus Fleisch und Rüstung, machten den Weg für Antianeira frei. Pan schaffte es nicht mehr, die Streitaxt aus seiner Brust zu ziehen oder nach seiner Flöte zu fassen. Zuvor griff die speerwirbelnde Antianeira an. Sie hackte mit aller Gewalt auf den Gott ein.

Nun, da Pan keine Gefahr mehr war, sah Penthesilea sich um. Entgegen ihrer Erwartung waren die Kriegerinnen noch nicht zerschlagen. Priene tat ihr Bestes, sie zu koordinieren, Befehle schreiend.

Teremun hatte es vom gefährlichsten Teil des Schlachtfelds geschafft. Er kauerte sich mit Xenon und der Fremden hinter den umgestürzten Karren. Myrina schlachtete immer noch alles ab, was ansatzweise in Teremuns Nähe kam.

Am wüstesten war Lacomache. Als der Silen ihren Schild mit seinem Hammer zerschlug, warf sie die Bruchstücke einfach fort. Sie stieß ihm die Faust ins Gesicht, dass er davon zurückzuckte. Dann schlug sie die Streitaxt bis zum Anschlag in seine Seite, zog sich an der Waffe hoch, auf seinen Rücken. Sie bekam seinen Bart zu fassen. Buckelnd versuchte er, sie abzuschütteln. Sie hielt sich hartnäckig mit einer Hand fest, zog mit der anderen ihr Schwert. Brüllend trieb sie ihm die Klinge in den Hals. Ein mehrfaches Zucken, und der Silen fiel. Sein Hammer krachte neben ihm in den Boden.

Der Sieg schien zum Greifen nah. Ihre größten Feinde waren besiegt, die anderen Höflinge auf der Flucht. Doch da war das Feuer.

Penthesilea bekam kaum noch Luft. Rauch biss in ihre Augen. So sehr sie auch danach suchte, sie konnte keine Lücke in den Flammen entdecken. Sie saßen in der Falle.

Nun drang wieder Gelächter an ihre Ohren. Schadenfrohes Gelächter, weil die Höflinge zuletzt gewannen. Feuer war unbesiegbar.

Penthesilea wollte sie schon verfluchen, als plötzlich die Flammen zurückgingen. Es gab keinen Wind, der sie lenkte, kein Wasser, das sie löschte. Sie schienen sich ganz von alleine zu bündeln.

Da entdeckte sie Teremun auf dem Schlachtfeld. Er war hinter dem Karren hervorgetreten. Sein zerfetztes Gewand saß nur noch halb auf seinen Hüften. Das Feuer bewegte sich mit den Gesten, die er mit seinen Händen vollführte. Hass verzerrte sein Gesicht. Sie wusste, er würde töten, noch ehe er den Zauber losließ. Er riss die Arme hoch, und das Feuer bäumte sich auf. Fauchend schoss es auf die letzten Höflinge zu.

Niemand blieb verschont. Während sie verbrannten, wurde ihr Gelächter zu qualvollem Kreischen. Als es endete, hing das Echo ihrer Stimmen über verkohlten Bäumen. Das Feuer war fort, nur Asche verblieben.

Penthesilea starrte reglos den Magier an. Er stand schwer atmend da. Seine Knie gaben unter ihm nach.

»Teremun!«, rief Myrina. Sie warf achtlos Waffe und Schild hin und lief auf ihn zu.

Penthesilea merkte, dass mit dem Rausch ihre eigenen Kräfte nachließen. Deutlich spürte sie die Blessuren, die sie sich während des Kampfes zugezogen hatte. Sie sah auf ihre Hand, die Blut und Dreck verkrusteten. Dann reckte sie die Faust und schrie: »Sieg!«

Als hätten sie nur darauf gewartet, verfielen die Amazonen in Jubelgeschrei. Sie warfen die Hände in die Höhe, priesen die Göttinnen oder ließen sich erschöpft zu Boden fallen. Einige suchten die Nähe von anderen. Lacomache umarmte Xenon, als wolle sie ihn nie wieder loslassen. Auch Myrina hielt Teremun fest. Erst lehnte er kraftlos, wie er war, gegen sie. Dann stemmte er sich mit zitternden Armen von ihr. Er schrie sie an, mit der Verzweiflung, die ihn die Höflinge hatte verbrennen lassen. Wo warst du? Wie konntest du zulassen, dass sie mich so erniedrigen? Warum hast du mich nicht beschützt? Die Fragen standen ihm so deutlich ins Gesicht geschrieben, Penthesilea musste nicht verstehen, was er Myrina an den Kopf warf.

Die Sonnenkönigin reagierte zunächst nicht. Bestürzt sah sie ihn an, ohne sich zu rühren. Dann hob er die Fäuste. Sie tat das einzig Richtige in ihrer Rolle als Regentin, packte seine Handgelenke, ehe er auf sie einhämmern und ihren Respekt vor allen angreifen konnte. Scharf sagte sie etwas in Ägyptisch, während sie seine Arme niederdrückte. Verwies ihn auf seinen Platz. Doch sie sah verletzt aus, als tue es ihr weh, so mit ihm umzugehen.

Es war nur eine kurze zwischenmenschliche Schwäche. Am Ende hatte nur Penthesilea sie in dem Trubel bemerkt. Erst schien es, als wolle Teremun versuchen, seine Königin wegzustoßen. Dann klammerte er sich umso bedürftiger an sie. Bebend lag er an ihrer Brust. Myrina umarmte ihn, strich ihm durchs Haar, flüsterte ihm zu. Schließlich half sie ihm, auf die Füße zu kommen.

Penthesilea vermutete, dass sie zu Pan wollten, und folgte ihnen. Auf dem Weg kam sie an Antianeira vorbei, die sich schnaufend auf ihren Speer stützte. Priene, niemals müde, scheuchte die Kriegerinnen umher, damit sie die Leichen der Höflinge nach Brauchbarem durchsuchten. Es waren keine Amazonen gefallen, doch die Heilenden würden trotzdem zu tun haben. So manche Kriegerin war verletzt, der Silen hatte mehrere Knochen zertrümmert.

Penthesilea nickte allen Amazonen, die sie passierte, zu. So hielt sie es auch bei den Männern. Als die Reihe an Phileas war, verlangsamte sie ihren Schritt. Er wirkte völlig durch den Wind. Sein Haar stand von seinem Kopf ab, er starrte reglos in die Leere.

Tamura, die an ihm vorbeiritt, wedelte lachend mit ihrem Bogen.

»Das war sagenhaft!« Er reagierte nicht einmal, als sie ihm siegestrunken gegen die Schulter schlug.

»Ich weiß«, sagte Callistus, der den Arm um ihn gelegt hatte. »Es ist schlimmer als in den Geschichten. Aber das hat auch sein Gutes: Du wirst aus erster Hand erzählen können, wie Pan heute geschlagen wurde.«

Sein Trost schien nicht zu Phileas durchzudringen. Der junge Mann wirkte weiterhin wie betäubt. Im Vorbeigehen klopfte Penthesilea ihm ermutigend auf die Brust. Er würde sich schon ans Kämpfen gewöhnen.

Schließlich holte sie Myrina und Teremun ein. Sie waren bei Brecher und den beiden Hunden angekommen, die sich nach wie vor in Fleisch verbissen. Pans Fleisch. Der Gott schien fassungslos. Die Ziegenaugen rollten in seinem Kopf. Im zerfetzten Haufen aus Fell und Haut, der sein Leib war, steckte noch die Streitaxt von Penthesilea.

»Das ist unmöglich.« Er fiepte, weil er kaum atmen konnte. »Was ist das für eine Waffe? Dieser Schmerz ... ich kenne ihn nicht.«

Penthesilea trat ihm auf die Brust, packte den Griff ihrer Labrys und zog sie mit einem Ruck heraus. »Ich sagte doch, dass Ihr Eure Feindinnen gut wählen sollt. Diese Streitaxt hat mir Eris geschenkt. Selbst Göttern kann sie Schmerzen bereiten.«

Seine Stimme bebte vor Abscheu. »Nun gut. Ihr siegt. Ruf deine Hunde zurück. Du kannst einen Gott nicht so behandeln.«

Sie lächelte. »Wir fangen doch gerade erst an.«

Pan schaute entgeistert, als sie beiseiteging. Dafür trat Myrina an ihre Stelle. Die Sonnenkönigin rammte ihren Fuß geradewegs in die Wunde, welche die Labrys geschlagen hatte. Pan wand sich vor Qual.

»Was wolltet Ihr uns und unseren Männern noch mal antun?«, knurrte Myrina und stieß ihre Ferse tiefer. »Meiner hat mir einiges erzählt. Habt Ihr so auch die Dryaden behandelt, die wir verbrannt auf dem Weg hierher gefunden haben?« Sie wartete gar nicht erst eine Antwort ab und zog ihr Schwert. »Solche Taten unter den Augen meiner Göttinnen zu begehen, kann ich nicht dulden. Ich denke, ich werde Teremun fragen, welche Strafe er Vergewaltigern wie Euch beimessen würde.«

Penthesilea wandte sich ab. Sie pfiff nach ihren Hunden, damit sie von Pan abließen. Er war jetzt ohnehin Myrina ausgeliefert.

»Nein. Ihr könnt das nicht tun. Nicht mit mir. Ihr abart–« Seine Stimme ging in ein Kreischen über, als Myrina zustach.

Er schrie nicht lange. Nachdem Myrina die nötigen Schnitte getan hatte, stopfte sie ihm sogleich das Maul und grollte: »Schluckt, Pan. Schluckt den Schwanz, den Ihr anderen so gerne aufzwingt.« Er jammerte erstickt. »Habt Euch nicht so. Ihr seid ein Gott, er wächst schon nach.« Sie spuckte aus. »Nun geht mir aus den Augen. Kriecht zum Hof des Gelächters zurück. Und bringt den Göttern diese Nachricht: Die Amazonen werden ihre Rache haben. Niemand, auch kein Gott, kann uns auf dem Weg nach Troja aufhalten.«

Während Myrina ihre Ansprache hielt, legte Penthesilea den Kopf in den Nacken. Der Himmel dunkelte über den verbrannten Bäumen am Waldrand. Donner grollte. Vielleicht sah Zeus zu ihnen herab, entsetzt ob des Anblicks, den sein Halbbruder bot.

Myrina kam schließlich heran. Sie hatte ihren gelben Umhang abgenommen und ihn Teremun um die nackten Schultern gelegt. Er hielt sich an ihrem Arm fest.

»Ihr seid ein schreckliches Paar«, sagte Penthesilea. »Wenn ich daran denke, wie Teremun vorhin das Feuer gelenkt hat ... So etwas habe ich noch nie gesehen.«

»Ich weiß genauso wenig, wie er das angestellt hat. Derart zerstörerische Magie verlangt sonst große Opfer.« Myrina redete in Ägyptisch mit ihm. Wohl, um ihn zu fragen, was er geopfert hatte. Er antwortete sogleich, doch sie zögerte, zu übersetzen.

»Myrina? Was sagt er?«

Sie schluckte. »Er sagt, dass er das Kind geopfert hat.«

Einen Moment lang starrte Penthesilea sie unbewegt an. Dann begriff sie die schreckliche Bedeutung von Myrinas Worten. Sie dachte an Prienes Warnung, an die Sklavenmädchen, die Teremun geopfert hatte.

»Nein. Sagt mir, dass das nicht wahr ist.« Sie musste an sich halten, Myrina nicht anzuschreien. »Es gibt nur ein Kind in diesem Trupp. Und es ist nicht einmal geboren!«

Myrinas Schweigen war Antwort genug.

»Bei allem, was den Göttinnen heilig ist.«

»Beruhigt Euch. Ich –«

»Beruhigen?« Sie packte Teremun, dass er zusammenzuckte. »Er hat den Leib einer Frau für seine Magie benutzt. Schlimmer, er hat ihn derart verformt, dass sie ihr Kind verloren hat.« Als Myrina ihr in den Arm fallen wollte, blaffte sie: »Wagt es nicht!«

Sie zog Teremun mit sich. Für den Moment war es ihr gleich, dass er im Schmerz gehandelt hatte und Schonung brauchte. Er sollte der Frau, der er diesen Gräuel angetan hatte, in die Augen sehen. Sie entdeckte die Fremde, mit welcher der Kampf begonnen hatte. Xenon war bei ihr. Er betrachtete voll Sorge ihren Bauch, den sie umschlungen hielt.

»Was ist los?«, fragte Penthesilea. »Geht es ihr nicht gut?«

Xenon sah zu ihr auf. »Ich könnte sagen, dass es ihr bereits nicht gut ging, als sie aus dem Wald gestolpert kam, aber nun nach dem Kampf ist es besonders schlimm. Plötzlich hat sie große Schmerzen.«

Es stimmte also. Teremun hatte wirklich etwas mit dem Kind angestellt. Sie ließ ihn los. Er fiel vor Schwäche zu Boden, wo er liegen blieb.

»Es ist ein Zauber von Teremun. Er hat das Kind geopfert.«

Die Augen der Fremden weiteten sich hinter einer golden leuchtenden Haarsträhne.

»Was sagt Ihr da?«, fragte Xenon bestürzt.

»Ich werde ihm seine rechte Strafe geben.«

Sie wollte Teremun am Arm hochziehen, da sagte die Fremde: »Nicht!« Überrascht hielt Penthesilea inne. »Bitte nicht, große Amazonenkönigin. Es hat genug Leid wegen mir gegeben. Und ich will mein Kind nicht.«

»Wie soll ich das verstehen?«

Der Blick der Fremden trübte sich. »Es ist von einem Mann, der mich zwingen wollte, seinen Sohn zu gebären.«

Penthesileas Wut verflog nicht. Was Teremun getan hatte, war in jedem Fall entsetzenswert. Aber nun sah sie auch, dass es anderes zu tun gab. Die Fremde war verletzt, ebenso Teremun. Sie hörte, wie er schluchzte.

»Xenon, kümmere dich um ihn«, sagte Penthesilea und setzte sich. »Ich pflege sie hier.«

Die Frau sah sie furchtvoll an, und doch wirkte sie dankbar. Nachdem Xenon sich entfernt hatte, sagte sie: »Zeit meines Lebens hatte ich Angst vor Amazonen. Penthesilea … Damals habt Ihr mit Euren Kriegerinnen Athen angegriffen. Meine Heimatstadt. Und jetzt seid ausgerechnet Ihr es, die mich rettet.«

Nun, da Penthesilea sie näher betrachten konnte, fiel ihr auf, wie schön die Fremde war. Der Schmutz und die Angst hatten es verborgen.

»Die Moiren spinnen seltsame Geschicke. Wer bist du? Warum war Pan hinter dir her?«

»Ich bin niemand. Eine Hure, die sich durchschlägt und das Pech hatte, auf der Flucht in noch schlimmere Bedrängnis zu geraten.«

»Auch Huren haben Namen.«

Das entlockte ihr ein Lächeln. Penthesilea stieg auf einmal ein Duft in die Nase – der süße Duft von Hyazinthen. »Mein Name ist Eudokia. Und ich danke Euren Göttinnen, dass sie Euch geschickt haben.«

## XVII. DIE UNTERWELT

### Areto

Die Reise schien endlos lang zu sein. Sie ritten tiefer, durch ein Labyrinth aus Stein und Dunkelheit. Die rote Glut von Promethea war ihr einziges Licht.

Anders als Clete sah Areto die Toten hinabgehen, Hunderte von Seelen, die schattenartig waberten. Sie sahen so aus, wie sie die Welt der Lebenden verlassen hatten. Manche waren alt und runzelig, andere noch Kinder. Die meisten trugen die Rüstungen von Hopliten oder waren trojanische Soldaten. Von Waffen durchbohrt, mit Wunden überzogen, Gliedmaßen abgeschlagen, krochen sie vorwärts.

Der halb geköpfte Soldat, den sie hinabbegleitet hatten, ging alleine weiter, als sie das erste Mal lagerten. Sie mussten sich immer wieder ausruhen. Das Dunkel war kaum zu ertragen. Ein paarmal, wenn es sie zu überwältigen drohte, wehte eine belebende Brise aus dem Nichts. Zumindest schien eine Göttin sie zu begünstigen. Sie folgte ihnen wachsam, als Flüstern im Wind.

Wann Tag und Nacht war, wussten sie nicht. Die Zeit hatte hier unten keine Bedeutung. Areto dämmerte unruhig dahin, und in ihren Träumen war sie wieder Artemis.

\*\*\*

Es dauert nicht lange, bis die Achaier sich dem Zorn meines Bruders ergeben. Als Agamemnon die Priestertocher Chryseis und die anderen Tempeldienerinnen gehen lässt, hat die Pest sich durch sein gesamtes Heer gefressen.

Nächtelang muss ich in den Tempeln schlafen, weil die Pein kaum auszuhalten ist. Ich fühle mich ertränkt vom Frauen- und Kinderblut, reiße entzwei wie Chryseis, die Agamemnon bis zuletzt vergewaltigte. Ich bin viele und ein einziger Schmerzensschrei. Als ich endlich erwache, sagt mir mein Bruder, dass wir nicht länger kämpfen werden. Unser Vater Zeus hat es verboten. Das Ausmaß der Zerstörung, das die Seuche anrichtete, war zu groß.

»Zeus ist ein Tor«, sage ich, als wir erneut auf der Mauer stehen. Diesmal sind wir waffenlos, zum Zusehen gezwungen. »Wie kann er nach allem, was geschehen ist, noch glauben, dass ein Waffenstillstand zu etwas führt?« Ich weigere mich, ihn *Vater* zu nennen. Das ist er nicht, der sich diesen Krieg herbeigewünscht hat.

»Er glaubt es, weil er ignorant ist«, sagt Apollon. »Der Krieg war ihm willkommen, solange sich nur seine menschliche Brut abgeschlachtet hat.«

Die anderen im Olymp mögen dazu schweigen. Doch wir alle wissen, ihn ergötzt das Massensterben. Er, dem prophezeit wurde, dass er durch einen Sohn fallen würde, wie er einst seinen Vater Kronos und die Titanen stürzte – er hofft auf den Tod seiner Kinder. Und er hat viel zu viele von ihnen mit Menschen in die Welt gesetzt.

Zeus, der Maßlose. Der Vergewaltiger. Was könnte ihm besser zuspielen als dieser Krieg, in dem sich seine Heldenbastarde gegenseitig umbringen?

»Es ist lachhaft«, knurre ich. »All die Jahre lässt er uns die Arbeit tun, die ihm selbst zu schmutzig ist, auf dass seine Söhne sterben. Und nun, da sich immer mehr Olympioi gegenseitig zerfleischen, geht es ihm zu weit?«

Mein Bruder verengt die Augen zu weißen Schlitzen voll Verachtung. »Warte ab. Als Gottvater mag er höchste Macht über uns haben. Aber sein Wort kann nur kurzzeitig unsere Kräfte bannen. Dieser Kampf ist zu groß, um nicht gefochten zu werden.«

Ich lasse meinen Blick über die gewaltige Mauer schweifen. »Das ist nicht, was mir Sorge bereitet. Können die Trojaner ohne unseren Schutz standhalten?«

»Ja, solange noch Hektor kämpft.«

Er sagt es mit unerschütterlichem Vertrauen. Unwillkürlich halte ich nach dem Prinzen von Troja, den mein Bruder zum Schützling auserkoren hat, Ausschau. Mein Blick flirrt vor Müdigkeit. Hektor fällt mir nicht sogleich in das pochende Auge. Dann mache ich ihn aus, wie er nicht nur die Soldaten befehligt, sondern ihnen beisteht. Er kämpft mit ihnen, hebt seinen Schild schützend über andere und hilft, Verwundete vom Schlachtfeld zu tragen.

Ich finde nichts Ungewöhnliches an ihm. Im Kampfgewirr sehen viele Männer gleich aus, mit dunklem Schopf und Bronzehaut. Hektor ist stattlich, aber sonst nicht bemerkenswert gebaut. Da gibt es Größere und Kräftigere aufseiten Trojas.

»Was siehst du in Hektor?«, frage ich. »Er ist doch nur ein Mensch. Kein Halbgott wie Achilles und die anderen Helden.«

»Es stimmt. Er ist kein Halbgott. Und dennoch kämpft er wie einer und ist ebenso furchtlos. Das macht ihn zu einem der größten Männer.«

Das kann ich nicht verhehlen. Während ich Hektor beobachte, wie er geschwächte Soldaten wieder auf die Füße zieht, sehe ich einen Mann reinen Herzens. Vielleicht ist es ein Segen, dass er nur ein Mensch ist, denn dadurch wird er nicht vom Götterwahn getrieben wie Achilles und seinesgleichen. Nur die Liebe zu seinem Volk brennt in ihm.

Angespannt sieht Apollon dem Ringen von Hektor zu, und auch ich tue es. Ich heile und harre. Wir warten darauf, dass die Fesseln, die Zeus' Wort uns angelegt hat, gelöst werden.

\*\*\*

Areto schrak aus dem Schlaf, als Clete sagte: »Iss.«

Sie blinzelte verwirrt die Kriegerin an, die ihr auffordernd ein paar Datteln hinhielt. Da begriff Areto, dass sie wieder lagerten. War sie schon jetzt so erschöpft, dass sie Traum und Realität nicht mehr unterscheiden konnte?

Sie zögerte, das Trockenobst zu nehmen. »Das ist von deiner Ration. Willst du mich etwa wieder weich und rund füttern?«

»Mach darüber keine Scherze. Du musst bei Kräften bleiben und Fleisch ansetzen. In letzter Zeit hast du viel zu viel abgenommen. Du kannst den eigenen Körper nicht fordern, ohne ihn gut zu ernähren.«

»Und du kannst nicht aus Sorge um mich selbst kürzertreten.« Weil sie wusste, dass Clete nicht mit sich reden lassen würde, nahm sie einen Teil der Früchte und sagte: »Das reicht mir schon. Ich habe kaum Hunger. Die Stimmung hier unten schlägt mir auf den Magen.«

Clete gab sich damit zufrieden. »Wem sagst du das.« Sie schob sich seufzend eine Dattel in den Mund und lehnte mit Areto an der Höhlenwand. »Ich warte schon die ganze Zeit darauf, dass wir Ärger bekommen. Aus irgendeinem Grund haben uns Hades und seine Dämonen bisher verschont.«

Areto konnte sich auch keinen Reim darauf machen. Der Gott der Unterwelt war bekannt dafür, die Welt der Lebenden und Toten aufs Schärfste zu trennen.

»Vielleicht ist es seine Frau«, meinte sie. »Es könnte sein, dass Persephone den Amazonen zugetan ist. Du hast doch auch gesagt, du hast das Gefühl, dass jemand auf uns schaut. Am Ende ist sie es. Zumal wir nicht hier sind, um zu freveln wie jene, die Tote zurückholen wollen. Wir suchen lediglich Antworten.«

Clete kaute mit wenig überzeugtem Ausdruck auf ihrer Dattel herum. »Ich hoffe, du hast recht. Trotzdem sollten wir uns bereithalten.«

Nachdem sie aufgegessen hatten, ritten sie wieder los. Sie schwiegen angespannt. Areto hatte das Silberauge verbunden, um es zu schonen. Wie sie jetzt ins gestaltlose Dunkel sah, wurde ihr das Herz schwer. Sie wusste, dass der Schatten sie begleitete.

Lange hatte er sich von ihr ferngehalten. Sie war so froh gewesen, sich mit Clete versöhnt zu haben, sie hatte beinahe vergessen, dass es ihn gab. Nun gedieh er flüsternd in der Düsternis.

Clete riss sie aus ihren Gedanken. »Ist es nicht bitter? Eines Tages werden wir hier alleine hinuntersteigen und die göttlichen Richter entscheiden lassen, in welchen Teil des Jenseits wir gelangen. Für immer.« Sie schüttelte den Kopf. »Kannst du dir etwas Traurigeres vorstellen?«

Das konnte sie tatsächlich nicht, aber aus anderen Gründen. Die Dunkelheit der Unterwelt war ihr längst bekannt, ein Teil von ihrem Kopf.

»Clete. Bist du manchmal traurig?«

Die Kriegerin zögerte, zu antworten. »Wie kommst du darauf?«

»Ich weiß nicht, ich …« Sie schluckte. »Ich bin oft traurig. So traurig, wie das Jenseits gar nicht sein kann, denke ich. Manchmal ist es so schlimm, dass ich glaube, ich will nicht mehr leben. Doch dann bin ich auch zu traurig zum Sterben.«

Clete sagte zunächst nichts. Als sie schließlich antwortete, klang sie erschüttert. »So fühlst du?«

Areto lehnte ihre Stirn gegen Cletes Rücken und nickte. Eine Zeit lang war nur das Klacken, das Promethea mit ihren Hufen verursachte, zu hören.

»Natürlich bin ich manchmal traurig.« Clete sprach leiser, als Areto es von ihr gewohnt war. »Aber dermaßen ... Nein, so ging es mir noch nie. Ich würde sagen, dass nur ein kranker Mensch so empfindet.«

»Vielleicht ist es auch eine Krankheit. Ich war ein paarmal bei Heilerinnen und Hexen, wenn mein Kopf und Herz zu schlimm befallen wurden. Aber keine konnte mich kurieren. Mir wurde gesagt, dass es verfliegt. Ich müsse nur warten, keine Frau kann sich endlos unglücklich fühlen. Und doch geht es mir miserabel, immer wieder von Neuem. Meine Gedanken sind ein Gefängnis, mit selbstzerstörender Leere als Insasse.«

»Wieso hast du mir nie davon erzählt?«

»Vielleicht, weil du mich nicht vor diesem Schmerz schützen kannst. Ich bin auf mich allein gestellt, wenn die tödliche Tiefe ruft.«

»Sag das nicht. Du bist nicht allein. Ich mag zwar keinen Kampf fechten können, der in dir selbst stattfindet. Aber sobald du ihn geschlagen hast, kann ich dich auffangen.« Clete zögerte. »Das kann ich doch, oder?«

Kurz war Areto sprachlos. Sie hatte mit mehr Unglauben und nutzlosem Gutwillen gerechnet. Aber obwohl Clete sie nicht verstehen konnte, spielte sie sich nicht als Retterin oder Besserwissende auf. Sie sah einfach über ihre Schulter, abwartend, was Areto zu sagen hatte.

»Ja. Ich denke schon.«

»Gut. Sag mir, wie ich dir helfen kann. Und teile mir mit, wenn deine Krankheit stärker wird. Damit sie uns nicht –« Clete stockte. »Spürst du das auch?«

Areto hob ihren Kopf. Hier unten regierte allgegenwärtige Kälte, doch nun fuhr es ihr heiß übers Gesicht. Nicht nur das, sie hörte Wasser rauschen.

Clete trat Promethea in die Flanken. Die Stute begann zu traben, lief um eine Höhlenbiegung. Es bot sich ihnen ein Anblick, der Areto den Atem raubte. Der Tunnel wurde zu einer gewaltigen Höhle. Ein Fluss aus Feuer durchschnitt sie und erhellte alles. Areto erkannte ihn aus den alten Erzählungen. Es war der Phlegeton. Der niemals versiegende Flammenstrom fiel bis in die tiefste Unterwelt hinab, den Tartaros.

Als schwarze Wasserfälle stürzten Acheron und Kokytos von den

Wänden, zu Phlegeton hinunter. Sie ummantelten Lethe, den grauen Fluss des Vergessens. Doch der größte Fluss in dieser unwirklichen Landschaft, mit den meisten Armen und höchsten Fluten, war Styx. Jenes Wasser mussten die Toten auf der Fähre von Charon überqueren.

»Was für eine Aussicht«, sagte Clete.

Sie sahen sich beide beeindruckt um, während sie zum Ufer hinabritten. Clete hielt schließlich an und stieg ab, um anbietend ihre Hand auszustrecken. Areto ließ sich gerne hinunterhelfen. Dann nahm sie die Augenbinde ab und schaute sich um.

Die Toten sammelten sich zu Hunderten an den Ufern. Einige von ihnen knieten beim Lethe und weinten, weil sie erkannt hatten, dass sie nicht mehr lebten. Areto ließ ihren Blick schweifen ... und entdeckte, dass sich eine riesige Kreatur zwischen den Toten erhob.

»Pass auf, Clete!«

Die Kriegerin schaffte es gerade rechtzeitig, ihre Pelte zur Hand zu nehmen. Dann schoss das Wesen auf sie zu. Die Luft erzitterte, ehe wieder die anregende Brise wehte. Sie drängte Areto dazu, wegzuspringen, und sie entkam der zuschlagenden Pranke. Clete fing den nächsten Hieb mit ihrem Schild ab. Der Aufprall war so heftig, sie fiel keuchend zurück.

Areto fand ihren Stand wieder. Sie sah auf das Tier, das sie lauernd umkreiste. Drei Köpfe saßen auf dem bulligen Körper. Sie schnappten um sich, wie auch die Schlangen, die statt Haaren zwischen den Ohren saßen. Das Mischwesen zog einen geschuppten Schwanz hinter sich her. Es war Kerberos, der Hund, der die Unterwelt bewacht.

»Da haben wir unseren Ärger«, sagte Clete und griff nach ihrer Streitaxt.

»Komm ihm nicht zu nah«, rief Areto. »Sein Atem ist giftig, und sein Speichel auch!«

Aus den Mäulern mit den scharfen Zähnen tropfte Geifer, der sich sengend ins Gestein fraß. Die Hunde- und Schlangenköpfe verrenkten sich in alle möglichen Richtungen, als wären sie sich nicht einig, wen sie zuerst angreifen wollten.

»Das hatte ich ohnehin nicht vor«, entgegnete Clete. »Ich halte ihn auf. Hol das Mittel!«

Areto sah sich nach Promethea um. Die war vor dem ungeheuren Wächter zurückgewichen und tänzelte am Ufer des Styx herum. Areto eilte auf sie zu, bedacht darauf, nicht in den Angriffsbereich von Kerberos zu kommen. Ihr Ziel war der Beutel auf Prometheas Rücken. Darin befand sich Honig, den ihnen die Hohepriesterin mitgegeben hatte, um Kerberos zu besänftigen.

Während sie lief, blies unablässig der Wind. Die Brise wurde immer stärker, bis sie Kerberos um die Ohren peitschte. Dunkle Blütenblätter wehten ihm in die Augen, sodass er sie zukneifen musste. Clete sorgte endgültig dafür, dass Areto freie Bahn hatte. Sie schlug mit dem Stab ihrer Streitaxt gegen die Pelte und schrie, um Kerberos' Aufmerksamkeit zu bekommen. Sofort wandten sich ihr alle Köpfe zu. Clete wehrte mit ihrem Schild Dutzende Bisse und Schläge ab. Sie wirbelte regelrecht durch die Gegend, weil von so vielen Seiten die Attacken kamen.

Aretos Herz drohte stehen zu bleiben, als einige der Schlangenköpfe vorstießen. Bevor sie jedoch zubeißen konnten, schlug Clete sie mit einem Axthieb ab. Fauchend fiel das Schlangenhaar zu Boden. Kerberos brüllte.

Areto wusste, es blieb nicht viel Zeit. Selbst Clete hielt einem solchen Gegner nicht lange stand. Sie zwang sich dazu, den Blick von der Kriegerin abzuwenden, die immer mehr zurückgedrängt wurde, und kam bei Promethea an. Eilig wollte sie nach dem Beutel greifen.

Doch das war nicht nötig. Brise und Blüten formten sich zu einer Gestalt. Ein Bett aus schwarzen Blumen entstand unter ihren Schritten. Sie hob die Hand und rief: »Halte ein, Kerberos!«

Sofort verstummte der monströse Hund. Er senkte gar demütig die Köpfe. Nicht nur deswegen ahnte Areto, dass die Königin der Unterwelt gekommen war. Eine Krone aus Mohn saß auf dem Haupt der Göttin. Ihr erlesenes Gewand war aus Knochen und dunklen Blüten gewebt. Ein Schleier verhüllte ihren Mund, über dem große, grün leuchtende Augen lagen. Die Haut, die hervorblitzte, war totenblass.

Persephone streckte sich nach Kerberos aus. Selbst sie, die als Göttin hochgewachsen war, schien zierlich neben ihm zu sein. Sowie sie ihn an der Schnauze berührte, setzte er sich auf die Hinterbeine.

»Fürchtet euch nicht«, sagte Persephone. Ein Lächeln hob ihren Schleier an. »Solange ich bei euch bin, wird er euch nichts tun.«

Clete senkte entwaffnend die Hände und rief: »Persephone!«

Auch Areto ließ erleichtert von dem Beutel ab, um sich zu verbeugen. »Ihr habt unsere Gebete erhört.«

»Ja. Auch habe ich von dem Tod der Hippolyte vernommen. Ich will euch zu ihr bringen.« Sie breitete ihren Arm aus, sodass ihr Mantel schützend über Areto und Clete hing. »Bis jetzt konnte ich euch vor den Blicken meines Mannes verbergen. Aber das wird mir nicht ewig gelingen. Ihr müsst euch beeilen und die Unterwelt verlassen, ehe Hades euch bemerkt.«

Sie sprach dringlich. Ihr Ton ließ keine Zweifel daran, dass Hades wütend sein würde über den unerwarteten Besuch.

»Reicht es ihm nicht, dass wir eure Gästinnen sind?«, fragte Clete. »Wir haben auch Gaben mit, um unseren guten Willen zu beweisen.«

Persephone schüttelte den Kopf. »Hades ist nicht gerade ein nachsichtiger Gott. Grenzen wurden überschritten, mehr wird er nicht wissen wollen. Allein die Tatsache, dass ich hier und nicht bei meiner Mutter Demeter bin, wird ihn ungnädig stimmen.«

Areto wurde bei diesen Worten klar, was Persephone auf sich nahm, um ihnen zu helfen. Sie war nicht freiwillig mit Hades verheiratet. Einst hatte er sie entführt, vergewaltigt und mit einer List daran gebunden, seine Gattin zu sein. Nur weil die Naturgöttin Demeter um ihre Tochter gekämpft hatte, war er nicht einfach damit davongekommen. Seitdem gab es die Abmachung, dass Persephone nur im Winter seine Königin und ansonsten frei war.

»Normalerweise würde ich nun mit meiner Mutter das Land zum Blühen bringen«, sagte die Göttin. »Ohne Zweifel ist euer Auftrag dringlicher, aber Hades wird das nicht begreifen.« Sie glättete ihren Schleier, jenes Kleidungsstück, das sie ausschließlich trug, wenn sie in voller Macht und ohne Hades auftrat. »Kommt, Amazonen. Opfert eure Gaben, und dann führe ich euch zu eurem Ziel.«

\*\*\*

Areto legte Kerberos den Honig hin, während Clete das andere Opfer – einen Schlauch mit Wein und Pferdeblut – im Styx ausgoss. Es war genauso, wie es die Geschichten sagten: Kerberos verschlang gierig den süßen Saft und legte sich dann müde ans Ufer.

Persephone wartete, bis alle Opfer erbracht und sie wieder auf Promethea aufgesessen waren. Dann ging die Göttin ihnen voraus, am Styx entlang. Die Totenflut spaltete sich, um ihr Platz zu machen. Etliche

Flussbiegungen marschierten sie, in diesem Schattenlabyrinth, das nur die Königin der Unterwelt durchdringen konnte.

»Ich hoffe, ihr habt jeweils einen Obolus für Charon mit?«, fragte Persephone.

»Ja.« Areto hob die rechte Faust, in der sie zwei Münzen hielt. Sie hatte diese mit den Opfergaben hervorgeholt.

»Gut.« Persephone deutete ihnen mit der Hand. Ihr schmaler Finger wies auf einen Steg am Fluss. Einige der Toten hatten sich dort versammelt und beobachteten, wie sich ihnen eine Fähre näherte. »Stellt euch zuvorderst an den Steg. Wenn Charon anlegt, sagt ihm, zu wem ihr wollt und dass ihr in meiner Gunst steht. Er wird euch entsprechend fahren. Mein Schutz ist mit euch.«

Areto sah dankbar zu ihr auf. Sie glaubte in jenem Moment, dass es Persephone auch ein persönliches Anliegen war, sie zu unterstützen. Als wolle sie ihnen den Schutz geben, den sie dereinst nicht vor Hades bekommen hatte.

»Die Amazonen werden Euch in Ehren halten«, sagte Clete.

Persephone verschwand in einem Wirbel aus Asche, und die Fähre legte an. Deren Holz war dunkel verwittert, wie die Gestalt, die daraus aufragte. Charon sah völlig abgerissen aus. Ein fleckiger Mantel hing von seinen Schultern. Sein Bart war dreckig und verfilzt. Steif, wie er war, schien es, als habe der Schmutz ihn mit dem Holz verwachsen. Es ließ sich nicht sagen, wo Fährmann und Fähre anfingen oder aufhörten. Er musterte die Amazonen, wobei blaue Flammen aus seinen Augenhöhlen schlugen.

Clete brach die Stille. »Wir wollen auf die andere Seite des Flusses zu Königin Hippolyte. Persephone begünstigt uns und gestattet die Fahrt.«

Charons Gesicht blieb ausdruckslos. Er nahm eine Hand von seinem Ruder und streckte sie aus. Areto verstand sofort. Sie beugte sich vor und gab ihm die Münzen. Er öffnete seinen Mund voll schwarzer Stumpen und warf sie sich in den Rachen. Danach wies er ihnen mit einem Handwink, auf die Fähre zu kommen.

Promethea sprang vom Steg, und sie legten ab. Areto musste dem Bedürfnis widerstehen, einen Blick zu den weinenden Toten zurückzuwerfen. Stattdessen sah sie auf die giftigen Fluten des Styx. Die Strömung ließ sie zu dem Ziel ihrer Reise fliegen.

»Bald sind wir da«, sagte Clete. »Den wichtigsten Teil musst du erledigen. Nur du kannst Hippolyte mit deinem Auge sehen und sie sprechen.« Sie seufzte. »Als wäre ich nicht unnütz genug gewesen.«

Areto konnte hören, wie es an Clete nagte, dass sie nicht besser gegen Kerberos angekommen war. »Du bist nicht unnütz. Ja, du kannst mich nicht vor allem hier unten beschützen.« Wie sie auf das schattenvolle Wasser hinuntersah, hatte sie keinen Zweifel. »Aber ohne dich im Rücken wäre ich niemals so weit gekommen.«

Clete schwieg kurz, ehe sie sagte: »Ich stärke dir auch weiterhin den Rücken, auf dass dich der Mut nicht verlässt. Wir werden nicht weichen.«

Areto nickte entschlossen. *Kein Zurück mehr*, dachte sie, als die Fähre am anderen Ufer angelangte. Der schwarze Sand ging in eine Ebene voller Asphodelen über. Die hochwachsenden Pflanzen trugen weiße Blüten, die von blutroten Äderchen durchzogen waren.

Hier, im Asphodelien-Grund, verbrachten die Toten ihr Nachleben, sofern die Richter der Unterwelt es wollten. Weit, weit unter ihnen, am tiefsten Punkt der Erde, gab es noch den Tartaros, wo Qual für die größten Frevel wartete. Die Allerwenigsten gelangten auf die Insel der Seligen, die Helden und Gottgleichen ewiges Glück bot. Es bedrückte Areto, dass Charon sie hierhergebracht hatte. Nicht zur Insel, sondern zu den Feldern der Gewöhnlichen.

Kaum dass Promethea aus der Fähre an Land sprang, fuhr Charon wieder los. Er verschwand, wie er gekommen war, in absoluter Stille.

»Was siehst du?«, fragte Clete.

Areto zögerte, zu antworten, denn der Anblick, der sich ihr bot, war erschütternd. Sie sah Krieger und Amazonen zwischen den Asphodelen wandeln. Ihrer Sinne und Erinnerungen von der sie umgebenden Zeitlosigkeit beraubt, wankten sie umher. Es war kein Frieden, kein Streiten – nur Taubheit.

»Du willst es nicht wissen«, sagte Areto leise.

Clete antwortete nicht. Still lenkte sie Promethea über das Blumenfeld. Auch wenn es Areto wehtat, die vielen Gefallenen anzuschauen, sah sie nach vorne.

Sie erkannte Hippolyte schon von Weitem. Die Königin saß auf einem Hügel, umgeben von ihren Grabbeigaben. Sie sah so aus, wie sie bestattet worden war, in Weiß gekleidet und ihre Wunden verdeckt. Ihre Augen waren geschlossen. Als würden sie schlafen, stumm weinen oder beides.

Sie schaute weder auf das stumpf glänzende Gold, das ihr mitgegeben worden war, noch auf ihr Pferd oder die Kriegerinnen, die zu ihren Füßen lagen.

»Dort ist sie.« Areto atmete tief ein und stieg ab. Clete holte das letzte Mittel, das Melanippe ihnen gegeben hatte, aus dem Reisebeutel. Es war eine Phiole mit Blut. Sie mussten es Hippolyte zu trinken geben. Nur Blut konnte die Toten aus der Ewigkeit reißen, sodass sie sich an ihr Leben erinnerten. Clete reichte ihr mit einem auffordernden Nicken die Phiole.

Areto überwand die letzte Distanz zu Hippolyte. Sie öffnete die Phiole, kippte sie an, um das Blut auf die Lippen der Königin zu träufeln. Dabei spürte sie nichts. Nur ein kaum merklicher Hauch streifte ihre Finger, als sie Hippolytes Seele berührte.

»Wacht auf, Königin.«

Hippolyte öffnete die Augen. Als ihr todesgrauer Blick sie erfasste, konnte Areto nicht anders: Sie schluchzte. Es war zu grausam.

Hippolyte fragte mit der Stimme eines bösen Traums: »Wo bin ich?« Furchtvoll, wie sie es nie zu Lebzeiten gewesen war, sah sie zwischen ihnen umher. »Wer seid ihr?«

Areto schluckte ihre Tränen hinunter, als Clete neben sie trat und ermutigend ihren Arm drückte. »Wir sind Amazonen vom Mondstamm. Jenem Volk, das Eure Schwester Penthesilea regiert. Erinnert Ihr Euch?«

Ein winzig kleiner Funke trat in Hippolytes Augen. »Du ...« Sie betrachtete Clete. »Du bist Schildhaut. Ich ... habe dich gekannt.« Areto nickte für Clete, die Hippolyte nicht hören konnte. »Ich ... ich war mit den Kriegerinnen in den Wäldern von Artemis. Der Drakon. Penthesilea. Ich ...« Sie unterbrach ihr Gestammel.

Mit einem Mal war sie still und ihr Blick klar. Wie sie sich umschaute, wusste Areto, dass die Königin ihren eigenen Tod erkannt hatte. »Meine Schwestern. Wie geht es Penthesilea und Melanippe?«

Es bewegte Areto, dass Hippolyte zuallererst an ihre Familie dachte. »Sie sind voll Schmerz ob Eures Todes. Gerade sind sie auf dem Weg nach Troja, um die Amazonen zu neuer Größe zu führen.«

»Troja?«

Ihre Augen drohten von Vergessen zu erblinden, sodass Areto ihr wieder Blut einflößte. Tropfen für Tropfen musste sie Hippolyte wach halten.

»Ja, jetzt erinnere ich mich. Ich habe nach Hilfe gerufen, weil ich Penthesilea etwas sagen muss. In den Wäldern von Artemis ... Da war ein Licht, bevor der Drakon kam. Es nahm die Gestalt einer Göttin an, die mit mir sprach.«

»Wer war es?«

Die Königin schwieg so lange, Areto fürchtete schon, dass ihre Reise umsonst gewesen wäre. Doch es gelang Hippolyte, ihr Grauen zu überwinden. Fast lautlos sagte sie, als könne sie es nicht glauben: »Artemis.«

Areto hatte einiges erwartet, doch nicht das. Artemis hatte nichts davon erwähnt, als sie den Amazonen erschienen war, und Areto fiel nur ein Grund ein, warum die Göttin das tun sollte. Um ihnen etwas zu verschweigen.

»Areto?« Clete merkte ihr offenbar den Schock an, denn sie fragte: »Ist alles in Ordnung?«

Sie konnte nicht antworten.

»Ich sah Artemis genau vor mir«, erzählte Hippolyte. »Sie erschien mir nicht als Kämpferin, sondern in weicher Form. Ihr Haar fiel auf ein schneeweißes Gewand und schimmerte dunkel im Schein der Fackel, die sie trug. Entwaffnet sah sie mich an ... so dachte ich, bis sie sprach: *Dir bleibt keine Wahl. Du musst in Troja kämpfen, Hippolyte. Damit du begreifst, warum, zeige ich dir den Schmerz, den so viele Frauen und Kinder in diesem Moment erleiden. Ich habe ihn mit meiner Macht über die Gebärenden in diesen schwangeren Körper gesperrt. Sieh ihm in die Augen. Sag nicht länger, dass du wegschauen kannst. Zieh mit mir, oder spüre meinen Zorn durch diese Kreatur.*«

Sie starrte mit milchig grauen Augen ins Leere.

»Ich wies sie ab, und da hetzte sie den Drakon auf mich. Sie hatte recht: In seinem Blick lagen Schmerzen, von denen ich nicht wusste, dass es sie gibt. Sie waren das Letzte, was ich sah, bevor ich ...« Ihre Stimme brach. »Meine Schwester. Penthesilea muss es wissen. Sag es ihr!«

Areto erkannte, dass Hippolyte ihnen zu entgleiten drohte. Sie schüttelte verzweifelt die Phiole, obwohl das Blut so gut wie verbraucht war. Bis auf ein paar letzte Tropfen benetzte nichts mehr Hippolytes Lippen.

»Nein. Bitte geht noch nicht!«

Die Königin streifte sie mit einem Blick voll Gram, als gebe es so viel mehr zu sagen. Doch sie hatten keine Zeit mehr. Hippolyte streckte sich nach ihr aus. Ihre Finger tauchten durch Aretos Wange.

»Sag es ihr«, flüsterte sie. »Und warne meine Schwestern, dass sie nicht auch göttliche Spielbälle werden. Sie dürfen nicht hier enden.« Ihre Hand fiel herab. »Nicht hier, ohne Ehre.«
Dann rührte sie sich nicht mehr. Alles Blut war versiegt und mit ihm Hippolytes Stimme. Areto stand in der Finsternis, die leere Phiole in den Händen, und wünschte sich, die Geheimnisse der Toten nicht gehört zu haben. Sie wünschte sich, nicht zu wissen, dass Artemis sie belogen hatte.

# VIERTER GESANG, VOM BRUCH DER DINGE

# XVIII. BLÜHENDE TAGE

## Die Namenlose

Nie sollte sie jenen Wintertag vergessen, an dem ihre Mutter Otrere sagte: »Liebe macht schwach. Denk immer daran, hörst du?« Otrere wischte ihr mit der vernarbten Hand, die nur noch vier Finger besaß, Schneeflocken von den kindlich dicken Wangen. »Mach nicht denselben Fehler wie deine Schwester. Es war dumm von Orithyia, zu hoffen, dass Priamos wiederkäme. Männer sind nicht dazu da, damit ihr auf sie wartet. Sie geben euch Töchter, vielleicht ein paar gute Nächte. Sonst nichts.«

Otrere sprach mit einer Zermürbung, die sie ins Grab mitnehmen sollte. Sie starb in nicht allzu hohem Alter, verwittert vom Kämpfen. Doch sie war stolz auf das Reich, das sie aufgebaut hatte, und ihre fünf Töchter. Es war gut so. Auf diese Weise erlebte sie nicht, wie Herakles im Land der Amazonen einfiel und alles auseinanderriss.

*Mutter, vergib uns.* Das Mädchen vom Wintertag, das Otrere zurückließ, konnte nicht aufhören, sich Vorwürfe zu machen. *Wir haben versagt. Du hast uns Unbeugsamkeit gelehrt, doch wir konnten die Helden nicht aufhalten. Wären deine Töchter nur standhafter gewesen ... Aber Antiope und Orithyia sind tot.*

Ihre Vorwürfe waren so groß, dass sie nicht den Thron in Themiskyra übernehmen konnte. Sie fühlte sich nicht bereit, Orithyias Platz als Königin einzunehmen. Niemand hatte sie darauf vorbereitet. Sie gehörte zu den jüngeren Töchtern ihrer Familie, es war nie vorgesehen gewesen.

Darum ging sie. Sie machte ihren verbliebenen Schwestern das Versprechen, heimzukommen, wenn sie Stärke für ihre Bestimmung gefunden hätte. Ihr Leben, ihr Volk, ihren Namen, alles ließ sie zurück. Sie war nur noch eine namenlose Wanderin.

Sie reiste durch die Lande, die ihr leblos vorkamen, leblos wie sie selbst. Trauer und Schmerz ließen ihre Sinne welken. Sie zehrte von Brot und Wasser, das sie als Söldnerin erwarb. Oft gab sie sich als Mann aus, weil es einfacher war. Die Griechen sahen ihr kurzes Haar und den harten Leib und zogen falsche Schlüsse. Es störte sie nicht. Eine Frau, die allein reiste, bekam schlechte Aufmerksamkeit.

*Wo finde ich nur Stärke?*

Dies war die Frage, um die sich alles drehte und auf die sie keine Antwort fand. Von Ort zu Ort trieb es sie, mal zu Fuß, mal mit dem Pferd oder Schiff. Dann, als sie durch die Kiefernwälder von Skyros streifte, fand sie Stärke an einem unerwarteten Ort. In dem Blick einer Hellenin.

Es geschah zum Ende des Winters. In ihr selbst war es noch kalt und still, erste Blumen hoben die Köpfe aus dem Schnee. Sie war auf der Suche nach einem Rastplatz, als sie auf eine Gruppe Adelige traf. Verschleierte Frauen mit seidenen Gewändern, die lachend Blumen pflückten. Die meisten schienen jung zu sein, eben erst ins Heiratsalter gekommen. Ein Mann begleitete sie, mit offen gezeigtem Schwert am Gürtel.

Das Lachen verstummte, und alle beäugten sie. Niemand sprach. Sie konnte förmlich die Gedanken von ihren Gesichtern ablesen: Was für ein abgehalfterter Mann. Woher kommt er? Was tut er hier?

Sie wollte ihnen zunicken und weiterziehen, den Frauen keine Angst machen. Da nahm jemand ihre Aufmerksamkeit ein. Eine besonders große Frau ragte aus der Gruppe. Die dunklen Augen traten durch den Sehschlitz des Schleiers hervor. Sie starrte, konnte ihren Blick nicht losreißen. Ein Herzschlag verging, ein zweiter – sie sahen nicht weg, blinzelten nicht einmal, während sie sich anschauten. Es war ein hypnotischer Zwang, als würden die Moiren ihre Augen öffnen und sie mit Schicksalsfäden aneinanderbinden.

»Pyrrha.« Eines der Mädchen, das reich geschmückt war und aus hohem Hause schien, nahm die Frau am Arm. »Komm. Bring den Fremden nicht auf falsche Gedanken.«

Der Name hallte in ihrem Kopf. Sie sprach ihn lautlos, wie um einen Geschmack auf der Zunge zu erproben. Pyrrha. Sie reiste schon so lange, ihr Griechisch war gut genug, dass sie seine Bedeutung ableiten konnte. Flammenhaar. Dunkle Strähnen lugten aus dem Schleier hervor. Selbst unter der matten Wintersonne glänzten sie rotgolden.

Pyrrha nickte abwesend. Sie wandte immer noch nicht den Blick ab. Das Mädchen zog sie am Ärmel mit. Im Hintergrund runzelte der Mann die Stirn und legte die Hand ans Schwert. Seine Sorge war unbegründet oder galt eher der Falschen. Denn im nächsten Moment brach eine Wildsau aus dem Dickicht. Sie stürmte zwischen den Kiefern hervor, schäumend vor Wut, mit der ihre Art Frischlinge beschützt.

Alles geschah rasend schnell. Pyrrha lief mit einer schier unmöglichen Geschwindigkeit vor. Sie stieß das Adelsmädchen beiseite, um dann von der Sau gerammt zu werden. Die Frauen schrien auf. Auch der Mann brüllte entsetzt, als sie durch die Luft geschleudert wurde: »Pyrrha!«

Die Wanderin zögerte nicht. Noch ehe der Mann losrannte, packte sie den Speer und hob ihn. Die Sau warf sich herum. Sie wollte den restlichen Adelsfrauen nach, die verschreckt davonliefen. Da flog der Speer, die Spitze schlitzte ihre Flanke auf. Die Sau brach quiekend ein. Danach trat sie humpelnd die Flucht an, und die Wanderin rannte auf Pyrrha zu. Die lag dem Mädchen, das sie gerettet hatte, in den Armen.

»Zur Seite!« Sie drängte das Mädchen weg, um Pyrrhas Gewand aufzureißen und deren Wunden zu besehen. Ihr stockte der Atem.

Sie hatte einen zerschmetterten Brustkorb erwartet, einen hoffnungslosen Anblick. Aber bis auf ein paar Druckstellen fehlte Pyrrha nichts. Sie spuckte kein Blut, nur farblose Flüssigkeit, und ihre wenigen Verletzungen schwanden beim Zusehen. Aber vor allem war ihre Brust flach.

»Pyrrha!« Der Mann erreichte sie beide. »Geht es dir gut?« Er zog Pyrrha in die Arme, mit einer Selbstverständlichkeit, die der Wanderin zu einem anderen Zeitpunkt glauben gemacht hätte, sie seien verheiratet.

»Ja. Sorg dich nicht, Patroklos.« Pyrrha rückte das Gewand zurecht, um die flache Brust zu bedecken. »Seid Ihr verletzt, Prinzessin Deidamia?« Das Adelsmädchen schüttelte den Kopf, mit Tränen in den großen Augen. »Zeus sei Dank.« Mit inständigem Ausdruck sah Pyrrha auf. »Prinzessin, Ihr dürft nicht verraten, was Ihr heute an mir gesehen habt. Auch Ihr nicht, Reisender. Niemals!«

Sie nickte nur und hob ihren Speer auf. Noch am selben Tag musste sie Pyrrhas Bitte in die Tat umsetzen, denn sie wurde zu Deidamias Vater gebracht. König Lykomedes von Skyros besaß keinen großen Palast. Seine Hallen waren so einfach eingerichtet, wie er gekleidet war. Holz, Bronze und matte Farben.

»Ich danke dir, Fremder«, sagte der König, als sie vor ihm kniete. »Hätten die Götter dich nicht geschickt, so könnte meine geliebte Tochter nicht mehr bei uns sein.«

Um Pyrrha zu schützen, gaben sie vor, dass nur die Fremde sich der Sau gestellt und die Prinzessin gerettet hätte. Die ängstlichen Hoffrauen schwiegen. Es wäre ihnen ohnehin nicht geglaubt worden, dass Pyrrha von der Sau gerammt worden sein und das ohne einen Kratzer überlebt haben sollte.

»Wie lautet dein Name?«, fragte Lykomedes. »Wo hast du gelernt, derart mit dem Speer umzugehen?«

»Ich bin niemand, König. Eine Wanderin ohne Namen, die nur zufällig vorbeikam.«

Die Adeligen, die sich in der Palasthalle versammelt hatten, raunten miteinander. Einmal mehr hatten die Leute sie für einen Mann gehalten. Dem Adel von Skyros musste es ungeheuerlich vorkommen, dass eine Frau die rasende Sau vertrieben hatte.

Lykomedes räusperte sich erstaunt. »Nun denn, Namenlose. Wie kann ich dir vergelten, dass du meine Tochter gerettet hast? Sprich.«

»Ihr habt mir bereits mehr gegeben, als Ihr Euch vorstellen könnt. Ich hörte, dass Ihr Theseus getötet habt?«

Es hieß, mit dem Feldzug der Amazonen hätte der Niedergang des einst großen Königs begonnen. Seine Stadt Athen verfiel, er brachte seinem Sohn Hippolytos im Götterwahn den Tod und wurde von Thronräubern vertrieben.

Die Falten auf Lykomedes' Stirn vertieften sich. »So ist es. Als er den Thron in Athen verlor, floh er hierher. Er dachte wohl, mein Skyros sei leicht zu erobern, weil es ein kleines Königreich ist. Aber da hat er uns unterschätzt. Ich gab ihm die Strafe, die Hochmütige wie er verdienen: einen tödlichen Sturz von der Klippe.« Sie verbarg ihr Lächeln nicht, und er fragte: »Warum wolltest du ihn fallen sehen?«

»Er nahm einer meiner Schwestern Würde und Leben. Ich wollte ihn selbst dafür töten, doch konnte es nicht vollbringen. Zu wissen, dass er so ein schmähliches Ende durch Euch genommen hat, ist mir Befriedigung genug.«

Er lehnte sich im Thron zurück. »Welch seltsame Fügung. Aber du musst doch etwas für dich selbst wollen, jetzt, da deine Schwester gerächt ist?«

»Durchaus. Ihr könnt es mir jedoch nicht geben. Ich begehre nichts als Brot, Wasser und einen trockenen Schlafplatz auf meiner Reise.«

»Dann sollst du all das erhalten und ein Bad dazu. Bleibe so lange an meinem Hof, wie es dir beliebt.«

Sie bekam eine Kammer in der Nähe der Ställe. Eine Sklavin richtete ihr den Raum ein und half ihr beim Waschen, wobei sie die narbenüberzogene Haut ehrfürchtig berührte. Baden, eine Annehmlichkeit, die sie gar nicht mehr gekannt hatte. Sie gab sich seufzend den Händen der Dienerin hin. Aber ihre Entspannung währte nicht lange.

Am Abend kam Pyrrha in die Kammer. »Du wirst auch weiterhin schweigen. Niemand darf wissen, wer ich in Wirklichkeit bin.«

Sie blieb gefasst auf ihrem Bett sitzen. »Beruhige dich. Mir ist es gleich, was du zwischen den Beinen hast. Warum soll ich das jemandem verraten?« Sie dachte an die Wunden, die sich einfach vor ihren Augen geschlossen hatten. »Oder sorgst du dich darum, dass ich deine göttliche Abstammung preisgeben könnte?«

Pyrrha atmete schwer aus. »All das und mehr.«

»Dazu gibt es keinen Grund. Auch ich habe einen Gott zum Vater und eine Identität zu wahren. Du hast mein Mitgefühl.«

Die Worte fielen schwer von ihren Lippen. Jetzt, da sie voreinander standen, wuchs erneut diese seltsame Spannung zwischen ihnen. Schicksalsfäden, die ihre Zungen fesselten und Netze um sie woben.

»Ein anderes Götterkind«, sagte Pyrrha, ein Leuchten in den dunklen Augen. »Ich habe noch nie eine dermaßen wilde Frau gesehen. Macht dich dein Blut so? Ich hätte geschworen, du seist ein Mann.«

»Ich fürchte, was das anbelangt, bin ich nur ich selbst. Und wir wollen doch unsere Vergangenheiten wahren.« Sie zögerte. »Erlaubst du mir eine Frage? Als was siehst du dich?« Pyrrha zog die Augenbrauen zusammen. »Ich will richtig mit dir umgehen. Ob du nun eine Frau, ein Mann oder jemand anderes bist ... Es bleibt mein Geheimnis, und ich will es mit Respekt behandeln.«

Pyrrha schien erst begreifen zu müssen, dass es eine gereichte Hand und keine Beleidigung war. »Ich bin ein Mann, der Sohn einer Göttin. Sie muss mich bis auf Weiteres bei Lykomedes verstecken.«

Es war also eine Maskerade, wie ihr Söldnerleben. Sie waren ein seltsames Paar: die namenlose Amazone im Männergewand und der Halbgott, dessen Mutter ihn als Frau verbarg.

»Gut. Ich werde entsprechend mit dir umgehen, Pyrrha.«

Damit war alles gesagt. Aber aus irgendeinem Grund trennten sie sich nicht. Pyrrha blieb, als hätte sie – nein, er – noch etwas auf dem Herzen. Er kam schließlich los und floh aus der Kammer. Sie sah ihm nach, dachte an ihn, als sie sich schlafen legte, und fühlte sich in ihren Träumen von seinem dunklen Blick verfolgt.

Sie hätte zum Sonnenaufgang weiterziehen können, so, wie sie es sonst auf ihrer Reise hielt. Es gab keinen Grund, am Hof von Lykomedes zu bleiben. Sie tat es dennoch.

Niemand störte sich an ihrer Anwesenheit. Im Gegenteil, die Retterin der Prinzessin war allen willkommen. Sie stromerte durch die Palasthallen, aß mit den anderen an der Tafel und lebte mit ihnen. Dabei tauschte sie immer wieder Blicke mit Pyrrha aus.

Er war oft in der Frauengruppe unterwegs. Ansonsten wurde er von Patroklos begleitet, einem Prinzen, der einst für einen Mord verbannt worden und seitdem Pyrrhas Vertrauter war. Ein Teil der Maskerade bestand darin, dass die beiden vorgaben, verheiratet zu sein. Sie wollten wahrscheinlich verhindern, dass Pyrrha umworben wurde. Das wäre zweifellos bei seiner Schönheit geschehen. Selbst der Schleier konnte nicht sein halbgöttliches Strahlen verbergen.

Immer öfter bemerkte sie, wie sie über ihn nachdachte. Sie fragte sich, wie er hinter verschlossener Tür lebte und was er frühmorgens trieb. Während alle im Palast noch schliefen, stahl er sich ins Freie. Den Rock gerafft, raste er davon, dass seine Füße flogen.

Jemand anderem wären die winzigen Spuren entgangen, die er hinterließ. Hier ein wenig aufgewirbelter Schnee, woanders ein angebrochener Ast. Aber ihrem Jägerinnenblick, den sie als Amazone erlernt hatte, entging nichts. Sie lief ihm nach. Die Spuren führten sie fort vom Palast, tief in den Kiefernwald.

Sie fand Pyrrha auf einer Lichtung. Er streifte sein Gewand ab, sodass er nur noch Rock und Sandalen trug. Der Morgen malte goldene Linien auf seine sonnenverbrannte Haut. Zu seinen Füßen lagen mehrere Gewichte und ein Beutel, aus dem ein Schwertgriff ragte. Er schien hergekommen zu sein, um seinen Körper zu ertüchtigen. Zunächst bemerkte er ihre Anwesenheit nicht. Dann, als sie auf ihn zutrat, griff er blitzartig nach dem Schwert.

Sie hob entwaffnend die Hände. »Ich bin es.«

Ihre Worte beruhigten ihn nicht. Er wirkte erschüttert, als er das Schwert sinken ließ, und fragte: »Wie konntest du mir folgen?«

»Es war nicht schwer. Du hast deine Spuren nicht ausreichend verwischt.« Als er wütend mit den Zähnen knirschte, ergänzte sie: »Keine Angst. Auch hierüber werde ich schweigen.«

»Es ist beschämend, dass eine Frau mich so bloßstellen kann.«

Das wiederum machte sie wütend. »Ist es nicht eher so, dass du mich unterschätzt hast, nur weil ich eine Frau bin? Ja, *das* ist beschämend. Auf dem Schlachtfeld kann eine solche Achtlosigkeit tödlich enden.« Sie ließ die Schultern kreisen. »Du machst Leibesübungen? Da schließe ich mich an. Vielleicht können wir uns gegenseitig ein paar Dinge beibringen.«

Er runzelte die Stirn, hielt sie aber nicht davon ab, eines der Gewichte aufzuheben. Während sie übten, konnte er nicht den Blick von ihr nehmen. Kurz gaffte er, als sie ihr eigenes Gewand über den Kopf zog und die Brandnarbe auf ihrer Brust offenbarte.

Auch sie schaute immer wieder zur Seite. Sie beobachtete das Spiel seiner Muskeln, während er Gewichte stemmte, sprintete und das stumpfe Übungsschwert schwang. Er war schön, der schönste Mann, den sie je gesehen hatte. Bald würden seine letzten knabenhaften Züge verschwinden. Nun, da er ohne Kleid und Schleier war, strömte ihm die Kraft aus jeder Pore. Seine Füße wirbelten den letzten Schnee des Jahres derart schnell auf, dass ihr schwindelig wurde.

Je länger ihre Übungen gingen, desto fahriger bewegte er sich. Seine Hiebe wurden aggressiver. Es schien ihn zornig zu machen, dass sie mithalten konnte.

»Genug mit dem Geplänkel.« Er hob ein zweites Schwert auf. »Du willst nicht unterschätzt werden? Bitte!«

Sie konnte gerade noch das Schwert fangen, das er ihr zuwarf. Dann stürzte er auf sie los. Ihre Übungswaffen prallten mit voller Gewalt aufeinander. Keuchend hielt sie ihm und seinem sprühenden Blick stand. Dann bekam sie einen Schlag in die Seite. Sie sackte vom Schmerz zusammen. Er war viel schneller als sie.

Sein Mundwinkel zuckte triumphal. »Ha! Auf dem Schlachtfeld kann eine solche Achtlosigkeit tödlich enden.«

Sie ärgerte sich nicht über sein Grinsen. Er mochte schnell und voller Kraft sein, aber deshalb war er nachlässig. Sie festigte ihren Stand. Als er wieder zuschlug, wehrte sie ihn ab. Sie nutzte den Schwung, der blieb, und rammte ihm den Schwertknauf ins Gesicht.

Seine Nase knackte. Er taumelte, mit schockgeweiteten Augen. Noch während seine Prellung verblasste, packte er das Schwert fester. Er schlug härter zu. Sie widerstand. Ihr Schlagabtausch wurde immer heftiger, bis der Schweiß von ihren Körpern strömte und sie sich besinnungslos anschrien. Niemand wollte sich die Blöße geben, zu weichen und als besiegt zu gelten.

»He!«, erklang die Stimme von Patroklos. Sie sah, dass er aus dem Wald trat, einen Brotlaib unter dem Arm. Anscheinend hatte er Pyrrha Frühstück bringen wollen.

Sie beachtete ihn nicht. Alle Konzentration musste sie dazu verwenden, Pyrrhas Angriffe zu kontern. Erst als Patroklos zwischen sie trat, hielt sie inne.

»Was tut ihr da? Hört auf!« Patroklos legte das Brot ab und hob die Arme. »Wollt ihr euch etwa umbringen?«

Pyrrha starrte sie auf jeden Fall mörderisch an. Seine Brust hob und senkte sich heftig. Auch ihr Atem ging schwer. Ihre gemarterte Haut glühte. Die Kälte des Morgens war vollkommen aus der Luft verschwunden, nur noch heiße Spannung zwischen ihnen. Sie spuckte einen Blutklumpen aus, ehe sie erhobenen Hauptes davonschritt. Die blauen Flecken von heute würde sie mit Würde tragen.

Den ganzen Tag lang war sie aufgewühlt. Wut gärte in ihrem Bauch, weil sie Pyrrha so wenig entgegengesetzt hatte. Sie war eine Amazone, eine Prinzessin noch dazu. Kein Mann auf der Welt sollte so mit ihr umspringen. Aber es war noch ein anderes Gefühl in ihrer Brust. Ein Flattern, wann immer sie an die dunklen Augen und den Stolz von Pyrrha dachte.

Sie sollte gehen. Hier am Hof von Lykomedes gab es nur dumme Ablenkung. So entschlossen war sie, weiterzureisen, dass sie das Abendessen ausfallen ließ und ihren Reisebeutel packte. Sie würde noch in derselben Nacht aufbrechen.

Doch just als sie ihre Kammer verlassen wollte, trat Pyrrha in den Türrahmen. Einen Moment lang starrten sie sich reglos an. Es war so still, sie konnte sein Herz pochen hören. Dann riss Pyrrha seinen Schleier fort. Er sah sie auffordernd an, entledigte sich des Kleides wie schon am Morgen. *Kämpf gegen mich!*

Sie hätte an ihm vorbeigehen und ihn zurücklassen können. Er stellte sich ihr nicht in den Weg, wartete einfach ab, was sie tun würde. Und sie ging nicht. Stattdessen schloss sie die Tür hinter ihm.

Sie führten ihren Kampf vom Morgen weiter, diesmal ohne Schläge. Kaum hatte sie ihr eigenes Gewand heruntergezerrt, da rangen sie Haut an Haut. Sie stürzten zu Boden, schlangen sich so eng ineinander, ihre

Gliedmaßen waren wie in einem Netz gefangen. Ihr Herz raste an seinem.

Anfangs war es noch ein Ringen um die Überhand. Mal saß er auf ihr, dann warf sie ihn wieder herum. Es gab keinerlei Kontrolle zwischen ihnen, nur Impuls. Für einen Amazonenjungen hätte sie Werberituale gekannt, hatte schon mit einigen das Bett geteilt. Aber Pyrrha war unberechenbar, wie ein Sturm.

Sie krallte die Nägel in seinen Rücken, um nicht weggerissen zu werden. Auch er hielt sich an ihr fest. Seine Rohheit wich, als Schweiß und Hitze ihre Körper geschmeidig machten. Ihre Bisse wurden zu Küssen. Bald keuchten sie Lippen an Lippen. Als seine Erregung hart gegen ihren Bauch drückte, griff sie danach. Auch er nutzte seine Finger an ihr.

Ihre Küsse wurden tiefer, länger. Er seufzte in ihren Mund, während sie selbstvergessen ihre Augen schloss. Sie spürte, wie er in ihrer Hand pochte und ihr Unterleib sich um seine Finger zusammenzog. Dann fegte der Sturm über sie hinweg. Er dämpfte ihren Schrei mit einem neuen Kuss, zitterte selbst, weil sie ihn mitriss. Ein letztes Aufbäumen, und sie lagen nach Atem ringend auf dem Boden. Glitschig rann es an ihren Beinen hinab.

Er ließ sich schnaufend auf die Seite fallen, starrte sie unsicher an. Verschwitztes dunkles Haar fiel ihm in die Augen. Auch ihr fehlten Worte zu dem, was passiert war. Dann prustete er los. Sein Lachen stritt mit der Atemnot, dass er sich verschluckte. Sie konnte nicht anders, sie lachte mit. Die Situation war zu verrückt. Auf einmal spielte ihr Machtkämpfchen keine Rolle mehr, nun, da sie nackt und verklebt nebeneinanderlagen. Sie waren beide besiegt.

Allmählich beruhigte sich ihr Herzschlag. Das Glühen auf ihrer Haut verging. Sie spürte umso mehr die Blutergüsse von den Übungen.

»Verflucht seist du, Pyrrha«, grummelte sie mit gespieltem Missmut. »Du mit deiner Unverwundbarkeit wirst frisch wie der Morgen aussehen, und ich? Hoffentlich kann ich in den nächsten Tagen sitzen.«

Er lächelte offen, was ihn noch schöner machte. »Bitte nenn mich nicht mehr Pyrrha. Es erscheint mir nicht richtig. Mein echter Name ist Achilles.«

Sie hielt den Atem an, ungläubig darüber, dass er dies preisgab. Achilles. Der Name hallte in ihrem Kopf. Er war so anders als Pyrrha, nicht geheimnisvoll, sondern wie für eine große Geschichte bestimmt.

»Du kannst mir das doch nicht verraten«, sagte sie. Langsam sickerte in ihr Bewusstsein, was sie getan hatten. Sie hatte alles vergessen vor Verlangen, nicht mehr nachgedacht. »Wir müssen uns beide bedeckt halten.«

»Schon gut«, sagte er leichthin und legte ihr einen Finger an die Lippen. »Es ist unser Geheimnis. Solange du willst, bin ich dein Achilles, und ...« Er betrachtete sie nachdenklich. »... du bist meine *Anassa*. Ja, du bist so, wie ich mir die Königinnen des wüsten Thrakiens vorstelle. Würde dir dieser Name gefallen?«

Sie flüsterte: »Ja.«

In dieser Nacht schlief sie tief, zum ersten Mal seit langer Zeit. Sie träumte nicht von ihren toten Schwestern und auch nicht von ihrer Mutter. Nichts als friedliche Schwärze und Achilles' Arme umgaben sie. Und als sie aufwachte, war sie nicht mehr namenlos. Sie war Anassa.

Auf einmal endete der Winter. Die Sonne schien wärmer am Hof von Lykomedes. Anassa fror nicht länger, vergaß, wie sich das anfühlte. Wenn sie Pyrrha bei Hof traf, den sie nun als Achilles kannte, spürte sie es in sich blühen.

Nun beobachtete sie ihn nicht mehr nur neugierig, sondern entdeckte menschliche Winzigkeiten an ihm. Seine göttliche Perfektion konnte von Lachfältchen bröckeln. Während er saß, wippte er mit dem Fuß, war zu energisch zum Stillhalten. Er hatte Freude an Verbotenem, so auch an ihrem Verhältnis. Wenn sie im Palast aufeinandertrafen, zwinkerten sie sich verschwörerisch zu und verbissen sich ein Lachen über die Unwissenheit der anderen. Am Tag umschlichen sie sich wie Diebe, des Nachts legten sie alle Masken ab.

Anassa erwischte sich dabei, dass sie immer öfter lächelte. Doch je freier sie sich fühlte, desto mehr wuchs ihre Furcht. Sie wusste nicht mit diesen guten Empfindungen umzugehen. Als Namenlose und in Trauer war sie hergekommen, auf der Suche nach Stärke. Diese Frau gab es schon lange nicht mehr. Anassa mochte nicht trauern, aber sie war auch nicht stark. Sie war süchtig nach Licht und Liebe, nach all den Emotionen, die der Verlust ihr geraubt hatte. Vor allem fürchtete sie sich vor der Verantwortung, die im Land der Amazonen auf sie wartete.

*Es ist gut*, sagte sie sich, blieb noch einen Tag und lag für eine weitere Nacht neben ihm. *Ich tue nur, was Mutter gesagt hat. Ich hole mir ein paar gute Nächte. Und vielleicht eine Tochter.*

Achilles war stark, schön, Mensch gewordene Leidenschaft. Er konnte seine Vergangenheit verbergen, jedoch nicht, dass er für Großes bestimmt war. Wahrscheinlich würde er zum Helden werden. Ihr altes Ich hätte allein die Vorstellung entsetzt, mit dem Feind zu schlafen. Aber Anassa glaubte, dass Gutes zwischen ihnen erwachsen könne. Die Macht von Amazonen und Helden vereint, in einem Kind. Sie würde bleiben, bis sie es von ihm empfing. Dann würde sie gehen und nicht mehr Anassa sein, sondern wieder Penthesilea.

## XIX. KLINGENTANZ

### Penthesilea

Ein Teil von ihr wünschte sich, ihre Mutter könnte sie jetzt sehen. Ob sie stolz wäre über den Sieg gegen Pan? War Penthesilea des Erbes von Orithyia würdig, der Verlust von Antiope nicht umsonst? Sie hoffte es. Bei allen Fehlern, die sie begangen, und allen Bitternissen, die sie erfahren hatte ... Die Prinzessin von einst war um so vieles gewachsen.

Sie saß inmitten ihrer Hunde, die sich erschöpft auf den Waldboden gelegt hatten. Während das restliche Heer zum Stoßtrupp aufschloss, die Heilenden unter Melanippes Anweisungen umhereilten und die getöteten Pferde verwertet wurden, erstattete Antandre ihr Bericht.

»Ihr habt richtig vermutet«, sagte die Stratega. »Sie haben es nicht gewagt, das Haupttheer auf offenem Feld anzugreifen. Nur ein kleiner Trupp Höflinge war so wahnsinnig, sich uns zu nähern. Iphito hat sie rechtzeitig entdeckt, sodass wir sie zerschlagen konnten.«

Penthesilea nickte und drehte die Syrinx-Flöte in ihren Händen. »Hat es Verluste gegeben?«

»Keine. Außer aufseiten der Höflinge natürlich.«

»Gut. Sieh zu, dass –«

Sie unterbrach sich, als Xenon zu ihnen kam. Er wirkte außer Atem. Kein Wunder bei dem, was er heute auf dem Feld hatte erleben müssen.

»Einen Moment, Antandre. Das hier ist wichtig.« Sie fragte: »Wie geht es Teremun?«

Xenon verzog das vollbärtige Gesicht. »So gut, wie es eben jemandem geht, der von Magie leer gesaugt und fast geschändet wurde. Ich habe ihn fürs Erste gefestigt. Aber er ist völlig entkräftet.« Er zögerte, die nächsten Worte auszusprechen. »Meine Königin, wollt Ihr ihm nicht die Fesseln abnehmen? Ich meine –«

»Nein.« Sie sagte es mit unbeugsamer Härte, wie schon Myrina gegenüber. Auf keinen Fall würde sie Teremun mehr freie Hand lassen nach dem, was er Eudokia angetan hatte.

Xenon wirkte nicht überzeugt. »Ich habe noch nicht davon gehört, dass ein gefesselter Mann gut genesen könne. Aber wie Ihr wünscht.« Er wechselte das Thema: »Eudokia geht es besser.«

Das erleichterte Penthesilea, zu hören. Als sie Eudokias Verletzungen behandelt hatte, waren plötzlich Komplikationen aufgetreten. Schmerzen im Unterleib und daraus austretendes Blut. Bei den Heilenden würde sie nun in guten Händen sein. Es war nicht das erste Mal, dass sie mit einem verlorenen Kind zu tun hatten.

»Danke für deine Arbeit«, sagte Penthesilea. »Ruh dich aus, sobald du kannst, Xenon. Ich kann mir vorstellen, dass es auch dich angegriffen hat, dem Silen ausgeliefert gewesen zu sein.«

Er lächelte mokant. »Eure Sorge rührt mich, Hoheit. Aber ich bin mit einer der größten Kriegerinnen des Sternstammes vermählt und ziehe mit ihr drei Kinder auf. Der Kampf heute war nichts im Vergleich zu meiner Ehe. Solange ich stehe, kümmere ich mich um die Verletzten und werde meine Frau nicht beschämen.«

Sie konnte nicht anders, als leise zu lachen. Die Liebe zu Lacomache setzte wohl einiges an Härte voraus. »Tu, was du tun musst. Wisse aber, dass du meine Erlaubnis hast, dich zurückzuziehen.«

Er verbeugte sich und ging davon. Damit wollte sie sich Antandre zuwenden. Doch sie wurden wieder unterbrochen: Bremusa raste auf ihrem Pferd heran. Die Kriegerin musste nichts sagen. Nur an ihrem getriebenen Gesichtsausdruck erkannte Penthesilea, dass es dringend war.

»Was ist passiert?«

Bremusa hielt ihr Pferd an und schnaufte abgehackt. »Skythen sind passiert – mehrere Stämme – auf dem Weg zu uns!«

Penthesilea tauschte einen beunruhigten Blick mit Antandre aus. Nun, da sie Pan und die Höflinge besiegt hatten, ließen sich also die Skythen sehen. Wenn es jetzt zu einem Angriff käme, wären sie im Nachteil, viele Pferde waren tot und Kriegerinnen verletzt. Die Amazonen mussten sich erst neu formieren.

Antandre schien ihre Gedanken gelesen zu haben. »Wir sollten das Heer an der Waldgrenze Stellung beziehen lassen.«

»Um die Verletzten vor einem möglichen Angriff abzuschirmen? Ja, eine gute Idee.« Mit einem Blick auf die toten Höflinge sagte sie: »Wir sollten außerdem die Skythen abschrecken. Nur, um sicherzugehen.« Sie schwenkte vielsagend die Syrinx. »Auch ohne Teremuns Magie haben wir Mittel.«

»Die altbewährten Methoden, wie?« Antandre fasste Bremusa ins Auge. »Verbreite die Nachricht, dass die Skythen kommen. Alle sollen sich bereit machen. Und trommle ein paar Kriegerinnen zusammen, um Höflinge zu häuten.«

\*\*\*

Zunächst erschienen nur ein paar Reiter am Horizont. Danach wälzten sie sich in einer dunklen Linie über die Steppe. Zu Hunderten waren Skythen verschiedener Stämme erschienen. Die braunen Felle ihrer Pferde vermischten sich mit der bunten Kriegskleidung zu einem bedrohlichen Farbspiel.

Penthesilea sah ihnen grimmig entgegen. Gemeinsam mit Myrina hatte sie sich am Waldrand aufgestellt, sodass sie gut vom Sonnenlicht erfasst werden konnten. Die Skythen sollten die Anführerinnen der Amazonen sehen, wie sie mit gehörnten Helmen und blutbespritzt auf ihren Pferden saßen.

Auch die Molossoi, die knurrend um sie kreisten, zeigten sich in voller Pracht. Am meisten Eindruck dürften die Fahnen schinden. Die Kriegerinnen hatten sie aus den Überresten der Höflinge gebaut. Satyrfelle und Skalpe von Mänaden wurden an Ästen umhergeschwenkt, unter blutgierigem Geschrei. Es verfehlte nicht seine Wirkung.

»Sie zaudern«, bemerkte Myrina.

»In der Tat. Es wirkt nicht, als wären sie erpicht darauf, gegen uns zu kämpfen.« Penthesilea sprach Tamura und Gadas an, die sich neben ihr bereithielten. »Sind euch bekannte Stammesleute dabei?«

Gadas nickte, und Tamura antwortete: »Irbis Maiakou führt sie an. Wir wollen versuchen, zu vermitteln.«

Penthesilea beobachtete, wie ein junger Mann vorritt. Sein Pferd lief bis vor den Wald, sodass ihn nur ein paar Schritte von ihr trennten. Nah genug für eine Unterredung, aber noch so weit weg, dass die Pfeile der Skythen ihm Schutz boten. Der farbenfrohe Kaftan, der goldbeschlagene Lederhelm und das prächtige Ross wiesen ihn als Häuptling aus. Dies war also Maiakos, Sohn des Irbis.

»Übertragt ihm meine Grüße«, sagte Penthesilea. »Und fragt ihn, was sein Begehr ist. Die Skythen werden sich uns nicht grundlos zeigen.«

Tamura und Gadas fingen zu übersetzen an. Penthesilea besah den Häuptling, während skythische Worte durch die Luft flogen. Seine spitze Nase erhoben, wirkte er mehr wichtigtuerisch als autoritär. Er schien nicht erbaut, die exilierte Hand seines Vaters wiederzutreffen. Seine ersten Worte waren bissig und an Gadas gerichtet, der sich düster ausschwieg.

Tamura schüttelte den Kopf. »Er sagt, es sei eine Frau bei den Amazonen, die ihm gehört. Sie soll ihm zurückgegeben werden.«

Keine Grüße, kein Respekt. Geradewegs kam er zu Forderungen. Penthesilea verzog das Gesicht. Dieser Junge hatte kein Interesse daran, das Bündnis zu wahren oder auf friedlichem Boden zu verhandeln. Sie sah, wie die skythischen Reiter die Blicke senkten, seinem Willen ausgeliefert. Er spielte den großen Häuptling und brachte sie alle in Gefahr.

Als sie bemerkte, wie Myrina verärgert den Kiefer vorschob, sagte sie: »Ruhig.« Dann fragte sie, obwohl sie ahnte, um wen es ging: »Von welcher Frau spricht er?«

Gadas antwortete wie vermutet. Eudokia.

Myrina befahl einer Kriegerin, sie zu holen, und sagte: »Eudokia gehört Euch nicht. Das würde nur eine Sklavin.«

Maiakos' Augen blitzten wütend. Er wirkte zunehmend ungeduldiger, besonders, wenn Tamura die Übersetzungen vornahm. Er blaffte die Sauromatin an. Sie umschlang ihr Kind, das in einer Trage vor ihrer Brust baumelte, und verstummte.

Gadas übersetzte wieder nicht. Aber Penthesilea hätte nicht einmal seinen vergrämten Blick sehen müssen, um zu wissen, was gesagt worden war. Bei zu vielen skythischen Stämmen war es noch üblich, dass die Frauen im Schatten der Männer blieben. Dementsprechend war Tamuras Stimme als Sauromatin nicht erwünscht. Es ergab keinen Sinn bei einer Verhandlung mit Amazonen, aber es war nicht das erste Mal, dass ihr verqueres Denken begegnete.

»Das ist doch Zeitverschwendung«, knurrte Myrina. »Ziehen wir ihm einfach das Fell über die Ohren.«

»Nein«, widersprach Penthesilea. »Er selbst mag unverschämt sein. Aber seht Euch die anderen an. Sie haben ihren Respekt vor uns nicht verloren. Wenn wir kämpfen, wird es unnötige Opfer geben, weil ein einziger Junge zu naiv und stolz war.«

Die Kriegerin kam zurück, Eudokia im Sattel. Der Verlust des Kindes zeichnete sie, mit Gräue im Gesicht und vor Schwäche flatternden Lidern. Doch Eudokia hielt sich wacker aufrecht.

Penthesilea wandte sich ihr zu. »Das ist der Mann, vor dem du geflohen bist, nicht wahr? Er behauptet, du würdest ihm gehören.«

Eudokia sagte mit einer beeindruckenden Furchtlosigkeit: »Ich glaube gerne, dass er so denkt. Aber ich gehöre nur mir, egal, was er will. Dass er mich einmal für ein paar Nächte gekauft hat, ändert nichts daran.«

Sie wechselte in die skythische Sprache. Gadas übertrug ihre Worte. Eudokia sagte, dass die Göttinnen ihre Freiheit wollten, sonst würde sie nun nicht von Amazonen geschützt.

Maiakos' Gesicht verzerrte sich, dass seine glatte Haut Falten warf. »Du bist mein! Ich habe meinen Samen in dich gepflanzt, und die Enarees haben vorhergesagt, dass du meinen Sohn gebären wirst.«

So übersetzte Gadas. Eudokia sah ihn mit müder Verzweiflung an, als hätte sie schon dutzendfach mit seinesgleichen zu kämpfen gehabt. Sie sprach erneut.

Maiakos schrie erbost auf. Er griff nach seinem Schwert. Da wusste Penthesilea, dass Eudokia gesagt hatte, sie trüge sein Kind nicht mehr. Ehe es zum Angriff kommen konnte, hob sie die Syrinx und spielte darauf. Es war keine Melodie wie bei Pan, doch ein Laut voll Grässlichkeit.

Die Pferde der Skythen und Amazonen scheuten. Die Reitenden mussten sie bändigen, so auch Maiakos. Anschließend zögerte er, loszustürzen.

Sie setzte die Flöte ab, um nach ihrer Streitaxt zu greifen. Sein mörderischer Ausdruck hatte alles gesagt. Er wollte Eudokia tot sehen.

Jemand anderes hätte sie wohl herausgegeben, um den Konflikt zu vermeiden. Doch Penthesilea hielt nichts von solcher Memmenhaftigkeit. Sie würde nicht der Selbstsucht eines Mannes nachgeben, der nur Herrscher spielte und nicht wusste, was es bedeutete, einer zu sein.

»Ich fordere einen Zweikampf unter göttlichen Augen«, rief sie. »Auf dass höhere Mächte bestimmen, welche Seite im Recht ist!«

Irbis Maiakou musste es gar nicht in seiner Sprache hören. Als sie herausfordernd die Streitaxt reckte, duckte er sich wissend.

\*\*\*

Der Zweikampf als Gericht war eine uralte Tradition. Befanden sich zwei Menschen wegen einer Sache im Streit, konnte er ausgefochten werden. Die Macht der Göttlichen, so der Glaube, ließ jene gewinnen, die recht taten. Wer höherer Abstammung war, musste nicht selbst antreten, sondern konnte sich im Kampf vertreten lassen. Wie nicht anders zu erwarten, tat der Häuptlingsjunge genau das und erwählte einen Krieger.

Penthesilea schüttelte innerlich den Kopf. Zu gerne hätte sie ihm eine Tracht Prügel erteilt. Als sie sich für den Zweikampf vorbereiten wollte, hatte er weitere Forderungen.

»Mann gegen Mann. Nichts anderes wäre rechtens.« Er sprach gerade so, als täte er damit den Amazonen einen Gefallen und nicht umgekehrt.

»Lasst mich kämpfen«, sagte Gadas. Wie er Penthesilea ansah, hochentschlossen, erinnerte er sie an seine Schwester Clete. »Ich habe dieses Gehabe satt. Es ist seines Vaters nicht würdig. Lasst mich den Sieg holen und so die Ehre meines Volkes wiederherstellen.«

Penthesilea schnaubte. »Du wagst es, als männliche Kriegerin den Kampf von Amazonen führen zu wollen?«

Er schloss den Mund. Sie sah ihm die Anmaßung nach. Immerhin war Maiakos ihnen beiden ein Dorn im Auge. Da ritt jemand aus den Reihen der Amazonen. Es war keine Tochter des Mondes, sondern eine Sternmutter aus Hippolytes Gefolge. Iphito, das tanzende Schwert.

Sier sagte: »Schickt mich in den Kampf.«

Einige Skythen schauten verwirrt. Sie wunderten sich wohl, dass Maiakos einen Mann verlangt hatte, aber jemand aus den Reihen der Kriegerinnen kam.

Iphito wandte sich an Gadas. »Er behauptet, einen männlichen Herausforderer zu wollen. Aber in Wirklichkeit geht es doch nur darum, einen Schwanz zu haben? Damit kann ich dienen.«

Gadas nickte, und Iphito stieg ab. Da meldete sich Eudokia zu Wort. Seit zum Zweikampf gerufen worden war, sah sie alles entsetzt mit an. »Warum tust du das? Du kannst doch nicht dein Leben wegen mir aufs Spiel setzen.«

»Sei froh«, entgegnete Penthesilea. »Willst du es ihr etwa ausreden und dich dem Schwert dieses Mannes ausliefern? Ich denke nicht. Überlass Iphito das Kämpfen. Sier ist gut darin.«

Eudokia schaute furchterfüllt.

»Hab keine Angst.« Iphito trat auf Eudokia zu und nahm ihre zierliche Hand. »Ich fechte nicht zum ersten Mal einen Zweikampf. Schon mehrmals habe ich Liebesdienende wie dich beschützt. In einem anderen Leben war ich ein Freudenjunge, und so weiß ich aus eigener Erfahrung, wie sehr ihr bedroht werden könnt. Ich schaue nicht weg.«

Sprachlos konnte Eudokia nichts anderes tun, als ihre Hand aus der von Iphito gleiten zu lassen.

»Hippolytes Geist sei mit dir«, sagte Penthesilea.

Sie stieg ab, während Iphito das Pferd weggab und sich bereit machte. Anschließend nahm sie den Krieger von Maiakos in Augenschein.

Gadas zischte. »Fluch und Schande über ihn. Natürlich lässt er den Geier für sich kämpfen.«

Besagter Kämpfer sah tatsächlich gerupft wie ein Aasfresser aus. Irgendwie wirkte er alt, obwohl ihn keine grauen Haare zeichneten. Er trat vor Häuptling Maiakos. Anders als dieser blähte er sich nicht auf. Im Gegenteil, er schien reich an Kraft und Erfahrung zu sein. Der stechend helle Blick aus seinen vogelartigen Augen hatte etwas Beängstigendes.

Penthesilea fragte: »Wer ist dieser Mann?«

»Chardeis.« Gadas' Züge verhärteten sich. »Man nennt ihn den Geier, weil er wie ein solcher plündert. Er ist ein ruchloser Söldner ohne Ehrverständnis. Dass Irbis Maiakou solches Gesindel für sich arbeiten lässt ...«

Chardeis begutachtete die Gegenseite. Er krächzte etwas mit einer Stimme, die seinem abgehalfterten Aussehen entsprach. Es klang abfällig. Penthesilea verstand nicht alles, aber zwei Worte: Amazonenbastard.

Iphito ließ sich nicht davon beleidigen. Sier entledigte sich ruhig der Rüstung und antwortete. Akzentgefärbte Wortbrocken. Sie schienen schlagfertig zu sein, denn Chardeis lachte.

Auf einmal schlug die Unruhe in Vorfreude um. Die Angst, die Maiakos in den Herzen gesät hatte, wich Blutdurst. Alle schrien den Kämpfenden zu. Die hatten sich entkleidet, sodass sie nur in Rock und Sandalen auf dem Feld standen. Rüstung war nicht erlaubt im Zweikampf. Nur eine einzige Waffe durfte den Leib ergänzen.

Chardeis verlagerte sein Gewicht von einem Fuß auf den anderen. Er hielt eine sichelartige Waffe mit der Rechten, die seine Hand zu einer Klaue verlängerte. Als er kampfbereit den Körper anspannte, glänzten seine Muskeln im Licht der Mittagssonne.

»Dieser Häuptling ist ein Tor«, sagte Myrina, die ebenfalls abstieg. »Aber der Krieger weiß wohl, was er tut. Denkt Ihr, Iphito kommt zurecht?«

Penthesilea sah sich um. Iphito machte Dehnübungen, während sier mit Lacomache – zeitweilige Führerin der Sternmütter – sprach.

»Daran habe ich keinen Zweifel«, antwortete sie. »Ihr habt doch gesehen, wie gut sich das tanzende Schwert während der heiligen Jagdzeit gemacht hat. Schaut nur zu.«

Sie trat vor, um den Kampf aus nächster Nähe zu sehen. Aber auch, um Häuptling Maiakos gut im Blick zu haben. Sie traute ihm nicht.

Die Luft schien kochend heiß zu werden, als Chardeis und Iphito voreinander traten. Er grinste und schwenkte herausfordernd seine Klaue. Dann duckte er sich in Habachtstellung, wetzte die mit Bronzekrallen verlängerten Finger.

Iphito warf einen Blick zurück. Sier schlug sich gegen die flache gebrandmarkte Brust. Die Mütter der Sterne erwiderten achtungsvoll die Geste. Danach ging Iphito in Position, wiegenden Schrittes, das Schwert in der Linken.

Maiakos stieg ab und hob die Hand. Auf den Wink hin ritt ein Skythe vor. Er hatte ein Horn bei sich. Kräftig blies er hinein, dass es markerschütternd dröhnte. Das Zeichen, zu kämpfen.

Der Sturm brach los. Schreiend feuerten Skythen und Amazonen ihre Leute an. Die taten lauernd die ersten Schritte, umkreisten sich. Eine einzige falsche Bewegung konnte den Tod bedeuten.

Iphito hielt das Schwert von sich. Die Distanz, die sier damit schaffte, war nicht leicht zu überwinden. Chardeis führte eine Waffe, die sich nur im Nahkampf eignete. Er sprang vor. Iphito reagierte, indem sier selbst zuschlug. Wie Schlangen zuckten sie umeinander, verfehlten sich knapp mit den Zähnen ihrer Waffen.

Das Schwert krachte gegen die Klaue, unterbrach die Vorstöße von Chardeis. Iphito legte alle Kraft in den nächsten Schlag. Ein waghalsiges Manöver, um Chardeis' Waffenhand nutzlos zu machen. Roh, wie er kämpfte, hätte es glücken können.

Doch seine Vogelaugen sahen alles, jede Bewegung, und er war schnell. Er warf sich vor, trat Iphito gegen das Bein. Sier fuhr zusammen. Ein winzig kleiner Kontrollverlust, doch es gab ihm den Raum, härter zuzuschlagen. In rasendem Wechsel flogen die Klingen. Iphito machte sierem Namen als tanzendes Schwert alle Ehre, wirbelte mit gewandten Bewegungen um Chardeis herum.

Er versuchte einen neuen Vorstoß. Waffen klirrten. Sie gingen auseinander – nicht, ohne dass Iphito schrie. Der Geier hatte seine Klaue versenkt. Sier ließ schmerzerfüllt die Schwerthand sinken. Blut floss von dem Arm.

Penthesilea hielt den Atem an. Kurz drohte ihr Vertrauen zu wanken. Doch in einer geschwinden Bewegung wechselte Iphito das Schwert in die andere Hand.

Die Zuschauenden schrien lauter, als es zu einem neuen Aufprall kam. Klingen suchten nach Haut, verteilten blutige Schnitte auf der Oberfläche. Brustkörbe hoben und senkten sich heftig. Chardeis schien klar zu werden, dass der Kampf nicht so leicht zu gewinnen war, denn er bediente sich neuer Beleidigungen. Er leckte sich über die Lippen und bedachte Iphito mit frivolen Blicken.

Sier ließ sich nicht provozieren. Im Gegenteil, Iphito schaffte es, durch das Gewirr der Waffen zu brechen, und stieß ihm das Knie in den Unterleib. Er keuchte, sackte ein. Dann schlitzte das Schwert über seine Brust.

Die Skythen und Amazonen tobten so sehr, Chardeis' Schrei ging fast unter. Er fiel auf die Knie, hob die Klaue, um Iphito in die Seite zu fallen. Sier tanzte mühelos an den Bronzefingern vorbei. Körper rammte gegen Körper, und Iphito trieb das Schwert in seinen Hals. Seine Augen weiteten sich im Schock.

Iphito erwiderte seinen Blick, sah ihn bis zuletzt an. Sier respektierte den gefällten Mann, auch wenn er ihrm keinen Respekt gezeigt hatte. Von einem Moment auf den anderen gab es keine Toberei mehr. Stille senkte sich auf das Feld, als Chardeis, der Geier, starb.

Alle achteten den Moment der letzten Ehre – alle, bis auf einen. Genau beobachtete Penthesilea den Häuptling. So fassungslos war Maiakos, dass er sich erst nicht rührte. Dann glühten seine Augen auf. Aus jeder Pore quoll ihm der Zorn darüber, dass sein Krieger verloren hatte. Er konnte die Niederlage nicht akzeptieren.

Penthesilea lief mit ihm los. Sie griff nach ihrer Labrys, bereit, ihn zu töten. Wer das heilige Urteil des Zweikampfs missachtete, ja, anderen deswegen in den Rücken fiel, hatte nichts anderes verdient.

Doch Gadas war schneller als sie. Er erreichte Maiakos vor ihr, ließ nicht zu, dass der Häuptling Iphito anfallen und den Konflikt eskalieren lassen könnte. Er rammte Maiakos die Faust gegen die Schläfe.

Wie aus einem Mund gaben die Skythen erschrockene Rufe von sich. Der Häuptling erschlaffte sofort. Gadas fing ihn auf, als er bewusstlos niederfiel. Wie ein nasses Tuch hing er in seinen Armen.

Niemand sprach ein Wort. Stumm dankten die Skythen Gadas dafür, dass er Maiakos unschädlich gemacht hatte, ehe ihn jemand für seine Hinterhältigkeit hatte umbringen können. Sein Tod wäre rechtens gewesen. Aber er hätte weiteren Kampf bedeutet, und die Krieger waren nicht bereit, den Preis seiner Unreife zu bezahlen.

Gadas gab gerne den ohnmächtigen Häuptling her, als mehrere Reiter kamen, um ihn entgegenzunehmen. Dies war alles, was Irbis Maiakou noch an Aufmerksamkeit erhielt. Alle anderen hingen an den Lippen von Gadas, der seine Volksleute anredete.

Tamura ritt an Penthesileas Seite, um zu übersetzen. »Er sagt, das göttliche Urteil sei eindeutig. Dass Maiakos es mit Untat anzweifelt, beweist, dass er dem Erbe von Irbis nicht würdig ist.«

Seine Stimme schallte über allen Köpfen. Er hatte dieselbe Eindruckskraft wie Clete, dieses Löwenartige. »Seit wann führen Kinder uns Skythen an? Sind wir nicht von aller Welt gefürchtet? Warum reiten wir gegen die Amazonen und nicht mit ihnen? Wieso verkriechen wir uns vor den Schergen des Dionysos? Dies ist nicht mein Volk, das Volk des großen Irbis. Ich kenne euch als Männer mit Wolfsherzen. Seid ihr dies oder nur Hasenmütige wie Irbis Maiakou?«

Seine Worte fanden Gehör. Die Reiter schauten immer vergrämter. Rufe erklangen. Erst waren es nur einzelne Stimmen. Dann entstand ein Chor, während sie rhythmisch gegen ihre Waffen schlugen.

Tamuras Gesicht leuchtete vor Stolz. »Sie rufen das Wort für *Hand*.«

Gadas mochte von Irbis Maiakou verbannt worden sein, doch die Skythen sahen noch die Hand des Häuptlings in ihm, jene Führung, die

Irbis' Sohn nicht für sie sein konnte. Von den Rufen angestachelt, begannen die Amazonen zu jubeln. Sie ehrten Iphitos Sieg. Penthesilea beobachtete lächelnd, wie das tanzende Schwert bestürmt wurde. Eudokia warf sich Iphito um den Hals. Sie weinte vor Erleichterung. Iphito erstarrte zunächst, um Eudokia dann festzuhalten.

»Habt Dank, Göttinnen«, sagte Penthesilea.

Sie sah sich um und erkannte: Es war mehr als ein Sieg im Zweikampf gewesen. Sie hatten ihre skythischen Verbündeten zurückgewonnen.

## XX. EWIGE KÄLTE

### Clete

Nichts geschah auf ihrer Rückreise in die Oberwelt. Und doch war die Dunkelheit dichter geworden. Jeder Schritt schien schwerer, belastet von dem Wissen, das die tote Hippolyte ihnen mitgegeben hatte.

»Ich kann das nicht glauben«, sagte Clete. »Artemis soll diesen Drakon gemartert haben?«

Sie saßen in der Düsternis und zwangen sich zur Rast. Diesmal hatte nicht einmal Clete den Ansatz von Appetit. Sie lehnten gegen einen Felsen, Promethea in der Nähe, und zwängten ihr Essen hinunter. Die Wasser des Styx lagen trüb da.

»Nicht nur das«, sagte Areto mit belegter Stimme. »Unsere Göttin hat uns belogen.« Seit sie den Asphodelien-Grund verlassen hatten, war sie bedrückt. »Sie hat uns nicht gesagt, welchen Anteil sie an Hippolytes Tod hatte, ja, versucht, die Schuld ihren Feinden zuzuschieben.« Areto schlang die Arme um ihren Körper, als wolle sie in sich verschwinden. »Wie sollen wir unseren Volksleuten nur die Wahrheit sagen?«

Die Verzweiflung in ihrer Stimme war so groß, dass sie auch Clete hinabzog. »Ich weiß es nicht.« Sie strich Areto über die eingefallene Wange. »Noch ist es nicht so weit. Wir müssen erst die Unterwelt verlassen und zu ihnen zurückkehren.«

Ihre Worte schienen Areto nicht zu trösten. Die Schwermut blieb an ihr haften, auch dann, als sie längst wieder im Sattel saßen. Clete beobachtete es mit Sorge. Sie erkannte Areto nicht wieder. Es war, als wäre ein Teil von ihr bei Hippolyte geblieben, jener, der Kraft und Mut schöpfte.

***

»Areto, wir müssen weiter.«
Clete rüttelte sie sanft an der Schulter. Areto war vor Erschöpfung eingeschlafen. Auf der Hinreise hatte sie nicht mehr als unruhig gedöst. Jetzt war sie so entkräftet, dass sie kaum wach blieb.
»Komm. Wir dürfen keine Zeit verlieren. Persephone hat uns doch davor gewarnt. Bestimmt ist es nicht mehr weit bis zur Oberfläche –«
Sie stockte. Als sie Areto aufhelfen wollte, entglitten ihr deren Finger. Schlaff und totenkalt waren sie.
»Es nützt doch nichts«, wisperte Areto.
Sie sprach so leise, beinahe hätte Clete es nicht gehört.
»Wovon redest du?« Resolut griff sie Areto unter die Arme. »Nein, sag nichts. Ich will keine Antwort. Denk nicht nach. Steh einfach auf.«
Areto machte keinerlei Anstalten, selbst auf die Füße zu kommen.
»Was hat es für einen Sinn, zurückzukehren? Ich wollte unserem Volk helfen. Stattdessen bringe ich nur schlimme Nachrichten.«
»Das ist jetzt nicht wichtig. Mach dir darüber Gedanken, wenn es an der Zeit ist. Oder willst du etwa aufgeben und hier unten verwittern?«
Sie erwartete keine Antwort. Umso erschreckender war es, als Areto auf die Frage einging. »Vielleicht sollte ich das tun. Mich zusammenrollen und verwittern. Niemand braucht jemand Schwaches wie mich.«
»Was redest du da? Du bist die Erwählte von Artemis.« Schon im nächsten Moment begriff sie, dass sie das Falsche gesagt hatte. Areto sah aus, als würde sie unter der Last ihrer Pflicht zusammenbrechen. Clete hielt sie überfordert fest. »Du bist nicht schwach, Areto. Verzeih mir, dass ich das jemals angezweifelt habe. Jemand Schwaches hätte diese Reise nicht auf sich nehmen können. Ich mag mir kaum vorstellen, was du mit dem Auge von Artemis gesehen hast. Und trotzdem hast du bis hierher durchgehalten.«
Clete glaubte, ein Leuchten in dem Auge vor sich zu sehen, einen Funken der Frau, die sie kannte. Sie nahm Aretos Gesicht in die Hände.
»Vergiss die anderen. *Ich* brauche dich.«

Aretos Auge füllte sich mit Tränen. »Es tut mir leid. Ich ... ich will dir glauben. Ich weiß nicht, warum ich mich so hoffnungslos fühle.«

Aber Clete hatte plötzlich eine Ahnung, was vorging. »Ist es deine Krankheit?«

Nach kurzem Zögern nickte Areto.

Clete zog sie hoch in eine Umarmung. »Bitte sag mir, wie ich dir helfen kann.«

Nun kehrte etwas Kraft in Areto zurück, als sie sich an ihr festklammerte. »Lass nicht los.« Sie atmete mühselig ein. »Ich bekomme besser Luft, wenn ich dich spüre. Der Schatten bleibt, aber kann mich nicht ewig lähmen.«

So nannte Areto also ihre Krankheit. Schatten. Es war schockierend, zu sehen, wie er sie verzehrte. Clete hielt Areto fest, wollte ihr helfen, auf Promethea zu kommen. Dann traf sie die Erkenntnis, dass es zu spät war. Sie spürte, wie ein eisiger Blick auf sie fiel, und wusste: Der Schatten hatte sie zu lange aufgehalten.

»Wer stört die Ruhe meiner Toten?«, erklang eine Stimme. Sie klirrte an den Wänden, als spräche die Unterwelt selbst. »Ihr solltet nicht hier sein.«

Clete stand starr vor Ehrfurcht. Der Sprecher brauchte sich gar nicht erst vorzustellen. Hades, König der Unterwelt, Sohn des Kronos, Bruder von Poseidon und Zeus – einer der mächtigsten Götter. Er klang nicht erfreut über ihr Kommen.

Areto war noch geschwächt, hielt sich an Clete fest. Doch das Wissen, dass sie gebraucht wurde, gab ihr unmenschliche Kraft. Sie schaffte es irgendwie, die Stimme zu heben. »Es gibt keinen Grund für Zorn, großer Hades. Eure Gattin hat uns den Zugang zur Unterwelt gestattet.«

Die Kälte wurde so heftig, Clete glaubte, ihr Atem müsse in Stücken von ihren Lippen rieseln.

»Den Zugang gestattet!« Rüstungsschwere Schritte ertönten, ohne dass der Gott sich zeigte. »Will Persephone nun jederzeit über mein Reich verfügen? Ich wusste doch, dass sie sich eines Tages nicht mehr an unsere Abmachung halten wird.«

Clete entdeckte schwarze Fußabdrücke, die in ihrer Nähe entstanden. Sie glaubte, dass sie von Hades stammten. Eine Gestalt konnte sie nicht erkennen. Sie erinnerte sich daran, gehört zu haben, dass seine Krone ihn unsichtbar mache.

»Bitte lasst uns erklären«, sagte Areto.

»Wieso? Ich höre mir sterbliches Gewürm nicht an.«

Areto wankte vor Anstrengung, darum übernahm Clete. Sie versuchte, an die Arroganz zu appellieren, die typisch für die Söhne von Kronos war. »Ja, wir sind Gewürm. Eure Aufregung nicht wert. Ehe Ihr es bemerkt, sind wir aus der Unterwelt gekrochen, als wäre nichts gewesen.«

»Lügen!« Hades grollte, dass Eisstücke von der Decke fielen. »Niemand kommt vorzeitig in mein Reich, ohne etwas daraus mitnehmen zu wollen.«

Clete spürte, wie ihre Glieder von der Kälte schwer wurden. Sie packte Areto am Arm, bewegte sich mit ihr rückwärts, zu Promethea. Dabei sah sie auf die schwarzen Fußstapfen, die ihnen folgten. Teer spritzte mit jedem Schritt beiseite und gefror im Flug. Als Clete endlich das heiße Fell von Promethea berührte, fühlte sie, wie ihre Lippen auftauten.

Hades schrie, dass die gesamte Unterwelt erzitterte. Dann, als der Schrei verklang, nahm Clete Geräusche in der Dunkelheit wahr. Zischen und Fauchen. Sie drängte Areto dazu aufzusitzen und zog sich in den Sattel.

»Meine Bestien!«, rief Hades, und die Finsternis antwortete mit hundertfachem Heulen. »Zerreißt die Eindringlinge!«

Nicht nur Clete spürte – zum ersten Mal seit langer Zeit – wahrhaftige Angst. Sie hörte, wie Areto heftig keuchte. Als sie Promethea in die Flanken trat, stolperte diese fast über ihre Hufe. Sie flohen Hals über Kopf.

Im Ritt zückte Clete ihre Labrys, gerade rechtzeitig, denn die Dunkelheit streckte sich nach ihnen aus. Die Streitaxt traf auf Körper. Bis auf ein paar schnelle Eindrücke konnte Clete nichts von den Kreaturen erkennen. Da waren riesige Flügel, dornenbewehrte Schwänze, gierig aufgerissene Mäuler. Clete schlug nach ihnen.

Areto schüttelte ihre Starre ab und griff ebenfalls zur Waffe. Ihr Atem rasselte. Auch Clete spürte, wie Panik von ihr Besitz ergreifen wollte. Das fleischgewordene Dunkel schien undurchdringlich, und die Kälte von Hades breitete sich immer mehr aus.

Promethea raste ziellos umher. Immer wieder scheute sie vor Ungeheuern, die nach ihr schnappten. Sie wieherte, als sich Finger in ihrer

Mähne verhakten, und trat nach den Biestern. Für jedes, das fiel, kamen zwei neue. Schier Tausende strömten aus dem unterweltlichen Nest.

»Clete, es sind zu viele!«

»Egal. Wehr dich weiter.« Sie schlug verbissen um sich. »Wir müssen einen Ausgang finden. Das ist unsere einzige –«

Sie verstummte, als sich etwas an ihrem Arm festklammerte. Es schleimte und stank ekelerregend. Sie schüttelte es angewidert ab. Mit immer größer werdender Verzweiflung hoffte sie, einen Hinweis auf den Ausgang zu finden. Der Schmerz, den die Kälte auf ihren Lippen ausbreitete, wurde zu Taubheit. Ihre Glieder fühlten sich bleiern an, sodass sie die Waffe mit großer Anstrengung schwingen musste.

Areto kreischte. »Clete!«

Ein Fauchen, das Flappen von Flügeln – und sie spürte Areto nicht mehr hinter sich. Clete riss den Kopf herum. Sie sah noch in das geweitete Auge ihrer Gefährtin, bevor diese von Promethea gezerrt wurde.

»Nein!«

Clete sprang vom Sattel. Sie streckte im Fall die freie Hand aus, doch sie bekam Areto nicht mehr zu fassen. Ihre Finger streiften nur ein paar Haare. Areto wurde von dem Meer aus Fleisch und Fell verschluckt.

Clete schrie auf. Nun war sie wirklich von Panik getrieben, als sie sich mit der Labrys zu Areto durchschlug. Mehr als einmal rutschte sie fast auf Gliedmaßen aus. Die Kreaturen waren überall, krochen auf dem Boden, flogen durch die Luft. Sie klammerten sich an ihren Beinen und Armen fest, sodass sie langsamer wurde. Clete versuchte, sie abzuschütteln. Sie spürte, wie sich etwas über den Griff ihrer Waffe hängte. Finger rissen an ihrem Haar, Krallen zerkratzten ihre Haut. Zungen und Zähne suchten nach den freien Stellen ihres Körpers.

Mit dem Dunkel und den Angriffen nahm die Kälte zu. Es fiel ihr immer schwerer, sich zu bewegen, bis es ihr gar nicht mehr möglich war. Sie brach auf die Knie. Noch mehr Mäuler schnappten nach ihr, während sie von den zugehörigen Leibern niedergedrückt wurde.

Sie glaubte, von den Bissen vergiftet zu werden. Grässliche Gefühle durchströmten sie, Schmerz und Reue und Trauer, wie sie es nie gespürt hatte. Ihr Blut erkaltete, bis nur noch Schatten durch ihre Adern rann. Der Griff der Streitaxt glitt aus ihren Fingern. Aus dem Augenwinkel sah sie das rote Flackern von Promethea. Die Stute trat verängstigt um sich. Bald würde auch sie die Masse überwältigen.

Clete streckte kraftlos ihre Hand aus. »Areto ...«

Ihre Lider flatterten, als die Dunkelheit sie umschloss. Sie spürte förmlich, wie die Bestien ihre Seele aussaugten. Ihre Hand fiel zu Boden, und sie sah auf ihre Streitaxt, auf den Anhänger am Griff. Aretos Geschenk. Alle Hoffnung erfror. Ihr Herzschlag wurde schwächer. In der Ferne glaubte sie, Areto schreien zu hören ...

Da zerriss ein Licht die Schwärze. Es besaß die Form eines Pfeils. Der Strahl schoss durch die Kreaturen, dass sie kreischten. Jene, die nicht zerfetzt wurden, verkrochen sich vor dem Licht, das ihre riesigen Augen blendete. Clete konnte wieder freier atmen. Die Kälte war noch da, aber sie hatte nun genug Raum, um den Kopf zu heben.

Der Lichtpfeil zog einen Schweif nach sich. Unzählige Funken blieben in der Luft hängen, die die Bestien abschreckten und die Dunkelheit erhellten. Inmitten von alldem stand Areto. Sie hatte ihre Augenbinde weggeschoben, sodass es silbern aus ihrem Gesicht leuchtete. Schnaufend hielt sie ihren Kurzbogen in den Händen. Bei diesem Anblick wusste Clete, dass Areto einen Pfeil von Artemis geschossen hatte.

Die Macht der Göttin löste die schlechten Gefühle auf, die sie hinabziehen wollten. Sie stemmte sich hoch. Die Bisse schwächten sie, nur taumelnd kam sie auf die Füße. Voller Erleichterung sah sie Areto entgegen, die auf sie zulief. Ihre Freundin schien unverletzt zu sein.

»Clete!«

Areto fasste sie am Arm. Sie stolperten zu Promethea, wobei Clete ihre Labrys aufklaubte. Die Kreaturen hatten ebenfalls von der Stute abgelassen, die schnaubend den Kopf umherwarf.

»Wo sollen wir hin?« Clete brachte die Worte kaum heraus, weil ihre Zähne so klapperten.

Areto sagte nichts. Offenbar wusste auch sie nicht weiter. Da hörte Clete etwas. Das Spiel einer Flöte drang durch das allgegenwärtige Zischen.

»Kommt es von draußen?«, fragte Areto.

»Hoffentlich. Lass uns der Musik folgen!«

Promethea ließ sich kaum beruhigen. Aber irgendwie schafften sie es, aufzusitzen. Clete sah zu dem Lichtschweif, dessen Glimmen zusehends schwächer wurde. Die Ungeheuer rückten wieder näher, und Promethea galoppierte los.

Plötzlich spürte Clete eine warme Brise im Gesicht. Klauen griffen nach ihr – die Bestien schlossen auf. Schon wurde das Fauchen hinter ihnen gefährlich laut. Da sah Clete Tageslicht. Promethea sprang, aus dem Loch der Unterwelt, ins Reich der Lebenden.

Das Flötenspiel endete abrupt, als Promethea ins Freie stolperte und fiel. Clete stürzte aus dem Sattel, fing sich einigermaßen ab. Sie rutschte mit dem Kinn voran über eine Wiese und blieb schließlich liegen. Ihr Kopf schmerzte, ihre Handballen brannten, weil sie sich diese aufgerieben hatte.

Sie sah sich stöhnend nach Areto um. Die lag nicht weit von ihr entfernt. Auch sie war über die Wiese gerutscht. Dreck und Grasflecken prangten in ihrem Gesicht. Sie setzte sich mühsam auf. Zum Glück schien sie sich nichts gebrochen zu haben. Auch Promethea wirkte noch an einem Stück, als sie auf die Beine kam.

Cletes Blick wanderte über die Umgebung. Sie waren aus einer Höhle gekommen. Die Wurzeln einer Zeder rahmten das Loch ein. Der Baum ragte mitten in einer Hügellandschaft auf. Hier und da standen verblichen weiße Ruinen. Es schienen die Überreste einer Tempelanlage zu sein. Aber am wunderlichsten war die Person, die sie entdeckte.

Wenige Schritte von ihnen entfernt stand ein junger Mann. Gemessen an seinen weichen Zügen glaubte Clete, dass er im Alter von Aretos Sohn war. Ein blaues Himation fiel den langen Körper hinab. Die Morgensonne zauberte einen Schimmer von rotem Gold in sein schwarzes Haar. Anscheinend war er der Flötenspieler, den sie gehört hatten, denn er hielt einen Aulos. Er stand verblüfft da, das Instrument noch an den Lippen.

Erst im zweiten Moment erkannte Clete, dass weitere Leute anwesend waren. Sie standen im Schatten einiger Bäume, kaum sichtbar mit ihren dunklen Gewändern. Alle schienen Männer zu sein und waren wie der Flötenspieler gekleidet. Sie sahen ihnen mit aufgerissenen Augen entgegen, als hätten sie eine Wiedergeburt erlebt.

Erst als Clete ihre Labrys zücken wollte, wurde ihr klar, wie kraftlos sie sich fühlte. Alles in ihr war kalt und taub. Umso heißer floss das Blut von ihrem Gesicht. Die freien Stellen ihres Körpers pochten von Schnitten. Ehe die Schwäche sie überwältigen konnte, war Areto bei ihr, um sie zu stützen.

Der Flötenspieler trat auf sie zu. Er streckte unsicher eine Hand aus. Da begriff Clete, dass er blind war. Als er näher kam, erkannte sie die

milchige Gräue seiner Augen, oder besser gesagt, was von seinen Augen übrig war. Sie waren halb zugewachsen von Narbengewebe.
*Nein. Ich darf keine Schwäche zeigen.* Sie lag erschöpft in Aretos Armen. *Ich muss uns schützen, sollten diese Männer uns anfeinden –* dann dachte sie nichts mehr, weil die Kälte ihre Gedanken auslöschte.

## XXI. TOCHTER DER GOLDENEN

### Penthesilea

Die Göttinnen waren wieder mit ihnen. Bereitwillig zogen die Skythen mit den Amazonen, folgten Gadas, der sie nun führte. Nur eine Handvoll Reiter blieb mit Irbis Maiakou zurück. Er würde für sein schändliches Verhalten büßen und konnte erst wieder den Häuptlingsplatz beanspruchen, wenn seine Ehre wiederhergestellt war. Bis dahin herrschte Gadas als Hand. Penthesilea konnte sich keinen besseren Verbündeten vorstellen.

Wenn sie ihr Heer überblickte, zupfte ein stolzes Lächeln an ihren Lippen. Das letzte Mal, als sie mit derart vielen Menschen geritten war, hatte Orithyia ihr Volk angeführt. Das Land erzitterte unter den Hufen der Pferde. Niemand wagte es mehr, sie aufzuhalten. Die waldiger werdende Gegend ließ den Tross nur langsam vorankommen, doch die Bäume boten ihnen auch Schutz und Jagdgründe.

Penthesilea genoss den warmen Wind und das Gefühl der Zuversicht. Endlich stand ihre Reise wieder unter einem guten Stern.

Als das Heer erstmals in den Wäldern lagerte, rief sie zu einem Fest auf. Das wiedererstarkte Bündnis und der Sieg gegen Pan mussten gefeiert werden. Die Jägerinnen erlegten reichlich Wild, die Skythen brachten gegorene Pferdemilch zum Trunk.

Alle saßen an den Lagerfeuern zusammen. Die Flammen schlugen hoch zum Nachthimmel, während sie opferten, trommelten und sangen. Penthesilea saß mitten im Trubel und ließ sich mitreißen. Wann immer sie mit ihren Volksleuten die Stimme hob, heulten auch ihre Hunde. Die Molossoi lagen bei ihr und taten sich an Knochen gütlich.

»Schau sie dir an«, sagte Melanippe. Die gute Stimmung und die Milch hatten sie so gelöst, dass sie an Penthesilea lehnte. »Nicht einmal während der Heiligen Jagd waren die Kriegerinnen derart euphorisch. Dieses Fest wird ihre Moral stärken.« Penthesilea legte einen Arm um Melanippes Schultern. »Du sagst das so pragmatisch. Als würde dir dieses Fest selbst keine Freude machen.« »Oh, das tut es. Zum Glück. Wenn ich mich sorge, vergesse ich gerne, was einfache Freuden sind.« Träge blinzelte sie Penthesilea unter ihren langen Wimpern an. »Wie steht es, große Königin? Lässt du dich von mir zu einer Partie Senet herausfordern?«

Penthesilea lachte auf. »Oh nein! Ausgerechnet Senet, wo du immer gewinnst. Da streite ich lieber gegen tausend Götter.«

Ein ungewohnt verschlagenes Lächeln entstand auf Melanippes Lippen. »Tu mir den Gefallen. Das letzte Mal ist so lange her. Deine Chancen könnten nun besser stehen. Und Senet ist gut, um den Verstand zu schärfen.«

Sie winkte auffordernd ihren Dienern zu. Die saßen am Feuer beisammen und lauschten Phileas' Lautenspiel. Sofort erhob sich einer, um das Senet-Spielbrett von Melanippe zu holen. Während er sich entfernte, lauschte Penthesilea dem Gesang. Phileas erzählte von Pans Fall. Er schmetterte so begeistert in die Saiten, es war kaum zu glauben, dass ihn der Kampf vor Kurzem mitgenommen hatte.

»Wie seltsam«, murmelte Melanippe. »Ich bin zum ersten Mal seit langer Zeit nicht müde. Für mich kann die Nacht in alle Ewigkeit fortdauern.«

Penthesilea strich ihr über das perfekt glatte Haar. Ihr ging es nicht anders, und die anderen Amazonen schienen ebenso zu fühlen. Wenn sie sich umschaute, sah sie überall leuchtende Gesichter.

Sie entdeckte Bremusa, die sich mit einigen Wagemutigen im Armdrücken maß. Gadas lachte mit mehreren Skythen, sein Kind im Arm. Tamura trommelte bei den Musizierenden. Antandre und Priene saßen am Rand und diskutierten Strategisches zwischen ihren Milchschlucken. Lacomache überschüttete ihren Gatten Xenon mit Zuneigung, ob mit Küssen oder besonders gutem Fleisch, das sie ihm sicherte. Selbst Antianeira war so unbeschwert, dass sie ein Duett mit Phileas begann. Die Harmonie ihrer Stimmen war wundervoll anzuhören.

Sie merkte auf, als Melanippes Diener zurückkam, und nahm ihm das

Spielbrett aus den Händen. »Ich wünschte nur, alle Kriegerinnen könnten mit uns feiern.«

Melanippe löste sich von ihr. »Meinst du Schildhaut? Ja, sie fehlt. Und es ist seltsam, ohne die Erwählte von Artemis zu sein.« Penthesilea drehte den Holzblock in ihren Händen. Er war schön geschnitzt, mit bunten Hieroglyphen versehen. Senet war ein ägyptisches Spiel. Dieses Exemplar hatte das Ägäische Meer überquert, um in Melanippes Hände zu gelangen, es war ihr kostbarster Besitz.

»Ich meine nicht nur die beiden.« Penthesilea zog das Schubfach in dem Holzblock auf. »Einige der Späherinnen sind immer noch vom Wahn geblendet.«

Sie nahm die weißen und schwarzen Kegel aus dem Fach, wie auch die Zählknochen. Dann legte sie den Holzblock auf den Boden, die karierte Spielfläche nach oben gewandt. Während sie die Figuren aufstellte, war Melanippe tief in Gedanken versunken.

»Es wird schon gut gehen«, sagte ihre Schwester schließlich. »Phileas hat geweissagt, dass die beiden zurückkommen. Und noch sind die Späherinnen nicht verloren.«

»Du bist ja optimistisch.« Penthesilea wies auf die Figuren und fragte: »Schwarz oder Weiß?«

Melanippe entschied sich für Letzteres. Konzentriert setzte sie die weißen Spielkegel, wobei sie ihre Finger mit dem Stoff ihres Ärmels bedeckte. Sie dachte kaum über ihre Züge nach, anders als Penthesilea.

Gekonnt nutzte Melanippe die guten Zählknochenwürfe, um ihre Steine möglichst weit zu ziehen. Wenn das Glück ihr weniger gewogen war, ließ sie ihre Kegel eng beieinanderstehen, damit sie sich gegenseitig vor den schwarzen Figuren schützten. Nach und nach zogen die Kegel über das gesamte Spielbrett, vom Feld der Geburt aus über Areale, die für Überschwemmung und anderes Unglück standen, bis zu den Häusern der ägyptischen Gottheiten.

»Wie machst du das nur?« Penthesilea sah kopfschüttelnd auf die weiße Mauer, die Melanippe gebaut hatte. »Ich könnte schwören, du ahnst, welche Züge ich vorhabe.«

»Wie du weißt, bin ich gerade vollkommen zukunftsblind. Es braucht aber auch keiner göttlichen Hilfe, um vorausschauend Senet zu spielen.« Einmal mehr schnippte sie eine schwarze Figur vom Spielbrett, um sie mit einer weißen zu ersetzen. »Du bist dran.«

Wie Penthesilea sie so betrachtete, wurde ihr warm ums Herz. Die sonst glatte Stirn von Melanippe lag in nachdenklichen Falten. Schon als Mädchen hatte sie gerne Rätsel gelöst, die sie sich von ihrer Mutter Otrere hatte geben lassen.

»Du wärest eine großartige Heerführerin geworden.«

Melanippe beäugte sie scheel. »Vielleicht, aber ich stehe eben hinter dir.« Es klang nicht zynisch, im Gegenteil. Eher so, als wolle sie es nicht anders haben. »Mach deinen Zug.«

Das tat Penthesilea. Wie nicht anders zu erwarten, wurde ihr Kegelheer von Melanippe aufgerieben. Gerade zerbrach sie sich den Kopf, wie sie das Blatt noch wenden sollte, als ihr jemand ins Auge fiel.

Eudokia näherte sich, neugierig schauend und in Begleitung von Iphito. Beide sahen aus, als ob sie sich gut von ihren Schwächungen erholt hätten. Iphitos Hand war verbunden, und Eudokia humpelte kaum noch.

Penthesilea fragte sich, wie es den anderen Verletzten ging. »Myrina bleibt recht lange bei Teremun. Ich werde nachsehen, ob alles in Ordnung ist.«

Melanippe verschränkte mit gespieltem Ärger die Arme. »Du willst doch nur deine Niederlage hinauszögern.« Sie konnte ein Schmunzeln nicht unterdrücken. »Aber sei's drum. Ich spiele ja nicht, um zu gewinnen.«

Ihre Schwester sprach nicht aus, worum es ihr wirklich ging. Penthesilea ahnte es dennoch.

»Auch ich genieße unsere Zeit, ganz gleich, wie grausam du zu mir bist«, sagte sie und erhob sich. »Warte auf mich. Ich bin gleich wieder da.«

Sie ging an ihren Hunden vorbei, die Knochen zermahlten oder dösend aufeinanderlagen. Jetzt, da sie nicht mehr mit Melanippe sprach, nahm sie den Gesang besser wahr. Phileas erzählte, wie er die Endschlacht erlebt hatte.

»Plötzlich begann Pan zu schreien.« Er schlug in die Saiten seiner Laute. »Es beschwor eine Angst herauf, die könnt ihr euch nicht vorstellen. Alle wurden Opfer der Panik. Ich war mir sicher, die Höflinge würden uns überrennen.« Antianeira sang lauter, und er rief: »Da hat unsere Königin ihn mit der Labrys gefällt!«

Die beiden wurden regelrecht umschwärmt. Ihre Zuhörerschaft sang mit Antianeira oder hing an Phileas' Lippen. Als Penthesilea an ihnen vorbeiging, jubelten die Leute ihr zu. Sie erwiderte die bewundernden Blicke.

Penthesilea trat vor Iphito und Eudokia. Letztere zog einige Aufmerksamkeit auf sich, obwohl sie nur lauschte. Im Schein der Feuer glänzte ihr Haar golden. Sie strahlte wie ein Licht in der Nacht.

»Ich sehe, ihr müsst nicht mehr bei den Heilenden weilen«, sagte Penthesilea. »Genießt das Fest. Besonders du, tanzendes Schwert. Hippolyte wäre stolz auf deinen Sieg.«

Sier nickte freudig. »Das werde ich, Königin. Ich kann doch nicht den Ruhm des Zweikampfs ernten und mich dann nicht von meinen Waffenschwestern feiern lassen.«

Eudokia sagte nichts. Zu gefesselt war sie von Phileas, den sie unentwegt ansah. Sie erwachte erst aus ihrer Starre, als Iphito sachte ihre Schulter drückte. »Ah. Verzeiht mir, Königin.«

Penthesilea meinte: »Schon gut. Phileas ist ein guter Musiker. Und ich kann mir vorstellen, dass unser Volk dir eine vollkommen neue Welt eröffnet.«

»Das stimmt. Aber vor allem erinnert er mich an eine Frau, die ich kannte.« Sie entschuldigte sich erneut: »Verzeiht. Ich will Euch nicht mit Belanglosigkeiten langweilen.« Sie zögerte, weiterzureden. »Könnte ich Euch später sprechen?«

Penthesilea runzelte überrascht die Stirn.

»Es ist wohl vermessen, das zu fragen –«

»Nein. Jede Frau besitzt das Recht, vor mich zu treten. Vorausgesetzt, ihr Anliegen ist dringlich genug.« Eudokia atmete auf, und Penthesilea sagte: »Ich sehe nach der Sonnenkönigin. Danach kannst du mich in meinem Zelt aufsuchen.«

***

Auf dem Weg zu Myrina kam Penthesilea bei den irren Amazonen vorbei. Sie hatte die Späherinnen in Holzkäfige werfen lassen, wie schon Polydora. Die meisten schliefen, wobei sie sich kratzten und wimmerten.

Als sie sich dem Zelt von Myrina näherte, hörte sie jemanden schluchzen. Teremun. Sie überlegte, ob sie vielleicht später kommen sollte. Da verstummten die Laute, und Myrina trat aus dem Zelt. Sie bemerkte Penthesilea zunächst nicht, stand mit hängenden Schultern da. Dann, als Myrina aufschaute, perlte der Schmerz von ihren Zügen.

»Penthesilea. Warum seid Ihr nicht auf dem Fest?«

»Das Gleiche könnte ich Euch fragen.« Sie überbrückte die Distanz, indem sie Myrina die Hand auf die Schulter legte. »Ich wollte sehen, wie es um unsere Verletzten steht, auch die seelisch Verwundeten. Leidet Teremun noch immer an den Missetaten der Höflinge?«

Sanft, aber bestimmt schob Myrina die Hand fort. »Ihr legt ihm Fesseln an und wollt Euch gleichzeitig um ihn sorgen?«

»Ihr wisst, es ist nötig. Nicht nur, um andere vor Teremun zu schützen. So, wie es momentan um ihn bestellt ist, könnte er auch sich selbst etwas antun.«

Myrina schloss die Augen. »Verflucht. Ich wünschte nur, ich könnte ihm besser helfen.«

»Macht Euch keine Vorwürfe. Ihr seid keine Heilerin. Natürlich könnt Ihr ihm nur begrenzt helfen. Überlasst dies den Kundigen.«

»Ich weiß, Ihr habt recht. Aber ich kann nicht aufhören, mir Vorwürfe zu machen. Er hat mir vertraut, mit Leib und Leben. Und ich ... Weil ich nicht rechtzeitig da war, habe ich dieses Vertrauen gebrochen.«

Penthesilea schwieg. Sie wusste nicht, was sie sagen sollte, und die Sonnenkönigin schien keine hohlen Phrasen hören zu wollen.

»Ich muss allein sein«, sagte Myrina.

Sie verschwand ins Dunkel zwischen den Zelten, dorthin, wo keine Festmusik mehr drang. Penthesilea sah zu, wie der gelbe Umhang sich in der Düsternis auflöste. Nun verstand sie, warum Priene sie vor Teremun gewarnt hatte. Er hatte wirklich das Herz der Sonnenkönigin gestohlen. Sie liebte ihn.

Es erschreckte Penthesilea, mit welcher Sicherheit sie es beurteilte. »*Liebe macht schwach.*« Das hatte ihre Mutter Otrere gesagt, und daran hatte sie sich ihr Leben lang gehalten. Eine Königin konnte nicht etwas Geliebtes aufs Schlachtfeld mitnehmen, wie Myrina es tat. Es war gefährlich.

Penthesilea war nicht so töricht. Sie fühlte keine Liebe, die schwach machte, nur Liebe, die stärkte, zu ihrem Volk und ihrer Familie. Das sagte sie sich.

Doch ihre Erinnerung verriet sie. Das Dunkel vor ihr riss auf, dass sie wieder auf blühende Tage sah. Ihre Zeit auf Skyros. *Hör auf!*

Da riss sie eine Stimme aus ihren quälenden Gedanken. »Ist Myrina fortgegangen?«

Sie wandte sich nach dem Sprecher um. Es war Callistus, der im Eingang von Myrinas Zelt stand.

Penthesilea sah ihn verblüfft an. »Was machst du hier?«

»Oh.« Ihm schien erst jetzt bewusst zu werden, wie seltsam es anmutete, dass er sich in Myrinas Zelt befand. »Ich habe Erlaubnis von meiner Herrin und der Sonnenkönigin, Teremun beizustehen.«

Sie erinnerte sich vage daran, die beiden Männer während der heiligen Jagdzeit zusammen gesehen zu haben. »Mir war nicht klar, dass Teremun Freunde besitzt.«

Er kratzte sich verlegen am Stoppelbart. »Als Freund würde ich mich nicht bezeichnen. Wir hatten hier und da guten Austausch. Generell habe ich den Heilenden geholfen. Wir haben festgestellt, dass Teremun mich mehr in seine Nähe lässt als andere. Ich weiß nicht, warum, aber seitdem nimmt Myrina meine Hilfe in Anspruch.«

»Hab Dank für deine Aufopferung.« Sie wies mit der Hand ins Dunkel zwischen den Zelten. »Um auf deine Frage von vorhin zurückzukommen: Ja, Myrina ist fort. Sie will eine Weile allein sein.«

Callistus seufzte. »Sie hätte zumindest etwas sagen können.« Er straffte die Schultern. »Geht nur. Ich habe hier alles unter Kontrolle.«

\*\*\*

Heute machte die Stille im Zelt ihr nicht zu schaffen wie sonst. Es erdete sie, das fröhliche Lachen in der Ferne zu hören. Sie saß im Schein einer Lampenschale auf dem Boden und hielt Pans Flöte in den Händen. Es war ein unwirkliches Gefühl, dieses göttliche Relikt zu berühren. Zeichen ihres Sieges.

Sie hörte, wie sich Schritte näherten, und legte die Flöte auf einem Sockel ab, gleich neben die Fuchsmaske. »Komm herein.« Sie griff nach einem Weinkrug und goss in zwei Kelche ein, während Eudokia eintrat.

»So sag, was hast du mit mir zu besprechen?«

Eudokia sah zu ihr auf. Hier, in Penthesileas Zelt, wirkte sie seltsam verletzlich. Ihr wurde erstmals bewusst, wie viel kleiner und zarter Eudokia war. Aber die Stimme der Athenerin klang fest.

»Ich möchte über meine Rolle in Eurem Heer sprechen.«

Penthesilea hielt ihr einen Kelch hin. »Deine Rolle? Es wäre mir neu, dass es eine gibt. Sobald wir einen halbwegs sicheren Ort erreichen, wirst du gehen. Ich will dich nur nicht in der Wildnis aussetzen.«

Eudokia nahm den Kelch entgegen. »Genau darüber möchte ich reden. Lasst mich in Eurem Heer arbeiten.« Damit hatte Penthesilea nicht gerechnet. Erstaunt trank sie erst einmal einen Schluck aus ihrem Kelch. »Willst du etwa eine Kriegerin werden?«

Eudokia lachte. »Heilige Athene, nein. Ich dachte, ich könnte Euch mit meinen Erfahrungen als Hetäre dienen.« Als daraufhin Schweigen folgte, erklärte sie: »Bisher habe ich nur Männern meine Liebesdienste angeboten. Aber ich war auch einmal mit einer Frau im Bett und mochte es. Bestimmt kann ich lernen, Eure Kriegerinnen zu befriedigen. Und Ihr habt ja auch Männer in Eurem Heer. Ich dürfte bei Iphito im Zelt schlafen und –«

»Halt!«, rief Penthesilea und hob die Hand. »Eines nach dem anderen. Du willst in Iphitos Zelt nächtigen? Ich hoffe, aus freien Stücken und nicht, weil du dich dazu verpflichtet fühlst.«

»Keine Angst.« Eudokia nippte an ihrem Wein, bevor sie weitersprach. »Iphito sieht mich nicht als Trophäe, und so biete ich mich«, sie zögerte, »ihrm auch nicht an. Es geht nur um einen Schlafplatz, mehr nicht.« Sie sah versonnen auf den Wein in ihrem Kelch. »Wenn ich mich Iphito hingebe, tue ich es nicht für meine Rettung, sondern weil wir beide es wollen. Ob es nun aus Leidenschaft oder im Rahmen meiner Dienste geschieht.«

Penthesilea entging nicht die ehrliche Zuneigung, mit der Eudokia sprach. Und die Athenerin redete nicht über Iphito wie über einen Mann, ein Fehler, den manche Außenstehende im ersten Moment machten. Sie nutzte vielselige Bezeichnungen. Zwar mit stolpernder Zunge, weil sie es nicht gewohnt war, aber der Wille zählte.

»Wirklich«, sagte Eudokia. »Ich will es aus freien Stücken.«

»Betrifft das auch die Form deiner Arbeit? Du sollst nicht das Gefühl haben, keine andere Wahl zu besitzen und deinen Körper verkaufen zu müssen.«

»Iphito hat mir gesagt, dass Huren für euch Arbeiterinnen sind wie alle anderen. Ich war gerne als Hetäre tätig, habe Geld, Land und Freiheit besessen. So lange schon wünsche ich mir dieses Leben zurück.«

»Schreckt dich nicht unsere grausame Lebensweise? Du bist erst seit ein paar Tagen bei uns. Reicht dir nicht, was in dieser Zeit an Gräuel geschah? Eine andere Frau würde fliehen und nicht bleiben, geschweige denn offen für unsere Kultur sein.«

Eudokia legte nachdenklich den Kopf schief. »Es stimmt, was Ihr sagt. Aber die letzten Tage haben auch die Welt, wie ich sie kannte, erschüttert.« Sie sah Penthesilea offen an. »Ich wuchs in dem Glauben auf, Amazonen wären nur männerhassende Menschenfresserinnen. Aber das stimmt nicht. Ihr liebt eure Männer, wie ich durch Xenons Erzählungen von seiner Familie weiß. Bei euch regieren Frauen, gleichzeitig akzeptiert ihr Menschen wie Iphito. Ihr seid grausam, doch ehrenvoll. Und ihr seht nicht auf mich herab. Ich dachte, ich hätte keinen Platz mehr in dieser Welt, außer in der Gosse oder unter der Fuchtel von Männern. Und dann kamt ihr.«

Sie ahnte bei diesen Worten, dass Eudokia viele schmerzhafte Erfahrungen gemacht hatte. »Du hast Schlimmes erlebt, nicht wahr?«

Eudokia nickte. »Die Zeit bei Euch …« Sie stockte. »Hier bin ich wieder ein Mensch. Kein Abfall, kein Gegenstand. Dieses Gefühl will ich nicht verlieren.«

Penthesilea gab dem Impuls nach und wischte eine Träne fort, die sich aus Eudokias Auge stehlen wollte. »Abfall? Bei den Göttinnen, das warst du nie. Das ist keine Frau dieser Welt, und wenn es tausend Männer sagen.«

»Ich weiß. Aber lange Zeit hat man es mir glauben gemacht.« Sie lächelte. »Iphito hatte recht. Ihr seid eine harte Königin, aber ebenso gütig.«

»Und du bist zweifellos eine Kriegerin im Herzen. Du kannst gerne in meinem Heer dienen. Wir können Leute wie dich zur Stärkung der Moral gebrauchen.«

Eudokia strahlte übers ganze Gesicht. Sie stellte den Kelch ab. Es sah aus, als wolle sie sich auf Knien bedanken. Doch während sie das Gefäß weglegte, begann sie zu leuchten. Ein Gleißen blendete Penthesilea.

Als sich ihre Sicht wiederherstellte, erkannte sie, dass Eudokia fort war. Stattdessen stand da eine Frau, die sie um einen Kopf überragte. Ihre goldenen Locken waren wie Rosen geformt und so voll, dass sie einer Wolke gleich vom Kopf abstanden. Ein Schimmer überzog die tiefschwarze Haut, so, wie Mondlicht auf dem nächtlichen Meer glänzt. Sie war barfüßig, so gut wie nackt. Der durchsichtige Peplos, der ihre ausladenden Rundungen umschmeichelte, war aus fließender Milch und Honig. Statt Ärmeln umrankten Lilien ihre Gliedmaßen. Ein reich verzierter Gürtel mit Edelsteinen hing um ihre breiten Hüften, und ihre Finger hielten einen goldenen Apfel. Sie war perfekt schön.

Atemlos, wie Penthesilea war, bemerkte sie nicht, dass der Kelch aus ihrer Hand glitt. Er fiel klappernd zu Boden. Es war Jahre her, dass diese Göttin vor sie getreten war, als Gefährtin von Ares. Damals, in ihrer *Nymphía*-Gestalt, hatte sie ganz anders ausgesehen, wie eine Braut. Nun erschien die Göttin der Liebe und Schönheit als dunkelerotische *Mélaina*.

»So sehen wir uns wieder, Arestochter«, sagte Aphrodite mit blütenduftender Stimme. »Du siehst verwildert aus. Es ist ein Jammer. So schön wie dein Vater, doch der Staub des Schlachtfelds überdeckt alles.«

Während sie sprach, erschien jemand weiteres. Er flatterte hinter Aphrodite hervor, mit taubenartigen Flügeln aus Gold. Es war ihr Sohn Eros.

Seine Haut besaß die Meeresschwärze seiner Mutter und den feurigen Stich seines Vaters, die blumenartigen Goldlocken hatte er rein von ihr. Nackt bis auf ein Unterkleid schwebte er im Zelt. Er lachte und warf Penthesilea Luftküsse zu. Allein sein strahlend weißes Lächeln brachte ihr Herz zum Rasen. Er war nicht umsonst der Gott des Begehrens.

»Aphrodite!« Penthesilea fiel auf die Knie. »Wart Ihr etwa die ganze Zeit über in Eudokias Gestalt? Ich wusste nicht, dass –«

»Nein«, unterbrach die Göttin sie brüsk. »Ich habe Besseres zu tun, als heimlich unter Sterblichen zu wandeln. Besonders während des Kriegs in Troja.«

Sie klang harsch. Umso überraschender war die Sanftheit, mit der sie über Penthesileas Wange strich. Ihre Fingerspitzen waren weicher als Seide. Eros summte, als würde ihn das Ganze nichts angehen, und schwirrte durchs Zelt.

»Ich war wütend auf dich, Kind. Wütend, weil du deine Liebe leugnest.« Aphrodite schüttelte den Kopf. »Doch nun hast du mich mit dir versöhnt. Niemand sonst wollte meiner Tochter Mitgefühl entgegenbringen. Nur du.«

»Tochter?«, hakte Penthesilea nach.

»Nicht leiblich. Aber Eudokia ist ein Kind meines Geistes, wie alle, die

Liebe und Schönheit in die Welt tragen.« Sie deutete Penthesilea, sich zu erheben. »Du hast ihr in ihrer dunkelsten Stunde geholfen. Darum will ich nun den Amazonen helfen.«

Eros tanzte zur Syrinx-Flöte. Er hob sie in einer fließenden Bewegung auf und drehte sich weiter, als wäre nichts gewesen.

»Zunächst nehmen wir Pans Flöte mit«, sagte Aphrodite. »Es war ein kluger Zug, seine Entmannung den Göttinnen zu widmen. So habt ihr sie auf eure Seite gezogen. Pan wird euren Tod gar nicht mehr fordern können, wenn ich seine Flöte zur *Versöhnung* mitbringe.«

Eros schwebte kopfunter zu Aphrodite. Er küsste sie im Vorbeifliegen auf die Wange. Dann blieb er in der Luft, um die Flöte zu betrachten.

»Außerdem will ich etwas Ambrosia bei Eudokia lassen. Damit könnt ihr jede Wunde heilen, sofern göttliches Blut in der verletzten Person fließt. Lasst es Eudokia einsetzen. Sie wird wissen, wann die Zeit gekommen ist.«

Penthesilea nickte. »Ich danke Euch. Das ist eine mehr als wertvolle Hilfe.« Ihr Blick fiel auf die goldene Frucht in Aphrodites Hand. »Dieser Apfel ... hat Eris ihn geschaffen?«

Die langen Nägel der Göttin gruben sich ins Fruchtfleisch. »Ja, das hat sie.«

»Dann ist es wahr? Es kam zum Krieg, weil Ihr Euch mit Hera und Athene um jenen Apfel streiten musstet?«

Eros zog die goldenen Augenbrauen zusammen. Offensichtlich missfiel ihm Penthesileas Ton.

Aphrodite dagegen blieb ungerührt. »Es kam dazu, weil Paris von Troja den Schiedsrichter spielte. Hätte er mich nicht zur Schönsten von uns dreien erwählt, würden Hera und Athene vielleicht nicht am Krieg teilnehmen.«

Sie ließ aus, dass alle drei Göttinnen den Prinzen bestochen hatten. Aphrodite sollte ihm nicht weniger als die schönste Frau der Welt – Helena – angeboten haben. Welch Zufall, dass er eben diese nun in Troja verteidigte.

»Es wundert mich nicht, dass man sich über uns Göttinnen das Maul zerreißt, als wären wir nur zänkische Weiber. Eris schuf diesen Apfel für *die Schönste* und damit nie gewesene Zwietracht. Ja, es stimmt: Ich habe deswegen mit Hera und Athene gestritten. Doch nicht aus Eitelkeit.«

Sie drehte den Apfel in ihren Händen. Dabei fiel Penthesilea auf, dass

Aphrodite verletzt war. Die Stelle zwischen der rechten Handfläche und dem Gelenk war durchbohrt, sodass dort ein Loch prangte.

»Dieser Gegenstand bedeutet Macht. So, wie ich mit der Magie meines Gürtels Liebe wecken kann, lässt sich mit diesem Apfel Schönheit vergeben. Er ist ein überaus nützliches Werkzeug.«

Penthesilea konnte sich denken, warum. »Die Sinne anderer zu manipulieren, kann förderlicher sein als Gewalt, wie?« Sie verkniff sich die Bemerkung, dass sie diese Methode zu verschlagen fand. »Macht. Das ist alles, worum es in Troja geht, nicht wahr? Am Ende erfahre ich, die Liebe von Paris und Helena sei ein Maskenspiel.«

Aphrodite streichelte ihrem Sohn durch das krause Haar. »Das kann ich dir nun wirklich nicht verraten. Es nährt meine Kraft, wenn die Menschen Klatsch betreiben.« Auffordernd zupfte sie an Eros' Flügel. »Genug gespielt, mein Finsterling. Lass uns gehen.«

Als er hochflog, musste Penthesilea eine allerletzte Frage stellen. Er sah Ares einfach so ähnlich. »Steht Ihr wieder an Vaters Seite?«

Aphrodite warf ihr einen nicht gerade lieblichen Blick zu. »Ich stehe auf *meiner* Seite.« Dann sagte sie weniger scharf: »Aber derzeit helfe ich Troja. Mein Sohn Äneas gehört den Helden an, die die Stadt verteidigen. Fürs Erste stehen Ares und ich auf derselben Seite des Schlachtfelds.«

Sie sah bekümmert aus, als sie über den Kriegsgott sprach.

»Er würde Euch jederzeit wieder in die Arme schließen«, sagte Penthesilea. »Wenn er etwas liebt auf dieser Welt, dann Euch. Nicht den Krieg oder die Amazonen ... Euch.«

Ein brüchiges Lächeln entstand auf den goldschwarzen Lippen. »Das weiß ich. Aber Zeus hat mich nun einmal mit Hephaistos verheiratet. Und ich ertrage Ares' Eifersucht nicht mehr. Vielleicht hat er mir zu oft wehgetan.« Sie schüttelte den Kopf. »Nicht die Amazonen«, wiederholte sie. »Dummes Ding. Dumm und schön. Ares liebt euch genauso sehr. Ihr seid doch die Kinder unserer Tochter Harmonia. Mein Blut.«

Licht brach unter der schwarzen Haut hervor. Ehe Penthesilea geblendet wurde, flog Eros zu ihr. Er stahl einen Kuss von ihren Lippen. Sein Mund schmeckte betörend, wie Aphrodite roch. Das dunkle Feuer seiner Augen brannte Erinnerungen in sie, von jenen Momenten in ihrem Leben, da sie nur Lust gewesen war.

»Hör auf meine Mutter«, flüsterte er ihr zu. »Deine Liebe ist mächtig. Sie wird dich eher umbringen, als dass du sie tötest.«

Einen Schlag lang setzte ihr Herz aus. Sie fühlte sich entblößt, durchschaut ... und er war fort. Mit Aphrodite im Licht verschwunden. Der schwere Blütenduft verflog, bis es nur noch nach Hyazinthe roch.

Penthesilea fing die fallende Eudokia auf. Die Athenerin lag schlaff in ihren Armen. Sie schien entkräftet. Nur ein paar verirrte Goldblätter in ihrem Haar erinnerten daran, dass Aphrodite ihren Leib besetzt hatte. Als Penthesilea sie an den Schultern nahm, erblickte sie etwas. Eudokia hielt einen Strauß von goldenen Rosen umklammert. Der Nektar stand den Blütenkelchen bis zum Rand. Es war Ambrosia, die unsterblich machende Speise, die eigentlich nur die Göttlichen zu sich nehmen dürfen.

Sie war froh, Eudokia hinaustragen zu müssen. So konnte sie vor ihrem Herzen fliehen. Sie flüchtete in die Nacht, zu ihrem Volk und Melanippe, die ungeduldig auf sie wartete.

## XXII. DIE ORPHIKER

### Areto

Der blinde Flötenspieler und die jungen Männer führten sie in ein Dorf. Es lag mitten in der Wildnis, nahe den Tempelruinen und dem Eingang zur Unterwelt. Die einfach gebauten Holzhäuser ließen auf keine Kultur schließen, die Areto kannte.

Sie saß verkrampft auf Promethea und hielt Clete fest. Seit sie Hades entkommen waren, lehnte die Kriegerin fiebernd an ihr. Den ganzen Weg über tuschelten die Männer, zu leise, als dass Areto sie hätte verstehen können.

*Bitte, Göttinnen,* flehte sie lautlos. *Lasst Clete aufwachen.*

Nicht einen Augenblick wich sie von Cletes Seite, auch nicht, als diese in eine Hütte zu Bett gebracht wurde. Ein Mann kam mit Verbandszeug und wollte Areto wegziehen. Doch sie schüttelte den Kopf.

»Nein. Ich muss bleiben.«

Die Männer flüsterten weiterhin. Nur wenige huschten durch den Raum, der aus einfachem Stein und den allerwichtigsten Dingen zum Leben bestand. Emsig zündeten sie Kräuter an, brachten Salben oder

Heilmittel. Die anderen blieben vor der Hütte stehen. Zu Dutzenden drängten sie sich an Tür und Fenster, um hineinzulinsen.

Areto bemerkte es nur am Rande. Sie saß neben Clete, die auf dem strohbelegten Boden gebettet war, und hoffte. Clete war grau vor Schwäche, sodass die Bisswunden an ihrem Körper umso mehr hervortraten.

»Hier.«

Sie sah auf, als jemand sie in der luwischen Zunge ansprach, mit weichem Akzent. Es war der blinde Junge. Er hielt ihr eine Schale mit einer milchigen Substanz hin.

»Schmerzmittel für dich und die andere Frau.«

Sie nahm die Medizin. »Danke.« Nachdem sie ein paar Schlucke getrunken hatte, setzte sie die Schale an Cletes Lippen und fragte: »Wer seid ihr? Wo sind wir gelandet?«

Er setzte sich neben sie auf den Boden. »Ihr seid beim Orden der Orphiker.«

Das sagte ihr nicht viel. Sie hatte von Männern vernommen, die in asketischer Gemeinschaft lebten und an Wiedergeburt glaubten. Zählten die Orphiker dazu?

Sie konnte nicht nachfragen, denn Clete verschluckte sich und erwachte hustend. »Bah! Was ist dieses bittere Zeug?«

Areto umarmte sie so heftig, dass die leere Tonschale zu Boden fiel. »Oh, Clete! Ich bin so froh.«

Clete ächzte. »Bitte nicht so fest. Das tut weh.«

Der Junge tastete nach der heruntergefallenen Schüssel. »Wir können die Medizin mit Honig verdünnen, wenn dir das lieber ist.«

Clete, die ihr Gesicht in Aretos Halsbeuge geschmiegt hatte, hob den Kopf. »Danke, dass ihr uns aufgenommen habt. Wer bist du?«

Er räusperte sich. »Entschuldigt. Wir haben selten Gäste. Hätte ich mich vorstellen sollen?« Er schien nett und eine Spur mutiger zu sein als seine Ordensbrüder, die aus der Ferne zusahen. »Ich heiße Kaystros. Wie der Fluss. Wenn ihr wollt, stelle ich euch auch die anderen vor.«

»Vielleicht später«, sagte Areto. »Hab vielen Dank. Ich bin Areto, und das hier ist Clete. Wir sind ...« Sie zögerte. Vielleicht sollte sie nicht zu viel verraten. »... Nomadinnen auf Reisen.«

»Die anderen sagen, dass ihr ein ganz ungewöhnliches Pferd habt. Kommt ihr aus einem fernen Land?« Kaystros beugte sich neugierig vor. »Seid ihr etwa Amazonen?«

Areto schwieg verblüfft. Alle Vorsicht umsonst. Wie hatte er es so einfach erraten können?

Als würde er ihre Gedanken lesen, erklärte er: »Ihr redet anders als die Frauen, die für seelische Reinigung zu uns kommen. Stolzer.« Er begann sie mit Fragen zu überschütten. »Warum wart ihr in der Unterwelt? Habt ihr dort nach jemandem gesucht? Gehört ihr zu einem bestimmten Stamm oder –«

»Kaystros!«, unterbrach ihn eine kratzige Stimme. Er duckte sich, wie auch die anderen Orphiker. »Hör auf mit dieser unseligen Fragerei. So behandelt man keinen Besuch, erst recht nicht Flüchtige und Verletzte.«

Die Orphiker zogen sich zurück, und ein alter Mann trat in die Hütte. Auch er trug ein blaues Himation. Gegen den feinen dunklen Stoff hob sich der Spliss seines schlohweißen Haars ab. Der Rücken war gebeugt und die Haut verknittert vom Leben. Seine Augen sprühten von ungeduldigem Ärger, wie ihn nur Greise den Jüngeren entgegenbringen.

»Scheuch die anderen fort«, befahl er Kaystros. »Sie sollen mit dem Gaffen aufhören und wieder an die Arbeit gehen. Und wehe, hier herrscht nicht in Windeseile Ordnung!«

Kaystros sprang zackig wie ein Soldat auf. Im Lauf stellte er die Schale auf einer Anrichte ab. Seine Bewegungen waren sicher. Offenbar kannte er die Hütte bis in den letzten Winkel.

Der Alte sah schnaubend zu, wie er forteilte, um dann einen sanften Ton anzuschlagen. »Verzeiht die Aufdringlichkeit meiner Schüler. Sie sind Besuch nicht gewohnt. Es erregt sie umso mehr, dass ihr aus der Unterwelt kommt.«

»Schon gut«, sagte Areto.

»Wir können es ihnen nicht gerade verübeln«, ergänzte Clete. »Keine Angst, wir sind nicht von den Toten zurückgekehrt.« Sie stöhnte wehleidig. »Auch wenn ich mich so fühle.«

Areto rieb ihr über den Rücken. »Ein Glück, dass eure Schüler uns gefunden haben. Wir waren erstaunt, sie an den Toren der Unterwelt zu treffen.«

Er nickte. »Sie wären auch nicht dort gewesen, hätte Kaystros heute nicht ein Reinigungsritual gehabt. Es gehört zu den Pflichten eines Orphikers, die inneren Bestien mit Musik zu zähmen.«

Areto dankte still den Göttinnen dafür, dass sie Kaystros geschickt hatten. Wenn sein Flötenspiel sie nicht in die Oberwelt geführt hätte, wären sie vielleicht für immer in der Tiefe geblieben.

»Aber genug davon. Ich heiße euch bei uns willkommen. Mein Name ist Orpheus.« Als sie ihn erstaunt musterten, sagte er: »Nicht der Orpheus, von dem ihr gehört habt. Jener gründete diesen Orden, um seine Lieder und das Wissen über die Unterwelt weiterzugeben. Nun führe ich ihn unter seinem Namen weiter.«

Also hatte Areto richtig vermutet. Die Orphiker gehörten zu jenen gläubigen Männern, die enthaltsam und einsam für sich lebten in der Hoffnung, wiedergeboren zu werden.

»Ruht euch aus«, sagte Orpheus. »Es bleibt noch genug Zeit, über alles zu reden. Ich lasse euch zum Abendessen wecken.«

Areto ließ sich das nicht zweimal sagen. Kaum dass er fort war und sie sich neben Clete legte, überwältigte sie die Müdigkeit. Der fehlende Schlaf forderte seinen Tribut, und sie ließ ihn gewähren.

*\*\**

Wir warten darauf, dass Zeus uns wieder kämpfen lässt. Wir warten, Wochen um Wochen, vergebens. Er zeigt sich nur als Blitz und Donner.

Ich lehne fiebernd gegen die Mauer und sehe zu, wie er auf dem Schlachtfeld Unheil anrichtet. Seine Blitze brechen Stücke aus der Festung und zersprengen das Heer der Achaier. Es lässt sich nicht sagen, auf welcher Seite Zeus steht. Er wechselt sie immer wieder, unentschlossen.

Schließlich hört der donnernde Regen auf. Ich bespreche mich mit den anderen. Die Männer brauchen die Pause, sie sind erschöpft von den Auseinandersetzungen. Ares geht gebeugt von einer Wunde, die ihm der Held Diomedes zugefügt hat. Apollon, der hilflos dem Sterben der Trojaner zusehen muss, umgibt ein Schleier der Trauer. Nur Eris sitzt grinsend und zu voller Macht erblüht auf Ares' Schulter.

»Unser Vater hat Troja zurückgelassen«, sagt Apollon. »Er soll auf dem Berg Ida sein. Dort will er ein für alle Mal entscheiden, ob er den Krieg beendet.«

Ares schreit, dass er Blut und Feuer spuckt. »Dafür ist es reichlich spät.« Er zeigt auf das Schlachtfeld hinaus. »Selbst Zeus kann zehn Jahre an Tod und Zerstörung nicht ungeschehen machen. Es wird nur enden, indem eine Seite siegt!«

Während sie streiten, schaue ich über die Mauer. Trotz der Stürme, die Zeus gesandt hat, kämpfen die Menschen weiter. Momentan haben die Trojaner die Überhand. Nicht nur halten sie die Stadt, sie sind dabei, die Achaier zu überrennen. Hektor und seine Soldaten haben sich bereits zu den Schiffen in der Bucht durchgeschlagen.

Wenn wir sie doch nur stärken könnten. Es fehlt so wenig zu ihrem Sieg, zumal Achilles gerade keine Bedrohung ist. Der größte Held der Achaier weigert sich zu kämpfen. Er hat sich mit seinen Leuten zerworfen, dank Eris, die durch das gegnerische Lager tanzte.

»Ares, Apollon.« Ich rufe die beiden, als ich bemerke, dass das Meer zu tosen beginnt. »Seht. Ist das Poseidon? Was tut unser Oheim?«

Meine Frage beantwortet sich von selbst. Poseidon entsteigt dem Meer, strotzend vor Kraft. Er ist *Enosichthon*: der Erderschütternde.

Während er aus dem Wasser tritt, erzittert das Land. Vier Hippokampen, die mit Hufen und Fischschwänzen ausschlagen, ziehen seinen Streitwagen. Als Meereskönig und Bruder von Zeus schwingt er einen Dreizack aus Perlmutt. Er lenkt die Gezeiten damit. Die brausenden Wellen stürzen los, um die Trojaner zurückzutreiben.

Ares eilt an meine Seite. »Er greift an. Wie ist das möglich? Zeus hat es doch verboten!«

Apollon stellt keine Fragen. Er springt von der Mauer, löst sich zu einem Schwarm Raben auf, um Hektor zu Hilfe zu eilen. Ich nehme meinen Bogen und schieße. Mein Pfeil trifft eines von Poseidons Zugtieren. Der Schrei des Hippokamps dringt bis zu uns, als es in den Fluten untergeht und den Streitwagen umreißt. Poseidon brüllt, dass die Erde bricht. Wut klingt in seiner Stimme, Wut auf das trojanische Volk. Er half einst König Laomedon, die Mauern der Stadt zu bauen, und sein Lohn war ihm versagt worden.

Ich tausche hastig einen Blick mit Ares aus. Wir sagen kein Wort, wissen auch so, was vorgeht.

Eris wirft das Haar zurück und spricht es kichernd aus: »Das Verbot ist aufgehoben.«

Ehe wir uns weiter besprechen können, erscheint jemand auf der Mauer. Zuerst sehe ich nur goldene Rosen, die auf dem Stein wachsen. Dann steigt Eros aus den Blüten. Er hält mit grimmigem Ausdruck seinen Bogen.

Ihm folgt die Göttin der Liebe, die nun ein Gott ist, oder vielleicht beides. Das lässt sich nie genau sagen, so frei, wie Aphrodite ihr Geschlecht ändern kann, je nach Laune und Fantasie. Die Gesichtszüge sind nun markanter, die Schultern breiter, die Brust ist flach. Der weiche Körper ähnelt dem eines Jünglings. Aber jede Form ist gleich strahlend, ein schwarzes Licht.

»Aphroditus!« Ares läuft auf ihn zu, sodass Eris von ihm fällt und auf der Mauer sitzen bleibt. »Was tust du hier? Du bist noch verletzt, du solltest im Olymp bleiben.«

Aphroditus wirft sich ihm in die Arme, mit einer Sehnsucht, die er nicht verbergen kann. Ich kann förmlich die Spannung zwischen ihnen spüren, das Bedürfnis nach mehr. Er liegt so perfekt an dem viel größeren Körper des Kriegsgotts. Aber sie halten sich zurück.

Aphroditus löst sich als Erster. Er schüttelt den Kopf, als mache er sich Vorwürfe, die Nähe von Ares gesucht zu haben. Eros sieht es traurig mit an.

»Wir wollen helfen«, sagt Aphroditus.

Ich kann nicht anders, als verächtlich zu schnauben. »Das hat ja schon letztes Mal wunderbar funktioniert. Wirst du bei der nächsten Gelegenheit wieder zu deiner Mutter rennen, wenn dir der Krieg zu viel wird?«

Eros spießt mich förmlich mit seinen Blicken auf. Aber es stimmt. Ich heuchle bestimmt kein Mitgefühl für Aphroditus und seine persönlichen Befindlichkeiten. Krieg ist eben schmutzig.

Anders als der Sohn ist Aphroditus nicht verärgert. »Du schimpfst mich mit Recht, Artemis. Ich bin nicht mutig wie du.«

Auch er ist von Diomedes verletzt worden, als er Äneas schützen wollte. Der Grieche trieb ihm den gesegneten Speer durch die Hand. Aphroditus, der keinen Schmerz kennt, ist daraufhin weinend in den Schoß seiner Ziehmutter Dione geflohen.

»Ich weiß, ich habe mich nicht rühmlich benommen«, sagt der Liebesgott. »Du glaubst seit eh und je, ich sei eine lästige Störung. Meine Feigheit wird dich nicht gerade vom Gegenteil überzeugt haben.«

Störung, in der Tat. Ich habe mich der Liebe entsagt. Was sollen wir teilen?

Aphroditus hat schon immer gestört. Ein Außenseiter, nicht wie meine Geschwister an den Olymp gebunden. Der Schaum des Meeres hat ihn geboren, aus dem Blut und Samen des toten Uranos. Er ist ein heimatloses Relikt, das nicht selbst erstrahlen kann, sondern auf andere angewiesen ist. Ohne herrschende Männer, die sich Kopf und Herz von ihm verdrehen lassen, ist Aphroditus nichts. Machtlos.

»Schon gut«, sagt Ares und hebt das Kinn von Aphroditus an. »Dein Wert liegt eben woanders. Überlass uns das Kämpfen.«

Aphroditus nickt. »Verzeiht mir. Ich hätte meine Grenzen kennen sollen. Jetzt weiß ich es besser.« Er schmiegt seine Wange gegen Ares' Hand, ehe er sich mir zuwendet. »Zeus wird euch fürs Erste nicht behelligen.«

»Wovon sprichst du?«, frage ich.

»Ich habe Hera meinen Gürtel geliehen. Sie hat Zeus damit verführt. In eben diesem Moment liegt er auf dem Ida und schläft.«

Mir fehlen die Worte. Hera, die Gattin von Zeus, kämpft auf der Seite der Achaier. Eigentlich ist sie mit Aphroditus verfeindet. Hera verachtet den Liebesgott, der an ihrer Stelle den Erisapfel gewonnen hat. Ich kann nicht glauben, dass die beiden ihren Streit beigelegt haben, um gemeinsam gegen Zeus vorzugehen.

»Verführt?«, fragt Ares skeptisch. »Mutter hasst Vater und umgekehrt. Das Feuer zwischen ihnen ist seit Jahrhunderten erloschen.«

Aphroditus lächelt schmal. »Du unterschätzt meine Macht. Es war taktisches Kalkül: Solange Zeus schläft, kann er uns nicht vom Kämpfen abhalten. Und Kampf ist es, was beide Seiten wollen.« Er weist auf das Schlachtfeld. »Geht. Troja braucht euch. Ich bleibe zurück und stärke die Frauen. Eros wird die Zwietracht, die Eris in den feindlichen Herzen säte, zu leidenschaftlichem Hass werden lassen. Es wird sie entzweien.«

Sein Sohn spielt demonstrativ mit der bleiernen Spitze eines Pfeils.

»Niederträchtiges Weibsvolk«, murmelt Ares. Er will gehen, dreht noch einmal um und zieht Aphroditus an sich. Ihr tief empfundener Kuss geschieht aus mehr als Dankbarkeit. »Komm, Eris. Wir gehen.«

Er zerplatzt zu einem Regen aus Blut, und Eris fällt lachend mit ihm auf das Schlachtfeld. Aphroditus sieht ihm wehmütig nach, doch nicht lange. Er geht, ohne ein unnötiges Wort. In diesem Moment empfinde ich doch Respekt für ihn.

Eros fliegt an meine Seite, wartet, was ich tun werde. Poseidon taucht wieder aus dem Meer, diesmal von Nereiden begleitet. Es ist eine ganze Schar, mit der er das Land bestürmt. Die Trojaner ziehen sich überstürzt zurück, können nicht mehr vorstoßen.

Ich spanne den Bogen, wie auch Eros. Pfeil um Pfeil bringen wir Tod und Hass. Apollons Schwingen verdunkeln den Himmel, Ares weidet sich an den Sterbenden, und Eris tanzt in den Köpfen. Gemeinsam halten wir die Flut von Poseidon auf. Ich weiß, es ist nur der Anfang. Die anderen Olympioi werden bald kommen.

\*\*\*

Areto erwachte vorzeitig und fühlte sich trotz des Schlafs erschöpft. »Uff. Wo bin ich?«
Sie brauchte eine Weile, um sich zu erinnern. Die Unterwelt. Das Dorf der Orphiker. Kein Wunder, dass sie sich nach all diesen schaffenden Ereignissen ausgedörrt fühlte. Sie sollte hinaus und etwas trinken. Probeweise rüttelte sie an Clete. Die brummte unwillig und blieb wie ein Stein liegen. Also beschloss Areto, ohne sie zu gehen.

An der Tür traf sie Kaystros, der wohl kam, um sie beide zu wecken. Er war nach Orpheus' Ansprache wortkarg. Areto sagte ihm, dass Clete noch mehr Ruhe brauchte, und fragte nach einem Trunk. Er bat sie sogleich, ihm zu folgen, und bewegte sich problemlos durch das Dorf, tastete mit einem Holzstab den Weg ab.

Areto kam nicht umhin, ihn von der Seite zu betrachten. Er war ein hübscher junger Mann, von den vernarbten Augen abgesehen, mit fein geschnittenem Gesicht und einer Haut von sanftem Braun. Aber seine Schönheit war traurig. Alles an ihm schien eine Spur zu grau zu sein.

»Verzeih uns, dass wir dein Reinigungsritual gestört haben.« Es rutschte ihr heraus, weil sie nicht wusste, was sie sonst sagen sollte.

Er drehte überrascht den Kopf. »Das ist nicht schlimm. Auch ohne euch wäre das Ritual vielleicht nicht gut gegangen.« Bevor sie fragen konnte, was er meinte, stieß er die Tür zu einem besonders großen Haus auf. »Hier ist unser Essraum. Ich hoffe, ihr kommt mit unserer simplen Küche zurecht. Wir essen keine tierischen Erzeugnisse.«

»Gehört das zu eurer Reinigung?« Kaystros nickte, und sie sagte: »Das macht nichts. Wir sind froh, überhaupt bei euch mitessen zu dürfen.«

Der Duft von frischem Brot schlug ihr entgegen. Sie traten in eine geräumige Halle, die eine Tafel dominierte. Die Orphiker saßen auf einfachen Strohmatten am Tisch und unterhielten sich. Einige hielten inne, als sie Areto erblickten.

»Komm.« Kaystros griff nach ihrem Arm. »Wenn du magst, kannst du neben mir sitzen.«

Sie nahm die Einladung gerne an. Kaum dass sie an der Tafel saß, überhäuften die Männer sie mit Aufmerksamkeit. Sofort bekam sie Wasser gegen ihren Durst sowie Fladen und Oliven gereicht. Obendrauf gab es einen Haufen an Fragen.

»Bist du wirklich eine Amazone?«

»Was ist mit deinem Auge passiert?«

»Hat Artemis dich zu uns geschickt?«

Jemand anderes hätte sich wohl überrumpelt gefühlt, aber Areto musste lachen. Diese jugendliche Neugier, die schon Kaystros gezeigt hatte, erinnerte sie an ihren Sohn Phileas. Zwischen ihren Schlucken und Bissen beantwortete sie alle Fragen. Sie ließ es sich nicht nehmen, ihre Erzählungen auszuschmücken.

Alle hörten fasziniert zu, auch Kaystros war wie gebannt. Seine Ordensbrüder schoben fleißig Teller mit Speisen heran oder lasen Areto andere Wünsche von den Lippen ab. Da spürte sie einen Arm um ihre Schultern.

»Du bist ganz schön beliebt«, grummelte Clete ihr ins Ohr.

Die Männer raunten. Clete gab aber auch einen Furcht einflößenden Anblick ab. Ihre Locken waren völlig zerzaust. Tränensäcke traten unter ihren Augen hervor. Sie sah so hungrig drein, als könne sie eine ganze Wagenladung Essen verschlingen.

Areto griff nach Cletes verbundener Hand. »Schon wach? Wie fühlst du dich?«

»Schlecht, aber lebendig. Darauf kommt es an, oder?« Sie warf einen Seitenblick auf Kaystros. »Kaum ist Orpheus nicht mehr da, belagerst du meine Begleiterin?«

Er wand sich verlegen. Weil ihm nichts Besseres einfiel, langte er nach einem Fladen, reichte ihn ihr und sagte: »Willkommen zurück.«

Sie nahm dankbar das Brot und schlang es in sich hinein. Die Männer sahen ihr mit großen Augen zu, als würden sie eine Löwin beim Fressen erleben, und trauten sich nicht mehr, Fragen zu stellen.

Da trat Orpheus mit schweren Schritten ein. Seine Schüler nahmen eilig Haltung an, indem sie die Rücken durchstreckten. Orpheus ging zum Kopfende der Tafel, und Clete hielt inne. Auch Areto hörte mit dem Essen auf. Erst jetzt bemerkte sie, dass die Männer gar nicht ihre eigenen Teller angerührt hatten. Anscheinend hatten sie auf Orpheus gewartet.

Der Alte setzte sich. »Wir danken euch, Götter.« Er legte die Hände im

Schoß ab. Seine Schüler taten es ihm gleich. »Einmal mehr danken wir euch für die Feldfrüchte, mit denen ihr uns nährt. Wir danken für das klare Wasser, die gute Witterung und eure Fügungen.« Er sah zu Clete und Areto, ein Lächeln auf den Lippen. »Wir danken für den Besuch, den Artemis uns sendet, und wollen uns gut um ihn kümmern.«

Die Orphiker murmelten im Chor: »Wir danken euch. Lasst uns klar sehen, reinen Herzens sein und besser werden. Gebärt uns in neuen Leben, bis wir frei von allem Laster sind und glücklich durch die Ewigkeit wandeln.«

Areto sah auf die andächtig gesenkten Köpfe. Sie glaubte, das Dankesgebet wäre vorbei, doch Orpheus erzählte weiter. »Lasst uns nicht wie Zagreus werden. Macht uns nicht zu dunklen Abbildern unserer selbst. Schützt unsere Seelen.«

Monoton, weil dies wohl zu jedem Essen gesagt wurde, sprachen die Orphiker: »Schützt unsere Seelen.«

Orpheus tat einen Wink, und die Männer stürzten sich auf ihre Teller. Areto, die fasziniert zugehört hatte, fragte sich, was mit dem »dunklen Abbild« gemeint war.

Clete schien Ähnliches durch den Kopf zu gehen. »Zagreus? War das nicht der Name von Dionysos, ehe er als Gott wiedergeboren wurde?«

Areto nickte. »So hieß der Sohn von Zeus und Persephone.«

Es stimmte sie traurig, an das schwere Schicksal der Totengöttin zu denken. Schon vor der Zwangsehe mit Hades hatte Persephone gelitten. Sie entstand, weil Zeus nicht einmal seine Schwester Demeter unberührt lassen konnte. Als er Gefallen an ihrer Tochter Persephone fand, vergewaltigte er auch sie. Ihr Kind war Zagreus, ein guter Junge, obwohl aus Gewalt und ohne Liebe geboren. Er hatte zum Weltenanfang im Kreis der ersten Nymphen gelebt.

»Ja, ich erinnere mich«, sagte Clete und kratzte sich an der Wange. »Aber nicht mehr an die ganze Geschichte. Ich glaube, dass Hera vorkam? Sie hasste Zagreus, wie alle unehelichen Kinder von Zeus, sodass sie ihn von Titanen töten ließ. War es nicht so? Und Zagreus hatte kein Herz oder dergleichen.« Sie verzog das Gesicht. »Ich weiß noch, wie ich mir als Kind die Ohren zuhielt, wann immer die Geschichte erzählt wurde. Sie hat mir Angst gemacht.«

Areto musste über die Vorstellung einer kleinen, noch nicht löwenartigen Clete lächeln.

Kaystros hob die Stimme. »Du verwechselst ein paar Dinge. Zagreus besaß noch ein Herz. Oder wird es bei den Amazonen anders erzählt?« Clete schaute unschlüssig.

Ganz im Gegensatz zu Areto, die sich als Schreiberin damit auseinandergesetzt hatte. »Du hast schon recht, Kaystros. Die Titanen rissen Zagreus in Stücke. Nur sein Herz blieb übrig und wurde von Athene gerettet. Zeus gab es seiner Geliebten Semele zu essen, auf dass sie seinen Sohn ein zweites Mal empfing. Aber es glückte nicht. Hera brachte auch Semele durch eine List um.«

»Oh, dann ähneln sich unsere Erzählungen doch.«

Areto erwiderte den ratlosen Blick von Clete. »Ja, aber sie ist nicht allzu bekannt unter den Amazonen. Dionysos gehört nicht zu den Göttern, die wir verehren. Wir erzählen es so, dass Zeus das ungeborene Kind aus dem Leib der toten Semele nahm. Er nähte es in seinem Schenkel ein, und drei Monate später kam der Gott Dionysos daraus.«

»So ist es auch bei uns Orphikern überliefert. Zagreus lebte wieder, doch war nicht mehr er selbst. Ihm fehlte das Herz, das Semele gegessen hatte. So ward er jemand Neues, der Gott des Wahns. Er lebte nicht mehr friedlich mit den Nymphen, sondern jagte sie mit irren Höflingen.« Er schüttelte sich. »Wir fürchten ihn. Seine Mänaden haben auch den Ersten Orpheus zerrissen. Er verachtet uns Orphiker, weil wir nicht an die dunkle Wiederkehr seines Hofs glauben.«

Clete, die müde gelauscht hatte, stützte sich auf den Tisch. »Ich glaube, ich lasse euch Geschichtenbegeisterte alleine. Mein Kopf verträgt noch nicht so viel auf einmal.« Sie sah Areto an. »Mach den Jungen keine falschen Hoffnungen, hörst du?«

Sie brauchte einen Moment, um Cletes Andeutung zu begreifen. »Was?«, empörte sie sich. »Ich glaube nicht, dass mich hier jemand so sieht.«

Kaystros bemerkte trocken: »Schon gar nicht ich.«

Areto haspelte eine Entschuldigung, während Clete amüsiert lächelte und sagte: »Stimmt, du nicht. Oder doch? Du klebst zumindest mit dem Interesse eines unberührten Jünglings an ihr. Ich kann dir keinen Vorwurf machen.«

Er fasste sich erschrocken an die Ohren, die eine verdächtig rote Färbung annahmen.

»Clete!«, rief Areto. »Wie kannst du ihn so ärgern. Außerdem bekommst du doch viel mehr Blicke ab.«

»Die erhalte ich wegen meiner Rauheit, nicht, weil ich mit deiner Zungenfertigkeit und der reifen Form deines Körpers mithalte. Aber mir war klar, dass du nicht merkst, wie sie dir schöne Augen machen.«

Areto schoss das Blut ins Gesicht. Ihr wurde heiß, als Clete sich vorbeugte. Sie spürte eine Hand an ihrem Kinn, wie es angehoben wurde, Lippen auf ihren. Clete schmeckte salzig von den Oliven. Es war ein kurzer, aber umso tieferer Kuss. Areto entwich fast ein Seufzen ... Da war es vorbei.

Clete löste sich von ihr und sagte: »Du kommst jetzt in mein Bett.« Damit meinte sie nicht Areto, sondern den Brotlaib, den sie vom Tisch klaubte und unter ihren Arm klemmte. Proviant für den nächtlichen Notfall. Vielleicht hatte sie es mit Absicht zweideutig formuliert.

Areto sah sprachlos zu, wie Clete hinausging. Sie war nicht die Einzige. So mancher Orphiker reckte den Hals, während Kaystros verlegen an seinen Ohren zupfte.

Sie spürte ein warmes Gefühl in ihrer Brust, ein seltsames Glück, weil Clete sie so schamlos geküsst hatte. Als wären sie ein Paar zu Besuch bei Freunden. Die Erleichterung, dass sie die Unterwelt überstanden hatten und Clete nichts passiert war, traf sie nun umso mehr. Sie war nie froher gewesen, am Leben zu sein.

\*\*\*

Bis zuletzt saß sie an der Tafel und genoss die ausgelassene Stimmung. Erst als Kaystros mit den anderen abräumte, begab sie sich hinaus. Sie blieb vor dem Essraum stehen und atmete tief die Luft ein. Der Sprühregen, ein früher Künder des Herbstes, fühlte sich reinigend an. Wie lang es doch her war, seit sie Themiskyra verlassen hatte.

Während sie in den dunstigen Abendhimmel sah, erklangen ein Husten und Schritte hinter ihr. »Es wird Regen geben. Ich hoffe, er behindert nicht eure Reise.«

Sie sah Orpheus entgegen, der mit langlebiger Behäbigkeit zu ihr schlurfte. »Vielleicht haben wir Glück. Die Göttinnen scheinen es gut mit uns zu meinen. Sonst wären wir nicht bei euch gelandet.«

»Es freut mich, wenn ihr euch aufgehoben fühlt. Anderen die Hand

zu reichen, ist für uns der größte Segen.« Er hielt ihr seinen Arm hin.
»Magst du ein Stück mit diesen alten Knochen spazieren gehen, Amazone?«

Sie nahm lächelnd seinen Arm. Seite an Seite gingen sie durchs Dorf. Es war seltsam magisch. Die einfachen, von Wildpflanzen umwucherten Häuser glühten durch die letzten Sonnenstrahlen, die sich auf den regenbenetzten Flächen spiegelten.

»Haben sich meine Schüler während des Abendessens benommen?«, fragte Orpheus.

»Ach, mich hat ihr Verhalten nicht gestört. Sie sind eben neugierig. Die vertraute Ansprache war ungewohnt, aber Kaystros hat mir erklärt, dass das bei euch üblich ist. Keine Ränge. Unter Orphikern sind alle gleich.«

Er nickte. »Ich habe gesehen, dass er viel mit dir gesprochen hat. War es in Ordnung? Oder war Kaystros zu aufdringlich?«

Er sprach mit mehr als väterlicher Sorge. Da war ein dunkler Unterton, der Areto überraschte.

»Wir haben uns gut unterhalten«, antwortete sie. »Er ist ein netter Junge. Ich habe ihn überhaupt nicht als aufdringlich empfunden. Eher als schüchtern.«

Orpheus schüttelte den Kopf. »Das liegt daran, dass du ihn nicht kennst. Kaystros spricht sonst kaum. So aufgeregt habe ich ihn noch nie gesehen. Ich hatte schon Angst, dass er vor Erregung zusammenbricht.«

Areto sah ihn ungläubig an. Sprachen sie hier über dieselbe Person?

Orpheus seufzte. »Er war schon immer mein Sorgenkind, seit ich ihn ausgesetzt am Ufer des Kaystros gefunden habe. Dort lag er im Schlamm, ein Säugling, so gut wie verhungert. Es war ein Wunder, dass ich ihn entdeckte, ehe es ein Raubtier tat. Seine Augen waren zerstochen und ausgebrannt.«

Areto stockte der Atem. Die Bilder, die Orpheus mit seinen Worten beschwor, waren einfach zu grausam.

»Das alles habe ich Kaystros nicht verschwiegen. Deshalb ist er aufgeregt, wann immer Leute aus anderen Landen kommen. Er ist zerrissen, als ziehe es ihn woandershin. Seine seltsamen Anfälle nicht zu vergessen.«

»Anfälle, sagst du?«

»Ja. Mehrmals hat er andere, aber auch sich selbst verletzt. Er hat in manchen Nächten schwere Schüttelkrämpfe. Die Musik der Reinigungsrituale kann ihn beruhigen, doch nicht heilen. Auch nach all den Jahren fühlt er sich fremd bei uns.«

Areto verstand auf einmal, was sie so an Kaystros irritiert hatte. Einsamkeit. Sie hing wie ein grauer Mantel von ihm, ganz gleich, ob und wie viel er redete.

»Warum erzählst du mir das, Orpheus?«

Er zögerte. »Ich fürchte schon länger, dass ihm meine Liebe als Ordensvater nicht reicht. Vielleicht liegt sein Frieden irgendwo in weiter Ferne. Drum wollte ich fragen: Wäre es möglich, dass ihr ihn mit euch nehmt?«

## XXIII. DER HOF DES GELÄCHTERS

### Penthesilea

In der Nacht nach dem Fest schlief Penthesilea kaum. So viel sie auch mit Melanippe und ihren Kriegerinnen gelacht hatte, sie konnte Eros' Worte nicht vergessen, über Liebe, die sie umbrachte. Ruhelos ging sie durch ihr Zelt, die Hände hinter dem Rücken verschränkt. Dann bemerkte sie auf einmal, dass die Fuchsmaske nicht mehr da war.

»Was zum ...?«

Sie starrte auf den Sockel, wo die Maske hätte liegen müssen. Hatte Eros sie mitgenommen, ohne dass sie es bemerkt hatte? Ehe sie sich weiter Gedanken darüber machen konnte, rief eine Wache: »Meine Königin.« Es klang drängend. »Ihr müsst zu den Gefangenen. Schnell!«

Die Hunde, die am Eingang schliefen, stellten die Ohren auf. Brecher grollte. Penthesilea trat alarmiert aus dem Zelt. Die Wachfrau, die gerufen hatte, wartete draußen. Sie atmete heftig, ihre Augen waren aufgerissen.

»Ist etwas vorgefallen?«

Die Frau redete abgehackt. »Ich ... ich weiß es nicht. Es ist schwer zu erklären. Dionysos spricht mit uns. Er – «

Mehr als diesen Namen musste sie nicht hören. Sie eilte zu den Gefangenen. Schon bevor sie ankam, hörte sie Schreie. Es waren die wahnsinnig gewordenen Späherinnen. Sie zuckten in den Holzkäfigen, als wollten sie tanzen. Königin Myrina war bereits vor Ort und ging mit kritischem Blick umher. Auch die beiden Strateges waren anwesend und beäugten die Szene.

»Da bist du endlich, Penthesilea.«

Sie erstarrte, denn die Begrüßung kam nicht von den dreien. Es war eine tiefe Stimme. Ihr Blick fiel auf Polydora. Im Gegensatz zu den anderen Gefangenen saß die Mänade ruhig da. Sie trug die verloren geglaubte Fuchsmaske. Es gab keine Erklärung dafür, wie sie auf Polydoras Gesicht gekommen war. Während sie sprach, bewegte sich das Holz mit, verzog die künstlichen Lippen.

»Ich muss mich entschuldigen«, sagte Dionysos. Nur er konnte es sein. Wer sollte sonst mit der Maske und durch Polydora sprechen? »Ich hätte euch Amazonen nicht missachten sollen. Euer Kampf gegen Pan und euer größer gewordenes Heer haben mir die Augen geöffnet.«

Sie sah zu ihrer Stratega. Antandre erwiderte den misstrauischen Blick. Ein Gott, der sich entschuldigte? Auch noch Dionysos? Eher fielen die Sterne vom Himmel. Es gab einen Grund, warum er so schmeichelnd freundlich mit ihnen sprach.

»Was wollt Ihr?«, fragte Penthesilea.

»Oh, wie feindlich. Es bricht mir das Herz.« Er lachte. »Dabei will ich euch Frieden anbieten. Kommt an meinen Hof. Polydora wird euch zu mir führen. Es soll kein Blut mehr zwischen Höflingen und Amazonen fließen.«

Myrina schnaubte ungläubig. »Ihr wollt uns an Eurem Hof? Warum sollten wir diese Einladung annehmen?«

Die Fuchsmaske verzog sich zu einem Grinsen. »Das sagte ich doch: für den Frieden.«

Plötzlich kreischten die Späherinnen. Sie verrenkten sich in schier unmögliche Positionen. Speichel rann über ihre Kinne. Ihr Stöhnen war grauenvoll, klang lust- wie schmerzerfüllt.

»Nicht auszudenken«, sagte Dionysos, »wenn noch mehr von euren Kriegerinnen den Verstand verlören. Jemand hat sich an euren Wachen vorbeigeschlichen. Es könnte wieder geschehen. Und wie viel Kontrolle habt ihr über ein Lager, in dem Masken unbemerkt verschwinden und wiederauftauchen? Was, wenn das Gleiche mit Menschen passiert?«

Düsteres Schweigen breitete sich aus. Dionysos suhlte sich mit hölzernem Grinsen darin.

»Wir werden über Eure ...« Penthesilea verschluckte sich fast an dem Wort.»... Einladung nachdenken.«

Er wackelte mit Polydoras Kopf. »Überlegt nicht zu lange. Ich erwarte euch in bester Kleidung. Und nur Frauen, lasst eure Männer und etwaige andere Geschlechter zurück. Ach ja, die Tochter von dieser hier ist über alle Maßen erwünscht, wenn ihr versteht, was ich meine.«

Polydoras Augen leuchteten rot. Dann zerbrach die Maske in Stücke. Sowie das Holz von ihrem Gesicht fiel, hörten die Späherinnen zu schreien auf. Sie lagen ermattet in den Käfigen.

Myrina sagte in die Stille: »Das ist eine Falle. Ich werde meine Kriegerinnen bestimmt nicht an diesen Hof führen.«

Penthesilea suchte den Blick der Sonnenkönigin. »Das müsst Ihr auch nicht. Ich fände es sogar gut, wenn Ihr mit Priene beim Heer bleibt. Wir können dem *Frieden* von Dionysos nicht trauen. Sollten seine Höflinge angreifen, muss jemand die Amazonen anführen.«

Priene ergriff als Stratega des Sonnenstamms sogleich das Wort. »Mächtige Hydra. Wollt Ihr etwa Dionysos zu diesem Hof folgen?«

»Und ob ich das will.«

Antandre trat vor. »Hoheit, das ist zu gefährlich. Bitte überdenkt das.«

Sie sah ihre Stratega entschlossen an. »Zweifellos lauern Gefahren auf uns. Aber wir werden sie bezwingen, denn du wirst mich begleiten, Antandre.« Sie ballte die Hand zur Faust. »Ich habe dieses Spielchen satt. Er spricht von Frieden und legt uns gleichzeitig den Dolch an die Kehle. Ich will ihm denselben Frieden geben, den wir schon Pan gegeben haben: den der Besiegten. Wir werden Dionysos das Grinsen aus dem Gesicht schlagen.«

\*\*\*

Das Heer zog weiter, während Penthesilea nachsann, wie sie Dionysos bekämpfen wollte. Ihr blieb nicht viel Zeit zum Überlegen. Der Hof rückte in greifbare Nähe, als sie das Troas-Gebiet erreichten.

Die Wälder wurden dichter, bis sie an den Ausläufern des Ida-Gebirges hinaufwuchsen. Schneebedeckte Gipfel blickten auf ein Tal, durch das der Skamandros floss. Hier mussten sie durch, zum Fluss und am

Ufer entlang, bis zu der Meerenge der Dardanellen, wo Troja lag. Der Eingang zum Tal war jedoch besetzt. Überall schlugen Flammen zum Himmel. Unzählige Gestalten sprangen um die Feuer. Es schien weniger ein Heerlager als ein Nest aus Wahnsinn zu sein.

»Ich gehe mit euch«, sagte Melanippe, als sie gemeinsam auf das Tal hinabschauten. Sie hatten das Heer anhalten lassen und sich an die Spitze begeben, um die weiteren Schritte zu besprechen. »Ich kann nicht zurückbleiben, wenn du gegen so einen mächtigen Gegner kämpfst. Nicht noch einmal.«

»Bist du dir sicher?«, fragte Penthesilea. »Wenn es zum Kampf kommt, wirst du dich nicht wehren können.«

»Doch. Erinnerst du dich an die Essenz, die ich aufbewahren sollte? Jenes Gift, das den Drakon quälte? Vielleicht ist die Zeit gekommen, es zu benutzen.«

Das könnte eine große Hilfe sein, falls Dionysos sich gegen sie wandte. Doch da war auch Angst, die Penthesileas Herz umklammerte. Was, wenn ihrer Schwester etwas geschah?

»Ich weiß, was du fürchtest.« Melanippe beugte sich vor und hauchte ihr einen Kuss auf die Wange. »Auch ich habe Angst, dich zu verlieren. Und deshalb muss ich mit dir gehen. Wir leben oder sterben gemeinsam.«

Sie wusste, Melanippe würde nicht von ihrem Entschluss abzubringen sein. »In Ordnung. Dann hilf mir beim Zusammenstellen unserer Truppe.«

Ihre Begleiterinnen waren schnell ausgesucht, eine Handvoll Frauen, die sich auf den Körperkampf verstanden. Sie hatte im Gefühl, dass Dionysos ihnen, sobald sie an seinem Hof ankämen, die Waffen abnehmen könnte. Ihre Truppe wurde von Bremusa und Lacomache angeführt. Beide hatten sich gut im Ring geschlagen, wie Penthesilea noch wusste. Bremusa grinste furchtlos, während Lacomache ihre breiten Schultern straffte.

Antianeira dagegen wirkte nicht erfreut. Stumm nickend nahm sie zur Kenntnis, dass Dionysos nach ihr verlangte. Sie war als Erste zum Aufbruch bereit. Ihre Schminke sah wie bunte Kriegsbemalung aus. Sie hatte die Farben und Schmucksteine in ihrem Gesicht so angeordnet, dass das fehlende Auge betont wurde. Der Kopf einer Dämonin auf einem in Seide gehüllten Leib.

Die Amazonen legten Gewandung wie für ein Fest an. Ein paar trugen Krüge mit bestem Honigwein aus ihrer Heimat. Aber der erste Eindruck täuschte. Sie verbargen Lederrüstungen unter den bunten Stoffen. Ihre Arm- und Fußreifen waren stachelbewehrt. Einige steckten ihr Haar mit messerscharfen Nadeln hoch. Ein hübscher, vermeintlich ungefährlicher Gegenstand konnte eine Waffe werden. Selbst ohne hätten sie noch ihre Fäuste.

Als Penthesilea ihre Truppe überblickte, musste sie lächeln. »Ich denke, ihr seid nicht Frauen nach Dionysos' Geschmack. Gut so. Soll er schön an eurer Bitterkeit ersticken.«

Die Kriegerinnen lachten rau. Sogar das zerknitterte Gesicht von Antianeira erhellte sich. Penthesilea warf einen Blick zurück, zu dem restlichen Heer, das ebenfalls schon aufgestellt war und Befehle erwartete. An der Spitze saß Myrina auf ihrem Pferd. Ihr gehörnter Goldhelm glänzte im Sonnenlicht. Myrina würde die Stellung halten, bis Penthesilea zurückkäme. Vor allem würde sie den Kampf gegen die Höflinge aufnehmen, sollte es zu ihm kommen.

Penthesilea fasste Antandre und Melanippe ins Auge. Auch die beiden waren herausgeputzt, wobei die dunklen Farben ihrer Gewänder kämpferisch anmuteten. Die Stratega hielt das Seil, mit dem Polydora gefesselt war. Wie ein Hund schnupperte die Mänade. Melanippe unterhielt sich mit Phileas, der gekommen war, um ihnen eine Vorhersage zu machen.

»Ich sah einen Fisch sterben«, sagte er. »Ein Adler hat ihn aus dem Skamandros bis vor meine Füße getragen. Der Fisch sah fleckig krank aus. Sein Tod war qualvoll, wie er sich zu meinen Füßen wand.«

Melanippe musterte ihren Schüler nachdenklich. »Uns erwarten also Tod und Qual. Nicht überraschend. Es bleibt die Frage, ob Amazonen oder Höflinge leiden werden.«

»Das kann ich nicht sehen. Trotzdem bin ich frohen Mutes. Ich spüre, die Göttinnen sind mit uns.«

Penthesilea nickte ihm zu. »Danke für deine Einschätzung. Sei auch weiterhin unsere Augen.« Sie hob befehlerisch die Hand. »Wir brechen auf.«

Antandre ließ das Seil locker, und Polydora stolperte vor. Die Mänade kroch eher, als dass sie ging. In ihren Augen glänzte die Vorfreude, zu ihresgleichen zurückzukehren. Sie gingen zu Fuß, wissend, dass Pferde ihren kleinen Trupp behindern würden, sollten sie erneut gegen Höflinge kämpfen. Nur eine große Reitmacht war stark. Penthesilea sah, wie ein Falke über sie hinwegflog. Phileas würde mit dem Blick des Vogels alles beobachten, was am Hof geschah.

Sie atmete durch. Alles würde gut gehen. Myrina und Priene waren die beste Führung, die das Heer haben konnte. Und Penthesilea brauchte nur ihre Molossoi heranzupfeifen, um selbst Unterstützung zu bekommen. Phileas' Falkenblick würde nicht entgehen, wenn die Truppe Verstärkung brauchte.

Sie gingen ins Tal hinab. Es war nicht weit bis zum Lager der Höflinge. Sie hatten Unterkünfte gebaut, aber Zelte ließen sie sich nicht nennen. Dafür flatterten die Stoffe zu wahllos von den Holzstöcken. Der Gestank von Wein, Pisse und Exkrementen hing in der rauchgeschwängerten Luft.

Die meisten Amazonen ertrugen es, mit Ausnahme von Bremusa, die die Nase rümpfte. »Meine Güte«, grummelte sie. »Das riecht schlimmer als aus dem Maul meines Großvaters.«

Menschen-, Ziegen- und Pferdeaugen begafften sie. Mehrere Silene richteten sich auf. Mänaden und Satyrn kamen heran. Melanippe hatte sichtlich Mühe, ruhig zu bleiben, als die Höflinge sich in ihrer dreckigen Abgerissenheit näherten. Sie atmete schwerer, als müsse sie sich gleich übergeben. Einem herankriechenden Satyr, der Melanippe zu nahe kam, trat Penthesilea beiläufig ins Gesicht. Er wich grunzend zurück. Die Höflinge schauten und lachten.

Penthesilea war froh, Polydoras Führung zu haben. Die Mänade brachte sie geschwind durchs Lager, und die Höflinge machten ihr gerne Platz. Schließlich gelangten sie bei einem großen Gebäude an. Es war ein palastartiges Ding aus Holz und Fell, ohne erkennbare Ordnung. Zwei gepanzerte Silene standen am Eingangsloch. Sowie die Pferdemänner ihre Truppe erblickten, wuchteten sie ihre massigen Körper zur Seite. Einer begrüßte Polydora mit einem Brummen. Er wies mit der Klaue ins Innere des Konstrukts.

Ein letztes Mal schaute Penthesilea über ihre Truppe hinweg. Sie sah die Frauen mutmachend an. Dann trat sie ein. Dicke Luft, die den Gestank noch schlimmer machte, schlug ihr entgegen. Sie hörte Melanippe keuchen. Einige Kriegerinnen murmelten Gebete. Die Szene, die sich vor ihnen auftat, war grässlicher als all ihre Vorstellungen. Ein Stück Tartaros auf Erden.

Die Wände aus Fellen und Stöcken formten eine Halle. In der Mitte brannte ein riesiges Feuer, das von Höflingen umtanzt wurde. Sie waren nackt, trugen nur tierische Masken und Kronen aus Efeu. Ekstatisch spielten sie Flöten. Einige warfen sich wild tanzend in die Flammen, um unter dem Gegröle der anderen zu verbrennen. Ihre Schreie waren kaum bei der dröhnenden Musik zu hören.

Ähnlich grausig ging es an den Tafeln zu, die um das Feuer standen. Die Höflinge tanzten, aßen, trieben es auf den Tischen oder alles auf einmal. Zwischen Wannen, die vom Wein überliefen, lagen Leichen. Einige fraßen und kopulierten so hemmungslos, sie bemerkten nicht, dass sie ihre Zähne und Geschlechtsteile auch im Fleisch der Toten versenkten. Am Ende war es ihnen gleich.

Mehrere Käfige hingen an Haken von der Decke. Penthesilea erkannte erst auf den zweiten Blick, was darin eingesperrt war. Drei Sirenen kauerten hinter den Holzstäben. Sie waren grau vor Schmutz, ihre Flügel zerfleddert und die Körper abgemagert, als würden sie seit Wochen verwahrlosen. Ein Silen stach mit einem Spieß nach einer von ihnen, und sie schrie. Penthesilea fuhr von dem schrillen Laut zusammen. Es war eine Stimme, die Menschen in den Wahn treiben konnte. So viele Seefahrende waren ertrunken, weil sie dem Gesang von Sirenen folgen mussten.

Die Höflinge lachten, als würden sie den Schmerz begrüßen. Da erkannte Penthesilea, dass dem tatsächlich so war. Sie verletzten sich selbst, ob mit Krallen oder Sirenengesang, und ließen sich davon berauschen.

»Willkommen an meinem Hof des Gelächters«, ertönte die Stimme von Dionysos. »Keine falsche Scheu. Kommt und setzt euch zu uns, Amazonen.«

Sie sah zum Ende der Halle. Der Gott des Wahns musste sich gar nicht erst vorstellen. Zwar besaß er mehr Beinamen als alle Olympioi zusammen und entsprechend viele Formen, aber er war zweifelsfrei zu erkennen, so, wie er alle in seiner Macht überragte.

Er saß breitbeinig auf einem Thron aus Efeu und Weinranken, den Kopf in die Hand gestützt. Ein feuerroter Bart umrahmte sein Gesicht. Von der gleichen Farbe war sein Haar. Der stramme Leib war so gut wie nackt, die braune Haut nur von einem Panther- und Tigerfell bedeckt. In der rechten Hand hielt er seinen Thyrsos-Stab, von dem dickflüssiger Honig tropfte. Ein Gegenstand, der Rausch wecken, Tote aufstehen lassen oder Schädel einschlagen konnte, je nachdem, wonach ihm war. Es war sein Lieblingsspielzeug als *Eleutherios*, der Enthemmende. Vor dem Thron zu seinen Füßen lagen mehrere Kinder. Die Knaben und Mädchen dämmerten dahin, so gut wie nichts am Körper. Sie waren schockierend jung, leicht zu gebrauchen und zu kontrollieren.

»Polydora.« Dionysos räkelte sich lächelnd auf seinem Thron. »Wir haben dich vermisst. Danke, dass du mir die Amazonen gebracht hast.«

Die Mänade ging zu ihm. Zunächst konnte Penthesilea es nicht glauben, doch ja, Polydora sabberte bei seinem Anblick. Sie kroch so sklavisch auf ihn zu, als wolle sie in seinen Schoß klettern und sich an Ort und Stelle von ihm nehmen lassen. Es war erbärmlich.

Antianeira wandte den Blick ab. Sie konnte ihre Mutter nicht so sehen. Polydora atmete heftig, als sie bei Dionysos ankam. Sie kniete zwischen seinen Beinen, sah zu ihm auf, als wäre er das Anbetungswürdigste auf der Welt.

»Kommt«, sagte Dionysos und wies mit dem Stab auf eine Tafel beim Thron. »Wir haben Platz für euch hergerichtet.« Er streichelte Polydora mit der freien Hand übers Gesicht, sie leckte wie eine Hündin an seinen Fingern. »Allerdings solltet ihr zuvor eure Waffen abgeben. Schwer beladen sitzt es sich nicht gemütlich.«

Penthesilea hatte also richtig vermutet. Sogleich trat der Silen mit dem Spieß vor und deutete auffordernd zu Boden. Lacomache ging ihm entgegen, das Kinn warnend gereckt. Sie hielt sich jedoch zurück, als Penthesilea beschwichtigend die Hand hob. Dies war eindeutig keine freie Entscheidung der Amazonen.

Penthesilea warf als Erste ihren Speer zu Boden. Die Frauen taten es ihr unwillig nach. Anschließend bedeutete sie ihnen mit einem Nicken, zur Tafel zu gehen.

Die Spannung war fast mit Händen zu greifen. Alle Blicke folgten den Amazonen, die zur Tafel strebten. Plötzlich quälte der Silen wieder die Sirenen. Ihr Geschrei zerfetzte fast Penthesileas Ohren. Sie behielt die wachsende Hitze in ihr unter Kontrolle. Keine Blutgier, zumindest noch nicht. Die Lippen aufeinandergepresst, setzte sie sich mit den anderen.

Antandre nahm den Platz links von ihr ein, Melanippe ließ sich auf den rechten nieder. Die Stratega bemaß den Raum mit Blicken. Mögliche Gefahren, wo sich am besten kämpfen ließ, sie sah alles. Penthesilea schaute zur Zeltspitze, wo ein Abzugsloch für den Rauch klaffte. Ein Falke – Phileas – flog am Himmel.

»Ganz schön schweigsam, werter Besuch«, sagte Dionysos. Die Höflinge lachten, als hätte er einen Witz gemacht. »Ich habe gehofft, ihr würdet etwas ansehnliche Begleitung oder diese Hure mitbringen, um die ihr Pan betrogen habt. Nun gut, nur halbbrüstige Kriegerinnen. Wenn ihr aber auch alle Eloquenz zurückgelassen habt, wird es eine langweilige Feier.«

Penthesilea ließ zu, dass Bremusa provozierend die Füße auf den Tisch legte. »Dafür hättet Ihr in unser Lager kommen müssen.«

»Ah, die Königin kann doch sprechen.« Polydora ging winselnd dazu über, einen seiner Finger in ihren Mund zu saugen, und er zog die Hand zurück. »Ruhig, meine Mänade. Ich weiß. Du wirst mich gleich wieder spüren.«

Er hob die Hand. Seine Augen glühten feuerrot auf, und dann löste sich sein Gesicht. Brauen, Lippen, Bart, er konnte alles wie eine Maske abnehmen. Nur eine leere Fläche blieb zurück. Er setzte sein Gesicht auf das von Polydora. Sie seufzte, als sie sich unter seiner Berührung veränderte. Rotes Fell spross auf ihrer Haut. Ihre Arme und Beine wurden zu Läufen. Ein Schwanz wuchs aus dem Unterrücken.

Penthesilea wurde von einem roten Gleißen geblendet. Als sich ihre Sicht wiederherstellte, sah sie, dass das leere Gesicht eine neue Form angenommen hatte. Es war zu dem eines Jünglings geworden. Seine Lider flatterten, bevor er zu den Kindern vor dem Thron fiel. Das Panther- und das Tigerfell schlackerten an ihm. Jetzt, da er nicht mehr von Dionysos beherrscht wurde, war er kraftlos.

Derweil hatte Polydora sich in eine andere Gestalt verwandelt. Ein prächtiger Fuchs war an ihre Stelle getreten. Ihre Augenkette hing ihm um den Hals. Der Schwanz war mit dem Thyrsos-Stab verwoben, als wären sie zusammengewachsen.

»Verzeiht, dass Pan nicht mit uns ist.« Der Fuchs sprach mit Dionysos' Stimme und hölzern bewegten Lippen. »Ihr habt ihn gehörig verschreckt bei eurer letzten Begegnung. Ihn seinen eigenen Phallos fressen zu lassen ... Diese Idee hätte von uns stammen können.«

Die Höflinge verfielen in keckerndes Gelächter. Derweil ging Dionysos mit eleganten Fuchsschritten umher. Wenn sein Stab einen Tropfen Honig verlor, war umgehend ein Höfling da, um ihn gierig vom Boden zu lecken. Der goldene Saft schien die Gemüter noch mehr zu erhitzen. Gewandt sprang Dionysos auf die Tafel, an der die Amazonen saßen. Die Sirenen schrien wieder auf.

Bremusa presste die Hände auf ihre Ohren. »Diese armen Dinger«, raunte sie. Es verhärmte sie wohl, dass die Höflinge keinen Respekt für diese sonst so freien Wesen hatten. Frauen, die sie benutzen konnten, mehr sahen sie nicht.

Der Fuchsschwanz strich über einige Kelche auf der Tafel und ließ Honig in sie tropfen. »Trinkt mit uns. Dann werdet ihr hören, wie süß unsere Vöglein singen.«

»Danke«, lehnte Penthesilea ab. »Wir haben unseren eigenen Wein mitgebracht. Ein Geschenk aus unserer Heimat.«

»Oh, Wein haben wir nun wirklich nicht genug.« Es gab erneut Gelächter. »Aber ich liebe Geschenke. Und man lehnt die Gabe seines Besuchs nicht ab. Ich hoffe doch, mir wird nicht jene Ehre zuteil, weil ihr fürchtet, dass mein Wein euch vergiften könne?«

Sie lenkte von seinem richtigen Einwand ab. »Ein anderer Gastgeber würde sich sorgen, selbst vergiftet werden zu können.«

»Ich bin der Gott des Weins. Alles Gift wird zu kostbarem Trunk unter meiner Berührung.« Er schwang seinen Stab mit dem Fuchsschwanz. »Nun bringt euer Geschenk.«

Melanippe erhob sich steif. Sie nahm einer Amazone einen Weinkrug ab. Dionysos riss die Fuchsaugen auf, als würde er sie erstmals wahrnehmen.

»Du bist keine Kriegerin.«

»Nein.« Ein Satyr trat eine Wanne vom Tisch, dass überall Wein verspritzte, und zog sie zu Melanippe. Die goss den Inhalt ihres Krugs hinein. »Ich bin die Hohepriesterin Melanippe.«

Kaum dass der letzte Tropfen ausgeschenkt war, stürzten die Höflinge sich auf die Wanne. Derweil schütteten die Amazonen ihre Kelche aus, um sich ihren eigenen Wein aus den weiteren mitgebrachten Krügen einzugießen.

»Oh.« Er musterte Melanippe von Kopf bis Fuß. »Ein Günstling von Apollon. Du warst jenes Kind, das Herakles entführt hat, nicht wahr?«

Er war nicht respektlos wie Pan, zumindest nicht offen. Die Art, wie er Melanippe musterte, war jedoch eindeutig. Statt »Günstling« hätte er auch »Dirne« sagen können. Penthesilea sah ihm an, dass er ausrechnete, wie alt Melanippe gewesen sein musste. Er fragte sich, was Herakles ihr angetan hatte, ob sie ihm für einiges zu jung gewesen war oder nicht.

Einen Moment lang ruhte sein Blick auf Melanippes verschlissenen Händen. Er sah eindeutig den Schmerz, den sie seit damals mit sich herumtrug, und ein lüsterner Glanz trat in seine Fuchsaugen.

Penthesilea hielt sich mit Mühe davon ab, ihm an die Gurgel zu gehen. Er betrachtete Melanippe auf dieselbe Art wie die Kinder, die vor seinem Thron lagen. Sie verdrängte den Lärm im Hintergrund, das laute Stöhnen und Schmatzen von Fleisch an Fleisch. Es würde bald enden, sehr bald.

Melanippe nickte nur gefasst. Nie hatte Penthesilea sie mehr für ihre Haltung bewundert.

Dionysos erkannte, dass sie ihn nicht amüsieren würde, und wandte sich gelangweilt ab. Er schwenkte den Stab und rief: »Auf die neue Freundschaft!«

Penthesilea trank von ihrem Wein. Kaum benetzte der Tropfen ihre Zunge, spürte sie Dionysos' Macht wirken. Allein seine Nähe bewirkte, dass sie sich trunken fühlte. Verflucht, den eigenen Wein mitzubringen, hatte nichts genützt. Der Gesang der Sirenen erregte sie nicht mehr auf schmerzhafte, sondern sinnliche Weise.

»Neue Freundschaft?«, fragte sie skeptisch.

»Tu nicht so, als hättet du es vergessen, Königin. In grauer Vorzeit stritten deine Ahninnen und ich für dieselbe Sache.« Er streifte sie im Vorbeigehen mit der Schwanzspitze. »Wir haben gegen Kronos und die Titanen gekämpft. Es war ein Blutbad. Wir können diese glorreichen Tage wieder erleben.«

Natürlich kannte Penthesilea diese Geschichte. Jede Amazone kannte sie. Aber sie wurde in ihrem Volk nicht als Legende, sondern als Warnung erzählt.

Sie entgegnete: »Damals wart Ihr anders. Es war noch ein Teil von dem Jungen in Euch, der Zagreus hieß. Aber Ihr habt ihn ertränkt, im Blut der Titanen. Die Skythinnen stritten mit Euch, weil Ihr die grausame Herrschaft von Kronos beenden wolltet. Aber seid Ihr nun nicht schlimmer als jeder Titan? Die Nymphen waren Eure Familie. Kinder des Frühlings, den Persephone brachte, wie Ihr. Jetzt jagt Ihr sie, wie Ihr auch anfingt, unsere Ahninnen zu jagen, und quält Sirenen, für was?«

Der Gott zeigte sich keineswegs erschüttert. Wie denn, er besaß kein Herz mehr. Er musste sich endlos stimulieren, weil ihm nichts anderes übrig blieb.

»Zagreus war ein dummer Bengel«, sagte er und setzte sich auf die Hinterläufe. »Ein von Frauen verweichlichtes Ding, das Titanen nichts entgegenzusetzen hatte.« Er schüttelte den Kopf. »Aber das ist Vergangenheit. Lasst uns über die Zukunft reden.«

Er beugte sich zu einem Höfling, der auf die Tafel klettern wollte. Es war ein Satyr, der eine rote Bullenmaske trug. Als die Fuchsschnauze das Holz berührte, sprang Dionysos in den anderen Körper. Ein roter Blitz, und er stand auf Ziegenbeinen, viel größer, als der Satyr gewesen war. Die Bullenmaske schien mit seinem Gesicht verwachsen. Aus seiner Stirn ragten Hörner. Polydora verwandelte sich in eine Frau zurück. Wieder ihr abgerissenes Selbst, saß sie auf dem Tisch und beobachtete das Geschehen.

»Wir alle würden von einem Bündnis profitieren.« Dionysos ging klappernden Schrittes die Tafel entlang. »Keine Angst, ich bin nicht Pan. Ich erwarte nichts Törichtes, wie dass ihr euch als Mänaden unterwerft.« Sein Blick glühte durch die Maske, suchte den von Penthesilea. »Ich will vereint sein in Wahn und Blutgier. Werde meine Frau, Königin der Amazonen.«

Ein Raunen ging durch den gesamten Hof. Penthesilea glaubte kurz, sich verhört zu haben. Aber der entsetzte Blick, den Melanippe ihr zuwarf, sprach Bände.

»Ich heirate keinen Päderasten«, sagte sie schroff.

»Das ist doch nur kultureller Unterschied.« Dionysos lachte unbekümmert. »Ihr Amazonenköniginnen tötet eure Jungen. Ich lasse sie am Leben, bis sie fickbar sind und zu Höflingen erzogen werden können. Beides ist gleich wegwerfend.« Er legte den gehörnten Kopf schief. »Aber wenn es meiner Gattin missfällt, lasse ich gerne von Knaben ab.«

»Ich habe Nein gesagt.«

»Du weißt noch nicht, was ich dir biete. Ich kann dir die Tochter schenken, die du nicht von Ares willst.«

»Ich verschmähe ihn, weil ich sein Erbe fürchte. Meine Tochter muss frei sein, frei von den Ketten der Blutgier. Ich will kein wahnsinniges Biest mit Euch!«

»Du verstehst nicht.« Seine Maske verformte sich zu einem siegessicheren Lächeln. »Ich will kein Kind mit dir zeugen. Nein, ich biete dir mit unserer Ehe jeden Mann deines Begehrens, ob lebendig oder tot.«

Er hob seinen Stab. Gleichzeitig zerrte er eine Leiche unter der Tafel hervor. Er warf sie auf den Tisch, während mehrere Mänaden herankrochen. Sie lachten und kratzten sich die Arme blutig.

»Schau hin, Penthesilea.« Dionysos schob seine Finger in den Mund des Toten, öffnete ihn für das Blut der Mänaden und den tropfenden Honig. »Schau, was ich dir schenke.«

Penthesilea spannte sich an, bereit für alles, was käme. So dachte sie. Doch als sich das Gesicht des Toten veränderte, geriet sie ins Wanken. Denn an die Stelle der schmelzenden Züge trat ein Antlitz, das sie kannte.

Dunkle Locken, in die sie ihre Finger gegraben hatte, und breite Schultern, an denen sie eingeschlafen war. Sie kannte diesen schön geschwungenen Mund, der so sanft wie fordernd küssen konnte. Die Haut schimmerte nicht mehr wie polierter Bernstein. Sein Bart war länger und ungepflegter, als sie in Erinnerung hatte. Aber sonst sah er aus, wie sie ihn immer wieder sah, in geheimsten Träumen, seit Jahren. Es war Patroklos.

»Was ...?« Er sprach mit blut- und honigbenetzten Lippen. »Wo bin ich?«

Sie konnte vor Grauen nicht atmen. Hilflos starrte sie ihn an. Dionysos schwieg auskostend, weidete sich am Geschehen. *Woher weiß er es?* Sie rang nach Luft. *Woher weiß Dionysos es?* Jemand musste ihm von Patroklos und Achilles erzählt haben. *Wer?*

Sie hatte es nie jemandem außer Hippolyte gesagt. Waren sie damals erkannt worden? Hatten sie sich nicht gut genug vor göttlichen Blicken verborgen? Wie immer Dionysos es auch erfahren hatte, seine Falle war zugeschnappt. Er hatte ihre Vergangenheit wiederbelebt, und diese sprach mit ihr, voller Verwirrung.

»Ich ... ich sollte nicht hier sein«, stammelte Patroklos. »Hektor! Ich habe Hektor bekämpft. Ich muss ...« Dionysos packte sein Kinn, drehte es, sodass Patroklos sie ansehen musste. »Ich ...« Die toten Augen weiteten sich. »Bist du das, Anassa?«

Als sie diesen Namen hörte, rief sie: »Hört auf mit dem Theater, Dionysos.« Der Gott rührte sich nicht. »Ich sagte, aufhören! Schluss!«

Ihre Stimme brach. Dann gab es nur noch Schmerzen. Tod und Pflicht und Verbot, die ihr Herz verkrustet hatten, und alles riss auf. Als Blut und Honig Patroklos' Augen füllten, konnte sie nicht verhindern, dass auch ihr eine Träne über die Wange rann.

»Anassa, ich bin gestorben.« Worte wie Dolchstöße in ihre Brust. *Er ist tot.* Ein Schluchzen welkte in ihrer Kehle. *Er ist in Troja gestorben.* So viele Jahre hatte sie sich eingeredet, nichts mehr für ihn zu fühlen, und jetzt glaubte sie, in Stücke zu reißen.

»Meine Königin, wer ist das?« Sie hörte Antandre fast nicht, spürte kaum, wie die Stratega ihre Schulter packte. Die Kriegerinnen schauten überfordert. Einige sprangen auf. Aber Penthesilea hatte nur Augen für Patroklos.

»Hektor hat mich umgebracht.« Er weinte. »Der Speer ... Ich erinnere mich. Der Speer in meinem Bauch.« Plötzlich machte er sich von Dionysos los, kroch über den Tisch. »Achilles. Du musst Achilles warnen. Er darf mich nicht rächen, sonst wird er sterben!« Seine Stimme wurde schrill, als immer mehr Erinnerungen auf ihn einstürmten. »Warum, Anassa? Warum hast du uns verlassen?«

Von einem Moment auf den anderen endete das Schauspiel. Dionysos nahm die Bullenmaske ab und setzte sie Patroklos auf. Kaum dass das Holz die Haut berührte, verstummte das Weinen. Patroklos gab nur noch dumpfe Laute wie ein Tier von sich.

»Wir gehen«, würgte Penthesilea hervor.

»Nicht doch«, sagte Dionysos. Seine leeren Gesichtszüge nahmen Form an, und sie glaubte, der Boden unter ihren Füßen müsse wegbrechen. Achilles. Er legte das Gesicht von ihrem Achilles an und sprach mit dessen Stimme. »Ich sagte doch: Ich kann dir alles geben, was du willst. Jeden Mann. Lebend oder tot.«

Er schwang den Thyrsos-Stab, und Penthesilea fiel in einen Sog des Kreischens. Sirenen, Höflinge, Amazonen, sie schrien und lachten zu dröhnender Flötenmusik. Im Fall sah sie einen Falken fortfliegen, weit über ihr, am unerreichbaren Himmel. Sie stürzte in den Wahnsinn.

# XXIV. DREI VEREINT

## Anassa

Anassa bemerkte, dass Patroklos sie traurig betrachtete, wenn sie mit Achilles zusammen war. Der ehemalige Prinz sah sie an, als wünschte er sich, an ihrer Stelle zu sein. Ihr war aufgefallen, dass er unnötig intim mit Achilles war. Wenn sie sich als vermeintliches Ehepaar zeigten, tauschten sie allerlei Berührungen aus. Manchmal drückte Patroklos ihm einen Kuss in den verhüllten Nacken. Dann nahm Achilles ihn flüchtig an der Hand oder tat anderweitig keusch, wie er glaubte, dass eine Pyrrha sich benehmen würde.

Der Umgang der beiden und Patroklos' Trauer machten sie so nachdenklich, dass sie Achilles deswegen befragte. Es war an einem verregneten Frühlingsmorgen. Anstatt Leibesübungen zu machen wie sonst, saßen sie unter dem Schutz der Baumkronen und schauten den fallenden Tropfen zu. Er legte so vertraut den Arm um ihre Schultern, sie glaubte, es war der richtige Moment.

»Was ist Patroklos für dich?«

Er wandte ihr überrascht den Kopf zu. »Wie kommst du darauf?«

»Ich sehe euch so oft zusammen und weiß doch nicht, wie ihr zueinandersteht. Ich möchte es wissen.«

Seine Finger gruben sich in ihre Schulter. »Wir sind wie Brüder.«

Es war eine Lüge. Besser gesagt, nicht die ganze Wahrheit. Anassa wusste es, denn Achilles drehte niemandem den Rücken zu. Nicht ihr, ob bei Tag oder Nacht, und niemand anderem am Hof – mit Ausnahme von einem Mann. Achilles behielt jeden instinktiv im Auge, wie es ein Krieger tut, und doch machte er für Patroklos eine Ausnahme.

»Nicht mehr?«, fragte sie weiter. »Ich weiß, dass bei den Hellenen Männerliebe gelebt wird wie bei meinem Volk, und dachte ...«

Abrupt löste er sich von ihr. »Ehrenhafte Männer teilen mit Frauen das Lager. Ja, griechische Jungen entdecken die Liebe miteinander, und viele ältere Bürger umwerben Knaben. Aber Männer vom selben Stand und Alter sind für gewöhnlich nicht zusammen.« Er warf ihr einen scharfen Blick zu, wie um ihr Nachfragen zu verbieten. »Ein Mann sollte sich nicht wie eine Frau nehmen lassen. Es schmälert seinen

Wert. Patroklos ist mein Freund, es gibt keinen Unterschied zwischen uns.«

Sie fragte trotzdem weiter, denn seine Worte machten sie zornig. »Siehst du das so? Bin ich nicht vollwertig, wenn ich mit dir schlafe?«

Er rang nach Worten, fand sie nicht. Sie sah ihm seinen inneren Kampf an. Seine Kultur hatte ihn gelehrt, mit Ja zu antworten. Doch er liebte die Herausforderung und umgab sich mit entsprechenden Menschen.

Sie spürte einen schmerzhaft warmen Kloß in ihrer Kehle, als nicht die männliche Erziehung, sondern sein Herz antwortete. »Nein. Natürlich sehe ich dich als vollwertig. Sonst hättest du mich niemals interessiert.« Er stand auf und reichte ihr die Hand. »Vielleicht ist es besser, nicht darüber zu reden. Komm, lass uns üben. Der Regen hat aufgehört.«

Sie nahm seine Hand und fragte nicht länger. Tatsächlich sprachen sie nicht mehr über das Thema, nicht an diesem Morgen und auch sonst nie wieder. Es machte sie traurig, ja, wütend, dass Achilles und Patroklos sich so zugetan waren und doch fürchten mussten, von ihren Landsleuten verurteilt zu werden.

Eigentlich war es nur Trotz, der sie dazu brachte, Patroklos in ihr Bett zu bitten. Ein neuer Morgen, ihre Küsse und eine eindeutige Einladung. »Bleib ab der nächsten Nacht bei uns.«

Keine Frau am Hof von Lykomedes hätte dies getan. Sie hätten es als unaussprechlichen Skandal empfunden. Anassa schreckte es jedoch nicht. Vielmännerei war nichts Unübliches bei den Amazonen, und niemand würde je davon erfahren.

Sie lachte leichtherzig, als sie Patroklos in ihr Bett zog. Die Männer waren erst verunsichert. Patroklos bewegte sich, als blockiere Eis seine Adern, und Achilles wusste nichts mehr mit seinem sonst geschmeidigen Körper anzufangen. Sie alle lachten viel in dieser Nacht, so ungeschickt, wie sie sich vortasteten. Es war ein Spiel, ein Abenteuer – das gaben sie zumindest vor.

Anassa blieb in ihrer Mitte und sorgte dafür, dass sie sich näherkommen konnten. Sie führte die Hände und Körper der beiden Männer zusammen, bildete eine Brücke zwischen ihnen. Dabei überraschte sie sich selbst. Nicht nur fiel es ihr leicht, sich mit ihnen fallen zu lassen. Sie mochte es. Das Gefühl, überall gesehen und berührt zu werden, von dem einen bestürmt, von dem anderen aufgefangen.

Sie ergab sich diesen Gefühlen. Ihr Lachen wurde dünner von ihrem schwerer werdenden Atem. Irgendwann keuchten sie alle drei, nur noch lustvolle Spannung und schweißnasse Muskeln. Ihre Haut drohte von tausend Eindrücken zu überreizen. Küsse auf ihrem Körper, Hände an ihrer unverstümmelten Brust, fordernde Finger zwischen ihren Beinen.

Patroklos hielt sie in den Armen, sein Bauch an ihrem Rücken und seine Härte gegen sie gepresst. Seine Lippen tasteten zärtlich über ihren Hals, vom Kiefer bis zum Mund. Sie drehte sich ihm zu. Während sie ihre Lippen für seine Zunge teilte, öffnete sie sich auch für Achilles, der sich in sie schob. Dann wurde sie von Reizen überflutet. Sie hielt sich schaudernd an Patroklos fest, stöhnte in seinen Mund, wusste nicht mehr, was passierte, nur, dass sie mehr davon wollte – mehr, mehr, mehr.

Als es endete, war Achilles so müde, dass er sofort an Ort und Stelle einschlief. Das brachte Patroklos und Anassa, als sie Atem geschöpft hatten, wieder zum Lachen. Sie grinsten sich zu, ließen Achilles schnarchen und holten Tücher, um sich zu säubern. Patroklos sah dabei seltsam verträumt aus. Anassa fühlte sich, als würde sie auf Wolken laufen.

Schließlich legten sie sich wieder zu Achilles. Er lächelte im Schlaf, als Patroklos ihn von hinten umarmte. Es war ein schönes Bild, dachte Anassa.

Patroklos sah sie über Achilles' Schulter an. Er streckte eine Hand aus, umfasste ihr Gesicht und flüsterte: »Danke.«

Sie hoffte, dass die Dunkelheit im Zimmer reichte und er nicht sah, wie Tränen in ihre Augen stiegen. Auch er klang, als weine er vor Glück. Sie griff nach seiner Hand, zog sie an ihren Mund und küsste seine Finger. Die ganze Nacht hielt sie ihn fest, ließ ihn wissen, dass er nun zu Achilles und ihr gehörte.

## XXV. VERSPRECHEN

### Penthesilea

Vielleicht wäre sie für immer in der Vergangenheit gefangen geblieben, hätte Melanippes Stimme sie nicht erreicht. »Das darf nicht sein. Bleib bei mir, Penthesilea!«

Ihre Schwester klang flehentlich. Es berührte etwas in ihr, einen Ort, an dem sie wider allen Wahnsinn Stärke fand. Keuchend riss sie die Augen auf. Sie saß nicht länger an der Tafel. Ihre Kriegerinnen lagen auf dem weinbefleckten Tisch oder auf dem Boden, wanden sich, schrien. Einige rissen an ihren Haaren und rollten die blutunterlaufenen Augen. Andere hatten Tiermasken aufgesetzt bekommen. Der Lärm der Höflinge und Sirenen machte sie rasend. Mehrere verwandelten sich, je nachdem, welche Masken sie trugen. Füße verformten sich zu Hufen, Fell wuchs aus zuckenden Gliedmaßen. Polydora stieg lachend über sie hinweg.

Penthesilea stemmte sich an dem feuchten Tisch hoch. Ihr Blick ging durch den Raum, über fauchende Flammen, gaffende Ziegenaugen und grinsend gebleckte Pferdezähne. Schließlich entdeckte sie Melanippe, mitten im Wirbel, den Weinkrug in ihren zitternden Händen.

Achilles – nein, Dionysos – trat auf ihre Schwester zu. Er war ein furchtbarer Anblick, schön wie der Mann aus ihrer Erinnerung, aber mit dem Körper eines Satyrs. Die Hörner und Ziegenbeine verzerrten sein Äußeres zu dem eines Dämons. Er ließ Patroklos, der in die Bullenmaske wimmerte, achtlos auf der Tafel liegen.

»Stör nicht, Priesterin.« Dionysos legte eine Hand an Melanippes Gesicht, bohrte die roten Fingernägel in ihre Wange. »Nur weil du seelisch so verstümmelt bist, dass du nicht in meinem Reigen tanzen kannst, solltest du die anderen nicht davon abhalten. Sieh zu, wie sie mir verfallen!«

Sie erbebte vor Schmerz und Ekel. »So einfach sind Amazonen nicht zu brechen. Ihr seid töricht, das zu glauben.«

»Wie allerliebst.« Er sagte es zärtlich, während er ihre Wange aufschlitzte. »Du vertraust Penthesilea, hm? Sie und die Kriegerinnen lassen sich niemals besiegen. Das denkst du?« Spöttisch sah er zu Patroklos. »Dabei hat sich eure große Königin längst von Männern besiegen lassen.«

Penthesilea krallte die Finger um die Tischlehne und schrie: »Fasst sie nicht an!«

Er ließ die Hand sinken, nicht ohne einen tiefen Schnitt auf Melanippes Wange zu hinterlassen. »Ah! Der berühmte Zorn der Amazonen, wie ich ihn liebe.«

Während Penthesilea nach festem Stand suchte, fand Melanippe den Mut, zu fragen: »Längst besiegt? Was meint Ihr?« Ihr war nicht der Seitenblick auf Patroklos entgangen. »Wer ist das? Und wessen Gesicht tragt Ihr?«

Dionysos schüttelte den Kopf. »Sieh an. Du weißt es nicht.« Er hob die Hand und schnippte. Ein überlautes Geräusch, denn von einem Moment auf den anderen verstummte aller Lärm. Es gab keine Musik mehr, kein Schreien. Auch verwandelten sich die Amazonen nicht länger. Sie lagen nach Luft ringend da, rissen sich die Masken vom Gesicht, waren wieder Menschen. Bis auf eine: Antianeira verrenkte sich weiterhin und nahm eine andere Gestalt an.

Dionysos lachte schallend. »Da hat sich jemand dem Wahnsinn zu sehr ergeben, um sich noch zurückzuverwandeln. Ich habe nichts anderes von Polydoras Tochter erwartet. Wunderschön.« Er sah über die Amazonen hinweg. »Ihr anderen hört gut zu, was der Sonnentitan Helios gesehen und mir erzählt hat. Er lügt nie.«

Penthesilea zog sich am Tisch entlang. Dionysos schwang seinen Thyrsos-Stab und brachte so den Wein in ihrem Blut zum Kochen. Ihre Sicht vermischte sich mit Bildern vergangener Tage.

»Ich bin Achilles«, sagte er. »Einer der Helden, die für die Griechen in Troja kämpfen. Und dies hier ist mein geliebter Patroklos. Eure Königin hat vor uns gekniet wie eine läufige Hündin. Sie bettelte darum, unsere Schwänze in ihrem Mund und Körper zu haben, während ihr um Antiope und Orithyia getrauert habt. Ist es zu glauben? Eine Amazone, die sich derart dem Feind unterwirft, ja, auf die Gräber ihrer Schwestern spuckt?«

Penthesilea biss die Zähne zusammen. Sie wusste nicht, wann Dionysos erzählte und wann er ihre Sinne vernebelte. Doch er musste explizit sein. Sie spürte die entsetzten Blicke ihrer Landsfrauen.

»Hört nicht auf ihn«, stieß sie hervor. »Er will nur einen Keil zwischen uns treiben.«

Sie suchte den Blick von Melanippe, erzitterte, als sie ihn fand. Ihre

Schwester war fahl vor Erschütterung. Sie schrie Penthesilea stumm an: Ist es wahr?

Dionysos klopfte sich vor Lachen auf die Schenkel. »Was für eine Tragödie. Schau, wie bestürzt sie sind, Penthesilea. Wie sie dich verurteilen.«

»Nein. Das bin nicht ich. Das, als was Ihr mich darstellt, ist nichts als eine Verdrehung.« Wut schoss ihre Kehle hoch. »Wie habt Ihr mich genannt? Eine läufige Hündin?«

»Es liegt keine Scham darin. Wir alle sind Tiere, wenn es um unsere Lust geht. Verbote sind ihr gleich. Du wurdest in eine Welt geboren, die den Trieb begrenzt, ich herrsche über einen Hof, wo er über allem steht.« Er streckte die Hand aus. »Sei meine Braut des Wahns. Du wärest eine derart große Königin, niemandes Urteil würde dich je antasten. Du könntest gleichermaßen Hure und Göttin sein. Lass sie alle tanzen. Brich sie auf die Knie. Nimm dir Patroklos im Tod oder Achilles im Leben. Was du willst.«

Sie brüllte: »Ich spucke auf Euch!«

Es war mehr, als dem Gott die Stirn zu bieten. Beleidigung. Aber selbst dies machte Dionysos nicht wütend. Im Gegenteil, er grinste, als hätte er diese Antwort erhofft. Unmenschlich breit zog er Achilles' Mund in die Länge.

»Du hast entschieden.« Er hob den Stab. »Du hättest mein im Leben sein können. Nun nehme ich dich im Tod. Du wirst hier sterben, Penthesilea, und ich werde dich zurückholen. Oh, ich werde es genießen, deine wiederbeseelte Leiche zu vöge–«

Sein triumphaler Ausdruck gefror, als ein Satyr schwarze Galle vor seine Füße erbrach.

»Was ...?« Er sah sich ungläubig um, weil die Höflinge überall erstickte Schreie von sich gaben. »Was geschieht hier?« Dann begriff er, denn sein Blick ging zu Melanippe, die er bis dahin ignoriert hatte. Sie hielt immer noch den Weinkrug, mit dem sie ausgeschenkt hatte. »Gift. Es war doch Gift im Honigwein. Aber wie –«

Melanippe ließ ihn nicht zu Ende reden. Sie schmetterte ihm den Krug ins Gesicht und schrie: »Göttinnen! Wir opfern euch diesen Hof, der euch und eure Töchter verachtet. Helft uns!«

Sie wurde erhört. Der restliche Wein, der ihn bespritzte, wurde schwarz und begann zu kochen. Er zersetzte das Gesicht von Achilles, das Dionysos in verrottenden Stücken abfiel. Mit einem Schrei fasste er sich an die Wangen. Das schöne Antlitz schmolz unter seinen Fingern.

»Ich hoffe, die Essenz des Drakons schmeckt Euch, Dionysos«, fauchte Melanippe. »Es ist mehr als Gift. Die korrupte Macht von euresgleichen.« Sie wich vor ihm zurück. »Verzagt nicht, Amazonen. Die Vergehen unserer Königin spielen keine Rolle, nicht jetzt. Wir haben einen Hof auszumerzen!«

Diese Worte weckten den Kampfgeist der Kriegerinnen. Sie kamen auf die Füße. Lacomache warf die Tafel um, damit sie eine Wand im Rücken hatten. Das Geschirr fiel polternd zu Boden. Antandre, ganz die unerschütterliche Stratega, übernahm das Kommando. Während sie rufend die Kriegerinnen koordinierte, stürzte Penthesilea los. Sie musste den Moment nutzen, den Dionysos abgelenkt und sie bei klarem Verstand war. Es waren nur ein paar Schritte bis zu Melanippe. Sie legte die Finger an ihre Lippen, pfiff nach ihren Hunden.

Die Höflinge, die sich nicht würgend auf dem Boden wanden, gingen zum Angriff über. Sie warfen lachend die Klauen in die Luft. Polydora und mehrere Mänaden blieben zurück. Sie schlitzten sich die Arme auf, um ihr Blut toten Höflingen zu geben und sie so für den Kampf wiederzubeleben. Derweil sprangen die Sirenen kreischend in den Käfigen.

Die Kriegerinnen widerstanden dem Ansturm, brachen Knochen mit ihren Fäusten, rissen Wunden mit ihrem dornenbewehrten Schmuck. Eine Horde hätte sie hoffnungslos überrannt. Doch die Essenz hatte die Höflinge so ausgedünnt, dass sie nun gleichwertig kämpften.

Antandre schlug zuvorderst mit, indem sie Angreifern ihren Eichenstab ins Maul rammte. Auch ohne ihren rechten Fuß war sie flink. Sie versuchte gar nicht, mit ihrer Einschränkung auszuweichen, und blockte für umso stärkere Gegenangriffe. Ihr Stab wechselte zwischen Gehhilfe und Schlagstock, während sie Befehle bellte.

Penthesilea erreichte Melanippe in dem Moment, als ein Satyr sich auf diese werfen wollte. Er kam nicht einmal in deren Nähe. So voller Zorn war Penthesilea, sie sprudelte über vor Gewalt. Sie packte ihn an den Hörnern. Mit einem Ruck brach sie seinen Hals, als wäre es nichts. Dann entwendete sie ihm den Spieß und stellte sich vor Melanippe.

Währenddessen wankte Dionysos auf Patroklos zu. Der war vom umgestürzten Tisch zu Boden gefallen. Dionysos riss ihm die Bullenmaske vom Gesicht. Patroklos gab ein Japsen von sich, ein grässlich falsches

Geräusch, weil er als Leiche keinen Atem besaß. Er streckte sich aus, als wolle er den Gott anflehen: Helft mir! Dionysos schlug ihn nieder. Er setzte die Maske auf sein eigenes, faulendes Gesicht.

»Wie verschlagen«, sagte Dionysos mit neu gewonnener Stimme. »Wir geben euch den Tod, der eurer Hinterhältigkeit würdig ist.« Er schrie vor Lachen, während er sich verwandelte. »Mein Hof! Reißt sie in Stücke!«

Er nahm eine monströse Form an, mit riesigen Hörnern und Hufen, strotzend vor Muskeln unter der feuerroten Haut. Penthesilea hielt sich dicht bei ihrer Schwester, schlug mit dem Spieß alle Höflinge zurück. Melanippe duckte sich bestmöglich vor Angriffen. Sie sah aus, als würde sie jeden Moment vor Ekel zusammenbrechen. Aber sie blieb auf den Füßen, behielt den Überblick und warnte die Kriegerinnen.

»Passt auf«, rief sie. »Da kommen die Silene vom Eingang!«

Die Pferdemänner stürmten herein. Ein dritter kam hinzu, jener, der die Sirenen gequält hatte. Er ließ davon ab, um mit den anderen auf die Amazonen loszugehen. Die wichen mit den Rücken zur umgestürzten Tafel, während sie die Flut an Höflingen bekämpften. Lacomache brach ein Bein des Tisches ab, schwang ihn wie einen Prügel, um die Silene abzuhalten.

Da sprang ein ungeheuerliches Etwas über die Tafel. Es erinnerte entfernt an einen Fuchs mit dem roten Fell und den Läufen, eine halb menschliche Kreatur ohne Ordnung im verformten Leib. Nur die Tatsache, dass es ein einziges Auge besaß, ließ ahnen, dass es Antianeira war. Geifer rann aus dem schiefen Maul voller Zähne.

»Meine Tochter!« Polydora sprang freudig zwischen den Mänaden umher. »Schaut sie an, meine schöne Tochter. Sie ist nun eine von uns. Endlich!«

Antianeira war alles andere als angetan. Als sie die Stimme ihrer Mutter hörte, brach der Zauber, den Dionysos auf sie gelegt hatte. Aller Wahn wich, um abgründigem Hass Platz zu machen. Sie ging auf die Mänaden los. »Ich bringe dich um!« Ihre Stimme besaß einen unmenschlich verzerrten Klang. »Ich schwöre, ich bringe dich um!«

Die Mänaden hörten zu lachen auf. Einige wollten überstürzt flüchten. Antianeira war schneller als sie. Mit Klauen und Zähnen fetzte sie durch die Reihen. Polydora sah es erstarrt mit an. Erst als eine Mänade mit ausgerissener Kehle vor sie fiel, fuhr sie zusammen. Sie schien die

Flucht ergreifen zu wollen, doch Antianeira ließ es nicht zu. Sie sprang ihre Mutter an, und sie verkeilten sich ineinander.

Antandre überriss die Situation. »Kriegerinnen, überlasst Antianeira die Mänaden. Holt euch eure Waffen zurück. Wir schlagen uns zur Königin und der Hohepriesterin durch!«

Die Amazonen gingen als geschlossene Einheit an der umgestürzten Tafel entlang. Erst schien es, als kämen sie problemlos voran. Dann trieben die Silene jedoch Lacomache zurück, griffen sie von mehreren Seiten an. Bremusa stürmte wagemutig vor, um einem mit voller Wucht ins Knie zu rammen. Selbst aus der Ferne meinte Penthesilea, die Knochen knacken zu hören. Wankend fiel der Silen. Dabei riss er einen Käfig von der Decke, der in den Boden krachte. Die eingesperrte Sirene flatterte mit den Flügeln.

»Penthesilea, schau!«, rief Melanippe und packte ihren Arm.

Sie wischte sich den blutigen Schweiß aus den Augen, um dem Blick ihrer Schwester zu folgen. Dionysos' Verwandlung war beendet. An seiner Stelle stand ein gewaltiger Bulle, der größte, den Penthesilea jemals gesehen hatte. Die rote Haut drohte vor Kraft zu zerreißen. Die Hörner waren länger und wohl auch tödlicher als jede Waffe. Wie ein drittes wuchs der Thyrsos-Stab aus seiner Stirn, triefend vor Honig und Macht. Brüllend warf der Bulle, zu dem Dionysos geworden war, den Kopf in die Höhe. Er stürzte los.

Penthesilea warf ihm den Spieß entgegen, stieß Melanippe beiseite. Die Waffe schrammte ihn nur, und der gigantische Körper raste an ihnen vorbei, ohne sie zu verletzten. Dafür trampelte er alles andere auf dem Weg nieder. Ein paar Höflinge wurden von den Hörnern erwischt, gerammt und durch die Luft geschleudert. Der Bulle blieb schnaubend stehen, warf den Leib herum.

Während Penthesilea sich mit Melanippe aufrappelte, sah sie, dass die Kriegerinnen noch immer von den Silenen aufgehalten wurden. Lacomache hatte alle Mühe, sie mit Faustschlägen und Prügelhieben abzuwehren. Außerdem hatte Bremusa jemandem den Spieß entwendet. Ganz ihrem Zweitnamen »die Rasende« entsprechend, hackte sie den Käfig auf, der heruntergefallen war. Die Sirene sprengte aus ihrem Gefängnis, sowie sie konnte.

Bremusa sprang gerade rechtzeitig vor deren Krallen zurück. Die Sirene krächzte wütend. Sie war jedoch nicht so zornig, dass sie nicht erkannte, wer Feind und wer Freundin war. In einem einzigen Flugmanöver riss sie die anderen Käfige nieder und schoss auf die Silene zu. Die hatten ihren scharfen Klauen nichts entgegenzusetzen. Der eine schrie vor Qualen, als sie sich an ihm festkrallte und ihm ins Ohr kreischte, dass Blut daraus spritzte.

Penthesilea sprang wieder weg. Der Bulle rammte an Melanippe und ihr vorbei, ließ eine Spur der Verwüstung zurück. Als sie den Blick hob, sah sie, dass Bremusa auch die anderen Sirenen befreite. Die hackten den Silenen mit Krallen und Schnäbeln die Augen aus. Antianeira jagte nach wie vor die Mänaden, sodass Antandre und die anderen sich weiter vorkämpfen konnten. Sie drängten die Höflinge zum Eingang zurück, holten sich dort ihre Waffen. Als Penthesilea auch noch das Gebell ihrer Hunde hörte, wusste sie, dass das Blatt sich wendete.

»Geh!« Sie stieß Melanippe in die Richtung der heraneilenden Kriegerinnen. »Ich kann Dionysos nur besiegen, wenn ich dich nicht nebenbei beschützen muss.«

Melanippe zögerte nicht, rief ihr im Lauf zu: »Hol ihn dir!«

Penthesilea sicherte ihren Stand, überblickte die Situation. Dionysos, der mit den Hufen scharrte und sie ins feuerrote Auge fasste. Versprengte Höflinge überall. Fallende Silene und mitkämpfende Sirenen. Von draußen glaubte sie, Kriegsrufe und nahendes Hufgetrappel zu vernehmen. Vielleicht war es nur ein Wunschtraum der Verstärkung, auf die sie angewiesen waren. Doch dann stürmten die Molossoi herein, von Brecher angeführt. Er trug die Labrys von Penthesilea, die mit einer Halterung an seinem Rückenpanzer befestigt war.

»Brecher! Komm zu mir!«

Sie lief ihm entgegen, während Dionysos auf hämmernden Hufen losraste. Brecher sprang los, und die anderen Molossoi warfen sich gegen die nächstbesten Höflinge. Er rannte auf dem Weg zu ihr alles um, wandelnde Rüstung, die er war. Sie bekam den Griff der Streitaxt zu fassen. In einer fließenden Bewegung warf sie sich herum und sah Dionysos entgegen. Er war nur noch wenige Schritte entfernt. Grollend blähte er die Nüstern.

Sie stieß einen Kampfschrei aus, holte alle Wut und Kraft hervor, die sie besaß. Dann wirbelte sie die Labrys über ihrem Kopf. Die Schneide drang Dionysos ins rechte Vorderbein, blieb stecken. Es war weit von einer schweren Wunde entfernt. Die Bullenhaut war selbst für die Streitaxt zu dick. Aber ihr Angriff hatte so viel Wucht, dass Dionysos einsackte. Er taumelte.

Penthesilea wurde von dem Ruck mitgerissen. Sie stolperte an dem Bullen vorbei, entging Hufen und Hörnern, zerrte ihre Labrys aus ihm. Wieder und wieder vollführten sie diesen Tanz. Sie sprang seinen Rammattacken aus dem Weg, versenkte ihre Streitaxt, dass Ströme an schwarzem Ichor flossen. Der Kampfrausch drohte sie mehr als einmal zu überwältigen. Sie war geblendet von dem Schmutz und Wein, den sie aufspritzten. Als sie schließlich röchelnd vornübersackte, brach auch der Bulle auf die Knie.

»Die heilige Streitaxt der Eris.« Dionysos sprach mit unmenschlich tiefer Stimme, flach atmend vor Schmerz. »Pan hat mich davor gewarnt.«

Penthesilea packte die Labrys fester. »Ja. Ich werde auch Euch damit niederstrecken.«

»Das werden wir sehen, Königin. Aber nicht hier.«

Bevor sie erneut angreifen konnte, brach er durch die Wand aus Fellen und Stöcken neben ihm. Er hinterließ ein Loch für die Höflinge, die noch nicht an der Essenz erstickt oder anderweitig gestorben waren. Sie flohen mit Dionysos, hinaus ins Freie. Dort waren mehr von ihresgleichen, um sie zu verstärken. Auch Polydora humpelte fort, schwer verletzt. Antianeira biss so viele flüchtende Mänaden wie möglich tot, ehe sie ihrer Mutter hinausfolgte.

»Lasst sie nicht entkommen«, schrie Antandre. »Hinterher!«

Die Amazonen stiegen über die Leichen der Höflinge, gierig auf mehr Blut. Anstelle der befreiten Sirenen, die über das Abzugsloch im Zelt davonflogen, begleiteten sie jetzt die Molossoi. Melanippe blieb mit zwei Kriegerinnen zurück. Sie liefen zu Dionysos' Thron. Vor diesem lagen noch die Kinder, die der Gott als Gefäße und Schlimmeres benutzt hatte. Den ganzen Kampf über hatten sie bewusstlos dagelegen. Sie erwachten nun, weil Dionysos geschwächt war. Melanippe beruhigte sie, während die Kriegerinnen sie auf Verletzungen absuchten.

Penthesilea lief nicht hinaus, noch nicht. Sie schleppte sich auf Patroklos zu. Er wand sich auf dem Boden, in dem Blut und Erbrochenen der Höflinge. Ganz in Rot und Schwarz war er getaucht. Die goldenen Honigtränen traten umso mehr auf seinen fahlen Wangen hervor.

»Anassa, hilf mir. Bitte.« Sie glaubte erst, er flehe sie an, ihn ins Jenseits zurückzuschicken. Doch da war mehr. »Versprich mir, dass du Achilles rettest. All die Zeit auf Skyros hat nichts genützt. Er ist in Troja. Rette ihn vor sich selbst, ich kann es nicht mehr tun.«

Seine Worte weckten Erinnerungen in ihr, die tiefer gingen, als der Wahnsinn von Dionysos es je könnte. Sie wünschte sich, ihn küssen zu können, den Kuss, den sie ihm damals nicht gegeben hatte. Ein Abschied für immer.

\*\*\*

Anassa bemerkte, wie die beiden Männer aufblühten. Achilles trug die Frauenverkleidung immer leichter, fast so, als wäre sie nicht mehr wichtig. Patroklos zeigte nun seine Zuneigung offen, wenn er mit Pyrrha unterwegs war. Ihre Hände fanden sich ganz natürlich.

Seltsamerweise war Anassa nie eifersüchtig. Als Mädchen im Amazonenreich hatte sie gesagt, sie könne es sich nicht mit mehreren Männern vorstellen, dass es nur Ärger geben würde. Nun wärmte es ihr älter gewordenes Herz, wann immer sie die zwei lachen sah. Wie sollte sie Patroklos auch nicht mögen, wo er Achilles glücklich machte und umgekehrt?

Die Männer ergänzten sich so gut. Achilles war freigeistig und impulsiv, der ältere Patroklos eine ruhevolle Kraft, die ihn erdete. Feuer und Wasser. Wo der eine kaum stillsitzen konnte, genoss Patroklos es umso mehr, mit geschlossenen Augen in der Morgensonne zu liegen. Anassa begab sich dann zu ihm, ganz nah, dass sein Bart an ihrer Wange kratzte, und hörte ihm zu, wie er eine Melodie summte. Er hatte die sonore Stimme eines Bändigers.

Anassa hörte sie gerne, und bald nicht mehr nur am Tag. Was die eine Nacht als vermeintliches Abenteuer begonnen hatte, wurde Regelmäßigkeit. Mal war sie mit beiden zusammen, mal ließ sie die Männer für sich sein oder blieb nur bei einem. Sie tanzte immer einem anderen in die Arme, trieb zwischen ihnen, wie sie wollte, und niemand von ihnen konnte genug davon bekommen.

Aber es musste enden. Er kam, der unausweichliche Tag, an dem sie eine seltsame Übelkeit spürte. Sie suchte deswegen einen Heiler auf, und ihre Befürchtung wurde bestätigt. »Du erwartest ein Kind.«

Die Nachricht, auf die sie die ganze Zeit gewartet hatte. Sie sollte froh sein, nach Hause ins Amazonenland gehen zu können, eine Erbin unter ihrem Herzen. Stattdessen fühlte sie sich wie an dem Tag, als Orithyia für immer die Augen geschlossen hatte. Zerrissen.

Sie schaffte es, ihren Schmerz vor den Männern zu verbergen. Heimlich packte sie für die Rückreise, versuchte zu lächeln, lud sie einmal mehr ein, die Nacht bei ihr in der Kammer zu bleiben. Sie brachte es nicht über sich, zu sagen, dass es das letzte Mal sein würde. Es *musste* das letzte Mal sein. Sie durfte nicht ihren Zweifeln nachgeben, sonst würde sie vielleicht nie mehr gehen.

Patroklos spürte in jener Nacht, dass etwas anders war. Als Achilles schlief und sie alle drei zusammenlagen, sprach er sie darauf an. »Du hast mich noch nie in dich gelassen. Es war heute das erste Mal.«

Sie sagte ehrlich: »Ich wollte dich einmal ganz spüren.«

Zuvor hatte sie sich nur von Achilles nehmen lassen, damit sie sein Kind empfing und nicht versehentlich das von Patroklos. Diese Vorsicht war heute nicht mehr nötig gewesen.

Er fuhr mit den Fingerspitzen ihre Wange entlang. »Darf ich es als Vertrauensbeweis nehmen?« Sie nickte, und er lachte rau. »Es ist schon verrückt. Ich hatte solche Angst, als du in unser Leben getreten bist. Zuerst, dass du Achilles' Verkleidung aufdecken könntest, und dann, dass du ihn mir wegnimmst. Nun schau uns an.«

Sie schluckte ihre Trauer hinunter und streichelte Achilles durchs Haar. »Er hat mir gestern gesagt, er sei froh, wie es gekommen ist.«

»Mehr als das.« Patroklos nahm seine Hand weg, um die Arme hinter dem Kopf zu verschränken. »Er redet immer öfter über die Zukunft. Wir werden nicht ewig an Lykomedes' Hof sein. Nur so lange, bis Achilles nicht mehr für den Krieg in Troja eingezogen werden kann. Dann ist seine Verkleidung nicht mehr nötig, und wir sind frei, ja, müssen dir nie wieder etwas verheimlichen. Er schwärmt davon, welche Abenteuer wir erleben könnten.«

Es tat weh, ihn so unwissend reden zu hören. »Aber es wird nicht mehr unbefangen sein wie am Hof. Die Leute könnten über uns reden.«

»Sie reden doch immer. Wenn es sie gnädiger stimmt, so kann dich einer von uns heiraten.«

Ihr Hals schnürte sich zu. Er sagte es gerade so, als wäre es das Naheliegendste der Welt. »Ein Schwur zu zweit und ein ewiges Abenteuer zu dritt?«, fragte sie leise. »Es klingt wie ein Traum.«

»Das tut es.« Er murmelte, weil er schon dabei war, in den Schlaf zu gleiten. »Träum schön von der Zukunft, Anassa.«

Kurz lagen ihr die Worte auf der Zunge. Ich werde ein Kind von ihm bekommen. Aber Patroklos war eingeschlafen, ehe sie es aussprechen konnte. Vorsichtig stand sie auf, damit sie die beiden nicht weckte. Sie ging noch in derselben Nacht, war nicht stark genug, sich von ihnen zu verabschieden. Mit jedem Schritt schmerzte es mehr, zu atmen. Anassa blieb zum Sterben zurück, und Penthesilea ging fort.

\*\*\*

Der Schlag saß perfekt. Sie hieb ihm mit nur einem Streich den Kopf ab. Kein qualvolles Hinauszögern.

Patroklos fiel um, und sein Kopf rollte vor ihre Füße. Sie streckte sich zitternd nach ihm aus. Als sie seine totenkalte Wange berührte, sickerten Honigtränen über ihre Fingerspitzen. Seine Haut blätterte vom Gesicht, offenbarte das der Leiche, die Dionysos benutzt hatte, um Patroklos zurückzuholen.

Penthesilea lief aus dem Zelt. Sie begriff kaum, was um sie herum geschah. Draußen kämpften ihre Hunde und Kriegerinnen gegen die Höflingsscharen. Die gellenden Schreie von Amazonen hingen in der Luft. Skythische Pfeile sirrten. Sie sah den gelben Umhang von Myrina wehen, und ein Falke flog über die Feuer hinweg. Die Verstärkung war gekommen. Doch sie hatte nur Augen für einen.

»Dionysos!« Sie rannte auf den Bullen zu, der trotz seiner Verletzungen das Schlachtfeld verwüstete. »Euren Kopf für den meines Mannes. Dionysos!«

Er richtete in freudiger Erwartung die Hörner aus. »Dies Hochzeitsgeschenk muss dir verwehrt sein. Ich kann nicht sterben.«

»Dann schlage ich Euch in Stücke, bis Ihr zu schwach seid, um in einem neuen Körper wiederaufzuerstehen!«

Sie wirbelte umher, wie sie es mit Achilles und Patroklos getan hatte, diesmal wütend, vom Schmerz getrieben. Schreiend empfing sie den Wahn und ließ ihn auf Dionysos los. Sie schlitzte ihn auf, hieb ihm ein Horn ab, das krachend zur Erde fiel. Dabei brach der Thyrsos-Stab. Er fiel in Stücken zu Boden, matt glänzend, aller Honig ausgetrocknet.

Wo Dionysos anfangs versuchte, sie niederzutrampeln, wich er bald zurück. Er rief Höflinge herbei, um aus dem zerhackten Leib des Bullen in andere Körper zu springen. Sie lief ihm nach, schlug auch seine neuen Verwandlungen nieder. Pferd, Tiger, gehörnte Schlange. Sie wich allen Zähnen aus, und wenn er sie verwundete, hielt es sie nicht auf. Der Zorn überdeckte alles. Sie spürte keinen Kratzer, keinen Biss, auch nicht die Pranke, die ihre Rippen quetschte. Schließlich blieb er liegen, heftig atmend, nur noch in der Gestalt eines Satyrs. Er hatte keine Maske mehr, sodass sein Gesicht leer blieb.

»Ich wusste schon, warum ich dich wollte.« Er röchelte, weil sie den Kehlkopf seines Leihkörpers zertrümmert hatte. »Der Verlust deiner Schwestern hat dich grausamer als jede Göttin gemacht. Ich werde lange von diesen Wunden schlafen müssen.« Willig lehnte er den Kopf zurück, wissend, er war besiegt. »Ich knie vor deiner Größe. Wenn ich wiedererwache, werde ich nicht dein Feind, sondern ein ergebener Diener sein.«

Sie legte die Labrys an seinen Hals. »Schlaft, Gott des Wahns. Mögen Qualen Eure Träume verdunkeln.«

Diesmal war es nicht ein einziger Schlag wie bei Patroklos. Sie trat auf den Stiel der Streitaxt, sodass sein Kopf quälend langsam abgetrennt wurde. Dionysos schrie erstickt. Sein Lachen verging zuletzt, und er heulte in Grauen, während sein Hof unterging.

Als die Waffenschneide auf den Knochen traf, holte sie mit dem Fuß aus, um ihn mit aller Kraft auf den Stiel niedergehen zu lassen. Ein letztes verzweifeltes Gurgeln, das laute Knacken von Halswirbeln, und sein Genick war durchtrennt.

Vom Blutrausch erfüllt, beugte sie sich hinab und nahm seinen Kopf, hob ihn über ihren. Sie badete in dem schwarzen Blut des Gottes, das auf ihr Gesicht tropfte und ihren Leib hinabrann. Da hörte sie Stimmen, Hunderte von Amazonen, die sie sahen und ihren Namen brüllten.

Penthesilea! Gottschlächterin!

## XXVI. DUNKLE PFADE

### Clete

Das Spiel einer Flöte weckte Clete. Sie hatte sich zu Bett begeben, wollte die Nacht im Dorf der Orphiker nutzen, um sich bestmöglich auszuruhen. Ihr erster Instinkt war, sich auf die Seite zu drehen und einfach weiterzuschlafen. Doch irgendetwas an dem Flötenspiel hielt sie wach. Sie glaubte, nie etwas Traurigeres gehört zu haben.

Gähnend setzte sie sich auf und verließ die Hütte. Sie konnte bereits besser gehen, wenn auch noch ein schwacher Schmerz in ihren verbundenen Gliedmaßen pulsierte. Das Dorf lag ruhig da, vom Mondlicht bemalt. Leise, um niemanden zu wecken, folgte sie der Musik.

Sie ging bis vor das Dorf, zu einem Steinkreis bei einem Bach. Zwischen den Felsen sah sie den blinden Jungen – Kaystros – sitzen. Er spielte selbstvergessen auf seinem Aulos. Seine schmalen Finger schienen wie für die doppelröhrige Flöte geschaffen, flogen geradezu über die Grifflöcher im Holz.

Clete blieb stehen und hörte ihm zu. Sie war so fasziniert, sie bemerkte Areto erst, als diese neben sie trat. »Er spielt schön.«

Areto nickte. »Ja. Mit Leib und Seele.«

Sie wirkte seltsam schwermütig, als würde die Musik den Schatten in ihr stärken. Bevor Clete nachfragen konnte, bemerkte Kaystros sie. Er hörte schlagartig zu spielen auf.

»Wer ist da?«, fragte er.

»Keine Angst, wir sind es«, sagte Areto. »Die Amazonen.« Er entspannte sich, und sie ging auf ihn zu. »Clete sagte, dass du schön spielst, und ich finde das auch.«

»Es ist nichts Besonderes. Wir Orphiker lernen alle dieselben Lieder.« Er schob nach: »Verzeiht mir, falls ich euch geweckt habe.«

Areto setzte sich zu ihm. »Aber diese Hingabe, mit der du spielst, gehört dir.« Sie zögerte. »Ich war eben mit Orpheus spazieren. Er hat mir gesagt, dass du gerne für dich spielst?«

Clete runzelte die Stirn. Areto war seltsam vorsichtig mit ihm. Als hätte sie ein gewichtiges Anliegen und Angst, ihn deswegen zu verschrecken.

Er schien ähnlich unschlüssig, woraufhin Areto fortfuhr. »Orpheus hat noch mehr erzählt. Dass du als Kind ausgesetzt wurdest. Suchst du deswegen Trost in der Musik?«

Clete glaubte zuerst, sich verhört zu haben.

»Ah«, sagte Areto und zupfte an ihrem Zopf. »Das war wohl taktlos, nicht wahr? Ich wollte dir nicht zu nahe treten.«

Kaystros gewann seine Sprache zurück. »Nein. Schon gut.« Er nestelte an seiner Flöte. »Deswegen wollte ich euch ohnehin fragen. Ist es möglich, dass ... Ich würde meinem Leben gerne einen Sinn geben. Etwas, das mir helfen kann, weniger einsam zu sein. Könnte ich vielleicht ...« Unsicher stand er da.

»... mit uns kommen, meinst du?«, beendete Areto seine Frage. Er nickte, und sie sagte: »Natürlich. Es spricht doch nichts dagegen.«

Clete hob entsetzt die Stimme. »Ähm, Areto.«

Sie wurde nicht gehört, denn Kaystros redete vor Aufregung über sie hinweg. »Wirklich? Ich könnte mit?«

Areto lachte über seinen Eifer. »Sofern du uns keinen Ärger bereitest.«

Er sprang so schnell auf, beinahe entglitt ihm der Aulos. »Ich verspreche, euch nicht zur Last zu fallen. Ich packe sofort, und überhaupt!«

Clete konnte es nicht fassen, als sie ihn zum Dorf eilen sah. »Was hast du da nur angestellt? Wir können ihn nicht mitnehmen.«

»Warum?« Areto lächelte gelassen und kam an Cletes Seite. »Wie ich sagte, solange er uns keinen Ärger bereitet. Und ich bin mir sicher, dass er das nicht tun wird. Er ist ein guter Junge.«

»Wie kannst du das sagen? Du kennst ihn nicht. Und wir sind auf göttlicher Mission. Nichts darf uns ablenken.«

Areto nahm ihre Hand. »Bitte.« Sie drückte sacht Cletes Finger. »Die Orphiker waren so selbstlos, uns aufzunehmen und zu pflegen. Es ist doch das Mindeste, wenn wir Kaystros helfen.«

Areto wirkte so hoffnungsvoll in diesem Moment, wie völlig ohne Schatten, dass es Clete erweichte. »Du hast ein viel zu großes Herz.« Sie seufzte. »Aber genau das ist schön und liebenswert an dir.« Auffordernd zog sie an Aretos Hand. »Na gut. Jetzt komm schlafen. Dieses Strohbett ist furchtbar kalt ohne dich.«

\*\*\*

Sie machten sich noch für die Abreise fertig, da stand Kaystros schon vor der Hütte, einen Beutel mit seiner wenigen Habe geschultert. Er ging vor Aufregung im Kreis, bis es losging. Seine Trauer schien verflogen, und seine Ordensbrüder wirkten nicht bekümmert, ihn gehen zu sehen. Sie kamen zum Rande des Dorfes, als er auf einem Maultier aufsaß. Orpheus schenkte es ihm »verfrüht zur Mannwerdung«, wie er sagte.

»Reise wohl, Kaystros.« Orpheus wirkte, da er vor dem Maultier stand, besonders alt und klein. »Ich bete, dass du deinen Frieden findest. So du es willst, erwarten dich hier stets ein Bett und eine warme Mahlzeit. Auch wenn du dich hier nie zu Hause gefühlt hast, meine Tür steht dir immer offen.«

»Deine Güte beschämt mich, Orpheus. Danke. Für mein Leben, deine Lehren. Alles.«

Der Alte brummte und wandte sich ab. »Auch euch wünsche ich eine gute Reise, Amazonen. Bitte achtet auf meinen Schüler.«

»Das werden wir«, sagte Areto, die bereits auf Promethea saß. Die Orphiker hatten sich gut um die Stute gekümmert, die in freudiger Erwartung auf die Abreise schnaubte.

Clete saß auf, wobei ihre Verletzungen stachen. »Danke für eure Gastfreundschaft, die Medizin und die Vorräte. Mögen die Göttinnen euch segnen.«

Die versammelten Orphiker sahen ihnen nach, als sie das Dorf verließen. Kaystros' Maultier zuckelte Promethea hinterher. Ein Seil verband die Sättel der Tiere, damit er auf dem rechten Weg blieb. Anfangs saß er in sich zusammengesunken da. Dann begannen die Orphiker zu singen. Sie hoben ihre Stimmen zu dem Lied, das Kaystros auf der Flöte gespielt hatte. Ein paar begannen im Takt zu klatschen. Als Clete einen Blick zurückwarf, sah sie, wie Orpheus fingerschwingend das Tempo vorgab.

»Das ist mal ein Abschied«, sagte sie und lachte.

Areto kicherte, weil Kaystros so staunte. Er drehte den Kopf, als wüsste er nicht, wo er hinhören sollte. Dann legte sich ein Lächeln auf sein Gesicht. Er sang mit seinen Ordensbrüdern, und auch Areto summte nach Gefühl.

Es klang wundervoll, fand Clete. Wie eine Hymne.

Sie ließ den beiden die Freude an der Musik und übernahm es, Promethea vom Dorf wegzulenken. Friedlich lag die spärlich bewaldete Ebene vor ihnen. Die wolkenumgarnte Sonne wärmte Cletes Körper, und sie hatte das Gefühl, dass sie bald zu ihrem Volk zurückfinden würden.

\* \* \*

Die ganze Reise über behielt Clete den Jungen im Auge. Aber er wusste tatsächlich, sich zu benehmen. Brav ritt er ihnen nach. Sie hätte vergessen können, dass er da war, hätte er nicht manchmal eines seiner Orphischen Lieder gesungen.

»Was denkst du über ihn?«, fragte Areto, als sie sich um ein Feuer kümmerten. Kaystros saß gerade abseits, um im Rahmen seiner Reinigung zu beten.

Clete nahm das Holz, das Areto herausgesucht hatte, und setzte sich zu ihr unter die Zeder. »Was schon?« Mit gutem Druck rieb sie einen Stock gegen ein flaches Holzstück, um mit der entstehenden Hitze ein Feuer zu entzünden. Neben ihr grasten Promethea und das Maultier. »Er packt nach Kräften mit an und ist auch sonst ein angenehmer Begleiter. Manchmal fast unsichtbar.«

Areto formte ein Nest aus trockenem Gras und legte es in einen Ring aus Steinen, den sie bereits angerichtet hatte. »Es wundert mich. Nach allem, was Orpheus über die Gefühle erzählt hat, die in Kaystros toben sollen ...«

»So?« Das Holzstück begann zu rauchen, und Clete legte es in dem Grasnest ab. »Man sieht dir den Schatten doch auch nicht an.« Sie pustete in die Glut, um das Feuer anzufachen. »Mach dir nicht zu viele Gedanken. Es ist sein Lebensleid, nicht deines.«

Areto biss sich auf die Lippe. »Du hast ja recht. Ich weiß nicht, warum er mich so beschäftigt.«

»Ich sage doch, du hast ein großes –« Clete stockte. »Sag mal, hast du ein paar graue Haare bekommen?«

Areto griff erschrocken nach ihrem Zopf. »Oh nein. Sind es mehr geworden?«

»Keine Angst, es sieht nicht schlimm aus. Eher hübsch.«

»Hilfe, ich werde alt!«

»Ach was. Das sind nur Zeichen deiner großen Erlebnisse. Wie meine Narben.«

Areto schmollte, ließ aber zu, dass Clete ihr über den hellen Haaransatz streichelte. »Du hast gut reden, so in der Blüte deines Lebens.«

»Mag sein, alte Hexe. Ein Glück, dass dein Zauber so gut auf mich wirkt. Sonst hätte ich dich bei dem grauen Orpheus lassen müssen.«

»Du hundsgemeine –!« Areto kam nicht mehr dazu, sie scherzhaft zu verfluchen, da Kaystros zurückkehrte. Er tastete den Pfad zu ihnen mit seinem Holzstab ab. Fragend legte er den Kopf schief. »Störe ich?«

»Nein, alles gut«, sagte Areto und blies eine freche Strähne aus ihrer Stirn.

Clete kam nicht umhin, zu ergänzen: »Sie glaubt, nicht mehr schön zu sein, nur weil ihr ein paar graue Haare wachsen.«

»Oh?« Kaystros setzte sich zu ihnen. »Ich glaube, dass deine Frau schön ist. Sie ist achtsam, hat eine warme Stimme und sanfte Hände. Außerdem waren meine Ordensbrüder ihr zugetan. Ich glaube, sie fanden sie auch hübsch.«

Clete musste über seine Worte lächeln. Deine Frau. Es war ja nicht so, als ob Areto und sie verheiratet wären. Doch sie hatte irgendwie nicht das Bedürfnis, ihn zu korrigieren. Seine Art gefiel ihr. Er war nicht nur aufmerksam, sondern auch erstaunlich offen. Sein Horizont war nicht begrenzt wie sein bisheriges Leben.

»Siehst du? Schlauer Junge, er begreift es. In Wirklichkeit habe *ich* Glück mit dir.«

Areto sagte nichts dazu. Aber Clete wusste bei ihrem Strahlen, dass sie sich freute.

Irgendetwas änderte sich an diesem Abend. Clete hatte Kaystros vorher nur so viel Beachtung wie nötig geschenkt. Nun erwischte sie sich dabei, dass sie ihm freimütig von ihrer Heimat erzählte. Er hörte zu, während sie die Pilze zubereiteten, die Areto im nahen Waldstück gesammelt hatte. Im Gegenzug erzählte auch er, von den Titanen, die hier einst gefallen sein und den Boden mit ihrem Blut fruchtbar gemacht haben sollten.

»Man muss diese Erde kennen«, sagte er und scharrte sie mit den Füßen auf. »Viele glauben, sie sei verflucht worden von den Titanen. Aber sie kann einem viel schenken.« Er atmete schwer aus. »Sie wird mir fehlen. Dem Land bis zur nächsten Stadt mit dem Marktplatz kann ich trauen. Ich weiß, was hier lebt und wie man damit umgeht.«

Clete konnte sich nicht vorstellen, wie es war, nicht sehen zu können. Eine Wüste ewiger Dunkelheit, nein, ein Ort, wo es Licht und Schatten, wie sie es kannte, gar nicht gab. Sie wusste nicht, ob das gut oder schlecht war. Nachdenklich sah sie zum Himmel auf. Die Konturen des Ida-Gebirges zeichneten sich vor der untergehenden Sonne ab. Ihr Wegweiser. Wenn sie lange genug in Richtung Troja reisten, musste sich ihr Pfad mit dem des Heeres kreuzen.

»Sei unbesorgt«, sagte sie, während sie die Pilze an Stöcken über dem Feuer wendete. »Areto und ich haben eben erst die Unterwelt überstanden. Die restliche Reise kann nur besser werden.«

Seine Schultern lockerten sich. Clete hatte das Gefühl, dass sie ihn nicht mehr beunruhigte, im Gegenteil. Er stellte ihr viele Fragen während des Essens, zu ihrem Leben und wie sie Kriegerin geworden war. Sie hielt ihm ihren Arm hin, ließ ihn die Narben darauf berühren und erzählte die Geschichten dazu. Ein lauer Wind ging, die Pilze in ihrem Bauch und das Feuer wärmten sie, und Areto schmiegte sich an ihre Seite. Es war ein schöner Abend, noch friedlicher, als die Nacht bei den Orphikern gewesen war.

Umso erdrückender war, was später passierte. Es geschah, als Clete schlief und Areto Wache hielt. Kaystros schrie. Sofort war Clete wach. Sie sprang auf, griff nach ihrem Schwert, das neben ihr am Lagerfeuer lag. Erst glaubte sie, dass er von jemandem angegriffen wurde, so heftig, wie er sich auf dem Boden wand.

»Kaystros!« Areto lief zu ihm, an den Tieren vorbei, die an der Zeder angebunden waren und an den Riemen zogen. »Was ist mit dir?«

Da erkannte Clete, dass dort niemand war. Er verrenkte sich von allein. *Ein Anfall*, dachte sie. *Es muss einer seiner Anfälle sein.* Bevor sie abgereist waren, hatte Orpheus sie und Areto beiseitegenommen, um sie vor Kaystros' Krankheit zu warnen. Der Junge litte stets zum vollen Mond.

Heute hing kaum mehr als eine Silbersichel am Himmel. Dennoch rang Kaystros nach Luft, als wäre er kurz davor, zu ersticken. Speichel rann ihm aus dem Mund. Sein Leib zuckte wild.

Clete sah, dass Areto ihn instinktiv festhalten wollte, und rief: »Nicht! Erinnere dich an das, was Orpheus gesagt hat.« Sie erwiderte den ängstlichen Blick von Areto. »Wenn du ihn niederdrückst, kann er sich wehtun. Lass ihm Raum.« Eilig legte sie das Schwert weg und griff nach einem Fell. »Versuch, ihn zu beruhigen.«

Areto reagierte umgehend und sprach Kaystros zu. Er blieb orientierungslos, aber ihre Stimme besänftigte ihn so weit, dass Clete den weiteren Rat von Orpheus umsetzen konnte. Sie schob Kaystros das Fell unter den Kopf, polsterte ihn, damit er sich nicht während seiner Zuckungen verletzte. Dann zog sie sein Himation aus, das sich um seinen Hals gewickelt hatte, sodass er besser atmen konnte.

Das Zucken dauerte an, wurde mal schwächer, mal stärker. Kaystros schien mehrmals aus der Orientierungslosigkeit zu erwachen. Dann verzerrten Pein und Furcht wieder sein Gesicht. Areto tröstete ihn die ganze Zeit. Irgendwann ging sie dazu über, sein Lied zu summen. Clete räumte Stöcke, Steine und andere Risiken aus dem Weg.

»Siehst du das?«, flüsterte Areto, als er sich weniger wand. »All diese Narben ... Er sieht fast aus wie du.«

Sie klang bekümmert. Clete wusste genau, warum. Kaystros war zu jung, um einen derart zerschlissenen Körper zu haben. Die Narben waren keine Abzeichen wie bei Clete, kein Zeugnis von Erlebnissen. Nur Verletzung.

Schließlich lag er erschöpft da, und Clete sagte: »Lassen wir ihn schlafen.«

Areto fand in dieser Nacht keine Ruhe. Auch Clete konnte die Augen nicht mehr schließen. Sie saß mit Areto am Feuer, den Arm um sie geschlungen, und hielt sich bereit für den Fall, dass ein neuer Anfall kam. Aber bis zum Morgengrauen rührte Kaystros sich nicht mehr.

Es war eine Erlösung, als die Nacht vom ersten Sonnenlicht zerriss. Kaystros erwachte stöhnend. Er setzte sich auf, das Schaffell rutschte von seinen nackten Schultern. Frierend schlang er die Arme um sich.

Clete stand auf und holte sein Himation, während Areto behutsam fragte: »Wie fühlst du dich?«

Er erstarrte, als er diese Frage hörte. Anscheinend ahnte er bereits, was geschehen war. Er wirkte elendig und beschämt, wie er seine Schultern hängen ließ. »Habe ich ... wieder die Kontrolle verloren?«

»Ja«, sagte Areto.

Clete, die ihm das Himation umlegte, schlug einen raueren Ton an. »Orpheus sagte, deine Anfälle kämen nur zum vollen Mond. Wie konnte das dann geschehen?«

Er zog den Kopf ein. »Ich weiß selbst nicht, warum es dieses Mal anders war.«

Er sah aus, als würde er jeden Moment losschluchzen. Die Sache verwirrte ihn offenbar. Er hatte sich ihnen nicht so zeigen wollen. Areto tätschelte seinen Kopf. »Zum Glück ist nichts weiter passiert.« Er blieb bedrückt. Clete nickte Areto zu und ging, um das Lager aufzuräumen. Ihre Gefährtin konnte hiermit besser umgehen. Areto sprach ruhig mit Kaystros, und irgendwann hatte er wieder die Kraft, aufzustehen. Seine Bewegungen waren schwerfällig. Die Nacht steckte ihm in den Knochen, aber er packte klaglos mit an. Als sie den Rastplatz verließen, war die Sonne endgültig aufgegangen.

\* \* \*

Kaystros ging es zusehends schlechter auf ihrer Reise. Der Mond war noch dabei, zuzunehmen, doch seine Anfälle kamen wieder. Bald saß er fahl vor Erschöpfung im Sattel, dunkle Ringe unter den Augen. Es schien, als würde er immer müder, je näher sie den Amazonen kamen.

Clete beobachtete seinen Zustand mit Sorge, doch er blieb tapfer. Wann immer er die Kraft hatte, lächelte er und redete und versuchte, zu singen. Es wurde eine seltsame Reise, ein Balancieren zwischen den Schatten, die das Ida-Gebirge warf. Dann kam der Tag, an dem sie ein Zeichen am Horizont entdeckten.

»Ist etwas?«, fragte Kaystros, als sie plötzlich anhielten.

Areto legte eine Hand über ihr Auge, um besser zu sehen, und Clete sagte: »Da sind Rauchschwaden.« Sie betrachtete den schwarzen Qualm, der über die Bergspitzen glitt. »Das sieht mir nicht wie Herdfeuer aus. Jemand verbrennt dort etwas in großem Maße.«

Sie achteten darauf, mit dem Wind zu reiten, als sie in den Gebirgswald vordrangen. Nicht, dass das Feuer die Bäume erfasste und sich gegen sie wandte. Zumindest war die Natur nicht beunruhigt. Es flohen keine Tiere. Hier und da hob eine Ricke oder anderes Rotwild den Kopf und zuckte mit den Ohren.

Kaystros hielt sich keuchend die Nase zu. Areto wedelte mit der Hand vor ihrem Gesicht. Auch Clete wand sich von dem widerlichen Geruch. Es stank nach verbranntem Fleisch und Haar. Sie ließen eine Anhöhe hinter sich, ritten zwischen den Bäumen hervor. Schließlich hatten sie freie Aussicht auf das Troas-Tal.

Clete atmete erleichtert aus, und Areto rief: »Da sind sie!«

Überall am Anfang des Tals standen Zelte und grasende Pferde. Mancherorts schossen Feuersäulen in den Himmel.

»Was seht ihr?«, fragte Kaystros, der immer noch durch den Mund atmete. »Ist dort euer Volk?«

»Ja«, antwortete Areto freudig. »Sie haben ihr Lager im Tal vor uns aufgeschlagen.« Ihr Lächeln verblasste. »Irre ich mich, oder ist das Heer größer geworden?«

Clete nickte. »Skythen«, mutmaßte sie. »Es müssen ihnen ein paar Stämme zu Hilfe gekommen sein, während wir fort waren. Ich mache mir mehr Sorgen wegen der Feuer. Mir scheint, sie verbrennen Leichen.«

Areto schwieg ernst. Sie sprach nicht aus, was sie beide in diesem Moment dachten: hoffentlich keine Leichen von Amazonen.

»Los«, sagte Clete und schnalzte mit der Zunge, um Promethea anzutreiben. »Reiten wir zu ihnen.«

Die Stute und das Maultier staksten zum Tal hinunter, vorbei an den weniger werdenden Bäumen. Als sie die ersten Zelte erreichten, erblickte Clete eine ihr bekannte Kriegerin. Bremusa stand gähnend an der Grenze des Lagers. Sie bewegte sich seltsam ausgeleiert, wie ohne Körperspannung. Eindeutig hatte sie wieder über den Durst getrunken und spürte nun die Konsequenzen. Sie lungerte bei ein paar Büschen herum, schob ihren Rock bis über den Bauch.

»Bremusa!«, rief Clete ihr zu.

Entgegen ihrer gut gemeinten Absicht fuhr die Kriegerin zusammen. »Beim Arsch des mächtigen Ares.« Kurz sah es aus, als würde Bremusa stürzen, doch sie behielt taumelnd das Gleichgewicht. »Schildhaut! Ich glaube es nicht. Da kommst du einfach zurück und erschreckst mich unschuldige Frau beim Pissen.«

Clete brach in Gelächter aus. »Oh, ich habe dein Schmutzmaul vermisst.« Sie schüttelte abwehrend den Kopf, als Bremusa sich anschickte, auf sie zuzukommen. »Nicht so sehr, dass du mich mit Pisse an den Beinen begrüßen musst. Mach erst zu Ende.«

Bremusa lachte auch und kniete zwischen den Büschen. »Stimmt, so schweinisch bin ich nicht. Göttinnen, was bin ich froh, dass ihr in einem Stück zurück seid. Wer ist das bei euch? Ich dachte, ihr wolltet in die Unterwelt. Wusste nicht, dass es dort hübsche Knaben zu pflücken gibt.«

Jetzt musste auch Areto prusten, weil Kaystros' Gesichtszüge entgleisten. Er wirkte eindeutig überfordert von Bremusas Unverblümtheit. Clete lachte noch lauter. Es war befreiend nach der langen Reise.

»Seid gegrüßt«, sagte er und räusperte sich. »Mein Name ist Kaystros. Und ich bin nicht aus der Unterwelt, sondern vom Orden der Orphiker.«

Areto riss das Wort an sich, weil die Kriegerin wissbegierig schaute. »Ich grüße dich auch, Bremusa. Kaystros' Orden hat uns geholfen, als wir beide in Not waren. Seitdem begleitet er uns.«

»Wir werden schon alles erzählen«, warf Clete ein. »Aber sag du uns erst, wie der Stand der Dinge ist. Was ist in unserer Abwesenheit geschehen? Wen verbrennt ihr?«

Bremusa grinste. »Tatsächlich habt ihr viel verpasst. Unter anderem, wie wir den Höflingen von Dionysos aufs Maul gehauen haben.«

Während sie sich zwischen den Büschen erleichterte, erzählte sie. Der Bericht dauerte lange. Er wollte auch nicht aufhören, als Bremusas Blase geleert war, sie ihre Umarmung nachgeholt hatte und alle ins Lager führte. Promethea entschwand, und Kaystros führte sein Maultier am Zügel. Derweil sprudelten die Worte aus Bremusa heraus. Der Kampf gegen Pan. Irbis Maiakou. Der Sieg von Iphito im Zweikampf. Das wiedererstarkte Bündnis mit den Skythen, die Gadas, Cletes Bruder, nun als Hand anführte. Und das Gefecht mit Dionysos, den Penthesilea geköpft hatte. Seine Höflinge waren von der Verstärkung, die Königin Myrina angeführt hatte, überrannt worden. Nun, als sie die ersten Feuer passierten, erkannte Clete, dass viele der brennenden Leichen Hörner und Hufe besaßen. Massenhaft wurden Höflinge eingeäschert.

»Verflucht«, entfuhr es ihr. »Und ich war nicht da, um an eurer Seite zu streiten.« Wie gerne hätte sie mit ihren Waffenschwestern gekämpft oder stolz gesehen, wie ihr Bruder sich als Anführer bewies.

Areto war ganz sprachlos, Kaystros nicht zu erwähnen, für den sich das alles ungeheuerlich anhören musste. Er bekam den Mund vor Staunen nicht mehr zu.

Bremusa verschränkte die Hände hinter ihrem Kopf. »Gräm dich nicht deswegen. Du wirst alle Kraft brauchen, um mit deinen Verehrerinnen zurechtzukommen.«

Wie aufs Stichwort schrien die ersten Kriegerinnen freudig, begrüßten sie mit Klatschen und Fußstampfen. Die Nachricht, dass sie zurück waren, verbreitete sich in Windeseile. Keine paar Augenblicke später bedrängten sie so viele, es gab kaum ein Durchkommen. Bremusa musste den Weg freikämpfen. Überall gellten Stimmen zu Trommelmusik. Schildhaut und die Erwählte von Artemis! Sie sind zurück!

Clete winkte großmütig den Leuten und stupste Areto mit ihrer freien Hand an. »Komm. Wink ihnen auch. Sie mögen das.«

Areto zögerte, woraufhin Clete ihre Hand nahm und sie hochhielt. Der Jubel der Menge wurde so laut, er ließ die Erde vibrieren. Areto hörte es mit ungläubigem Ausdruck an. Dann lächelte sie wie die Hoffnung, die die Kriegerinnen in ihr sahen, und verschränkte ihre Finger mit denen von Clete. Zusammen hoben sie ihre verschlungenen Hände. Es war mehr als Triumph. Da war ein warmes Gefühl in Cletes Brust, ein unbändiger Stolz auf Areto, die auf ihrer Reise über sich selbst hinausgewachsen war.

Eine vertraute Stimme drang durch die Geräuschkulisse, als Phileas rief: »Mutter!«

Er bahnte sich den Weg durch die Reihen. Areto ließ Clete los und lief auf ihn zu. Dann lagen die beiden sich in den Armen.

»Mein Stern, du bist ja gewachsen«, sagte Areto und strich über seinen ansetzenden Bart. »Wir waren doch gar nicht so lange fort.«

»Es hat sich aber wie eine Ewigkeit angefühlt. Oh, Callistus wird sich freuen, dich zu sehen.« Er umarmte sie noch einmal und fragte Kaystros: »Wer bist du denn?«

Der Orphiker stellte sich ein weiteres Mal vor, und Clete bemerkte, dass er sich kaum auf den Beinen halten konnte. »Das ist so aufregend. All die Geschichten und Geräusche ... Es ist etwas viel. Da merke ich erst, wie erschöpft ich von meinen Albträumen bin. Ich komme kaum mit.«

Phileas lachte verständnisvoll. »So ging es mir auch lange. Ich habe eben erst angefangen, mich daran zu gewöhnen.« Er löste sich von Areto. »Ach ja, ich bin Phileas. Aretos Sohn. Es freut mich, dich kennenzulernen.«

Kaystros konnte ein Gähnen nicht unterdrücken, und Areto sagte: »Wenn du möchtest, kannst du mit Phileas gehen und dich erst einmal ausruhen. Clete und ich müssen ohnehin den Königinnen Bericht erstatten. Du wirst ebenfalls vor sie treten müssen, um einen Platz im Heer zu erbitten. Aber das hat Zeit.«

»Ginge das wirklich in Ordnung?«, fragte er.

»Natürlich.« Sie wandte sich an ihren Sohn. »Sofern Phileas so freundlich ist und dich kurzzeitig in sein Zelt lässt?«

Er zwinkerte ihr zu. »Kein Problem.« Anschließend lächelte er Clete aus vollem Herzen an. »Hab Dank, dass du auf meine Mutter geachtet hast, Schildhaut.« Sie erwiderte sein Lächeln, und er nahm Kaystros am Arm. »Komm. Wenn du willst, kannst du mir auch von deinen Albträumen erzählen. Ich bin ein Sehender, vielleicht kann ich ...«

Sein Geplapper ging im Stimmengewirr unter. Clete sah, wie die beiden samt Maultier im Gedränge verschwanden, und zog Areto an der Hand mit sich. Bremusa, die ungewohnt geduldig gewartet hatte, führte sie weiter. Die Menschen nahmen immer mehr Abstand, je weiter sie sich Penthesileas Zelt näherten. Es stand gut sichtbar auf einem Hügel, mit der mondsilbernen Fahne an der Spitze.

Schließlich hatten sie freie Bahn. Ein paar besonders große Feuer brannten auf dem letzten Wegstück. Es schien hier ein Gelage nach dem großen Sieg gegeben zu haben. Clete wunderte sich darüber, dass die Menschen von ihnen abließen, als trauten sie sich nicht auf das Flammenfeld. Dann wurde ihr klar, warum: Dort saß Antianeira.

Sie hockte mitten zwischen den aufgetürmten Leichen und wies die Kriegerinnen an, die die durchsuchten Toten ins Feuer warfen. Clete sah selbst von fern, dass ihr ungeschminktes Gesicht voller Kratzer war. Die Lippe war aufgesprungen. Ein blauer Fleck prangte um das Auge, das seltsam aussah. Erst auf den zweiten Blick erkannte Clete, dass Form und Farbe sich verändert hatten. Es war orange mit geschlitzter Pupille wie bei einer Füchsin. Die augenlose Gesichtshälfte war noch schlimmer anzusehen. Sie war völlig entstellt, eine felldurchwachsene Verzerrung.

Clete spürte, wie Areto neben ihr erschauerte. Auch Bremusa spannte sich unwillkürlich an. Eine dunkle, fast gefährliche Stimmung hing über ihren Köpfen, als Antianeira sie mit dem Fuchsblick beobachtete.

»Bremusa«, sagte Clete. »Bring Areto hinein. Ich folge euch gleich.«

Die beiden stellten gar nicht erst Fragen. Während sie sich beeilten, weiterzukommen, trat Clete auf Antianeira zu. Ihre wehrhafte Pose machte klar, dass die Herrin der Krüppel erst an ihr vorbeimüsse. Doch obwohl es aussah, als wäre sie zum Angriff bereit, rührte Antianeira sich nicht. Sie verharrte, bis Areto und Bremusa außer Sicht waren, und begrüßte Clete mit frostiger Stimme.

»Schildhaut. Du siehst aus, als hätte die Unterwelt dich einmal gefressen und hochgewürgt.«

Clete verschränkte die Arme. »Ebenso, Herrin der Krüppel. Was ist mit deinem Gesicht geschehen? Haben die Höflinge etwas damit angestellt?«

»Du hast also schon vom Kampf vernommen.«

Clete verkniff sich die trockene Bemerkung, dass das mehr als ironisch sei, wo sie doch zwischen brennenden Leichen saßen.

Antianeira knetete etwas zwischen ihren Händen. »Dionysos hat mir dieses Auge geschenkt. Er wollte mich zur Mänade machen und in eine Füchsin verwandeln. Als ob ich so schwach wäre, mich ihm zu unterwerfen. Aber seine Kraft habe ich gerne genommen, um endlich meine nutzlose Mutter aus der Welt zu schaffen. Ich kann mich nicht mehr ganz zurückverwandeln, aber das ist es mir wert.«

Clete erkannte, was Antianeira zwischen ihren Fingern hielt, und ihr wurde schlecht. Augen. Nicht nur das, um sie lagen auch abgeschnittene Gliedmaßen verteilt. Sie saß auf dem völlig zerhackten Torso von Polydora. Die Leiche war so geschändet, dass ihre Seele keinen Frieden im Nachleben finden würde.

»Bist du zufrieden?«, fragte Clete verächtlich. »Nach allem, was dir deine Mutter an den Kopf geworfen hat ... Gibst du ihr nun recht mit deinen Taten, dass du ein noch schlimmeres Ungeheuer bist als sie?«

Antianeira blieb ungerührt. »Oh, ich bin zufrieden. Jemand Moralverseuchtes wie du wird das nicht verstehen. Aber ich war noch nie so stark. Nie so befreit. Meine größte Feindin ist besiegt.«

Clete sah verbittert zu Boden. »Das ist kein Sieg. Es liegt keine Ehre in solcher Schändung. Den anderen Höflingen wird auch die Würde im Tod gelassen.«

Antianeira spitzte amüsiert die Lippen. »Ich sage es doch: moralverseucht.« Sie räkelte sich auf ihrer verkrüppelten Mutter, spielte mit deren Augen, die sie von einer Hand in die andere gleiten ließ. »Vielleicht hättest du mit deiner Bettwärmerin in der Unterwelt bleiben sollen. Wir sind gut ohne euch zurechtgekommen. Besser sogar. Endlich keinerlei Störungen im Heer. Nur enthemmte Blutgier, so, wie es sein soll.«

Clete zwang ihre Wut unter Kontrolle. »Areto hat einen Namen. Und sie ist die Erwählte von Artemis. Ihr keine Achtung zu erweisen heißt, deine Göttin zu bespucken.«

Damit ließ sie Antianeira sitzen. Sie hatte Besseres zu tun, als sich von ihrer ehrlosen Waffenschwester zornig machen zu lassen. Die Königinnen warteten.

## XXVII. DER VERLORENE

### Penthesilea

Die Schwäche, die Dionysos in ihr hatte wecken wollen, war fort. Weggespült von seinem Blut, das sie unter dem Blick ihrer Göttinnen vergossen und getrunken hatte, als sei es ein Lebenselixier. Nicht nur hatte es ihre Wunden geheilt, ihr Leib hatte auch an Größe und Stärke gewonnen. Ihre Haut war schon längst nicht mehr blutverkrustet, doch ihre Seele würde es für immer sein. Der Stoff von Legenden – ein geschlagener Gott.

Nach all den Köpfungen und Verbrennungen, den Feiern und der Genesung der wahnsinnigen Späherinnen sahen die Kriegerinnen sie nicht mehr mit Zweifeln an. Jene, die von Achilles und Patroklos gehört hatten, sprachen nicht darüber. Es war nicht wichtig. Wichtig war allein, dass Troja zum Greifen nahe war.

Penthesilea sah über ihre Vertrauten hinweg, die sich in ihrem Zelt versammelt hatten. Die meisten waren ähnlich müde wie sie vom Kämpfen und Zechen. Ihre Molossoi lagen erschöpft in einer Ecke. Königin Myrina stand mit verschränkten, teils bandagierten Armen neben ihr. Die Strateges Priene und Antandre saßen auf dem Boden, studierten ein paar Karten aus verschatteten Augen. Melanippe hatte sich auf dem Stuhl, den sonst Penthesilea benutzte, niedergelassen. Sogar Lacomache, die als Sprecherin des Sternstammes anwesend war, blinzelte schläfrig. Einzig die beiden Nomadischen schienen im vollen Besitz ihrer Kräfte.

Tamura trug das Kind in einer Binde vor ihrem Bauch, während Gadas ihr weiteres Vorgehen besprach. »Wir werden in unsere Lande zurückkehren, die nun vom Hof des Gelächters gesäubert sind. Der Kampf in Troja gehört den Amazonen, nicht uns. Die skythischen Stämme unterstützen euch jedoch, soweit möglich. Wir teilen unsere Vorräte mit euch und werden den Anfang des Troas-Gebiets halten.«

Penthesilea nickte befriedigt. »Wir Amazonen werden es nicht vergessen. Wenn wir in Troja siegen, werdet auch ihr als unsere Verbündeten davon profitieren.«

Melanippe lehnte sich auf ihrem Stuhl vor. »Das griechische Heer plündert die Gegend. Die Raubzüge von Achilles sollen besonders ruchlos sein, wie der Sehende von Apollon erfuhr. Es ist gut, wenn die Reitstämme den Talanfang besetzen. So nehmen wir den Griechen Land, das sie nähren kann.«

Kurz hing Stille über allen Köpfen, und der Name war wie ein Omen. Achilles.

Von den anwesenden Frauen wussten nur jene, die vor Dionysos getreten waren, was er Penthesilea bedeutete. Ihre Schwester Melanippe, Stratega Antandre und Bronzefaust Lacomache, alle drei schwiegen.

Die unwissende Myrina fragte: »Was, wenn wir schon vor Troja auf Achilles und seine Plünderer treffen?«

Penthesilea entging nicht, dass Melanippe sich verspannte. Antandre und Lacomache hatten sich besser im Griff, blieben unbewegt. Aber natürlich mussten auch sie Bedenken haben, ob Penthesilea ihn würde bekämpfen können.

Sie sagte das einzig Akzeptable. »Was wohl? Dann werden wir kämpfen. Wenn uns kein Gott aufhalten kann, so wird es auch kein Held tun.«

Ihre Stimme besaß die nötige Entschlossenheit, dass die anderen grimmig lächeln mussten. Sie sprach aus vollem Herzen, und alle glaubten ihr. Gerade wollte sie bereden, wie sie die letzte Strecke überwinden wollten, als dier wachthabende Iphito eintrat. »Schildhaut und die Erwählte von Artemis sind zurückgekehrt!«

Alle gafften Iphito an.

Antandre warf als Erste ihre Starre ab. »Worauf wartest du? Bring sie her.«

Iphito trat beiseite, und Areto kam ins Zelt. Sie wurde von Bremusa begleitet. Die Rasende tat eine Verbeugung, ehe sie und Iphito wieder hinausgingen.

»Ich bin bereits da«, sagte Areto und verneigte sich ebenso. »Seid mir gegrüßt. Die Mission war erfolgreich: Wir haben in die Unterwelt gefunden und mit Hippolyte gesprochen.«

Penthesilea atmete auf, und ein frohes Lächeln zog an ihren Lippen. »Willkommen zurück, Erwählte.«

Melanippe seufzte und schlang ihre bedeckten Arme um sich. »Vierzehn Sonnenaufgänge. Phileas lag richtig mit seiner Vision.«

Die Anspannung, mit der alle auf die prophezeite Rückkehr gewartet hatten, löste sich.

»Wo hast du Schildhaut gelassen?«, fragte Penthesilea.

»Clete sollte jeden Augenblick kommen. Sie ...« Areto zögerte. »... hat noch etwas mit der Herrin der Krüppel zu bereden.« Da war ein Unterton, der Penthesilea missfiel. Sie hakte jedoch nicht nach.

Myrina kam ihr ohnehin zuvor. »Du wirkst erschöpft. Bist du überhaupt in der Lage, uns Bericht zu erstatten?«

Areto strich sich eine Locke aus dem verknitterten Gesicht. »Ja, die Reise war anstrengend. Aber natürlich erstatte ich Bericht. Es ist immerhin meine Pflicht als Amazone.«

Bevor sie beginnen konnte, kam Clete hinzu. Sie trat an Aretos Seite, sah in die Runde und sagte: »Ich bin nun auch da. Verzeiht mir die Verspätung.«

Tamura und Gadas konnten sich nicht zurückhalten, sie liefen auf Clete zu. Penthesilea ließ ihnen die Begrüßung. Es kommt ja nicht alle Tage vor, dass eine Verwandte aus der Welt der Toten zurückkehrt. Gadas hob seine Schwester fast vom Boden, so überschwänglich umarmte er sie. Tamura zog ihn mit einem tadelnden Lachen weg, weil Clete gequält stöhnte. Wie die Geschwister nebeneinanderstanden, war besonders ersichtlich, wie die Reise an der Kriegerin genagt hatte. Sie trug einige neue Narben, und um ihre Hände war noch altes Verbandszeug gewickelt.

Antandre ging auf Clete zu. »Du bist sicher.« Es schien ihre Art zu sein, Familie zu begrüßen. »Gut.«

Clete erwiderte den schwesterlichen Schlag von Lacomache gegen ihre Schulter.

Myrina, die das Geschehen ungeduldig beobachtete, kam wieder zur Sache. »Was könnt ihr uns berichten?«

Penthesilea beugte sich vor, mit verspannten Schultern. Ein Teil von ihr fürchtete sich vor dem, was kam. Nicht zuletzt, weil ihre Schwester ein Geheimnis mit ins Grab genommen hatte. *Was, wenn sie nun wissen, dass mein eigener Speer Hippolyte getötet hat?*

Areto und Clete antworteten nicht sogleich, sondern setzten sich auf den Boden. Ihre Erzählung würde wohl länger dauern. Also setzte Penthesilea sich neben den schlafenden Brecher. Alle lauschten Clete, die begann. Es war unglaublich, noch dunkler, als Penthesilea sich die Unterwelt vorgestellt hatte. Je mehr sie hörte, desto seltsamer kam es ihr vor, dass Clete nicht sofort auf Hippolyte zu sprechen kam.

»Meine Schwester«, erinnerte Penthesilea sie. »Es wird genug Zeit sein, dass ihr uns von allem anderen erzählt. Doch nun geht es um Hippolyte. Was war ihre Nachricht?«

Areto atmete tief ein und nahm das Wort an sich. »Königin Hippolyte lässt Euch etwas zu ihrem Tod wissen. Und sie sendet eine Warnung.«

Ein scharfer Schmerz ging durch ihre Brust, als sie hörte, wie die beiden Hippolyte getroffen hatten. Ein Schatten ihrer selbst. Die Beschreibung von Areto war kaum zu ertragen. Penthesilea bemerkte, dass Melanippe schwer schlucken musste und ein Gebet murmelte. Sie legte die verhüllte Hand auf Penthesileas Schulter. Stumm gaben sie sich Halt.

»Hippolyte traf eine Göttin, bevor sie starb«, fuhr Areto fort. Die Worte tropften zäh von ihren Lippen, formten Bilder von dem, was geschehen war. Sie schmückte nichts aus, wie sie es sonst als Schreiberin getan hätte, dennoch wohnte ihrer Erzählung ein Schrecken inne.

Die angststillen Wälder. Hippolyte sah auf, in die silbernen Augen von Artemis. Die Göttin sprach davon, dass sie nach Troja müsse, und dann kam der Drakon. Sein schwangerer Körper von Artemis' Macht verzerrt, damit er das Leid der Frauen und Kinder spiegelte. Penthesilea konnte es nicht glauben. Sie fühlt sich hohler, je länger sie zuhörte, als würde das Grauen sie ausschaben.

Schließlich hielt Myrina es nicht mehr aus. »Das kann nicht sein.« Sie rang aufgebracht die Hände. »Warum soll unsere Göttin Hippolyte töten wollen?«

Areto hatte keine Antwort. Niemand hatte sie.

Stille breitete sich aus. Die Amazonen waren schockerstarrt, nicht zu mehr in der Lage, als entsetzte Blicke auszutauschen. Auch Tamura und Gadas hatten alles mit geweiteten Augen angehört. Ihre Tochter winselte, wie die Molossoi.

»Dies ist die Warnung von Hippolyte«, schloss Areto. »Sie will nicht, dass ihre letzten Schwestern enden wie sie, als göttliche Spielbälle.«

Penthesilea spürte, wie der Mut der Frauen bröckelte, die trotz allem hinter ihr hatten stehen wollen. Sie sah ihnen an, wie er in ihrem Inneren zerbrach, glaubte die Scherben auf den Boden fallen zu hören. *Unsere Göttin ... sie hat uns verraten.*

Melanippe war aschfahl geworden. »Spielbälle?« Sie fiel aus der abgeklärten Rolle als Hohepriesterin, als sie an ihren Armen rieb. »Das ist nicht wahr. Artemis würde uns das nicht antun. Es *darf* nicht wahr sein.«

Areto senkte den Blick, und Clete legte ihr den Arm um die Schulter. Nun war die Stille totenkalt, wie jene, die Penthesilea von den Gräbern kannte. Sie glaubte, sie brechen zu müssen. Doch alle Worte blieben ihr im Hals stecken. Denn der größte Fehler ihres Lebens betrat das Zelt. Achilles kam herein.

Der Rest der Welt schien zu verschwimmen, dass sie nur noch ihn sah. Das dunkle Haar mit dem goldroten Schimmer. Seine tanzende Art, sich zu bewegen, wie flackerndes Feuer. Sie sah ihn so deutlich. Doch es war natürlich nicht Achilles, nur ein junger Mann mit ähnlichem Gesicht.

Auf den zweiten Blick war der Unterschied offensichtlich. Der zartere Körper, den ein blaues Himation kleidete, die blinden, von Brandnarben umgebenen Augen. Sie wusste sofort, wer er war. Auch er schien die Verbindung zu spüren, wandte ihr den Kopf zu, obwohl er sie nicht sehen konnte.

Sie bekam kaum mit, dass Bremusa und Phileas eintraten. Die beiden waren aufgeregt, gestikulierten. Bremusa drängte an Clete vorbei, die aufsprang und sie erst nicht einlassen wollte. »Ich hätte die zwei nicht hergebracht, wenn es nicht dringend wäre.«

Alle begannen durcheinanderzureden.

»Phileas!«, rief Areto durch den Lärm. »Was tut ihr hier? Ihr wolltet euch doch ausruhen.« Sie sah sich überfordert um. »Es ist ein schlechter Zeitpunkt. Kommt später wieder.«

»Nein.« Er nahm sie am Arm. »Hast du Bremusa nicht gehört? Es ist wichtig.«

Die Worte verwischten in Penthesileas Ohren. Zäh floss der Rest der Welt an ihr vorbei, während sie sich erhob und den blinden Jungen anstarrte.

»Erinnert ihr euch an die Prophezeiung von Artemis?«, fragte Phileas. »Das Mädchen aus Blitz und Donner? Du und Clete, ihr seid ihr näher gekommen, ohne es zu merken.« Er deutete mit dem Finger. »Kaystros hier –«

Penthesilea ließ ihn nicht weitersprechen. Nur diesen Namen zu hören, brach einen Damm an Erinnerungen. Die verschiedenen Rufe, was vorgehe, alles zerschnitt sie mit ihrer Stimme: »Still!«

Die anderen verstummten. Sie beachtete niemanden, nur ihn, als sie auf ihn zutrat. Er merkte auf, da er ihre Schritte hörte. Vorsichtig tastete er mit seinem Gehstab um sich. Er streckte eine Hand aus. Sie blieb gerade so weit weg von ihm stehen, dass er sie nicht berühren konnte.

»Woher kommt dein Name?«, fragte sie, obwohl sie es bereits wusste. Kaystros, so hieß der Fluss, der am Artemision von Ephesus vorbeifließt.

Er ließ die Hand sinken, schluckte. Dann sprach er. Seine Stimme klang der von Achilles so ähnlich. Sie ließ ihn gern reden, hätte ihm noch viel länger zuhören können. So viele Jahre hatte sie kaum mehr als schmerzvolle Gedanken an ihn verschwendet, weil sie ihn für tot gehalten hatte. Kein Säugling kann blind die Wildnis überleben. Und doch stand er hier, war mit Clete und Areto vom Rand der Totenwelt bis zu ihr gereist.

»Geht«, sagte Penthesilea.

Alle schauten verwundert, und Myrina fragte: »Wie meinen?«

»Ihr seid entlassen. Die weitere Besprechung muss warten.«

»Was? Aber das ist nicht möglich. Troja liegt vor uns. Und wir haben erfahren, dass Artemis –«

»Ich sagte, geht!« Penthesilea sprach so scharf, dass ihre Molossoi aufsprangen und knurrten. Sie hielt sie nicht zurück.

Myrina begriff, dass es nicht nützte, zu diskutieren, und ging. Ihre Schritte donnerten vor Ungemach. Sie tat einen Wink, dass Priene ihr folgte. Die beiden, Bronzefaust Lacomache, der Sehende Phileas, das Nomadenpaar … Alle wurden sie von Penthesileas harschem Blick vertrieben. Auch Areto, ihr Gesicht voller Verwirrung, wandte sich zum Gehen. Sie nahm Kaystros am Arm.

»Nein«, sagte Penthesilea. »Er nicht.«

Kaystros fuhr zusammen. Areto sah noch verwirrter drein als vorher. Erst schien es, als wolle sie den Grund erfragen. Doch Clete schüttelte verneinend den Kopf, sodass Areto den Mund schloss. Die Kriegerin zog sie von Kaystros weg. Aretos Fingerspitzen streiften die seinen, bevor sie mit Clete hinausging.

Die Zeltplane fiel hinter ihnen zu, und Penthesilea war allein mit dem Jungen. Sie deutete ihren Molossoi, sich ruhig zu verhalten, und beobachtete ihn.

»Wer seid Ihr?«, traute er sich, zu fragen.

Sie wusste, es war formell gemeint. Er stand hier mitten in der Stille, wusste nicht, was vor sich ging und wer sie war. Sie sollte sich ihm als Königin vorstellen. Doch da war ein anderer Impuls, der Wunsch, nichts mehr zu verheimlichen, wenn das Schicksal ihn schon gesandt hatte.

»Ich bin deine Mutter.«

Worte mit dem Gewicht totgeschwiegener Jahre. Kaystros sagte nichts. Er klammerte sich an seinen Stab auf der Suche nach Halt. Auch Penthesilea hatte nichts mehr zu sagen, was ihr nicht schnöde erschienen wäre nach diesem Geständnis. Sie sah erschöpft zu Boden.

Ihm entrang sich ein Geräusch. Ein Laut zwischen Weinen und Schreien. Sie glaubte, dass ein brechendes Herz so klingen könnte.

\*\*\*

Es war blühender Frühling, als Anassa starb, und Sommer, als Penthesilea nach Themiskyra zurückkehrte. Des Nachts kam sie im Palast an. Niemand erkannte sie, abgerissen, wie sie war, in einen Mantel aus Regen und Nacht gehüllt. Bevor sie sich den Wachen offenbaren konnte, rannte eine freudig hechelnde Kreatur auf sie zu.

»Titania!«, rief sie und ließ sich lachend von ihr umrennen. »Ich habe dich vermisst.«

Die Wachen sahen verblüfft, wie die monströse Hündin ihr schwanzwedelnd übers Gesicht leckte. Da wussten sie, ihre Prinzessin war heimgekehrt.

Sie wurde Titania nicht mehr los, die ihr auf Schritt und Tritt folgte. Auch die Menschen im Palast umschwärmten sie. Alle begrüßten Penthesilea und waren glücklich, sie wiederzusehen. Sie hörte schwere Schritte. Die Leute traten beiseite, und Hippolyte kam auf sie zu. Ihre Schwester schnaufte, war wohl herbeigerannt, sowie sie gehört hatte, dass Penthesilea zurück sei.

Hippolyte sah gut aus. Ihre Muskeln waren straffer denn je. Gerade ihr Rücken schien an Stärke gewonnen zu haben. Nicht nur wirkte sie, als hätte sie die Trauer gut bewältigt, sie hatte etwas Hoheitsvolles gewonnen. Ohne Zweifel hatte sie Penthesilea würdig vertreten.

Sie sagten nichts, brauchten keine Worte. Hippolyte zog sie einfach in die Arme. Penthesilea drückte sich an sie, atmete ihren herben Geruch ein. Kurz gab es nur sie beide, verzahnt im Moment. Penthesilea umarmte weit mehr als ihre geliebte Schwester – ihre Zukunft.

Hippolyte schob sie von sich, ließ eine Hand an Penthesileas Wange gelegt. »Hast du da draußen deine Stärke gefunden?«

Sie lächelte und sagte: »Ja.«

Als sie zusammen durch den Palast gingen, fiel ihr auf, wie sehr sich alles verändert hatte. Dabei war sie nur ein paar Jahreszeitenwechsel fort gewesen. Der Palast war nicht mehr karg wie nach Orithyias Tod. Er erstrahlte in neuen Farben. Lachen hallte von den Wänden, und der Liliengarten, in den Hippolyte sie brachte, blühte schöner denn je. Die Blumen rochen nach ihrer Kindheit.

»Titania hat während deiner Abwesenheit geworfen«, sagte ihre Schwester. »Die Welpen sind prächtig. Bestimmt werden starke Kampfhunde aus ihnen.«

»Was? Wirklich? Ich muss sie sehen!«

Hippolyte legte ihre Finger an die Lippen und pfiff. Keinen Augenblick später stürmte ein Rudel Welpen um die Ecke. Die Molossoi mussten kaum ein paar Wochen alt sein, aber besaßen schon so viel Gewicht, dass ihre Pfoten auf dem Palastboden hämmerten. Penthesilea kniete sich hin und klatschte in die Hände. Die Welpen ließen sich gerne davon anstacheln. Im nächsten Moment war sie in einem Haufen aus Schlappohren und Hundezungen begraben.

»Oh, Titania.« Sie kraulte die Hündin, die neben sie kam und die Welpen mütterlich betrachtete. »Das sind schöne Jungen. Du kannst stolz sein.«

Hippolyte deutete auf einen besonders kräftigen Welpen. »Dieser hier ist für dich. Sein Name ist Brecher.«

Penthesilea sah überrascht auf. »Bist du dir sicher? Er scheint mir der gesündeste im Wurf zu sein.«

»Eben drum. Sieh ihn als ein Willkommensgeschenk. Wenn du magst, kannst du dir noch viel mehr Welpen aussuchen.«

»Du ahnst nicht, wie glücklich du mich damit machst.« Sie klatschte erneut in die Hände und rief: »Brecher! Komm her.«

Er sprang in ihre Arme, blieb allerdings nicht lange. Wie die anderen Welpen war er noch zu jung und aufgeregt, um stillzuhalten. Sie tollten umher, während Penthesilea sich mit Hippolyte zwischen die Lilien setzte, Titania zu ihren Füßen. Ihre Schwester holte ihnen Wein. Zwar juckte es Penthesilea in den dreckigen Fingern, ein Bad zu nehmen, doch es konnte warten. Sie wollte Hippolytes Stimme etwas länger zuhören. Ihre Schwester bestürmte sie, was sie ihr Gutes tun könne, während sie ihr den gefüllten Kelch in die Hand drückte. Aber Penthesilea brauchte nicht mehr. Wein und hochgelegte Füße, das war genug. Sie würde sich erst wieder an das Leben als Prinzessin gewöhnen müssen.

»Ich habe einen Diener gesandt«, sagte Hippolyte und strich ihr die zotteligen Fransen aus der Stirn. Sie konnte nicht aufhören, Penthesilea zu berühren, aller Schmutz störte sie nicht. »Er holt Melanippe. Sie wird noch im Tempel sein und mit Artemis sprechen. Aber wie ich sie einschätze, wird sie sofort hereilen, um dich wiederzusehen.«

Penthesilea nahm den Weinkelch von ihren Lippen und fragte: »So spät ist sie noch im Tempel?«

»Ich weiß, es ist ungewöhnlich.« Ein harter Zug legte sich um Hippolytes Mund. »Die Sternkönigin stirbt, und sie hat keine Erbin. Melanippe sucht nach Zeichen, um ihr Leben zu verlängern. Aber ...«

Penthesilea umfasste den Kelch fester. Ihre Muhme starb, und es klang, als würden sie sich nicht mehr vor ihrem Tod sehen können. Sie murmelte ein Gebet für die Sternkönigin, ehe sie sagte: »Es schmerzt mich, das zu hören.«

Eine Weile lang wehte nur der Wind durch die Lilien, während die Welpen miteinander rangen.

»Die Göttinnen wollen, dass ich ihren Platz einnehme«, sagte Hippolyte schließlich. »Sie sagen, ich hätte mich als würdig erwiesen, indem ich dich vertreten habe. So hat Melanippe es überbracht.«

Penthesilea vernahm es voller Stolz. »Dieses Urteil wundert mich nicht. Ich kann dir nicht genug danken dafür, dass du den Thron in meiner Abwesenheit geschützt hast.« Sie trank einen Schluck. »Dann kehre ich ja zur rechten Zeit zurück. Du wirst den Sternstamm regieren, und ich werde zur Königin der Mondtöchter.«

Hippolyte nickte. »Ich wünschte nur, ich würde mehr Hoffnung für die Sternmütter verkörpern. Ihre alte Königin hatte kein Kind, und auch mir wird eine Tochter verwehrt sein.«

Penthesilea nahm eine Hand herunter und legte sie auf ihrem Bauch ab. »Sorge dich nicht darum. Ich bringe alle Hoffnung mit, die wir brauchen.«

Hippolyte sah sie unbewegt an. Dann zog ein glückliches Grinsen an ihren Lippen. »Nein.«

Penthesilea grinste zurück. »Doch.«

»Aber du wolltest kein Kind mit Ares.«

»Es ist nicht von ihm. Ich habe es mir von dem besten Mann geholt, den ich auf meinen Reisen traf.«

Hippolyte war so voller Freude, sie warf ihren Kelch fort, um sie zu umarmen. »Penthesilea, das ist wunderbar. Du musst mir von ihm erzählen. Ich will alles hören über diesen Mann, der deiner würdig war.« Sie lachte. »Eine Tochter! Du wirst eine Tochter bekommen!«

Penthesilea lachte mit ihr. Und dann begann sie zu erzählen. Sie merkte, dass ihre Stimme wankte, weil die Erinnerung sie so bewegte. Endlich konnte sie ihre Zeit auf Skyros mit jemandem teilen. Sie hatte noch den Geschmack des Frühlings und von Achilles auf ihrer Zunge, fühlte wieder, wie sie an Patroklos im Sonnenlicht lag, und erzählte Hippolyte von all der Schönheit und Tugend jener Tage.

Ihre Schwester hörte gebannt zu. Irgendwann nahm ihr Lächeln ab. Falten gruben sich in ihre Stirn, wurden tiefer, bis ihr Gesicht ganz verschattet war.

»Er ist Grieche«, sagte sie tonlos.

Penthesilea war klar gewesen, dass Hippolyte es nicht gleich verstehen würde. »Er ist nicht wie die anderen Helden. Sonst hätte ich ihn mir nicht ausgesucht.«

»Ein Held, sagst du?« Nun war ihre Stimme kalt. Sie sprach nicht weiter. Das musste sie auch nicht, so laut, wie der Hass in ihrem Blick schrie.

Penthesilea griff nach ihrer Hand. »Ich weiß, ich hätte es auch nicht für möglich gehalten. Aber die Zeit mit Achilles und Patroklos hat mir die Augen geöffnet.«

Hippolyte nahm ihre Hand weg. »Was redest du da?« Sie stand auf, fuhr sich aufgebracht durch das kurze Haar. »Sie sind der Feind.«

»Bitte, hör mir zu. Wir werden nicht mehr unter den Helden leiden, sondern ihre Macht auf unserer Seite haben. Meine Tochter ist der Anfang einer neuen Generation. Verstehst du nicht?«

»Ich glaube dir, dass du es gut gemeint hast. Aber es sind immer noch Söhne der Ungeheuer, die unser Fleisch und Blut getötet haben. Du hättest ebenso gut mit Herakles schlafen können!«

Das versetzte ihr einen schmerzhaften Stich. »Die beiden haben nichts mit diesem ehrlosen Schlächter gemein. Nichts!«

Hippolyte schüttelte den Kopf. »Sag mir nicht, dass du dich in diesen Achilles verliebt hast.«

Sie klang so verzweifelt, dass es Penthesilea erschütterte. »Nein, das ist nicht richtig. Ich ...«

Sie brachte es nicht fertig, es auszusprechen und Hippolyte noch mehr zu verletzen. Zu sagen, dass sie sich in Achilles verliebt hatte, stimmte nicht. Nicht ganz. *Ich liebe sie beide.* So dachte ihr Herz, doch ihr Kopf und die Pflicht sagten: »Vergib mir.«

Sie schluckte an Tränen. Da wurde Hippolyte wieder zu ihrer Schwester, setzte sich neben sie, lehnte die Stirn an ihre. Diesmal gab es keine Verurteilung zwischen ihnen.

»Schon gut«, flüsterte Hippolyte. »Wir alle gehen eigen mit unserer Trauer um.« Sie zögerte. »Wenn du bei diesen Mannen Stärke und deine Erbin finden konntest, bin ich dankbar. Du musst es aber geheim halten. Das Volk wird nicht verstehen, warum du dich auf verfluchtes Heldenblut eingelassen hast. Und Melanippe ... Sag es ihr nicht. Sie musste so sehr unter griechischen Helden leiden. Versprich es mir.«

Sie sagte schweren Herzens: »Ich verspreche es.«

Als Melanippe kam und freudestrahlend von dem Kind erfuhr, begann Penthesilea mit dem Schweigen. Ein Halbgott – das war alles, was sie über den Vater sagte. Der zweite Mann blieb völlig unerwähnt. Alle Erinnerung begrub sie in sich.

Regieren, so lernte sie in jener Nacht, ist auch Schweigen. Der Mensch, der sie war, ihre Gefühle und Beweggründe, all das war zu komplex, eine Irritation. Ihr schwindendes Volk brauchte eine starke Hand, eine Königin und Göttin. Sonst nichts.

\* \* \*

Kaystros war zu aufgelöst, als dass Penthesilea weiter mit ihm sprechen konnte. Sie musste ihn fürs Erste wegschicken. Auch sie selbst fühlte sich seelisch entkräftet, war nicht in der Lage, ihren Pflichten als Königin nachzukommen. Die Besprechung kam nicht wieder zustande, und das Amazonenheer hielt still.

Sie konnte nicht schlafen, zerbrach sich den Kopf. Viel Zeit zum Nachdenken blieb ihr nicht. Gerüchte breiteten sich aus. Sie hörte nichts im Detail, aber überall im Lager nahm das Flüstern zu.

»Die Leute wissen es«, sagte Antandre. Ihre Stratega trat ihr nach der schlaflosen Nacht gegenüber. »Sie wissen von Artemis und deren Verrat.«

»Jemand hat geredet«, sagte Penthesilea matt.

»Das wäre möglich, aber das will ich nicht glauben. Es waren nur ehrenvolle Frauen zur Besprechung da, und Gadas ist ein tugendhafter Mann. Sie würden solch gefährliches Wissen nicht nach außen dringen lassen.«

Das stimmte. Vielleicht hatte auch jemand ihre Unterhaltung belauscht. Im Grunde war es gleich.

»Das Geschwätz lässt sich nicht unterbinden«, fuhr Antandre fort. »Es verbreitet sich wie ein Lauffeuer. Viele glauben, dass unser Feldzug verflucht ist. Warum sonst soll sich die Göttin von uns abwenden?«

Auf ihren fragenden Blick sagte Penthesilea: »Nein. Bestraf die lautesten Stimmen nicht. Lass sie reden.« Sie rieb sich die pochenden Schläfen. »Wenn wir mit Bestrafungen anfangen, wird es nur noch mehr Unsicherheit geben. Ich werde vor sie treten, wenn die Zeit reif ist.«

»Ich erwarte Eure Befehle.«

»Die werden kommen. Ich … muss erst über ein paar Dinge nachdenken.« Sie hielt inne, als draußen Schritte und das Tappen eines Holzstocks erklangen. »Der Junge«, stellte sie fest. »Hol ihn herein, Antandre.«

Die Stratega begab sich hinaus. Kurz darauf kehrte sie mit Kaystros zurück. Er trat mit eingezogenem Kopf ein. Wahrscheinlich war er unsicher vor dem Zelt stehen geblieben, nachdem eine Wache ihn hergebracht hatte. Antandre ging wortlos aus dem Zelt, um sie alleine zu lassen.

Kaystros nestelte an seinem Stab. »Ihr wolltet mit mir sprechen, Königin?«

Er sah müde aus, von Schlaflosigkeit gebeutelt. Es würde sie nicht wundern, wenn auch er sich vor Albträumen gefürchtet hatte.

»Ja.« Sie klopfte laut hörbar für ihn auf ihre Stuhllehne und sagte: »Komm her.«

Er ging auf sie zu, suchte den Boden mit seinem Stab ab. Dabei stieß er versehentlich Brecher an. Der Hund knurrte, dass Kaystros zusammenfuhr.

»Keine Angst«, sagte Penthesilea. »Brecher beißt nur, wenn ich es ihm befehle.«

Die anderen Molossoi blickten auf und schnüffelten. Kaystros schien einen interessanten Geruch für sie zu haben. Brecher erhob sich und umkreiste ihn.

»Großer Orpheus«, keuchte Kaystros, als er ihn spürte. »Der ist ja gigantisch. Wie ein Pferd!«

Dieses kindlich übertriebene Staunen kam unerwartet. Es war derart unschuldig, sie konnte nicht anders, als zu lächeln. Kaum zu glauben, dass sie dazu noch fähig war.

»Gigantisch sind meine Hunde wohl. Aber täusch dich nicht, sie sind noch weit von Pferdegrößen entfernt.« Sie ermutigte ihn: »Nur zu. Fass ihn an.«

Er streckte vorsichtig eine Hand aus und berührte Brecher an der Schnauze. »So mächtig.« Sein trauergraues Gesicht begann zu leuchten. »Ist das wirklich nur ein Hund?«

»Ja. Meine Molossoi kämpfen in der Schlacht.«

»Unglaublich.«

Es war verrückt. Hier waren sie, Mutter und verlorener Sohn, und unterhielten sich über ihre *Hunde*.

»Setz dich, Kaystros. Links von dir steht ein Stuhl.«

Er ertastete ihn mit der Hand und ließ sich gehorsam nieder. Dann schwieg er sie an. Offenbar konnte er mit ihren Tieren besser umgehen als mit ihr.

»Ich habe mit Areto und Clete über dich gesprochen«, begann sie. Nach ihrer Offenbarung gegenüber Kaystros hatte sie die beiden zu sich gerufen. »Sie haben mir von deinem Leben bei den Orphikern erzählt. Deinen Anfällen und Albträumen.« Sie beugte sich vor. »Ich will es von dir hören.«

Er klemmte den Gehstab zwischen seinen Beinen ein. »Ich habe Zuckungen, seit ich mich erinnere. Meist tue ich mir selbst weh, manchmal anderen.« Seine Hände krampften sich um den Stab. »Ich hatte schon immer das Gefühl, dass etwas mit mir nicht stimmt.«

Penthesilea wusste, warum. »Es sind die Blutgier der Amazonen und der Götterwahn der Helden. Ich glaubte, ein mächtiges Kind wie du wäre über sie erhaben. Aber niemand hat dir beigebracht, mit diesem doppelten Erbe umzugehen. Kein Wunder, dass du leidest.«

Kaystros wirkte bedrückt, aber auch erleichtert, dass es eine Erklärung für ihn gab.

»Und deine Albträume?«, fragte sie.

»Einen habe ich besonders oft. Eigentlich ist es ein dunkler, zerstörerischer Traum. Aber ... ich fühle mich darin so frei. Als wäre etwas in mir richtig. Ich bin dann ein Mädchen. Meine Stimme donnert. Blitze pulsieren in meinen Fingerspitzen. Ich bin stark, so stark, und die ganze Welt gehört mir.«

Es war wie die Prophezeiung von Artemis. Ein Mädchen, geformt aus Blitz und Donner – Erbin von Zeus. Schlüssel zum Sieg.

»Der Sehende sagte mir«, fuhr Kaystros fort, »dass es nicht nur ein Albtraum ist. Ich hätte dieses Mädchen sein sollen.« Seine Stimme bebte. »Aber so wurde ich nicht geboren. Warum bin ich ein Junge?«

Diese Frage hatte sie sich so oft gestellt. »Dir wäre Großes bestimmt gewesen, Kaystros. Dein Vater Achilles gehört den mächtigsten Helden an, die die Welt je sah.«

Er versteifte sich. »Das kann ich nicht glauben. *Der* Achilles?«

»Ja.«

Er schluckte. »Es ist ... so viel. Achilles, der Held? Dessen Kämpfe in Troja alle besingen? Der Sohn von König Peleus und der Meeresnymphe Thetis?«

»Du wärest noch größer gewesen. Achilles ist ein Urenkel von Zeus, und damit hast du die Fähigkeit, Göttliche zu stürzen. In deiner Unaufhaltsamkeit hättest du das griechische Heer mit uns vor Troja zerstampft.« Sie senkte betrübt den Blick. »Aber der Kriegsgott Ares entschied, uns dies zu entsagen. Er hat dich in meinem Bauch verformt, weil ich ein Kind von ihm selbst ablehnte.«

Kaystros wirkte zutiefst unglücklich. Dieses Gespräch war für ihn genauso schwierig. Kurz glaubte sie, dass er wieder flüchten würde vor Überforderung. Aber er blieb.

»Dürfte ich etwas mehr über meinen Vater hören?«, fragte er und schniefte. »Nicht über den Helden, sondern ...« Penthesilea beendete leise seinen Satz: »Wie ich ihn selbst gekannt habe?«
Er bejahte, und sie begann.

## XXVIII. WAFFENSCHWESTERN

### Areto

Die Königin zeigte sich nicht. Tage um Tage hielt das Lager still. Areto traute sich kaum, vors Zelt zu gehen, weil sie so feindlich angestarrt wurde. Sie war keine Hoffnung mehr, sondern eine Unglücksbringerin, die den Feldzug aufgehalten hatte. Günstling einer verräterischen Göttin. Niemand besang mehr ihre Reise in die Unterwelt.

Eigentlich verließ sie nur ihre Schlafstatt, weil sie sonst im Schatten versunken wäre, und das war schlimmer als alles andere. Einmal mehr ging sie geduckt zu Callistus. Sie musste das Feld passieren, wo vor drei Tagen noch Höflinge verbrannt worden waren. Es war nun ein Versammlungsplatz. Die Kriegerinnen saßen dort auf Asche und verkohlter Erde, während sie miteinander diskutierten. Am lautesten war Antianeira.

»Ihr seid heuchlerisch«, fauchte sie. »Ehe Schildhaut und die Erwählte«, sie spuckte das Wort aus, »zurückkamen, wart ihr Feuer und Flamme für den Krieg. Und nun? Wollt ihr wirklich an unserer Königin zweifeln, die Dionysos bezwungen hat? Reicht euch das nicht als Beweis ihrer Größe? Alles andere spielt keine Rolle! Und wenn die Göttinnen uns ein Dutzend Mal hintergehen, es schmälert Penthesileas Taten nicht. Sie ist die Anführerin, die wir brauchen!«

Ein paar finstere Blicke streiften Areto. Sie eilte weiter, bevor Antianeira sie entdecken und direkt angreifen konnte. Als sie unbehelligt an ihrem Ziel ankam, atmete sie erleichtert auf.

Callistus wartete bereits auf sie. Er steckte den Kopf aus einem Zelt. »Ist draußen alles in Ordnung? Ich habe Schreie gehört.«

»Nicht wirklich. Die Stimmung unter den Amazonen wird immer schlechter.«

Callistus verzog den Mund. »Komm rein. Königin Myrina ist nicht da.« Er hielt ihr die Zeltplane auf. »Hast du die Tinktur von Xenon bekommen, die Teremun wollte?«

»Ja.« Sie hielt ihm den tönernen Behälter hin, den sie den ganzen Weg über an sich gedrückt hatte. »Er hatte recht viel zu tun, hat sich aber für mich Zeit genommen.«

»Das glaube ich. All die Verletzten seit dem letzten Kampf, und die Kinder, die am Hof von Dionysos aufgelesen wurden ... Es brauchen so viele Pflege. Ich frage mich, ob Xenon noch zum Schlafen kommt.«

Er nahm den Behälter, und Areto trat ins Zelt. »Das frage ich mich auch bei dir.«

Sie flüsterte, um Teremun nicht bei der Arbeit zu stören. Er saß in der Düsternis des Zelts und beugte sich über einen toten Satyr, den er zerschnitt. Ein paar Höflinge, die an der Essenz gestorben waren, waren ihm zur Untersuchung überlassen worden.

»Du sorgst dich so viel um ihn.«

»Ich bin nun mal ein Kümmerer. Und meine Lieblingssorge«, er lächelte sie an, »war fort. Da blieb Zeit für andere. Jetzt sag, wie geht es dir?«

Sie spürte, wie der Schatten in ihr stärker wurde. »Bitte frag nicht.«

Aber natürlich erzählte sie ihrem Freund trotzdem alles. Sie erzählte, wie schlecht sie sich fühlte. Von ihren Vorwürfen, seit sie mit Clete zurückgekehrt war. Sie war fortgegangen, um dem Amazonenvolk zu helfen, und hatte genau das Gegenteil bewirkt.

»Ich fühle mich wie von den Göttinnen verlassen«, sagte sie mit brüchiger Stimme. »Und ich bin nicht die Einzige. Sogar Phileas ist hoffnungslos vor lauter dunklen Visionen.«

Callistus nahm sie tröstend an der Schulter. »Es wird weitergehen. Es muss. Du darfst nicht –«

Er unterbrach sich, weil Teremun von der Leiche aufsah. Der Ägypter schien sie jetzt erst zu bemerken, so konzentriert hatte er gearbeitet. Er zog eine dünne Augenbraue hoch, als er Areto erblickte, und sagte etwas in seiner Sprache. Sie hörte »Callistus« daraus.

Ihr Freund ließ sie los und ging zu ihm, den Tonbehälter in der Hand. Zu Aretos Überraschung antwortete er ebenfalls auf Ägyptisch. Es waren nur wenige gestelzte Worte, aber Teremun entspannte sich. Er nahm den Tonbehälter, wobei er Callistus' Finger eine Weile festhielt. Lange waren Teremuns Hände gefesselt gewesen. Jetzt durfte er sie und seine Magie unter Aufsicht wieder benutzen.

Areto schaute fasziniert zu. Sie hatte gehört, dass Teremun ein missbräuchlicher Vorfall zu schaffen gemacht hatte. Aber davon war nun nichts zu spüren. Die Männer sahen vertraut aus, wie sie miteinander umgingen. Areto bewunderte einmal mehr, wie gut Callistus anderer Sympathie gewinnen konnte ... und hielt den Atem an. Erst meinte sie, es sei Einbildung. Aber Callistus riss die Augen auf, eindeutig vor Erstaunen. Teremun hatte ihn geküsst. Nur flüchtig auf den Mundwinkel, doch es war ein Kuss gewesen. Dann ging Teremun wieder an die Arbeit, und Callistus kam zu Areto zurück.

»Was machst du?«, fragte sie entsetzt.

»Es sind die Beruhigungsmittel. Sie machen ihn befreiter. Das ist doch gut.«

»Callistus, er hat dich geküsst.«

Er legte verlegen eine Hand in seinen Nacken. »Nun, ja. Ich hätte nicht geglaubt, dass er sich dazu hinreißen lässt, wenn du da bist.«

»Oh, Göttinnen. Es war nicht das erste Mal?«

»Du hast mich auch schon dankbar geküsst. Es bedeutet nicht mehr. Solange es nur dabei bleibt, stört es mich nicht. Ich will ihm nicht wehtun, indem ich ihn zurückweise.«

Sie nahm seine Hand, als er ihre Wange umfasste. Er sprach ruhig, doch sein aufgewühlter Blick strafte ihn Lügen. Ihm war genauso klar, dass er sich auf ein gefährliches Spiel einließ. Teremun war nicht irgendwer, sondern der Geliebte von Königin Myrina.

»Bitte«, flüsterte sie. »Pass auf dich auf.«

* * *

Speere durchbohren mich, meine Knochen brechen, immerfort. Ich kann nicht länger unterscheiden, wann mich jemand angreift und wann ich den Schmerz der Frauen und Kinder teile. Alles versumpft im Blut, das Troja umspült.

Eros hält verbissen die Mauern, verteidigt sie mit bleiernen Schüssen. Doch die Lider mit den goldenen Wimpern flattern. Er ermüdet von dem endlosen Ansturm, wie wir alle. Ich sehe verschwommen, wie Apollons Raben übers Schlachtfeld fliegen. Ihre Flügelschläge sind geschwächt. Ares reißt zwar noch brutal durchs Schlachtfeld, doch zu der Flut, die Poseidon schickt, kommen Ströme von Achaiern hinzu. Sie sind erstarkt, denn Achilles führt sie wieder an.

»Hektor!«, brüllt er. Seine Stimme, voll Wut und Hass, kommt aus einem schmerzenstiefen Ort. »Ich will Hektor!«

Die Raben schlagen heftiger mit den Flügeln, weil Apollon um den trojanischen Prinzen fürchtet. Auch ich bange um Hektor. Er hat Patroklos getötet, der Achilles' Rüstung anlegte, um die Achaier mit seinem Anblick zu ermutigen. Ein tragisches Missverständnis. Hektor glaubte, mit der Tötung des größten Helden den Krieg beenden zu können. Als er jedoch unwissend Patroklos erschlug, ward alles schlimmer.

Achilles ist blind vor Trauer und Rachegelüst. Er sieht nur noch seinen toten Patroklos, nicht, dass Hektor verzweifelt gewesen ist. Ein einziges Leben zu beenden, um Tausende zu schonen, ist ein ehrenhaftes Vorhaben. Achilles ist es gleich. Seine Schreie künden davon, dass er das Stadttor einreißen wird, wenn Hektor sich ihm nicht stellt.

»Artemis! Eros!«, ruft Apollon. Ich glaubte, dass er es ist, kann die Stimmen kaum noch auseinanderhalten. »Achilles und die Myrmidonen dürfen nicht zum Tor. Haltet sie auf!«

Eros legt einen neuen Pfeil an. Ich will es ihm gleichtun, als mein Blick von etwas eingenommen wird. Eine Eule fliegt am Himmel – ein Steinkauz. Die weiß-braun gefleckten Flügel haben eine ungewöhnlich große Spannweite, und die gold-schwarzen Augen scheinen mich zu durchschauen. Ich weiß, dass *sie* mich mit ihm ansieht: die eulenäugige Göttin. Sie überblickt die Mauer, sucht eine Lücke in der Verteidigung.

»Eros, zur Seite!«

Meine Warnung kommt nicht rechtzeitig, und mein Pfeil fliegt zu spät. Als er die Brust der Eule durchbohrt, fällt auch Eros. Ein Speer reißt seinen Flügel ein. Ich höre, wie sein Gefieder zerfetzt und er einen erstickten Laut von sich gibt.

Danach scheint alles gleichzeitig zu geschehen. Eros stürzt. Er fällt von der Mauer und kann nicht wieder hinauffliegen. Ich will ihn auffangen, strecke mich nach ihm aus. Aber mir fehlt die Kraft, ihn zu halten. Entsetzt sehe ich ihm nach. Irgendwo in der Stadt schreit Aphroditus, der Eros' Schmerz spürt. Wer warf den Speer? Ein Held? Dann blinkt die Spitze golden, und ich weiß, es ist eine göttliche Waffe.

»Ares«, schreie ich. »Dein Sohn!«

Er hört mich und den jammernden Aphroditus, rast zur Mauer, um sein verletztes Kind fortzuschaffen, während ich springe. Ich rufe meinen Streitwagen herbei. Er materialisiert sich aus einem Sonnenstrahl unter meinen Füßen. Die vorgespannten Hirsche bringen mich zum Tor und zu der Göttin, die Eros gefällt hat. Auch ohne ihn muss ich die Stadt verteidigen, komme, was wolle.

Ich gelange an, als die Achaier vorstürmen, nicht mehr nur von Achilles angeführt. Die Göttin, die über die Eulen und deren Weisheit verfügt, läuft mit ihnen. Ich erkenne schon von Weitem die makellose Rüstung und die weißen Locken, die unter ihrem Helm hervorquellen und auf der gewitterschwarzen Haut leuchten. Sie ähnelt Zeus so sehr, mehr als jede andere seiner Töchter, sie, seine weibliche Replik.

Ich brülle sie an: »Athene!«

Mein Schmerz weicht, weil die Wut auf sie alles übersteigt. Ich rase mit dem Streitwagen auf sie zu. Sie hebt ihren Aigis-Schild, hält damit krachend mein Gefährt auf. Ich sehe, wie sie lächelt, selbstgewiss. Ihr unüberwindbarer Schild strahlt vom Sonnenlicht. Nichts kann die Göttin der Taktik überraschen. Sie weiß, wie ihre Helden siegen werden, und *Pallas Athene* wird keinen von ihnen sterben lassen.

»Artemis«, sagt sie und mustert mich aus Eulenaugen. »Du bist auch noch hier?«

Sie schiebt meinen Streitwagen mit der Aigis zurück. Es rumpelt und donnert dabei. Eigentlich gehört ihr Schild dem Gottvater Zeus. Gold und Ziegenfell überziehen die gewaltige Fläche. In der Mitte prangt der Kopf der Gorgone Medusa, von Schlangenhaar umrahmt und versteinert. Athene darf die Aigis führen, weil sie Zeus' Liebling ist, es schon immer war.

»Wann wirst du innehalten, Athene? Hörst du denn nicht, wie die Frauen Trojas in deinem Tempel um Gnade flehen? Tagein, tagaus knien sie zu den Füßen deiner Palladion-Statue.«

Sie drängt mich weiter mit ihrem Schild zurück. »Innehalten? Niemals!« Ihre Eulenaugen blitzen. »Wenn Paris innegehalten und Aphrodite nicht zur Schönsten erwählte hätte, müsste ich nicht hier sein. Aber der Prinz von Troja musste sich ja für die Macht der Liebe entscheiden.

Wollen wir doch sehen, wie sie ihn und die Stadt vor meinen Helden beschützt. Ich werde Aphrodite, dieser Hure, den goldenen Apfel entreißen!«

Ich kann nicht glauben, was ich da höre. »Das ist nicht dein Ernst. All das Sterben, und es geht dir immer noch um den Apfel?«

»Paris hat entschieden«, beharrt sie. »Geh mir aus dem Weg.«

»Nein!« Ich treibe meine Hirsche an, die röhren und mit den Hufen schlagen, sie zurücktreiben. »Du kommst nicht durch.«

Sie lächelt so siegessicher, ich möchte mich übergeben. Es widert mich an, wie viel von Zeus in ihr steckt. Sie könnte gänzlich anders sein. Eine ebenbürtige Tochter und ein Sohn, der dich stürzen wird – diese Prophezeiung wurde Zeus gemacht. Darum verschlang er seine Frau Metis, als sie mit Zwillingen schwanger wurde. Er ließ den Jungen gar nicht zur Welt kommen, und Athene, die er aus seinem Kopf gebar, verformte sich, noch wie sie in ihm wuchs. Die perfekte Tochter, treu, nie hinterfragend und süchtig nach seiner Anerkennung.

»Früher oder später«, sagte Athene, »wirst du brechen. Deine Kräfte schwinden, und was für Helden haben die Trojaner schon auf ihrer Seite?«

»Ich breche nicht, bevor Rettung kommt. Die Amazonen nahen, und wenn sie Dionysos schlagen, halten sie auch dich auf.«

»Pah!« Athene schwingt die Aigis, dass schwarze Wolken aufziehen und Blitze flammen. »Meine Helden werden gewinnen. Mit meinem Schutz hat Herakles schon einmal das Amazonenvolk vernichtet. Achilles kann es wieder für mich tun. Sein Zorn wird Troja in Schutt und Asche legen!«

\*\*\*

Areto schlief schlecht. Nicht nur, weil sie Artemis in ihren Träumen leiden und verzweifelt kämpfen sah. Sie hatte ein grässliches Gefühl, als würde etwas Schlimmes geschehen. Und dann erwachte sie mitten in der Nacht von Schreien. Sie fuhr von ihrer Schlafstatt hoch.

»Mutter!« Phileas lief in ihr Zelt. Er trug nur die nötigste Gewandung zum Schlafen, sein Haar war zerzaust. »Callistus. Er ist in Gefahr, er –«

Areto musste nicht mehr hören. Sie nahm ihn an der Hand und sagte:

»Ruhig, mein Stern. Bring mich zu ihm und erzähl mir alles auf dem Weg.«

Er nickte furchtvoll, zog sie mit sich. Sie warf sich im Hinausgehen einen Mantel über. Irgendetwas trieb sie dazu, auch das Kurzschwert von Theseus aufzuheben. Dann lief sie mit Phileas durch das Lager. Sie eilten auf die Schreie zu. Areto erkannte voller Schrecken, dass es Callistus war. Er schrie vor Angst und Schmerz.

Überall traten müde Kriegerinnen aus den Zelten. Sie verklumpten zu einem Gedränge, je weiter sie rannten. Währenddessen erzählte Phileas abgehackt, was sich ereignet hatte. Königin Myrina hatte Callistus aus ihrem Zelt und zum Versammlungsplatz geschleift. Anders als Phileas ahnte Areto, warum. *Teremun.*

Endlich kamen sie beim Platz an. Ihr graute vor dem Anblick, der sich dort auftat. Callistus lag halb nackt auf dem Bauch im Schmutz, während Antianeira ihn auspeitschte. Die Geißel hatte sich schon mehrfach in seinen Rücken gegraben. Königin Myrina sah zu, mit gefühlskaltem Gesicht.

Da trat jemand aus der Menge und nahm sie an den Schultern. »Es tut mir leid«, sagte Clete. »Geht. Ihr solltet das nicht mit ansehen müssen.«

Areto schüttelte sie ab, wollte wissen, was vorging.

Penthesilea kam ihr mit der Frage zuvor. »Was ist hier los? Ich verlange eine Erklärung.« Die Menschen murmelten bei ihrem Erscheinen. So lange hatte die Mondkönigin sich ihnen nicht gezeigt, und jetzt eilte sie im Nachtkleid herbei, weil die Angelegenheit drängte.

Myrina war nicht verlegen, die Erklärung zu brüllen. »Dieser Sklave sollte Teremun pflegen und ihm als Knecht zur Seite stehen. Stattdessen erwischte ich ihn mit meinem nackten Gefolgsmann im Arm!«

Aufgebrachtes Gemurmel machte sich breit. Penthesilea kniff die Augenbrauen zusammen, sagte aber kein Wort.

»Bitte«, wimmerte Callistus. »Ich schwöre, wir haben nicht verkehrt. Es waren nur Küsse. Es tut mir –« Er schrie auf, als die Peitsche erneut seinen Rücken aufriss.

»Sprich, wenn du gefragt wirst!«, keifte Antianeira.

Areto zuckte von seinem Heulen zusammen. Er war bis zuletzt Antianeiras Hand entgangen, nun sprang sie umso grausamer mit ihm um. Das Geschehen mischte sich mit einer Erinnerung. Anstelle von Callistus sah sie Eudokia, die von ihren Liebhabern ausgepeitscht wurde, bis ihr hyazinthenweicher Rücken in Fetzen hing.

»Er hat Teremun beschmutzt«, zeterte Myrina. »Ich fordere Bestrafung für diesen Mann, der seinen Platz nicht kennt.«

»Keine Sorge.« Antianeira verneigte sich vor ihr, wobei sie Callistus mit dem Knie festnagelte. »Ich war nachlässig als Herrin. Nun werde ich ihn zurechtstutzen.«

Areto dachte nicht nach, als sie vortrat. Clete sagte etwas, versuchte, sie am Arm zurückzuhalten. Sie machte sich los und rief: »Nicht!« Alle Augenpaare schienen sich ihr zuzuwenden. »Ihr tut ihm unrecht. Er spürt kein körperliches Begehren.«

Myrina drehte sich zu ihr, mit einem Ausdruck, als wolle sie Areto an die Kehle gehen. »So? Und warum sonst soll Teremun entblößt gewesen sein?«

Areto lag die Antwort auf der Zunge: weil er sich Callistus angeboten hat und nicht umgekehrt. Myrina würde dies jedoch nicht hören wollen. So eifersüchtig, wie sie war, würde sie Areto eher für diese Worte umbringen.

»Misch dich nicht ein«, zischte Clete und packte sie. »Bitte sei vernünftig.«

Aber Areto konnte nicht wegsehen, so elendig, wie ihr Freund sich auf dem Boden wand. Antianeira drehte ihn, dass sie auf seiner Brust kniete, und zog ihr Schwert. Der Druck auf den Wunden sandte solchen Schmerz durch ihn, dass er weinte.

»Bitte, Herrin. Ich habe ihn nicht auf diese Weise berührt. Es käme mir nie in den Sinn.«

Sie betrachtete ihn seelenruhig, während sie mit dem Daumen über die Schwertschneide strich. »Oh, bitte. Du behauptest, ihn nur geküsst zu haben, obwohl er nackt mit dir war? Dein Geschlecht denkt in solchen Situationen doch ausschließlich mit dem Schwanz.«

Diese Worte rissen uralte Wunden in Areto auf. Es war genau wie in Athen. Auch Eudokia und ihr hatte niemand glauben wollen. Ihnen waren Perversionen mit dem Einsatz von Phalloi unterstellt worden, obwohl sie sich nur geküsst und berührt hatten. Und nun geschah Callistus dasselbe.

»Du bist mir ohnehin zu anmaßend geworden.« Antianeira glitt mit der Klinge über seine zitternde Lippe. »Es ist Zeit, dass ich dein schönes

Gesicht nicht mehr schone. Sag, was wirst du am wenigsten vermissen? Dein ach so unwichtiges Glied vielleicht? Ich denke, du brauchst auch nicht zwingend deine Zunge. Oder ein paar Finger dieser Hand.«

Er bettelte unter Tränen, als sie die Schneide von seinem Mund nahm und sein linkes Handgelenk niederdrückte. Die Amazonen, die zusahen, rissen begierig die Augen auf. Alle wollten die blutige Bestrafung sehen, ein dringend nötiges Ventil für ihre Anspannung.

Da packte Areto den Griff ihres Kurzschwerts. Ihre Angst um Callistus war so groß, sie konnte nicht mehr klar denken. Ihr war, als spräche jemand anderes, als sie das Schwert von sich warf und schrie: »Ich streite für seine Unschuld im Zweikampf!«

Callistus verstummte. Antianeira erstarrte in der Bewegung, und die Waffe flog, blieb zu ihren Füßen liegen – eine Herausforderung. Areto hörte, wie Phileas nach Luft schnappte.

Antianeira fasste sich als Erste. »Oh? Welche Überraschung. Ich erlaube den Kampf um sein Recht.« Sie trat von Callistus herunter, den sie achtlos wie einen Gegenstand liegen ließ.

»Was hast du getan?«, keuchte Clete. Areto antwortete nicht. Sie rannte zu Callistus, während Clete überstürzt rief: »Ich vertrete die Erwählte im Kampf.«

»Nein«, entgegnete Penthesilea. Bisher hatte sie nur reglos beobachtet, nun sprach sie voller Härte. »Areto ist nicht hoher Abstammung, darum kann sie nicht vertreten werden. Sie hat diesen Kampf selbst gewählt.«

Langsam drang zu ihr durch, was sie getan hatte. Sie spürte Cletes grauenerfüllten Blick, hörte, wie Phileas ein Gebet ausstieß. Auch Callistus schien schockiert, als Areto ihn aufstützte und seinen zerschlagenen Rücken mit ihrem Mantel bedeckte.

»Nein«, hauchte er. »Nimm deine Worte zurück. Tu das nicht für meine Leichtfertigkeit. Bitte!«

Es schmerzte sie, dass er sich selbst in seiner Situation um sie sorgte. »Ich kann nicht tatenlos zuschauen, Callistus.« Nicht noch einmal. Nicht wie in Athen.

Da fiel ein Schatten auf sie – der Schatten von Antianeira. »Du bist mutiger, als ich dachte, Mädchen. Oder ist es nur Dummheit?« Die Herrin der Krüppel grinste zufrieden auf sie hinab. »Ich will Callistus bestraft haben, und damit bin ich deine Gegnerin.«

Als Areto zu ihr aufsah, packte sie eine furchtbare Urangst. Wie eine

Häsin, die hilflos einer Füchsin entgegenschaut. Sie konnte ihren Blick nicht von Antianeiras Gesicht losreißen, das Dionysos unmenschlich verformt hatte. »Wir werden sehen, wie stark und erwählt du wirklich bist.«

\*\*\*

Ich spüre, dass mich jemand um Hilfe anbetet. Eine Schutzbefohlene, weit entfernt. Doch ich vermag nicht hinzuhören. Der Kampf um die Stadt wird immer härter, je mehr Göttliche sich ihm anschließen. Auf der einen Seite des Schlachtfelds steht Ares, den verletzten Eros im Arm, und brüllt. Athene schreit auf der anderen, vom Meer umtost. Sie stärken die Kämpfenden mit ihren Stimmen, bringen Blut und Knochen zum Singen, während Eris zwischen ihnen tanzt. Ich fliege hindurch, schieße vom Streitwagen, soweit es meine schwindende Kraft erlaubt.

Die trojanischen Frauen rufen Leto mit ihren Klagen, jene Titanide, die Apollon und ich zur Mutter haben. Sie legt ihre riesigen Arme aus Erde um die Mauer. Aus dem Skamandros, der vor Troja fließt, steigt der gleichnamige Gott. Er besteht nur noch aus Fäule, weil so viele Leichen seinen Fluss vergiften. Während Leto die Achaier abwehrt, sendet er Fluten voll Hass.

Auch Aphroditus schickt Unterstützung: Äneas, der Achilles bekämpft. Der schöne Sohn der Liebe ist leicht zu sehen im Getümmel, stattlich, ein wandelndes Strahlen. Er bekam die beste Ausbildung von der menschlichen Seite seiner Familie. So kann er sich einigermaßen mit Achilles messen, und die beiden Halbgötter ringen vor dem Tor. Äneas kann jedoch nicht siegen, nicht ohne das Wissen um eine Schwachstelle. Achilles soll unverwundbar sein, weil seine Mutter Thetis ihn als Kind im Styx badete.

»Artemis!«, ruft Apollon. Er fliegt auf dunklen Schwingen zu mir, schwer atmend. »Decke mich. Ich treibe Poseidon zurück. Äneas kann Achilles nicht schlagen. Wir müssen ihr Lager mit Skamandros angreifen und sie zum Rückzug zwingen.«

Gerade will er losstürzen und ich den Bogen spannen, als die Erde bebt. Poseidon dröhnt triumphal. Apollon und ich sehen zum Meer, erblicken die Verstärkung, die für die Achaier kommt. Poseidon teilt die Wellen, und die Gottmutter Hera tritt aus dem Wasser.

Ihre Rüstung sieht weniger zum Kämpfen gemacht denn wie ein Königinnengewand aus, ganz für die ehrwürdige *Hera Basíleia* geschaffen, mit einem Kragen aus Pfauenfedern. Sie trägt den mit Gold und Edelsteinen beschlagenen Gürtel von Aphrodite. Neben ihr schwebt der Götterbote Hermes auf geflügelten Sandalen. Auch ihren missgestalteten Sohn Hephaistos hat Hera mitgebracht. Der Schmiedegott schwingt seinen Funken sprühenden Hammer. Aber vor allem begleitet sie Donnergrollen.

»Zeus?«, keuche ich. »Hera hat ihn doch mit dem Gürtel von Aphrodite schlafen gelegt. Wie kann er hier sein?«

Im nächsten Moment regnen Blitze vom Himmel. Mein Bruder und ich fliehen vor ihnen. Ich weiß nicht, was vor sich geht, aber sehe: Zeus treibt Äneas und Achilles mit seinen Blitzen auseinander. Scheinbar wahllos schlagen sie ins Schlachtfeld. Er kommt zu niemandes Unterstützung, er will uns alle fallen sehen.

\*\*\*

Areto fühlte sich wie in einem dunklen Traum. Sie hörte fast nichts von dem, was gesagt wurde, bewegte sich wie unter fremdem Einfluss. Irgendwann stand sie auf dem Feld, in Rock und Sandalen, ihr Kurzschwert in den klammen Händen. Kreidelinien zogen sich über den Boden, grenzten den Bereich ab, in dem sie kämpfen würde. Wer hineintrat, war dem Tode geweiht.

Die Amazonen drängten an der Linie zusammen. Es schien, als wären alle Angehörigen der drei Stämme gekommen. Areto entdeckte Clete, die unruhig in den Reihen stand. Die Kriegerin hatte Phileas bei sich, der mit ihr den wunden Callistus stützte, sowie Tamura und Gadas, die sorgenvoll zusahen. Auch andere Skythen waren erschienen sowie die Königinnenfamilie versammelt. Penthesilea und Myrina saßen auf Thronen, die provisorisch erbaut worden waren. Die beiden wurden von Melanippe und den Strateges flankiert.

»Areto!«, rief jemand – Kaystros. Er wühlte sich durch das Gedränge, trat fast über die Grenze, ehe eine Kriegerin ihn davon abhielt. »Wo bist du?«

Es schien, als hätte er eben erst von ihrem Kampf vernommen und ängstigte sich um sie. Er wankte orientierungslos durch die Menge.

»Hier!«, rief Areto. Irgendwie gelang es ihr, dass ihre Stimme nicht bebte. »Hab keine Angst. Ich streite für die rechte Sache. Die Göttinnen sind mit mir.«

Er hörte wohl, dass ihre Worte zuversichtlicher waren, als sie sich fühlte. »Ich bete für dich!«

Ja, das war alles, was ihr noch blieb. Beten.

Als sie Antianeira ansah, kamen ihr Prienes Worte in den Sinn. Ihre Waffenlehrerin hatte sie aufgesucht, als Areto sich für den Zweikampf entkleidet hatte, und gesagt: »*Antianeira wird dich in Stücke reißen. Sie gehört zu den Besten, und gleich, wie viel du dich entwickelt hast, du reichst ihr nicht das Wasser.*« Auf ihre hoffnungslose Frage, was sie tun solle, hatte Priene gesagt: »*Sie wird leichtsinnig sein in ihrer Überlegenheit. Nutze es aus.*«

Antianeira wähnte sich wohl überlegen, wie sie umherschritt, entspannt lächelnd. Halb nackt war sie ein Furcht einflößender Anblick, so muskulös und vernarbt. Ihre bloße Brust, schmal auf der einen Seite, auf der anderen gebrandmarkt, war ein Zeugnis jahrelanger Abhärtung. Sie hatte ihr verformtes Gesicht mit Kohle beschmiert, dass sie noch grässlicher aussah und ihr Fuchsauge glühte. Der orange Blick bohrte sich in Areto, während die Kriegerin ihr Schwert wirbelte.

»Beginnt!«, schrie Penthesilea.

Antianeira setzte sich sofort in Bewegung. Sie schlich mit langsam lauernden Schritten, wie ein Raubtier. Areto ging mit, achtete auf Stand und Gleichgewicht. Die Lektionen von Priene wiederholten sich in ihrem Kopf. Ihr Herz schlug schneller. Alle schienen den Atem anzuhalten, während die Kriegerin sie umkreiste.

Antianeira sprach, nicht für Areto, sondern laut für alle hörbar. »Ich werde der Welt zeigen, wer von uns im Recht ist.«

Dann sprang sie vor. Sie war so schnell, Areto sah sie kaum, hob gehetzt das Schwert. Bronze krachte auf Bronze. Blut sickerte an ihrem Ohr hinab. Da kam ihr die Erkenntnis, dass Antianeira es aufgeschlitzt hatte. Mühelos.

Sie rang nach Luft, wissend, dass der Schlag tödlich gewesen wäre, wenn Antianeira es gewollt hätte. Doch das Grinsen der Kriegerin sagte: Nein. Noch nicht.

Durch den Schmerz, der in ihrem Ohr pochte, hörte sie Clete rufen. »Meine Königin!« Sie sah, wie Clete zu den Thronen stürzte. »Bitte macht diesem Irrsinn ein Ende. Stoppt jenen Zweikampf. Ich flehe Euch an!«

Penthesilea wies sie ab. »Still, Schildhaut. Du machst uns Schande mit deiner fehlenden Disziplin.«

Doch Clete verstummte nicht. Sie warf alle Würde weg, als sie auf die Knie fiel und bettelte. Areto konnte es nicht glauben, und Antianeiras Grinsen verging.

»Schau, was du aus Clete gemacht hast. Aus uns allen!« Ihre nächsten Schläge prallten härter gegen Aretos Schwert. »Du bringst das Amazonenvolk dazu, unsere Tradition wegzuwerfen. Anstatt den Segen der Göttinnen zu bringen, schwächst du uns mit Zweifeln.«

Areto kam nicht dazu, selbst vorzustoßen. Sie wankte zurück, hatte Mühe, Antianeiras Hiebe abzufangen. Die Schwertspitze biss in ihre Haut, schlug Kerben in ihre Arme und ihren Oberkörper. Ihre Angst wuchs mit jeder Verletzung, wurde von dem Gift genährt, das ihrer Gegnerin von den Lippen rann und die Form des Schattens annahm. Er und Antianeira bespuckten sie mit demselben Mund.

»Ich schwöre, ich hacke dir das Silberauge aus dem Gesicht. Dann bin *ich* die Stärkste, und ich erfülle die Prophezeiung, die du nie erfüllen konntest. Ich führe mein Volk auf alten Wegen nach Troja, zu Größe, und du stirbst!«

Das Schwert drang unter ihre Rippen. Es fetzte ihre Seite auf. Sie hatte geglaubt, Schmerz zu kennen, von ihren Unterleibsleiden und Phileas' Geburt. Aber das Gefühl, wie ihre Organe unter der Haut platzten und sich teils aus ihrem Leib ergossen, war unbeschreiblich.

»Nein«, schrie Clete. »Areto!«

Sie hörte Phileas und Callistus heulen. Dann ging alles in ihrem eigenen Kreischen unter. Sie knickte ein, presste die Hand auf die Seite, wie um sich selbst zusammenzuhalten. Ihr Atem rasselte. Sie schmeckte Blut in ihrem Mund und den Drang, zu erbrechen. Die Panik schärfte ihre Sinne, sodass sie überlaut die Stimmen hörte, die sich nun erhoben. Brüllend trommelten Kriegerinnen mit Fäusten und Füßen auf dem Boden.

»Töte sie, Antianeira!«

Es waren nicht alle Amazonen, doch ein guter Teil von ihnen. Sie schrien nach Blut, Aretos Blut, das ihnen den Weg nach Troja bereiten und ihre Zweifel tilgen solle. Dass so viele ihr den Tod wünschten, schlug die schlimmste aller Wunden: Sie begann, ihnen zu glauben. Sie glaubte, es könnte besser sein für alle, wenn sie tot wäre.

*Nein. Callistus. Wenn du verlierst, wird Antianeira ihn ...*

Sie packte den Schwertgriff, wollte sich aufrichten – und spürte ein Brennen durch ihre Finger schnellen. Antianeira hatte wieder zugeschlagen. Nicht nur war Areto entwaffnet, mit dem Kurzschwert fiel auch ihre halbe Hand auf die Erde. Der Schock, ihren abgetrennten Daumen vor sich liegen zu sehen, raubte ihr die Stimme.

*Ich werde sterben. Ich bin in Athen dem Tod entronnen, und jetzt geschieht, was hätte sein sollen.*

Sie war zu gelähmt, um sich zu wehren, als Antianeira ihr ins Gesicht trat. Mit tränenverschleiertem Blick sah sie, wie Clete ihr Schwert zog. Areto wollte ihr zurufen – nicht! –, doch Blut und Rotz verklebten ihren Hals.

Clete rannte zum Kampfplatz. Sie kam nur ein paar Schritte weit. Gadas stellte sich ihr in den Weg, wissend, es wäre ihr Tod, wenn sie sich einmischte. Sie entwand sich seinem Griff. Es benötigte das gesamte Gewicht von Lacomache, die aus den Reihen der Kriegerinnen stürzte und Clete kurz vor der Grenzlinie niederrang.

*Meine Jägerin.*

Sie hörte Clete verzweifelt brüllen, während sie in den Schatten glitt. Da vernahm sie noch etwas. Ein Lied. Es war die Melodie, die Kaystros spielte, um Ruhe zu finden. Sie konnte ihn nicht in all dem Chaos sehen, doch er sang sich heiser, damit sie ihn hörte. Er betete bis zuletzt für sie. Es gab ihr eine unerklärliche Kraft.

Galle spuckend stützte sie sich auf. Sie erinnerte sich an Prienes Rat. »*Antianeira wird leichtsinnig sein – nutze es aus.*« Ihr fiel eine Anhöhe ins Auge, im Kampfgebiet, nicht weit entfernt. Sie kroch darauf zu. Und es war genau, wie Priene gesagt hatte. So erbärmlich schleppte sie sich und ihren sterbenden Körper weiter, es begeisterte Antianeira, dass sie mit dem Todesstoß wartete.

Stattdessen wandte die Kriegerin sich dem Publikum zu. »Seht sie an, die Stärkste.« Die Amazonen lachten mit ihr. »Welche Schande. Selbst ein Wurm hat mehr Ehre.«

Sie badete im Siegesgefühl, sodass Areto es unbehelligt bis zur Anhöhe schaffte. Was die lachende Menge einen ehrlosen Fluchtversuch wähnte, sollte Abstand schaffen. Sie drehte sich um. Mit der unverletzten

Hand riss sie die Augenbinde fort, während sie die zerhackte hob. Sie hatte keinen Bogen, hätte ihn nicht führen können mit ihrer Verletzung. Doch sie brauchte ihn nicht. Sie selbst war die Waffe. Licht entstand zwischen ihren verbliebenen Fingern. Es wurde zu einem Pfeil. Sie schoss ihn aus eigener Macht, kraft ihres Willens. Es war nicht wie in der Unterwelt, nicht dieselbe Angriffsstärke. Ihr Schuss zerriss nicht alles. Aber der Pfeil gehörte immer noch der Göttin, die ihre Ziele nicht verfehlt. Er traf.

# FÜNFTER GESANG, VOM TOD EINER ÄRA

# XXIX. FAMILIENBANDE

## Clete

Clete kämpfte vergeblich gegen Lacomaches Griff an. Sie schrie in den Boden, wand sich so heftig, dass es sie fast erwürgte. Die Bärin drückte sie mit aller Kraft nieder – bis ein Silberpfeil aus Aretos Fingern schoss.

Lacomache erstarrte. Auch Clete beobachtete ungläubig, was passierte. Sie hatte schon einmal diesen Pfeil gesehen, in der Unterwelt. Damals hatte er, von Aretos Bogen geschossen, eine vernichtende Durchschlagskraft besessen. Diesmal riss er längst nicht alles in Stücke. Er schien geschwächt, wie Areto, die aus ihrem Erbrochenen aufstand und sich irgendwie auf den Beinen hielt, um zu schießen.

Antianeira wusste gar nicht, wie ihr geschah. Sie hielt noch lachend ihre Siegesrede vor dem Publikum, als der Pfeil sich durch ihr Auge bohrte. Sie verstummte. Es gab keinen Schrei mehr, kein schockiertes Fassen an ihr Gesicht. Nichts. Ihre Lebensflamme erlosch, als der Schuss ihr Fuchsauge zerschlug und durch den Kopf trat.

Es war plötzlich still. Alle waren erstarrt, als Antianeira hintenüberkippte. Die Herrin der Krüppel fiel tonlos nieder, ohne das Gepränge, auf das sie immer Wert gelegt hatte. Nur Aretos Keuchen blieb. Sie saß zitternd da, die zerschnittenen Finger erhoben, den Blick auf die tote Antianeira gerichtet. Dann brach sie zusammen. Sie heulte kläglich, weinte Blut und Wasser, obwohl sie eine Furcht einflößende Gegnerin gefällt hatte. So heftig schluchzte sie, dass es ihre letzten Sinne raubte. Sie blieb reglos liegen, ohne einen Laut mehr.

Da erwachte Clete aus ihrer Starre. Diesmal hielt Lacomache sie nicht zurück. Clete wand sich aus den Pranken der Bärin, stolperte auf Areto zu.

»Xenon!«, rief Lacomache. Als sie nach ihrem Mann und dessen Heilfähigkeiten hieß, drang auch bei allen anderen durch, was geschehen war. Areto hatte Antianeira getötet, entgegen jeder Erwartung.

Der Schock der Menge machte greller Aufregung Platz. Alle redeten durcheinander. Clete hörte nicht hin. All ihre Sinne waren auf Areto gerichtet, die bewegungslos auf der Erde lag. Clete stürzte neben sie. Areto

hielt verkrampft ihre zerschlitzte Seite, obwohl sie schon nicht mehr da war, mit gläsernem Blick ins Leere schaute.
*Nein.*
Clete kamen blitzlichtartig Erinnerungen. Flüchtige gemeinsame Momente. Areto, die zärtlich mit einer von Cletes Haarflechten spielte. Dunkle Augen, glänzend von Festlichtern. Ihrer beider Lachen, und wie sie aneinanderlehnten, während die Nacht sie barg.
*Das darf nicht sein. Ich muss dich doch beschützen. Es kann nicht vorbei sein.*
Sie hörte ein Schluchzen, musste erst begreifen, dass es von ihr selbst kam. Kämpfen, um andere zu beschützen, das war alles, was sie war und gelernt hatte. Und es hatte nichts genützt. Clete hatte so viele Menschen beschützt, so viele Narben für andere empfangen, und nun konnte sie nichts für ihre Areto tun, das wegströmende Leben und die geliebten Erinnerungen nicht festhalten.
*Nein. Nein!*
Sie legte panisch die Finger an Aretos Lippen, und da spürte sie einen Atem. Schwach, unregelmäßig, jedoch vorhanden. Erleichterung füllte ihre schmerzende Brust.
Jemand kam an ihre Seite. Xenon. Er war selbst für seine Verhältnisse ungewöhnlich blass, erschöpft von der Arbeit der letzten Tage. Doch da war nichts Unsicheres in seinen blauen Augen, nur Entschlossenheit, nach Kräften zu helfen.
»Kannst du sie retten?«, fragte Lacomache. Sie war ebenfalls hinzugetreten.
Xenons Finger fuhren suchend über Aretos Haut. »Nein«, flüsterte er. Ebenso gut hätte er ein Messer in Cletes Herz stoßen können. Der Humor, mit dem er sonst jede noch so schlimme Situation bewältigte, war fort. »Sie hat innere Blutungen, und mehrere Organe sind angegriffen. Ihr seht es doch selbst.«
Clete spürte den mitfühlenden Blick von Lacomache.
»Es tut mir leid, Schildhaut. Sie stirbt. Nur die Göttinnen können ihr noch helfen.«
Clete wollte zusammenbrechen. Sie rief nach Areto, die mit grauem Blick von ihr fortglitt, wünschte sich verzweifelt, sie am Leben halten zu können.
Plötzlich schälte sich eine goldene Erscheinung aus der Masse. Clete

glaubte zuerst, es wäre eine Göttin gekommen. Dann wurde ihr klar, dass sie nicht Aphrodite anschaute. Es war nur eine unglaublich schöne Frau, jemand, den sie nicht kannte. Angstvoll geweitete Augen lugten hinter honiggelben Strähnen hervor, und Clete roch Hyazinthen.

»Ich habe Hilfe von einer Göttin«, sagte die Frau. »Sie hat mir Ambrosia gegeben, um eine Amazone zu heilen. Nehmt es!«

Clete sah sie ungläubig an, wie auch die anderen. Allerdings schien die Frau nur ihr selbst fremd zu sein, denn Lacomache fragte: »Eudokia? So etwas besitzt –«

Xenon fiel ihr ins Wort. »Es nützt nichts. Nur jene, die göttliches Blut besitzen, können durch Ambrosia heilen.«

Seine Worte verschwammen in Cletes Ohren. Sie hatte tausend Fragen, wer diese Eudokia war und warum sie Areto etwas so Wertvolles geben wollte. Aber jetzt war es nicht wichtig. Wichtig war allein, dass Clete mit göttlichem Blut helfen konnte. Seit ihrer Geburt strömte das Gift von Ares durch ihre Adern. Nicht so stark wie bei den halbgöttlichen Königinnen, doch sie betete, dass es genug sei.

»Mein Blut«, brachte sie hervor. »Wenn Areto es trinkt, kann sie Ares' Macht von mir empfangen. Gib es ihr mit der Ambrosia!«

Xenon zögerte nicht. Jeder Moment war kostbar. »Ich weiß nicht, ob das gelingen kann. Aber versuchen wir es.«

\*\*\*

Nie in ihrem Leben hatten sich Augenblicke endlos lang angefühlt. Clete nahm wie durch einen Schleier wahr, dass sie Areto ins nächstbeste Zelt trug und Xenons hektische Anweisungen befolgte. Wunden zuhalten. Die Blutung möglichst stoppen. Atmung erleichtern.

Sie bemerkte am Rande, dass andere kamen. Einige sprachen sie an. Sie hörte nichts, sagte nichts, wies jede in ihrer Panik ab. Xenon schickte alle weg, fragte nach Cletes Blut, und sie ließ Areto los, nahm das Messer, das er ihr reichte, schnitt sich den Arm auf. Es dauerte nur wenige Herzschläge. Doch es war furchtbar, Areto so lange nicht berühren zu können. Wenn ihre Freundin jetzt gestorben wäre, Clete hätte es sich niemals verziehen.

Als sie endlich zu Areto zurückkehrte, war deren Puls nicht verschwunden. Clete stützte sie wieder, während Xenon die Frau – Eudokia – ins Zelt kommen ließ. Diese brachte einen Strauß mit goldenen Rosen herbei. Xenon nahm ehrfürchtig die heiligen Blumen entgegen. Er musste ihren Nektar schnell mit Cletes Blut mischen, weil die Rosen zu welken begannen, kaum dass sie Eudokias Hände verließen.

»Geh«, sagte Xenon zu Clete. »Ich danke dir für deine Hilfe. Nun lässt du mich besser mit ihr allein. Ich brauche Platz und Ruhe, um mich zu konzentrieren.«

»Aber was, wenn ...«

Sie wagte nicht, es auszusprechen. Xenon verstand jedoch und sagte: »Ich rufe dich rechtzeitig, sollte der Trank nicht wirken. Warte vor dem Zelt.«

Clete nickte mühsam. Sie hielt Areto ein letztes Mal, strich ihr über die heiße Stirn. Dann schaffte sie es, fortzugehen. Sie fühlte sich unvollständig mit ihren leeren Händen, als würde sie ein Stück von sich selbst zurücklassen. Anders als sie blieb Eudokia, die restlichen Rosen im Arm.

Erst als die Zeltplane hinter ihr zufiel, bemerkte sie, wie sehr der Schnitt in ihrem Arm brannte. Ein eilig angelegter Verband war darum gewickelt. Sie wusste nicht mehr, wann er angebracht worden war. Der pochende Schmerz hielt sie im Diesseits, und sie sah sich um. Das Zelt stand mitten im Lager, doch sie sah kaum jemanden in der Nähe. Alle hielten sich wohl auf Befehl fern. In der Ferne hörte sie Trauersänge für Antianeira, und ein zittriges Bündel Mensch saß vor dem Zelt.

Phileas. Er sah verweint aus, seine Augen waren rot. Stumm blickte er Clete entgegen, wagte nicht zu fragen, wie es seiner Mutter ging. Auch sie war still, als sie sich setzte. Sie löste ihre Labrys vom Waffengürtel. Sachte schloss sie die Finger um den Anhänger, der vom Griff baumelte, um den Teil von Aretos Seele, der im Schmuck verarbeitet war.

Phileas brach irgendwann das Schweigen. »Ich ... ich soll dir sagen ...« Er rieb sich schniefend übers Gesicht. »Callistus tut es leid. Als ihn eine Heilerin aus meinen Armen zog, schluchzte er, als wolle er seinen Rücken gar nicht behandelt haben. Er sagte, es sei seine Schuld.«

»Das sollte er nicht denken.« Der Anhänger schnitt sie, so fest umklammerte Clete ihn. »Ganz gleich, ob es seine Schuld ist: Es war ihre Bereitschaft. So viel Liebe und Vertrauen hat sie für ihn, dass sie ihr Leben für ihn hergeben wollte.«

»Ja«, sagte Phileas und schluckte. »Ich wusste schon immer, dass sie eine große Frau ist.«

Mehrere Gestalten näherten sich. Eine war Lacomache, mit Gefäßen und anderen Hilfsmitteln beladen, die sie Xenon brachte. Sie wurde von Tamura und Gadas begleitet. Während Lacomache ins Zelt eilte, lief die Sauromatin auf Clete zu, um sie zu umarmen. Kein einziges Wort fiel, und das tröstete Clete umso mehr. Sie erlaubte sich, an ihrer Schwägerin zu lehnen und deren mütterliche Wärme zu genießen.

Gadas zögerte, sich neben sie zu knien, die dösende Mada im Arm. »Bitte vergib mir, dass ich dich davon abhalten wollte, deine Geliebte zu schützen.«

Sie schüttelte den Kopf. »Schon gut. Du hast nur mein Leben retten wollen. Ohne dich und Lacomache würde ich vielleicht nicht hier sitzen.«

Es blieb vorerst als Schweigen in der Luft hängen, dass ihre Ehre trotzdem dahin war. Sie hatte heilige Regeln missachten wollen. Das war nicht einfach vergeben.

Tamura und Gadas blieben, um ihr beizustehen. Er hatte auch Mitleid für Phileas, gab ihm Mada zur Ablenkung in die Arme. Der lächelte zaghaft, während er das Kind wiegte. Irgendwann trat Lacomache aus dem Zelt.

»Einige Kriegerinnen haben nach dir gefragt«, sagte die Bärin. »Dein Verhalten während des Kampfes hat das Gerede befeuert.«

Clete mahlte mit den Zähnen. »Sollen sie doch am Geschwätz ersticken. Ich gebe ihnen nichts Ehrenhaftes vor, nicht jetzt, und Rechenschaft dafür lege ich nicht ab.«

»Das musst du auch nicht«, sagte Gadas. »Oder besser gesagt, noch nicht.«

Tamura nahm sie am unverletzten Arm. »Antandre hat Königin Penthesilea darum gebeten, erst nach Antianeiras Bestattung über dich zu richten.«

Das verblüffte sie. Es klang gerade so, als hätte ihre Muhme dafür gesorgt, dass Clete genug Zeit wegen Areto blieb. Eine solche Umsicht passte nicht zu der harten Stratega.

»Gut«, sagte Clete. Sie betete, dass sie keinen weiteren Leichnam zu Grabe tragen mussten.

Lacomache ging, und die Zeit verrann. Der Morgen begann, seine hellen Finger am Himmel auszustrecken. Cletes Angst wuchs. Warum dauerte es so lange? Sollte Xenon nicht längst wissen, ob Areto zu retten war? Phileas schien das Warten ähnlich zu quälen. Er gab Mada zurück und schlang seine Arme um sich, bis er sein Gesicht gegen die Knie presste. Als das Morgengrauen sie mit grellem Licht überflutete, begann Mada zu schreien. Tamura und Gadas standen auf. Er murmelte etwas davon, Essen zu holen. Clete blieb sitzen, zählte ihre Herzschläge und wartete. Sie fuhr hoch, als es am Zelteingang raschelte. Es war nicht Xenon, wie erhofft, sondern Eudokia. Sie trug ein paar letzte Rosen bei sich, als sie näher kam.

»Schläft er?«, fragte sie zaghaft.

Clete sah zu Phileas, und tatsächlich. Er war auf die Seite gefallen vor Erschöpfung. Sein regelmäßiger Atem bewies, dass ihn der Schlaf überwältigt hatte. Sie ließ den Anhänger los und legte die Streitaxt weg, weil Eudokia die Waffe beäugte.

»Ja«, murmelte Clete, musste Kraft für die nächsten Worte sammeln. »Wie geht es Areto?«

Eudokia setzte sich mit einigem Abstand. »Ich weiß es nicht. Xenon hat sich bis zuletzt um sie gekümmert, als er mich wegschickte. Er war angespannt.«

Clete nickte schwer. »Sag, wer bist du?«

Vielleicht verkürzte es die Wartezeit, wenn sie redeten. Und diese Frage spukte ihr im Kopf herum, seit sie Eudokia zum ersten Mal gesehen hatte.

»Ihr seid Schildhaut, nicht wahr? Die größte Jägerin. Iphito hat mir von Euch erzählt. Während Ihr fort wart, bin ich auf das Amazonenheer gestoßen. Ich floh vor Pan und den Höflingen von Dionysos. Penthesilea bewahrte mich vor ihnen. Seitdem helfe ich im Heer mit meinen Liebesdiensten.«

Dies war also die Frau, die Pan gewollt und die Iphito gegen Irbis Maiakou im Zweikampf verteidigt hatte. Clete erinnerte sich, dass sie in Bremusas Bericht vorgekommen war. Es war nur nicht Eudokias Name gefallen.

»Ja, ich bin Schildhaut. Und du brauchst mich nicht höflich anzureden. Wenn wir beide derselben Königin dienen, sind wir Schwestern.« Sie rieb sich über den pochenden Arm. »Aber ich meinte eigentlich, woher du Areto kennst.«

Eudokia zögerte. »Ich habe sie vor vielen Jahren in Athen kennengelernt. Dort lebte ich als Hetäre. Sie war noch ledig und halb ihrem Vater,

der als Schreiber arbeitete. Ich traf sie des Nachts beim Adonia-Fest, und ... um ehrlich zu sein, weiß ich nicht, was ich für sie war.«
»Was war Areto denn für dich?«
Ein vorsichtiges Lächeln stahl sich auf Eudokias Lippen. »Ein Abenteuer? Sie war so hübsch damals, voller Gegensätze. Schüchtern, aber auch neugierig. Sie wusste gar nichts übers Lieben, doch wollte alles erfahren. Nie hat ein Mann mich so vollumfänglich begehrt.« Ihre Stimme brach. »Du weißt doch, was ich meine? Du bist ... ihre Geliebte?« Clete nickte erneut. »Ah. Ich dachte es mir sofort, als du ihr zu Hilfe eilen wolltest.«
Ihre Stimme versagte wieder. Und dann weinte sie. Ihre Tränen flossen so heftig, dass Clete sich instinktiv vorbeugte und sie stützte. Kein Laut drang über Eudokias Lippen. Sie weinte still, als breche etwas hervor, das sich seit Jahren angestaut hatte.

Dann, als sie ihre Wangen trocken rieb, sprudelten die Worte aus ihr. Sie sagte, ihr sei erzählt worden, Areto wäre gestorben, damals, beim Feldzug der Amazonen nach Athen. Sie hatte nicht zu glauben gewagt, dass Areto noch leben könnte. Natürlich machte sie sich Gedanken, als sie Phileas sah und er ihr bekannt vorkam. Oder als sie hörte, dass die Erwählte von Artemis den Namen »Areto« trug. Aber sie hatte es nur für Zufälle gehalten. Selbst, als sie Areto im Kampf sah, hatte sie diese nicht erkannt. So sehr hatte sich die Frau von einst verändert.

»Dann wurde sie verletzt, und ich hörte sie schreien. Genauso schrie sie, als ihr Vater sie aus dem Bett und von mir fortzerrte.«

Clete wusste nicht, was sie mit ihren Händen tun sollte, die Eudokia sanft weggeschoben hatte. »Es tut mir leid, was ihr erleben musstet. Mir war es nicht bewusst. Areto hat nie über ihr Leben in Athen gesprochen.«

»Es war vielleicht zu schmerzhaft. Nur diese eine Festnacht, und wir hatten unsere Leben zerstört.« Sie schüttelte den Kopf. »Ich habe uns beide dafür verflucht. Areto hatte viel Besseres als das Schandgericht verdient, und ich war mit hohem Ansehen und großzügigen Gönnern gesegnet. Hätten wir nur nicht in unserer naiven Neugierde ...« Sie hielt inne. »Nein. Nur ich war naiv. Areto wusste, was sie wollte.«

Wahrscheinlich hätte es noch mehr zu sagen gegeben. Aber Gadas kehrte zurück. Er kam ohne Frau und Kind, dafür mit einem Suppentopf in den Armen. Alle tranken dankbar die Brühe, die er in Schüsseln verteilte, auch Phileas schreckte dafür aus dem Schlaf. Er sagte knapp, dass Tamura wegbleiben musste, weil Mada quengelte.

Clete schmeckte nicht das Geringste von der Brühe. Doch sie löffelte trotzdem, um bei Kräften zu bleiben. Sie sah verstohlen über den Rand ihrer Schüssel, zu Eudokia. Die sagte kein Wort mehr in Anwesenheit der Männer. Clete fragte sich, warum Eudokia um Areto bangte. Wenn sie richtig verstanden hatte, waren die beiden kein Paar gewesen. Andererseits hatte Areto auch nur eine Nacht gebraucht, um Cletes Herz zu gewinnen.

Mit dem wärmenden Gefühl im Bauch kroch Erschöpfung in ihren Leib. Ihre Lider wurden schwer. Sie spürte, wie müde sie von den Schrecken der letzten Stunden war. Nur das Pochen in ihrem Arm hielt sie im halb wachen Zustand. Während Clete wegdämmerte, hörte sie eine Flöte in der Ferne. Irgendwo da draußen spielte Kaystros. Es war tröstend, seine Musik zu hören, die ihre Reise mit Areto geprägt hatte. Als würde das Lied sie verbinden, über Tod und Leben hinaus.

\*\*\*

Es ist wie im Krieg gegen die Titanen. Eltern kämpfen gegen ihre Kinder, Schwestern gegen Brüder. Familienbande reißen.

Ares und Athene versuchen, sich gegenseitig zu überbrüllen, während Blitz und Donner vom Himmel fallen. Hermes rast auf Flügelsandalen übers Schlachtfeld, um Leto zu bekämpfen. Er bricht ihre erdigen Arme, die die trojanischen Mauern stärken, mit seinem Heroldsstab. Hephaistos schwingt den Hammer, um Feuer zu rufen, das den Skamandros ausbrennt und den Gott desselben Namens zwingt, sich in sein Flussbett zurückzuziehen. Durch das allgegenwärtige Gewitter fliegt Apollon mit seinem Rabenschwarm. Er verschießt Pfeile aus Sonnenlicht, die Poseidon und sein nasses Heer aufhalten sollen.

Und ich? Mit aller mir verbliebenen Kraft versuche ich, Hera zu bekämpfen. Sie sitzt dort, von Poseidons Flut behütet, und webt auf ihrer Goldspindel Fäden aus Zank. Auch hat sie Aphrodites Gürtel, um anderer Gemüter zu beeinflussen. Meine Pfeile zerschießen die Fäden, mit denen sie Hälse von Trojanern zuschnüren und deren Moral erwürgen will.

»Es hilft nichts.« Ich fahre zusammen, als eine Stimme neben mir er-

tönt, muss erst begreifen, dass sie Apollon gehört. Er ist zu mir geflogen.
»Hektor muss kämpfen. Wenn er das Heer nicht führt, wird es auseinanderbrechen.«

Meine Sicht zerreißt für einen Moment, als ich eins mit dem Schmerz einer Frau werde. Es ist Andromache, die Gattin von Hektor. Sie sieht, wie er aufs Schlachtfeld stürzen und dem Ruf von Achilles folgen will. Die Soldaten brauchen ihn. Er kann sich nicht guten Gewissens vor Achilles hinter die Mauern zurückziehen, er muss wieder in den Kampf. Andromache wirft sich ihm in den Weg, einen Säugling in den Armen. Sie fleht ihn an, zu bleiben, fällt auf die Knie und hält ihm ihr gemeinsames Kind hin. Tu es für uns. Für unseren Sohn. Bleib, dass Achilles dich nicht töten kann!

»Nein.« Ich falle meinem Bruder in den Arm. »Schick ihn noch nicht in den Kampf.«

»Ich muss. Äneas konnte Achilles nicht besiegen. Hektor ist unsere letzte Hoffnung.«

»Sei kein Tor! Hektor kann ihn allein nicht bezwingen. Meine Amazonen sind fast hier –«

»Wir können nicht warten!«

Poseidon schickt eine neue Flutwelle. Ich flüchte auf meinen Streitwagen. Apollon wechselt vom Bogen zum Goldschwert, als er sich den Nereiden des Meereskönigs stellt. Die Klinge schlägt Nymphen entzwei, die sterbend ins Wasser fallen.

»Der Erisapfel«, rufe ich über das Kampfgetöse hinweg. »Geben wir ihn Hera und Athene. So haben wir zwei Feindinnen weniger und können Waffenruhe erhandeln. Bis die Amazonen –«

»Nein!« Er reißt den Kopf zu mir herum, in seinen weißen Augen lodert es hasserfüllt. »Diese Genugtuung gebe ich Hera und Athene nicht.«

Ein Teil von mir will ihn anschreien. Nicht auch du. Vergiss deinen verfluchten göttlichen Stolz. Menschen sterben! »Apollon, lass Hektor warten. Wenn er durch Achilles stirbt, ist alle Hoffnung für Troja tot.«

»Selbst, wenn Aphrodite den Erisapfel hergeben sollte: Ich verhandle nicht, Schwester. Nicht mit diesen Kreaturen, die meine Gläubigen misshandeln und meinen Tempel schänden.«

»Ich habe so viel für dich in diesem Krieg getan. Nun kannst du es mir vergelten. Bitte!«

»Ich kann das nicht tun. Nicht einmal für dich. Ich –« Seine Augen weiten sich. »Pass auf!«

Ich folge seinem Blick, sehe einen Goldfaden, der sich um den Hals von einem meiner Hirsche wickelt. Ein schmerzvolles Röhren, ein heftiger Ruck – er stürzt, als der Goldfaden ihn erwürgt, und reißt den anderen Hirsch mit. Der Wagen fällt zur Seite.

Das Nächste, was ich wahrnehme, ist das hämische Lachen von Hera in der Ferne. Zwischen gefallenen Soldaten und verstreuten Waffenresten finde ich mich auf der Erde wieder. Mein Streitwagen liegt zerbrochen neben mir. Der eine Hirsch hängt tot daran, der andere tritt panisch. Es strengt mich schrecklich an, mich aufzustützen. All das Leiden der Kinder und Frauen, es fordert seinen Tribut. Ich vermag mich kaum noch auf den Beinen zu halten. Als ich endlich aufstehe, sehe ich eine Waffe auf mich zufliegen.

Es ist Poseidons Dreizack. Das Perlmutt gleißt im Sonnenlicht, ein schillerndes Verhängnis. Ich bin zu geschwächt, um ihm auszuweichen.

Da fliegen schwarze Federn vor mir auf. Ein goldenes Schwert blinkt, Apollons Schwert. Er will damit Poseidons Waffe abwehren. Doch es ist zu spät, der Dreizack schlägt durch seine Brust. Ich schreie auf.

Das Schwert entgleitet Apollon. Er fällt ohne einen Laut neben meinen toten Hirsch, die Hände um seine Brust gekrampft.

»Nein.« Ich krieche zu ihm, nicht mehr fähig, zu laufen. »Du darfst nicht fallen. Steh auf.« Er rührt sich nicht. »Apollon, steh auf! Du kannst Poseidon nicht siegen lassen. Du hast doch vor Zeus geprahlt, dass du den Krieg gegen ihn nicht fürchtest. Ist dieser Bogen nutzloser Schmuck? Dummkopf! Wie konntest du dich für mich opfern! Steh auf, du –«

Ich beschimpfe ihn, weil es alles ist, was ich tun kann. Als ich mich umsehe, erkenne ich, dass keine Hilfe kommen wird. Unsere Mutter Leto, nur noch zerbrechende Erde, wird von Hermes vertrieben. Skamandros muss vor den Hammerschlägen des Hephaistos in sein Flussbett fliehen. Nur Ares und Eris bleiben standhaft. Sie müssen alle Kraft aufwenden, um die feindliche Übermacht abzuhalten. Wir verlieren.

»Sieh einer an«, erklingt eine edelsteinscharfe Stimme. Zierliche Füße treten in mein Sichtfeld. »Da liegt die Brut von Leto im Staub, wo sie hingehört.«

Allein diese Häme würde ich überall erkennen. Ich schaue Hera ins schneeweiße Antlitz. Sie sieht perfekt aus in ihrem Pfauenkleid, zu perfekt für ein Schlachtfeld. Deplaziert. Sie grinst so hässlich, es entstellt alle hoheitliche Schönheit. Die Befriedigung, meinen Bruder und mich so elendig zu sehen, tropft von ihren regenbogenfarbenen Wimpern. Sie hat uns immer gehasst, wie alle Kinder von Zeus, die er nicht mit ihr gezeugt hat. Mich hasst sie noch mehr als Apollon. Er ist Zeus' liebster Sohn, doch ich bin jenes Kind, das Zeus widerspricht. Hera hasst mich, weil ich den Mut habe zu rebellieren, anders als sie.

Sie tritt mir auf die Finger, bevor ich nach meinem Bogen greifen kann. »Wertlose Hündin. Dachten du und dein kleiner Bruder wirklich, ihr könntet mir trotzen?«

Ich beiße die Zähne zusammen, um den Schmerz der brechenden Finger zu ertragen. »Nein, Hera. Nie habe ich dich als Feindin angesehen. Du, Athene, Aphrodite, ihr werdet von Zeus gegeneinander aufgehetzt. Siehst du nicht –«

Sie verstärkt den Druck auf ihrem Fuß, sodass ich mir auf die Zunge beiße. »Du wagst es, mich zu belehren? Mich, die wie keine andere weiß, wie verrottet Zeus ist?«

Ihr Schneegesicht erzittert, und kurz ist da etwas Nahbares. Ich sehe einen Schatten von dem, was Hera einst war. Höchste Mutter, Hüterin des Lebens.

Sie ist nur an ihren Bruder Zeus gebunden, weil er sie zwang, seine Ehefrau zu sein. Mir tut ihre Schönheit leid, denn sie ist eine grausame Illusion. Einmal im Jahr macht Zeus von seinem »Recht« als Gatte Gebrauch. Danach badet sie im Wasser einer magischen Quelle, das sie in eine Jungfrau zurückverwandelt. Immer aufs Neue wäscht Hera den verachteten Bruder fort.

»Ich will dich nicht belehren. Ich will nur, dass der Krieg endet. Wir sind Schwestern, die Zeus entzweit.«

Da wird Heras Gesicht wieder gefühlskalt, und sie tritt auf mich ein. »Schwestern! Das sagst du nur ...« Sie betont jedes Wort mit einem knochenmahlenden Bohren ihrer Ferse. »... weil dir die Niederlage gewiss ist. Bist du nicht anderntags noch voller Hass für Athene gewesen?«

Sie erwartet keine Antwort, lässt mich mit einem neuen Tritt verstummen, als ich den Mund öffnen will. Ausgerechnet sie spricht von Hass, sie, die wohl am allermeisten davon vergiftet ist. Weil sie nicht gegen ihren Mann aufbegehren kann, findet sie sich ab mit ihrem Los. Es geht ja auch Macht damit einher. Nicht so viel, dass sie Zeus gleichgestellt wäre, aber genug, dass sie ihre Position als Muttergöttin sichert.

»Hörst du ihr Klagen nicht?«, zische ich durch die Pein. Ich höre sie so gut. Mein Kopf zerreißt von ihnen, und meine Kehle brennt, als schreie ich selbst die Gebete, die an mich gerichtet sind.

»Oh, ich höre sie.« Sie nimmt endlich ihren Fuß von mir und ihre Goldspindel zur Hand. Raue Fäden spinnen sich um mich. »Sie sollen sich bloß die Herzen aus dem Leib schreien, nun, da ihr Apollon samt seiner nutzlosen Schwester fällt.« Nicht ein Funken Mitleid ist in ihren Eisaugen. »Schau dich an, wie schwach du bist. Du willst mir trotzen, obwohl du dich gerade mal mit deinen Waldmonstern und Bergscheusalen messen kannst?«

Die Fäden wickeln sich um mein Geweih, und es bricht wie ein sprödes Stück Holz. Meine Machtlosigkeit wird mir grausam bewusst. Es reicht Hera nicht, mich derart zu demütigen. Sie greift nach meinem Köcher. Während die Geweihstücke von meinem Kopf fallen, schlägt sie ihn mir lachend ins Gesicht.

Da blitzt es golden in meinem Augenwinkel. Ihr Grinsen erstirbt. Sie springt zurück, gerade rechtzeitig, sodass der Dreizack von Poseidon nur ihre Fäden und nicht sie selbst in Stücke reißt. Meine Gliedmaßen werden ruckartig befreit. Als ich aufsehe, erblicke ich meinen Bruder. Er stellt sich schützend vor mich, schwer atmend. Ich brauche einen Moment, um zu begreifen, dass er den Dreizack aus sich herausgezogen und geworfen hat. Goldene Tropfen perlen von der Brustwunde. Der Glanz seines Schwerts, das er umklammert hält, ist matter geworden.

Noch einmal wird er nicht eine so schwere Verletzung heilen können. Sein goldenes Gift ist beinahe aufgebracht, er muss neues in einem seiner Tempel holen, doch sein Schwert kann immer noch schneiden. Hera hat sich ihm in ihrer blendenden Schadenfreude ausgeliefert, und sie weiß es. Ihre Augen sind weit aufgerissen.

Er holt mit dem Schwert aus. Nur ein Vorstoß, und Hera würde fallen.

\*\*\*

Clete spürte, wie sie jemand schüttelte. »Schwester«, hörte sie ihn rufen. Sie erkannte Gadas vor sich. »Wach auf!«

Sie sah sich orientierungslos um. Gadas hielt sie an den Schultern.

Außer ihm erblickte sie noch Phileas und Eudokia. Sie saßen in sich zusammengesunken da, waren eingedöst. Dabei war nicht viel Zeit vergangen, seit Clete weggedämmert war. Die Sonne stieg höher, und Stille hing über dem Lager.

»Du hast dich gewunden im Schlaf«, erklärte Gadas, ohne sie loszulassen.

Clete zitterte, konnte es nicht unter Kontrolle bringen. »Oh, Gadas.« Sie legte den Kopf auf seiner Brust ab. Er wartete, bis sie sich wieder gefangen hatte, und fragte: »Hattest du einen Albtraum?«

»Nein, ich ...« Sie sah auf ihre schrecklich nutzlosen Hände. »Ich habe mich noch nie so durcheinander gefühlt. Ich kenne diese Seite nicht an mir. Ging es Mutter auch so?«

»Nein. Du darfst gar nicht an sie denken. Natürlich bist du durcheinander. Du sorgst dich um deine Areto.«

»Mutter hat auch gesagt, dass sie sich um Vater –«

Er brachte sie zum Verstummen, indem er ihr die Hand auf den Mund legte. »Nein«, beharrte er. »Es ist nicht das Gleiche.«

Ihr jüngerer Bruder war in diesem Moment so viel größer als sie. Es gab ihr den Mut, freier zu atmen, als er seine Hand herunternahm. »Wie machst du das, Gadas? Mit deiner Familie? Hast du nicht Angst, dass ...?«

Er verstand auch ohne weitere Erklärung. »Angst, fragst du? Natürlich habe ich die. Jeden Tag. Manchmal sehe ich Tamura und Mada an und denke an nichts anderes. Was, wenn Mutters Blut mich verflucht hat, ihnen wehzutun? Wenn meine Liebe einmal in Gewalt umschlägt?« Eindringlich sah er sie an. »Dann kämpfe ich gegen diesen Gedanken. Mutter ist tot. Solange sie es auch in unseren Köpfen bleibt, kann sie nicht –«

Er hielt inne, als sich etwas beim Zelteingang bewegte. Ihr Herz machte einen Sprung: Xenon kam heraus. Seine stapfenden Schritte weckten Phileas und Eudokia, die sogleich die Hälse reckten. Xenon sah müde aus. Die Ringe unter seinen Augen wirkten im grellen Tageslicht noch dunkler. Doch ein Lächeln umspielte seine Lippen.

»Was für ein zähes Weibsbild«, sagte er. Bei diesem Ton wusste Clete, dass es Hoffnung gab. »Ich dachte, ich höre nie mehr auf, sie zu flicken. Aber Areto wird leben.«

Es war, als entlüden seine Worte ein Gewitter an Emotionen. Clete glaubte, ein ganzer Berg falle von ihren Schultern. Phileas brach in Tränen aus. Er dankte Xenon schluchzend, der ihn nur mit mildem Ausdruck ins Zelt winkte. Phileas rannte hinein.

Clete spürte die breite Brust von Gadas, als er sie umarmte. Eudokia wischte sich froh über die Augen. *Areto wird leben.* Als diese Erkenntnis zu ihr durchdrang, kehrte Phileas zurück, um sie zu holen. Clete war die Nächste, die Areto sehen wollte.

Ihre Knie fühlten sich schwach an. Sie stakste wie ein Kitz. Mechanisch dankte sie Xenon, und dann trat sie ins Zelt. Die ganze Welt rückte in weite Ferne. Sie konnte nichts anderes mehr sehen als Areto, die ihr mit dunklem und silbernem Auge entgegenschaute. Cletes Blick fing so viel auf. Den bloßen Oberkörper, der bis auf Nähte und Narbengewebe verheilt war. Die rechte verbundene Hand. Hinzugekommenes Grau im Haar und tiefe Falten im Gesicht.

»He«, sagte Areto und lächelte. Da waren Gram und Furcht, und Schwäche, so viel Schwäche. Das Atmen fiel ihr schwer. Aber sie trug ein glückliches Lächeln im Gesicht, glücklich, sie wiederzusehen. »Jetzt habe ich auch so beeindruckende Narben wie du.«

Clete brachte kein Wort heraus. Sie kam neben Areto, nahm ihre linke Hand. Nun zitterte auch ihre Freundin. Sie verschränkte ihre Finger mit denen von Clete, legte ein Ohr an ihre Brust, als suche sie nach dem Herzschlag. Ein Beweis dafür, dass sie beide, zusammen, wirklich hier waren.

# XXX. DIE GRÖSSTE WAFFE

## Penthesilea

Der Tod von Antianeira hatte alles verändert. Plötzlich war das Heer von noch größeren Zweifeln zerfressen. Er richtete sich jedoch nicht mehr gegen Penthesilea. Im Gegenteil, die Kriegerinnen brauchten ihre Führung.

Sie war zugegen, als die Herrin der Krüppel verbrannt wurde, spendete allen mit ihrer Gegenwart Trost. Als es daran ging, die Asche auszustreuen, übernahm sie dies. Ihr Herz war schwer, während der Wind die grauen Flocken aus ihrer Hand wehte und sie zu Nichts zerstreute. Sie trauerte um die Kriegerin, die eine ihrer besten gewesen war, trotz allem. Eine Amazone bis zum Schluss.

Als Penthesilea dastand und nur noch Leere an ihren Fingern haftete, wusste sie, was zu tun war. Antianeiras Tod durfte nicht umsonst sein – nein, dies galt für alle Opfer der letzten Tage. Die gebrochene Moral. Cletes weggeworfene Ehre. Die sterbende Areto. Es war so weit gekommen, dass Amazonen sich gegenseitig töteten, weil sie keine gute Königin war. Ihre Schwächen hatten sie heimgesucht, und der Preis dafür war ein entzweites Volk. Es lag an ihr, es wieder zu einen.

Sie saß in der Dämmerung, fernab des Bestattungsplatzes, und sann nach. Ihr Blick war auf die blasser werdende Mondsichel gerichtet. Bis vor ein paar Tagen hätte sie der Göttin, die über das nächtliche Silber regierte, Gebete geschickt. Aber jetzt, da sie von Artemis' Verrat wusste, war alles anders. Während sie die Hände im schwarzen Rock faltete, konnte sie nur noch ihre Ahninnen um Beistand bitten.

Sie hörte Schritte hinter sich, erkannte am weichen Tappen, dass sie Melanippe gehörten. »Penthesilea. Ich muss mit dir sprechen.«

Es klang dringlich. Sie sah von ihren gefalteten Händen auf und ihrer Schwester ins Gesicht. Melanippe machte keine Anstalten, sich neben sie zu setzen. Irgendetwas hielt sie auf Abstand. Penthesilea kam nicht umhin, sich bei ihrem Anblick schuldig zu fühlen. Seit dem Kampf gegen Dionysos zog sich ein dunkler Schnitt über Melanippes Wange. Die Fingernägel des Gottes hatten sich für immer in sie gegraben, ein Mahnmal.

»Es geht um Kaystros«, begann Melanippe. »Den Orphiker.«

»Ich weiß, wer er ist.«

»Das hoffe ich doch. Immerhin sprichst du ihn seit mehreren Tagen?« Ihr Tonfall klang seltsam feindlich. Ehe Penthesilea nachfragen konnte, fuhr Melanippe fort. »Ich habe mich gewundert, was dich dermaßen an diesem Jungen irritiert hat, dass du dafür die Versammlung auflösen musstest. Dann hörte ich von Phileas und seiner Traumdeutung. Dass Kaystros jenes Mädchen aus Blitz und Donner hätte sein sollen. Aber das ist kein Grund für Affekt, nicht wahr? Wie konnte ein Fremder dich nur mit seinem Anblick dermaßen aus der Fassung bringen?« Ihr Gesicht leuchtete kalt in der Dämmerung. »Ganz einfach, weil er dir nicht fremd war.«

Penthesilea schloss kurz die Augen. Nun kam es heraus. Wie schon ihre Vergangenheit mit Patroklos und Achilles. Sie fragte trotzdem: »Worauf willst du hinaus?«

»Bitte zwing mich nicht, es auszusprechen. Sei ehrlich mit mir.« Ihr Tonfall war so flehend, dass Penthesilea keine Zweifel mehr hatte. Melanippe wusste, wer Kaystros war.

Ihre Schwester schüttelte den Kopf, als sie nur Stille zur Antwort erhielt. »Ich will das nicht glauben.« Sie rieb an ihren Armen. »Wie hast du mir vorenthalten können, dass er dein Sohn ist?«

Es war, als rissen diese Worte eine Kluft zwischen ihnen auf. Penthesilea war an dem einen Ende, Melanippe an dem anderen, und Vertrauen fiel in die Tiefe.

»Leugne es nicht. Er sagte, er sei nach dem Fluss benannt, wo er als Säugling ausgesetzt wurde. Kaystros – der Fluss, in den du das Blut deines geopferten Sohnes gießen solltest, vor vielen Jahren.« Sie sah sich um, wie um sicherzustellen, dass niemand in der Nähe war und sie hören konnte. »Aber wenn du ihn nicht getötet hättest, so wie die Tradition es verlangt, dann wäre er jetzt im Alter des blinden Jungen.«

Penthesilea knüllte die Hände in ihrem Schoß zusammen. »Ich kann dir nichts vormachen. Du bist zu scharfsinnig. Ja, Kaystros ist mein Sohn. Ich ließ ihn geblendet am Flussufer zurück, ich war nicht zu mehr fähig.«

Melanippe kratzte sich, dass ihr Ärmel einriss und Blut an ihren Fingernägeln haften blieb. »Es ist also wahr.« Sie schien große Mühe zu haben, ruhig zu bleiben. »Muss ich auch noch erraten, welcher Held der Vater ist und ihm sein Zeus-Blut vermacht hat? Oder ersparst du mir das?«

Es tat ihr weh, sie so aufgewühlt zu sehen. »Der Vater ist Achilles.«

Ihr jahrelang behütetes Geheimnis. Nur gehauchte Worte, die zu verschweigen nichts mehr nützte. Melanippe fuhr zusammen, als wären sie Schläge.

Penthesilea erhob sich. »Es tut mir leid.« Sie nahm Melanippe am Ärmel. »Ich wollte dir niemals Schmerz bereiten. Nur deshalb habe ich es dir verschwiegen. Es war mein Versprechen gegenüber Hippolyte.«

Melanippe ließ die Berührung zu, doch bebte. »Ich weiß. Nun ist mein Schmerz nur noch größer.« Sie wischte sich über ihre feuchten Augen. »Ich kann es nicht fassen. All die Jahre ... Natürlich war mir bewusst, dass wir uns voneinander entfernten, bei all dem Unglück und unseren Pflichten. Aber derart? Wie konnten nur solche Geheimnisse zwischen uns entstehen?«

Es brannte in Penthesileas Brust. Denn ihr größtes Geheimnis war noch nicht gestanden. *Ich habe sie getötet.* Nur ein paar Worte mehr. *Es war mein Speer, der Hippolyte umgebracht hat.* Melanippe hatte das Recht, es zu wissen.

Bevor sie jedoch die Kraft finden konnte, es zu sagen, fuhr ihre Schwester fort. »Ich rede daher, als ginge es nur um unsere Familie.« Sie streckte verzweifelt den Rücken durch. »Dem ist nicht so. Wenn sich die Nachricht verbreitet, dass Kaystros dein Sohn ist ... Du weißt, was dann geschehen wird? Schon jetzt zweifeln die Amazonen. Sie werden allen Mut verlieren, wenn sie die Wahrheit erfahren.«

Genau das war, was Penthesilea fürchtete. Dass sie von dem Glauben ihres Volkes fallen könnte, fort von Troja und der Zukunft, die dort wartete. Sie fürchtete sich davor, dass ihre Liebe alles zerstörte.

»Was rätst du mir, zu tun? Nicht als meine Schwester, als Hohepriesterin.«

Melanippe senkte den Blick. »Rat? Du hast Ares sein Opfer verwehrt. Es ist ein niemals gutzumachender Fehler. Wenn du klug bist, tilgst du ihn, bevor er dich noch mehr umnachten kann.«

»Du willst noch die Göttlichen besänftigen, obwohl Artemis uns verraten hat?«

Melanippe trat zurück. »Es geht nicht um ihre Gunst, sondern um die deines Volkes.« Sie sah aus, als müsse sie an Ort und Stelle zusammenbrechen. Aber irgendwie schaffte sie es, ihre Haltung zu wahren. »Ich muss nachdenken«, sagte sie mit gebrochener Stimme. »Nachdenken, ob ich dir vergeben kann. Ich kann dir vielleicht einmal die Vergangenheit verzeihen. Aber wenn sie dich dermaßen gefangen nimmt, dass du unser Volk im Stich lässt ... Handle weise, Penthesilea, und handle rasch.«

Sie wollte Melanippe halten, sie trösten, beteuern, wie leid ihr alles tue. Irgendetwas. Doch ihre Schwester riss sich los. Sie ging.

Penthesilea sah ihr reglos nach. Seltsamerweise fühlte sie kaum etwas, nicht einmal Schmerz oder den Drang zu schreien. Vielleicht hatte ihr Schweigen zu lange gedauert, sodass sie innerlich taub geworden war.

Sie zog sich in ihr Zelt zurück, um sich für das Kommende zu wappnen. Hatte ihre Schwester recht? Musste sie das Opfer erbringen, das sie am Kaystros nicht erbracht hatte? Ihre Finger zitterten allein bei der Vorstellung, mehr von ihrem eigenen Blut vergießen zu müssen.

Sie war noch in dunklen Gedanken gefangen, als Antandre ins Zelt kam. »Der Junge ist auf dem Weg zu Euch«, meldete die Stratega. Eigentlich sollte sie nur Befehle entgegennehmen, doch sie hatte etwas zu verkünden. »Areto hat die letzte Nacht überlebt.«

Penthesilea sank erleichtert auf ihren Stuhl. »Also konnte Xenon sie retten?«

»Ja, mithilfe dieser Frau. Eudokia. Sie hat ihm die Ambrosia gelassen, die sie von Aphrodite erhielt.«

»Immerhin eine gute Nachricht«, sagte Penthesilea und rieb über ihre müden Augen. »Ruf zur Versammlung, Antandre.«

»Wollt Ihr vors Heer treten und Eure Ansprache halten?«

»Ja. Ich bespreche mich mit Kaystros. Dann komme ich. Sieh zu, dass sich alle bereithalten.«

Antandre nickte und entfernte sich. Fahrig strich Penthesilea ihrem Brecher über den Kopf. Er grummelte unruhig, wie auch die anderen Molossoi, die im Zelt verteilt lagen.

Nach einer gefühlten Ewigkeit kam Kaystros ins Zelt. Sein Gesicht wirkte farblos. Er hielt seinen Aulos in den verkrampften Händen. Es schien, als hätten ihm die letzten Tage zu schaffen gemacht.

»Du bist spät«, sagte Penthesilea.

Es war nur eine Feststellung, aber Kaystros zog den Kopf ein. »Vergebt mir, ich war noch bei Areto. Ich wollte sie unbedingt sehen.«

»Schon gut. Setz dich.«

Ihr fiel auf, dass er sich mit größerer Sicherheit zum Stuhl bewegte. Er traute sich, ein paar der Molossoi auf dem Weg zu streicheln. Es machte ihr bewusst, wie viel Zeit sie in den letzten Tagen zusammen verbracht hatten. Kaum ein paar Stunden, aber ihre Gespräche hatten ganze Leben beinhaltet. Er legte Stab und Aulos ab, um sich zu setzen.

»Darf ich dir wieder nichts anbieten?« Er schwieg, sodass sie nur für sich selbst einen Kelch mit Wein füllte. Sie hatte das Gefühl, sich Mut antrinken zu müssen. »Du hast Areto während der Reise lieb gewonnen, nicht wahr? Mir kam zu Ohren, dass du stundenlang für sie gebetet und Flöte gespielt hast.«

»Ja. Ich bin froh, dass sie den Kampf überstanden hat.« Er sagte es mit einem Lächeln, das ungewöhnlich offen für ihn war. »Sie ist ein guter Mensch.« Als Penthesilea nichts dazu sagte, sanken seine Mundwinkel herab. »Dass jemand wie sie zum Kampf gezwungen war, erscheint mir grausam. Wie so manche Tradition des Amazonenvolkes.«

Da sprach etwas Verbittertes aus ihm, das er eindeutig auf sich selbst bezog. Sie glaubte kurz, dass es zu viel werden und seine Trauer ihn überwältigen würde.

Er straffte die Schultern und sagte: »Verzeiht. Diese Worte stehen mir wohl nicht zu. Ich schätze mich eigentlich glücklich, dass ich hier bei Euch sein und von ... meinen Vätern hören darf.«

Er stockte, weil es wohl noch schwer für ihn zu glauben war, dass jemand weiteres neben ihr und Achilles existiert hatte. Ein unglücklicher Schimmer lag auf seinem Gesicht, derselbe, den er bei der Erzählung von Patroklos' zweitem Tod getragen hatte. Penthesilea war sich sicher, dass es in einem anderen Leben so wäre, dass sie zu dritt Kaystros aufziehen würden. Es war auch ihm klar geworden, als er von Patroklos gehört hatte, und wie dieser mit Achilles umgegangen war.

»Darf ich Euch eine Frage stellen?«

Sie trank, um dann den Kelch mit einem Seufzen abzusetzen. »Ich habe das Gefühl, dass die Frage schwer zu beantworten sein wird. Aber ich will sie hören.«

Kaystros holte tief Luft. »Warum habt Ihr mich nicht getötet?« Es schwang Unbändiges in seinen Worten mit. Wut, Enttäuschung, Schmerz. »Es war schlimm, bei den Orphikern aufzuwachsen. Nicht, weil sie sich schlecht um Waisen wie mich gekümmert hätten. Im Gegenteil. Jedoch nicht zu wissen, warum ich so ungewollt war, dass meine eigene Mutter mich geblendet und zum Sterben ausgesetzt hat ...«

Er verstummte. Sein Gesicht mit den brandnarbigen Augen verzog sich vor Qual. Die Reue schlug wie eine Welle über ihr zusammen.

»Aber ich habe dich gewollt, Kaystros. Ich habe Achilles und Patroklos geliebt. Nur deshalb gibt es dich.«

»Ist das so? Dann war diese Liebe nicht sehr groß. Sie war zumindest nicht wichtiger als die Volkstradition. Was hat es mit Liebe zu tun, seinen Sohn wegzuwerfen wie ...« Er schrie fast. »Wie ... wie ... Selbst der Tod wäre liebevoller gewesen!«

Sie hörte ihn an. Als ihre Hunde die Köpfe hoben, beruhigte sie diese mit einem Wink. Es war nur ein kurzer Ausbruch. Danach sackte Kaystros zusammen. »Ah. Ich ... Bitte vergebt mir meine Unverschämtheit. Ich wollte nicht beleidigend sein. Ich –«

»Kaystros«, unterbrach sie ihn. »Entschuldige dich nicht. Denn du hast recht.« Sie schaute in ihren Kelch, auf ihr Gesicht, das sich im Wein spiegelte. »Ich glaubte, meine Pflicht tun zu müssen, brachte das Äußerste jedoch nicht über mich. Darum ließ ich dich geblendet liegen, damit die Natur es für mich übernimmt.«

Er konnte sein Schluchzen nicht mehr zurückhalten. Sein Körper wurde davon geschüttelt. Er biss sich auf die Lippe, als schäme er sich, dass sie ihn so sah. Ihr Blick fiel auf seine verkrampften Finger. Sie gab dem Impuls nach, stellte ihren Weinkelch weg und streckte sich nach ihm aus. Er erstarrte, als sich ihre Hände berührten. Kurz betrachtete sie seine Haut. Sie war eine Spur heller als ihre, ein weiteres Erbe von Achilles.

»Ich war so feige«, sagte Penthesilea leise.

Als ihre Finger über seine streiften, schluckte er. »Oh.« Fast ehrfürchtig erfühlte er ihre Haut. »So rau.« Seine Fingerspitzen strichen über die Falten und Narben, die das Leben in sie gekerbt hatte. »Diese Kuhle am Handgelenk, die habe ich auch. Und meine Haut fühlt sich ähnlich beschaffen an.«

Sie sah überrascht auf seinen rotschwarz schimmernden Schopf. »Das wäre mir niemals aufgefallen. Wenn es diese Winzigkeiten nicht gäbe ...«

Er tastete sich vor, kühner, über ihren Arm. Sie blieb regungslos für ihn sitzen. Dabei bemerkte sie, wie sie den Moment genoss. Sie mochte die Stille zwischen ihnen, keine dunkle Stille wie die der Gräber. Es glich mehr der Stimmung, die über eingebrochenen Mauern hängt. Bevor sie wusste, wie ihr geschah, fiel er in ihre Arme. Er stand einfach auf und überwand den letzten Abstand zwischen ihnen. Als er an ihrem Körper lag, kam er ihr zerbrechlich vor. Sie war viel größer und stärker als er.

»Ich wünschte, ich könnte dir vergeben«, flüsterte er und drückte sein Gesicht in ihre Halsbeuge. »Aber wie soll ich das tun, Mutter?«

Sie spürte, wie er gegen sie lehnte, und legte die Arme um ihn. Dabei stieg ein Geruch in ihre Nase, der Geruch fast vergessener Erinnerung. Das letzte Mal, als sie ihn so gehalten hatte, war er nur ein paar Wochen alt gewesen. Sie spürte wieder diese Verbindung von damals. Eine unsichtbare Nabelschnur zwischen ihren Seelen, die sie nicht zu trennen vermochte, ganz gleich, wie sehr sie es wollte.

\*\*\*

All die schweren Monate der Schwangerschaft, der Krieg mit ihrem geschwollenen Leib, und die blutreiche Geburt, ihre letzte Schlacht. Und am Ende gab es keinen Sieg. Denn das Kind, das sie gebar, war nicht, wie es hätte sein sollen.

»Nein«, krächzte Penthesilea.

Sie konnte Hippolytes Blick nicht begegnen, so voller Scham und Verwirrung war sie. Starke Töchter, dies war das einzig Akzeptable. Damit segneten Göttinnen die Königinnen, und wenn sie es nicht taten, so konnten sie nur zornig sein. Penthesilea musste sie wütend gemacht haben, weil sie sich mit Heldenblut vermischt hatte. Jetzt entzogen die Göttinnen ihren Segen. Sie war verflucht.

Ares besuchte sie am Kindbett, prächtig gewandet in Schwarz, Rot und todesschmutzigen Farben. Als ginge er auf ein großes Fest wie eine Hochzeit. Er lächelte auch wie ein Bräutigam, sodass seine Worte umso grausamer ausfielen.

»Meine süße, kleine, dumme Tochter. Dachtest du wirklich, du könntest das Kind eines anderen empfangen? Ohne, dass ich es bemerke?«

Sie musste sich an Hippolyte festklammern, die die ganze Zeit über ihre Hand gehalten hatte. »Was habt Ihr mir angetan, Vater?«

Kopfschüttelnd sah er auf sie hinab. »Menschliche Körper sind so zerbrechlich, so veränderlich. Und erst die Bäuche von Schwangeren.« Er fuhr mit einem spitzen Fingernagel über ihren Schenkel. »Mein Blut fließt in dir. Wenn du mich ablehnst, so wendet es sich gegen dich. Siehe da: Es gibt keine Thronerbin mehr. Mein Wille hat dafür gesorgt, dass dein Kind mit einem Phallos geboren wird. Du weißt, was das bedeutet. Opfere es mir, und lass dir dies eine Lehre sein: Niemand außer Ares darf seinen Samen in der Königinnenlinie weitergeben.«

Sie rang nach Luft. Es war zu entsetzlich, wie er sie bestrafte.

»Nächstes Mal«, sagte er und wandte sich zum Gehen, »wird es deine Erbin sein. Denn du wirst sie mit mir zeugen, wie die Tradition es vorsieht. Mein Kind oder keines.«

Dann war er fort. Hippolyte ließ Penthesilea auch nicht los, als er längst fortgegangen war. Sie hielten sich, sprachen kein Wort, lange Zeit.

»Du musst es töten«, sagte Hippolyte schließlich.

Sie zwang sich, zu nicken.

Melanippe kam herein, erblickte den Säugling und weinte die Tränen, die Penthesilea unterdrückte. Als wäre eine weitere Prinzessin gestorben, trauerte ganz Themiskyra. Die Menschen verschleierten sich, behängten die Häuserwände mit dunklen Blumen und opferten, um Ares und die Göttinnen zu begütigen. Und sie beteten für ihre Königin, dass sie die anschließende Reise überstehen möge.

Kaum dass Penthesilea einigermaßen im Sattel sitzen konnte, ritt sie los. Sie nahm das Kind in einem Tragetuch mit sich. Eine kleine Gruppe Kriegerinnen begleitete sie, verlässliche Frauen, die sie auf dem Weg nach Ephesus beschützen würden. Bis auf die nötigsten Vorräte und ein Schwert, das sie stets bei sich behielt, nahm sie nichts mit. Es würde eine schnelle Mission sein.

Zum Artemision würden sie reisen, und dort würde Penthesilea in die Flut des Kaystros steigen, um das Blut ihres Kindes mit dem heiligen Wasser zu mischen. Ein schneller Schnitt durch die Kehle wie bei jedem anderen Opfer. Es würde nicht lange dauern – so sagte sie es sich.

Aber ihr Sohn, den sie vor der Brust trug, wog schwer. Sein Gewicht würde zunehmen in den nächsten Wochen, wann immer sie ihn stillte oder mit ihm einschlief. Sie war noch nicht einmal am Kaystros, doch fühlte sich, als würde sie in sein Wasser hinabgezogen.

\*\*\*

Kaystros hielt sie fest. Penthesilea erwiderte seine Umarmung, hielt ihn wie ein Kind, ihr Kind, mit aller Liebe, so sie welche hatte. Sie spürte seine Wärme, seinen Herzschlag an ihrer Brust, während sie ihn an sich barg. Ihre Hand glitt in sein Genick.

Es wäre so einfach, es zu brechen. Ein schneller Ruck, kein qualvolles Hinauszögern. Schon grub sie die Finger in seine Haut, um es zu tun. Dann verharrte sie. Dies war falsch. Ihr Sohn konnte nichts für ihre Verfehlungen.

»Ich will nicht, dass du mir vergibst«, sagte sie. Die Worte fielen ihr auf einmal leicht. Nun wusste sie, wie sie sich zu entscheiden hatte: gegen das Unrecht, das ihrer Familie angetan worden war. Für ihn. »Ich will, dass du an meiner Seite kämpfst.«

Kaystros löste sich ruckartig aus ihrer Umarmung. »Was sagst du …?« Er biss sich auf die Zunge, weil ihm seine Anmaßung klar wurde. »Warum sollte ich das tun? Mit Euch kämpfen?«

»Weil wir dieselben göttlichen Feinde haben. Sie haben lange genug mit deinem Leben gespielt, mit uns. Ziehen wir gegen sie zu Felde.«

Ihre Gedanken waren nicht nur bei Artemis und Ares. Auch an Dionysos und Pan dachte sie, solche unter den Göttern, die ausschließlich sich selbst sahen und Menschenleben mit Füßen traten.

»Mit dir würde sich alles ändern. Ich kann nur die Götter, die mich und mein Volk bedrohen, in tiefdunklen Schlaf schicken. Doch du, Kaystros, bist zu mehr fähig. Du kannst sie erschlagen, weil du ein Erbe von Zeus bist.«

Er sagte lange nichts, schien zu überwältigt von ihren Worten und dem Grauen, das sie heraufbeschwor. »Aber wie? Ich weiß nicht, wie ich Götter töten kann. Selbst, wenn ich es täte, ich habe nie gelernt zu kämpfen. Die Orphiker lehren Zurückhaltung und Rücksicht auf anderes Leben zu nehmen. Ich ... weiß nicht, ob ich es anders haben will.«

Sie nahm seine Hände. »Du bist mein Kind. Also lass mich deine Führung sein. All die Jahre, die ich nicht für dich da war, ich will sie dir zurückgeben. Auf dass wir einen Weg finden, deine Kraft zu entfesseln und das Schicksal zu erfüllen, das dir als meine Tochter bestimmt gewesen wäre.«

Sie spürte, wie er an ihr bebte. Diesmal schien es nicht aus Angst zu geschehen. Nein, er wirkte erregt. Sein Erbe musste ihn nicht immerdar quälen, sondern könnte dank ihr ein Quell der Kraft sein. Die Entscheidung fiel ihm nicht schwer. Er drückte ihre Hände, nahm den Lebenssinn, den sie ihm reichte.

\*\*\*

Sie führte Kaystros, der seine Hand auf ihren Unterarm gelegt hatte. Er vertraute ihrer Leitung, nutzte seinen Gehstab nicht. Gemeinsam mit ihren Hunden verließen sie das Zelt.

Sie brachte ihn bis zum Versammlungsplatz. Dort hatte Antandre alle zusammengerufen, so, wie Penthesilea es befohlen hatte. Sie erblickte Myrina und die Sonnenschwestern, die Amazonen des Sternstamms und auch Melanippe. Letztere starrte sie mit aufgerissenen Augen an, als wolle sie rufen: Was tust du?

Penthesilea sah ihr fest entgegen. Sie blieb erhöht auf einem Hügel stehen, ihren Sohn an der Seite. Die Molossoi stellten sich um sie auf.

»Vergebt mir, mein Volk«, rief sie für alle hörbar. »Ich bin nicht eher vor euch getreten, weil es schwere Entscheidungen zu fällen gab. Nun steht dem weiteren Feldzug nichts mehr im Weg. Die Seelen unserer Geschwister, die wir auf diesem Feld verbrennen mussten, werden bald mit uns reiten.«

Die Luft über der Menge schien sich zu ändern. Sie knisterte von kriegerischer Aussicht. Alle hingen an ihren Lippen, als sie ihre lang ersehnte Rede hielt.

»In den letzten Tagen wurden Stimmen im Lager laut. Stimmen, die erzählten, dass die wütende Artemis den Tod der Hippolyte herbeigeführt habe. Es ist die Wahrheit: Areto und Clete trafen meine Schwester in der Unterwelt, und diese offenbarte ihnen alles. Die höchste unserer Göttinnen hat uns eine Amazonenkönigin genommen, uns belogen, uns benutzt.« Die Anwesenden murmelten. Sie wartete, bis die größte Aufregung abgeklungen war. »Verzagt nicht. Denn unsere Gesandten haben weit mehr aus der Unterwelt gebracht als unglückselige Nachrichten. Eine Waffe.« Sie legte Kaystros die Hand auf die Schulter. »Sag ihnen, wer du bist.«

Als er sprach, war nicht nur sie selbst, sondern auch sein Vater mit ihm. Das Feuer von Achilles begann in ihm zu leuchten und ließ seine Stimme brennen. Er war alles andere als ein ängstlicher Junge. Wind wehte sein schwarzes Haar auf, während Brecher und die Hunde sich um ihn scharten wie um einen Anführer. Er erzählte von seiner Aussetzung, von seinen Träumen aus Blitz und Donner.

Alle hörten ihm zu, bis Myrina vortrat. »Das ist doch verrückt!« Ihre Worte galten nicht ihm, sondern Penthesilea. »Dies soll das prophezeite Kind sein? Aber es war von einem Mädchen aus Blitz und Donner die Rede.«

Kaystros wusste nichts zu antworten, anders als Penthesilea, die entschlossen vortrat. »So ist es. Habt ihr nicht gehört, was Kaystros gesagt hat? Hätte Ares ihn nicht in mir verformt, so wäre er meine Erbin geworden. Das Mädchen der Prophezeiung, ihre Kraft schlummert noch in ihm.«

»Dies kann nicht der Weg zu unserem Sieg sein. Es ist gegen die Tradition. Den Söhnen von Königinnen ist das Opfer bestimmt. Ihr habt mit Euren Taten einen Fluch auf uns geladen!«

Die Versammelten raunten, Unmut klang in ihren Stimmen.

»Ja.« Penthesilea ballte die Hand zur Faust. »Es lastet ein Fluch auf uns. Doch das tut er weit länger, als ich regiere. Seit wir existieren, zwingt Ares uns seinen Weg auf. Warum? Er hat Angst vor uns, Angst vor der Macht, die er uns einst gab. Ich erkläre seinen falschen Brauch für tot. So lange schon stellten Vielselige, Männer und Frauen ihn infrage, und sie hatten recht. Hätte ich meinen Sohn geopfert, wie er es gewollt hätte, so wäre die Prophezeiung von unserem Sieg gestorben.« Sie nahm Kaystros' Hand und hielt sie in die Höhe. »Seht! Das Schicksal hat ihn zu uns geführt. Es schenkt uns die größte Waffe: Götter zu töten.«

Da erreichte sie die Herzen ihrer Kriegerinnen. Sie spürte wieder diesen Sog, der die Amazonen schon einmal erfasst hatte. Der Wunsch nach Krieg, denn er war einfach. Freundin und Feind, siegen oder besiegt werden.

Sie umklammerte Kaystros' Hand und schrie: »Lasst uns die Vergangenheit begraben, um frei zu sein. Frei von allen Ketten, um unsere Zukunft zu schmieden, in Feuer und griechischem Blut!«

Die Kriegerinnen verfielen in gellendes Geschrei, nach Tod, Krieg, Vergeltung. Als Penthesilea von den Stimmen umtost wurde, war es für sie wie ein Befreiungsschlag. Ihre Vergangenheit war keine Bürde mehr, sondern das Fundament ihres Thrones.

## XXXI. TRENNUNGEN

### Areto

Die Stunden fühlten sich wie Tage an, während Areto sich erholte. Sie war schwer mitgenommen von ihrem Kampf mit Antianeira. Wenn sie nicht schlief oder Medizin trank, dämmerte sie vor sich hin.

Es gab einen klaren Moment für sie, und das war, als Clete an ihre Seite kam. »Es ist alles gut«, sagte ihre Jägerin und küsste Aretos unverbundene Finger. »Das Schlimmste ist vorbei.«

Sie erzählte so unglaubliche Dinge, dass Areto sich fragte, ob sie nicht doch träumte. Da war die Rede davon, wie Xenon sie mit einer Mischung aus Cletes Blut und Ambrosia gerettet hätte. Ein Geschenk von Eudokia – *ihrer* Eudokia.

»Bist du es wirklich?«, fragte sie, als die Athenerin einmal mehr kam, um ihr von dem heiligen Nektar zu bringen. »Warum bist du hier?«

Sanfte Augen schimmerten zwischen goldgelben Strähnen, als Eudokia erwiderte: »Das ist eine lange Geschichte. Werde gesund, dann erzähle ich sie dir.«

Es kamen noch mehr vertraute Menschen. Xenon, der ihre Nähte besah und ihre heiße Stirn befühlte. Phileas, der des Nachts an ihrem Bett wachte. Und Clete, immer wieder Clete. Ihr Lächeln war da, wenn Areto aufwachte. Sie half ihr beim Essen und barg sie mit ihrem Körper, damit sie nicht zu sehr vom Schüttelfrost gequält wurde.

So harrte Areto aus, bis der nächste große klare Moment kam. Sie wachte mit dem vertrauten Geruch von Phileas in der Nase auf. Er lag schnarchend neben ihr auf den Fellen, sein Haar verwirrt und den Arm um sie geschlungen.

Es war so ein friedliches Bild, als wären sie daheim und gar nicht im Krieg. Areto streckte sich aus, eine winzige Bewegung, die sie schon anstrengte. Sie küsste ihn auf die Stirn. Da war eindeutig Widerstand an ihren Lippen. Es war kein Traum. Die Erkenntnis trieb ihr Tränen ins Auge. Sie blinzelte sie fort und setzte sich auf.

Es war nicht ihr Zelt, wie sie bei näherer Umschau erkannte. Hier und da lagen ein paar ihrer Habseligkeiten, die jemand gebracht haben musste. Das Kurzschwert von Theseus lehnte an einem Stuhl.

Der Anblick der Waffe brachte die Erinnerung zurück, wie sie sich hilflos gegen Antianeira gewehrt hatte. Areto erbebte. Das Zittern wurde stärker, als sie daran dachte, wie ihr Silberpfeil das Auge von Antianeira durchbohrt hatte. Sie tastete fahrig nach der Schüssel mit Wasser, die neben ihrem Bett bereitstand. Beinahe traute sie sich nicht, ihr Spiegelbild anzuschauen. Sie sah elendig aus, nicht mehr wie sie selbst, dachte sie. Ein zittriges Menschenbündel mit sprödem, teils grauem Haar.

Erst als sie die Schüssel hob, um zu trinken, wurde sie sich ihrer Hände bewusst. Schlagartig entsann sie sich, dass sie mehrere Finger im Kampf verloren hatte. Sie ließ vor Schreck die Schüssel los, die klappernd zu Boden fiel. Der Verband an ihrer rechten Hand war entfernt worden, es haftete keine ungewohnte Leere daran. Ihre Finger waren nachgewachsen. Eine silberne Linie markierte die Stelle, wo Antianeiras Schwert eingedrungen war. Die neuen Finger samt dem Daumen waren viel heller als ihre sonnengebräunte Haut. Milchfarben wie die Ambrosia, die sie tagelang getrunken hatte.

Das Klappern der Schüssel weckte Phileas auf. »Oh.« Er fuhr in die Höhe und rieb sich den Schlaf aus den Augen. »Du bist wach, Mutter? Wie fühlst du dich?«

Sie konnte nicht antworten. Wie gelähmt starrte sie auf ihre regenerierten Finger.

Phileas nahm sachte ihre Hand. »Ich weiß. Ich kann auch noch nicht glauben, dass du wirklich ...«

Seine Stimme brach. Es weckte etwas in ihr, ihn so verletzt zu hören, ihren mütterlichen Instinkt. Sie nahm ihn in die Arme.

»Scht«, flüsterte sie, während er an ihrem Hals schluchzte. »Sei nicht traurig, mein Stern. Es gibt keinen Grund dazu.«

Er versuchte sich an einem wackeligen Lachen. »Ich bin nicht traurig. Ich weine vor Freude, weil ich meine geliebte Mutter nicht verloren habe.«

»Oh, Phileas.« Sie küsste die Tränen von seinem Gesicht. »Wie lange war ich geistesabwesend?«

»Drei Tage. Du wirst nicht glauben, was geschehen ist.«

Er erzählte ihr abgehackt von den neuesten Ereignissen. Der Verbrennung von Antianeira. Penthesileas Rede vor dem Heer. Kaystros, der sich nicht nur als ihr Sohn, sondern auch als Kind aus Blitz und Donner offenbart hatte. Sie konnte es nicht fassen, dass der sanfte Waisenjunge, den sie hergebracht hatte, solch hoher Herkunft sein sollte. Der Tod von Göttern.

»Würdest du mir neues Wasser holen?«, bat sie mit trockener Kehle. »Ich fühle mich wie ausgedörrt. Dann können wir gerne weiterreden.«

Er sprang auf. »Natürlich.« Eilig warf er einen Mantel über und wuschelte durch seine Locken, sodass sie eine einigermaßen ordentliche Form annahmen. »Vermutlich bist du auch hungrig? Ich konnte dir in den letzten Tagen nur ein bisschen Suppe einflößen. Warte, ich bringe etwas zu essen mit.«

Er hob die leere Schüssel auf und flitzte hinaus. Die Zeltplane ließ er offen, sodass die Strahlen der Morgensonne hereinfielen. Sie knabberten an Aretos Zehen, ein Gefühl, das nicht schöner sein könnte. Aber das Dunkel in den Ecken des Zelts wurde auch dichter.

Sie schlang die Arme um ihren Oberkörper, um den Verband und die

Nähte. Ihr Durst war eine Ausrede gewesen, damit sie für einen Moment allein war. Sie ließ die Verwirrung zu, die ihr veränderter Leib auslöste. Mit jenem Gefühl kroch auch der Schatten heran. Er glitt vor ihre Füße, dorthin, wo das Licht gerade nicht mehr hinreichte.

»Nicht einmal an der Schwelle des Todes werde ich dich los«, flüsterte sie.

\*\*\*

Als Phileas zurückkam, brachte er einen Freund mit. Callistus humpelte noch leicht von seinen Verletzungen, doch er zog Areto sofort an seine Brust.

»Au«, stöhnte sie und lächelte gequält. »Vorsicht.«

Verlegen schob er sie von sich. »Natürlich. Vergib mir.« Er stöhnte selbst von den ruckartigen Bewegungen. »Mein Rücken wird eine Weile brauchen. Aber du ...« Er nahm ihre Hand, die rechte mit den nachgewachsenen Fingern. »Es ist ein Wunder. Alles ist verheilt.«

»Ja. Ich bin sehr erschöpft, und vieles ist anders. Aber ich bin hier und wieder ganz.«

Tränen schimmerten in seinen Augen, als er ihre Hand drückte und sagte: »Danke, Areto.« Er rang nach Worten, schien nicht die richtigen zu finden. »Danke, für alles. Dafür, dass du ... am Leben bist. Ich ...«

»Schon gut«, unterbrach sie ihn freundlich. »Lass mich erst einmal essen. Nicht, dass ich in meinen leeren Bauch falle und euch doch noch wegsterbe.«

Das ließ ihn leise lachen. Er rückte weg, um Phileas Platz zu machen. Der stellte Wasserschüssel, Dörrfleisch und Messer vor Areto ab, wobei er sie musterte. Als sie aß, strahlte er auf diese hoffnungsvolle Art, die sie so gern an ihm hatte. Er merkte an, dass sie wie eine legendäre Figur aussehe mit den Narben und dem grauen, zum Silberauge passenden Haar. Sie empörte sich gespielt, als Callistus an ihrem fransigen Zopf zupfte.

Die Wärme der Sonne auf ihrer Haut. Ihr gefüllter Bauch. Menschen, die sie gernhatte. Sie hätte wirklich glauben können, dass sie wieder zu Hause sei. Wenn es nach Areto gegangen wäre, hätte sie noch Stunden mit den beiden verbracht. Aber sie waren im Krieg, und das Leben war nicht gnädig, nicht immer. Schritte näherten sich dem Zelt.

»Areto«, erklang die Stimme von Priene. »Ich hörte, du seist wieder unter den Lebenden?«

Sie verschluckte sich fast an einem Stück Dörrfleisch, als die Stratega in den Zelteingang trat. Phileas und Callistus sahen erstaunt auf. Das letzte Mal, als sie Priene gesehen hatte – vor dem Zweikampf –, war das weiß gefleckte Gesicht von Sorge verzerrt gewesen. Nun zog ein seltenes Lächeln an ihren Lippen.

»Stratega«, sagte Areto. Sie legte Brot und Messer weg. »Es freut mich, Euch wiederzusehen. Wie kann ich Euch helfen?«

Prienes Lächeln wuchs. »Du bist gerade mal bei Kräften und doch so pflichtbewusst?« Dann sanken ihre Mundwinkel herab. »Ich komme im Namen von Königin Myrina. Sie will eine Unterredung.«

Areto tauschte einen erstaunten Blick mit Phileas aus. »Ich weiß nicht, wie gut meine Konzentration sein wird«, sagte sie ausweichend.

»Es wird nicht lange dauern.« Priene betrachtete Callistus und fügte hinzu: »Die anderen können bleiben. Es ist sogar gut, dass er hier anwesend ist. Myrina will ihn ebenfalls sprechen.«

Damit entfernte sie sich. Sowie sie außer Hörweite war, platzte Phileas heraus: »Warum soll die Sonnenkönigin mit euch reden wollen?«

Callistus verschränkte die Arme. »Warum wohl? Es gibt nur eines, was uns in letzter Zeit verbunden hat.«

Für Areto gab es ebenfalls keinen Zweifel. Es konnte nur um Teremun gehen.

»Wirst du es verkraften?«, fragte sie besorgt.

»Ich bin wund, nicht invalide. Behandle mich nicht, als könnte ich bei jeder kleinen Belastung zu Bruch gehen.« Callistus schüttelte mit mildem Ausdruck den Kopf. »Wenn du stark genug hierfür bist, bin ich es auch.«

Er schluckte trotzdem nervös, als Priene zurückkam, zusammen mit Myrina und Teremun. Die Sonnenkönigin duckte sich, um in ihrer Größe durch den Zelteingang zu passen. Teremun wagte nur einen scheuen Blick in Callistus' Richtung, ehe er die Augen niederschlug.

Myrina neigte den Kopf. »Seid mir gegrüßt.«

Areto sah sie unschlüssig an. Sie wusste nicht die Situation einzuschätzen. »Ich grüße Euch ebenfalls. Was führt Euch hierher?«

Ihr Atem stockte, als Myrina zu Boden sank. Sie kniete so tief, wie es ihr in der Rüstung möglich war.

»Ich will euch um Vergebung bitten für das Unrecht, das ich Callistus angetan habe. Das göttliche Urteil war zweifellos zu seinen Gunsten. Ich hätte auf Teremun hören sollen.« Sie verzog den Mund. »Als ich ihn mit Callistus erwischte, gab er zu, dass die Annäherung von ihm ausgegangen sei. Ich wollte es nicht glauben. Eigentlich ging es nicht darum, dass ich Callistus für schuldig hielt. Ich war nicht fähig, mit der Situation umzugehen. Ich war rasend von Eifersucht und Angst, nicht zuletzt, weil ich seit Längerem fürchtete, Teremuns Vertrauen zu verlieren.«

Myrina atmete tief ein und wechselte ins Ägyptische. Sie sah Teremun nicht an. Aber natürlich richtete sie das Wort an ihn. Auch ihm gebührte ihre Entschuldigung.

»Meine Fehler haben dazu geführt, dass das Blut von Amazonen floss und dir«, sie sah Callistus an, »so viel Leid angetan wurde. Wenn ich euch auch nur im Ansatz entschädigen kann … Bitte lasst es mich wissen. Ob Gold oder Waffenkraft, ich will den Schmerz damit aufwiegen.«

Eine Weile lang gab es nur Stille. Es war Callistus, der sich traute, sie zu brechen. Mit einer Güte, die Areto nach dem Gewesenen nicht erwartet hätte.

»Ich vergebe Euch, Myrina. Was Euer Angebot angeht, so will ich es annehmen. Antianeira besaß ein großes Gesinde. Bitte seht zu, dass es ihrer Dienerschaft nicht schlecht ohne sie ergeht. Kauft uns aus der Sklaverei.«

Bei all dem Leid der letzten Tage hatte Areto noch nicht daran gedacht, wie es mit Callistus weitergehen würde. Auch nach dem Tod seiner Herrin blieb er ihr Eigentum. Sie hatte zwar keine Tochter und damit keine Erbin, doch irgendjemand aus ihrer Familie würde Anspruch auf Callistus erheben, wenn er nicht freikam.

»So sei es.« Myrina wandte sich an Areto. »Und du? Wie kann ich meine Schuld bei dir begleichen?«

Sie musste nicht lange überlegen. »Gebt Callistus auch Grundbesitz, sodass er sein freies Leben gut beginnen kann. Das ist alles.«

»Wie du wünschst. Ich lasse dich nun ruhen.« Myrina stand auf und ging.

Als ihre Vertrauten sich ebenfalls in Bewegung setzten, trat Callistus vor. »Teremun.«

Er nahm den Ägypter am Ärmel. Der erstarrte in der Bewegung. Myrina blieb stehen. Areto hielt den Atem an, weil die Sonnenkönigin sich verspannte. Doch Myrina hielt sich zurück. Sie hob gar besänftigend die Hand, als Priene sie fragend ansah.

Teremun wirkte gebeugter als sonst. Er konnte Callistus kaum ansehen, flüsterte in seiner Sprache, sodass Areto ihn nicht verstand. Reue klang in seiner Stimme mit. Callistus sah nicht weg. Er überbrückte den letzten Abstand und umarmte ihn. Myrina verengte die Augen, griff aber nicht ein, als Teremun sich an Callistus lehnte.

Sie dauerte nur einen Moment lang, diese stumme Vergebung. Teremun atmete hörbar ein und machte sich los. Dann ging er mit den anderen beiden fort. Callistus blieb zurück, die Hände noch ausgestreckt.

Areto konnte nur ahnen, was in ihm vorging. Sein Gesicht war verschattet, als er seine Arme sinken ließ und mit schwacher Stimme fragte: »Kann ich bei dir bleiben?«

Areto nickte. Sie musste Phileas nicht hinausbitten. Ihr Sohn umarmte Callistus, nachdem er die Erlaubnis dazu bekommen hatte, und entfernte sich dann. Callistus kam an ihre Seite, um gemeinsam mit ihr die Augen zu schließen. Das war das Erste, was er in Freiheit tat: schlafen und heilen.

\*\*\*

In jenem Augenblick, da mein Bruder mit dem Schwert ausholt, legt Hera die Hand an ihren Gürtel – den Gürtel von Aphrodite. Das Material erstrahlt unter ihren Fingern, als die Macht der Liebesgöttin für sie wirkt. Mit einem Mal zögert Apollon.

Er setzt Hera nicht nach, als sie vor ihm zurückweicht. Sie spinnt neue Fäden mit ihrer Spindel, die über den Boden zu Poseidons Dreizack schnellen, den Griff umwickeln. Dann ist sie schon so weit entfernt, dass der Meeresgott sie mit seinen Wellen schützen kann. Sie zieht den Dreizack mit sich.

Mein Entsetzen ist so groß, dass ich die Kraft wiederfinde, zu schreien. »Bruder! Warum hast du sie nicht angegriffen?«

Er bleibt mir die Antwort schuldig. Als er beidreht und zu mir fliegt, erstarre ich. Der rosige Schimmer, der auf dem Gürtel glänzte, ist in seine Augen getreten.

»Halte still«, sagt er und legt mir eine Hand an die Wange. »Ich gebe dir mein letztes Gift.«

Da ist etwas in seinem Blick, das mich scheut. Aber ich habe ohnehin nicht die Wahl, ihn abzulehnen. Apollons Heilung ist das Einzige, was mich jetzt noch stärken kann, oder ich muss vom Schlachtfeld fliehen.

Er hebt das Schwert über meinen zerschundenen Leib. Gift perlt von der goldenen Klinge, fließt auf meinen Kopf, über die Geweihreste und an meiner Haut entlang. Ich warte darauf, dass der erste Brand nachlässt und Linderung kommt. Doch es frisst und frisst in mich hinein, und als ich begreife, dass es nur Gift bleibt und mich nicht heilen wird, ist es zu spät. Die Pein schnürt mir den Hals zu, Pein über Apollons Verrat. Ich kann meinen Bruder nicht mehr fragen: Warum?

Er liest mir wohl die Frage vom Gesicht ab, denn er schaut bekümmert und umarmt mich. »Vergib mir, Schwester.« Ich verspanne unter seiner Berührung, fühle mich abgestoßen von ihm und seiner Hinterhältigkeit. Er will mich nicht loslassen. »Vergib mir. Ich habe dir zu viel abverlangt. Nun musst du nicht mehr kämpfen. Geh und heile im Olymp, während ich den Krieg mit Hektor beende.«

\*\*\*

Areto quälten immer heftigere Albträume. Während sie in dem Kopf von Artemis siechte, konnte sie nicht heilen, nicht so gut, wie durch die Ambrosia erhofft. Als sie erstmals, nach langem Schlaf, ihr Zelt verließ, brach sie nach nur wenigen Schritten zusammen. Jemand brachte sie wieder hinein. Clete, vermutete sie bei den vertraut starken Armen. Im verwirrten Zustand ging vieles an ihr vorbei, doch eines bemerkte sie: Das Lager wurde abgebaut. Überall war geschäftiges Treiben. Pferde wieherten, und Amazonen redeten voller Aufregung. Sie selbst war noch nicht bereit zum Aufbruch.

Im Zelteingang stehend, sah sie schwermütig zu, wie die Sonne unterging. Königin Penthesilea hatte es noch nicht befohlen, doch Areto machte sich keine Illusionen. Sie würde mit den Skythen am Rand des Troas-Tals zurückbleiben müssen. In diesem Zustand konnte sie sich nicht im Sattel halten, geschweige denn die Kraft von Artemis nutzen.

Es war besser, wenn sie zur rechten Zeit als Verstärkung nachkam. Das bedeutete jedoch, dass sie ihr wichtige Menschen gehen lassen musste. Das Heer war auf Phileas als Sehenden angewiesen. Wie sie ihn kannte, würde er nicht vor der Pflicht scheuen, und wenn es ihm noch so wehtat, sie zurückzulassen. Kaystros würde ebenfalls mit den Königinnen gehen, seinem Schicksal entgegen. Und Clete ...

Areto tauchte aus ihren trüben Gedanken, als jemand auf sie zukam. Sie blinzelte gegen das Licht der Abendsonne. Es war ihr goldener Geist. Eudokia leuchtete wie ein Stern in der herabfallenden Nacht.

Als Areto sie kommen sah, hatte sie plötzlich Angst vor der Vergangenheit, die zwischen ihnen klaffte. Aber auf halbem Weg durch das Lager hielt Eudokia inne. Sie starrte jemanden an. Areto erkannte, dass es Clete war. Ihre Freundin näherte sich ebenfalls mit mehreren Amazonen.

Eudokias Blick zuckte hin und her, als traue sie sich nicht, weiterzugehen.

Clete trennte sich von ihrer Gruppe, der sie zum Abschied winkte, und hielt auf Areto zu. »Ist etwas mit meinem Gesicht?«, fragte sie, als sie beim Zelt angelangte. »Eudokia sah ganz verängstigt aus.«

Areto schüttelte den Kopf. »Ich glaube, sie wollte zu mir.« Sie sah zu, wie Eudokia mit hängendem Kopf davonging. »Jetzt nicht mehr.«

»Oh. Habe ich sie vertrieben?«

Clete klang ehrlich bedrückt. Ein Teil von Areto war jedoch erleichtert, dass die Vergangenheit noch wartete. Gerade wollte sie sich ins Zelt zurückziehen, da löste sich jemand aus der Gruppe der Kriegerinnen, die mit Clete gekommen war. Ein langer, bunt gefärbter Zopf wehte im Abendwind. Es war Iphito, das tanzende Schwert.

Sier sah wohl Eudokias Zerrissenheit, sprach sie mitfühlend an. Die Athenerin kam nicht damit zurecht. Sie wandte sich überstürzt ab, kam ins Stolpern. Es folgte aber kein schmerzhafter Fall. Denn Iphito sprang vor, um sie an der Taille aufzufangen.

Areto hatte schon in ihren wachen Momenten vernommen, dass die beiden ein Zelt teilten. Iphito hatte Eudokia beschützt und ihr einen Ort zum Schlafen gegeben. Auch jetzt hielt sier die Athenerin mit einer Fürsorge, die Areto selbst aus der Ferne erkannte.

Nun wäre der Moment, wo Eudokia lächeln, sich bedanken und loslassen müsste. Aber sie klammerte sich an, ja, suchte Iphitos Nähe. Irrte Areto sich, oder schluchzte sie auf? Und dann küsste sie Iphito, mit einer verzweifelten Sehnsucht. Nach dem ersten Überraschungsmoment zog Iphito sie an sich, um den Kuss innig zu erwidern.

Clete lachte. »Gütige Aphrodite. Hättest du das etwa haben können, wäre ich nicht gekommen?«

Areto beobachtete mit schmalem Lächeln, wie die beiden sich an den Händen nahmen. »Davon würde ich nicht ausgehen.«

Was immer Iphito auch mit den anderen Kriegerinnen vorgehabt hatte, es schien nicht mehr wichtig zu sein. Sier ließ diese einfach stehen, um mit Eudokia in die Nacht zu verschwinden. Die Kriegerinnen sahen es, teils mit empört offenen Mündern, teils lachend. Eine pfiff frivol.

»Ich bin der größte Fehler ihres Lebens. Nicht dier schöne, zukunftsreiche Iphito.« Sie lehnte sich an Cletes Schulter. »Und selbst, wenn Eudokia mehr bei mir gesucht hätte, ich will nur eine.«

\*\*\*

Sie waren endlich alleine. Areto saß auf dem Teppich, Clete ihr gegenüber. Das Licht einer Lampenschale bemalte das Zelt mit roten Tönen. Cletes Mähne sah dadurch noch löwenartiger aus, und Areto kam sich alt vor mit ihrem eigenen Haar.

»Kannst du etwas für mich tun, meine Jägerin?« Sie zupfte an einer grau gewordenen Locke. »Ich glaube, dass ich mein Haar schneiden möchte. Es fühlt sich wie Ballast an.«

Clete griff nach den fahrigen Fingern, schob sie sachte weg, um die Locke durch ihre eigene Hand gleiten zu lassen. »Wenn du dich damit wohler fühlst, tue ich es gerne.«

Areto schenkte ihr ein scheues Lächeln. Dann griff sie nach dem Messer, das Phileas ihr am Nachmittag gebracht hatte, und gab es ihr. Als Clete sich hinter sie setzte und mit dem Haareschneiden begann, war Areto zum ersten Mal seit langer Zeit gefestigt.

Clete ging so behutsam vor. Das Wirbeln der Klinge, die Finger auf Aretos Haut und ihre Locken, die sie im Fall streichelten ... Es fühlte sich beruhigend an.

Umso mehr erschrak sie, als Clete sagte: »Ich werde mit dem Heer nach Troja reiten. So hat unsere Königin entschieden. Ich soll meine Ehre, die ich während des Zweikampfs geschmälert habe, in der Schlacht erneuern. Es ist nicht meine Wahl.«

Areto verspannte sich von dem Wissen, dass sie sich wieder trennen mussten. »Pass auf dich auf«, flüsterte sie. Dabei dachte sie an jene

schrecklichen Momente, wo sie sich fast verloren hätten. Die Unterwelt und ihre Dämonen, das Dunkel, das sie im Sterben umfangen hatte. »Versprich mir, dass du auf dich achtest. Ich ertrage es nicht, wenn –« Sie verstummte, als Clete ihr die abgeschnittenen Haare aus dem Nacken strich, um sie dort zu küssen. »Ich verspreche es.«
Areto wandte den Kopf, sodass sie sich in die Augen sahen. Clete lächelte, einen zufriedenen Ausdruck im Gesicht. Sie legte das Messer fort, schob ein paar Fransen zurecht und sagte: »Kurzes Haar steht dir.«
Areto erwiderte das Lächeln, beugte sich vor und küsste sie auf den Mund. Sie hauchte ein: »Danke«, das viel zu schnell zwischen ihren Lippen verging. Dann nahm sie Cletes Hände und zog sie zu ihrem Körper. Nach dieser Nacht würden sie sich lange nicht sehen, und Clete würde in der Schlacht ihr Leben riskieren. Areto wollte, ja, *musste* ihre Jägerin ein letztes Mal spüren.

Clete schien ähnlich zu fühlen. Sie erwiderte die Küsse mit einem ungewöhnlichen Hunger. Eilig machte sie sich an ihrer jeweiligen Kleidung zu schaffen. Sie wurde nie grob, im Gegenteil, war noch umsichtiger als sonst mit Areto und ihrem geschwächten Körper.

Chitone und Rüstungsteile fielen zu Boden. Sie drängte sich an Clete, sowie sie beide nackt waren, erging sich in ihren Küssen und dem Gefühl von Haut an Haut. Ihre Glieder verschlangen sich so eng ineinander, es passte nichts mehr außer ein paar Seufzer zwischen sie. Cletes Finger tanzten über ihren Körper, rieben die Sehnsucht in sie hinein, bis es nur noch feuchtschwüle Hitze zu geben schien. Es war so schön – und gleichzeitig beängstigend.

Areto konnte sich nicht fallen lassen, weil sich alles zu intensiv anfühlte. Als wäre es gar nicht mehr ihr Körper. Sie glaubte, ihr Blut würde kochen, so heiß war ihr. Ihre Gedanken glitten fort, in einen Raum, wo Cletes Berührungen nicht mehr nur guttaten, sondern auf ihrer Haut brannten. Sie fühlte sich hungrig, so hungrig, sie glaubte, in sich zu fallen, bis nichts mehr von ihr übrig blieb. Erst als Clete aufhörte, sich an ihr entlangzutasten, begriff Areto, dass sie wie zu Eis erstarrt war.

»Ah. Ich …« Sie atmete schwer ein, bevor sie sagte: »Es tut mir leid. Ich glaube, ich kann nicht.«

»Was ist los? Bist du noch zu schwach?«

»Nein. Ich fühle mich sogar gut. Aber alles ist … anders.« Sie hob die rechte Hand an ihr Gesicht, sah auf die hellen, nachgewachsenen Finger.

»Ist das dein Blut in mir? Das Blut von Ares? Fühlst du alles so stark? Drohst du hinabgezogen zu werden?« Clete griff nach ihrer Hand, als sie zu beben anfing. »Ja.« Sie sah Areto traurig an. »Ich habe mich schon gefragt, ob du auch etwas von meiner Blutgier abbekommen hast. Natürlich habe ich damit zu kämpfen. Wie alle, die das Erbe von Ares in sich tragen.«

»Wirklich? Die alle beschützende, warmherzige Schildhaut?«

»Ich fühle mich geehrt, dass du so über mich denkst. Aber ja, auch ich. Du weißt doch, die Kriegerinnen müssen sich ihre Namen verdienen. Ich habe jahrelang an mir gearbeitet, ehe ich Schildhaut werden konnte.«

»Du hast mir nie davon erzählt.«

»Und du mir nie über Athen. Wie seltsam. Wir kennen uns so lange, und doch kennen wir uns kaum.« Clete schüttelte den Kopf. »Weißt du, Eudokia hat mir vieles anvertraut, während wir um dein Leben fürchten mussten. Mir war bewusst, dass du Schlimmes durchgemacht hast. Aber ...«

»Du kennst mich, Clete. Besser, als irgendjemand sonst. Ich habe es dir nicht erzählt, weil ich nichts mehr wollte, als dieses schreckliche Leben hinter mir zu lassen.«

Clete beugte sich vor, bis ihre Nasenspitzen sich berührten, und sagte: »Du brauchst dich nicht zu rechtfertigen.« Sie legte die Arme um Aretos Taille und zog sie zu Boden. »Lass uns einfach so bleiben.«

Ihre verspannten Muskeln lockerten sich, als sie zum Liegen kamen, Clete auf dem Rücken, Areto auf ihr. Ihr heißer Atem schlug gegeneinander, diesmal nicht als Versprechen. Es gab keine Erwartungen mehr, nur sie beide, ohne Grenzen zwischen ihnen. Es war wohl jenes intime, lange aufgebaute Vertrauen, das Clete dazu brachte, weiterzureden.

»Ich bewundere, wie du versuchst, dich nicht von Vergangenem bestimmen zu lassen. Wie sehr du dagegen ankämpfst. Mir will es nicht gelingen.«

Areto hob den Kopf. Sie legte das Kinn auf Cletes Brust ab und sah ihre Freundin abwartend an. Irgendetwas sagte ihr, dass das hier wichtig war.

»Ich wurde als die einzige Tochter einer Kriegerin geboren. Dadurch stand mein Schicksal fest. Aber ich habe mehrere Jahre meines Lebens nicht in Themiskyra verbracht. Mein Vater war Skythe. Ursprünglich kam er aus dem Land der Sonnenschwestern, er verlor sein Herz schon in frü-

hen Jahren ans Nomadentum. Eine Zeit lang hat er versucht, mit meiner Mutter in Themiskyra zu leben. Die Steppe fehlte ihm jedoch zu sehr, darum folgte sie ihm zu seinem Stamm. Gadas und mich nahmen sie mit.«
»Das wusste ich nicht.«
»Wie auch? Ich habe kaum jemandem davon erzählt. Und bis auf meine Muhme Antandre hat uns niemand besucht.« Clete sah zur Decke des Zelts, wo sich ihr Blick verlor. »Seit ich denken kann, haben sich meine Eltern gestritten. Schreie, Vorwürfe, brechende Gegenstände ... Ich glaubte lange, dass das zu einer Familie dazugehört. Es nahm die beiden so ein, dass sie sich kaum um Gadas und mich kümmerten. Auch nicht, als zum ersten Mal die Blutgier in uns erwachte. Wir mussten viele Jahre allein damit kämpfen.« Sie atmete schwerer, als hätten die nächsten Worte ein unerträgliches Gewicht. »Und dann kam der Tag, an dem sie uns endgültig allein ließen. Antandre fand sie tot im Zelt.«

Areto wagte nicht, sich zu rühren. Sie lag reglos auf Clete, die wegsah und im Dunkel ihrer Erinnerungen wanderte.

»Ich weiß noch, dass es ein stürmischer Tag war. Gadas und ich haben in einer nahen Höhle gespielt. Mutter kam, um uns zu holen. Aber irgendetwas hat mir Angst gemacht. Was, kann ich nicht mehr sagen. Irgendein Instinkt brachte mich dazu, Mutter abzuwehren und mich mit Gadas in der engen Höhle zu verkriechen, sodass sie uns nicht folgen konnte. Als wir nach dem Sturm hinauskamen, lebten unsere Eltern nicht mehr. Antandre schwieg sich aus zu dem, was passiert war, und nahm uns mit nach Themiskyra.«

Areto hielt völlig still. Der Schmerz auf Cletes Gesicht tat ihr selbst so weh, dass ihr die Tränen kamen.

»So viele Geschichten erzählen von Amazonen, die an falscher Liebe zugrunde gehen. Ich dachte erst, das sei meiner Mutter geschehen. Dass Vater nicht mit ihr zurechtkam und sie sich als Frau zurechtbrechen wollte. Aber dem war nicht so.« Sie schloss die Augen. »Es war Mutter, die ihn schlug und nicht umgekehrt. Ich begriff es erst viele Jahre später, mit dem, was Antandre mir bruchstückhaft gestand. Dabei erinnere ich mich an bestimmte Dinge. Vaters Schluchzen in der Nacht und seine ständigen Wunden. Als Mädchen verstand ich nicht, was es bedeutete. Ich fürchte, das tat er selbst nicht. Er bat seine Stammesleute nicht um Hilfe, denn diese lachten. Sie lachten über die beiden, weil sie ihren Streit nur für Ehezank hielten. In ihrer Welt kann eine Frau keine Gewalt über einen Mann ausüben. Oder ihren Gatten vergewaltigen. Sie lachten, bis es zu spät war. Wenn ich ignorant gewesen wäre wie sie, dann hätte sie wohl nicht nur sich und Vater an jenem stürmischen Tag umgebracht.«

Cletes Stimme erstickte. Sie musste nichts mehr sagen. Auch so ahnte Areto, welche Angst sie quälte. Skythen können sich nicht eine Welt vorstellen, in der Mütter ihre Kinder töten. Aber genau das hätte geschehen können, wenn Clete sich nicht mit Gadas versteckt hätte.

»Oh, liebste Jägerin. Es tut mir so leid.«

»Warum?«, fragte Clete und öffnete die Augen. »Es ist nicht deine Schuld. Im Gegenteil, du hast mich aufgefangen, wie so viele Menschen. Ich bin jetzt eine größere Frau als meine Mutter, eine Frau, die andere lieben.« Sie versuchte sich an einem Lächeln, das nicht gelang. »Es ist nur ... Ich habe oft Angst. Angst vor meinem blutigen Erbe, und dass es einmal andere ins Unglück stürzen könnte.«

Areto verstand plötzlich, warum Clete sich aufopferte und derart viele Liebschaften gepflegt hatte. Nicht nur, weil sie ein großes Herz besaß. Sie erlaubte sich keinen Stillstand mit einem einzigen Menschen, kein Auge im Sturm des Lebens, wo sie Böses heimsuchen konnte wie bei ihrer Mutter.

»Das würdest du nie tun.« Areto küsste sie sacht, schmeckte Salz von den Tränen, die ihr Kinn hinabgetropft waren. »Ich kenne keinen achtsameren Menschen als dich.«

Clete sah sie betrübt an. »Und das sagst du nicht nur, weil ich jetzt Trost brauche?«

»Nein.« Areto küsste sie fester, damit Clete die Wahrheit in ihren Worten spürte. »Du bist so stark und gut und schön. Du machst meine dunklen Tage heller und bringst mich immer zum Lachen. Du machst mich glücklich. Ich liebe dich, so sehr, dass ich um deine Hand bitten wollte. Der Anhänger, den ich dir geschenkt habe ... Erinnerst du dich? Anschließend wollte ich dich fragen. Ich habe mich nicht getraut, weil ich dachte ...« Sie schluchzte auf. »Ich dachte, ich verdiene dich nicht.«

Es war heraus. All das, was Areto ihr schon vor Ewigkeiten hätte sagen sollen.

Clete lag steif unter ihr, mit ungläubig aufgerissenen Augen. Sie stützte sich auf, sodass Areto von ihrem Körper rutschte, und fragte: »Was?« Da war eine Unsicherheit in ihrer Stimme, die sie sonst nicht zeigte. »Ist das wirklich wahr?«

Areto nickte. Sie fror auf einmal. Tausende Gedanken rasten durch ihren Kopf. Schattenvolle Ängste. *Sie weicht zurück.*

Ihr Herz sank, als Clete nach den Rüstungsteilen griff. Kurz glaubte sie – oder vielmehr der Schatten in ihr –, dass ihre Jägerin gehen würde. Doch Clete nahm ihre Labrys zur Hand, die bei der abgelegten Ausrüstung lag. Sie zog ruckartig an etwas. Dann hielt sie Aretos Geschenk, das Garn mit dem violetten Anhänger, in die Höhe.

»Schau. Der Stein sieht anders aus. Als du ihn mir geschenkt hast, war er rein.«

Areto sah erschrocken, dass das Violett matter geworden war. »Oh nein. Ist er etwa im Inneren gebrochen?«

»Ja, das denke ich auch. Er war immerhin an meiner Streitaxt befestigt. Wahrscheinlich wurde er im Kampf beschädigt.« Sie hielt ihr den Anhänger hin. »Aber das ist nichts Schlechtes. Sieh hin.«

Areto erkannte, dass tatsächlich Risse im Stein waren. Sie zogen sich als weiße Linien durch das Violett, fein wie ein Spinnennetz.

»Er ist gebrochen, aber schöner. Das passt doch zu uns und unseren Narben, oder nicht?« Clete legte ihr die Kette um den Hals und band die Enden im Nacken zusammen. »Ich gebe ihn dir jetzt zurück.«

Areto traute sich kaum, zu fragen: »Warum?«

»Damit auch du eine Erinnerung hast, bis zu dem Tag, an dem wir uns wiedersehen.« Sie hob ihren bandagierten Arm. »Ich habe schon diese Narbe von dem Blut, das ich dir gegeben habe. Allein dadurch kann ich dich nie vergessen.« Diesmal lächelte sie ohne Mühen. »Wenn wir uns wiedertreffen, kannst du mir den Anhänger zurückgeben. Und dann nehme ich dich zu meiner Frau. Ich liebe dich, Areto. Lass uns Familie werden, damit ich es dir jeden Tag beweisen kann. Für dich möchte ich es versuchen, denn du verdienst es. Nicht nur mich – du verdienst alles.«

Es war, als rissen diese Worte einen Damm an Gefühlen ein. Die Tränen strömten nur so über Aretos Gesicht. »Oh nein.« Eilig rieb sie über ihre Wange, während ihr ein zittriges Lachen entfuhr. »Wie peinlich, ich kann doch nicht ständig weinen. Ich –«

Sie schluckte, als sie Unsicherheit in Cletes Augen flackern sah. Ihre Freundin wusste anscheinend nicht, die Tränen zu deuten. Du verdienst es – Areto wurde klar, dass auch Clete diese Worte längst hätte hören müssen und dass sie wartete.

Sie lehnte sich vor. Fest umarmte sie Clete, ihre Geliebte, Schwester, Gefährtin. »Es ist alles gut.«

Cletes entspannte sich, wie von einer schweren Last befreit. »Ich bete, du weinst vor Glück?«

Sie seufzte froh, als Areto nickte. »Ja.« Noch nie hatte sie ihr Leben so bejaht und dermaßen an etwas festgehalten. »Ich will es. Ich will dich ... uns. Ich will es alles.«

## XXXII. STADT DER TOTEN

### Penthesilea

Bis zuletzt hoffte Penthesilea, dass Areto mit ihnen ziehen könnte. Auch wenn diese die Erwählte einer verräterischen Göttin war, sie hatte im Kampf gegen Antianeira bewiesen, was für eine Kraft in ihr steckte. Und das Heer brauchte jede Frau.

Am Morgen des Aufbruchs ging sie zu Areto, um sich ein Bild von deren Zustand zu machen. Kaystros kam mit, weil er sich verabschieden wollte. Er hatte seine Hand auf ihren Arm gelegt, sie führte ihn.

Kaum im Zelt angekommen, sah sie ihre schlimmste Befürchtung bestätigt. Die Schwäche steckte Areto noch in den Knochen. Ihre Haltung war leicht gebeugt, ihre Schritte waren zittrig, und sie hielt sich die verbundene Seite.

»Es hilft nichts«, sagte Penthesilea. »Du bist noch nicht in der Verfassung, uns nach Troja zu begleiten.«

Areto nickte. »Ja. Obwohl ich nichts mehr will.«

»Kein Grund, zu verzagen. Deine Zeit wird kommen.«

Als Areto den Kopf senkte, fragte Kaystros: »Hast du Angst, Phileas und Clete ziehen zu lassen? Das musst du nicht. Er hat doch vorhergesagt, dass eure Schicksale verbunden sind. Ihr werdet euch wiedersehen.« Er lächelte. »Und wir werden uns auch wiedertreffen.«

Aretos Gesicht hellte sich auf. »Dass du mich überhaupt noch beachtest, Kind der Prophezeiung.« Sie zögerte. »Glaubst du denn, du hast deinen Sinn gefunden? Bist du der Tod der Götter?«

Es klang, als wolle sie eigentlich fragen: Bist du zu so etwas fähig?
»Ich weiß es nicht. Aber ich werde den Pfad der Amazonen begehen und hoffen, dass am Ende meine Bestimmung wartet.« Er streckte die Hand aus. »Auf bald, Areto.«
Sie nahm seine Hand. »Auf bald, Kaystros.« Danach wandte sie sich Penthesilea zu. »Wo wir eben von meinem Sohn sprachen: Er sieht dunkle Zeichen in den Träumen, die ich in letzter Zeit über Artemis habe. Ich denke, Ihr solltet davon hören.«
Sie erzählte. Ein harter Zug legte sich um Penthesileas Mund. Es war ein furchtbarer Bericht von dem, was in Troja vorgehen mochte. Das göttliche Geschlecht war dabei, zu zerbrechen.

\*\*\*

Ich bin zu schwach, um Apollon von mir wegzustoßen. Eben darum hat er erwirkt, dass sein Gift mich frisst und nicht heilt. So sehr ich es will, ich kann mich nicht wehren, als er mich zu meinem Streitwagen trägt. Er setzt mich in das Gefährt, um dann den Trageriemen des toten Hirsches zu durchtrennen, sodass nur noch der lebende vorgespannt ist.
»Vergib mir«, flüstert er.
Das Gift nimmt mir die Stimme, ich kann ihn nur stumm anschreien. Du Hund! Tu es nicht! Schick Hektor nicht hinaus! Er schaut mich an, mit diesem verflucht bekümmerten Blick, und kommt mir wieder nahe. So nahe, dass er mehr als nur die Arme um mich legt. Sein Atem streift meine Lippen, ich sehe nichts mehr als dieses rosige Glimmen in seinen Augen. Dann küsst er mich, wie Geschwister sich nicht küssen.
Mein Schock ist so groß, dass ich in seinen Armen versteife. Er muss es spüren, doch er hört nicht auf. Im Gegenteil, er öffnet meinen Mund mit seiner Zunge, drängt hinein und nimmt mich in Besitz.
Das darf nicht sein. Er weiß, dass ich das nicht will – ich, die Göttin, die Männer ablehnt. Ekel mischt sich mit dem Schock, schießt meinen Hals hinauf. Ich wimmere unter ihm, nein, nein, lehne ihn mit jeder Faser meines Körpers ab. Es hält ihn nicht auf.
Hera. Der Gürtel von Aphrodite. Mir wird plötzlich klar, was die Muttergöttin getan hat. Sie hat die Macht der Liebe an meinem Bruder benutzt, damit er sich in mich ... Nein. Der Gürtel der Liebesgöttin er-

schafft nicht aus dem Nichts. Er kann nur vorhandenes Verlangen stärken. Dies zu erkennen, ist das Schlimmste. Mein Bruder begehrt mich.

Es gab eine Zeit, da waren wir uns so nahe wie niemand sonst unter den Göttlichen. Ich weiß, dass er damals, zum Manne reifend, mich als solcher liebte. Doch ich glaubte bis eben, er hätte diese Sehnsucht losgelassen. Dass er mich derart in meiner Schwäche missbraucht, beweist mir das Gegenteil. All seine Liebschaften und Unterjochungen sind nichts als Ablenkung. Menschen und Unsterbliche, jeden Geschlechts und Alters, manchmal so ungeheuerlich, dass ich mich für ihn zum Wegsehen zwinge, und er begehrt mich.

Kronos und seine Schwester Rhea. Zeus und Hera. Apollon und ich. Wie die Väter, so die Söhne.

Nein! Ich würge vor Abscheu in seinen Mund. Sie gibt mir ein letztes bisschen Kraft, dass ich meine Fangzähne in seine Lippen bohre.

Apollon schreit erstickt. Er stößt mich von sich. Ich falle rücklings auf den Streitwagen. Obwohl ich endlich frei bin, frei von ihm, fühle ich mich mit ewigem Schmutz belegt. Aphrodites Zauber scheint von meinem Biss gebrochen zu sein, denn Apollon sieht sich verwirrt um. Tränen steigen mit der Erkenntnis, was geschehen ist, in seine Augen. Er weiß, dass ich nicht bleiben kann. Überstürzt schlägt er meinem Hirsch auf die Flanke, weist ihn an, in den Olymp zu fliegen. Danach peitscht der Wind um meine Ohren.

Ich kauere in den Resten meines Streitwagens und weine, während Troja hinter mir zurückbleibt. Ich weine vor Hass auf meinesgleichen. Ich hasse sie alle, Zeus und seine abscheulichen Söhne, Zuspielerinnen wie Hera und Athene. So sehr hasse ich diese göttliche Gier, die nicht einmal vor meinem eigenen Bruder haltgemacht hat.

Ich werde ihnen niemals vergeben!

\* \* \*

Aretos Worte beschäftigten Penthesilea den ganzen Weg über. Sie bemerkte, dass auch Melanippe besorgt war, allerdings aus anderen Gründen. Ihre Schwester fragte sich wohl, was sie in Troja erwarten würde. Melanippe blieb den Großteil der restlichen Reise schweigsam, wobei sie Seitenblicke auf Kaystros warf. Sie sagte nichts dazu, dass er an der Seite von Penthesilea blieb. Überhaupt stellte es niemand infrage, weder Myrina, die mit ihnen an der Spitze des Heeres ritt, noch die Strateges. Sie alle brannten gleichsam darauf, zu sehen, welche Zukunft sie in Troja erwartete.

Penthesilea schaute zurück, auf die Zelte der Skythen, die am Talanfang aufgeschlagen waren. Trommelklänge und Gesang, welche die Moral der Amazonen heben sollten, hingen in der Luft. Es war beruhigend, diese Verbündeten in ihrem Rücken zu haben. Gadas hatte ihr versichert, Verstärkung mit Areto zu schicken, sobald diese bei Kräften sei.

Sie richtete den Blick nach vorne und fragte: »Was liegt vor uns, Sehender?«

Phileas ritt an Melanippes Seite. Seine Augen waren wieder von einem goldenen Vogelblick ausgefüllt. Der Falke, durch den er sah, war im Morgendunst auszumachen. Die Flügel schnitten durch Wolken, die der Sonnenaufgang blutrot bemalte. An seiner Klaue war ein Stück Papyrus befestigt mit der Nachricht, dass die Amazonen kamen. Er sollte sie nach Troja bringen, sodass ihnen die Tore geöffnet würden.

»Seltsamerweise nichts«, sagte Phileas. »Da sind verwüstete Landstriche. Aber ich sehe keine Scharmützel.«

»Hm«, meinte Myrina. »Wirklich seltsam. Apollon sagte doch, dass die Griechen das Land plündern?«

Melanippe wandte ihr Gesicht dem Wind zu. »Es ist so still. Meeresrauschen liegt in der Ferne, aber sonst ist da kein Laut. Es fühlt sich nicht an wie beim Hof des Gelächters. Keine Ruhe vor dem Sturm, kein aufkeimendes Unheil.«

Phileas reckte den Hals. »Kommt zu den Hügeln dort vorne. Das müsst ihr sehen!«

Er ritt zu einer Anhöhe. Penthesileas Hunde folgten ihm und bellten aufgeregt. Sie kam ihnen nach, und ihr stockte der Atem. Von hier aus war nicht nur die Stadtmauer, sondern auch die Bucht vor Troja zu sehen. Der ganze Hafen und die umliegende Küste waren geschwärzt von griechischen Segeln. Es mussten an die tausend Schiffe sein.

»Was ist denn dort?«, fragte Kaystros, der ihre Anspannung spüren musste.

»Griechische Schiffe. Überall, wie eine Heuschreckenplage.« Sie gab ihrem Pferd die Schenkel. »Es sieht mir aus, als sei unser Kommen bitter nötig.«

Den weiteren Weg schwiegen sie düster. Alle warteten darauf, dass

Phileas und die Spähtrupps feindliche Soldaten entdeckten. Es kam jedoch nicht zu einem Hinterhalt. Sie alle schafften es unbehelligt bis zur Stadt.

Penthesilea sah zu den riesigen Mauern auf. Sie fühlte sich wieder wie ein Mädchen, genauso beeindruckt. Das letzte Mal war sie mit Orithyia hier gewesen, die die Reise auf sich genommen hatte, um das Bündnis mit Troja zu besiegeln. Sie passierten nicht das Haupttor, sondern ritten durch einen Ausgang zum Hinterland. Selbst dieser war von gewaltiger Größe, als sei er dazu geschaffen worden, Riesen einzulassen.

Als sie einkehrte, strömten so viele Erinnerungen auf sie ein. Sie hatte jenen Ort in höchster Blüte erlebt. Troja galt als Tor der Welt, wo Schiffe aus allen Nationen anlegten, um Waren zu bringen und Handel zu treiben. Die Stadt war reich durchs umliegende Land, gleich, ob es Getreide, Vieh oder Fischerei betraf. Sie entsann sich noch, wie laut ihr alles erschienen war, die Rufe der Handeltreibenden, das Geblöke von Schafen und die immer brechenden Meereswellen. Die Gassen waren auch noch so verwinkelt, wie Penthesilea sie in Erinnerung hatte. Mit den Jahren waren mehr Häuser dazugekommen. Sie stapelten sich schier aufeinander, ein ineinandergreifendes Muster aus Lehm, Holz und bunten Dachgärten.

Doch es gab keinerlei Lärm. Die Stille, die das Amazonenheer begleitet hatte, hing auch über der Stadt. Da waren Menschen auf den Straßen, ausgezehrt, in dunkler Gewandung. Es dauerte nicht lange, bis das trojanische Volk sich um Penthesilea und die Amazonen scharte. Leute aller Stände eilten herbei, um ihnen zu winken und zuzurufen. Sie ritt den Weg zur inneren Festung hinauf. Dort erwartete sie die Königsfamilie an den Toren.

Es war ein ganzer Zug, wie das Volk in Gram und schwarze Kleider gehüllt. Sie erkannte König Priamos nur an der gehörnten Tiara, weil er sich so sehr verändert hatte. Die Jahre hatten Haut und Haare gebleicht. Sein Gesicht war faltig vor Sorge. Er trug die Last des Herrschens jedoch würdevoll, wie er ihr erhobenen Hauptes entgegensah. Die ähnlich graue, reich geschmückte Frau an seiner Seite musste Königin Hekabe sein. Bestimmt standen viele ihrer Kinder in den Reihen der Adeligen. Es war bekannt, dass Priamos eine große Familie besaß.

»Penthesilea.« Er sprach in der ihr vertrauten hethitischen Sprache. »Ich glaubte erst bei Eurem Anblick, dass Orithyia zurückgekehrt sei. Ihr seid ein Abbild von ihr in Größe und Macht.«

Schwungvoll stieg sie von ihrem Pferd ab. »Sie mag nicht mit uns kämpfen können, dennoch ist sie mit mir. Wie die Geister all meiner gefallenen Schwestern.«

Myrina stieg ebenfalls ab und verneigte sich. »Seid mir im Namen des Sonnenstammes gegrüßt. Als Schwester der großen Mytilene und der feige ermordeten Aegea kämpfe ich mit Euch. Nun, da wir Amazonen gekommen sind, werden die griechischen Hunde aus Eurem Land vertrieben werden.«

»Ich bete darum. Ihr seid im Moment unsere letzte Hoffnung.« Da war eine Pein in seiner Stimme, die Penthesilea aufmerken ließ. »Was meint Ihr?«

Priamos konnte erst fortfahren, als Hekabe neben ihn trat und ihm Halt bot. »Ihr kommt zu unserer dunkelsten Stunde, Amazonen. Wir haben unseren größten Krieger bestatten müssen: meinen Sohn, Prinz Hektor. Er war ein Mann voll Tugend, der mutigste, den ich kannte. Doch das nützte ihm nichts. Achilles hat ihn samt seiner Würde getötet.«

\* \* \*

Penthesilea wollte nicht glauben, was sie von Hekabe hörte. Weil Priamos die Kraft dazu fehlte, erzählte seine Frau von Hektors Tod. Sie sprach ruhig, mit der Unerschütterlichkeit einer Mutter, die alles an Glück und Elend durch ihre Kinder erfahren hatte.

Penthesilea konnte es vor sich sehen, als die Worte von den verknitterten Lippen fielen. Sie sah, wie Hektor Gattin und Kind zurückließ. Er folgte dem Ruf von Achilles, stellte sich ihm, um seine Stadt zu retten. Es gelang ihm nicht. Er konnte dem Zorn seines Gegners nichts entgegensetzen, der Trojaner um Trojaner abschlachtete. Als Hektor, schwer verwundet, sich zurückziehen wollte, jagte Achilles ihn um die Mauern wie ein Tier.

»Es war zu grausam«, sagte Hekabe. »Wir mussten hilflos zusehen. Es reichte Achilles nicht, unseren Sohn schmählich in den Tod zu hetzen. Danach band er Hektor an seinem Streitwagen fest und schleifte ihn um die Stadt.«

Diese Ehrlosigkeit, von der sie sprach, der abgründige Hass, mit dem Achilles die Leiche seines Gegners geschändet hatte, tagelang ... Es war unvorstellbar für Penthesilea.

»Ist es möglich, Hektor zu sehen?«, fragte sie, bemüht, sich nichts anmerken zu lassen. »Ich möchte ihm die letzte Ehre erweisen.«

Ihr Herz schlug heftiger, als Priamos bejahte. Das Grab sei noch nicht versiegelt. Es stimmte, dass sie der Königsfamilie ihre Verbundenheit zeigen wollte, aber sie hoffte auch, sich ein Bild von Achilles' Tat zu machen. Sie folgte Priamos zu der Familiengruft. Hekabe blieb zurück, wie die meisten von Penthesileas Vertrauten, um mit Myrina das einziehende Heer zu verwalten.

Die Einzigen, die sie begleiteten, waren Melanippe, Kaystros und die Molossoi. Seit der Name von Achilles gefallen war, sah ihre Schwester verhärtet drein. Kaystros hing stumm wie ein Schatten an ihr. Ihr entging nicht, wie schlaff seine Schritte waren, nicht nur aus Reisemüdigkeit und wegen dem, was über seinen Vater gesagt worden war. Es würde heute Nacht ein Vollmond aufgehen.

Während sie in die innere Festung gingen, an Wachen, Gärten und Tempelanlagen vorbei, erzählte Priamos von Achilles' Untaten. Als er vor einem Jahr in Troja angekommen war, war ihm ein schlimmer Ruf vorausgeeilt. Er kämpfte nur nach Gutdünken und beanspruchte die beste Beute für sich und seinen Geliebten Patroklos, darunter viele Frauen. Wo er hinging, mussten andere sich seinen Launen unterwerfen. Wenn er einmal kämpfte, so war er absolut tödlich. Der Skamandros war verstopft von den Männern, die er ermordet hatte, und selbst den darob wütenden Flussgott hatte er besiegt. Doch nichts war grausamer gewesen als die Schändung von Hektors Leiche.

Melanippe hörte es erschüttert mit an. »Warum?«, sprach sie aus, was Penthesilea nicht zu fragen wagte. »Warum wollte er dem Prinzen von Troja die letzte Ehre rauben?«

Sie betraten die Gruft, die Molossoi warteten am Eingang. Kaystros blieb still, während sie hinabstiegen. Es fiel wohl auch ihm schwer, zu glauben, dass sein Vater all dies getan haben sollte.

Priamos schüttelte den Kopf. »Wie soll ich sagen, was in ihm vorging? Es war längst nicht das einzige Leid, das er meinem Volk brachte. So viele Söhne habe ich im Verlauf des Krieges bestatten müssen. Nicht wenige wurden von ihm und seinen Myrmidonen erschlagen.« Er atmete schwerer. »Allerdings weiß ich, dass es bei Hektor um mehr ging. Er nahm Patroklos das Leben.«

Penthesilea verkrampfte, als sie diesen Namen hörte. Es tat weh, sich an den wiedergekehrten Patroklos zu erinnern, an sein verschmutztes Gesicht voller Angst, ehe sie ihn aus der Welt der Lebenden gerissen hatte. Tief atmete sie ein, ging mit den anderen weiter. Sie traten ins Herz der Gruft. Es war ein gänzlich weißer Raum bis auf die Grabbeigaben. Vasen, Schmuck, Haushaltsgegenstände, so viel Reichtum nur für das Jenseits.

Priamos beobachtete mit trübem Blick, wie zwei Totendiener den Sarkophag seines Sohnes öffneten. »Die Götter konnten sein ruchloses Tun nicht mit ansehen. Ijarri – ihr nennt ihn Apollon – kam mir zu Hilfe. Er versprach, dass ich meinen Sohn zurückbekommen würde. Der Götterbote Hermes leitete mich, sodass ich unbemerkt ins Lager der Achaier gelangen konnte.«

Sie sah ungläubig auf den viel kleineren König. »Höre ich recht? Ihr seid ins feindliche Lager gegangen? Das hätte Euch leicht das Leben kosten können.«

»Ja. Ich war verzweifelt. Bei all dem Unglück, das Achilles verursacht hat, es rührte selbst ihn, als ich auf Knien um meinen Sohn bat. Er versprach mir gar eine Waffenruhe, damit ich in Ruhe trauern könnte. Ein Glück: Ohne diese wäre Troja vielleicht vor Eurer Ankunft gefallen.«

Der Deckel des Sarkophags fiel zu Boden. Sie betrachtete, was darin lag. Weder das kostbare Gewand noch die mit Schminke übertünchten Stellen konnten verbergen, wie schlimm der Prinz entstellt war. Sein Gesicht, das lange schwarze Haare und Goldohrringe rahmten, war kaum noch zu erkennen. Nase und Augen fehlten. Das Fleisch war bis auf die Knochen weggeschleift.

Melanippe schlang die Arme um ihren Oberkörper und flüsterte: »Bei allem, was heilig ist.«

Kaystros grub die Finger in Penthesileas Rock, fragte nicht, was die anderen sahen. Vielleicht ertrug er es nicht, es zu wissen.

Hier lag Hektor. Ehrenvoller Prinz, guter Ehemann – ein Held, obwohl nicht göttlicher Abstammung. Und der Mörder von Patroklos. Ein Teil von Penthesilea versuchte, ihn zu hassen, wie Achilles es getan hatte. Es gelang ihr nicht. Da war nur Bedauern für diese Männer und das Leid, in das der Krieg sie gestürzt hatte.

»Euer Unglück schmerzt mich tief«, sagte sie. »Es war nicht rechtens, was Achilles tat. Ich – «

Sie stockte, als plötzlich Dunkelheit den Raum flutete. Erst glaubte sie, die Fackeln in der Gruft wären ausgegangen. Sie sah Melanippe und Kaystros jedoch weiterhin. Die dunkle Flut schlug gegen die Wände, verschlang Priamos und Hektors Sarkophag. Die Stimme des Königs verklang. Dann gab es nur noch Penthesilea, Melanippe und Kaystros im lichtlosen Nichts. Sie starrte ins Nachtschwarz und hörte ihren Vater grollen.

»Ihr seid gekommen. Endlich.« Ares zerfetzte das Dunkel mit seinem Erscheinen, als risse er einen Vorhang auf. »Ihr habt mich lange warten lassen, Töchter.«

Sie verneigte sich und sagte: »Verzeiht. Wir kamen, so schnell es uns möglich war. Auf dem Weg nach Troja haben wir viele Schwierigkeiten bewältigen müssen.«

Wut fachte die Flammen in seinen Augen an. »Ich kann sehen, ihr habt eine solche *Schwierigkeit* bei euch. Du erschlägst Dionysos, aber nicht deinen Bastard? Und besitzt auch noch die Unverschämtheit, ihn zu mir zu bringen?«

Sie spürte, wie Kaystros sich neben ihr versteifte. Es war mehr ein Instinkt, der sie dazu brachte, sich zwischen ihn und Ares zu stellen. Eine Hand an ihrem Waffengürtel, hielt sie dem Blick ihres Vaters stand. Es machte ihn noch zorniger. Er trat mit erderschütternder Gewalt auf sie zu, sodass das Dunkel von seinem Fuß aufspritzte. Der Gestank von Verwesung und geronnenem Blut breitete sich aus. Er stand über ihnen, geifernd nach Kaystros' Fleisch. Da kam ein Geruch hinzu, der alle anderen vertrieb, der Geruch von Rosen. Eine seidige Hand glitt über seinen Arm. Aphrodite war gekommen.

»Nicht, Ares«, sagte sie. Die Schwärze wich vor ihrem goldenen Leuchten zurück, als sie sich an seine Brust warf. »Dieser Junge kam nicht auf die Welt, um dich zu beleidigen. So unfassbar es ist, er entstand aus meiner Macht, aus Liebe. Rührst du ihn an, so verletzt du auch mich.« Sie sah flehend zu Ares auf. »Bitte, halte ein. Du hast Penthesilea genug bestraft. Richte deinen Zorn gegen die Griechen, nicht sie.«

Niemand sonst hätte den Gott des Krieges zähmen können. Als Aphrodite ihn berührte, hielt er inne. Allmählich nahm sein wütendes Beben ab, sodass Penthesilea aufatmete und die Hand vom Waffengürtel nahm.

»Du hast recht, Goldene«, lenkte er ein. »So lange habe ich den Kampf an der Seite der Amazonen herbeigesehnt, und dann lasse ich mich von längst Vergangenem blenden.« Er legte den Arm um ihre Taille. »Bald wird mich das blutigste Sterben ergötzen. Nur darauf kommt es an.«

Melanippe, die alles still mit angesehen hatte, ergriff das Wort. »Ihr seid nicht der Einzige, den die Vergangenheit erzürnt, Vater. Wir wissen nun, dass Hippolyte starb, weil Artemis ihren Tod begrüßte.«

Ares riss die brennenden Augen auf. Auch Aphrodite warf sich vor Schreck herum, dass ihre Locken aus goldenen Rosen wippten. »Dies war der Wille von Artemis?«

Melanippe nickte schwerfällig. »Es war die Strafe dafür, dass unsere Schwester nicht im Krieg kämpfen wollte.« Sie hob das Kinn. »Das Amazonenvolk ist darob zerrissen. Wir fühlen uns von unseren eigenen Göttinnen verlassen. Und doch sind wir hier. Unser Ziel, Troja zu halten und die Helden zu besiegen, ist noch dasselbe.«

Die Dunkelheit erzitterte. Schwarze Federn lösten sich von ihr. Apollon trat aus dem Daunenregen, seine Flügel angelegt und die weißen Augen voll Kummer.

»Es ist wahr.« Er fasste sich an die Brust, die eine Narbe überzog. »Meine Schwester hat den Verstand verloren. Dass sie so weit ging, Hippolytes Tod herbeizuführen ... Ein Wunder, dass ihr noch hergekommen und nicht mit besserem Wissen umgekehrt seid.«

Penthesilea schwieg sich aus über das, was sie von Areto wusste. Apollon sprach, als spiele er keine Rolle bei alldem, obwohl er es gewesen war, der Artemis hintergangen hatte. Sie traute ihm nicht. Niemanden von ihnen. Wer konnte schon sagen, was die Göttlichen verheimlichten? Am Ende würden auch sie den Amazonen in den Rücken fallen, wenn es ihnen diente.

»Ja, Hippolyte wollte nicht in den Krieg ziehen«, sagte sie. »Doch was hätte es genützt, umzukehren? Nur hier, in Troja, erwartet uns eine Zukunft.«

Ihre Worte ermutigten Kaystros, selbst zu sprechen. »Ich bin hier, um für diese Zukunft zu kämpfen. Als –«

Aphrodite brachte ihn mit einem ungeduldigen Zischen zum Verstummen, und Ares schnaubte. »Was macht dich glauben, du dürftest mitreden, Menschlein? Still!«

Als Kaystros sich erklären wollte, legte Penthesilea verneinend die Hand auf seinen Arm. Es stimmte. Noch war er ein schwacher Junge, nicht mehr. Sie wussten nicht, wie sich die Fähigkeit, Götter zu töten, in ihm manifestierte. Und selbst, wenn sie es schon wüssten, es war gut, wenn ihr Sohn unterschätzt wurde. Ein Vorteil.

»So sei es«, sagte Apollon. »Lasst uns vereint für dieselbe Sache streiten.« Er besah Penthesilea. »Artemis wird ohnehin nicht mit uns kämpfen können. Sie wurde schwer verwundet und ist zum Olymp zurückgekehrt. Es wird dauern, bis sie geheilt ist.«

Sie legte entschlossen die Faust an ihren Brustpanzer. »Gut. Dann haben die Amazonen keinen Grund für Zweifel. Wir werden für die Göttin reiten, die uns nie im Stich lassen wird: die Wut der Frauen.«

Apollon nickte und entfaltete seine Schwingen. Die schwarzen Flügel legten sich um Ares und Aphrodite, und die Dunkelheit verschlang sie alle. Auch die Nachtschwärze verschwand mit dem nächsten Lidschlag. Penthesilea fand sich in der Gruft wieder, im Angesicht von Priamos.

»Was ist geschehen?«, fragte der König. »Für einen Moment gab es kein Licht mehr, und ihr wart fort.«

»Sorgt Euch nicht. Es waren nur die Göttlichen. Sie versprachen, uns zu helfen.« Penthesilea unterdrückte den Drang, einen letzten Blick auf Hektors Leiche zu werfen. »Lasst uns gehen. Wir erzählen Euch alles auf dem Weg hinaus.«

\*\*\*

Kaystros wurde seltsam müde nach der Begegnung in der Gruft. Die Erschöpfung, die ihn schon länger gequält hatte, schien sich zu vervielfachen. Die Begegnung mit Ares musste ihn geschwächt haben.

»Melanippe, kannst du ihn fortbringen?«, fragte Penthesilea, als sie die innere Festung durchschritten. »Du solltest dich ausruhen, und Kaystros ebenso.« Sie sah zum Abendhimmel auf. »Es wird heute Nacht Vollmond geben.«

Melanippe nickte, längst über Kaystros' Anfälle informiert. »Ich sehe zu, dass alle nötigen Maßnahmen getroffen werden.« Sie kam nicht umhin, Penthesilea besorgt zu mustern. »Ruh dich ebenfalls aus. Verbring deine Nächte nicht nur mit Kriegsvorbereitungen.«

»Das sagst du, obwohl wir sie nicht besser verbringen könnten? Wir müssen die letzten Tage Waffenruhe doch nutzen.« Als ihre Schwester sie scharf beäugte, sagte sie: »Ich scherze. Keine Angst, ich ruhe zur gegebenen Zeit. Versprochen.«

Das besänftigte Melanippe, die ohne ein weiteres Wort ging. Kaystros folgte ihr, dem Geräusch ihrer Schritte nach. Als er von Penthesilea abließ, löste es ein seltsam leeres Gefühl in ihr aus.

Priamos sah den beiden mit einem Lächeln nach, das sie nur als väterlich beschreiben konnte. »Die Amazonen halten noch immer ihre Familien in Ehren, wie ich sehe. Da ist so viel Sorge und Respekt Euch gegenüber.« Er dachte offensichtlich an Orithyia, die eine ebenso gute Königin wie Schwester gewesen war.

»Ja«, sagte sie. »Wo wir von Familien reden: Ich muss noch jemanden aus Eurer sprechen.«

Seit sie das Stadttor passiert hatte, brannte sie auf eine bestimmte Begegnung. Sie wollte die beiden Menschen sehen, mit denen der Krieg gekommen war.

Priamos war nicht überrascht von ihrem Anliegen. Er brachte sie von der Gruft weg, durch die Gärten des Königspalasts und in diesen hinein. Sie staunte über den Reichtum, den sie auf dem Weg sah. Die Gewächse und Bauten kannte sie aus ihrer Heimat, aber alles war so viel üppiger in Troja. Das Palastinnere strahlte vor Leben. Bunt gepflasterte Böden, glänzend schwarze Holzmöbel, Verzierungen aus Gold und Elfenbein.

Mitten im Gebäude lag ein Hof mit einem Wasserbecken. Dort, am steinernen Rand, sah sie einen Mann sitzen. Er musste ihr gar nicht erst von Priamos vorgestellt werden. Sie erkannte sofort, dass es Paris sein musste, so ähnlich sah er seinem Vater, wie der König zu seinen besten Zeiten.

Das schwarze Haar fiel ihm bis auf die Schultern. Sein Gesicht war nach trojanischer Art glatt rasiert. Es war schön, wenn auch kein kriegerischer Anblick, eine Spur zu weich. Penthesilea entgingen nicht die muskulösen Arme, die sich unter dem eng anliegenden Gewand abzeichneten. Er hielt einen Langbogen in den Händen, seine Finger strichen fahrig über das Holz. Alles an ihm strahlte die eherne Kraft eines Schützen aus. Neben ihm saß eine Frau, die mit ihm sprach. Helena von Sparta.

»Mein Sohn«, sagte Priamos, und die beiden hörten zu reden auf. »Die Amazonenkönigin Penthesilea möchte dich sprechen.«

Paris erhob sich abrupt. »Natürlich. Geht es um unsere Wehr? Wie kann ich Euch helfen?«

Auch Helena stand auf, mit der Scheu eines Tieres, das fliehen will. Penthesilea hatte die Geschichten über sie als tumbes Geschwätz abgetan. Jetzt sah sie, dass sie alle stimmten: Helena war das Anmutigste, was sie jemals gesehen hatte.

Ihre Haut hob sich strahlend gegen das dunkle Trauerkleid ab, ein unnatürliches Weiß, das auf ihre Herkunft hinwies. Sie hatte vernommen, dass Helena eine Tochter von Zeus sei. Es hieß, sie sei aus einem Ei geschlüpft, weil er ihre Mutter in der Gestalt eines Schwans bestiegen hatte. Penthesilea schien diese Geschichte nicht abwegig, so schwanenhaft, wie diese Frau war. Selbst ihr aufwendig hochgestecktes Haar, das Stunden an täglicher Pflege bedeuten musste, sah weiß und federartig aus. Die goldene Kosmetik kaschierte kaum die vogelartig spitzen Züge, und sie schien auf den grazilen Füßen zu fliegen, als sie in den Palast eilte.

Penthesilea seufzte. »Da geht sie. Dabei habe ich gehofft, mit euch beiden zu reden.«

Paris verzog argwöhnisch den Mund, was seinem hübschen Gesicht nicht stand. »Wozu? Helena hat nichts mit dem Kriegsgeschäft zu tun.«

»Oh doch. Ich wollte mit eigenen Augen sehen, für was zehn Jahre lang Krieg geführt wurde. Sagt mir, Prinz von Troja: Ist Helena es wert? Wofür ist Euer Bruder Hektor gestorben?«

Jemand anderen hätte eine solche Respektlosigkeit beleidigt. Doch Priamos zeigte sich nicht erschüttert. Sein Blick ruhte gelassen auf Paris.

Der ging nach kurzem Erstaunen auf ihre Frage ein. »Eure Schwester Antiope wurde doch von Theseus, dem König von Athen, entführt?«

Sie nickte und wartete ab, was er zu sagen hatte.

»Das gleiche Schicksal ist Helena zuteilgeworden. Gerade mal zehn Frühlinge hatte sie erlebt, da raubte Theseus sie, um sie zu seiner Frau zu machen. Hätten ihre Brüder Kastor und Polydeukes sie nicht gerettet, wäre es ihm wohl gelungen.«

Allein von Theseus und seinen weiteren Verbrechen zu hören, ließ sie mit den Zähnen knirschen. Dem Himmel sei Dank war dieser Hundesohn tot.

»Letztendlich war Theseus nur einer von vielen. Helena wurde seit jeher umworben, von Königen aus allen Ländern. Sie war stark und stolz als Prinzessin von Sparta. Doch dies nützte nichts in dem schönen Käfig ihres Körpers, den sie von Zeus geerbt hat.« Er sah Penthesilea offensiv an. »Ich war wohl der erste Mann, der sie nicht zu etwas zwang. Sie ging mit mir nach Troja, weil sie ein freies Leben wollte. Ich werde sie niemals dafür verurteilen.«

Sie hatte erwartet, einem eitlen Pfau gegenüberzutreten. Jetzt sah sie ihren Irrtum. Es ging um seine Liebe, aber auch um viel mehr.

Sie lächelte. »Das beantwortet nicht wirklich meine Frage. Aber nun habe ich eine gute Idee davon, mit wem ich kämpfe und für was ich mein Leben riskiere. Für die Freiheit zu streiten, ist ein hehres Ziel. Dies hat auch Antiope getan und Theseus bis zuletzt widerstanden.« Sie sah zu den Stadtmauern, die sich dunkel gegen die untergehende Sonne abzeichneten. »Bitte zeigt mir, wie es um die Verteidigung bestellt ist.«

Das tat Paris. Er und Priamos geleiteten sie aus dem Palast, um sie mit dem Zustand der Festung vertraut zu machen. Paris hatte erst seit Hektors Tod die Rolle als Heerführer inne. Er war aber gut informiert, besonders über die Wehranlagen. Die Nacht ging auf Troja nieder, und Penthesilea fiel es schwer, sich auf seine Worte zu konzentrieren. Ein rotes Licht hing über den Stadtmauern. Es kam von dem Feuer, das im feindlichen Lager brannte.

Sie sah es und fragte sich, wie es Achilles ging. Vielleicht lag er allein in seinem Zelt, nun, da Patroklos nicht mehr bei ihm war. Er könnte in die Dunkelheit sehen, so, wie sie es oft getan hatte. Ob er sich noch wohlwollend an die Zeit auf Skyros erinnerte? Oder waren nur Zorn und Reue in ihm, der das Blut von Hektor und so vielen anderen Männern vergossen hatte?

Sie schluckte, als sie daran dachte, wie Patroklos sie angefleht hatte: »*Rette ihn vor sich selbst.*« Sie hoffte, dass sie nicht zu spät war.

## XXXIII. MEINE AHNIN

### Clete

Die erste Nacht in Troja bekam Clete kein Auge zu. Lang auf dem Rücken ausgestreckt, lag sie auf einem Tempeldach und sah zum Sternenhimmel auf. Das Gebäude war in der Nähe des Stadtplatzes, wo das Amazonenvolk die Zelte aufgeschlagen hatte.

Es wäre eine schöne Nacht gewesen. Eine laue Brise ging, und der volle Mond wurde nicht von Wolken verdeckt. Der Wind trug aber auch das

Wimmern von Kaystros heran, der wieder unter einem Anfall litt. Er war nicht der Einzige, der schluchzte. Die Trauer um Hektor war allgegenwärtig. Am Tag, als Clete in die Stadt eingeritten war, hatte sie ein völlig hoffnungsloses Volk gesehen. Zehn Jahre an Krieg, Hunger und Furcht hinterließen auch bei einer großen Stadt wie Troja Spuren.

Sie seufzte. Areto fehlte ihr hier, allein mit den Sternen. Sie vermisste es schon jetzt, sie im Arm zu halten. In ihrem Garten hätten sie gemeinsam im Gras gelegen, und Areto hätte auf einen Stern gezeigt, um ihr die Geschichte seiner Geburt zu erzählen.

»Ich hoffe, es geht dir gut«, flüsterte sie. Dabei berührte sie den bandagierten Arm, unter dem die Narbe des Blutopfers war. Sie blieb liegen und trieb in ihren Gedanken, bis die Sterne sich vor der aufsteigenden Sonne versteckten.

Nachdem sie vom Tempeldach geklettert war, suchte sie die Zelte der Sehenden auf. Sie wollte Phileas abholen und nach Kaystros schauen, wenn sie schon dort war. Ersterer würde ja einmal ihr Stiefsohn sein. Sie fühlte sich verpflichtet, auf ihn zu achten, für Areto.

Kurz bevor sie beim Zelt angelangte, hörte sie aufgebrachte Rufe. Sie sah sich um und erblickte eine Frau, die durch das Amazonenlager stolperte. Ihr dunkelbraunes, aus den Bändern gelöstes Haar wehte im Wind. Anders als die meisten trug sie kein Trauergewand, sondern ein seidenes Nachtkleid. Mehrere Dienerinnen und ein Mann eilten ihr nach.

»Kassandra!«, riefen sie. »Bleib stehen!«

Fast wäre die Frau mit Clete zusammengeprallt. Clete hielt sie instinktiv an der Hüfte fest. Dabei spürte sie hervorstechende Knochen. Kassandra war mehr als dünn, ungesund mager.

»He!«, keuchte Clete.

Kassandra starrte mit wässrigen Augen durch sie hindurch. Es sah aus, als wolle sie sich aus Cletes Armen befreien. Ihrem dürren Leib fehlte jedoch die Kraft dazu.

»Das Ende«, stammelte sie. »Ich muss ihn sehen. Lass mich zu ihm.« Speichel rann aus ihrem Mundwinkel. »Die Frauen schreien. Das Pferd verliert zwei von drei Köpfen, und der Junge wird –«

Dem ersten Speichelfaden folgte ein ganzer Klumpen an Galle. Sie schien sich an ihrer Zunge zu verschlucken, spuckte und rang nach Luft. Ihre Augen rollten nach oben, sodass nur noch rotädriges Weiß zu erkennen war.

Clete hätte sie vor Schreck beinahe von sich gestoßen. Sie hielt die würgende Kassandra fest, während die Dienerinnen und der Mann herbeieilten. Als sie ihn ansah, erkannte sie, dass er Kassandras Zwilling sein musste. Der schmale Körper, die hohe Statur und das scharfkantige, von braunem Haar gerahmte Gesicht ... Die beiden ähnelten sich enorm. Er streckte sich nach Kassandra aus, und Clete gab sie ihm in die Arme.

Da steckte Phileas den Kopf aus dem Zelt. »Warum ist es denn in aller Frühe so laut?«

Clete schaute ihm ins verschlafene Antlitz. »Guten Morgen. Das wüsste ich auch gerne.«

Sein Gesicht hellte sich eine Spur auf. »Oh. Hallo, Schild... Clete.« Seine Zunge stolperte noch über ihren Geburtsnamen, es war offenbar seltsam für ihn, sie vertraut anzusprechen. Aber er sah sie auch mit einem warmen Ausdruck an. Das tat er unentwegt, seit er von Areto erfahren hatte, dass sie und Clete zusammenleben würden.

Sie wandte sich von ihm ab. Inzwischen scharten sich die Dienerinnen um Kassandra. Sie fächelten ihr Luft zu und stützten sie, bis sie nicht mehr von Krämpfen geschüttelt wurde.

Der Mann sah Clete unter seinen dichten braunen Wimpern an. »Ich hoffe, meine Schwester hat Euch nicht erschreckt. Sie ist sehr krank. Normalerweise hat sie nicht die Kraft, ihr Gemach zu verlassen.«

Er hatte eine bemerkenswerte Ausstrahlung, fand Clete, eine seltsame Eleganz in der Art, wie er sprach und sich bewegte. Es erinnerte sie ein wenig an Melanippe, nur, dass er nicht verbittert wirkte. Er besaß die melancholische Leichtigkeit eines Menschen, der viel am Abgrund tanzt.

Phileas runzelte die Stirn. »Wer seid Ihr?«

»Oh, verzeiht. Natürlich kennt ihr mich nicht.« Er neigte grüßend seinen Kopf. »Ich bin Helenos, Sohn des Priamos und der Hekabe.«

Clete vernahm es verblüfft, und Phileas war mit einem Schlag hellwach. »Prinz Helenos, der Sehende von Troja?« Eilig trat er aus dem Zelt. »Meine Lehrmeisterin Melanippe hat von Euch erzählt und dass Ihr den Krieg vorhergesagt hättet. Ich bin Phileas, ein Sehender der Amazonen.«

Helenos erkannte wohl, dass es ein längeres Gespräch werden würde. Er hob die Hand, eine beiläufige Bewegung, die die Dienerinnen als Befehl verstanden. Sie trugen Kassandra fort.

»Wie gut, dass wir uns treffen«, sagte Helenos. »Wir beide werden ohnehin zusammenarbeiten. Ich nehme an, ihr wollt zur Versammlung?«

Er warf einen fragenden Blick zu Clete, die begriff, dass sie sich noch nicht vorgestellt hatte. »Ja, das wollen wir. Ich bin Clete vom Mondstamm, genannt Schildhaut.« Als Phileas sich anschickte, loszulaufen, fragte sie: »Was ist mit Kaystros? Kommt er nicht mit?«

Phileas schüttelte den Kopf. »Er war schon erschöpft von der Reise, und dann sein Anfall letzte Nacht ... Er muss sich erst ausruhen.«

Clete vernahm es mit Sorge. Sie hatte natürlich bemerkt, wie Kaystros die Reise angestrengt hatte. Kein Wunder, ein paar Tage hatten sein gesamtes Leben auf den Kopf gestellt. Es fiel ihr immer noch schwer zu glauben, dass der sanftmütige Junge die Wende in diesem Krieg bringen sollte.

Helenos strich sich eine seidige braune Strähne hinters Ohr und ging voran. »Kommt, Kinder der Amazonen. Ich führe euch zum Thronsaal, wo die Versammlung stattfindet.«

Auf dem Weg durchs Lager unterhielt er sich angeregt mit Phileas, über Themen, zu denen Clete nichts beitragen konnte. Träume und prophetische Vermutungen und Kriegsentwicklungen, was Sehende eben beschäftigt. Phileas strahlte übers ganze Gesicht. Er fand es wohl spannend, sich mit einem Sehenden auszutauschen, der auch noch ein Prinz war. Es war irgendwie süß, wie er aufgeregt plapperte. Clete hatte auf einmal Aretos Lachen im Ohr. Er sah seiner Mutter einfach zu ähnlich.

Sie ließ den Blick schweifen, fort von den beiden, übers Lager und die Stadt. Die anderen Kriegerinnen waren ihr inzwischen wieder freundlich gesinnt. Zunächst hatte es viel Unsicherheit ihr gegenüber gegeben. Jetzt flogen ihr überall Lächeln zu. Alle waren froh, mit ihr zu kämpfen, und hatten keine Zweifel, dass Clete ihre Ehre wiederherstellen würde. Es machte ihr Mut.

***

Der Thronsaal war eine riesige Halle aus Lehm und Holz. Als Clete mit Phileas und Helenos eintrat, gab es bereits Gedränge. Ein kreisrunder Tisch stand in der Mitte des Raumes. Dort saßen die grauhaarigen Politiker Trojas mit den jungen Heerführern zusammen. Der Thron im Herzen der Halle war leer. Stattdessen saß König Priamos am Tisch, den Kopf unter der Last der kommenden Entscheidungen gebeugt, von seinen Söhnen umgeben.

Diese Hallen wurden sonst von Männern regiert. Heute sprachen Amazonen mit. Clete sah, dass Königin Myrina schon mit ihren Vertrauten anwesend war. Neben deren Stratega Priene und dem Magier Teremun brachte sie einige Sonnenschwestern mit. Es war auch Elite vom Mond- und Sternstamm vertreten, und Clete fragte sich, wozu sie alle einberufen worden waren.

»He, Schildhaut!«, hörte sie eine vertraute Stimme. Sie sah sich nach der Ruferin um und entdeckte Bremusa. Die saß mit mehreren Mondtöchtern am Tisch und machte wild winkend auf sich aufmerksam.

»Ich sehe, ihr werdet erwartet«, bemerkte Helenos.

Phileas guckte zwiespältig, woraufhin Clete sagte: »Eher nur ich, wenn ich mir diesen Enthusiasmus ansehe.« Sie suchte den Blick von Aretos Sohn. »Geh doch mit Prinz Helenos, wenn er es gestattet. Ihr habt bestimmt noch mehr zu besprechen?«

Sein Gesicht leuchtete auf, als Helenos großmütig erwiderte: »Durchaus. Ich gestatte es.«

Die beiden gingen zur Königsfamilie, und dann fand sie sich in einem Klammergriff wieder. Bremusa nahm sie zärtlich mit ihren Armen in die Mangel.

»Uff!«, machte Clete. Sie stöhnte noch lauter, als sie einen feuchten Kuss auf die Wange gedrückt bekam.

»Liebste Schildhaut, ich bin so glücklich, dass wir zwei in vorderster Reihe kämpfen werden.«

Clete ächzte. »So, werden wir das?«

»Aber sicher. Wozu sollen hier sonst die besten Kriegerinnen versammelt sein? Ich wette, wir sollen die Truppen leiten und werden dafür zugeteilt.« Bremusa ließ sie los. »Die da freuen sich auch schon.«

Clete folgte Bremusas Fingerzeig. Die Rasende wies auf die andere Seite des Tisches. Dort saßen die Sternmütter. Lacomache überragte alle als Sprecherin des Stammes. Dagegen gab Iphito genau das gegenteilige Bild ab. Sier stützte sich auf den Tisch, grau um die Nase. Während Lacomache zum Gruß grinste, hatte sier nur ein müdes Blinzeln übrig.

»Sag mal, ist Iphito in Ordnung?«, fragte Clete. »Sier sieht irgendwie krank aus.«

»Ach, dier ist nur kaputt gevögelt. Sier und Eudokia haben so heftig voneinander Abschied genommen, das glaubst du nicht.«

Ein paar Politiker, die diese Details unangebracht zu finden schienen, warfen ihr finstere Blicke zu. Bevor Bremusa noch mehr ausplaudern konnte, betrat Penthesilea die Halle. Die Königin sah beeindruckend aus, von ihren Hunden begleitet und dem Blut des Dionysos gestärkt. Das Tuscheln im Raum verstummte. Alle schauten sie an.

»Verzeiht, dass ich nicht eher kam«, sagte Penthesilea. »Ich habe mir noch von Äneas das Waffenlager zeigen lagen. Auch wollte ich mir ein Bild von der Moral machen.«

Als Clete diesen Namen hörte – Äneas –, hob sie neugierig den Kopf. Tatsächlich kam Penthesilea in seiner Begleitung, zusammen mit der Hohepriesterin Melanippe und Stratega Antandre. Dem Sohn der Aphrodite war die göttliche Herkunft anzusehen. Die schlangenartigen Haarflechten, die auf seine starken Schultern fielen und sich von der dunkelbraunen Haut abhoben, schienen goldgetränkt zu sein. Generell war sein Leib wuchtig. Nicht nur dürfte er die meisten Männer in der Halle an Breite und Größe übertreffen, er besaß auch ein unmenschlich schönes Strahlen.

König Priamos neigte grüßend das Haupt. »Gut. Damit sind wir alle versammelt.«

Während die Ankommenden ihre Plätze aufsuchten, wurde Clete von Antandres Blick gestreift. Ihre Muhme schaute verkniffen. Aus irgendeinem Grund fühlte Clete sich getadelt, als hätte Antandre eben ihr Geplänkel mit Bremusa belauscht. Sie setzte sich eilig.

Es war Äneas, der die Besprechung eröffnete. Er umschritt den Tisch mit dem Gang eines erfahrenen Heerführers. »Uns bleiben nur wenige Tage Totenruhe, um die Truppen aufzustellen und einen neuen Angriff zu wagen. Vorausgesetzt, die Achaier halten Wort und greifen uns nicht vorher an.«

Clete hörte gebannt zu, während er die Lage schilderte. Bald gaben auch Politiker ihre Einschätzungen ab. Sie waren nicht gerade verheißungsvoll. Hektor hatte in einem waghalsigen Sturmangriff versucht, das feindliche Lager niederzubrennen, und viele mutige Kämpfer hatten bei dem missglückten Vorstoß ihr Leben gelassen.

Penthesilea lauschte mit gerunzelter Stirn. Die Falte zwischen ihren Brauen vertiefte sich, bis sie mit der Faust auf den Tisch schlug.

»Ihr Männer denkt mir zu einseitig. Wie könnt ihr beklagen, weniger Leute für die Versorgung zu haben, wenn noch lauter Frauen an der

Mauer mithelfen würden?« Sie schnaubte. »Ich habe gesehen, dass viele es bereits tun und die Krieger mit Waffen und Arzneien versorgen. Wenn ich mir das so anhöre, glaube ich kaum, dass diese Idee von einem Mann kam. Welche Frau hat diese Wichtigkeiten bedacht, während ihr Herren nur stumpfsinnig die Schlacht im Blick hattet? Und warum ist sie nicht hier?«

Nach erstem verblüfftem Schweigen fuhr Äneas sie an: »Was wollt Ihr damit andeuten –«

Priamos hob die Hand, und Äneas hielt sich sichtbar bemüht zurück. »Die Amazonenkönigin spricht nur mit ehrlicher Zunge.« Er sah in die Runde. »Wer weiß von solch einer Frau?«

Prinz Paris erhob sich aus den Reihen seiner Söhne. »Vielleicht stammt die Idee von Andromache. Hektors Gattin. Ich weiß, dass er ihr vieles anvertraut hat, und sie haben das Kriegsgeschehen besprochen. Sie trauert mit den anderen Witwen im Tempel.«

»Bringt sie her«, sagte Penthesilea. »Sie wird noch mehr zu trauern haben, wenn sie ihrer Stadt nicht zur Seite steht.«

Priamos schickte sogleich einen Diener, der Andromache holen sollte.

Die Sonnenkönigin Myrina stemmte sich vom Tisch hoch. »Wir bringen einen großen Vorteil mit, der die verlorenen Trojaner ausgleichen wird. All unsere Kriegerinnen sind beritten, im Dutzend tödlicher als hundert Männer.« Sie deutete auf Teremun, der an ihrer Seite saß. »Wir haben einen Magier, der das Wetter ändern und noch viel mehr zu unseren Gunsten tun kann. Rühmt Troja sich nicht, die besten Pferde der Welt zu züchten? Gebt sie unseren Kriegerinnen, und sie werden unaufhaltsam sein.«

Helenos meldete sich aus den Reihen seiner Familie. »Es wäre sonst immer ein Vorteil, Pferde einzusetzen. Zu dieser Jahreszeit ist die Ebene vor Troja jedoch versumpft.«

Phileas, der bei Melanippe und einigen Sehenden saß, widersprach. »Wenn die Ebene schwer begehbar für die Pferde ist, können wir sie doch austrocknen?«

Melanippe nickte. »Dafür wären nicht einmal Zauber nötig. Wir müssen lediglich den richtigen Göttinnen opfern.«

Die Versammelten redeten immer hitziger. Alles Für und Wider wurde über den Tisch geworfen, dass Clete der Kopf rauchte. Sie merkte auf, als der Diener zurückkam, mit einer Frau in Begleitung. Andromache.

Ein schwarzer Schleier verbarg den Großteil ihres Gesichts, jedoch nicht ihre rot verquollenen Augen. Ihr Gang hatte etwas Gequältes, als müsse sie auf den Seelenscherben ihres toten Mannes laufen. Sie hielt ein Kind in ihren Armen, ihr Kind mit Hektor.

Das Gerede verstummte, und Andromache fragte: »Ihr habt nach mir rufen lassen, Amazonenkönigin?«

»Ja«, erwiderte Penthesilea. »Habt Dank für Euer Kommen. Euer Schwager Paris sagte, Ihr hättet Hektor strategisch beraten. Ich will Eure Meinung hören.«

Äneas fasste das Besprochene knapp zusammen, wobei er Andromache skeptisch beäugte. Sie schien selbst nicht von ihrer Anwesenheit überzeugt zu sein. Dennoch hörte sie ihn an, um dann tief einzuatmen.

»Mein Gatte ist nicht tot, nicht ganz. Hektor hat uns mutige und gut ausgebildete Männer dagelassen, die den Achaiern das Leben schwer machen. Mit den Amazonen können wir das Blatt wenden.«

Entschlossen gab sie ihren Sohn in die Arme des Dieners. Sie musste die Hände frei haben, um zu gestikulieren und auf die Karte zu deuten, die auf dem Tisch lag. Während sie sprach, wich die Härte aus den Gesichtern der Männer. Stattdessen betrachteten sie Andromache verblüfft, denn sie hatte vieles zu sagen. Über die Taktik des Feindes, den sie von der Mauer aus beobachtet hatte, das Gelände, und wie Hektor vorgegangen wäre. Sie verwendete nicht für alles militärische Begriffe, aber ihr Scharfsinn war offenbar und für eine Laiin mehr als erstaunlich.

Penthesilea lächelte befriedigt. »Das sind wertvolle Angaben. Kein Wunder, dass Hektor viel von Eurem Rat hielt. Wir werden alles daransetzen, die geschwächten Griechen zu vertreiben. Da die trojanischen Soldaten selbst dezimiert sind, werden meine Amazonen den Angriff anführen. Doch nicht umsonst: Mein Volk riskiert alles.« Sie sah zu Priamos. »Wenn die Stadt von uns gerettet werden soll, so ist es rechtens, dass Ihr sie uns überlasst. Wir hätten uns schon vor Jahren vereinigen können. Aber Ihr, Priamos, habt meine Schwester Orithyia verschmäht. Und dem Bündnis zum Trotz habt Ihr uns nicht geholfen, als sie loszog, um Prinzessin Antiope vor den Griechen zu retten.«

So mancher Mann senkte beschämt den Blick.

»Lasst uns Amazonen über Troja regieren, so wir Euch befreien. Auf dass wir ein neues anatolisches Reich errichten, von nie da gewesener Größe.«

Missmutige Gesichter kamen zu den abgewandten Blicken hinzu. Aber Priamos blieb gefasst. »Wenn dies Euer Preis ist, dann sei es so. Ich gebe meine Krone gerne her, solange es diesen Krieg beendet und mein Land rettet.«

»Gut. Dann habt Ihr unsere volle Kampfkraft. Denn wir werden ein vereintes Land sein.« Sie erhob sich und sagte scharf: »Schildhaut.«

Clete, die nur auf den Aufruf gewartet hatte, straffte die Schultern. »Ja, meine Königin?«

»Du wirst das Gebiet vor der Stadt sichern und an vorderster Front mitreiten. Auf der Stute Promethea bist du so schnell, dass du problemlos zwischen den Kampflinien wechseln kannst. Es wird uns nützlich sein.«

Clete nickte pflichtbewusst. Seit langer Zeit regte sich Aufregung in ihrem Herzen. Als Kriegerin hatte sie gelernt, für den Kampf zu brennen. Nun war die Zeit, sich zu beweisen, wiedergekommen. Doch da drückte auch ein Gedanke: Sie konnte nicht mehr leichtfertig mit ihrem Leben sein. Es war nun mehr als ein Einsatz für Ruhm und Ehre, denn sie musste Areto wiedersehen.

Sie ließ sich die zwiespältigen Gefühle nicht anmerken, als Penthesilea ihre Befehle gab. Den anderen Mondtöchtern wurden ebenfalls Positionen zugewiesen. Die Versammlung war noch in vollem Gange, da schickte die Königin sie fort mit dem Auftrag, sich für die nächste Zeit vorzubereiten. Clete ging mit einem knappen Nicken aus der Halle. Sie hatte gerade mal den Gang betreten, da bemerkte sie, dass jemand ihr folgte. Das Klacken eines Gehstockes begleitete die Schritte.

»Warte, Clete«, sagte Antandre.

Sie hielt inne. Ihre Muhme redete sie sonst nicht mit ihrem Geburtsnamen an. Als Clete sich umwandte, war sie auf alles gefasst. Dies war das erste Mal, dass die Stratega sie seit dem Zweikampf sprach.

»Ich ...« Clete blinzelte ungläubig, als Antandre stockte und nach Worten suchte. »Besinn dich auf das Hier und Jetzt. Vorwürfe wegen dem, was war, nützen nichts.« Sie fügte schärfer hinzu: »Dein Verhalten war beschämend. Aber du wolltest etwas Geliebtes beschützen. Tu es auch jetzt. Schütze dein Volk, denn es braucht dich. Mach deine Familie stolz.«

Clete hätte niemals zu hoffen gewagt, solche Worte von ihrer emotionsarmen Muhme zu hören. Sie hatte mit Verurteilung und Enttäuschung gerechnet. Stattdessen stand Antandre mit nie gesehener Unsicherheit da. Als hätte sie etwas Wichtiges zu sagen und wüsste nicht, wie.

»Ja«, sagte Clete und lächelte. »Ihr schwöre, Euch mit Stolz zu erfüllen, Stratega.«

\*\*\*

Eine knisternde Spannung lag über Troja. Sie nahm immer mehr zu, mit jedem Tag Waffenruhe, der verstrich. Clete war eine der Ersten, die das Land vor der Stadt betraten. Sie sicherte es mit mehreren Kriegerinnen.

Als sie durch das Stadttor hinausgingen, bemerkte sie, dass dort mehr Frauen abgestellt waren. Sie wurden von Andromache eingewiesen, die wie eine dunkle Erscheinung umherflog, Bild einer Rachegöttin. Nicht nur ihr Blick mutete mörderisch an. So viel mehr hatten Ehemänner und Söhne und Brüder verloren. Sie alle sahen Clete nach.

Vorerst blieb sie mit den Kriegerinnen im Schatten der Mauer und in Reichweite der Schützen. Sie erneuerten beschädigte Palisaden oder bargen Tote. Langsam arbeiteten sie sich vor, nicht nur wegen des versumpften Bodens. Da hing auch die Sorge in der Luft, dass die Griechen vor der vereinbarten Zeit angreifen könnten. Und so geschah es.

Clete befand sich gerade mit ihrer Einheit vor Troja, ebenso Phileas, der das Umland mit seinem Falkenblick erkundete. Da hörte sie ihn schreien. Sie schaute von dem Wall auf, den sie mit ein paar anderen repariert hatte, und sah ihn, wie er sich gequält krümmte.

»Phileas! Was ist passiert?«

Ein paar Amazonen scharten sich bereits um ihn, als sie bei ihm angelangte. Er atmete heftig, und etwas fiel klatschend vor seine Füße. Es war der Falke, mit dessen Blick er gesehen hatte. Das Gefieder war zerfetzt. Tiefe, von Krallen geschlagene Wunden überzogen den Leib.

»Meine Augen!« Phileas tastete wie blind um sich. »Da war eine Eule. Sie hat mich angegriffen. Ich habe einen alten Mann in ihren Augen gesehen …« Er ließ sich nicht von Clete beruhigen, die ihn an den Armen nahm. »Sie kommen. Sie sind gleich hier!«

Clete zögerte nicht. Sie bellte den Befehl zum Rückzug. Im selben Moment kamen die ersten Männer. Sie hatten sich angeschlichen, verborgen von dem hohen Farn, der beim Skamandros wuchs.

Ihre Schilde über den Köpfen, um sich vor Pfeilen zu schützen, stürmten sie vorwärts. Ein stämmiger Mann führte sie an, ein Held, wie Clete an der vergoldeten Rüstung erkannte. Er hielt Speer und Schild. Auf Letzterem prangte das Bild eines roten Eberschädels: Zeichen des Königshauses von Argos. Dies war Diomedes, der Mann, der Dutzende von Trojanern getötet und den Kriegsgott Ares verletzt hatte. Clete war über ihn informiert worden, wie über all die feindlichen Anführer. Diomedes galt als der drittgrößte Held der Griechen. Er war fast noch ein Knabe gewesen, als er und die Epigonen die Stadt Theben erobert hatten. Seitdem hatte er noch viel mehr Blut vergossen. Seine Haut war rot verfärbt, als hätte sie den Lebenssaft seiner Opfer aufgesogen.

Clete packte ihre Streitaxt, die in der Nähe bereitlag. Auch die anderen Amazonen griffen zu den Waffen. Erste Pfeile sirrten von der Mauer. Dann erfolgte der Aufprall. Die Amazonen blieben dicht zusammen, die Schilde erhoben. Sie wichen mit den Rücken zur Stadt zurück. Bronze splitterte Holz. Schlamm spritzte auf.

Clete lief durch den Wirbel an Klingen und Schmutz, zu Diomedes. Ihr Schild wehrte seinen Speer ab, mit dem er hatte vorstoßen wollen. Der Schlag kam so heftig, er ließ Cletes Arm vor Schmerz erbeben. Es war die Kraft jahrelanger Erfahrung. Clete stemmte sich mit dem Schild gegen ihn. Sie ließ ihre Streitaxt wirbeln, zwang ihn so, zurückzuspringen. Das Weiß seines Grinsens leuchtete auf der roten Haut, bevor er den Schild hob, um die Labrys wegzustoßen.

Ihr Schlagabtausch dauerte nur wenige Herzschläge. Als die Amazonen sich weiter zurückzogen und der Pfeilregen dichter wurde, wichen auch die Achaier. Diomedes spuckte zum Abschied in den Schlamm. Eine Warnung, dem griechischen Lager nicht wieder zu nahe zu kommen.

Clete eilte zu Phileas, um nach ihm zu sehen. Er war unverletzt, einige Kriegerinnen hatten ihn verlässlich geschützt. Es lag kein blendender Schleier mehr auf seinen Augen, die voll Schrecken waren.

So schaute er auch, als sie ihn in die Stadt brachte. Am Tor sammelten sich aufgeregte Leute. Prinz Helenos war unter ihnen. Von einer bösen Ahnung getrieben, lief er Clete und Phileas entgegen. Anders als Aretos Sohn, der stockend von der Eule erzählte, schien Helenos zu wissen, was vorging.

»Es muss Kalchas gewesen sein. Der Sehende der Achaier. Er schaut durch die Augen von Eulen, denn sie unterstehen der griechischen Schutzgöttin Athene.«

Phileas keuchte. »Dieser alte Mann ... Ich habe ihn in dem Blick der Eule gesehen. Er sah vergilbt aus wie Papyrus, als müsse er vor Gicht zerfallen.«

Helenos nickte. »Ja, das ist Kalchas. Er wird nicht geliebt von Ijarri wie wir, sodass er sich böser Kräfte bedient, um zu sehen. Sie zerfressen seinen Leib.«

Clete spürte, wie Phileas zitterte. Sie fragte sich, was eine Mutter in dieser Situation tun würde, und legte in einer spontanen Eingebung den Arm um ihn, wie Areto es getan hätte. Er versteifte nur kurz, um sich dann dankbar an sie zu lehnen.

»Damit hat dieses hinterhältige Pack den Waffenfrieden gebrochen«, knurrte Clete.

»Ja.« Helenos' Gesicht verzerrte sich vor Zorn. »Und dies wird nicht die letzte Hinterhältigkeit der Achaier gewesen sein.«

\*\*\*

Helenos sollte recht behalten. Als Clete wieder hinausritt, von Dutzenden Waffenschwestern begleitet, wartete der Feind auf der Ebene. Sie sollte noch viel mehr Helden als Diomedes zu sehen bekommen. All die Könige und Halbgötter – lebende Legenden.

Da war Ajax, der Telamonier, den sie den »Wall der Achaier« nannten. Wie ein solcher ragte er aus den Reihen der Männer, einen monströs großen, mit Bronze überzogenen Schild aus mehreren Schichten Rindshaut in der Hand. Wo er standhielt, kam niemand vorbei.

Er galt als der zweitbeste Krieger. Aber auch andere waren gefährlich, wie Aias, genannt »der Kleine«. Der winzige, doch umso muskulösere Lokrer befand sich stets in der Nähe des Walls, um auf schnellen Füßen mit dem Speer anzugreifen. Er lachte gehässig, wann immer er über Leichen hinwegstieg, mit einer seltsamen Freude am Elend.

Odysseus, dem sein Ruf als Listenreicher vorausging, war genauso, wie in den Geschichten beschrieben. Ein Mann, der auf Täuschung zurückgriff, anstatt in vorderster Reihe mitzuschlagen. Er und seine Leute verbargen sich unter Toten oder im Schlamm des Skamandros, um aus dem Hinterhalt zuzustoßen.

Nicht nur Odysseus spielte den Sinnen der Amazonen Streiche. Der Krieger Stentor schrie mit einer so ehernen Stimme, sie brachte Pferde zum Scheuen und Gemüter zum Taumeln. Sein Brüllen schien eine gottgegebene Naturgewalt.

Noch mehr Helden kämpften mit, während sich die wichtigsten Heerführer kaum blicken ließen. Clete meinte, Agamemnon in den hinteren Reihen zu sehen, auf einem Streitwagen, sein goldenes Zepter in der Hand. Er schwang es statt einer Waffe, wie ein tumbes Spielzeug. Sein Leibwächter Idomeneus folgte ihm auf Schritt und Tritt. Er ließ niemanden zu Agamemnon, den er mit seiner Keule verteidigte.

Menelaos von Sparta sah Clete nicht. Ausgerechnet er, der diesen Krieg begonnen hatte, weil er seine Gattin Helena zurückwollte. Auch Achilles und seine Myrmidonen eilten noch nicht zum Kampf. Irgendetwas sagte Clete, dass er nicht aus Feigheit wegblieb, anders als Menelaos. Er hatte Priamos versprochen, dass Hektor seine Ruhezeit bekommen sollte, und hielt sich bis zuletzt an den Waffenstillstand.

Clete harrte mit den anderen aus. Sie hob den Schild, schlug die Achaier zurück, nur um sich wieder zurückzuziehen. Das Harren zehrte an ihrer Geduld, während das Blut immer lauter in ihren Ohren rauschte. Sehnsüchtig wartete sie darauf, dass ihre Königin zum Angriff rief.

\*\*\*

Als Penthesilea endlich ihren Befehl gab, brannte die Sonne gnadenlos auf das Land. Die Sehenden hatten die Hitze herbeigerufen, damit sie den Schlamm wegtrocknete, der die Pferde behinderte.

Clete erwachte vom durchdringenden Klang der Kriegshörner, die zum Angriff bliesen, und dies nicht nur in Troja. Aus dem Lager der Achaier dröhnte es ebenfalls. Es war seltsam unwirklich, als sie diesmal die Stadt verließ, in Reih und Glied mit ihren Waffenschwestern. Das Volk hatte sich am Tor versammelt, um die Ausziehenden zu verabschieden.

»Clete!«, hörte sie Kaystros' Stimme. Sie entdeckte ihn, wie er von Phileas durch die Menge geführt wurde. »Wir wollten dir Glück für den Kampf wünschen.«

Sie lenkte Promethea aus der Reihe. »Glückwünsche sind gut«, sagte sie und lächelte Phileas an. »Bitte hab einen Blick auf mich und die anderen. Wir brauchen dich mehr denn je.«

Er nickte pflichtbewusst. »Ja, ich stehe hinter euch. Komm gesund zurück, Clete. Meine Mutter wartet auf dich, und ich auch.«

Ein warmes Gefühl stieg in ihre Brust, und sie konnte nicht anders, als ihm noch zuneigungsvoller zuzulächeln. Kaystros dagegen ließ die Schultern hängen.

Phileas drückte seinen Arm, und Clete sagte: »Es gibt keinen Grund für dich, zu verzagen. Wir werden noch erleben, wie die Prophezeiung durch dich lebendig wird, Kaystros.« Sie schlug mit der Faust gegen ihre Brust. »Wir werden uns wiedersehen. Wenn ich zurückkomme, bringe ich griechische Schädel als Geschenke mit.«

Damit schloss sie sich wieder dem Strom der Amazonen an. Als sie das Tor passiert hatte, warf sie einen Blick zurück. Phileas war mit der Hohepriesterin auf der Mauer, um zuzuschauen und Kaystros vom Kampfgeschehen zu berichten. Clete war froh, dass sie nicht mit den anderen mitten auf dem Schlachtfeld waren, dort oben war es sicherer.

Hunderte von Schützen standen bereit. Prinz Paris, ihr Befehlshaber, ging mit herrischen Schritten die Reihen ab. Auch die Frauen von Troja sahen auf das Feld. Clete meinte Helena und Andromache auszumachen, ihre Kleider wehten als verschlungenes Schwarz im Wind. Bestimmt war auch König Priamos anwesend und Königin Hekabe bei ihm.

Sie richtete den Blick nach vorne, auf ihren Feind. Wie eine Plage überzogen die griechischen Soldaten das Land. Hier und da blitzte die goldene Rüstung eines Helden, und die Banner aller möglichen Königreiche flatterten. Sie waren viele, so viel mehr als die Amazonen und ihre Verbündeten. Das war ihnen wohl bewusst, denn der Wind trug ihr Grölen heran, den Kriegsschrei: »Alala! Alala!«

Clete fühlte sich nicht davon entmutigt, im Gegenteil. Ihren Waffenschwestern schien es genauso zu gehen. Sie klopften ungeduldig auf ihre Schilde. Bremusa stand in der einen Reihe und grinste sie an, aus einer anderen lachte ihr Iphito zu. All diese großen Kriegerinnen hatten ihren Platz in der Formation.

Als sie den Blick wieder schweifen ließ, wurde er von etwas eingenommen. Einem Abschied. Ein paar Sternmütter verließen die Stadt, darunter Lacomache. Die Bärin war in ihrer Größe unverkennbar. Die Gestalt mit den hellen Haaren, die ihr nachwinkte, konnte nur ihr Ehemann Xenon sein. Er blieb bei der Mauer, wie viele unterstützende Einheiten, befehligt von Helenos. Jener war der einzige Sehende, der sich mit dem Schwert in der Hand auf das Feld begab. Er saß auf seinem Pferd und sah in den Himmel, gewiss durch Vogelaugen. Neben ihm hielt sich Äneas bereit, Sohn der Aphrodite, eine Schar an Dardaner-Kriegern hinter sich.

Ein Flüstern erhob sich unter den Amazonen. »Sie kommen!«

Da sah Clete sich Trojas Gottheiten gegenüber. Der dunkel gefiederte Apollon erstand aus den Reihen der Schützen, um den Bogen zu spannen. Ares spritzte in einem Blutstrom von den Mauern, und sie hätte schwören können, dass auch Artemis erschienen war. Das riesige Geweih gereckt, ritt sie durch den rotschwarzen Regen.

Clete hielt ungläubig den Atem an, um zu erkennen, dass es nicht Artemis war. Jene wäre nicht von Myrina, den Strateges und Teremun begleitet worden, und auch nicht von so vielen Molossoi. Nein, dies war ihre Königin. Clete konnte nicht den Blick von ihr nehmen. Penthesilea war groß, viel größer als in ihrer Erinnerung, und ein silberner Schimmer umgab sie. Sie ritt zur Spitze des Heeres.

»Meine Amazonen!«, rief Penthesilea und hob die Labrys. »Er ist endlich gekommen, der Tag, an dem unser Volk sich aus der Asche erhebt.« Sie hielt keine Rede, wie es vielleicht ein griechischer Held getan hätte, sondern sang.

*Meine Ahnin, sieh mich an,*
*ich bring dein Unheil übers Land.*

Clete tat es ihr gleich, wie alle Amazonen. Sie ballten die Hände zu Fäusten, legten sie an die Brust und hoben die Stimmen. Die Augen geschlossen, gaben sie sich dem Kriegsgesang hin, den sie in ihrer Ausbildung erlernt hatten.

*Meine Mutter, segne mich*
*mit wüstem Zorn aus deiner Milch.*
*Heilige dies schwarze Schwert*
*in deinem Namen ist es wert*
*zu richten.*

*Meine Schwester, steh mir bei*
*im Angesicht von altem Leid.*
*Lasse unser Seelenband*
*schneiden in des Feindes Hand*
*wie Zähne.*

*Meine Tochter, nur für dich*
*erkämpfen wir das Morgenlicht.*
*Denn aus Blut und Tod und Nacht*
*sei die größte Brunst entfacht:*
*dein Siegen.*

Clete spürte den Blutregen auf ihrem Gesicht, den wachsenden Hunger nach mehr. Die Frau in ihr starb Stück für Stück, bis sie wie Penthesileas Hunde geiferte.

*Unsre Ahnin – dein Geschenk*
*des Lebens gebe ich zurück!*

Als der Gesang endete und sie die Augen öffnete, waren ihre Sinne so scharf, sie konnte die Furcht der Achaier riechen. Sie erkannte deutlich die einzelnen Soldaten, abgerissene Gestalten, die neben den Helden verblassten und nichts als Spielfiguren waren. Freiwild.

Penthesilea brüllte zum Angriff. Ihre Hunde bellten. Die Amazonen fielen tosend mit ein. Clete schrie aus vollem Hals mit. Sie ritt ihrer Königin nach, die mit ihren Hunden vorauseilte, und der Rest des Heeres stürzte los – eine Flut, die alles zerreißen würde.

# XXXIV. VERRAT

Areto

Alles versinkt im Dunkel meiner Gefühle. Dahindämmernd nehme ich kaum wahr, wie mein Hirsch den Olymp erreicht. Ich spüre Hände, die mich aus dem Streitwagen ziehen und in schützende Wärme geben. Süße Ambrosia fließt in meinen Mund. Sie spült das Gift aus meinen Wunden und die bittere Erinnerung an die Küsse meines Bruders fort. Ich heile und warte darauf, dass ich wiedererwache.

\*\*\*

Aretos Albträume wurden schlimmer. Sie überfielen sie nicht nur nachts, sondern lauerten auch tagsüber auf sie. Das Leid von Artemis schien überall zu sein, und es stärkte den Schatten. Er füllte längst nicht mehr nur ihren Kopf aus, sondern das ganze Zelt.

»Sieh dich an, wie nutzlos du bist. Es wäre besser gewesen, wenn Antianeira dich in den Tartaros hinabgezogen hätte, so erbärmlich, wie du hier in deinem Selbstmitleid liegst.« Er biss sich kichernd in ihrer Haut fest. »Was machst du, wenn Phileas oder Clete da draußen sterben, hm? Wenn deine Kraft ihnen helfen könnte, doch du nicht bei ihnen bist?«

Sie tastete nach ihrer Kette, wenn er zu laut wurde, atmete ein und aus, während sie den violetten Anhänger umklammerte. Sie kannte ihren Schatten zu gut, um gegen ihn anzukämpfen. Es wäre nur ein sinnlos ewiger Krieg in ihr selbst.

Einmal mehr ging sie mit schwachen Beinen durchs Lager. Seit das Amazonenheer fort war, versuchte sie so oft wie möglich, sich zu bewegen. Sie hoffte, so den Schatten zu schwächen und eher zu gesunden. Auf dem Weg sah sie Callistus. Er eilte zwischen den Zelten umher. Sein Gang war noch staksend wegen seines abheilenden Rückens. Nun war auch sein rechter Arm verbunden, denn das Sklavenzeichen war von seinem Arm gebrannt worden. Ein paar Kinder liefen ihm nach, Mädchen und Knaben, die am Hof des Gelächters gefangen gehalten worden waren. Es sah aus, als spielten sie Fangen.

Areto hörte sie lachen. Es erschien ihr unglaublich, ja, traurig schön, dass die Kinder das taten. Trotz allem, was sie erfahren hatten, freuten sie sich an einem einfachen Spiel.

Sie ging weiter, fort von Callistus und den Kleinen, zu dem See in der Nähe des Lagers. Ihr war, als hätte sie dort ein vertrautes Leuchten gesehen. Als sie am Ufer ankam und die Zehen in den Sand grub, sah sie Eudokia baden. Areto kam nicht umhin, sie anzustarren. Die Locken fielen Eudokia wie nasses Gold um die Hüften. Sie summte ein Lied, während sie sich wusch.

Areto hatte sie nicht als so dünn in Erinnerung. Eudokia war anzusehen, dass sie viel durchgemacht hatte. Aber sie bewegte sich trotzdem noch frei, mit jener unverstellten Schönheit, die so selbstverständlich bei ihr war. Auf einmal kam Areto die Geschichte über Aphrodites Geburt in den Sinn. Die Liebesgöttin sei aus dem Schaum des Meeres gestiegen. Es musste ein ähnliches Bild gewesen sein.

So dachte Areto zumindest, bis die Athenerin ihr Haar zusammenfasste und es auswrang. Dabei legte sie ihren Rücken frei, der von zig Narben überzogen war. Sie zeichneten sich eindeutig auf der viel dunkleren Haut ab. Es war ein Anblick, der Areto wehtat. Ein Teil von ihr hatte gehofft, dass alle Narben mit den Jahren verblassen würden. Die Peitschenhiebe, die Eudokia wegen ihr erhalten hatte, waren jedoch unheilbar in ihren Leib gegraben.

»Gefällt dir, was du siehst?«, fragte Eudokia plötzlich. Sie hatte sich nicht zu Areto umgedreht, wie auch immer sie ihre Zuschauerin bemerkt hatte. »Blicke bin ich von meiner Arbeit gewohnt. Sie stören mich sonst nicht. Aber ich nehme an, du bist nicht für eine Nacht mit mir gekommen?«

Areto schwieg überrascht. Sie hatte nicht solche Direktheit erwartet. Eudokia wandte sich um. Die Wellen schwappten und umschmeichelten ihre Taille. Sie lächelte, nicht offen, wie wahrscheinlich angestrebt. Da war Unsicheres zwischen ihnen, ein nachhallender Schmerz.

»Wenn ich ehrlich bin«, sagte Areto, »gefällt mir nicht, was ich sehe.«

»Du hast dich verändert. Ich entspreche wohl nicht mehr deinem Geschmack? Eine raue Blume wie Schildhaut bin ich nun wirklich nicht.«

Sie schüttelte den Kopf. »Ich meine, dass es mir leidtut, diese Narben an dir zu sehen.« Eudokia schlang unwillkürlich die Arme um sich, und Areto fuhr leise fort. »Danke, dass du mein Leben gerettet hast.« Endlich hatte sie Gelegenheit, es zu sagen.

Eudokia zeigte keine Regung. Sie stieg aus dem Wasser. Der Duft von Hyazinthen breitete sich aus. Areto atmete ihn tief ein, wovon ihr Herz schneller schlug. Die Erinnerungen, die sie mit dem Geruch verband, waren immer noch erregend. Eudokia blieb vor ihr stehen. Sie ließ die Arme sinken, sodass sie unverhüllt dastand.

»Vielleicht solltest du mir nicht danken«, sagte Eudokia. »Ich glaube, ein Teil von mir wollte mehr mich als dich retten.« Ihr Lächeln schwand. »Am liebsten würde ich dich anschreien. Dich anbrüllen, wie sehr ich gelitten habe und dass ich dich hasse, weil du es besser getroffen hast.« Ihre Züge wurden weicher. »Doch es wäre nicht gerecht, das alles an dir auszulassen, nicht wahr?«

Areto schluckte schwer. »Warum hast du mir die Ambrosia gegeben, wenn du so fühlst?«

»Ich weiß es nicht. Als du sterbend auf dem Feld lagst, da konnte ich nicht anders. Dich erkannt zu haben, nur um dich sofort wieder an Hades zu verlieren ... Es erschien mir unerträglich.« Eudokia streifte sie mit ihrer nassen Schulter, als sie an ihr vorbeiging. »Komm. Da drüben weht der Wind nicht so kalt.«

Sie setzten sich ins nahe Grasstück, in den Schutz mehrerer Weidenbäume. Die Blättervorhänge schirmten sie kaum von der Welt ab. Das Grün wurde spröde und begann, sich braun zu färben, weil der Herbst kam. Eudokia hatte ihre Kleider am Fuße eines Baumes abgelegt und zog sich an. Es war eine Mischung aus Skythen- und Amazonenmode, teils wertvolle Geschenke. In der kurzen Zeit, die sie beim Heer arbeitete, schien sie eine dankbare Kundschaft gefunden zu haben.

Während Eudokia durch ihr feuchtes Haar kämmte, redete sie über ihr Leben nach Athen. Wie sie durch das Land gewandert war auf der Suche nach dem bestmöglichen Leben, von Mann zu Mann, Bett zu Bett. Auch Areto erzählte, von Themiskyra, wo sie Phileas aufgezogen und in Callistus einen Freund gefunden hatte.

Eudokia runzelte die Stirn. »Wie kannst du einen Sohn haben, wenn du ...«

»Ich habe ihn von Miron. Dem Mann, mit dem mein Vater mich verheiratet hat, nachdem du verbannt wurdest. Es war meine Strafe für unsere Nacht.«

»Miron. Ja, ich erinnere mich an diesen Namen.« Auf Aretos fragenden Blick erklärte sie: »Dein Vater hat ihn erwähnt.«

»Was?« Ihr Herz zog sich schmerzhaft zusammen. »Du hast meinen Vater wiedergetroffen?«

Eudokia nickte. »Es war, nachdem die Amazonen Athen angegriffen hatten. Viele Heime waren niedergebrannt, so einige mussten die Stadt verlassen. Dein Vater war unter ihnen.« Sie ließ von ihren Haaren ab und legte seufzend den Knochenkamm weg. »Ich war schon längst nicht mehr in Athen, wanderte umher, bot meine Dienste auf der Straße an. Eines Tages stand er vor mir. Er war mit einer Gruppe Flüchtlinge unterwegs und sehr krank. Irgendeine Seuche. Er stank, als würde er lebendig verwesen. Ehe ich michs versah, packte er mich und spuckte mich an.«

Areto hörte mit angehaltenem Atem zu.

»Er sagte mir, die Amazonen hätten Miron und dich getötet. Und er gab mir die Schuld. Wenn ich nicht gewesen wäre, so hättest du Miron nicht geheiratet und im Palast gearbeitet, als die Amazonen angriffen. Dein Vater hat mir ewiges Leid an den Hals gewünscht dafür, dass ich die Unschuld seiner Tochter gestohlen und ihn zu einem einsamen Tod verurteilt habe.«

»Das hat er gesagt? Oh, Vater.« Sie schmeckte Bitterkeit auf ihrer Zunge. »Du hast es dir so leicht gemacht mit deinem Hass.«

Der Gedanke, dass er wohl tot war, gestorben an der Seuche, hing unausgesprochen zwischen ihnen. Er machte Areto nicht traurig. Dazu hätte sie Liebe für ihren Vater haben müssen, und die hatte er mit eigenen Händen zerstört.

»Wenn ich könnte, würde ich ihm sagen, wie abscheulich er war. Er hat versucht, mich zu brechen, und mir ein Leben in einem Käfig aufgezwungen. Aber ich konnte mich aus eigener Kraft befreien. Ich habe Unaussprechliches getan, um der Ehe zu entfliehen und bei den Amazonen unterzukommen. Miron ... Ich habe ihn ermordet. Ich habe das Schwert erhoben und ihn samt der falschen Ideale meines Vaters getötet.«

Eudokias Augen weiteten sich. Sie hörte starr zu, während Areto erzählte, wie sie Mirons Kopf zu der Amazonenkönigin Orithyia gebracht hatte.

»Ich kann das kaum glauben.« Eudokia musterte sie geschockt. »Es klingt so unwirklich, was du erlebt hast. Aber wenn ich mir das anhöre, verstehe ich, wie du eine Amazone werden und dir ein neues Leben aufbauen konntest. Ja, du bist eindeutig eine Frau, die ihre Unterjochung ablehnt.«

»Das klingt so großspurig wie eine Figur aus einer Legende. So sehe ich mich nicht.«
Eudokia hob ihren Kamm auf. »Aber vielleicht sehe ich es.« Als sie dastand, von welken Weidenblättermänteln umgeben, sah sie mehr wie eine Nymphe und nicht wie eine Verstoßene aus.
»Wohin gehst du?«, fragte Areto.
»Jetzt, da du gerettet bist und alles gesagt wurde? Dorthin, wo es Arbeit und einen Schlafplatz für mich gibt.«
»Du kannst bei mir bleiben, wenn du willst. Nicht in meinem Bett. Einfach so, wie anfangs bei Iphito.«
Als sie diesen Namen sagte, legte sich ein trauriger Zug um Eudokias Mund. »Danke, aber nein. Du bist nicht Iphito, und das ist gut.« Sie wandte sich der Brise zu, die die Blätter auseinanderwehte. »Ich habe gerne mit ihrm das Zelt geteilt. Zum ersten Mal seit langer Zeit war ich an einem Ort, wo es Frieden für mich gab, trotz des Krieges.« Nun hob ein Lächeln ihre Lippen an. »Ich hoffe, ich kann Iphito wiedersehen.«
Sie streckte ihre Hand aus. Areto ergriff sie. Eudokias Finger fühlten sich zerbrechlich an ihren an, die durch die Ambrosia nachgewachsen waren. Areto ließ sich von ihr auf die Füße ziehen.

\* \* \*

Ich spüre in der Dunkelheit des Schlummers, wie mich jemand berührt. Hände streicheln über meine, und der Geruch von feuchter Erde steigt mir in die Nase. Der Geruch meiner Mutter.
»Wach auf, Artemis«, flüstert Leto.
Ich öffne mein Auge. Meine Mutter ist nirgendwo zu sehen.
Dafür halte ich meinen Köcher in den Händen. Ich kann mich nicht erinnern, ihn vom Schlachtfeld mitgenommen zu haben. Da weiß ich, dass Mutter es getan hat. Still danke ich Leto und sehe mich um.
Ich liege in einem Brunnen voll Ambrosia. Die goldenen Flure des Olymps liegen leer da. Alle Olympioi beteiligen sich am Krieg oder beobachten ihn.
Ich sollte länger bleiben, damit die Ambrosia mich vollends wiederherstellt. Doch ich fürchte, dass mir nicht die Zeit bleibt. Da ist ein drängendes Gefühl in meiner Brust, als könne Troja bald fallen. Ich muss zu meinen Amazonen und sie zur Eile antreiben.

Ich steige aus der milchartigen Substanz, zum Aufbruch entschlossen. Schon während der ersten Schritte spielt mir meine Wahrnehmung Streiche. Fremde Gefühle überfluten mich. Ich glaube zu weinen. Ein Schwert durchbohrt mich, ein Grieche vergeht sich an mir.

Ich gehe verbissen weiter. Als ich eine Biegung hinter mir lasse, sehe ich jemanden im Flur sitzen. Es ist Herakles. Der große Held der Griechen, den Zeus in den Olymp geholt hat, beachtet mich nicht. Er sitzt auf dem goldenen Boden und lässt Sterne durch seine Hände gleiten. Es sind die Leben anderer Helden, die zu ihm aufsehen. Herakles spielt lachend mit ihnen.

Sein Blick ist trüb wie durch die Einnahme von Rauschmitteln. Ich habe Ähnliches gesehen bei den Helden, die auf der Insel der Seligen verrückt werden. Nicht selten verlieren diese Männer den Verstand, weil sie mit der ewigen Ekstase nicht umgehen können. Dann sind sie leere glückliche Hüllen. Dies ist alles, was der Götterwahn übrig lässt: nach Ambrosia süchtige, wandelnde Tote.

Ich schüttle innerlich den Kopf, weil mir zu mehr die Kraft fehlt, und gehe an Herakles vorbei. Wieder überfallen mich fremde Eindrücke, Tod und Elend und Trauer. Ich fahre davon zusammen.

Schließlich erkenne ich, dass ich nicht den göttlichen Hort verlasse. Meine Füße haben mich zur Spitze des Bergs Olympos getragen, dorthin, wo Zeus in seinem Wolkenthron sitzt. Ich dachte, er sei noch auf dem Ida. Er muss heimgekehrt sein, sowie der Gürtel der Aphrodite ihn nicht mehr schlafen ließ. Ich spüre, wie er mich zu sich zieht mit seiner Macht als Gottvater, unsichtbare Fäden, die durch die verhasste Blutsverwandtschaft geknüpft sind.

»Artemis«, sagt er mit seiner donnervollen Stimme. Ihr wohnt etwas Sanftes inne, ein Ton, den er mir, der widerspenstigen Tochter, sonst nicht gegenüber anschlägt.

»Zeus«, sage ich gefühllos.

Durch das Gewölk vor mir kann ich nur die Konturen seines golden leuchtenden Körpers erkennen. Er ist gewaltig groß, wie ein Riese. Sonst sind die Gewitter in seiner schwarzen Haut gefangen. Dann krönen ihn weiße Wolken und folgen ihm wie Hunde, während er durch die Flure des Olymps schreitet. Nun, entfesselt, ähnelt er seinem Vater so sehr. Sein goldenes Haar ist verwelkt und dunkel wie sein Gemüt, das die schlimmsten Wetter heraufbeschwört. Der Leib von *Zeus Kronion* ist strahlend weißes Licht, gleich den Blitzen, die Hephaistos ihm als Waffen geschmiedet hat.

»Sag mir, Töchterchen. Warum siehst du so erbärmlich aus?« Meine Füße wirbeln die Wolken auf, als ich zu seinem Thron stolpere. »Wer hat dich so misshandelt?«

Sein Wille zieht mich in seinen Schoß. Er hält mich wie sein kleines Mädchen, und da weine ich. Diese Geste hätte mir vor unzähligen Jahren etwas bedeutet. Nun ist sie erniedrigend und nährt meinen Hass auf ihn. Er kann mich nur väterlich in seine Arme schließen, als wäre nichts, weil er den Schmerz seiner Welt nicht sehen will.

»Vater«, spucke ich aus, obwohl ich mir sicher bin, dass er meine Verachtung überhört. »Ihr schaut doch hinab auf den Krieg. Drum solltet Ihr wissen, dass Euer Weib mir dies angetan hat. Das Unglück, das Hera spinnt, hat nicht nur mich getroffen.«

Heiße Lichtfinger streichen über mein zersplittertes Geweih. »Das schmerzt mich zu hören.« Er sagt in einem schockierend aufrichtigen Ton: »Meine Familie und all die frommen Menschen sollten nicht so leiden. Aber sie haben ihr Los gewählt. Dieser Krieg muss geschlagen werden.«

Er spricht, als hätte er keinen Anteil an alldem. Als sei es etwas höchst Trauriges, das ihn nicht wirklich betrifft. Dabei sitzt er doch den Krieg aus in der Hoffnung, seine Bastarde mögen krepieren. Hätte ich noch einen letzten Rest Gutglauben für meine Familie besessen, so wäre er jetzt gestorben durch seine alles überbietende Heuchelei.

Ich will, dass der Sohn des Kronos fällt. Der Gedanke brennt so heiß in mir, er verbrennt alles. Ich will ihn stürzen und seine Schreckensherrschaft enden sehen.

\*\*\*

Areto machte sich gerade für die Abreise fertig, als die Wut von Artemis sie überrollte. Es brannte so furchtbar in ihrem Kopf, dass sie aufschrie. Sie fuhr zusammen und fiel auf die Knie. Der Waffengürtel, den sie eben hatte anlegen wollen, glitt aus ihrer Hand.

»Areto?«, hörte sie Callistus rufen. »Ist alles in Ordnung?«

Er rannte zu ihr ins Zelt. Sie sah ihn nur verschwommen vor sich. Zu heftig wüteten die Bilder hinter ihrer Stirn. Sie glaubte, Artemis zu sehen, wie sie den Olymp auf ihrem Streitwagen verließ und zur Erde flog.

»Sie kommt hierher«, krächzte Areto. »Die Göttin ist auf dem Weg.« Sie wehrte Callistus ab, der sie am Arm nehmen wollte, und lief aus dem Zelt. »Gadas!«

Callistus kam ihr verwirrt nach. Als sie nach dem Anführer der Skythen rief, trafen sie erstaunte Blicke. Viele machten sich zum Aufbruch bereit. Die Krieger hörten auf, miteinander zu reden, und starrten ihr nach. Kinder hielten in ihrem Spiel inne. Eudokia steckte verwundert den Kopf aus einem Zelt.

Areto lief an ihnen vorbei, zu Gadas. Er sattelte gerade sein Pferd und sprach mit Tamura. Beide verstummten, als Areto kam. Tamura drückte unwillkürlich ihr Kind an sich, das sie in den Armen hielt.

»Was ist mit dir, Areto?«, fragte Gadas. »Du bist bleich. Geht es dir wieder schlechter?«

Sie ging nicht auf ihn ein. »Gadas, schnell! Es bleibt keine Zeit mehr. Artemis kommt.«

Er machte einen Schritt auf sie zu, schien sie beruhigen und Fragen stellen zu wollen. Seine Gefährtin trat ihm in den Weg. Tamura sah ihn eindringlich an, und da zögerte er nicht. »Skythen! Macht euch zur Verteidigung bereit.«

Von einem Moment auf den anderen war Aufregung im Lager. Die Tiere wurden schneller gesattelt und Waffen angelegt. Männer riefen durcheinander, während Callistus die verstört schauenden Kinder einsammelte.

Areto wurde schlagartig klar, dass sie ihren Waffengürtel im Zelt vergessen hatte. Sie drehte bei, um ihn zu holen. Da fiel ihr Eudokia ins Auge. Die Athenerin stand mitten im Trubel, den Blick zum Himmel gerichtet. Es war bereits zu spät: Artemis stürzte aus einem Sonnenstrahl zu ihnen herab.

Der Streitwagen krachte in den Boden. Er riss mehrere Zelte ein. Menschen schrien und sprangen zurück. Goldene Splitter flogen durch die Luft, einer riss Aretos Gesicht auf. Als sie sich an die Wange fasste, spürte sie den Schnitt und Blut, das an ihren Fingern haften blieb.

Sie sah auf den Streitwagen, der zwischen die Zelte gefallen war. Er lag in Trümmern, nur ein einziger Hirsch war noch vorgespannt. Das Tier verendete röchelnd, zu Tode gehetzt. Die Göttin, die vom Streitwagen wankte, war am Ende ihrer Kraft. Ihr Geweih war zerbrochen. Schwarzes Ichor-Blut und Schmutz verklebten ihre Erscheinung.

»Areto!«, krächzte Artemis. »Wo ist meine Erwählte?«
Sie sah sich orientierungslos mit dem verbliebenen Auge um. Es rollte wild in der Höhle, und die Göttin schrie auf. Sie verfiel in Gestammel, sah auf Dinge und Personen, die nicht da waren.
Areto verschaffte sich einen Überblick. Alle waren in Aufruhr. Die Krieger sammelten sich um Gadas, beruhigten ihre Pferde, zogen die Waffen. Callistus beugte sich schützend über ein Kind, während Eudokia starr vor Schock dastand. Areto trat in einem Impuls vor. Sie stellte sich zwischen die Göttin und die Menschen.
»Ich bin hier.«
Der silberne Blick fiel auf sie, klärte sich ein wenig. Artemis streckte ihre krallenbewehrte Hand aus. »Mein Auge.« Ihre Stimme war schrill. »Gib es mir zurück!«
»Euer Auge?«, fragte Areto fassungslos. »Dafür seid Ihr zurückgekommen? Ihr habt die Amazonen verraten, Euer eigenes Volk! Ich weiß es. Ich weiß, dass Ihr den Drakon in den Wahn getrieben und Hippolyte getötet habt. Und Ihr befehligt, als sei nichts gewesen?«
Sie schrie, konnte die Verzweiflung nicht zurückhalten, auch wenn es Frevel war. Artemis erzitterte. Erst sah es aus, als drängen Aretos Worte zu ihr durch. Dann verzerrten sich ihre Züge. Areto erinnerte sich an das, was Apollon gesagt hatte, dass seine Schwester den Verstand verlöre.
»Mein Auge, mein Auge. Ich brauche es, sonst kann ich nicht ...« Artemis stolperte vor. »Gib es mir. Ich brauche meine volle Macht, um Zeus und die Götter zu töten.«
Areto stockte der Atem. »Was?«
Sie sah aus dem Augenwinkel, dass Gadas und die Krieger sich gesammelt hatten. Er saß auf seinem Pferd, zu allem bereit. Mehrere Skythen hatten ihre Bogen gezückt. Tamura hatte ihr Kind in die Arme von Eudokia gegeben, um sich ihnen anzuschließen.
»Zeus gibt vor, die Menschen zu lieben«, schluchzte Artemis. »Dem ist nicht so. Er liebt niemanden außer sich selbst. Ich ertrage es nicht mehr. Ich töte ihn und all diese Elendigen, die es wagen, sich Götter zu nennen.«
Areto gewann ihre Sprache zurück. »Das ist nicht möglich. Nur das Kind aus Blitz und Donner vermag es zu tun. Das habt Ihr selbst –«
»Nein! Nein!«
»Aber Eure Prophezeiung ist wahr geworden. Das Kind aus Blitz und

Donner ist Penthesileas Sohn. Kaystros ist in Troja. Er wird die Wende bringen.«

»Ich habe keinen Jungen prophezeit. Männer führen Amazonen nicht an. Sie sind eure Feinde! Unterdrücker!«

Es stimmte, und doch stimmte es nicht. Wenn eine Frau um die Grausamkeit von Männern wusste, dann war es Areto. Sie hatte aber auch einen Sohn, den sie liebte, ihren Freund Callistus und Mitstreiter wie Gadas. Doch Artemis sah es nicht, denn sie konnte ungerecht sein. Areto kannte die Geschichten darüber. Die Göttin verstieß Frauen, die sie für unwürdig befand, aus ihrem Gefolge. Darunter auch solche, die von Männern berührt worden waren, gleich, ob es freiwillig oder durch Gewalt geschah.

Areto griff nach ihrer Augenbinde. »Wünscht Ihr wirklich den Fall der Götter? Oder geht es nur um Euren Stolz, wie bei so vielen von euresgleichen?« Ihre Finger zitterten, als sie diese unter das Leder einhakte. »Je nachdem, was Eure Antwort ist, kann ich Euch das Auge nicht zurückgeben. Ich bitte Euch, kommt zur Vernunft! Ihr habt es mir geliehen, weil Euch die Kraft zum Kampf fehlt –«

»Vernunft? Wie kannst du es wagen!«

Areto riss die Augenbinde herunter. So sah sie den Pfeil, den die Göttin schießen wollte. Der Blick einer Sterblichen hätte ihn nicht ausgemacht, dafür entstand er zu schnell. Aber Areto erkannte ihn mit dem silbernen Auge.

Artemis richtete den Bogen aus. Auf der Sehne lag ihr Pfeil, wie Mondlicht gefärbt. Areto trat vor, mit ausgestreckten Händen. Der Pfeil flog. Kurz war sie von grellem Licht geblendet. Sie spürte Hitze an ihren Fingern, unvorstellbare Hitze. Dann lenkte sie den Pfeil ab, mit der Kraft, die Artemis ihr gegeben hatte. Er rauschte an ihrem Kopf vorbei, schlug in den Boden außerhalb des Lagers. Ängstliche Schreie erfüllten die Luft, und Areto sah, dass das Geschoss nichts als zerrissene Erde hinterlassen hatte.

»Bitte, hört auf!«

Flehend sah sie zwischen Artemis und den Menschen umher. Sie maß mit Blicken die Situation ab. Die Göttin war nicht allzu weit entfernt, würde nur wenige Schritte brauchen, um zu ihr zu gelangen. Gadas und seine Männer waren wesentlich weiter weg, formten eine Mauer. Hinter ihnen sammelten sich nicht nur Schützen, die auf Tamuras Wink hin anlegten, sondern auch Callistus, Eudokia und die Kinder – Unschuldige, die Artemis nicht mehr heilig waren.

»Wir müssen nicht gegeneinander kämpfen!«

Artemis hörte nicht hin. »Du armselige Sterbliche widersetzt dich mir?« Sie legte den nächsten Pfeil an. »Dann nehme ich mit Gewalt, was mir gehört!«

Ehe sie schießen konnte, griff Areto zu. Ihre Finger glühten wieder. Dann hielt sie selbst einen Pfeil in der Hand. Sie schoss ihn, mit purer Willenskraft. Ihr Pfeil traf auf den der Göttin, zerstörte ihn im Flug. Artemis fauchte vor Zorn.

Gadas hieß brüllend zum Angriff. Als die Hufe der Pferde auf dem Boden donnerten, schoss Artemis wieder. Areto stürzte vor. Sie holte die Pfeile mit ihren vom Himmel, lenkte die übrigen mit ihren Händen ab. Sie glaubte, ihre Haut würde in Flammen stehen. Wäre Artemis nicht geschwächt, so hätte deren Macht sie verbrannt.

»Ich habe dich erwählt«, rief die Göttin erstickt, »weil ich Größe in dir gesehen habe.«

Die Skythen schossen im Ritt. Artemis hob die Hand, tat eine wischende Bewegung. Die Pfeile gehorchten der Göttin der Schießkunst, fielen nutzlos herab. Einige Querschläger schlugen bei den Skythen ein, die erschrocken aufschrien.

»Was habe ich mich in dir getäuscht. Du bist auch nur eine Komplizin. Du bist schwach! Eine Verräterin!« Sie hielt auf Areto zu. »Ich töte dich, wie Hippolyte. Ich töte euch alle!«

Die ersten Pferde liefen an Areto vorbei. Gadas ritt an der Spitze, mit gezücktem Schwert. »Herkömmliche Pfeile nützen nichts. Greift sie direkt an!«

Artemis schoss erneut, um ihn zum Schweigen zu bringen. Diesmal holte Areto den Pfeil fast mühelos aus der Luft. Die Göttin wurde langsamer, ermüdete. Da hielt sie inne. Selbst in ihrer Rage erkannte sie, dass die Situation zu ihrem Nachteil war.

Sie kreischte, dass es von den nahen Bergen hallte. Areto wankte, suchte nach Gleichgewicht. Der Himmel schwärzte sich. Ein roter Mond, wie in Blut getaucht, stieg über dem zerbrochenen Geweih von Artemis auf.

»Pass auf, Areto!«

Wer rief dort nach ihr? Callistus? Eudokia? Es spielte keine Rolle, denn die Warnung kam zu spät.

Die Nacht tropfte von den Gletschern. Es sollte unmöglich sein. Aber Artemis gebot über die Mondtitanide Selene, und damit über die Nacht selbst. Sie ließ das Schwarz über die Hügel fließen, verdickt von dem Ichor, das aus ihren Wunden strömte. Die Pferde rutschten darauf aus, und ein Loch tat sich unter Areto auf. Sie fiel. Skythen schrien in Grauen, als die Dunkelheit alles überflutete. Danach gab es nur noch mondblutende Finsternis.

Areto suchte panisch nach einem Halt, fand ihn nicht, griff ins Leere. Es ruckte schmerzhaft an ihrem Hals, als risse jemand an ihrer Kette. Dann schlug sie auf. Ihre Rippen knackten. Sie wusste nicht, wo sie sich befand oder was passiert war, fühlte sich, als würde sie in einem Meer aus Öl untergehen. Zähes Schwarz, überall. Druck auf ihrem Hals. Keine Luft.

In der unnatürlich tiefen Nacht, die Artemis gerufen hatte, wartete ihr Schatten. Er war hundertfach schlimmer geworden, nicht mehr nur willens, sie zu töten. Jetzt hatte er die Macht dazu. Areto hörte ihn lachen. Sie rang verzweifelt nach Luft, bekam nur ihre Schuld zu schlucken. Verräterin, Verräterin, hallte es in der Tiefe. Der Schatten lachte, diesmal klang es anders. Traurig.

»Du lässt mich so einfach siegen?«, säuselte er in ihr Ohr. »Einen unterhaltsameren Todeskampf hast du nicht zu bieten?«

Areto dachte verängstigt an Clete, an linderndes Licht. Sie griff nach der Kette – und fand nichts an ihrem Hals. Der Anhänger war fort. Abgerissen.

Sie würgte. Gedanken überrollten sie, Gadas, Tamura, ich kann nicht atmen, die Skythen, die Göttin wird sie alle umbringen, Callistus, Eudokia, alle, alle, und das nur, weil ich ...

»Areto! Wo bist du?«

Sie erstarrte. Das Lachen hörte auf, und die Schatten erzitterten.

*Clete?* Sie glaubte, ihre Jägerin zu hören. *Bist du das?*

Dann erkannte sie, dass es Gadas war. Er schrie sich heiser. Genauso hatte Clete geklungen, voll Hoffnungslosigkeit, als die Unterwelt gedroht hatte, Areto zu verschlingen.

»Wir brauchen dich!«

Sie folgte seiner Stimme, mit schwindenden Sinnen. Irgendwie fand sie noch die Kraft und schwamm durch die Schatten. Ihre Finger streiften etwas, das in den Wellen trieb, einen Faden ihres Schicksals.

Areto zog daran. Es war ihre Kette. Sie umfasste den Anhänger, erinnerte sich an Cletes Berührung. Da ließ der Druck von ihrem Hals ab. Sie atmete gierig ein. Diesmal kämpfte sie nicht gegen den Schatten an, sondern ließ ihn in sich. Sie akzeptierte ihn. So verlor er ein Stück seiner erdrückenden Macht, und sie nahm ihn auf, bis die Dunkelheit zerstob. Der Anhänger glänzte violett in ihrer Hand, das einzig Leuchtende neben dem Blutmond. Nun, da sie nicht mehr erstickte, schärften sich ihre Sinne. Sie erkannte Konturen vor sich, Menschen- und Pferdeleiber.

Areto hob den Kettenanhänger, wie eine Fackel. Er fing einen roten Mondstrahl auf und reflektierte ihn. Sie sah Artemis, die den Bogen spannte. Jemand hielt auf die Göttin zu – Gadas. Todesmutig lenkte er sein Pferd in die Schussbahn.

Er kam nicht mehr zum Angriff. Zuvor schoss Artemis seinem Tier die Beine weg, mit allem versengenden Licht. Ein Schrei erklang. Areto wusste nicht, ob es Gadas war oder das Pferd. Die beiden stürzten ins Nichts, verletzt, tot, wer wusste es schon. Aber sie würde den Moment, den er ihr verschafft hatte, nicht verschenken.

*Ja, ich bin eine Verräterin. Ich bin eine Schande. Abschaum.* Sie packte den Strahl, den der Anhänger für sie gefangen hatte. *Niemand sonst wäre so schlecht und könnte es wagen, die höchste Göttin zu fällen!*

Sie rannte auf Artemis zu. Schreiend weckte sie die Dämonin, die sie einst auf ihren Ehemann losgelassen hatte. Das Blut des Ares, das sie von Clete bekommen hatte, glühte in ihr, und Areto schoss. Der Lichtpfeil zerschlug das Handgelenk von Artemis. Die Göttin schrie. Der Bogen entglitt ihr, fiel mit der abgetrennten Silberhand zu Boden.

Danach nahm Areto kaum etwas wahr. Sie war nur noch gewalttätiges Licht, das mit Pfeilen und bloßen Händen Haut zerriss. In der Ferne hörte sie Tamura, die Befehle brüllte. Skythische Schwerter kamen ihr zu Hilfe. Gemeinsam griffen sie die Göttin an. Areto wütete wie ein Tier. Überall spritzte Ichor aus dem platzenden Leib. Abgehackte Finger und Fleischfetzen flogen durch die Luft. Die silberne Haut ermattete.

Als der Blutrausch endete, lösten sich die Schatten auf. Der rote Mond verschwand mit der Nacht. Artemis lag zerstört zu ihren Füßen, auf die Knie gezwungen. Vereinzelt waren tote Skythen und Pferde um sie verteilt. Es gab Weinen und Jubel im Hintergrund. Areto beachtete es nicht. Sie stand nur da, schwer atmend.

»Und erneut lag ich falsch.« Die Stimme der Göttin war kaum mehr als ein Hauch. Sie sah müde aus, wie sie in den Ruinen ihres Selbst lag. »Zweifellos warst du stark genug, um mich zu besiegen.«

»Nein«, sagte Areto. Tränen brannten auf ihrem Gesicht. »Ihr hattet recht. Ich bin schwach und gewöhnlich, schon immer gewesen.«

Artemis streckte ihre Hand aus, an der nur noch zwei Finger hingen. Es hatte nichts Bedrohliches mehr, machtlos, wie sie geworden war. Areto ließ es geschehen. Die Fingerspitzen berührten ihre Wange.

»Er wird die Wende bringen, sagst du?«

Areto nickte.

»Gut. Dann kann ich beruhigt schlafen.« Sie sah auf eine grausame Weise liebevoll drein. »Wenn ich schon meine Rache nicht bekomme, dann sollt ihr Amazonen mir zürnen. Verachtet meine Art. Spuckt auf die Patriarchen, die auf euch spucken. Ich will, dass ihre Herrschaft durch Zeus endet. Wir können uns nicht ändern, nicht die Männer, nicht die Frauen. Lasst unser ganzes Geschlecht verschwinden.« Sie schloss ihr Auge und flüsterte: »Die Götter müssen sterben.«

Ihre Finger rutschten von Aretos Wange, und die Hand fiel in den geschwärzten Sand.

## XXXV. LEGENDE

### Penthesilea

»Was werdet Ihr tun, wenn Ihr ihn trefft?«, hatte Kaystros sie gefragt. »Achilles, meine ich? Werdet Ihr meinen Vater bekämpfen?«

Es war der Abend vor der großen Schlacht. Sie saßen in einer entlegenen Ecke des Palastgartens. Von draußen klangen Sang, Flöten und Getrommel. Das Volk von Troja bat um himmlischen Beistand. Penthesilea würde bald auf das Fest gehen, um mit ihren Kriegerinnen auf den Tod zu trinken. Kaystros dagegen wirkte nicht, als wolle er die Ruhe des Gartens hinter sich lassen. Er war noch geschwächt von seinen Anfällen, stützte sich kurzatmig auf seinen Stab.

»Ich weiß nicht, was ich tun werde«, antwortete sie ehrlich. »Patroklos hätte nicht gewollt, dass wir uns so wiedersehen, als Feinde. Aber er hätte die Schandtaten von Achilles auch nicht gutgeheißen.«

Er zog sein Himation enger um sich. »Vielleicht gibt es den Mann, den Ihr kanntet, nicht mehr. Er könnte am Götterwahn gestorben sein, oder mit Patroklos, oder beides.«

»Vielleicht«, flüsterte sie.

Er hatte nichts gesagt, keinen falschen Trost. Aber er hatte sie auch nicht verurteilt.

\* \* \*

Jetzt, da sie in den alles entscheidenden Kampf ritt, fühlte sie sich ihrem Sohn verpflichtet. Sie wusste, er war auf der Mauer bei Melanippe, die ihr nachsah und um sie bangte. Ihre letzte Familie. Penthesilea würde erhobenen Hauptes zu ihnen zurückkehren.

Sie sah auf das, was vor ihr lag. Poseidon ließ das Meer toben. Athene stand mit erhobenem Aigis-Schild hinter den Helden. Eulen und Raben flogen auf. Sehende schauten durch die Vogelaugen, Phileas und Helenos auf der einen, Kalchas auf der anderen Seite. Der Skamandros-Fluss brauste.

Es kämpften nicht mehr viele Göttliche, und geschwächt, wie sie waren, taten sie es nur in zweiter Reihe. Dafür boten die Griechen alles auf. Die gegnerische Linie zeichnete sich dunkel ab. Sie bewegte sich in der Phalanx voran: Die Hopliten standen dicht an dicht, mit erhobenen Schilden und ausgerichteten Speeren. Es war die perfekte Verteidigung, wenn man gegen gewöhnliche Menschen kämpfte. Töchter von Ares waren nicht so leicht aufzuhalten.

Penthesilea brüllte. Die Sonne brannte in ihren Adern. Sie gierte nach Blut, wie ihre Amazonen, die todesdurstig schrien. Ihre Hunde keiften. Ares flog mit ihnen, und Eris, die grell lachend aus seinem Schatten wuchs, tanzte übers Feld.

Sie holte mit ihrer Streitaxt aus. Ehe die Seiten aufeinanderprallten, sprang Brecher vor. Er und die Molossoi rammten mit ihren gepanzerten Körpern gegen die Soldaten. Sie brachten die Männer ins Wanken, drängten sich in die Phalanx, schnappten um sich und zermahlten Beine mit ihren Kiefern. Penthesilea ritt geradewegs in die Lücke, die sie gerissen hatten. Die Amazonen strömten ihr nach.

Sie schwang die Labrys. Ihre Waffe zerschmetterte Bronze und Körper gleichermaßen, mühelos, wie Zweige. Sie beschwor einen regelrechten Fleischregen. Die Amazonen stürzten sich so hemmungslos auf den Feind, als gehörten sie zur Meute. Von einem Moment auf den anderen regierte Chaos.

Überall brüllten die Kämpfenden. Klingen zerrissen Haut und Schilde. Pferdehufe wirbelten blutigen Dreck auf. Prinz Paris und seine Soldaten schossen von der Mauer, ihre Pfeile fanden den Weg in die Köpfe der Achaier.

Penthesilea nahm durch ihren Blutrausch wahr, wie Antandre Befehle schrie. »Haltet die Linie!« Die Stratega klang nicht weniger erregt vom Kampf, doch sie wäre keine Amazone, wenn sie sich nicht zügeln und berechnend bleiben könnte. »Rasende, zieh vor. Schildhaut, zurück!«

Auch Stratega Priene wies schreiend die Sonnenschwestern an. Währenddessen zogen die Sternmütter in entschlossener Stille voran, angeführt von Bronzefaust Lacomache. Ihrer aller Anspannung war zu spüren, denn nun kam der schwierige Teil. Die ersten Reihen der Fußsoldaten waren zerspalten. Jetzt würden die Helden anrücken.

Es flirrte golden in Penthesileas Augenwinkel. Sie sah sich nach der Bedrohung um, auf die sie wartete. Nach Achilles.

Aber er und seine Myrmidonen waren nicht zu entdecken. Stattdessen kam Agamemnon auf seinem Streitwagen heran. Ein roter Eberschädel wehte von den Bannern, als König Diomedes und seine Männer vorstießen. Dichtauf folgte Ajax, der Wall der Achaier. Er ragte mit seiner riesenhaften Größe wie ein Fels auf. Zusammen mit seinen Männern formte er eine Mauer, die nicht zu überwinden war. Sein monströser Schild wehrte alles ab. Ein wesentlich kleinerer Mann – Aias – eilte ihm voraus. Er schien als der verlängerte Arm von Ajax zu fungieren, blieb in dessen Schatten, um im rechten Augenblick vorzuschnellen. Die beiden hielten nicht nur die Amazonen auf, sie drängten sie zurück.

Penthesilea wollte gerade auf sie los, als ein Schrei in ihre Knochen fuhr. Er war überirdisch laut. Die Pferde scheuten. Als sie sich nach Stentor, dem Schreier, umschaute, sah sie ihn bei Athene. Die Göttin hielt den Aigis-Schild über ihn und stärkte seine Stimme.

Sie behielt mühsam ihr Pferd unter Kontrolle und rief: »Teremun! Jetzt!«

Ihre Stimme schallte über alle Köpfe, bis vor die Mauer, wo der Ägypter auf seinen Einsatz wartete. Er hörte sie. Kraft der Blutopfer, die er seinen Göttern gebracht hatte, wirkte er einen Zauber. Die Magie senkte sich auf das Schlachtfeld, verschluckte jeden Laut, so auch Stentors Stimme. Die Pferde beruhigten sich, nun, da Stentor sie nicht mehr verwirrte. Sie stürmten wieder vor. Penthesilea hielt auf Stentor zu, der perplex um seine Stimme rang. Er musste fallen, solange Teremun ihn schweigen ließ.

Die Hunde kamen ihr nach, und jemand ritt an ihre Seite. Ein gelber Umhang flatterte im Wind. Der Helm mit dem Goldgehörn glänzte in der Sonne. Es war Myrina.

Sie grinste Penthesilea mit einer Tollkühnheit an, wie nur Amazonen sie im Angesicht des Todes fühlen. Die Zähne leuchteten im Kontrast zur schwarzen Haut. Penthesilea grinste zurück, von Schwester zu Schwester.

Sie mussten sich nicht absprechen. Die Stille behinderte sie nicht, anders als die Griechen. Sie waren durch die Blutgier verbunden, als wären sie ein einziger Körper. Jene Soldaten, die ihnen im Weg standen und nicht von den Molossoi überrannt wurden, hackten sie nieder. Athene begriff wohl, dass sie es auf Stentor abgesehen hatten, denn sie sprang vor, die Aigis erhoben.

Penthesilea fürchtete die Göttin nicht. Sie fürchtete nichts und niemanden, als sie vom Rausch durchdrungen angriff. Ihre Waffe schlug so heftig gegen den Aigis-Schild, dass zu allen Seiten Blitze aufflammten. Sie rissen Kämpfende um, schlugen in den Boden. Myrina lenkte einen Blitz mit ihrem gewaltigen Schlangenschild ab.

Penthesileas Pferd warf sich herum, sie schwang die Waffe. Axtschneide traf auf Schild. Beinahe entglitt er Athene, die zur Seite fiel. Stentor stand ungeschützt da. Er hob das Schwert, bereit zum Kampf. Doch er hatte ihnen nichts entgegenzusetzen. Die Klinge schwang nur einmal, bevor Penthesilea auch sie beiseitestieß. Dann schmetterte Myrina ihren Schild gegen seinen Hals.

Der Hieb saß. Stentor überschlug sich. Selbst in der Stille glaubte Penthesilea, seine Knochen brechen zu hören. Er fiel auf die Erde, und Teremuns Zauber ließ nach. Der Lärm der Schlacht umfing sie wieder. Stentor war vollkommen reglos. Blut rann aus seinem Mund, während er im Staub lag. Er würde nicht mehr schreien.

Athene erkannte es ebenso. Ehe die Königinnen ihr nachjagen konnten, floh die Göttin. Da brüllten die Amazonen. Sie schrien ekstatisch, weil ihre Königinnen so mächtig waren, dass sie Athene vertrieben.

Myrina nutzte den Moment, um ihren Kampfgeist anzustacheln. »Amazonen, seht! Selbst die Göttinnen, die uns verlassen haben, fürchten unseren Zorn.«

Penthesilea reckte die blutbeschmutzte Waffe. »Jagt sie alle ins Verderben. Für die Ehre! Für den Sieg!«

Sie zogen voran, die tobenden Kriegerinnen im Rücken. Myrina hieb lachend um sich. Penthesilea dagegen gab sich nicht dem Siegesgefühl hin. Die Achaier mochten ein wichtiges Werkzeug mit Stentor verloren haben, doch er war nicht die einzige Bedrohung. Gewiss hielt der listige Odysseus als ihr Strategos Überraschungen bereit.

Penthesilea überblickte die Kampfsituation. Ajax rückte nicht länger vor. Der Wall der Achaier stand still, denn die Kriegerinnen des Sternstammes hatten ihn erreicht. Lacomache hatte ihr Pferd aufgegeben, um sich ihm mit erhobenem Schild zu stellen.

Trotz der Ferne meinte Penthesilea, Schock auf Ajax' Gesicht zu erkennen. Neben seiner riesigen Gestalt wirkte sogar Lacomache klein. Dennoch reichte ihre Kraft an seine heran. Die beiden verkeilten sich derart, sie sahen wie ringende Widder aus. Sie wurden von Iphito umtanzt, dier Aias bekämpfte. Nun, da er sich nicht mehr in Ajax' Schatten verstecken konnte, war er kaum noch gefährlich. Flink sprang er durch die Gegend. Aber im Vergleich zum tanzenden Schwert kämpfte er plump. Beide Helden wurden vollauf von Iphito und Lacomache beschäftigt.

Ganz anders war es an der Front, wo König Diomedes und seine Männer stritten. Als Penthesilea hinübersah, riss sein Speer den Hals einer Kriegerin auf. Er trat achtlos den Körper der Sterbenden beiseite, lief zur nächsten Amazone, über Leichen und Verwundete. Penthesilea musste nichts befehlen, Antandre hatte ihn längst im Visier.

»Schießtrupp, anlegen!«, rief die Stratega.

Es waren Cletes Leute, die dem Befehl folgten. Die Kriegerin raste auf Promethea vor. Sie schoss im Ritt, wie die Amazonen, die ihr nachkamen. Weitere Pfeile regneten von der Mauer. Diomedes und seine Männer mussten innehalten und die Schilde heben, um sich vor den Geschossen zu schützen. Das gab einem anderen Helden die Gelegenheit, zuzuschlagen: Äneas und sein Dardaner-Trupp fielen die Achaier an.

Der Sohn der Aphrodite kämpfte so kühn, wie es erzählt wurde. Sein Strahlen hatte plötzlich etwas Gefährliches, wie die tödlich schöne Wüstensonne. Hart schlug er zu, sodass Diomedes Mühe hatte, ihm standzuhalten. Halbgott und König rangen miteinander.

Penthesilea sah zufrieden, dass ihre Verbündeten keine Hilfe brauchten. Sie schaute sich nach dem Anführer der Achaier um. Agamemnon hielt sich nach wie vor in der hinteren Reihe auf. Sein Leibwächter Idomeneus lenkte den Streitwagen.

Penthesilea preschte auf ihrem Pferd vor. »Meine Töchter des Mondes, folgt mir!«

Die Einheit der wild grinsenden Bremusa schloss sich ihr an. Auch Myrina und ihre Sonnenschwestern rasten los, blutgierig lachend. Die Sternmütter und die Dardaner hielten die Helden von ihnen ab. So war der Weg zum Vorstoß frei. Penthesilea brach die gegnerischen Reihen auf. Hunde und Amazonen fluteten ihr nach. Sie schnitt einen Pfad zu Agamemnon, entschlossen, ihn in den Tod zu reißen.

Ihre Blicke trafen sich. Er schien ihr Vorhaben zu erkennen, denn er riss die Augen auf und brüllte Befehle. Griechische Soldaten liefen vor in dem Versuch, die Amazonen aufzuhalten. Idomeneus hielt den Streitwagen an. Er sprang vom Gefährt und packte seine Keule. Grenzenloser Zorn durchflutete Penthesilea. Dies war die Waffe, mit der Theseus und Herakles ihre Familie getötet hatten.

»Komm nur«, schrie Idomeneus, respektlos, um sie zu reizen. »Ich lasse nicht zu, dass du meinen Heerführer anrührst. Du wirst hier mit den anderen Huren zu Tode bluten!«

Sie fand es irgendwo bemerkenswert, dass er ihr ohne Furcht entgegentrat, anders als Agamemnon. Es war ebenso mutig wie töricht.

Sie hob die Labrys. »Steh mir nicht im Weg, oder ich breche deine Beine!«

Hunde, Griechen und Amazonen verkeilten sich um sie herum, während Penthesilea auf Idomeneus zuhielt. All ihre Wut entlud sich. Ihr Pferd sprang um Idomeneus herum, um seinen Hieben zu entgehen, während Penthesilea die Streitaxt wirbelte. Tatsächlich war er ein guter Kämpfer, andernfalls hätte sie ihn auf der Stelle zerfetzt. Seine Keulenschwünge wehrten ihre Waffe ab, nicht mehr. Er schaffte es nicht im Entferntesten, sie anzutasten. Nun waren es seine Augen, die sich weiteten.

Durch das Rauschen in ihren Ohren hörte sie Agamemnon rufen: »Zieht euch zurück!«

Sie setzte Idomeneus nach, der nach hinten wich. »Tötet sie! Tötet sie alle! Knackt ihre Schädel auf, trinkt ihr Blut, weidet euch an ihren Leichen. Lasst keinen leben!« Die Amazonen kreischten besinnungslos. Sie drängten die Achaier zurück. Die Männer fielen in Scharen. Blut bereitete den Weg.

Dies schien der Augenblick zu sein, in dem sich alles wenden könnte. Teremun hatte dafür einen Zauber vorbereitet, und er ließ ihn los. Die Magie erfüllte die Luft, tropfte ins Feld, in die Köpfe der Kämpfenden. Penthesilea wusste, dass es nur Täuschung war. Dennoch glaubte sie, ihre toten Schwestern zu sehen. Die prachtvolle Orithyia; Antiope mit ihrem wallenden Nachthaar; Hippolyte in ihrer Unbeugsamkeit. Innerhalb eines Wimpernschlags waren sie da, erstanden aus den Legenden, und ritten an Penthesileas Seite.

Sie waren nicht die einzigen Erscheinungen. Überall wuchsen Frauen aus dem Schlachtfeld. Es waren lauter verlorene Seelen: Mütter, die ihre Kinder im Krieg verloren hatten. Schwestern, die sich wegen der Gräuel ihrer Brüder schämten. Töchter, die aus Gewalt zwangsgeboren worden waren. Sie fielen die Griechen an. Die Stimmen voller Hass, griffen sie nach den Soldaten und hängten sich an ihre Schilde. Die Männer schrien vor Schreck, versuchten, sie abzuschütteln.

Penthesilea kämpfte weiter. Sie nutzte die um sich greifende Wirrnis, um Zerstörung zu verbreiten. Der Feind stank vor Angst. Schon vorher war die Furcht der Achaier spürbar gewesen. Sie sahen sich Weibern gegenüber, die ihnen nicht hilflos ausgeliefert waren wie sonst, nein, die Helden bezwangen und aufs Blutigste Respekt forderten.

Agamemnons Stimme war heiser vor Panik. »Zurück, zum Lager!«

Idomeneus floh vor Penthesilea, auf Agamemnons Streitwagen. Er trieb die Pferde dermaßen an, dass sie beinahe über ihre Hufe stolperten. Dieser Anblick demoralisierte die Griechen endgültig. Sie brachen auseinander. Während die Truppen von Ajax und Diomedes mit letzter Kraft zusammenhielten, drehten andernorts Soldaten bei und liefen davon. Die Amazonen schossen sogleich einige nieder.

Da erklangen weitere Stimmen. Ein regelrechtes Getöse drang von der Stadt her. Penthesilea brauchte einen Moment, um zu begreifen, dass die Frauen von Troja lärmten. Ein Blick zurück verriet ihr, dass sie sich auf der Mauer versammelt hatten. Sie stachelten die Amazonen mit leidenschaftlichen Rufen an. Es war ein Gekreische, als schreie die Stadt selbst, und es ließ sie grimmig lächeln.

Sie ritt vor, Hunde, Schwestern und Rachegeister an ihrer Seite. »Lasst sie nicht entkommen!«

Die feindliche Linie war durchbrochen. Längst hatte sie den Bereich verlassen, wo die trojanischen Schützen sie mit Pfeilen decken konnten. Jetzt lag nur karge Ebene vor ihr, und dann käme das Lager. Penthesilea würde tun, was Hektor nicht gelungen war, alles auf dem Weg vernichten, die Flotte niederbrennen –

Da schnappte Odysseus' Falle zu. Ein paar Flüchtende blieben stehen, griffen nach etwas im Staub. Penthesilea sah mit ihren unmenschlich scharfen Sinnen, dass es verborgene Seile waren. Die Soldaten rissen daran, und mehrere Palisaden klappten aus der Erde. Sie waren nicht hoch, doch hoch genug, um Pferde aufzuhalten. Die Holzpfähle bohrten sich in die Brust von ihrem Tier, als es dagegenprallte. Sie wurde aus dem Sattel geschleudert, überschlug sich, wie ihre Sinneseindrücke.

Pferd um Pferd krachte gegen die Palisade. Sie wieherten schmerzerfüllt. Amazonen schrien. Dann schlug Penthesilea auf dem Boden auf. Sie hielt die Streitaxt gepackt, schaffte es irgendwie, den Fall abzufangen.

Als sie auf die Füße kam, sah sie sich mehreren Achaiern gegenüber. Sie hatten beigedreht, hoben die Speere. Es kam nicht zum Angriff, weil Brecher an ihr vorbeilief und sie wild beißend verteidigte. Penthesilea sah sich um. Ihr Pferd lag in der Nähe, mit glasigen Augen und gebrochenem Genick. Sie fluchte lautlos.

Ein paar Schritte weiter waren die hochgezogenen Palisaden, wo es Gedränge gab. Pferde ohne Reitende wanden sich auf dem Boden oder liefen durcheinander. Amazonen wehrten sich gegen den neuen Ansturm der Griechen. Nicht alle waren in die Falle gegangen, ein paar Kriegerinnen waren mit ihren Pferden über die Palisade gesprungen und rissen sie für nachkommende Einheiten ein. Königin Myrina befehligte die versprengten Amazonen. Clete raste auf Promethea umher, um ihre Waffenschwestern zu schützen. Bremusa kam mit einem Schießtrupp, ritt auf Penthesilea zu.

Sie atmete auf. Es war nur ein Manöver von Verzweifelten. Odysseus' List würde sie nicht aufhalten – so dachte sie, als sie plötzlich ein schreckliches Gefühl überkam. Es war ein unerklärlicher Instinkt, der sie dazu brachte, sich zu ducken. Ein Speer flog über ihren Kopf.

Er musste mit unmenschlicher Kraft geworfen worden sein, denn er traf nicht nur das Pferd einer heranreitenden Amazone, er schlug durch dessen Hals und in ihren Bauch. Die Kriegerin schrie erstickt. Sie stürzte mit ihrem Tier, an das sie im Tod genagelt war.

Penthesileas Herz schlug heftig, als sie nach dem Werfer Ausschau hielt. Sie ahnte, wer er war, und sah ihre Furcht bestätigt. Dort kam Achilles.

Er hielt in einem goldgeprägten Streitwagen auf sie zu. Sein Gefährt wurde von einem anderen Mann gelenkt, sodass er nach dem nächsten Wurfspeer greifen konnte. Die Waffen, seine Rüstung, alles an ihm war perfekte Handarbeit, von seiner Mutter Thetis gesegnet und dem Schmiedegott Hephaistos gefertigt. Sein Strahlen jedoch war fort. Der Götterwahn brannte so dunkel in seinen Augen, dass es sie mit Grauen erfüllte.

Ihm folgten seine Landsmänner, die Myrmidonen. Ihre Schilde und Rüstungen waren pechschwarz. Sie reckten kampflustig die Schwerter. Es war nicht die bevorzugte Waffe der Griechen, nur wenige Helden benutzten sie. Umso mehr wurden die Myrmidonen als Schwertmeister gefürchtet. Dies waren keine leichten Gegner, und mit Achilles als Anführer waren sie noch gefährlicher.

Er warf den nächsten Speer. Wieder flog die Waffe mit durchschlagender Gewalt, spaltete den Brustpanzer einer Amazone und schlug durch ihren Rücken. Er riss sie so leicht aus dem Leben, als sei sie eine pflückbare Blume.

Penthesilea musste ihn aufhalten. »Achilles!« Sie schrie nach ihm, wie er einst nach Hektor verlangt hatte. »Stell dich mir, Pelide!«

Er drehte den Kopf zu ihr herum. Sein Blick fraß sich zornerfüllt durch den Sehschlitz des Helms. Er war viel größer als der Mann, den sie gekannt hatte, beinahe monströs – ein Abkömmling von Herakles.

Achilles schrie einen Befehl, griff nach dem nächsten Speer. Der Wagen bretterte auf Penthesilea zu. Ihr Blick ging zu einem Pelte-Schild, das in der Nähe lag, verloren im Sand. Sie lief hin, nahm die Streitaxt in die rechte Hand. Als Achilles warf, hob sie den Schild mit der linken auf. Sie tat es mit Schwung, um die Waffe abzulenken. Der Speer schlug durch die Bronze. Ihre Muskeln schmerzten, so heftig war der Aufprall. Sie kam ins Stolpern. Brecher lief an ihr vorbei, mit mehreren Hunden und Amazonen.

»Der Streitwagen«, rief sie und hackte den Speer von ihrem Schild. »Holt ihn mir vom Streitwagen!«

Es war Bremusas Einheit, die vorstürmte. Die meisten stießen mit den Myrmidonen zusammen. Bremusa jedoch hielt auf Achilles zu. Die ersten Molossoi kamen an, schnappten nach seinen Pferden, die scheuten und traten. Bremusa war so irre vom Rausch, dass sie von ihrem Tier ins Gedränge sprang, auf den Wagenlenker. Er schrie erstickt, als sie den Speer in seinen Hals rammte. Brecher zermahlte einem Pferd das Bein, sodass es fiel. Die Tiere verhedderten sich, und der Streitwagen kippte auf die Seite. Ehe Achilles reagieren konnte, war auch er gestürzt.

Penthesilea glaubte, dass Ares ihr zuflüsterte. »Lass mich dir eine Bühne bereiten, Tochter.«

Sie spürte einen Hauch, erkannte, dass es Eris war. Die Göttin streichelte ihr vorbeischwebend über den Handrücken. Eris flog übers Schlachtfeld, ein Lächeln auf den todesroten Lippen. Sie brachte Feuer von ihrem Bruder mit, entzündete es an den Leichen, die überall lagen. Die Flammen fingen Achilles ein, der noch dabei war, sich aufzurappeln. Sie trennten ihn von seinesgleichen. Nur Penthesilea war noch im Feuerkreis. Das Züngeln der Brunst dämpfte den Schlachtlärm, dass sie hätte glauben können, der Krieg sei in weiter Ferne. Es wäre die perfekte Gelegenheit gewesen, um zuzuschlagen. Doch sie wollte ihn anschauen. Sie wartete, bis er aufgestanden war.

Er hatte seinen Helm verloren, sodass sie sein Gesicht sehen konnte. Der Schein der Flammen tanzte auf seinem Haar. Es hing schwarz in seine Augen. Ein ungepflegter Bart spross auf seinem Kinn. Er wirkte, als kümmerte ihn nichts mehr, doch selbst vernachlässigt war er schön wie ein Gott. Es tat weh, ihn anzublicken.

Achilles spuckte aus. »Worauf wartest du, Amazonenschlampe? Kämpf oder stirb!«

Er stürzte vor, mit unmenschlicher Schnelligkeit. Nur ihren Fähigkeiten und dem göttlichen Blut in ihr hatte sie es zu verdanken, dass sie parieren konnte. Sein Schwert schlug eine neue Kerbe in ihren Schild.

»Erkennst du mich nicht, Achilles?«

Er sprang zurück, um mit dem Schwert auszuholen. Sie schlug es mit dem Schild weg. Schritt für Schritt wich sie nach hinten. Sie wehrte ihn ab, wie sie es bei ihren Übungskämpfen auf Skyros getan hatte, sah den Mann von damals in seinen Bewegungen.

Er sah nichts vor Verblendung. »Ich kenne dich nicht.« Sie gingen auseinander, rangen um Atem. »Wären wir uns begegnet, so würdest du tot oder meine Bettsklavin sein. Sag mir: Wirst auch du wie die anderen Dirnen um ein wertloses Leben betteln? Oder willst du mein Schwert statt meinem Schwanz nehmen und mich so unterhalten?«

Sie sagte nichts. Ihr fehlten die Worte, so erschüttert war sie über das, was aus ihm geworden war. *Es ist wahr*, dachte sie voller Schmerz. *All das, was Priamos und die anderen über ihn erzählt haben ... Es stimmt.*

Als sie schwieg, fuhr er fort: »Vielleicht hast du ja etwas zu bieten. Die Griechen haben Angst vor dir.« Er betrachtete sie abschätzig. »Sie glauben, du seist eine Göttin. Artemis, die gekommen ist, um Troja zu helfen. Ist dem so?«

Sie schüttelte den Kopf. »Deine Verbündeten sind Feiglinge, und Feiglinge fantasieren über Dinge, die sie nicht verstehen.«

Er zuckte nicht mit der Wimper. »Das stimmt. Sie sind feige und ehrlos und kleingeistig. Ich habe sie so satt.«

»Bist du denn besser?«

»Nein. Ich bin der Schlimmste von allen. Nur so bekomme ich einen Platz in den Legenden. Die Menschen werden von Troja erzählen, und sie werden sich an mich erinnern, weil ich über einen Berg aus Toten gestiegen bin, um nach den Sternen zu greifen.«

Ein anderer Held hätte diese Worte voller Überzeugung gesagt, als seinen Traum vor sich hergetragen. Achilles klang nur müde.

Sie vernahm es bestürzt. »Eine Legende? Was nützt Ruhm, wenn alle Ehre dafür getötet werden muss?«

»Genug. Wir sind nicht hier, um mit Worten zu fechten. Los, heb schon deine Axt.«

»Achilles. Ich weiß, du tust das für Patroklos.« Er atmete scharf ein, als hätte sie ihn verletzt und nicht nur einen Namen gesagt. »Ich weiß, wie es ist, von Rache getrieben zu sein. Aber er hätte das nicht für dich gewollt.« Sie trat vor. »Bitte, hör mich an. Ich bin – «

Er ließ sie nicht aussprechen. So heftig schlug er nach ihr, dass sie verstummte. »Halt dein dreckiges Maul!« Sie konnte seine Schläge kaum abfangen, der Schild zerbröselte geradezu in ihrer Hand. »Du hast ihn nicht gekannt wie ich. Niemand stand ihm näher. Ich lasse keinen mehr über uns urteilen!«

Er trieb sie immer weiter zurück. Schon spürte sie die Hitze der Flammenwände in ihrem Rücken. Sie musste zurückschlagen oder verbrennen. *Vergib mir, Patroklos.* Sie sah hoffnungslos in die Augen vor ihr, diese endlose Schwärze. Achilles hatte gelogen – er wollte gar nichts. Patroklos war tot, und darum konnte der größte Held der Griechen nicht mehr leben. Er wartete verzweifelt auf den Menschen, der stark genug war, ihn zu besiegen. *Bitte vergib mir.*

Sie kam zu spät für ihn, aber nicht für ihr Volk. Wenn sie ihn fällte, so wäre es der Untergang der Achaier. Sie würde siegen, musste es, um jeden Preis. Sie würde seine größte Gegnerin sein, damit er in Ehren sterben und mit Patroklos in die Legenden eingehen konnte.

Penthesilea blieb stehen. Sie grub ihre Fersen in den Sand. Die Zähne zusammenbeißend, warf sie die Reste ihres Schildes von sich. Achilles keuchte auf, als die Splitter seine Haut zerrissen. Sie warf sich gegen ihn, sodass er zurückfiel. Als sie die Labrys hob, trafen sich ihre Blicke. Sie zögerte nicht.

Die Axt schlug durch seine Rüstung, ließ Blut aus ihr spritzen. Achilles schrie auf. Er machte Anstalten, mit dem Schwert auszuholen. Sie ließ ihre Labrys los, die in seiner Schulter stecken blieb, packte das Gelenk seiner Waffenhand, verdrehte es. Der Schmerz trieb ihn zurück. Das Schwert entglitt ihm. Sie ließ sein Handgelenk los, zerrte die Streitaxt aus seiner Schulter. Ehe sie erneut angreifen konnte, rammte er sie. Sie stolperte keuchend zurück. Er packte ihre Arme, hängte sich an sie, um ihre Bewegungsfreiheit zu blockieren, warf sie um. Dann gingen sie in einem Sog der Gewalt unter.

Kaum hatte er sie mit sich zu Boden gezerrt, da rangen sie miteinander. Sie verschlangen sich so eng, ihre Gliedmaßen schienen in einem Netz gefangen. Ihr Herz raste.

Es war ein verzweifeltes Ringen um die Überhand. Mal saß sie auf ihm, dann schleuderte er sie von sich. Er packte sein Schwert, sie griff nach der Streitaxt. Wenn nicht die Waffen flogen, so taten es ihre Fäuste. Klingen wirbelten in einem tödlichen Tanz. Muskeln drohten zu reißen. Blut und Galle vermischten sich. Seine Knochen barsten unter ihren Schlägen, ehe sein Hieb einen Zahn in ihrem Mund brach.

Penthesilea stieß vor, immer und immer wieder. Die Streitaxt krachte gegen sein Schwert, suchte Wege durch seine Deckung, nach einer Schwachstelle. Sie konnte nicht zählen, wie oft sie seine Gliedmaßen zertrümmert und sein Fleisch zerfetzt hatte. Er war einfach nicht zu schlagen. All seine Brüche und Verletzungen heilten.

Sie suchte beharrlich nach einem Weg, seine Unverwundbarkeit zu umgehen. Dabei litt sie innerlich tausend Tode, so grässlich war es, ihn stets aufs Neue zu quälen. Wann würde es enden?

Dann wurde ihr klar, was sie die ganze Zeit irritiert hatte: Er achtete auf seine Füße. Sie hatte es ignoriert, geglaubt, er wolle nur Stand sichern und seine Schnelligkeit wahren. Dabei war es offensichtlich, wie sehr er sich darum bemühte, seine Füße nicht in ihrer Nähe zu haben. Sie wusste nicht, was an ihnen besonders war. Aber sollte ein Schutzzauber auf ihnen liegen, so würde sie ihn brechen.

Er trat gegen ihr Knie. Sie sackte zusammen. Selbst in ihrem Rausch spürte sie, dass sie mitgenommen war. Alles schien zu brennen und aufgerissen zu sein. Er hatte auch sie verletzt, mit der Grausamkeit eines Menschen, der nichts zu verlieren hat. Doch Penthesilea war die Stärkere: Sie hatte Gründe, zu leben. Ein Volk. Eine Familie. Ihre Zukunft.

Sie stemmte sich hoch und schwang die Waffe. Er brach ein, ging zu Boden. Das Feuer in seinem Blick hatte abgenommen. Er sah matt aus, als glaube er, verloren zu haben. Sie holte mit der Labrys aus, um sie auf seine Füße niedergehen zu lassen. Er hob das Schwert, gehetzt, mit der Verzweiflung des Besiegten.

Kurz bevor ihre Waffen aufeinanderprallten, schlug Schwärze über ihrem Kopf zusammen. Die Finsternis dämpfte den Schein der Feuer. Es war dieselbe, durch die Ares in Hektors Grab erschienen war. Allerdings griff nicht ihr Vater in den Kampf ein. Es war Eris.

Von einem Blinzeln zum anderen flog sie vor Penthesilea. Die Augenhöhlen der Göttin waren voll blühendem Mohn. Auf einmal floss die Zeit zäh, denn Penthesileas Labrys schwang nicht nieder. Die Waffe bewegte sich quälend langsam wie durch Teer. Auch Achilles war in der Bewegung erstarrt.

Eris kicherte. »Penthesilea, die Dumme. So dumm, zu glauben, dies hier wäre die Bühne deines Triumphes – und nicht deines Untergangs.«

Als sie das hörte, packte sie eine furchtbare Angst. *Nein.* Sie konnte sich einfach nicht bewegen, glaubte, ihren Vater in der Ferne lachen zu hören. *Ares, wie konntest du* – der Gedanke erstarb, als Eris mit ihrem

Finger über die Labrys strich. Irgendetwas splitterte. Es krachte wie berstende Bronze.

»Ares findet, du bist hoch genug geflogen. Er liebt dich nicht mehr.« Eris grinste. »Aber er ist gnädig. Du willst Achilles und nicht ihn? Dein größter Wunsch sei gewährt. Nimm einen letzten Stoß deines Mannes und stürze in Schmach, du, die unsere Geschenke nicht verdient.«

Eris löste sich mit der Dunkelheit auf, und die Zeit floss wieder. Achilles' Schwert schlug gegen die Labrys. Diesmal klirrten die Waffen nicht gegeneinander. Nein, die Streitaxt zersprang in Tausende von Splittern, wie Glas. Penthesilea sah es entsetzt. Ein scharfer Schmerz fuhr in ihre Brust, durch Rüstung und Fleisch. Sein Schwert hatte sie getroffen.

Die Wucht des Schlags schleuderte sie in den Schmutz, wo sie liegen blieb. Sie rang um Atem. Ihr Sieg war so nah gewesen, und nun beugte Achilles sich über sie. Er konnte sich selbst kaum auf den Beinen halten, aber er hatte noch sein Schwert. Sie hatte nichts. Ares hatte ihr alles genommen.

*Nein.* Sie sah ihre Schwestern vor sich, ihre Kriegerinnen und Volksleute, und Tränen schossen in ihre Augen. *Ich darf hier nicht fallen.*

Sie streckte hilflos die Hände aus, als Achilles das Schwert hob. Er verstand es falsch. Er hatte Eris nicht gesehen, die mit der Dunkelheit gekommen war. Wahrscheinlich dachte er, Penthesilea flehe um ihr Leben. Sein Gesicht verzerrte sich vor Hass. So musste er ausgesehen haben, als er Hektors Leiche geschändet hatte.

Er ließ das Schwert niedergehen. Nicht durch ihren Hals oder ihre Brust, um ihr einen schnellen, ehrvollen Tod zu geben. Er trieb es in ihren Bauch. Es war ein Schmerz, der nicht nur ihre Haut in Stücke riss, sondern auch ihre Würde. Sie erstickte an Tränen. Achilles zerstörte sie, als sei ihr Körper wertlos, er, der einst denselben Körper liebevoll betastet hatte.

Da hatte sie keine Kraft mehr. Sie wehrte sich nicht länger, blieb zitternd liegen. Ihre Hände fielen nutzlos neben sie. Er begriff wohl, dass ihr Widerstand gebrochen war, denn er ließ sein Schwert los.

»Erbärmlich«, sagte er. Es klang enttäuscht. »Ich dachte erst, du wärest mir gewachsen.« Er trat näher. »Aber du hast wild gekämpft. Ich will sehen, wer du bist.«

Sie rührte sich nicht, als er neben sie kniete. Er zog mit dunkel verkrusteten Fingern ihren Helm herunter. Wind und Sonnenstrahlen tasteten über ihre Haut, ein höhnend schönes Gefühl. Er stand im Licht, sein Gesicht war verschattet und nicht für sie zu erkennen. Da glitt der Helm aus seiner Hand, fiel scheppernd zu Boden.

»Nein.« Seine Stimme war nur ein Hauch. »… Anassa?«

Sie hatte nicht zu hoffen gewagt, dass er sie noch erkennen würde. Es schlug sie endgültig in Scherben. Ihre Stimme war blutverklebt, als sie flüsterte: »Ja.«

Achilles keuchte. Er fasste sich an die Brust, als hätte er Atemnot. Die Feuer brannten heller. Sie sah sein Gesicht, eine Maske des Entsetzens. »Nein. Nein, das ist nicht wahr. Oh, Götter! Was habe ich getan?«

Der selbstzerstörerische Zorn ließ von ihm ab. Sie sah wieder den Mann von Skyros in ihm, und da versteckte sie sich nicht mehr. Sie weinte.

Er besah panisch ihre Wunden und das Schwert, das in ihr steckte. »Still! Beweg dich nicht.«

Es nützte nichts. Sie spürte bereits, wie ihr Leben dahinfloss. »Vergib mir. Ich wollte Patroklos und dich nie verlassen. Ich musste es tun, weil andere mich brauchten.«

Er nahm ihr Gesicht in seine bebenden Hände. »Nein, Anassa. Verlass mich nicht. Nicht noch einmal, nicht auch noch du.«

»Wir haben einen Sohn.« Sie klammerte sich an seinem dunklen Blick fest, an letzte wertvolle Momente. »Er heißt Kaystros. Ich wünschte, ich könnte wieder auf Skyros sein, mit ihm und dir und Patroklos –«

Ihre Stimme versagte. Sie atmete nicht mehr.

Auf einmal gab es keinen Schmerz, nur Licht, das alles ausfüllte. Sie hörte Achilles schreien. Er drückte sie an sich, schrie den Himmel an, als wolle er sein Schicksal anklagen. Dann spürte sie seine Berührung nicht mehr. Der Geruch von Lilien und blühendem Korn stieg in ihre Nase. Vertraute Geräusche drangen an ihr Ohr, Mädchengelächter und Hundegebell.

*Meine Familie.* Penthesilea ging zu ihnen. Sie sah, wie sie in Achilles' Arm lag, tot, und doch verließ sie ihn. Die Schwere ihrer Rüstungsteile fiel von ihr ab, bis sie frei war von allem.

# XXXVI. ÜBERLEBEN

## Clete

Der Kampf tobte so heftig, dass Clete sich kaum orientieren konnte. Sie wechselte fliegend zwischen Speer und Bogen, um ihre Feinde zu fällen. Die Palisaden hatten das Amazonenheer kaum aufgehalten. Clete hatte sie gemeinsam mit ihren Waffenschwestern eingerissen, und nun zogen sie vor. Myrina ritt allen mit Stratega Priene voraus, ihr Schlangenschild leuchtete in der Sonne. Am Rande hatte Clete mitbekommen, wie ihre eigene Königin gegen Achilles kämpfte. Sie sah immer wieder zu den Feuerwänden, die die beiden von ihnen abschnitten.

»Amazonen«, schrie Myrina. »Gebt nicht nach. Der Sieg ist so gut wie unser!«

Cletes Blick heftete sich auf die wenigen Achaier, die ihnen noch standhielten. Teremuns furchtschürende Illusionen waren schon lange verblasst, doch sie wirkten noch. Die meisten Griechen waren auf der Flucht.

Da hörte sie ein Heulen. Sie begriff erst im zweiten Moment, dass es die Molossoi waren. Allesamt jaulten sie. Es gab ihr ein schreckliches Gefühl, als wüssten die Tiere, dass ihrer Herrin etwas zugestoßen sei.

Clete sah zu den Feuern. Sie teilten sich, wie um die Sicht auf das Duell freizugeben. Aber es fand kein Kampf mehr statt. Sie entdeckte Achilles in schmutzgoldener Rüstung. Er kniete, und in seinen Armen hielt er Penthesilea. Sie lag reglos an ihm, ihres Helms beraubt.

»Nein«, hauchte Clete.

Das konnte nicht sein. Ihre Königin war unbesiegbar. So sagte sie es sich, doch überall schrien die Amazonen auf. Sie sahen das Gleiche wie Clete.

»Elender Bastard«, brüllte Myrina. »Tötet ihn! Reißt ihm das Herz heraus!«

Ein Trupp Sonnenschwestern stürzte vor, schrie nach Achilles' Tod. Der Held rührte sich nicht. Er sah ihnen unbewegt entgegen. Die Flammen schlugen hoch, und Ares kam aus dem Feuer. Eris hielt sich an seinem Rücken fest. Ihr ganzer Körper blühte rot, während er die Zähne zu einem Grinsen bleckte.

»Oh nein«, sagte er. Seine Stimme dröhnte mit Kriegsgewalt über dem Feld. »Ihr tötet niemanden mehr, meine Töchter. Ihr wolltet euch mit Penthesilea über die Götter erheben. Jetzt muss ich euch euren Platz zeigen.« Eris sprang von seiner Schulter. Sie drehte sich tänzelnd im Kreis. Da wurden die Molossoi rasend. Sie begannen zu geifern und zu schnappen. Dann stürzten sie sich auf die Griechen, Amazonen, ihresgleichen. Eris lachte vor Entzücken.

Ares breitete die Arme aus, und Flammen umschwirrten ihn. »Brennt!«

Er sprang vor, entfaltete die nachtschwarzen Schwingen. Eine Feuersbrunst entstand unter ihm. Die Sonnenschwestern, die Achilles hatten angreifen wollen, wurden davon erfasst. Ihre qualvollen Schreie und der Gestank von verkohlender Haut erfüllten die Luft.

Clete sah entsetzt, wie Ares über die Sterbenden hinwegflog. Einige versuchten, ihn anzugreifen, doch er schlug sie aus dem Weg, ohne Anstrengung. Durch das Verderben, das seine Töchter verbreitet hatten, war seine Macht viel größer geworden. Er hob Eris vom Boden auf und raste zu Troja. Von einem Moment auf den anderen schien das Feuer überall zu sein. Jede Leiche auf dem Feld nährte es. Cletes Blick ging umher, suchte nach den Amazonen ihrer Einheit. Sie waren zu versprengt, um noch befehligt zu werden.

»Zieht euch zurück«, hörte sie Priene rufen. Selbst die alte Stratega klang panisch. »Flieht!«

Clete sah einen gelben Umhang aufwehen, als Myrina mitten in dem Chaos beidrehte. Die Königin stürzte zur Stadt. Da zögerte auch Clete nicht. Sie trat Promethea in die Flanken. Die Stute flog mit unirdischer Schnelligkeit dahin. Clete wusste, dass die Flammen ihr folgten. Die Hitze wuchs beständig in ihrem Rücken.

*Ares will uns vernichten.* Die schreckliche Erkenntnis pochte in ihrem Kopf, während sie an den Fliehenden vorbeistürzte. *Unser eigener Gottvater.*

Sie war der Stadt schon so nahe, dass sie die Schreie hörte. Das trojanische Volk stieß ängstliche Rufe aus, als es Ares heranfliegen sah. Bevor der Kriegsgott auf der Mauer landen konnte, warf sich ihm jemand entgegen. Apollon. Er schwang sich in die Luft, auf schwarzen Rabenflügeln. Abwehrend hob er die Arme. Doch Ares war nicht aufzuhalten. Er fiel Apollon an, und die beiden kämpften am Himmel.

Clete konnte nicht fassen, dass Ares sich gegen seine eigene Art stellte. Was geschah hier? Ihr Herz raste, als ihr eine Bewegung auffiel. Sie sah Teremun, der aus dem Trubel lief, zu Myrina. Clete kam gerade bei ihm an, als die Königin abstieg.

»Teremun«, sagte Myrina und nahm seine Hand. Sie redete gehetzt in Ägyptisch.

Clete schaute zurück. Blanke Furcht packte sie, denn das Feuer war größer geworden. Einige Amazonen waren entkommen. Sie sah, wie Stratega Priene heranritt, auch Antandre eilte herbei. Die Einheit der Sternmütter schien noch einigermaßen vollständig zu sein. Lacomache wies sie brüllend an. Bremusa hatte ebenfalls überlebt, schien aber ihre Einheit verloren zu haben. Sie stützte dier verletzte Iphito. Äneas und die Dardaner fanden sich ein, und sie glaubte, Prinz Helenos und Xenon zu sehen, wie sie umhereilten, um Verwundeten zu helfen. Andere hatten nicht so viel Glück. Die Schreie von Menschen und Pferden hallten in Cletes Ohren. Wenn das Feuer weiterwuchs, so würde es sie alle verschlingen.

Teremun lief an ihr vorbei, auf das Feuer zu. Er hob eine Hand, während er die andere über eine Leiche hielt. Sie verdorrte innerhalb eines Lidschlags. Noch viel mehr Tote in seiner Nähe welkten dahin, und die Flammen blieben abrupt stehen. Sie schossen fauchend in die Höhe, ohne ihn anzutasten. Es war, als hätte er eine unsichtbare Wand mit seiner Magie gebaut, die das Feuer abhielt. Clete konnte ihm die Anstrengung ansehen. Der Schweiß ließ seine Kleider am Körper kleben.

Überall starben Amazonen. Einige, schwer verbrannt, fielen tot von ihren ebenso mitgenommenen Pferden. Andere röchelten, weil das Feuer ihnen die Luft zum Atmen raubte. Clete wurde schlecht. Sie atmete selbst schwer, sah zu Teremun, der sich gegen das Feuer stemmte.

*Du musst deinen Waffenschwestern helfen*, dachte sie und begann zu zittern. *Sie sterben!*

So schrie ihre innere Stimme. Sie rührte sich jedoch nicht. Die Angst fror sie ein. Diese Macht, der sie gegenüberstand, war größer als alles, was sie jemals erlebt hatte. Apollon und Ares stritten am Himmel. Die Flammen zischten. Clete, die vorher noch vom Rausch durchdrungen gewesen war, spürte Kälte. Plötzlich wurde sie sich ihrer Sterblichkeit bewusst. Sie war klein und machtlos im Vergleich zu Göttern. Sieg, Freiheit, ein Leben nach dem Krieg mit Areto, es erschien ihr mit einem Mal unerreichbar.

Sie sah hilflos zu, wie Teremun in die Knie ging. All seine Totenopfer reichten nicht. Das Feuer wollte nicht weichen. Teremun sah zu Myrina, Verzweiflung im Gesicht. Er rief ihr etwas zu. Sie nickte, woraufhin ein erboster Schrei erklang.

»Meine Königin«, rief Priene. »Ihr könnt ihn das nicht tun lassen.« Die Stratega war bei Myrina angekommen, begann mit ihr zu diskutieren. »Er darf nicht unsere Waffenschwestern opfern!«

»Es geht nicht anders.« Myrina packte sie an den Schultern. »Wer sonst soll Ares auf der Höhe seiner Macht widerstehen? Nur Teremun ist dazu in der Lage. Er braucht alle Kraft, die wir ihm geben können.«

Die Übelkeit schlug wie eine Faust in Cletes Bauch. Myrina wollte es wieder tun. Sie wollte Teremun lebende Menschenopfer bringen lassen, ihre eigenen Verbündeten wegwerfen. Doch diesmal zögerte der Magier. Er sah, wie Myrina und Priene sich anschrien. Da schwand alle Angst aus seinem Gesicht, als hätte er einen Entschluss gefasst. Er rief etwas. Clete konnte ihn nicht verstehen, doch es rührte sie auf. Es klang wie ein Abschied.

Myrina hörte schlagartig auf zu streiten. Stattdessen redete sie auf Teremun ein. Ihre Stimme nahm einen flehenden Klang an. Priene packte sie am Arm, verdrehte ihn, um Myrina zurückzuhalten. Teremun lächelte ihnen zu, ein trauriges, aber dankbares Lächeln. Er wandte den Blick nicht von Myrina ab, als er rückwärtsging und sich den Flammen übergab.

Myrina kreischte. Er selbst schrie nicht. Das Feuer leckte sich durch seine Haut. Clete glaubte, dass die Flammen um ihn eine Gestalt annahmen, ein Mann mit dem Kopf eines Schakals. Sie hatte von ihm gehört: Dies war Anubis, der ägyptische Totengott.

Teremun absorbierte die Flammen, bis er kein Mensch mehr war, sondern nur noch Magie. Er verleibte sie sich ein, strahlte heller und heller. Hitze schwallte über Clete hinweg. Sie hob die Hand vors Gesicht. Als sie blinzelnd den Arm herunternahm, war das Feuer fort. Nur verbranntes Land lag vor ihr, und Teremun stand darauf. Reines Licht, immer noch lächelnd, zerfiel er zu Asche. Der Wind wehte ihn fort.

Sie hörte Myrina jammern, und wie Priene sie anfuhr. »Steht auf, Königin. Teremuns Opfer war ehrenvoll, lasst es nicht umsonst sein. Steht auf und führt uns!«

Sie sprach dringlich. Clete ahnte, warum. Griechische Banner tauchten am Horizont auf. Die Achaier näherten sich. Sobald sie erkannten, wie sehr die Amazonen dezimiert waren, würden sie die Gelegenheit zum Angriff nutzen. Clete sah sich um, mit pochendem Herzen. Die beiden Götter kämpften immer noch. Gerade sprang Apollon von der Mauer, segelte durch die Luft, als sei er verletzt. Ares flog hinterdrein. Der Kriegsgott warf seinen Speer. Die Waffe bohrte sich in Apollon, ein goldener Pfahl, der im Flügel stecken blieb. Da stürzte Apollon auf die Mauer. Clete war nicht die Einzige, die den Fall des Gottes gesehen hatte. Allerorts stießen die Amazonen erschrockene Rufe aus.

Nun, da sie nicht mehr dem flammenden Tod entgegensah, fiel ihre Starre ab. Sie atmete durch. Ihre Hände zitterten, diesmal vor Entschlossenheit. Schon wollte sie losreiten, als jemand nach ihr rief.

»Warte, Schildhaut.« Antandre ritt an ihre Seite. »Was glaubst du, wohin du gehst?«

Sie sagte knapp: »Zur Mauer.«

Ein Funkeln trat in Antandres Augen, als sie begriff. Dort, wo Apollon abgestürzt war, befanden sich Phileas, Melanippe und Kaystros – so viele Menschen, die Schutz vor Ares brauchten. Clete war die Einzige, die sofort bei ihnen sein konnte, dank Promethea. Auch wenn sie einem Gott vielleicht nichts entgegenzusetzen hatte, so musste sie alles versuchen, damit Phileas und den anderen nichts geschah.

»Du kannst Ares nicht standhalten«, erklang eine raue Stimme hinter ihr. »Nicht ohne Hilfe.«

Antandre hob den Blick, und Clete wandte den Kopf. Myrina kam heran. Die Sonnenkönigin sah mit rot verquollenen Augen durch den Schlitz ihres Helms. Sie wirkte so blutrünstig, als wolle sie den Griechen und all ihren Göttern persönlich die Därme aus dem Leib reißen. Wortlos hielt sie ihren Schild von sich. Clete sah ehrfürchtig auf das mit Schlangenhaut überzogene Artefakt.

»Dies ist stark genug, um die Schläge eines Kriegsgottes abzuwehren«, sagte Myrina.

Clete sah sie achtungsvoll an, warf ihren Schild weg und nahm den der Sonnenkönigin. Er hatte ein viel schwereres Gewicht.

»Stirb nicht«, sagte Antandre. »Verstärkung kommt.«

Clete nickte ihrer Muhme zu, hielt deren Blick länger fest als nötig. Sie widerstand dem Drang, auf den rechten Steigbügel zu schauen, ein Konstrukt aus Bronze und Holz. Es schloss den Stumpf des Fußes ein, sodass

Antandre auf dem Pferd sitzen und in den Kampf ziehen konnte. Wenn die Vorrichtung jedoch zerstört würde, so wäre sie verloren. Stirb auch nicht – Clete schluckte die Worte hinunter.

Promethea reagierte auf ihren Schenkeldruck. Sie ließ sich so einfach lenken, als wären sie eins.

»Amazonen«, brüllte Myrina. »Begebt euch in Position!«

Clete ritt zur Stadt. Sie raste an Amazonen und Verbündeten vorbei, durch das Tor, das mehrere Trojaner ihnen zum Rückzug öffneten. Auch drinnen war Tumult. Die Menschen flohen von der Mauer, wo es erderzitternd rumpelte. Sie machten eilig Promethea Platz, die mitten ins Gedränge lief. Clete lenkte die Stute zur nächstbesten Treppe, die auf die Mauer führte. Promethea lief die breiten Stufen hinauf, und dann lag die Wehrplatte vor ihr, wo noch vor Kurzem die Schützen gestanden hatten.

Dort tat sich ein schrecklicher Anblick auf. Apollon wurde von Ares niedergerungen. Überall um sie herum war die Mauer eingebrochen, wo der Kriegsgott zugeschlagen hatte. Der goldene Speer hatte Apollons Flügel zerfetzt, steckte im Gefieder. Neben ihm war Melanippe und kauerte sich zusammen. Sie, die sonst Berührung fürchtete, hielt Kaystros, der sich ängstlich an ihr festklammerte.

Cletes Herz drohte auszusetzen, als sie Phileas entdeckte. Er lag unweit von den anderen, reglos. Anscheinend war er gestürzt und hatte sich den Kopf angeschlagen. Es schien, als hätte Apollon sie bis zuletzt verteidigt, sie alle waren schwarz besprizt von seinem Blut.

Ares ragte über Apollon auf, der kraftlos zu seinen Füßen lag. Eris hing an dem Rücken ihres Bruders und lachte. Fast bedächtig griff Ares nach seinem Speer.

Zorn schoss durch Cletes Adern, zusammen mit der Angst um Phileas, und dass sie zu spät für ihn kommen könnte. Sie wusste nicht, was vorging, aber wohl, dass Ares die anderen bedrohte.

Ihre Blutgier nahm zu, je näher sie ihm kam. Sie begrüßte es. Er sollte sein eigenes Gift zu schmecken bekommen. Sie würde seine verhasste Kraft nicht nutzen, wie er es wollte und ihr seit der Geburt aufgezwungen hatte, nicht zerstören, sondern beschützen, um jeden Preis. Brüllend hob sie den Schild.

Ares warf sich zu ihr herum. Da krachte Promethea im vollen Lauf gegen ihn. Clete trieb den Schild in seine Rippen, und der Gott sackte ein. Sie wurde von Prometheas Rücken geschleudert. Kurz verlor sie die

Orientierung. All ihre Sinne waren darauf gerichtet, Schild und Speer zu halten. Sie stürzte. Bauch und Seite schmerzten vom Aufprall. Sie schmeckte Blut in ihrem Mund.

»Schildhaut?«, hörte sie Melanippe rufen.

Clete stemmte sich hoch. Schwarze Flecken tanzten vor ihren Augen. Melanippe starrte ihr ungläubig entgegen. Sie hielt immer noch Kaystros fest. Apollon regte sich stöhnend, blieb aber liegen. Eris war von der Schulter ihres Bruders gefallen und schüttelte sich benommen.

Ares, wenige Schritte entfernt, richtete sich wütend auf. Er schlug nach Promethea, die ihn mit Hufen und Bissen bedrängte. Seine krallenartigen Fingernägel schlugen in den Bauch. Promethea wieherte, löste sich im Wind auf.

Clete sprang vor, ehe Ares es tun konnte. »Oh nein. Nicht mit mir!« Sie stellte sich ihm in den Weg. Flammen glühten in seinen Augen. Er verzog den Mund, ein Ausdruck zwischen Spott und Unlust. »Aus dem Weg, kleine Sterbliche.«

Clete wich nicht. Sie beäugte ihn über den Rand des Schilds hinweg, wartete auf seinen Angriff. Er ließ nicht lange auf sich warten. Ares schnellte vor, mit muskelzerreißender Gewalt. Sein Speer steckte noch in Apollon, weshalb er mit bloßen Händen kämpfte. Clete biss die Zähne zusammen, als der Hieb ihren Schild traf. Nur der dicken Schlangenhaut hatte sie es zu verdanken, dass sie Ares standhielt. Hier, in der Hitze des Gefechts, war er in seinem Element, auf der Höhe seiner Kraft. Nur ein winziger Fehler, und er würde sie zerfetzen.

*Ich muss Zeit schinden.* Sie stemmte ihre Füße in den Boden. *Nur mehrere Amazonen haben eine Chance gegen ihn.*

Es waren nicht nur Klauen, mit denen er kämpfte. Er betäubte ihre Sinne mit Gebrüll. Blut spritzte von seinen Füßen auf, wo immer er hintrat, und verschleierte die Luft, bis sie beinahe blind war.

Sie landete einen Hieb gegen ihn. Der Schild schmetterte in seine Seite, sodass er fauchend nach hinten fiel. Er schlug zurück. Sein Hieb war so wuchtig, er brachte Clete ins Wanken. Der Schlangenschild krachte gegen ihren Körper. Sie stürzte gegen ein Mauerstück. Als sie sich aufrappelte, fiel ihr Blick auf das Schlachtfeld unter ihnen.

Die Griechen waren wieder vorgestoßen. Erbittert kämpfte ein Teil der Amazonen und Trojaner gegen sie, während das restliche Heer durchs Stadttor strömte. Sie machte Antandre aus, die mit einigen

Mondtöchtern die Stellung hielt. Clete zwang sich, den Blick abzuwenden. Sie konnte ihren Stammesleuten nicht helfen. Alles, was sie tun konnte, war, Ares aufzuhalten.

Sie kam gerade rechtzeitig auf die Füße. Kaum dass sie sich ihm zuwandte, schlug er wieder zu. Sie wich zur Seite aus. Seine Pranke bohrte sich in das Mauerstück, vor dem sie eben noch gestanden hatte. Die Krallen nahmen einen Teil ihrer Seite mit. Sie hörte Bronze splittern, spürte stechenden Schmerz über ihren Rippen.

Clete hieb mit ihrem Speer zu, ließ ihn dicht an dem Schild vorbeigleiten. Ares stieß ihn beiseite. Die Waffe brach wie ein sprödes Stück Holz. Clete zischte, als die Speerreste ihr entglitten. Sie packte mit beiden Händen den Schild, wich vor Ares zurück, der sie unentwegt angriff. Die Krallen fanden mehrmals den Weg durch ihre Deckung. Es dauerte nicht lange, da fühlte sie sich, als wären alle Knochen in ihrem Leib angebrochen.

»Du bist ein hartnäckiges Biest«, knurrte Ares. »Stirb endlich!«

Clete spuckte einen Blutklumpen aus. »Niemals. Es gibt eine Frau, zu der ich zurückmuss.«

Sie sprach mutiger, als sie sich fühlte. Der Rausch dämpfte kaum noch ihren Schmerz. Sie glaubte, seit einer Ewigkeit zu kämpfen, dabei hatten sie nur wenige Schläge ausgetauscht. Es war weit und breit keinerlei Verstärkung zu sehen, und Clete merkte, dass sie ermüdete. Ihre Rüstung war an vielen Stellen aufgeschlitzt. Der Schild wog schwerer.

»Hinter dir!«, schrie Melanippe.

Clete wirbelte herum. Sie war nicht schnell genug. Ares hatte sie vollständig in Beschlag genommen, sodass sie nicht bemerkt hatte, wie Eris kam. Die Göttin sprang sie an. Clete versuchte, sie wegzustoßen. Eris hielt sich fest. Sie schnappte, und ihre gifttropfenden Zähne fanden den Weg in Cletes Hals.

Plötzlich verließ sie alle Kraft. Es war, als würde der Biss sie lähmen. Sie konnte kaum atmen, ihre Finger fühlten sich taub an. Der Schlangenschild rutschte aus ihren Händen. Clete fiel auf die Knie. Sie rang nach Luft, während Eris' Gewicht sie niederdrückte.

»Na endlich«, sagte Ares. Er trat achtlos an ihr vorbei. »Bringen wir es zu Ende.«

Melanippe hatte sich vor Kaystros gestellt. Sie sah sich nach einem Fluchtweg um, obwohl es nichts nützte. »Seid verflucht, Vater«, schrie sie. »Ich wünsche Euch, dass Ihr an Elend und Pestilenz erstickt, so wie unsere Familie an Eurer Tyrannei ersticken musste –«

Er ließ sie nicht ausreden. Seine Fingernägel wetzten durch die Luft. Melanippe wurde von dem Hieb zurückgeschleudert, kam mehrere Schritte entfernt zum Liegen. Sie krümmte sich auf dem Boden und umfasste heulend ihr Gesicht. Selbst aus der Ferne sah Clete die tiefen Kratzer, und dass Blut zwischen ihren Fingern hervorsickerte.

»Nein«, rief Kaystros. »Lasst sie in Ruhe!« Er stand schwer atmend da, konnte blind nur ahnen, was vorging. »Bitte tut den beiden nichts. Wenn Ihr mich töten wollt, so tut es und schont sie –«

Ares brachte ihn zum Verstummen, indem er vorschnellte und ihm die Hand um den Hals legte. »Ich schone niemanden, vorlautes Ding.«

Clete atmete schwer von Eris' Gift. Auch Melanippe war von ihrer Verletzung niedergeschlagen. Keine von ihnen konnte Ares aufhalten. Er hob Kaystros hoch.

»Aber es ist gut, dass du dich anbietest.« Kaystros keuchte und fing an, unter Ares' Griff zu zappeln. »Blind, wie du bist, hättest du ja nichts davon, wenn ich die anderen zuerst umbringe. Sie dagegen können dir schön beim Sterben zusehen.«

Clete erwartete, dass Kaystros keine Luft mehr bekommen und jeden Moment erschlaffen würde. Doch als er seine Hände um die Klaue an seinem Hals legte, hörte er auf, zu keuchen.

Ares, der eben noch voll Triumph gewesen war, erstarrte. »Was?« Er schüttelte Kaystros. »Wie ist das möglich?«

Clete hielt ungläubig den Atem an. So sehr Ares es wollte, er schaffte es nicht, Kaystros zu ersticken. Nicht einmal seine zweite Hand hinzuzunehmen, nützte etwas. Kaystros atmete weiter.

Ares schleuderte ihn von sich. Der Junge schlug gegen die Mauer, und der Gott öffnete seinen Mund. Flammen sammelten sich darin.

Clete sah es grauenerfüllt mit an. »Nein!«

Ein Feuerstrahl schoss aus Ares' Rachen. Kaystros wurde davon erfasst. Er schrie, als er in den Flammen unterging. Clete erbebte. Da war der Drang, die Augen zu schließen und sich abzuwenden, aber sie schaute nicht weg. Sie sah hin, als das Feuer auseinanderging, und keuchte auf. Kaystros lag da, aber sein Leib war nicht verkohlt, keine aschige Entstellung. Er lebte. Die Gewalt des Kriegsgottes hatte ihn nicht berührt.

Kaystros regte sich stöhnend. Es war verrückt, doch Clete glaubte zu sehen, wie Flammen aus seinen Augen schlugen. Er zuckte, und da tat es auch das Feuer. Die sengende Flut lebte auf, schoss über Ares hinweg. Er brüllte, während er verbrannte.

Eris wimmerte. Ihre Zähne lösten sich von Cletes Hals, sie rutschte von ihr herunter. Da fiel endlich die Lähmung von ihr ab. Als sie hustend auf die Füße kam, sah sie, dass Eris sich krümmte. Die Göttin war kein Mädchen mehr, sondern verschrumpelte zu einer Greisin. Ihr rotes Blütenkleid ergraute, bis nur noch totes Laub an ihr hing. Sie welkte mit der Macht ihres Bruders dahin.

Clete wankte von ihr fort. »Kaystros!«

Ares tobte. Die Haut fiel in Kohlestücken von ihm ab, er sah fassungslos auf seine Hände. Da war Angst in seiner Stimme, als er schrie: »Vater!« Der Himmel grollte zur Antwort, da er Zeus anrief. »Seht. Die Amazonen denken, dieser kümmerliche Junge sei der Tod von Göttern. Helft mir! Richtet ihn hin! Zeigt dem menschlichen Wurm, was wahre Macht ist!«

Die Wolken ballten sich zusammen. Es rumpelte, und ein Blitz fiel herab. Er schlug mitten in Kaystros' Kopf. Gleißendes Licht blendete Clete. Donner rumpelte in ihren Ohren, während ihre Sicht zurückkehrte.

Kaystros kam zittrig auf die Füße. Auch diesmal war er unberührt. Da war keine Verbrennung an ihm, keine einzige Spur von Verletzung. Sein Haar stand von seinem Kopf ab, seine Haut leuchtete. Überall an seinem Körper tanzten Funken. Es sah aus, als hätte sein Körper den Blitz gefangen.

Er richtete sich auf. Auch seine blinden Augen waren voller Licht. Als er die Hände ausstreckte, entfesselte es die in ihm gefangene Macht. Blitz und Donner zuckten an seinen Armen entlang. Es war, als verhundertfache er Zeus' Kräfte.

*Die Prophezeiung,* dachte Clete atemlos. *Kaystros' Kraft ist erwacht.*

Es war so naheliegend. Das Blut von Zeus durchfloss ihn, und deshalb konnte er göttliche Macht ablenken. Er war keine Waffe, nicht im herkömmlichen Sinne, sondern ein Spiegel. Dazu bestimmt, den Göttern ihre Arroganz zu zeigen.

Kaystros ließ das Licht los. Es schlug in einer Explosion über Ares hinweg, gab ihm den Rest. Der Kriegsgott streckte seine zerfallenden Hände aus, wie um Kaystros in den Abgrund zu ziehen. Melanippe ließ es nicht zu. Sie warf sich gegen ihren Vater, der ins Straucheln geriet.

Clete gab ihm nicht die Zeit, sich zu sammeln. Als sie an Apollon vorbeilief, zog sie den goldenen Speer aus dessen Gefieder. Sie hob die Waffe über den Kopf. Mit aller Kraft trieb sie den Speer durch Ares' Arm, nagelte ihn an der Mauer fest. Der Kriegsgott ging ohne einen Laut nieder. Sie zog den Speer aus ihm, holte aus. Hier und jetzt würde sie es beenden, ihm den letzten Stoß geben. Da stoppte Clete mitten in der Bewegung, traf auf unerwarteten Widerstand. Sie starrte ungläubig auf ihren Arm, um den sich plötzlich Ranken wickelten.

Der Duft von Rosen stieg in ihre Nase. Ein Streitwagen formte sich aus einem Sonnenstrahl und landete neben ihr. Der Gott, der vom Gefährt stieg, war atemberaubend schön. Das Weiß seiner aufgerissenen Augen hob sich gegen die tiefschwarze Haut ab.

»Hör auf, mein Kind«, sagte Aphroditus.

Er sah bekümmert auf Ares, der sich bis auf ein paar Zuckungen nicht mehr rührte. Da war Enttäuschung auf seinem hübschen Gesicht. Ares hatte Apollon niedergeschlagen und trojanische Soldaten getötet, all seine Allianzen gebrochen, nur um seine Kinder zu töten. Aphroditus war anzusehen, wie es ihm wehtat.

Weitere Ranken entstanden unter den Füßen des Liebesgottes. Sie wuchsen bis zu Apollons Körper. Die Pflanzen umschlangen ihn, der immer noch benebelt war, und hoben ihn auf den Streitwagen. Auch Ares und Eris wurden von den Pflanzen auf den Streitwagen gebracht. Aphroditus stieg hinzu, wobei er Clete einen traurigen Blick zuwarf.

»Geh, Amazone. Bade in dem Ruhm, dass du den Gott des Krieges besiegt hast. Mehr wirst du in Troja nicht bekommen. Geh, bevor auch du es bereust.«

Damit flog er davon. Er brachte seinesgleichen fort, in Sicherheit. Troja blieb ohne Schutz zurück.

Die Ranken an Cletes Arm lösten sich. Sowie sie sich bewegen konnte, taumelte sie zu Kaystros. Er war niedergefallen, als hätte ihn mit dem Blitz alle Kraft verlassen. Sie packte ihn am Arm, zerrte ihn auf die Füße. Ein gehetzter Blick verriet ihr, dass es nicht nur der Hohepriesterin, sondern auch Phileas gut ging. Melanippe war zu ihm gewankt und hatte die Hand an seinen Mund gelegt. Er schien zu atmen, denn sie nickte Clete beruhigend zu. Aretos Kind, *ihr* zukünftiges Kind, war am Leben. Sie seufzte befreit.

Am Rande ihrer Wahrnehmung hörte sie Rufe. Ihr wurde auf einmal schwindelig. Bevor die Schwäche sie überwältigen konnte, fing sie jemand an den Schultern auf.

»Clete!«, erkannte sie die kratzige Stimme von Bremusa. »Ich fasse es nicht. Nicht mal Ares bringt dich um.«

Sie lehnte sich froh an ihre Waffenschwester.

Alles Weitere schien so schnell zu passieren. Clete wurde von der Mauer geführt, wie Kaystros und Melanippe. Bremusa trug den bewusstlosen Phileas in ihren Armen. Auf dem Weg sah sie eine Regung am Himmel. Es klarte auf. Der Skamandros toste nicht mehr. Seine Flut legt sich, wie die des Meeres. Alle Göttlichen, die zugesehen hatten, flohen.

Clete und die anderen kamen gerade vor dem Tor an, als es geschlossen wurde. Ein paar letzte Flüchtige schlüpften hindurch, darunter Brecher, der ganz in Blut gebadet war. Er schien der einzige Molossos zu sein, der überlebt hatte. Nun, da er frei war von Eris' Wahn, blieb er erschöpft liegen. Das Tor krachte zu. Der Kampflärm draußen war nur noch gedämpft zu hören, als käme er aus einer anderen Welt.

Erst da ergriff der Schock von Clete Besitz. Sie sah sich um. Da glänzte der Goldhelm von Myrina. Ihre Rüstung war dreckbesudelt, der gelbe Umhang hing zerfetzt von ihren Schultern. Clete entdeckte auch Stratega Priene, die nicht minder abgerissen aussah. Aber Antandre war nirgendwo zu sehen. Die Reihen hatten sich gelichtet.

»Wo ist Antandre? Wo ist meine Muhme?«

Bremusa schwieg. Sie schaffte es nicht, Cletes Blick zu erwidern. Dies war Antwort genug.

Eine unheimliche Stille legte sich auf ihre Ohren. Sie hörte kaum das Klagen um sich herum oder die Jubelschreie der Griechen draußen. Langsam drang zu ihr durch, was geschehen war. Der Tod von Penthesilea. Ares und sein Verrat. All die vielen Opfer, von Teremun und Antandre und den Amazonen, die das Feuer gefressen hatte. Sie hatten versagt.

»Clete!« Kaystros rief ängstlich nach ihr. »Wo bist du?«

Sie hob den Blick. Er stand nur wenige Schritte entfernt. Eine Amazone hielt ihn am Arm. Sein Gesicht war blass und eingefallen, er war kaum mehr als ein schwaches Bündel. Melanippe stand verloren neben ihm. Xenon eilte sogleich zu ihr, um ihr zerschlitztes Gesicht zu behandeln. Sie ließ es wie gleichgültig über sich ergehen.

Clete ging auf Kaystros zu. »Ich bin hier.«

Er schluchzte, als er ihre Stimme hörte. »Du lebst. Ich bin so froh.«

Zitternd streckte er den Arm aus. »Ja. Ich habe überlebt«, sagte sie und nahm seine Hand. »Wir alle hier leben noch, weil du Ares mit deiner Kraft bezwungen hast.«

»Aber meine Mutter ... die Königin ist tot.«

Clete betrachtete ihn traurig. Er wusste es also schon. Sie standen lange so, Hand in Hand. Das Klagen wurde lauter, während Helfende aus der Stadt herbeieilten. Es gab viele Verletzte zu pflegen. Die Menschen kamen mechanisch ihren Pflichten nach, als spielte es keine Rolle mehr. Alle Hoffnung war mit Penthesilea auf dem Schlachtfeld gestorben.

Clete kam die schreckliche Frage, was mit der Leiche ihrer Königin und den Toten geschehen würde. Wahrscheinlich würden sie nicht die letzte Ehre erfahren, nicht bei den Achaiern. In eben diesem Moment könnten sich die Helden um Penthesilea scharen, auf sie hinabschauen, lachen, sie bespucken. Ihren Waffenschwestern schienen ähnliche Gedanken durch den Kopf zu gehen. Vielerorts war Schluchzen zu hören.

*Denk nicht daran. Es nützt nichts.* Sie biss sich auf die Lippe, bis das Blut kam. Der Schmerz war nötig, er half ihr, nicht zusammenzubrechen. *Bleib stark.*

Phileas, der immer noch von Bremusa getragen wurde, erwachte aus der Bewusstlosigkeit. Als er Kaystros erblickte, schrie er vor Erleichterung. Er wand sich aus Bremusas Armen und stolperte auf ihn zu. Die jungen Männer fielen sich in die Arme.

Clete erinnerte sich, dass die beiden gemeinsam auf die Mauer gegangen waren. Phileas hatte wohl von Nahem gesehen, wie Ares Kaystros und Melanippe gejagt hatte. Dann fiel sein Blick auf sie. Phileas nahm sie sich sogleich vor, umarmte sie so fest, wie es ihm im geschwächten Zustand möglich war. Clete sah auf seinen dunklen Haarschopf, atmete seinen Duft ein, hielt ihn fest. Sie sprachen kein Wort, mussten nicht sagen, wie froh sie waren.

»Königin Myrina!« Eine Sonnenschwester, die sich auf die Mauer begeben hatte, eilte heran. »Es nähert sich jemand der Stadt.«

Myrina fauchte: »Wenn es einer dieser schändlichen Griechen ist, so schießt ihn zu Tode!«

Die Kriegerin blieb keuchend stehen. »Dem ist so. Aber er trägt auch etwas herbei. Ich glaube, es ist der Leichnam von Penthesilea.«

Myrina hielt inne, und Clete stockte der Atem. Das Jammern um sie herum verstummte.

Melanippe wehrte Xenon ab und trat ebenfalls hinzu. »Was? Bist du dir sicher?«

Sie nickte. »Ich habe die silberne Rüstung im Sonnenlicht glänzen sehen.«

Die folgende Stille war mit Händen zu greifen. Alle starrten die Kriegerin fassungslos an.

»Ich muss zu ihr«, sagte Melanippe schließlich.

»Was?« Myrina nahm sie am Arm. »Ihr wollt ihm entgegengehen? Es könnte eine Falle sein –«

»Ich muss.«

Myrinas Gesicht verdüsterte sich vor Zweifeln. Aber auch sie hatte eine Schwester verloren, der sie nicht die letzte Ehre hatte erweisen können. Sie verstand.

»Öffnet das Tor!«, rief sie.

Clete hatte geglaubt, keine Kraft mehr zu besitzen. Aber nur die Hoffnung, dass ihre Königin nicht unehrenhaft verrotten müsse, stärkte sie. Nach wie vor hatte sie Mühe, sich auf den Beinen zu halten. Sie zögerte jedoch nicht, Phileas loszulassen und vorzutreten.

»Ich gehe mit«, krächzte sie.

Königin Myrina beäugte sie skeptisch, aber Melanippe nickte ihr zu. Die Hohepriesterin wählte rasch ein paar weitere Kriegerinnen aus, die sie vor die Stadt begleiten sollten. Phileas schaute ängstlich, wofür Clete ihm beruhigend durchs Haar strich. Auch Kaystros schien besorgt.

»Pass auf dich auf, Clete.«

»Natürlich. Sorgt euch nicht.«

Sie gab sich ruhiger, als sie war. Ihr Herz pochte wild, als sie mit Melanippe und den anderen durchs Tor ging. Auf dem rußgeschwärzten Feld wartete jemand auf sie. Clete konnte es kaum glauben, aber es war Achilles.

Er war allein, waffenlos. In seinen Armen hielt er die tote Penthesilea. Er hatte ihre Augen geschlossen. Es verlieh ihr einen seltsam friedlichen Ausdruck, der nicht zu dem dreck- und blutbeschmutzten Körper passte. Unzählige Wunden waren durch die zerstörte Rüstung sichtbar.

Als Melanippe und die Kriegerinnen kamen, senkte er demütig den Kopf. Er hielt ihnen die Leiche hin. Clete streckte die zittrigen Arme aus, um sie ihm abzunehmen. Sie erwartete ein nicht auszuhaltendes Gewicht, aber Penthesilea fühlte sich leicht an, furchtbar leicht trotz ihrer

Rüstung. Tränen der Ungläubigkeit schnürten Cletes Hals zusammen, als sie ihre Königin hielt.

»Sie war der größte Gegner, den ich je bekämpft habe. Eine Ebenbürtige.« Achilles trat zurück, den Blick bis zuletzt auf die Tote gerichtet. »Ich habe für eine neue Waffenruhe gesorgt. Die Griechen werden nicht in den nächsten Tagen angreifen, weil ich gedroht habe, sonst mit den Myrmidonen abzuziehen. Ihr sollt eure Gefallenen würdig bestatten.«

Damit ging er. Es war ein heldenhaftes Bild, wie er dahinschritt, über ein Feld voll zerbrochener Waffen und Leiber. Und doch sah er nicht mehr wie ein Held aus. Eine unsägliche Last drückte auf seinen Rücken, als bereue er alles.

## XXXVII. GRAUES LICHT

### Areto

Artemis schlief. Das Kämpfen hatte sie ausgezehrt, sodass die Göttin sich nicht mehr erhob. Auf ihrem Ichor gebettet, lag sie da. Die schwarze Flüssigkeit war gefroren, schloss sie wie ein kristallener Kokon ein.

Areto betrachtete die schlafende Göttin. Sie trug keine Augenbinde mehr. Als Artemis ihre letzte Kraft verloren hatte, war auch das silberne Auge erblindet. Zwei Tage war es her, seit die Göttin eingeschlafen war. Seitdem zog es Areto immer wieder hierher. Ihr Oberkörper war nackt bis auf einen Verband für ihre Rippenquetschung. Der Wind auf ihrer Haut tat gut, ein seltsam belebendes Gefühl. Er wehte hier frei. Die Skythen hatten ihre Zelte abgebaut und in der Nähe neu aufgeschlagen, der Anblick der gefallenen Göttin säte zu viel Furcht in den abergläubischen Herzen.

Areto konnte immer noch kaum fassen, was geschehen war. Was würden Clete und Phileas dazu sagen, dass sie Artemis widerstanden hatte?

»Da bist du ja«, hörte sie eine vertraute Stimme. Callistus. Sie wandte sich ihm zu. »Ich wollte sehen, ob du in Ordnung bist. Dafür, dass du nur Luft schnappen wolltest, warst du lange nicht im Lager.«

Er ging ihr entgegen, ein so offenes Lächeln auf den Lippen, dass sie es erwidern musste. »Mach dir keine Sorgen. Es ist alles gut.« Sie fügte hinzu: »Du siehst müde aus.«

»Das sagst ausgerechnet du. Komm, lass uns zurückgehen. Das Letzte, was du brauchst, sind Grübeleien.«

Er kannte sie einfach zu gut. Natürlich wusste er, dass ihre Gedanken um Artemis kreisten und dabei dunkler wurden. Sie sah auf den Kristall, der die Göttin barg, ein schwarzes Mal in der Landschaft. Plötzlich drückte der Schatten stärker auf ihren Hals. Sie vertrieb schnell die Schuld, die sie empfand, wann immer sie an den Kampf zurückdachte.

»Ja. Du hast recht.« Callistus hielt ihr seinen Arm hin. Sie hakte sich unter. »Es ist nur ... Ich kann kaum glauben, dass das Amazonenvolk so auseinanderbrechen konnte. Mir geht nicht aus dem Kopf, was Artemis mir vorgeworfen hat, und ich frage mich: Gab es keinen anderen Weg? Wenn wir uns nicht so viel Unrecht angetan hätten, dann wären wir vielleicht noch vereint. Wir hätten Troja schon vor Wochen befreien können.«

Ein melancholischer Zug legte sich um seinen Mund. »Ich kann das nicht nachfühlen. Für dich mag das Amazonenland eine Zuflucht sein. Aber ich bin dort als Sklave aufgewachsen. Für mich war es immer ein Ort des Unrechts, ein missbräuchliches Zuhause.«

Sie betrachtete ihn schwermütig. Seine Worte machten ihr klar, wie naiv sie einmal gewesen war. Die Amazonen mochten ihre Rettung gewesen sein, doch das galt nicht für alle. Es hatte in Themiskyra ebenfalls Ungerechtigkeit gegeben, und letztendlich waren die Amazonen auch daran zerbrochen. Als sie vereint hätten sein sollen gegen ihre Feinde, war die Brüchigkeit ihrer Bande zutage getreten, bei Frauen wie Antianeira und ihren falschen Traditionen.

»Entschuldige. Ich –« Er schüttelte den Kopf, und sie atmete durch. »Ich habe dich noch nicht gefragt, was du tun willst. Wie möchtest du leben, als freier Mann?«

»Tatsächlich habe ich schon darüber nachgedacht. Die Kinder, die wir am Hof des Gelächters aufgelesen haben, brauchen ein Zuhause. Ich überlege, einige der Jungen zu den Orphikern zu bringen. Danach könnte ich nach Themiskyra reisen. Die Kunde von Antianeiras Tod muss überbracht werden und –«

Er stockte. Auf einmal wehte ein klirrend kalter Wind. Areto folgte seinem Blick, sah zum Himmel auf. Ein grauer Schleier legte sich auf die

Sonne. Sie flackerte, als wolle ihr Licht verlöschen. Areto hielt den Atem an. Sie glaubte kurz, die Sonne würde herabfallen und die Welt verbrennen. Aber es blieb bei dem seltsamen grauen Licht, das sie einhüllte wie die Ahnung eines Untergangs.

Callistus brach als Erster die Stille. »Was ist das?«

Areto wusste es nicht. Sie merkte auf, als sie eine Bewegung in der Landschaft wahrnahm, ein rotes Schimmern. Mit Schrecken sah sie, dass es ein ihr bekanntes Pferd war. »Promethea?« Sie ließ Callistus los und lief ihr entgegen. »Warum bist du hier?«

Die Stute schaute sie mit geblähten Nüstern an. Areto fiel auf, dass sie langsamer ging als sonst, schmerzerfüllt. Tiefe, noch verheilende Kratzer zogen sich über den Bauch. Als Areto nach dem Zaumzeug griff, riss Promethea den Kopf hoch. Sie tänzelte auf der Stelle, drehte sich ihr zu, wie um zu sagen: Komm mit!

Callistus keuchte. »Das ist doch Cletes Stute. Sie ist verletzt. Was ist passiert?«

Areto graute vor der Antwort. Erst nahm das Sonnenlicht ab, und nun tauchte die verwundete Promethea auf. Sie hatte das Gefühl, dass sich etwas Schreckliches ereignet hatte. Die Furcht um Clete und Phileas ließ sie zittern.

»Wir müssen so schnell wie möglich zu ihnen.« Areto nahm Callistus wieder am Arm, und sie eilten zum Lager. Promethea folgte ihnen.

Als sie die Zeltgrenze passierten, hörte Areto aufgebrachte Rufe. Nach dem Kampf gegen Artemis war ein heilloses Durcheinander entstanden. Verwundete mussten gepflegt und Tote bestatten werden. Nun betrachteten aber alle die grau gewordene Sonne.

Auf dem Weg lief Areto beinahe gegen Eudokia. Die Athenerin hatte mit emsigen Händen und ihrem schönen Lächeln geholfen, Verletzte zu heilen. »Areto? Was ist mit dir? Du bist ja völlig aufgelöst.«

Areto sah sie bittend an. »Weißt du, wo ich Tamura und Gadas finde?«

Eudokia begriff wohl, dass es dringend war. Sie fragte nicht nach, selbst nicht, als sie Promethea erblickte. Sogleich führte sie Areto zu dem See, an dem sie vor zwei Tagen miteinander gesprochen hatten. Anscheinend hatten auch Tamura und Gadas sich dorthin zurückgezogen, um in Ruhe zu reden.

Areto sah die beiden am Ufer sitzen. Gadas hielt die schlafende Mada im Arm, während er mit Tamura zum Himmel schaute. Selbst aus der

Ferne konnte Areto die hölzerne Schienung an seinem Bein erkennen. Er hatte es sich im Kampf gebrochen, ein Opfer, das er ohne Angst erbracht hatte. Wenn der Wind der Fügung gnädig wehte, so würde es heilen, sodass er eines Tages wieder reiten konnte.

»Tamura! Gadas!«, rief Areto. Die beiden drehten die Köpfe zu ihr. Kaum dass sie bei ihnen angelangt war, begann sie abgehackt zu reden und auf Promethea zu zeigen.

»Dieses Ross würde meine Schwester nicht verlassen«, stimmte Gadas zu. »Nicht ohne Grund. Eine heilige Erscheinung wie diese folgt einem höheren Willen.«

Tamura wirkte besorgt. »Die Natur ist in Aufruhr. Ich denke, etwas Furchtbares ist in Troja geschehen. Warum sonst sollte das Sonnenlicht schwinden?« Sie sah ihren Gefährten eindringlich an. »Wir müssen so bald wie möglich aufbrechen.«

Sein Gesicht war voller Zweifel. »Wir haben uns noch um Tote und Verletzte zu kümmern.«

Da war ein drängendes Gefühl in Aretos Brust, als bliebe ihr keine Zeit mehr. Sie betrachtete die unruhig tänzelnde Promethea. Auf einmal wusste sie, was sie zu tun hatte. »Ich reite allein.« Die anderen warfen ihr verblüffte Blicke zu. »Sie ist hier, um mich abzuholen. Ich sehe es ihr an.« Diesmal scheute die Stute nicht, als Areto sich nach ihr ausstreckte. »Promethea ist selbst verletzt schneller als jedes Pferd. Ich werde mit ihr vorreiten, um zu sehen, was in Troja vorgeht, und euch Bericht erstatten.«

Sie rechnete mit Disput, der nicht kam. Das Nomadenpaar nickte nur und ließ sie ziehen. Auch Eudokia hielt sie nicht auf. Die Athenerin küsste sie, wie um ihr Glück auf die Wange zu hauchen, und sagte: »Gib auf dich acht.«

Areto lächelte ihnen zu. Sie verlor keine Zeit, machte sich sofort für die Abreise fertig. Ihre Rippen schmerzten noch, aber das hielt sie nicht davon ab, ihre Lederrüstung wieder anzulegen. Ein paar Vorräte, Theseus' Schwert, einen Mantel und natürlich den violetten Anhänger nahm sie mit. Der Stein lag kühl an ihrem Hals und tröstete sie mit dem Versprechen, das ihm innewohnte: Clete wiederzusehen.

»Mach es gut«, sagte Callistus. Er war der Einzige, der sie bis vor das Lager begleitete. »Vielleicht bin ich schon auf dem Weg zum Orden, wenn du zurückkommst, und wir werden uns nicht wiedersehen.«

Ihre Augen begannen zu brennen. »Das will ich nicht hoffen.«
»Ich auch nicht.« Er lachte wehmütig und nahm sie in die Arme.
»Ganz gleich, was geschieht, ich werde dich nie vergessen. Du hast auf ewig einen Freund in mir, Areto.«
Sie schmiegte sich an seine Brust. »Auch ich werde dich für immer in meinem Herzen haben, Callistus.«
Es fiel ihr unsagbar schwer, sich von ihm zu lösen. Als sie aufsaß und mit Promethea davonritt, spürte sie seinen Blick bis zuletzt auf sich. Sie flog unter der welken Sonne dahin, ihrer Zukunft entgegen. Was auch immer sie erwartete, sie würde nicht eher ruhen, bis sie Clete und Phileas gefunden hatte.

## XXXVIII. WAHRHEITEN

### Clete

Die Götter hatten Troja verlassen. Nicht nur Zeus gab seinen Wolkenthron auf. Der Sonnentitan Helios wohnte nicht mehr im Himmel, sodass alles Licht ergraute. Es schien, als kauerten die Göttlichen sich verzagt zusammen, nun, da mit Kaystros ihr Tod auf Erden wandelte.

Clete war kalt, seit das unwirtliche Licht dieser neuen Welt schien. Sie tat, was getan werden musste, monoton, als lenke jemand anderes ihren Körper. Gemeinsam mit den Amazonen, die überlebt hatten, ging sie vor die Stadt und barg die Leichen ihrer Waffenschwestern. Dabei fand sie Antandres Überreste. Sie sah aus der ersten Reihe zu, als ihre Muhme mit den anderen Toten verbrannt wurde. Auf einem besonders hohen Holzbett lag ihre Königin. Cletes Finger zitterten, als sie die Hand zur Faust ballte und sie an die Brust legte. Sie beobachtete still, wie das Feuer Penthesilea verzehrte.

»He.« Bremusa, die neben ihr stand, nahm die Faust herunter und legte den Arm um Cletes Schultern. »Wein ruhig.«

Clete wünschte es sich. Aber es kamen keinerlei Tränen, ganz gleich, wie schlimm der Rauch in ihre Augen biss. Sie fühlte sich betäubt.

Die Schwere begleitete sie in den nächsten Tagen. Neue Heere kamen, um Troja beizustehen. Sie sah König Memnon mit seinen äthiopischen Kriegern einziehen, ein riesiger Mann mit einer Haut wie Anthrazit. Es löste nichts in ihr aus, weder Hunger auf Kampf noch Hoffnung. Sie spürte keine Aufregung mehr bei dem Gedanken, wer in Troja Geschichte schrieb.

Vielen Amazonen ging es ähnlich, während andere durchdrehten vor Rachelust. Als sie ihre Zukunft besprachen, endete es in Streit. Königin Myrina und Melanippe schrien sich über den Tisch im Thronsaal hinweg an. Clete saß mit den Kriegerinnen daneben und hörte ohnmächtig zu.

»Wir müssen abziehen«, beharrte Melanippe. »Es geht nicht anders. Wir haben versagt, und Aretos Verstärkung will nicht kommen. Uns bleibt nur, heimzukehren.«

»Nein.« Myrina schlug auf den Tisch, dass es krachte. »Troja muss gehalten werden, um jeden Preis.«

»Beruhigt Euch. Ich weiß, Ihr konntet Euch nicht an Poseidon rächen. Aber was nützt es, mit der Stadt unterzugehen?«

»Ihr versteht nicht. Troja *darf* nicht in die Hände der Achaier fallen. Wenn sie siegen, so ist das restliche anatolische Land ihnen ausgeliefert.«

Das Gebrüll ging eine Weile hin und her. Myrina stapfte schließlich aus dem Thronsaal. Ihre Stratega Priene versuchte vergeblich, sie am Arm zurückzuhalten. Myrina war einfach zu gequält von ihren Verlusten und der Last, die Penthesileas Tod ihr auferlegt hatte. Jetzt war sie die Königin, die obsiegen oder sterben musste.

Melanippe sank seufzend auf ihrem Stuhl zusammen. Als Clete aufstehen und mit den anderen hinausgehen wollte, sagte die Hohepriesterin: »Warte, Schildhaut.«

Clete hielt inne. Zunächst sprach Melanippe kein Wort. Alle anderen waren längst fortgegangen, und sie schien immer noch in Gedanken versunken zu sein. Schließlich sagte sie: »Bring Kaystros nach Themiskyra.«

Sie glaubte erst, sich verhört zu haben. »Was? Aber Königin Myrina ...«

»... will nicht abziehen, ja. Sie wird ihre Meinung nicht ändern. Also müssen wir heimlich dafür sorgen, dass das Kind aus Blitz und Donner wegkommt. Er ist Penthesileas Erbe. Als solcher muss er überleben.«

»Ihr fürchtet, er könnte sterben?«

Melanippe zögerte. »Mehr als das. Ich fürchte, dass wir mit Troja untergehen könnten.« Sie sah wohl den Schock auf Cletes Gesicht, denn sie erklärte. »Mit Phileas' Visionen habe ich unseren Sieg prophezeit, und dass die Stadt in unsere Hände fallen würde. Ich lag falsch. Auch Helenos sah unsere Niederlage nicht kommen. Aber weißt du, wer es tat? Prinzessin Kassandra.« Sie begann an ihren Armen zu kratzen. »Es heißt, sie hätte Apollon abgelehnt, anders als ihr Bruder Helenos. Darum hätte der Gott ihren Verstand zerrissen. Sie, die alle wahnsinnig nennen, spricht von unser aller Vernichtung. Ich fürchte, sie könnte am Ende die Wahrheit sagen, als Einzige von uns.«

Clete schauderte. Sie musste daran denken, wie sie Kassandra zum ersten Mal gesehen hatte, ein dürres Menschenbündel, das in unheimlichen Rätseln sprach. »*Die Frauen schreien. Das Pferd verliert zwei von drei Köpfen, und der Junge wird –*« Da regte sich ihr Schutzinstinkt, taute das Eis in ihr auf. Penthesileas Kopf mochte schon eingefordert worden sein, aber sie konnte noch für Kaystros kämpfen. Und dabei könnte sie auch ihren Herzenswunsch erfüllen, wenn sie zurück nach Themiskyra ging, nämlich Areto wiederzusehen. Wie seltsam es ihr nun vorkam, dass sie einmal geglaubt hatte, ein großer Tod auf dem Schlachtfeld wäre alles, was sie bräuchte. Nein, sie musste leben.

»Ich verstehe«, sagte sie und straffte sich. »Für solch eine schwierige Mission brauche ich Unterstützung.«

»Nimm Phileas mit. Solange Apollon geschwächt ist, sind es auch seine Visionen, aber sie werden wieder erstarken. Dann werden sie dich leiten.«

Sie unterdrückte einen Seufzer. Es war gut, dass Melanippe ihn vorschlug. So musste sie gar nicht erst darauf bestehen, ihn mitzunehmen. Sie hätte Phileas nicht hierlassen können. »Ja, er ist nützlich«, sagte Clete. »Aber ich dachte auch an Kriegerinnen.«

Melanippe runzelte nachdenklich die Stirn. Sehende waren für sie leichter zu entbehren als Kampfkraft. »Wähle drei aus. Es müssen Amazonen sein, denen du vollkommen vertraust. Myrina darf unter keinen Umständen von eurer Abreise erfahren.«

Clete fielen sofort drei Personen ein.

Als der Abend anbrach, traf sie sich mit ihnen in einem verwaisten Tempel. Bremusas Augen waren ungewohnt matt. Der Glanz der Bestattungsfeuer spiegelte sich in ihnen und glomm mit ihrem roten Haar um die Wette. Lacomache verschränkte die Arme vor der Brust, wobei sie ihre wund geriebenen Fäuste offenbarte. Iphito war so grün und blau geschlagen, sier schien mit mehr Flecken als Muttermalen übersät zu sein.

Clete sah respektvoll in die Runde. »Habt Dank, dass ihr hier seid. Ich will sogleich zur Sache kommen: Melanippe schickt mich auf eine Mission.«

Sie erzählte knapp, was ihr befohlen worden war. Die anderen hörten mit verblüfften Mienen zu. Bremusa gewann als Erste die Sprache zurück. »Was für eine Ehre, dass du an uns denkst.« Sie lachte rau. »Sind wir nun ganz oben in deiner Rangliste der Verrückten, die zu allen Schandtaten bereit sind?«

Clete lächelte schwach. »So hätte ich es nicht formuliert, aber ja.«

Iphito legte ihr die Hand auf die Schulter. »Du kannst auf mich zählen, Schwester.«

Lacomache war als Einzige nicht gelassen. Sie mahlte mit den Zähnen. »Ich würde gerne mit dir gehen, Schildhaut. Aber ich kann nicht. Ich vertrete die Königin des Sternstammes, darum muss ich –«

»Ach, komm.« Bremusa knuffte sie in die Seite. »Du bist irgendwo unersetzbar, Bronzefaust. Aber auch dich kann jemand vertreten.«

»Ja«, schloss sich Iphito an. »Du und Xenon, ihr habt noch einen Mann und Kinder, die in Themiskyra auf euch warten. Also solltest du mit.«

Bremusa fügte nach kurzer Überlegung hinzu: »Ich vertrete dich. Anders als du, bin ich nicht alt geworden und habe keinen Grund, heimzugehen. Noch einen Faustkampf würdest du nicht gegen mich gewinnen.«

Lacomache sah ungläubig auf sie hinunter. »Das würdest du tun?«

Bremusa nickte.

Clete hätte am liebsten niemanden zurückgelassen. Aber es schien nicht anders möglich zu sein. »Ich vermute, du gehst nicht ohne deinen Gatten?«, fragte sie Lacomache. »Dann ist er unser dritter Gefährte.«

Die Bärin sah grimmig drein. »Ich kann mir vorstellen, dass er sich erst sträuben wird wegen der Verletzten. Aber ja. Ich kann nicht ohne ihn zu Sophos und den Kindern zurück.« Sie sprach, als wolle sie ihn einfach unter den Arm klemmen, wenn er sich widerspenstig zeigte.

»Damit steht die Traumreisegruppe«, sagte Bremusa. Sie wandte sich an Clete. »Ich werde dich allenfalls in feuchten Träumen begleiten.« Ihr unpassender Witz verbarg nicht, dass ihr der Abschied naheging. Sie schniefte.

Clete ließ es sich nicht nehmen, sie zu umarmen. Sie klopfte ihr auf den Rücken und hielt sie, mit der Rauheit einer alten Freundin. Dann machte sie sich mit den anderen auf, um Phileas und Kaystros zu holen. Das Kind aus Blitz und Donner schlief, als sie sein Zelt betrat. Brecher lag bei ihm und döste. Seit dem Tod von Penthesilea wich der Molossos nicht von Kaystros' Seite. Es war ein seltsam schönes Bild, fand Clete. Neben Brecher wirkte Kaystros zerbrechlich. Ein Teil von ihr wäre gerne umgekehrt und hätte ihn friedlich schlafen lassen, vom Rest der Welt abgeschirmt. Doch die Reise rief.

»Kaystros«, sagte sie sanft. »Wach auf.«

\* \* \*

Sie reisten noch in derselben Nacht ab. Vor allen Blicken verborgen, schlichen sie durch das Tor, das ins Hinterland führte. Clete ritt mit einem besonders schlechten Gefühl los, denn Promethea war nicht gekommen. Ganz gleich, wie oft sie nach der Stute gerufen hatte, sie hatte sich nicht gezeigt.

Als der Mond über ihren Köpfen hing und das Troas-Tal als dunkler Landstrich vor ihnen lag, schaute sie zurück. Troja schlief. Es war ein erschöpfter Schlaf, denn in den letzten Tagen hatte immer Weinen über der Stadt gehangen. Heute war es erstmals still, und Clete ging, heimlich wie eine Diebin. Ihr Herz wurde schwer bei dem Gedanken, dass ihr Volk hier Größe gesucht hatte. Vielleicht würden die Gefallenen einmal besungen werden, doch zu welchem Preis?

Sie meinte, Aretos warme, tröstende Stimme zu hören. »Alles in Ordnung?« Clete hätte wirklich glauben können, dass sie es sei, hätten nicht zwei liebevolle Worte gefehlt. Meine Jägerin.

Seufzend wandte sie sich Phileas zu, der ihr die Frage gestellt hatte. Er hatte ebenfalls sein Pferd angehalten. »Ja, alles gut«, sagte sie. »Ich war nur kurz wehmütig. Es fällt mir nicht leicht, die anderen in Troja zurückzulassen.«

Phileas schwieg kurz. »Mir geht es nicht anders. Aber ich bereue es trotzdem nicht, zu gehen. Als Amazonensohn habe ich nicht nur die Pflicht zu kämpfen. Ich muss auch für das Vermächtnis unseres Volkes sorgen.« Er fügte nach kurzem Zögern hinzu: »Für das Vermächtnis unserer Familie.«

Sie lächelte, obwohl die Nacht es verbarg. »Gut gesprochen.« Nachdenklich sah sie über die Reisetruppe hinweg. Im Mondlicht waren nur Schemen von allen auszumachen. Brechers Rüstung glänzte dumpf. Er trottete Kaystros nach, der hoch zu Pferde saß. Lacomache sprach gedämpft mit Xenon, während Iphito in sieren Gedanken versunken war. Ja, es stimmte, sie sollten nicht bereuen. Sie hatten alles für das Amazonenvolk gegeben und würden noch viel mehr auf dieser gefährlichen Reise tun. Womöglich halfen sie, das Ende einer alten Zeit einzuläuten. Wenn Kaystros überlebte, würde es den Verfall der Götter besiegeln.

Sie wollte losreiten, als Phileas sagte: »Clete, schau. Was ist das da vorne?«

Sie hob den Blick. Weit, weit hinten im Tal hing ein rotes Flackern über den Hügeln. Ihre Brust schwoll vor Hoffnung an. Promethea war gekommen, und nicht nur das, jemand saß auf ihrem Rücken. Clete fühlte sich wieder vom Schicksal begünstigt, konnte förmlich den Faden spüren, der sie und die Reiterin verband. Sie wusste nicht, wer dort kam, und doch wusste sie es ganz genau.

*Sie hat mich gefunden.* Das Licht zerstreute die Nacht mit allen Zweifeln, und es kam näher, zu ihr.

## XXXIX. EIN STURM ZIEHT AUF

### Artemis

Ich träume. Geborgen in dem dunklen Kristall, schaue ich auf Troja hinab. Die Stadt wird noch hart umkämpft, obwohl Ares, Apollon und ich sie im Stich gelassen haben. Manchmal nehmen Göttliche wie Athene am Kampf teil, doch es passiert selten. Sie wagen sich kaum heraus nach dem, was Ares widerfuhr. Die Luft ist dick vor Angst, während sie sich im Olymp streiten.

»Lasst es uns beenden«, sagt Apollon. Mein Bruder ist derart geschwächt, er kann kaum sprechen und sich auf seinen Beinen halten. »All das Hassen, und wir zerfleischen uns gegenseitig ... Artemis hatte recht. Genug damit.«

Er ist müde. Sie alle sind es. Aber göttlicher Stolz ist ein Fluch.

»Nein«, sagt Athene lächelnd, so arrogant wie verächtlich. »Meine Helden werden gewinnen. Sieh zu, Apollon, wie deine Stadt fällt.«

Ich würde ihr vor die Füße spucken, wenn ich bei ihnen wäre. Sie ist so töricht. Niemand kann in diesem grausamen Spiel siegen.

Beide Seiten setzen ihre letzten Figuren. Troja erhält Verstärkung aus allen Teilen der Welt. Die Krieger reisen aus Äthiopien, Indien, Persien an, mit Strategien, Magie und Waffen aus ihren Heimatländern. Aber niemand kann Achilles widerstehen. Er bringt all den tapferen Männern den Tod. Memnon bietet ihm einen langen Kampf, nur um ebenfalls unterzugehen. Als der äthiopische König fällt, ist niemand mehr zwischen Achilles und dem Stadttor. Er reißt es ein. Weder Äneas noch die trojanischen Prinzen können ihm etwas anhaben. Auch die letzten Amazonen sind machtlos. Königin Myrina stirbt, wie so viele aus dem Land der Sonne. Selbst die Götter würden von Achilles' Rage verbrannt werden. Es ist jener Moment von nie da gewesener Größe, der seinen Fall besiegelt.

»Er hat zu viel Blut vergossen.« So lautet das Urteil von Zeus. »Achilles maßt sich an, wie ein Gott zu sein. Dafür muss er sterben.«

Die Versammelten im Olymp schweigen betreten, als die Mutter des Helden vortritt. Thetis sieht kummervoll aus. Sonst ist die Meeresnymphe schön anzusehen mit dem Haarschmuck aus Algen, Perlen und Muscheln. Heute trägt sie nichts davon. Es scheint, als trauere sie schon jetzt um ihren Sohn. Sie gibt nicht freiwillig sein Geheimnis preis, Zeus lässt ihr keine Wahl.

»Achilles besitzt eine Schwachstelle«, sagt sie. »Es ist die Ferse. Als er ein Kind war, habe ich ihn in den Fluten des Styx gebadet, um ihn unverwundbar zu machen. Dafür musste ich ihn an der Ferse festhalten.«

Als mein Bruder dies hört, macht er sich umgehend auf. Seine Wunden halten ihn vom Kampf ab, aber er will die Geißel von Troja tot sehen. Er hilft Paris.

Der trojanische Prinz sieht von der Mauer, wie Achilles in die Stadt eindringt. Er legt einen in Gift getauchten Pfeil an, voller Hass auf den Mann, der seinen Bruder geschändet hat. Apollon lenkt seine Hand. Der

Pfeil findet den Weg in Achilles' Ferse. So fällt der größte Held, im banalen Kampf mit Gift.

Als die Achaier ihn sterben sehen, treten sie den Rückzug an. Ajax, der Wall, hält die Trojaner von Achilles ab, sodass Odysseus seine Leiche bergen kann. Danach, in der Nacht, sind keine Klagesänge zu hören. Die Achaier streiten. Sie streiten sich um Achilles' Rüstung, und wie der Krieg weitergehen soll. Ich finde es zum Lachen und bedauernswert. Sie wirken entzweit, denn über Nacht geschieht etwas Unfassbares: Sie verschwinden.

Stattdessen steht in der Bucht, wo ihr Lager war, ein Pferd aus Holz. Es ist gigantisch groß, von bester Handwerkskunst. Der Leib wurde aus dem Holz heiliger Kornelkirschen gemacht. Als das trojanische Volk sieht, dass die Griechen fort sind, verfällt es in Jubelgeschrei. Nur eine vergießt keine Freudentränen: Prinzessin Kassandra.

»Das Pferd hat nur einen Kopf«, brabbelt sie. »Es hat die anderen beiden verloren. Verbrennt es! Es braucht drei Köpfe, so darf es nicht sein. Verbrennt es!«

Niemand hört ihr zu. Die Leute glauben, das Pferd sei ein göttliches Geschenk. Jenes Tier ist den anatolischen Menschen heilig, darum holen sie es in die Stadt. Sie feiern ihre lang ersehnte Befreiung, und ihr Lachen hallt durch die Nacht.

Welch grässlicher Irrtum. Das Pferd ist auch das Wahrzeichen von Poseidon, ihrem Feind.

Als alle Becher leer und die Letzten zu Bett gegangen sind, zeigt sich, was sie in die Stadt ließen. Odysseus hackt sich aus dem hölzernen Bauch. Der Listige und seine Männer haben sich im Pferd einmauern lassen. Sie schleichen zum Stadttor und öffnen es. Die Griechen sind gar nicht abgezogen, sondern lagen in der nächsten Bucht auf der Lauer. Troja schläft noch ahnungslos, als sie über die Stadt herfallen.

Ich winde mich im Traum, so entsetzlich ist, was ich sehe. Da ist keine Glorie, als Familien auseinandergerissen und Tempel beschmutzt werden. Zunächst sieht Athene triumphal zu. Das Lachen bleibt ihr schnell im Hals stecken. Frauen fliehen in ihren Tempel und flehen um ihren Schutz. Darunter ist Prinzessin Kassandra. Sie flüchtet vor Aias, dem Lokrer. Er verfolgt sie mit grausamem Grinsen.

»Nein«, keucht Athene. »Vergießt das Blut der Elenden nicht in meinem Tempel!«

Aias hört nichts. Ihre Stimme dringt nicht durch den Schleier aus Gier und Tod, den die Griechen auf Troja gelegt haben. Er schlachtet alle Frauen bis auf Kassandra ab. Sie klammert sich weinend an die Palladion-Statue. Es hält ihn nicht auf. Er zerrt sie aus den Armen der steinernen Athene, auf den Altar, um sie dort zu vergewaltigen.

Da erzittert der Himmel. Die Göttlichen schreien vor Grauen. Auch Athene ist entsetzt. Sie erkennt, was die Griechen tun, und – vor allem – dass sie keine Macht über sie hat.

Die Stadt ertrinkt in Blut. Priamos und die Prinzen werden allesamt ermordet. Selbst Hektors kleiner Sohn bleibt nicht verschont. Die Achaier werfen ihn von der Mauer, sodass sein winziger Kopf auf dem Grund zerschellt. Die Frauen werden gefangen genommen, so auch Helena. Menelaos von Sparta zerrt sie aus der Stadt, als wäre sie sein Vieh. Nur die wenigen Amazonen widerstehen. Sie sterben, im Kampf oder in Ketten, indem sie sich die Zungen abbeißen. Lieber sind sie tot als versklavt. Die Hohepriesterin Melanippe ersticht sich selbst in einem Tempel, ehe ein Grieche es mit Schwert oder Leib tun kann.

Es ist so lästerlich, dass die Olympioi sich einig sind, zum ersten Mal seit Langem. Sie schauen auf die Erde, verbittert ob der Schändung ihrer Heiligtümer. Diese Männer sind ihrer Segen nicht würdig. Als die Griechen die Segel setzen, ihre Schiffe voll beladen mit Kriegsbeute und Sklavinnen, sehen sie nicht den dunkler werdenden Himmel. Ein Sturm zieht auf. Er wird ihre Schiffe verschlingen, ruhmlos, wie sie es verdienen.

Donner grollt. Es sind die Schritte von Zeus, der sich mir nähert. »Steh auf, Artemis«, sagt er. »Es ist an der Zeit, zu erwachen. Der Krieg ist vorbei.«

Seine Stimme ist nur ein fernes Echo in meinem Traum. Er hat keine Macht mehr über mich. Ich lächle gehässig, wissend, es ist noch lange nicht zu Ende.

Vielleicht sieht er mein Lächeln oder wundert sich, dass ich dem Befehl nicht folge. Seine Stimme donnert lauter, diesmal mit etwas, das Furcht ähnelt. Wie vorhersehbar. Er hat schon immer Angst davor gehabt, keine Kontrolle über seine Kinder zu haben.

»Ich sagte, steh auf!«

Mir gefällt, wie er sich ängstigt, während ich nur friedlich schlafe. Nein, ich muss nicht aufwachen. Die Menschheit ist freier und stärker ohne mich. Viele mutige Amazonen mussten sterben, doch nicht alle. Ich weiß, sie werden auferstehen. Selbst wenn sie tausendmal verraten und zerstört werden, ob von Tyrannen oder falschen Göttinnen wie mir, ihr Geist lebt fort, in der Milch einer jeden Mutter. Er wird Generationen mit gerechtem Zorn nähren. Bald werden die Olympioi verstehen, dass unsere Zeit vorbei ist, wie die der Titanen.

Die Sonne verlischt. Helden werden sterben. Die Götter sind zerstritten, und auch ihr Tod ist nah. Ein dunkles Zeitalter hat begonnen.

# NACHWORT UND DANKSAGUNG

Jedes Buch ist eine riesige Gemeinschaftsarbeit, aber am Anfang steht ein einziger Gedanke. Als mich im Mai 2019 die Anfrage erreichte, ob ich für Droemer Knaur etwas in Richtung der Galgenmärchen schreiben will, habe ich ihnen erst Konzepte für düstere Märchenadaptionen vorgelegt. Da war jedoch auch ein Gedanke, der sich mir wie von allein aufdrängte: die Idee, ein Buch über Amazonen zu schreiben. So kam es, dass Kriegerinnen sich zwischen die märchenhaften Konzepte schummelten, und nicht nur ich war sofort von ihnen begeistert.

Seit ich denken kann, faszinieren mich kämpferische Frauen. Vielleicht sehe ich meine Mutter in ihnen oder wünsche mir etwas von ihrer Stärke. Als Teenagerin war ich in Utena aus »Revolutionary Girl Utena« verliebt, die ein Prinz statt einer Prinzessin sein will, sowie in Mulan aus der gleichnamigen Disney-Verfilmung, die anstelle ihres Vaters in den Krieg zieht. Die legendären Amazonen üben eine ähnliche Magie auf mich aus.

Umso mehr hat es mich enttäuscht, wie wenig Material es über sie gibt. Häufig kommen sie nur als Nebenfiguren oder sogar, wie in Wolfgang Petersens Film »Troy«, überhaupt nicht vor. Zugegeben, er adaptiert primär die »Ilias« von Homer. Dort wird den Amazonen bis auf ein paar Nebensätze kein Platz eingeräumt, denn sie kommen erst nach Hektors Begräbnis in Troja an (womit die Ilias aufhört). Ich kam trotzdem nicht umhin, mich zu fragen: Wie anders wäre dieser Film, wären Frauen nicht darauf beschränkt, passiv zuschauende Trophäen wie Helena zu sein, wenn sie für ihr eigenes Schicksal – wie die Amazonen – kämpfen könnten? Das wollte ich sehen. Ich wollte Figuren wie die Amazonenkönigin Penthesilea und ihren Kampf gegen den ebenbürtigen Achilles sehen, den größten Helden der Griechen.

All das und mehr ist dieser Roman. Mit »Die Götter müssen sterben« habe ich versucht, eine Geschichte zu schreiben, die den Amazonen würdig ist. Wo sie im Zentrum stehen und nicht von außen betrachtet werden, ob exotisiert als Barbarinnen oder sexualisiert als Wilde, die die Liebe eines Mannes zähmen muss. Diese Vorurteile und restriktiven Rollen habe ich zwar aufgegriffen, aber hinterfragend, wie ich hoffe.

Überhaupt war das ein großer Teil meiner Quellenarbeit: zu hinterfragen.

Wie genau will ich mich an den Amazonenmythos halten, was will ich ändern? Diese Gedanken kamen mir oft während der Recherche. »Die Götter müssen sterben« spielt zur Zeit des Trojanischen Krieges, von dem nicht klar ist, ob er rein fiktiv war oder stattgefunden hat. Troja hat es auf jeden Fall gegeben, die Ruinen liegen im Nordwesten der heutigen Türkei. Bei der Imagination jener Stadt hat mir insbesondere das Buch »Der Trojanische Krieg: Mythos und Wahrheit« von Barry Strauss geholfen (Konrad Theiss Verlag 2008, deutsche Übersetzung).

Schon antike Autoren debattierten darüber, wann der Krieg zu datieren sei, so man von seiner Existenz ausgeht. Der Großteil der Wissenschaft geht von einem Datum um 1200 v. Chr. aus. Wir befinden uns also in der späten Bronzezeit, in der Mykenischen Periode, die Heldenepen zu Figuren wie Achilles und Herakles inspirierte. Über diese Epoche wurde vor allem im Nachhinein viel geschrieben. Antike Autoren idealisierten die Mykenische Zeit und ihre Sagen. In diesem Kontext sind viele Texte über Amazonen entstanden.

Als ich mich diesbezüglich eingelesen habe, tat sich einiges an Problemen auf. So existieren von manchen Mythen verschiedene Versionen. Viele antike Autoren projizieren ihre Weltsicht auf die Mykenische Zeit, etwa, wenn sie griechische Konzepte und Begriffe verwenden, die für jene Periode oder die Region nicht stimmig sind. Das trojanische Volk und die Amazonen sollen mitunter dieselben Gottheiten angebetet haben, dabei ist allein wegen Sprachunterschieden von Differenzen auszugehen.

Neben jenen kulturellen und historischen Vermischungen war es schwierig, die Quellen linear zu ordnen. Der dorische Mythos stellt Hippolyte und ihren Kampf gegen Herakles in den Fokus, der athenische geht um die Entführung von Prinzessin Antiope, bei Quellen wie dem Epos »Aithiopis« von Arktinos von Milet haben wir Werke, die an das Ende der Ilias anknüpfen. Hier taucht Königin Penthesilea auf, um Troja mit ihren Kriegerinnen zu verteidigen und Achilles zu bekämpfen. Bei der Verbindung dieser Mythen half mir vor allem Hedwig Appelts »Die Amazonen: Töchter von Liebe und Krieg« (Konrad Theiss Verlag 2009). Ohne jenes Buch wäre es viel schwieriger gewesen, den Stammbaum der Amazonenköniginnen zu skizzieren.

Es ist unmöglich, alle Texte zu Helden und Amazonen aufzuzählen, wie es unmöglich ist, sie in eine schlüssige Chronologie zu bringen. Ich musste bei einer beschränkten Auswahl von Mythen bleiben, mich für bestimmte Versionen entscheiden, um diesen Roman zu planen. Bei einer dermaßen durchwachsenen Quellengeschichte war es eine unlösbare Aufgabe, einen historisch vollkommen korrekten Roman zu schreiben. Darum habe ich mich mehr den fantastischen Aspekten der Mythologie zugewandt, habe die Freiheit meines Genres genutzt, um kritisch zu bleiben.

Prinzessin Antiope soll sich in Theseus verliebt haben, der ihre Stammesleute erschlug, und freiwillig mit ihm nach Athen gegangen sein? Das konnte ich nicht glauben. Überhaupt stellt es vieles infrage, wenn man die Sichtweise von Amazonen einnimmt. Die griechische Mythologie ist voll mit Männern, die rauben, morden, vergewaltigen. Betrachtet man sie von außen, so entsprechen sie kaum dem, was wir heute unter dem positiven Begriff »Held« verstehen.

Aber ich fand es auch interessant, mit Amazonenklischees zu spielen. Laut Hippokrates sollen sie sich die rechte Brust verstümmelt haben – ein unglaubwürdiges, dennoch berühmtes Bild, dessen Radikalität mir gefiel. Die Quellen sind voll mit überzogenen Ideen, von männerfeindlichen Barbarinnen, die ihre Söhne töten, Menschen fressen oder, oft in modernen Interpretationen, androgyne Lesben sind.

Vieles habe ich angezweifelt und neu interpretiert. So gibt es offensichtlich Männer und weitere Geschlechter in meinem Amazonenland. Allerdings war es nicht in meinem Interesse, das Gewalttätige und Furchteinflößende auszublenden. Genau das macht die Amazonen spannend. Gleich, wie hasserfüllt und vorurteilsvoll die Texte waren, die ich über sie gelesen habe, ihnen allen wohnt eine morbide Faszination inne, die bis heute anhält.

Was, wenn ich das Bild der Wilden nicht gänzlich ablehne? Was, wenn ich es auf ermächtigende Weise nutze, die transformative Kraft von Wut betone? Was, wenn ich das Lesbenklischee annehme, um über Frauen wie Areto zu schreiben, die sonst unsichtbar im Mythos sind? Was, wenn ich die Amazonen nicht nur vermenschliche, sondern mit unverhohlenem Entzücken sage: Ja, ihr habt Grund, sie zu fürchten?

Deshalb ist dem Buch ein Zitat aus den »Hiketides« von Aischylos vorangestellt, in denen Amazonen bezeichnet werden als: »fleischeshungrig«. Hier muss ich der Perseus Digital Library danken, die ein Transkript des griechischen Originals sowie die englische Übersetzung von Herbert Weir Smyth der Öffentlichkeit zur Verfügung gestellt hat. Von zusätzlicher Hilfe war das Projekt Gutenberg und die dort verfügbare deutsche Übersetzung von Johann Gustav Droysen. Außerdem danke ich Thorben, der die Zitate geprüft, mir mit griechischen Stellen geholfen und mir einige Quellen geschickt hat, darunter die »Historien« von Herodot, wo die Amazonen detaillierter beschrieben werden.

Dadurch, dass ich die Ambivalenz der Amazonen umarmt habe, konnte ich mir eine weitere Frage beantworten: Will ich eine matriarchalische Utopie schreiben?

So interessant das gewesen wäre, die Antwort war eindeutig Nein, denn nicht alles lässt sich hinterfragen. Wenn ich das Gewalttätige, das Kriegerinnendasein annehme, so hängt Unrecht daran, wie etwa Sklaverei. Eine Kultur, die Stärke zelebriert, wird wohl Schwäche verachten, was auch immer sie darunter versteht.

Viele moderne Amazonengeschichten sind auf die Angst von bevorteilten Männern beschränkt, wie eine »umgedrehte« Gesellschaft aussehen würde, ein Matriarchat, in dem sie die unterdrückte Klasse bilden. Das wirkt wie eine entlarvende Projektion auf mich, zu simpel. Viel wichtiger finde ich es, zu fragen: Welche Gruppen, die schon im Patriarchat leiden, würden es auch in einem kriegerischen Matriarchat tun?

Hier habe ich modernen Feminismus und die Kritiken daran betrachtet. Seine elementare Idee ist richtig und wichtig: Frauen- und Männerrechte anzugleichen, mit dem Endziel, die Gleichberechtigung aller Geschlechter zu erwirken. Es gibt jedoch bis heute Strömungen, die exkludierend sind. Manche radikalen Feministinnen schließen transgeschlechtliche Personen aus, in ihrer Weltvorstellung existieren nur unterdrückte Frauen und Männer als Täter.

Darunter leiden natürlich Menschen, die weder in die eine noch die andere Kategorie passen, darunter marginalisierte Männer. Solche mit Behinderungen, oder die queer sind, oder of Color. Dies wollte ich anerkennen, mit Figuren wie dem Sklaven Callistus oder Kaystros, der Leid erfährt, nur weil andere ihn zu seiner Geburt anhand seines Körpers beurteilen. Auch war mir wichtig, die Binarität zwischen Frauen und Männern aufzubrechen, mehr Geschlechtervielfalt bei meinen Amazonen zu zeigen. So bekamen die Vielseligen und Iphito einen größeren Platz im Weltenbau. Ferner wurden neben Generischem Maskulinum und Femininum geschlechterneutrale Plurale benutzt, je nach Kontext.

Würde Iphito heute leben, dann würde sier sich als nichtbinär identifizieren. In einem englischen Roman hätte ich für sier das Pronomen »they« verwendet. Im Deutschen gibt es keine einfache Übersetzung dafür. »Es« ist keine fraglose Alternative zu »er« und »sie«, da es von vielen als entmenschlichend empfunden wird. Daher nutzen manche nicht binäre Menschen im deutschsprachigen Raum Neopronomen, von denen »sier« eine Variante ist.

So, wie ich es im Roman gebraucht habe – als kontinuierliche Verschmelzung von »sie« und »er« – ist es komplexer als in der modernen Praxis. Die besteht oft aus einfacheren Formen, zum Beispiel: sier, siene / siener / sienes, siem, sien. Warum nicht diese Varianten nutzen? Ich hatte das Gefühl, nicht ein heutiges Pronomen in einem bronzezeitlichen Setting nutzen zu können. Darum kam es zu einer eigenen Lösung.

Hier will ich mich herzlich bei Alex Prum und siere Arbeit als Sensitivity Reader im Bereich Nichtbinarität bedanken. Ich bin so glücklich, dich gefragt zu haben, ob du meinen Amazonen Roman begleiten willst, das Buch hat so sehr davon profitiert. Auch geht mein Dank an Illi Anna Heger, xiese Blogarbeit zu Pronomen ohne Geschlecht war eine ungemein wichtige Quelle. Dazu sei angemerkt: Ich als Nichtbetroffene gebe nur Erklärungen aus zweiter Hand. Allen, die mehr wissen wollen, sei Hegers Homepage zum Weiterlesen empfohlen: annaheger.de/pronomen

Wenn wir schon dabei sind, so will ich auch die anderen Sensitivity Readers ehren, die dieses Buch geformt haben. Ich danke Michael Nitka, dass er mich beim Thema Asexualität und insbesondere der Darstellung von Callistus beraten hat. Zwar fühle ich mich nicht nur zu Männern hingezogen, aber mir fehlt sexuelle Erfahrung mit Frauen, umso froher war ich um die Hilfe meiner Kollegin Iva Moor und ihrer Herzdame. Wo wäre dieser Text, hättet ihr nicht all die fragwürdigen Körperverknotungen gelöst? Auch danke an Michelle Janßen, die zusätzlich einen Blick auf die erotischen Szenen geworfen hat.

Neben einer empathischen Behandlung dieser Themen war es mir wichtig, das nichtweiße Erbe der griechischen Mythologie zu achten, das öfter in der Popkultur übersehen wird. Wie schon erwähnt, lag die Stadt Troja in der heutigen Türkei. Sie ist Teil von anatolischer Geschichte. Viele antike Autoren, von Herodot über Aischylos bis Lysias, verorten die Amazonen und ihre Hauptstadt Themiskyra am Schwarzen Meer, an dem fiktiven Fluss Thermodon. Von Diodor wissen wir über die libyschen Amazonen. Viele Elemente der griechischen Mythologie sind nicht rein griechisch oder europäisch, besonders nicht die Lore um den Trojanischen Krieg. Stattdessen werden sie auch von nordafrikanischer und westasiatischer Kultur, einem gegenseitigen Austausch geformt.

Hier ist erwähnenswert, dass wahrscheinlich ein Körnchen Wahrheit in der Mythologie steckt. In der Wissenschaft ist eine große Streitfrage, ob die Amazonen wirklich existiert haben. Eine beliebte Theorie, für die es einige Beweise wie Grabesfunde gibt, ist, dass Amazonen skythische Frauen waren, die gleichberechtigt mit ihren Männern in den Kampf ritten. Antike Autoren behaupteten Ähnliches. So schreibt Herodot in seinen »Historien«, dass das Volk der Sauromaten aus einer Vermischung von Skythen und Amazonen entstanden sei. Zu der Einbringung jener nomadischen Völker haben mich der Essay-Band »Amazonen zwischen Griechen und Skythen«, herausgegeben von Charlotte Schubert und Alexander Weiß (de Gruyter 2013), sowie »Amazonen: Schriftquellen und moderne Forschung zum Mythos des kriegerischen Frauenvolkes« von Robert Sturm (Wissenschaftlicher Verlag Berlin 2016) inspiriert.

Ein weiterer Aspekt, der manchmal bei der griechischen Mythologie übersehen wird, ist ihre Queerness. Viele ihrer Figuren dürften nicht unter das heutige Label »heterosexuell« fallen, zumindest nicht eindeutig. Zu ihnen gehört der Held Achilles.

Seine Sexualität und vor allem seine Beziehung zu Patroklos sind ein kontroverses Thema. Einige moderne Interpretationen wie Petersens »Troy« löschen das homoromantische Potenzial zwischen den beiden aus. Ich wollte es ausschöpfen. Auch als ich auf Quellen stieß, die eine Romanze zwischen Achilles und Penthesilea thematisierten, war mir klar, dass ich keine Liebesgeschichte schreiben würde, die das queere Erbe jener Helden ignoriert. Stattdessen entschied ich mich zu einer polyamourösen Beziehung.

Die Originaltexte dazu sind ohnehin … fragwürdig. Viele Amazonenstoffe durchzieht die leidige Idee, dass Helden sich in die wilde Schönheit der Kriegerinnen verlieben. Bei Penthesilea ist das nicht anders. So beschreiben unter anderem die »Posthomerica« von Quintus von Smyrna und die »Bibliotheke« des Apollodor, wie Achilles sie besiegt, ihren Helm abnimmt und, als er ihr Gesicht sieht, in Liebe entbrennt. Spätere Quellen, etwa der im 12. Jahrhundert lebende Eustathios von Thessalonike, gehen so weit, zu behaupten, dass Achilles sich an Penthesileas Leiche vergangen haben soll. Ich bin mal so unverschämt, zu behaupten, dass meine freiere Interpretation etwas geschmackvoller ist.

Eine große Inspiration war hier »The Song of Achilles« von Madeleine Miller. Ihr Roman ist ein großartiger Tribut an Achilles und Patroklos, der es schafft, die historischen und fantastischen Aspekte der griechischen Mythologie perfekt zu balancieren. Eine rigorose, nicht weniger inspirierende Version hat Heinrich von Kleist mit dem Drama »Penthesilea« geschrieben. Seine Protagonistin tötet Achilles, indem sie ihn von ihren Hunden zerreißen lässt. Natürlich war ein weiterer wichtiger Text die »Ilias« von Homer. Hier habe ich mich an vielen Details, wie der Handlung und der Darstellung der jeweiligen Figuren, orientiert.

Aber meine größte Inspiration dürften die Menschen gewesen sein, die mich hinter den Kulissen unterstützt haben. Bei ein paar habe ich mich bereits bedankt, nun möchte ich zum Rest der Crew kommen.

Zunächst wäre das meine Wahlheimat, die Stadt Wien. Ich war noch nie so froh, hier an der Universität zu studieren. So hatte ich Zugriff auf allerlei Bücher in der Bibliothek, die meine Recherchen ungemein vereinfacht haben. Zusätzlich hat die Kulturabteilung der Stadt Wien diesen Roman mit einem Stipendium von 1000 Euro unterstützt.

Ein ungemein wichtiger Mensch, längst nicht nur bei diesem Buch, sondern überhaupt in meinem Leben, ist mein Partner Moritz Meier. Du weißt nicht, wie viel es mir bedeutet, dass du hinter mir und meiner Kunst stehst. Dass du dich als mein erster Testleser so bemüht hast, das Maximale aus dem Text zu holen. Ein anderer Mann hätte manches zurechtgestutzt, du dagegen wolltest mehr Furchtlosigkeit und Grenzsprengungen. Danke – du bist der beste Verbündete, den eine Amazone sich wünschen kann.

Ferner hat mir eine ganze Reihe von Kolleginnen und Kollegen geholfen. Ich danke Elea Brandt, dunkle Schwester im Geiste, die die ersten drei Gesänge als Testleserin begleitet hat. Du hast mir so viele gute Anregungen gegeben, was Weltenbau und sensible Themen betraf. Auch danke ich Jenny Wood. Deine Begeisterung als Testleserin war umwerfend, und du hast dich als Fan griechischer Mythologie immens eingebracht. Ich will den Menschen danken, in deren Schreibrunden ich den Text anfertigen konnte, wie der Wiener NaNoWriMo-Truppe, Ronny Rindler und den Leuten vom Schreibcafé, sowie meiner kleinen Arbeitsgruppe: Kathi, Paul Seiler, Eleanor Bardilac und Anna Zabini.

Ich danke dem ganzen Team von Droemer Knaur, dass sie diese Veröffentlichung möglich gemacht haben, ganz besonders der Programmleiterin Natalja Schmidt und meiner Lektorin Jennifer Jäger.

Jennie: Das wird jetzt emotional. Ich verdanke dir so viel, weil du nicht nur an diese Geschichte, sondern generell an *meine Geschichten* geglaubt hast. Es ist nicht übertrieben, zu sagen, dass es diesen Roman ohne dein gutes Wort nicht gäbe. Und du hast möglich gemacht, dass er ohne Korsett veröffentlicht wird, ohne dass gewisse Aspekte als »zu krass« gestrichen oder anderweitig verbogen werden. Du hast der Wut der Amazonen alle Freiheit gelassen, ja, sie während des Lektorats gestärkt, und das werde ich dir nie vergessen.

Ich könnte noch viel mehr Menschen danken, denn wie anfangs geschrieben: Ein Buch ist eine riesige Gemeinschaftsarbeit, und jener Arbeit geht ein langer Weg voraus. Aber dieses Nachwort hat schon Überlänge, darum will ich mich jetzt kurz fassen.

Ich bin dankbar für all die außergewöhnlichen Frauen und queeren Menschen in meinem Leben, die unleugbar großen Einfluss auf dieses Buch hatten. Ich bin dankbar für meine Familie, die mein Schreiben unterstützt und früh erkannt hat, welch wichtigen Platz es in meinem Herzen einnimmt. Ich bin dankbar für die Leute, die mich lesen, ganz besonders die, die mich seit meinen Anfängen als Indie-Autorin mit den Galgenmärchen begleiten.

Und ich bin dankbar für dich – dafür, dass du dieses Buch gelesen hast, bis hierhin.

Ich hoffe, meine Geschichte hat dich dem Geist der Amazonen nähergebracht. Ganz gleich, wer wir sind, ich denke, dass wir alle eine Verbindung zum Matriarchalischen besitzen. Sei es eine Mutter, Schwester, Tochter, Partnerin, oder einfach eine Freundin: Wir alle haben Kriegerinnen in unserem Leben, wie wir alle weibliche Seiten in uns tragen können, unabhängig von Geschlecht.

Nichts würde mich mehr ehren, als wenn du dank dieses Buchs der Kriegerin in dir begegnet bist.

– Nora Bendzko, Januar 2021